U0573615

《典藏版》

百部国学传世经典

中华国学经典盛宴／获取先贤核心智慧

罗通扫北

【清】佚 名／著

钟 琳／主编

漓江出版社

图书在版编目（CIP）数据

罗通扫北／（清）佚名著；钟琳主编. --桂林：
漓江出版社, 2025.5. --（百部国学传世经典）.
ISBN 978-7-5801-0064-1

Ⅰ. I242.4

中国国家版本馆 CIP 数据核字第 2024H5M017 号

罗通扫北　LUOTONG SAOBEI

著　　者　【清】佚　名
主　　编　钟　琳

出 版 人　梁　志
策划编辑　陈植武　林晓鸿
责任编辑　覃乃川
装帧设计　林晓鸿　宋双成
责任监印　杨　东

出版发行　漓江出版社有限公司
社　　址　广西桂林市南环路 22 号
邮　　编　541002
发行电话　010-85891290　0773-2582200　0771-4211361
邮购热线　010-85890870-814　0773-2582200　0771-4211361
网　　址　www.lijiangbooks.com
微信公众号　lijiangpress

印　　制　北京飞达印刷有限责任公司
开　　本　710 mm×1000 mm　1/16
印　　张　28
字　　数　475 千字
版　　次　2025 年 5 月第 1 版
印　　次　2025 年 5 月第 1 次印刷
书　　号　ISBN 978-7-5801-0064-1
定　　价　45.00 元

前言

　　中华民族有着数千年的文明历史，创造了光辉灿烂的古代文化，其中中国传统国学是我国辉煌灿烂的文化典籍的核心部分，它博大精深、源远流长，显示出中华文化的深厚根基，给人类留下了丰富的精神财富。它是我们中华民族的文化精髓，它塑造了我们中华民族的民族精神，是培育民族精神的重要资源。它开启心智，滋润生命，陶冶人格，塑造灵魂。

　　开卷有益，忙碌的人们闲暇之时，应该用传统国学来陶冶自己的情操，开阔自己的心胸，提高自己的人文修养，用先人的哲思来涤荡自己忙碌的心灵。我们应该坚持阅读的爱好，在潮流文化的强大攻势下，让传统文化永驻我们的心田。"复兴国学，从根本上讲，是复兴中华民族的自尊心、自信心。"我们要甄选传世经典著作中最经典的部分来读，要以开放的胸襟和燃烧的激情去承接古人的经典大论与哲思华章，以自豪而不狂妄、执着而不僵化的精神风貌来直面当今社会的竞争与挑战。

　　为了弘扬中国传统文化，帮助读者深刻了解我们的历史与文化，用经典历史文学知识陶冶情操、提高文化修养，同时使国学得到承传，得以弘扬光大，我们精心编排了本书。为了便于读者理解和领会古代先贤的思想与精神，我们在文章中选取了与正文相契合的插画，将插画与正文有机地结合在一起，可大大增加读者的阅读趣味。

本书是"百部国学传世经典"丛书的其中一本。该丛书选取了国学经典著作中很多优秀的作品及资料，博采各类经典作品的长处，并有所创新，以使得整套丛书风格迥异、卓然超群，相信会给读者带来全新感受。

由于时间仓促，书中难免有不尽之处，恳请读者朋友们提出宝贵意见，在此深表谢意。

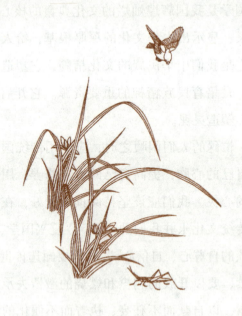

目录

罗通扫北

罗通扫北

国学经典
罗通扫北

罗通扫北

第一回 下战书周衡得恩赦 二主唐王御驾亲征

二主唐王登基，万民沾恩贺喜。
君明臣忠民安，实行贞观之治。
自古龙争虎斗，突厥来犯边境。
群雄抗击北国，引出史书传奇。

几句歪诗提过，道出一段唐太宗李世民继位时的传奇故事。李世民祖居陇西成纪，父高祖李渊字叔德，母亲太穆皇后青窦氏。世民四岁时，忽有一书生观其相赞曰："贵子龙凤之姿，天日之表，其年岁冠必将济世安民。"

李渊恐此生祸，欲追除之，书生已无踪迹。李渊以为书生是神，故采其语并为次子取名世民。李世民的取名是个离奇的传说，不过他对历史的发展确实有所贡献。因此，对历史人物的评价无须多论。

唐高祖李渊李叔德，共有 22 个儿子，即长子建成、次子世民、三子玄霸、四子元吉等。李玄霸在锤震四平山之后阵亡。李世民领兵南征北战，使李渊的江山如铜墙铁壁一般。

但是，大太子建成和四太子元吉都是奸臣。他俩不但乱宫，而且想杀父夺权。尉迟恭、程咬金和秦叔宝等人被他俩的这种行为激怒，便把他俩给除了。李渊为此得了一场大病，然后他让李世民继位。群臣也很满意李世民来当皇帝。

李世民继位后，改年号为贞观，其谥号为文武大圣大广孝皇帝。他善于听信忠言，敢于招贤纳士，大胆起用人才，是治国有方的开明君主。

朝中的三班文官、四种武将、五府六部、九卿四相、八大朝臣均一心秉忠报国。

文有，英国公徐茂公和丞相魏徵。

武有，秦叔宝、尉迟恭、程咬金、马、段、殷、刘开国四将以及贾柳楼三十六友中的部分瓦岗老将，他们都尽心竭力扶助唐王。可称得上是君正臣贤，万民安乐。真是马放南山，刀枪入库，国内太平。也可以说是应天时顺民意，风调雨顺，五谷丰登。

李世民是个有道的明君，他每日三朝召见文武群臣共议朝政。因为他是创业的马上皇帝，深知江山来之不易。另外还有一个教训，那就是前朝隋杨广的所作所为：欺娘、奸妹、杀兄、图嫂、杀父夺权，成了六缺之君，导致天愁民恨、怨声载道。

不顾天意，失去民心，所以李世民总把前代的事当成镜子对照自己。他认为只有理朝政、爱黎民，才能顺民心。所以不论是百姓还是满朝文武，都很拥护他。

可是好景不长，就在贞观元年，东有高建庄王欲要兴兵，西有哈密国袭扰边界，特别是北国突厥屡犯中原，无故犯边，大肆烧杀掠夺，抢男霸女，做尽不道之事。唐王对此恨之入骨。

这一天，李世民升殿议事完毕，刚想散朝，皇门官跪在殿角之下禀道："有事奏明主公。"

"有何事？应速奏来。"

"今有北国赤壁康王，派下书人求见万岁。"

李世民当时一愣：北国经常犯境，今天又派人下书，是不是打来战表？如果是真的，哼！朕正有平他之意，这倒好，他自己先送上门来，那我可就不客气了。

想罢，李世民说道："把下书人带上金殿。"

殿头官下去。时间不大，从殿下领来一人。这人身高有九尺开外，膀宽背厚，身躯魁梧，低着头，脸上还蒙着块青纱，看不出他的面目。他刚进殿，还没到品级台就跪下了。

什么是品级台？品级台是按官位品级分类的，如王爷在哪、丞相在哪、正一品在哪、副二品在哪等。每个人都要按指定的品级排班站立，不能随便站。

这天，下书人看来很懂规矩，刚上殿就在殿角跪下了，磕头像鸡啄米似的，碰得殿上金砖"叭叭"直响，嘴里还不住高喊："罪臣参见唐王，万岁，万万岁。"

皇上看他面蒙青纱，不由得心中一愣！于是，唐王忙问道："下边跪的是什么人？"

"回万岁，罪臣乃赤壁康王之将，我姓周名衡。"

"为何见朕不扯去面纱？"

"这……这……我脸上……"

"你脸上怎么了？"唐王追问了一句。

"我脸上——呵，我脸上……"

唐王见他吞吞吐吐，就把脸一沉，大声喝道："嘟！为何还不把面纱扯下？"

周衡急忙说："唐王息怒，因为赤壁康王要我来下书，在我脸上刺了字，罪臣面目丑恶恐怕惊了圣驾，所以不敢露面视君。"

唐王一听刺字，刺的什么字？他忙命侍臣："来呀，把他的面纱扯下。"

下书人一听要扯下面纱，吓得他浑身直哆嗦。唐王忙说："你不要害怕，朕不怪你便是。"

殿头官过去把下书人的面纱揭掉，可是皇上仍然看不见，因为下书人没敢抬头。唐王说："周衡，你抬起头来。"

"是。"周衡答应一声，慢慢地把头抬起来。

皇上仔细一瞧，不看便罢，一看呀，气得是二目圆睁，龙眉紧皱。唐王咬牙切齿地说："哈哈！好你个赤壁保康王，真乃恨死朕也。"

原来周衡的脸上被人用墨汁刺了两个字"灭唐"，李世民哪能不生气呀。

等到二主唐王打开书信一看，不看则已，可一看呀，气得他顿时色变，咬牙切齿地大声道："康王啊康王，朕不灭你，誓不为人。"

怎么回事？这不是书信而是一份战表，上写：赤壁保康王晓谕唐童李世民，尔行大逆，宫门玉带之丑，玄武门之变极恶，除兄杀父之罪人皆唾骂。故本王统三十万雄兵要灭你大唐。

在表文最后还有一首诗，写道：

> 杀手足，乱纲常。自逞威，压众邦。
> 昏君立帝民怨，故而兴兵灭唐。
> 生擒敬德喂马，活捉叔宝牧羊。
> 灭绝罗门老小，碎尸撒骨疆场。
> 若要雄兵不至，唐童顶书跪降。

这份战表，把李世民骂得好损，其中宫门挂玉带之丑和玄武之变两句最使唐王恼火。宫门挂玉带本来是李世民的好心，他见建成和元吉经常进宫与张、尹二妃通奸，就把玉带挂在宫门，以此告诫建成、元吉，没想到两个奸王和张、尹二妃四人勾结，合伙陷害李世民。

张、尹二妃拿着玉带去见高祖李渊，硬说李世民勾引她们，并以玉带为证物。李渊一气之下，决定杀李世民。

众臣都不知道为什么要杀秦王，问李渊，李渊只说是犯了不赦之罪。问李世民，李世民也不好意思说出实情，因为这件事太丑了，只好也说他是犯了不赦之罪。在群臣的保奏之下，李世民被打入天牢。

玄武之变也是因为敬德等老臣被建成、元吉逼宫夺权激怒，便在玄武门外除掉了这两个奸王。

这两件事都是李家的丑事，再加上最后那首诗，更说明北国的猖獗。

李世民越看越生气，连声骂道："康王猖獗，已是心腹之患，定除此贼，以振国威，以长民声，不灭此番誓不为人。来呀，把周衡推出去，斩！"

"遵旨。"呼啦，左右的金殿武士上去就把周衡抓住，像鹰拿燕雀一样，可把周衡吓坏了。他连连喊道："万岁慢着，慢着，我还有下情回禀。"

皇上李世民此时正在气头上，不容他强说，喝道："推出去，斩！"

说来也巧，众武士正将周衡推推搡搡地往外走，刚走到殿角下，忽有殿头官跪奏。

"万岁，护国公秦叔宝见驾。"

皇上一听秦叔宝来了，非常高兴，因为他对秦叔宝特别敬重，因他不但是大唐的智将，而且一直为大唐的元帅，可以说是攻无不取，战无不胜。他还屡有救驾之功，一次是马跳红泥澜，打三鞭还两锏；一次是斧劈老君堂，月下赶秦王。

那还是瓦岗山程咬金让位之后，李密叫程咬金巡山。正好赶上李世民私探瓦岗寨。程咬金一心想抓李世民，月下赶到老君堂。要不是秦叔宝搭救，李世民早就完了。况且，当初唐高祖李渊在临潼山时，要不是秦叔宝救驾，李渊的命也早就没了。

所以说秦叔宝对大唐功重如山，一听他来了，李世民忙说："快，请秦爱卿上殿。"

"是，"殿头官答应一声喊道，"万岁有旨，宣护国公上殿！"

就听殿角下有人说："吾皇万岁，万万岁，为臣前来见驾。"话罢，众人就只听"噔噔噔"。接着，秦叔宝撩袍端带走上殿来，到品级台前跪倒。

李世民赶紧欠身说："秦王兄免礼，快快平身，内臣搭坐侍候。"

"是。"内臣把座位搬到秦叔宝的跟前。

秦叔宝磕头谢恩之后，起身坐下。

李世民向秦叔宝说了事情的来龙去脉，秦叔宝又问了周衡，凑到李世民身边耳语了几句，李世民点点头说道："周衡，你既说的都是实话。朕当绝不为难你，有道是两国相争不斩来使，朕要你带回战表，你先到金亭馆休息几天再回。"周衡连连磕头，千恩万谢："多谢唐王皇恩浩大，多谢秦老千岁讲情之恩。"二主唐王命人备好文房四宝，手提逍遥管笔走龙蛇，"刷刷点点"就在战表后面批了回文：

北国幼儿小辈，蚍蜉撼树妄为。
飞蛾投火自焚，国破家亡俱废。
天朝神兵出师，踏平塞北擒贼。
孤王率队亲征，定将窝巢捣毁。

唐王写罢，便命殿头官将其递给周衡，又对周衡说："你回去传朕的旨意，朕即日御驾亲扫北，叫尔等洗项待刀。"他又命人把周衡送到金亭馆，好生款待。周衡被领到金亭馆，他的心里别提有多高兴了，边走边想：多亏我能言善辩，总算闯过了鬼门关。

周衡在金亭馆休息不提，咱们再说金殿之上，唐王李世民问秦叔宝："秦王兄，你看这个仗该用怎样的打法？"

"万岁，有道是兵来将挡，水来土掩。可是我们不能等北国到中原来打，要打，就得到他们北国去打。""好，正合朕意，王兄，你看要调动多少人马？""依臣之见，将在谋而不在勇，兵在精而不在多。征讨北国有二十万人马足矣。"

李世民点了点头，说道："好，秦王兄，这次扫北朕要亲征，想叫你与朕同去，你意如何？"

要不说李世民会用人呢，什么人什么用法，这叫量才而用，有事和你商量，事我也办了，也替他出力了，还叫你心里痛快。隋杨广那小子就是个昏君，一切事都是骄横跋扈，不得民心，落了个群起而攻之，最后在扬州被程咬金乱棒打死。

秦叔宝一听皇上这么一问，急忙站起身来回道："万岁，折杀为臣了。万岁为国为民欲要御驾亲征，为臣愿保驾前往，勇战疆场在所不辞。""好，秦王兄真乃是一片忠心，朕封你为扫北兵马大元帅。"李世民又说道。

秦叔宝早就是元帅，为什么皇上还封他为元帅呢？

以前他是战乱年代的领兵元帅，现在是天下统一，他就是天下督招讨、兵马大元帅，一支令箭能调动全国人马。这就是：在朝中全凭天子三宣，出京全凭将军一令，战时，军令大于王命。

秦叔宝一听皇上封他为扫北兵马元帅，急忙跪倒说："谢主隆恩。""秦王兄快快平身，咱们何时起兵？"李世民问道。

秦叔宝思考片刻后说道："万岁，三日之后，调二十万精兵，为臣在教军场提令调三军，点兵派将，兵发北国。"

第二回　秦元帅点将受八宝　唐先锋初战胜二将

第三天，扫北元帅秦叔宝，披挂整齐，上马提铜，直奔教军场而来。元帅秦叔宝，胡须花白，上了几岁年纪，但胯下马不老，熟铜锏不老，胸中韬略不老，威风凛凛不减当年。秦元帅到点将台上，甩镫离鞍，翻身下了呼雷豹，身登点将台。霎时间，整个教军场鸦雀无声。三军儿郎，肃然起敬，秦叔宝身为四宝将，头上戴的是凤翅夜明盔，内衬柳叶绵竹铠，坐骑呼雷宝马良驹，还有一条金纂吸水提卢枪。这四宝是尚师徒所赠的。

今秦琼披挂整齐，带着四宝，在点将台上一站，花白胡须洒在胸前，精神抖擞。大小将官一看元帅上了点将台，"呼啦"跪倒一片。秦琼刚想派将，就听"叮、叮、叮……"十二声炮响，知道是皇上来了，秦叔宝急忙传令："众将官，随本帅迎接圣驾。"

"得令。"众战将随同元帅，一齐到教军场门上迎接皇上。二主唐王李世民，头带板羊巾，身披跨马服，内衬黄袍；胯骑逍遥马，手提定唐刀，胁下斜挎着三尺龙泉剑，是满身的披挂。他身边随同官员有：老将驸马柴绍、丞相魏徵、军师徐茂公以及马、段、殷、刘开国四将和鲁国公程咬金，还有二十七家御总兵。这里就是没有效国公尉迟敬德和常国公王君可。因为皇上派尉迟敬德和王君可去挖运河，所以这次扫北他俩没赶上。秦叔宝迎接天子到点将台上，让皇上落座。可是皇上不能坐，为什么呢？有句俗话说："龙不离潭，虎不离山，凤不离巢，帅不离位。"

在金殿皇上应该坐绣龙墩，别人谁也不敢坐。到这儿，正座就是元帅的，所以李世民不坐。于是，李世民便命人在上垂首搭了一个偏坐，徐茂公为军师。接着，皇上落座，程咬金等人站立皇上左右。丞相魏徵双手托着金盘，盘里放着元帅大印，外面用黄缎子包着，来到皇上跟前往上一递。皇上恭恭敬敬地把帅印接过来。

秦叔宝急忙让出上位，上前跪倒拜印，然后皇上把大印交给秦叔宝。

秦叔宝同样恭恭敬敬地接过大印放在虎头帅案上。紧接着皇上也是大礼参拜，这叫拜帅，也是拜印。那意思是：大唐兴亡，扫北的胜败，都寄托在大帅的身上。丞相高声念了祝文之后，皇上回到原位坐下。

秦叔宝打开黄缎子包，取出帅印，"唰"金印被太阳一照，烁烁放光，夺人二目。这个金印是个小金狮子，底盘是四方的，小狮子后腿蹲着，前腿站着，头扭着，非常精致好看。主要的还是印文上有十个大字，这就更说明元帅大印的作用。

二主唐王又命人献上兵书战策、令旗、令箭、赤符、麾盖、金篆黄线和鸡毛，再加上帅前八宝。这八宝，只有天下督招讨、兵马大元帅才有。一般的带兵的元守和守节度元帅是没有的。这是皇上授予的，有了这八宝，元帅的权威可就大了。

元帅秦叔宝把一切安排完毕，回头看了看李世民，皇上点了点头，元帅下令，报鼓聚将点卯派兵。一声令下，军政司指挥擂鼓，只听：哆哆哆，咕嘟……头阵鼓为头卯，二阵鼓为二卯，连点三卯。大小将士三军按营队站好。真是一杆旗下一哨队，一杆旗下一营兵，人人横眉立目，个个摩拳擦掌、持戈待命。

点卯之后，秦琼高叫："军政司！"

"有！"

"本帅命你出征之前悬挂告条，宣读军令。"

"得令。"军政司高声宣告"十不准"，违令者必斩，这"十不准"是：

一不准交头接耳，二不准军中喧哗。

三不准划拳打令，四不准赌博胡耍。

五不准强买强卖，六不准欺压黎民。

七不准派逼役夫，八不准讹骗敲诈。

九不准奸淫妇女，十不准损坏庄稼。

军令"十不准"宣读已毕，元帅提令叫道："苏定方听令。"

"末将在。"

苏烈苏定方是谁呀？他原来是保后汉王的一个元帅。李世民向来爱才，喜爱英雄、好汉，就把他收留下来。他归唐以后，李世民将其封为邢国公。苏烈为人有些奸诈，而且与老罗家有仇。北平王罗义被他一箭射死，罗成也死在他的手里。

别看李世民对他很好，让他居邢国公。可是，他对李世民并不是一心一意。

这次扫北，苏定方再三向元帅要求打头阵，他的刀法武艺确实很好，所以秦元帅点将，第一个就点到他，他特别高兴。他提甲胄分征裙到帅前听令。

秦琼说："苏将军，本帅命你带三千人马，为前部正印先锋官。"

"得令。"苏定方乐得眉开眼笑，连忙出退。

"苏将军，先锋先锋，打仗先行，逢山开道，遇水搭桥，抢关夺寨，斩将夺旗，攻则克，战则胜。这是先锋官之重责，但有一步，此次不比往常，塞外风云多变，地势险要；敌情又不清，切莫轻举妄动，定要遇强者智取，遇弱者活擒。能克则攻，能胜才战；不克不胜则守，万不可粗心。"秦琼叮嘱道。

"末将牢记，元帅放心。"苏定方回道。

"且慢！"元帅接着说，"我再派马三宝、段志贤、殷开山、刘弘基四位开国老将做你的副先锋，你们几人要齐心协力、同心攻敌。"

苏定方很高兴，领了将令，便与四位副先锋领兵去了。

元帅秦叔宝又抽出第二支令，大声说道："程咬金、张世贵听令。"

程咬金一边往帅前走，嘴里还一边叨咕："这回该我的了，看元帅给我好差事，可别再叫我押运粮草啦。" 于是，他到台前大声喊道："末将在，不知元帅何路调遣？"

秦琼说："本帅命你和张世贵押运全军的粮草。你可知兵马不动粮草先行，粮草是军中之命脉，必须小心行事。如有差错，军令不饶。"

"得，得，得令，" 程咬金勉强答应一声得令，一回头叹口气，自语道："嘿嘿，又是个押粮官。"

秦元帅命郡马薛万策为全军总监军。除了军师徐茂公和二十七御总兵保护圣驾为后队，其余都随本帅为二队。把兵将派完后，他回头和李世民商量朝中之事。

李世民委托驸马柴绍和魏徵扶持幼主李治，又嘱咐李治遇事请教皇娘和柴绍、魏徵。待李世民将一切安排完毕后，秦元帅便命火工司点炮起兵。就听号炮声"叨叨叨，叨叨叨"放了二十一声。炮声响后，大队人马浩浩荡荡出长安，向雁门关进发。

二十万的人马走起来，真是旗幡招展、尘土飞扬、遮天盖日，可称是天子出京，地动山摇。有道是：兵过千，望不到边，兵过万，无边无沿。二十万精兵，甭说多长多远，更别说走了多少时辰。待全队人马过完之后，路上的马粪就有三层厚。

秦叔宝的军令甚严，一路上公买公卖，爱护百姓，秋毫无犯，大队人马向前进发。单说苏定方以及马、段、殷、刘，这五大先锋正往雁门关走着，忽听探马回报："报，报知先锋官，雁门关已经失守。我们败回来了，番兵正在追杀。"

苏定方大吃一惊！心说：北国反贼好快呀，竟然攻破我们的雁门关。

再看前面，果然是雁门守军大败而回，北国的兵正追杀，杀声震耳，守军叫苦连天。

苏定方回头对马、段、殷、刘四老将说:"各位将军督队,待我前去迎敌一战。"说罢,他便要催马抢刀。

马三宝说:"苏先锋,且慢,杀鸡焉用宰牛刀,末将我愿负其劳。"

"马老将军,这第一阵定要长我军志气,挫伤敌军的威风,只能胜不能败,还是你督队压住阵脚,我去亲自会战番将。"苏定方说道。

"末将知道此一阵重要,不过你是正先锋,我是副先锋,还是由你督管全队,待我前去擒贼。"马三宝回道。

说着,他便骑着战马冲出了本队,一抽象卷鼻子刀,迎上前去。

马三宝这口象卷鼻刀,也是杀遍天下无敌手啊!别看他上点儿年纪,可是他宝刀不老,心不老,精神不老。他的刀法又精又快,而且变幻无穷。要么他怎会被称为"开国四将"之一呢?苏定方一看拦也拦不住了,只好说:"老将军,多加小心。"

马三宝回头喊道:"苏先锋不劳嘱咐。"话音刚落,马就冲到了对面,让过唐朝败兵,拦住追杀的番将。一看追兵真像潮水般涌来,老将一阵怒火中烧,大喝一声:"众三军,给我杀!"

马三宝带来的兵丁不过五百,这五百兵都是挑了又挑,选了又选,全是二十往上,三十往下,真像生龙活虎一般,可以说是一顶十,十顶百啊。"哗啦"一拥而上,杀奔番兵。那年头讲究是,兵对兵,将对将,马三宝正指挥众三军冲杀,只见在番兵后面蹿出一匹战马。看来,这就是番军的主将了。这个人跳下马来身高足有九尺开外,铁盔、铁甲,掌中端着一杆方天戟。马三宝大喝一声:"尔等不要再往前伸驹,快快报上名来,马前受死。"

马三宝的喊声把敌将吓一跳,赶紧勒住战马,"吁吁,吁……"马头一盘旋。马上人一看马三宝,金盆大脸,花白胡须,眉毛都花白了,头戴黄盔,身披黄金甲,坐骑黄骠马手攀象卷鼻子刀,好生厉害。看罢,马上人问道:"你是何人,竟敢拦住我的去路?报上名来,我骑下不死你这无名之辈。"马三宝怒斥道:"你等莫要害怕,是你在马鞍楼上坐稳。我乃是大唐朝开疆展土之臣,马三宝是也!"

"哈哈哈哈,你就是大唐朝开疆展土四将之首的马三宝!"马上人笑道。

"不错,正是老夫。你既然知道老夫,还不快些下马就擒。"马三宝说。

马上人轻蔑地说:"嘿嘿,老蛮子看来你大唐没有什么能人了,派个棺材坏子前来打仗，不是白白送死吗！常言道，'七十不打，八十不骂'。我有好生之德，不和你打，给你一条生路。你快点回去，换个年轻力壮武艺高强的战将来，你快走吧！"

马三宝的肺都要气炸了，高声大骂："小小番奴，竟敢口出狂言。我的眼明刀亮，刀下不死你这无名之鬼，快报上名来。"马上人回应道："好，老蛮子，你既然愿意送死，那我就叫你死个明白。我乃是大帅左车轮帐前之大将，姓铁名乎，铁乎是也！"

马三宝说："我不管你是铁壶还是尿壶，休走，拿命来。"说罢，他骑着战马就到了铁乎的跟前，手里的刀也就劈下来了，可真快呀！铁乎没想到马三宝的刀法如此快。一看大刀迎面劈来，他赶紧用戟接架刀，刚要碰上，"唰"的一声，大刀撤回来了，搬刀头献刀篡，直奔他咽喉扎来，铁乎赶紧用戟架。这时正是二马相错，马三宝顺势一回身子，又是一刀，这叫抹喉刀。

铁乎无法招架，再想躲，已经来不及了，就听"咔嚓、咕咚"，斗大的人头滚落尘埃。主将一死，番兵就乱了，吓得他们互相喊叫："丫步，丫步。"丫步是北国话，意思是跑；步尔遁丫步，则是快点跑的意思。"哗……"真是胜者王侯败者贼，兵败如山倒啊！番兵哭爹娘拼命地逃啊！唐营哪里肯去，紧紧追杀。唐兵眼看要追到雁门关了，就听远处传来牛角号声"哞——哞——"。号声响过，又有一哨番兵迎面杀来。"马将军，穷寇莫追，番兵又返回来了。"苏定方大声喊道。

马三宝抬头一看，番兵马步兵甚是齐整。旗角下有一员番将，使马三宝倒吸了一口冷气。这员番将，个高足有一丈开外，面似锅底，乌黑乌黑的，比木炭还黑。头如笆斗，虎背熊腰，两只大眼睛，黑眼珠多，白眼珠少，就好像剥了皮的鸡蛋上的黑点，叽里咕噜地在眼眶里直转。若不是鼻梁子隔着，能翻卷着鼻孔，血盆大口，厚厚的嘴唇，十分凶恶。压耳毫毛像抓笔一样，朝上竖着。多蓬胡须，多里撒。头顶乌油盔，身披乌油甲，披着皂罗袍，大红中衣，足穿虎头战靴，坐骑铁青马，手里端的兵器是块铁牌。

他的这种兵器不在兵刃谱。这个兵器足有五六尺长，三尺来宽，八九寸厚的一块大板，好像是在切菜板儿上安了一个把儿，在板儿的两面都出狼牙钉似的小疙瘩，这叫什么玩意儿呢？马三宝对此并不了解。

这人大吼一声，喝道："老蛮子，你是什么人？吃了熊心，吞了豹胆，竟敢拦住爷的去路，快报上名来，在我铁牌之下做鬼。"

马三宝心想，这世界之大无奇不有，弄了个菜板子硬叫铁牌。想罢，他抬起刀尖点指喝道："番奴，你是何人？快快报上名来，马前受死。"

马上人说："老唐蛮，你且听了，我乃左车轮元帅帐下之大将，名唤铁雷金牙是也！"

"什么金牙银牙的，今天非把你这颗牙拔下来不可。"说罢，马三宝飞马近前，抡起象鼻子刀，直奔番将的顶梁劈去。这一招叫立劈华山，真要砍上，能从脑袋门儿砍到屁股唇儿。

铁雷金牙不慌不忙，左脚一踏马的绷镫绳，战马一打盘旋，双手抡动铁牌正好架住大刀。两件兵器相撞时就听"当啷啷"一声响，这马三宝"呀"的一声。

罗通扫北

第三回

失谋略误中空城计
大唐营被困牧羊城

铁雷金牙用力抢铁牌去盖马三宝的象卷鼻子刀，可把马三宝吓坏了。

他知道凭铁雷金牙使的兵器，这小子一定是力大无穷。

马三宝心想：自己的刀真被铁牌碰上，恐怕力抵不了。想罢，他赶紧往回撤刀。

哪知已经晚了，铁牌正碰在刀头上。就听"当——"震得马三宝半身发麻，差点没把刀扔了。知道不能再战，马三宝便拉住战马，调头就往回跑。

铁雷金牙一看，催马便追来了，双手举起铁牌冲着马三宝连人带马就砸。要是砸上，非砸成个肉泥不可。正在这时，铁雷金牙就觉脑后有金刃劈风的声音，自知不妙，也顾不上再打马三宝，急忙把身子往马的铁过梁上一趴，就听"鸣"的一声，不知道是什么玩意儿从背后过去了，等他直起身来马一调头才清楚，原来有人从后面砍了他一刀。只见这个人身穿金盔金甲，手提板门大刀，他便大声问道："你是什么人？"来的不是别人，正是苏定方，他看敌将使的兵器特殊，心思：一定是员猛将，万一马三宝抵不住，他好接迎。所以，他早就把马提上来了。万万没想到，他俩的兵刃一相撞，马三宝就不行了，他这才飞马而上。此时，苏定方并不说话，从背后就给铁雷金牙来一刀。这一刀，可把马三宝救了。

苏定方报罢姓名，二次抢刀又和铁雷金牙战在一处。苏定方在保刘黑的将官中是有名的四将之一，门扇大刀杀法骁勇，李世民正是因为喜欢他的武艺精通，才将他收下归唐。今天和铁雷金牙动起手来，苏定方知道铁雷金牙

罗通扫北

的力大，甚至力大降十会，所以他要以四两拨千斤来施展刀法，才能在巧战中战胜铁雷金牙。

上三刀、下四刀、左五刀、右六刀，刀刀不离他的后脑勺。

这可把铁雷金牙忙坏了，因为他的铁牌太重，抡起来很费劲，总想碰人家的兵器，就是碰不上，总走空，越走空越费他的力气，再加上苏定方的刀招又急又快。他是插刀、劈刀、封刀、挡刀。嘿嘿，不一会儿的工夫，铁雷金牙的汗就下来了。于是，他心想：这老蛮子还挺厉害，我得改变招数和他战。想罢，他把劈牌的招数加紧了。

苏定方见对方加紧进攻，心想：我不能与他久战，总是躲着他的兵器，这样下去非吃亏不可，不如尽快胜他。想罢，他把大刀直奔铁雷金牙的面门猛劈过去。

铁雷金牙急忙用铁牌去碰他的大刀，苏定方急忙搬刀头，献刀纂直奔他的前胸，铁雷金牙摆铁牌又往外挡出大刀。苏定方顺劲把刀纂往怀里一带，刀头又拦腰砍去。

铁雷金牙没想到苏定方有这一招。这刀也来得太快了！他再想用铁牌去插已经来不及了，所以只好将身子往后一仰。接着，他的脑袋便打在了马的屁股蛋子上，使了个马上铁板桥的功夫。这时，苏定方这刀刃紧挨着他的鼻子尖"嚓——"就过去了，还将他鼻子头上的汗毛都被削下了几根。这可把铁雷金牙吓坏了，他忙挺起腰来。苏定方一翻腕子，冲他的后脑勺就砍来了。这招叫脑后摘瓜。

这招也太厉害了，它可不管你这瓜熟不熟，愣往下摘呀。

铁雷金牙的身子刚刚直起来，听后边的刀又来了，急忙又把身子往前一趴，可稍慢了一点，就听"咕咚，呀……"

这一刀把他的头盔给砍掉了，还削掉了一块头皮，鲜血可就流下来了。

把这小子疼得"呀"的一声拨马就跑。

苏定方紧加两鞭，紧追不舍。马三宝下令全军冲杀，一声令下，军队像潮水一样冲杀上去，杀得番兵哭爹喊娘，四处逃窜。

真是胜者王侯败者贼，北国兵将只知逃命了，跑得比兔子都快。铁雷金牙捂着脑袋，披散着头发，一边拼命地跑着，一边回头一看。苏定方在身后紧追不放。于是，铁雷金牙忙把手伸进兜囊准备好暗器。

有道是明枪易躲，暗箭难防。马三宝虽然指挥着三军冲杀，可是他早就盯住铁雷金牙了，见这小子要用暗器，便冲苏定方大喊一声："苏先锋，注意敌人的暗器！"

一句话提醒梦中人，苏定方这才醒悟，他刚一抬头，"啊"的一声，敌将的暗器就到了。

什么暗器？原来是袖箭。铁雷金牙的绝活也算是很厉害，可说是百发百中。这小子一连甩出三支，直奔苏定方的咽喉而来。

苏定方"呀"的一声，险些落马，这可是一支毒箭，他忍痛拨马往回便跑。可是没走多远，只见"咕咚"一声，他便从马上摔下来了。

马、段、殷、刘四将当即命兵丁救起苏定方，将其抬回大营。接着，他们带兵继续追杀，一直追到雁门关。北国兵没有守城，而是穿城而过，就是从前门进去又从后门跑了，所以他们很快就收复了雁门关。马三宝命人给苏定方解毒治伤，一面查仓盘库，出榜安民，准备迎接元帅和皇上进城。

第二天，元帅秦叔宝和万岁的大队人马都到了。马、段、殷、刘把皇上接进城来，就把如何收复雁门关、如何打败铁雷金牙等战况奏明皇上。可惜正印先锋官苏定方中了暗器，身负重伤。

皇上和群臣一听走马取关，当然很高兴，可又担心苏定方的箭伤，便一齐前往看望。

苏定方的伤势确实很重，因为他中的是毒箭，幸亏治得及时，毒气没有归心，现在神志清醒了。他见皇上亲自探望，很受感动，说："万岁，都怪臣无能受伤，还劳万岁挂念，真是折杀为臣也。"

李世民安慰了他一番。秦元帅说："苏先锋好好养伤，莫要心急，你暂在雁门关医治箭伤，等伤好之后再去参战不迟。"苏定方也只好听从命令。

秦琼又命副将肖林好好照顾邢国公苏先锋。

众人在雁门关只休息一天，第二天就起程继续北征了。元帅秦叔宝知道，过了雁门关就是北国的辖地。那里地势险要，道路难行，风云多变，气候莫测。特别是番土不比中原，毕竟是到了塞外，他们对那里老百姓的风俗习惯都不熟悉。所以，出雁门关前，元帅秦叔宝再次宣告军令：大军必须严守军纪，有犯者定杀不赦。军令宣告之后，元帅下令放炮出征。

大唐连日行军，这天，来到了白狼关。马三宝察看地形之后，便下令扎好营盘埋锅造饭。人养精力，马歇劳乏。吃完了战饭，马、段、殷、刘四位先锋就列队讨战。

白狼关是进北国的头一个关，这里的守将是北国大将吴国龙，他早就做好了迎战准备。听说唐将讨敌骂阵，他就整军率队出城。他本想拿出全身的本领和唐将决战，也让大唐知道自己的厉害，结果他和马三宝一动手才知道，这个唐蛮人还真厉害。打了十几个回合，吴国龙一看难以取胜，便弃关而逃。

马三宝很纳闷，为什么敌将只跟我打了一仗，而且又没分胜负，他怎就跑了呢，白狼关也不要了？马三宝做事慎重，恐怕其中有诈，所以没敢进城，仍然在城外扎营。接着，他自己带兵和部分将士到白狼关城里查仓点库，出榜安民，并换上大唐旗号。经过一番巡查，城中并无异常之事。四大先锋将便如实将战况奏于圣上。

军师徐茂公倒吸了口冷气，对秦叔宝说："二哥，北国既然再三侵犯我边境，现在又打来战表，为什么一战就跑呢？难道他们真是无能，还是其中有诈？"

秦叔宝说："三弟呀，此次扫北，又是皇上御驾亲征，我们必须多加注意。咱们先进城观察动静，再派探马四处查探，顺便在白狼关歇兵几日。如无其他变化，我们再继续北征。"

程咬金在一旁不耐烦了，插言道："二哥，你别听徐三那一套。他们弃关而逃是怕咱们了，谁不知咱们大唐把十八家反王、六十六路烟尘全降服了，他们是闻风丧胆，吓得不战自退。放心吧，没事！别疑神疑鬼的，当心不得江山坐，怕死不得见阎王，咱们就进城吧。"

程咬金没完没了地还往下说话，秦叔宝一瞪眼，冲着他发怒道："四弟，不要多言。"

程咬金一辈子谁也不怕，谁也不服，就怕秦叔宝。他见秦叔宝有点生气了，便低声说："嗯，嗯，不让说，不听拉倒。"

唐军真的在白狼关歇兵三日，没发现什么异常，探马也没探出什么情况。于是，君臣在商议后便继续北进。离了白狼关，再往北，那就是金牛川、银牛川、野马川、黄龙岭，直到牧羊城。牧羊城就是北国的建都城。秦元叔让大将梁忠留在白狼关镇守，唐军全队人马则继续北征。

一路上，凡唐兵所到之处，攻必克，战必胜，可称得上是势如破竹，长驱直入。

这一天，唐军来到牧羊城外，忽然探马来报："启禀元帅，牧羊城是座空城。北国军将早已退走。"

"啊！"元帅秦叔宝就愣住了，忙问："番兵退往何处？"

"回禀元帅，我们多处探听，北国兵下落不明，踪迹全无。"探马答道。

"再探。"秦元帅下令道。

"得。"探马说罢便退下了。

秦叔宝派出各路探马打探敌情，心里也在反复琢磨，这定是个空城之计。于是，他回头和徐茂公商议道："三弟，北国如此战法，是不是引人深入再战？"

徐茂公点了点头说："元帅说得对，牧羊城不但不能进，就是在城外扎营也要多加防备。北国想引我入塞，趁我地理不熟，水土气候不服，将我困入城内，再灭全军，听说此处不远还有座黑龙山。北国人马一定扎在那里，多有探马，等查明番兵的踪迹再定良策。现在可派少数人进城，查仓盘库，出榜安民，再探虚实。"

秦叔宝听军师的判断和自己所见相同，便先下令叫尤俊达、史大奈、张公瑾、梁颜师四将带兵进城查查虚实，又派出长探、短探、明探、暗探四路探马四处打探消息。为了多加防备，他还亲身察看地形，要选一平川吉地，好安营寨，在城外等待消息。

安营扎寨可不是小事啊，不是说有个地方就可扎营，那可不是行营，吃饱喝足休息好拔营就走，这是想安大营、扎老营，准备长时间待下去，而又要多加防备北国的诡计，所以秦叔宝亲自安排扎营之事。

元帅秦琼扎了五五二十五座大营之后，立即开帐聚将，命全军将士，人不卸甲，马不离鞍，枕戈待命。没有本帅的命令，任何人不准乱行其事，违令者定斩不饶。

元帅这一令下，众三军都加强提防，谁敢不听呀。将士们晚上睡觉不脱衣服，只能和衣而卧，并把兵刃枕在脑袋下当枕头。一旦有事，大家爬起来就可抄兵刃去战。

就这样，一天、两天都过去了。到了第三天，程咬金可憋不住了。他对元帅秦叔宝说："二哥呀！干吗放着好好的觉不睡，非要浑身和衣？我说没事吧，你还不信。两天啦，我看呢，你就下令，让大伙睡个痛快觉吧。"

秦叔宝一听这话就生气了，把眼一瞪，喊道："程咬金，你敢扰乱军心，应当斩首！"

"别别别。"程咬金被吓得忙赔笑道，"嘿嘿，二哥，你真生气啦？我不说了还不行吗？我不说了。"说着，他便走出帅帐。

就在这天晚上，番兵大叫活捉李世民，火炮冲天，伏兵四起，杀声震天。秦叔宝一看火势这么大，这么猛，敌人又太多，无法抵挡。如果再要死战，那损失可就重大了，他只好下令撤退。

正好北面没有起火，秦叔宝赶紧命令程咬金、张世贵急抢粮草。他自己则和马、段、殷、刘等众将保护圣驾往北撤。

这时城内的张公瑾等人也赶出城来救驾，就这样唐军逃进了牧羊城。整整大战一夜，唐军才算进完。进城之后，秦叔宝就赶紧安排兵将防范城池，多加灰瓶、火药、强弓，以防番兵攻城，可是北国并没有来攻城。

元帅命令赶快分批护城，分批用饭，做好了准备，不知道还会出什么意外。元帅升帐以后，押粮官说："启禀元帅，粮草被烧大半，所剩无几，器械、帐篷也全被烧光了，兵将死伤不少。"

"哎，都怪我用兵不当，真是一将无能累死千军哪！"元帅一听，叹气说道。

"元帅不必忧愁，都怪我料不到，中了奸计。"军师徐茂公自责道。

唐土李世民说："二位王兄不必如此，兵书有云，胜败乃兵家常事，只怪朕没有洪福。"

程咬金这回得理似的说道："得得得，谁也别怪，都怪有人不听话，要早进城能有这回事吗？这回倒好，再烧一会儿，就都化成灰了。"

第二天，城外炮声连天，号角齐鸣，有人来报，说："禀元帅，北国元帅左车轮指名道姓地叫元帅出城一战。"

"再探。"秦叔宝说道。

"是。"报事官说罢便走了。秦琼气得咬牙切齿地大骂左车轮："你真是吃了熊心，吞了豹胆，本帅早想亲手将你置于死地，以报火攻之仇。今日你送上门来，真是飞蛾投火、自取灭亡，我定要和你决一死战。"

说罢，他回头对李世民说道："万岁，你暂且休驾，待臣取左车轮的项上人头。"

李世民说："朕要亲自给秦王兄观敌阵。"

"多谢万岁。"说罢，秦叔宝便披挂整齐，命人备马抬枪，准备战番帅。众文武大臣保护着圣驾，好像众星捧月一般来到城头上。

唐王君臣往城外一望。番兵足有几十万，真是兵山将海，战鼓喧天，号角齐鸣，呼啦啦，番旗飘摆，把牧羊城围了个水泄不通。

那真是营接营、营靠营、连营不断，帐接帐、帐连帐、帐篷起伏，人喊马嘶，扯地连天，真好像蚂蚁盘窝一般。

再看左车轮，他早把阵势列好。他的左边是一队女将，她们全都是绿绢罩头，短衣襟、小打扮，为首的一员女将，跨马提刀，英姿飒爽，精神百倍。唐王君臣都很纳闷，不知北国还有女将，这女将是何人？她就是北国女中魁首突鲁公主。

左车轮的右边有十几员战将，个个盔明甲亮，横眉立目，都是血气方刚勇猛之青年小伙。

正当中有一个帅字旗，旗正中绣着斗大一个"左"字，旗角下闪出一人，面目凶恶，直赛金甲天神。他头戴一顶乌金盔，金扬雄鸡翎；身效锁子连环荷叶甲，外罩大红施，背插八杆护旗；大红中衣皮战裙，跨骑一匹卷毛兽，手拿一把又大又重的车轮大斧。不问可知，这是北国元帅左车轮。

在左车轮的后面有八杆黄龙旗，旗下有一人戴九环八尾七宝冠。他身披黄龙袍，手使短把牛头党，胯下一匹卷毛兽，那就是赤壁保康王。他的左边有突鲁丞相，右边有赤壁保灵王。

唐王君臣看罢北国阵势感到十分惊讶！看来，此次两国交战，定要多加小心。

这时，只见左车轮一提战马来到城下，他用手往城上一指，大叫道："唐童李世民，快快弃城投降，如若不然，我要杀进城去，灭你全军。"

元帅秦叔宝闻听此言，气撞顶梁，吩咐一声："开城，迎战。"

第四回 秦元帅出城会番兵 鲁国公出马斩三将

元帅左车轮和赤壁保康王定下三条计策：

第一条就是把唐军引进北国，将其困在牧羊城逼迫唐王投降，不然就让他全军覆灭。

第二条就是在打不胜的情况下，就活活把唐军困死，或者是一面围城一面派兵取长安，夺取大唐江山。

第三条是实在不行的时候，大军运到黑龙山和唐军决一死战。

今天，真的把唐军围在牧羊城了，康王特别高兴，所以他把两个王子和所有的文武将带到牧羊城外，叫他们来看看怎样和唐军交战。

他们看见唐王君臣都上城了，所以元帅左车轮提马来到城下，指着李世民叫他投降，逼着李世民献出降书顺表，又骂李世民什么杀兄除弟啦，什么逼父夺权啦……

这可把唐王君臣气坏了。尤其是元帅秦叔宝气得火冒三丈，气冲斗牛，当即便往城下大喝一声道："来者是什么人？"

左车轮一看秦叔宝身穿金盔金甲，胸前飘洒着花白胡须，定是元帅秦琼。

因为元帅和先锋官的披挂不同，所以左车轮能看得出来。

更是因为元帅背后有帅旗，所以左车轮认定他就是秦叔宝。只见左车轮仰面朝城问道："你可是秦元帅，秦琼，秦叔宝？"

"不错，正是本帅。你可是元帅左车轮！你在城下稍等，我这就出城会你。来人啊，开关出城。"秦叔宝回道。

"咣当——"一声，城门开了，落下吊桥。大唐营迎敌亮队好个威风，左右列队出城，前有长枪手、短刀手、弓箭手、挠钩手、路牌手和捆绑手。紧接着是铁甲军，个个都是铁盔甲、黑战马，一色儿黑；后边是御林军黄甲黄骠马，一色儿黄。两色军队分别列队两旁。

接着就是几十员大战将，有高的、矮的、胖的、瘦的、黑的、白的。胖大的威风，瘦小的精神，黑的脆生，白的漂亮，一个个虎气生生，好个威风！正当中高挑帅字大旗，银葫芦罩顶，月白缎子底儿，脆兰飞火沿，蜈蚣走穗，挂着飘带，上面绣一个大大的一个"秦"字，呼啦啦顺风摇摆。

旗角下有一员大将，头戴夜明盔，二龙戏珠黄金额。他勒颔带密排主河，保耳护顶，身披锁子黄金叶甲，九段拧成勒甲丝线，反搭十字扣，护心大镜明晃晃、亮堂堂夺人二目。大红中衣，兜裆滚裤、虎头战靴紧扣双镜。往脸上看，面似淡黄，一对朱砂眉，鼻直口方；额下花白须条条似线。背后斜挎防身宝剑。那口宝剑是紫金吞口，黄丝绳相衬灯笼穗，被风一吹，扑棱棱直摆，胯下坐骑马良驹呼雷豹。在他身后挑有两杆认标旗，月白底绣的是黑字。

突然，秦琼的后面闪出一辆四轮车。车上有一人，头戴纶巾，身穿八卦仙衣，车的两旁各有一杆认标旗，左边绣着："知阴阳，晓八卦，神机妙算。"右边绣着："参天地，游五洲，预测风云。"

最后有两杆飞龙旗，金葫芦罩顶，淡黄底儿，浅噙飞人沿，走金线、纳金线、上绣飞龙。旗当中有顶九曲拐把黄罗伞，伞下正是贞观天子李世民。他头戴板羊巾，身披跨马服，内衬滚龙袍，坐骑逍遥马，手提定唐刀，胁下斜挎三尺龙泉剑。细看李世民长得是尧眉舜目君王相，禹背汤肩福禄增，两耳垂肩，双手过膝，仪表非凡，与众不同。

再看后面，旗幡招展，遮天映日。有飞龙旗、飞凤旗、飞虎旗、飞豹旗、引军旗、坐台旗，三十六杆天罡旗，七十二杆地煞旗，旗幡招展，号带飘扬。

左车轮看罢唐营的列队阵势，真是威武雄壮，不由暗暗佩服秦叔宝率兵有方。而且他也很敬仰秦叔宝的威名，久闻秦叔宝。想当年，秦叔宝曾马踏黄河两岸，铜打半边天，交友赛孟尝，孝母似专诸。

今日见面，果然不凡。所以，他想会会秦叔宝，于是忙把大斧担在铁过梁上，双手抱拳当胸，大声说道："对面可是秦元帅？请了，本都督这厢有礼了。刚才在城头上，因离得太远，没大看清楚。"左车轮这一搭话，秦叔宝猛抬头。在仔细一打量之后，秦叔宝发现他的五官相貌、穿戴真是与众不同。

秦琼看罢心想：人长百怪相，必有奇能。左车轮果有英雄之气魄。人讲礼义为先，你既以礼招待，称我元帅，我也给你来个先礼后兵。于是，秦叔宝忙回道："请了，请了。左都督请了。"

左车轮说："啊！元帅，我久闻你的大名，如雷贯耳，皓月当空，威名远震，久仰久仰。秦元帅，听说你当年在瓦岗山就为兵马元帅。归唐以来，你仍然是南征北战、东挡西杀的领兵元帅。

"这次你亲自带兵来我北国，还是元帅。但可别忘了，你已年迈，不比当年了，何必还抖这个威风呢？听我良言相劝，你就别把这老骨头扔在异国他乡了；莫如你快劝劝你主李世民，让他早写降书顺表，归降我们。我可以给你们君臣一条生路，放你们回国，你好安度晚年。不然的话，你就别想回去了。"

左车轮这些话说得是不慌不忙的，秦叔宝冷笑道："左元帅，你反来劝我，让我主写降书顺表？哈哈哈，我看你是洗脸盆里扎猛——真不知深浅啊！你是一个小小的番人胡酋，井里的青蛙能见过多大的天？竟敢出此狂言，与我天朝大国作对，你也不知天有多高、地有多厚，人不言自能。你们竟想吞灭我大唐，真是蜻蜓摇石柱，蚍蜉撼大树——痴心妄想，白日做梦。"

"左元帅，我大唐原本和北国是友好和睦邻邦。各守把土，兴国强民，而你却在赤壁康王面前挑拨是非，不顾两国百姓黎民遭受涂炭之苦，兴师动众，屡犯中原，杀烧抢掠，无恶不作，是你挑起两国之争。不过，你现在回头，悬崖勒马还不算晚，现在你就下马投降，束手被擒，听从我们的发落，我们仍是和睦相处。如若不然，惹恼了我家主公，把你这小小蚂蚁之邦人种都给你们灭了。"秦叔宝又说道。

左车轮听完叔宝的话，气得他"吱呀呀"暴叫如雷，大骂秦琼道："你这个老唐蛮，我好心劝你归降，你反倒辱骂本帅。快拉马进前来，本帅要和你比试比试。"

秦叔宝早就想会战左车轮。擒贼先擒王，他知道只要把左车轮制服了，北国也就不战而败了。他刚想要亲自出阵，就听见有人高喊："二哥。不，元帅且慢，杀鸡焉用宰牛刀，末将我愿负其劳，把这小子交给我吧。"秦琼一看，才发现原来说话的是程咬金。

程咬金知道，元帅不宜出战，左车轮也不能亲自打头阵。俗话说："好戏压轴儿。"这打仗啊，也是有能耐、武艺高强的在后头。

"干脆，我先打这头一阵吧。"程咬金一说完，打马就上去了。他把大斧子往肩膀一扛，就想去迎战左车轮。

秦琼说："四弟，要多加小心。"

"不劳嘱咐，我记下了。"程咬金笑着说。

左车轮一看上来的是个一般的将官。只见这个人，头戴八棱卷毛荷叶盔，身披大叶熟铜甲，护心宝镜耀眼光明，九股生丝拧成的拌甲丝线，大红中衣，牛皮战靴，胯骑一匹大肚圆圆卷毛兽，有一把八八六十四斤开山锁，蓝靛脸，金睛叠豹眼，扫帚眉，列腮嘴。钢牙暴露，厚嘴唇，压耳毫毛像抓笔一样，多蓬胡须。多里多嘴，长得十分丑陋。

左车轮看罢刚想上阵，就听见有人说："大都督，来了个老唐蛮，就请把这一阵让我吧？"

左车轮一看搭话的正是他帐下之将的三嘟，金菇嘟、银菇嘟、布菇嘟弟兄三人。说话的这个叫金菇嘟，他一摆大刀就迎上去了。

马到阵前，按理说打仗应当先各自报完姓名，然后再打。可程咬金从来不干这种傻事，多会儿也是他下手先打人家，什么报名不报名的，不管那一套。今天他见金菇嘟上来了，不等人说话，他抢斧就砍，哪里还不闹着，说声："砍脑袋！'嘈！'"这一斧子就砍下来了。

金菇嘟被程咬金吓了一跳，从来还没有看见这么打仗的呢！于是，他摆刀相还，"当——"大刀架住斧子，一翻腕子把斧头压住，大声问道："你叫什么名字？我这刀明刀亮，刀下不死你这无名之鬼，快快报名来。"

"你问我好，你先把大刀撤回去再说。"程咬金说着先把斧子撤回来又扛在肩膀。接着，他腾出来一只手指着番将说："小子呀，我先问问你叫什么名字？"

"我乃金菇嘟是也！"

"什么？金菇嘟，这玩意儿值钱呢！我非把你的菇嘟掐下来不可。我说金菇嘟，你不是问我的名字吗？"

"不错，快快报上名来。"

"别忙，你先把刀挂上，腾出两只手，一只手揿住你的脑袋门儿，另一只手抓住马的铁过梁。"

"哎,老蛮子,这是何意?"

"这是为你好哇,我要报出名来。你要听后害怕。'嘎嘣儿',把你的泥丸宫吓破了,三魂七魄都吓跑了,谁给你找魂去呀?"

"吱呀呀,老蛮子,你废话少说,快快报上名来。"番将被气得直叫唤。

"好,你听着,我家住在山东宛州府东县斑鸣镇小耙子庄。自出世以来,我抢过切糕,抓过馅饼,打过闷棍,套过白狼,卖过耙子,还倒卖过私盐,打死盐巡李二,坐过三年牢,出狱后卖过当票,砸过当铺,在小孤山长叶林劫过皇杠。走马取金堤,三斧定岗山做过大德天子混世魔王,九承皇帝,十八国的盟主、皇上就是我。归唐以后,官居鲁国公之职,贾柳楼三十六结拜兄弟,我排行老四,姓程名咬金表字知节小名丑儿,再往下问就是你程四爷爷到了。"

程咬金说得那么快,这个金菇嘟啥也没听清,光听清了"卖耙子"这几个字。金菇嘟听完了笑一声说:"哈哈哈哈,你是卖耙子的呀,休走接刀。"

金菇嘟说着举刀就要砍。

程咬金大喊一声:"住手。"

金菇嘟不知什么事,急忙收住刀,问声:"干什么?"

程咬金心说:小子,我得动手了。他虽心里想着,嘴上却说:"小子,你程爷爷不愿和你战,为什么呢?咱俩一动手,你的小命就没了,一则我不愿意杀你,二则我杀了你脏了我的斧。你知道这斧子有多大功劳吗?用它杀的都是有名的上将,你看看我这斧子。"

程咬金一边说着,他的马一边慢慢地往前凑。本来金菇嘟想举刀砍他的时候离得就不远,他一往前凑离得就更近了。说着说着,程咬金冷不防地奔着金菇嘟的头,一斧子猛地就砍去了。

程咬金这三斧加一杵早就出名了,到现在还流传着一套话,说程咬金就会马前三斧加一杵。其实程咬金不只会这点儿,他会的还多着呢!可他全都忘了。

金菇嘟光听他比比画画地说话了,没料到这斧子突然砍过来。他急忙举刀把斧子盖了出去。

程咬金心想,没砍着。于是,他赶紧拉斧子献纂说道:"挖眼。"

"啊!"金菇嘟吓一跳,心想,这叫什么招啊,又用大刀给盖出去了。程咬金顺势搬纂推斧头说道:"掏耳朵。"

"哎呀,我的妈呀。"金菇嘟心说,"拿斧子掏耳朵,这要掏上还能活吗?"

想罢,金菇嘟急忙一低头,"咧",程咬金的这斧子就从他的脑瓜顶上过去了。

程咬金"呀"了一声说:"掏高了。"

这可把金菇嘟吓坏了。他又心想:哎呀,我的妈呀,这斧招也太快了。

要不说打仗的时候,可不能走神,一走神就有生命危险。他光琢磨程咬金的斧太快了,一个不留神就被砍下了脑袋。

程咬金一看可乐了,大喊一声:"小子们,哪个有胆量前来送死?"

银菇嘟一听,心想:哥哥这么大的能耐还没过三招就死在老南蛮的手里了。想到这,他可心疼坏了,眼泪也就下来了。于是他嘴里喊着:"哎呀,哥哥呀!你的阴魂慢走,你二弟和你同往!"他这一着急,把话都说错了。这回他也活不了啦!

接着,银菇嘟催马上前,见程咬金举刀就砍。

程咬金见大刀向他砍过来,他也不躲,也不闪,反而抢斧子砍人,说声:"砍脑袋。"叫罢,程咬金挥着斧子就来了。

银菇嘟吓了一跳,心说:这倒好,我给你一刀,他给我一斧,我给他的"扑哧哧",他给我来个"咔哆哆"。他死我也活不了,这是玩命啊!这不行,程咬金仍然是三招过后加一杵。

银菇嘟先前见他大哥就是死在这一杵上啦!所以,他特别注意这最后一样。他注意了,早有防备,当然就不能再叫程咬金打上了。

程咬金一看没打着,说道:"便宜他了,没打着。"于是,他拉住马,打了个盘旋。就这样,二人又一个照面。二马横刀相磨,这回银菇嘟可不让他先动手了。可是程咬金不管那一套,仍然是你砍你的,我杵我的。

程咬金的三斧,砍脑袋、挖眼睛、掏耳朵全都用过了,银菇嘟就等着他的最后一杵了。

没想到程咬金这回,猴戏又变啦,最后这一招来了个捞马脖子。

其实,这一招不叫捞马脖子,是叫海底捞月。可程咬金记不住了,就说"捞马脖子"。别看程咬金这几斧子不多,这可是神斧哇!这套斧招一共是翻天六十四砍，他都学过，可惜程咬金没记住。那还是在尤俊达家里练的。有一天夜里，尤俊达被程咬金给惊醒了，便来到他的房门偷往里瞧。这时，他发现程咬金正练斧招呢。斧子的招法练得也太好了，是谁教给他的呢？尤俊达看得入神时，不由自主地喊了一声："好！"他这一叫，可把程咬金吓一跳。于是，程咬金出房门查看，却没有看到人。等再回屋练，他大多都忘了，六十四砍只想起来三招。之后，他自己练就了一杆和捞马脖子这两招。

今天，这个捞马脖子又把银菇嘟给捞上了。就听"呶"的一声，他就把马给宰了，马当时"咕咚"就倒下了，一下子就把银菇嘟摔了下来。说时迟，那时快，程咬金一探身子，上去就是一斧子，"咕咚"银菇嘟斗大的人头可就掉了。

红头大力士左车轮一看，连伤他两员大将，这还了得。他刚想亲出马，就听到后面有人哭着上了，说："二位大哥呀，你们死得好苦，待三弟为你们报仇！"

又是谁呀？布菇嘟。他也不向左车轮讨令，催马来到阵前。程咬金正琢磨着呢，我杀了两个，连胜二将，招数都用完了，见好就收吧，等个机会快回队，又听见上来一个投庙儿的。他一看来人手使生铁大棍，个大体壮，眼睛瞪得像包子似的。程咬金心想：这个我可不能再战了，鞋底子抹油，快溜吧！布菇嘟一上来，程咬金便跑回去了。布菇嘟大声喊道："老蛮子，你回来，你回来！"

"明日见，我不回来了。"

"哎，你怎么就不来了？"

"我们元帅有令，一个人最多只能杀两个，把你留给别人杀吧！"

今天也不知道怎么了！程咬金的这匹大肚子蝈蝈枣骝驹就是跑不快了，急得他猛打马屁股。这时，他还一直回头看，恐怕布菇嘟追上他。

布菇嘟一看程咬金的马跑不快，便紧催战马，恨不得能一步就追上他，然后一棍把程咬金砸个肉泥乱浆。眼看就到程咬金的身后了，他便攒足了劲儿，举起大棍就要往下砸。

这可把唐营的人们吓坏了，就连秦叔宝也害怕了。真是千钧一发，想救程咬金都来不及了，众人吓得都喊："程千岁注意，小心，后边追上了。"

这时程咬金反倒笑了，也喊道："不要紧，我就是叫他们看看我马上的功夫。"说着话，他用手一按马头。

他的这匹大肚子蝈蝈枣骝驹，当时就把那两条前腿一爬，掀起了屁股。接着，程咬金的两条腿用力一夹马的肚子。就看见这马的肛门里，"哧"的一声，喷出一些稀粪来，就像一条水龙似的，正好喷在布菇嘟的身上。

布菇嘟正瞪着眼，咬着牙，刚想举棍，突然就被马粪喷了个满脸花，这个味道还能好闻吗？两眼也全迷了，他的马也惊了，"咳咳"直叫，前蹄一竖有多高，差点把布菇嘟摔下来，吓得他"呀"了一声。他刚想闭着眼睛拨马往回跑，已经来不及了。

这时程咬金早就把马提起来了，关上城门打瞎子，那还不打老实的吗？于是，他"呀"一斧子，来了个黄瓜切葱一大沫茌儿，斜肩带背把这个布菇嘟劈为两段。此时，布菇嘟的那匹马也被惊得落荒而去了。

这一手啊，闹得唐营众将哭笑不得。大家开始都为程咬金担着心，没想到他的马还有这一招，也不知这是怎么训练的？其实不是练。这匹马好就好在这儿啦！本来程咬金想把这一招当作救命的绝招。他知道自己就是三斧子，万一战不过人家，跑又跑不了的时候就用这一招，准保安全。今天他也是高兴了，和北国头次打仗连胜两阵，干脆把保命的绝招拿出来吧，也叫北国知道知道我们中原有的是奇人奇事。所以他用这一招宰了布菇嘟。

程咬金一高兴，这脖子也就硬起来了，胸脯也硬起来了，说话也粗了，嘴也撇撇着。毕竟本来他这个红胡子，气不得也笑不得。

北国的番兵将都急了，心想：一个老蛮子就杀了我们三员大将，用真本领战的也不窝囊。可是就凭战马蹚了泡稀，他还杀了一员将，这叫什么打仗的？于是，众番兵将都纷纷讨令和唐营决一死战。

北国元帅左车轮更是气坏了，高声大喊道："秦叔宝，老唐蛮，你们唐营还有没有真正的英雄？你如若不怕死，你就亲自出来，我要与你大战三百回合，决一雌雄。"

第五回 齐国远砸死番营将 战番帅秦琼累吐血

鲁国公程咬金连斩三员番将，这可把元帅左车轮气坏了。他有点恼火，这三员战将都是他喜爱的，也是北国数得着的英雄啊！可是，他们和老唐蛮也就杀了一两个照面，就先后被他的三斧子都给宰了。

特别是布菇嘟，连一个照面都没战，他的马喷了泡稀，就把布菇嘟给喷死了，太可气啦！另外，他也有点不好意思了，为什么呢？

他以为把唐营困在牧羊城，实现了第一条计策。接着，他就可以把唐兵打个落花流水，一战定输赢，准能成功。头一阵，三员战将就被宰了，他觉得很丢脸。因此，他决心和大唐决一死战，这才大声高喊，叫唐营元帅秦叔宝亲自出战。他喊完了，刚要提马上阵，就听见一个娇滴滴的女人说："请左元帅息雷霆之怒，待我去会战老唐蛮，好为三将报仇雪恨。"

"嗯！"左车轮抬头一看，说话者原来是突鲁公主。

这突鲁公主可不是一般人物，她是北国的女中魁元，武艺超群，才貌双全。那真是：学问渊博，通古达今，才高八斗，学富五车；读书万卷，满腹经纶，琴棋书画，无一不精；马上步下，长拳短打，十八般兵器，件件精通，熟读兵书与战策，知三略六韬和孙子兵法，排兵布阵，攻杀战守，无所不知。

现在，她想出马会战唐将，没想到引起了左车轮的反感，这是为什么？

书中待言，因为这次兴兵攻唐，除赤壁保康王愿意外，多数人都不愿意，并埋怨元帅左车轮不该催康王兴兵，无故侵犯中原。

左车轮一听公主说她要出战。他认为公主是戏弄自己，瞧不起他，所以他很反感。可是，他又不好说什么，不管怎么说，公主也算是好心啊，他只好笑了笑说："公主不用啦，这一阵，还没看出谁胜谁负，你是金枝玉叶之体，不到万不得已的时候，就不劳你的驾了。"

左车轮的话音刚落，又听有人高喊："大都督，让我前去讨敌，会战老唐蛮，取其首级。"

左车轮回头一看，叫喊的正是铁雷四兄弟中的老大，名唤铁雷木尔。这铁雷四弟兄名字：老大叫铁雷木尔，老二叫铁雷金牙，老三叫铁雷银牙，老四叫铁雷八宝，这四人都力大过人、武艺高强，都有万夫不当之勇。

左车轮一看铁雷木尔要去讨敌，当然他是放心的。于是，他冲铁雷木尔点了点头并说道："铁雷木尔，唐营之中确有能人，千万不可轻敌，务要多加小心，特别是那个使斧子的老唐蛮，确实厉害无比，斧法绝伦，对他更加注意。"

程咬金这一下子把北国战将都给镇住了，都认为他是个非常了不起的老英雄。正是因为这一点，左车轮后来又吃了一回大亏。那回书叫舌战群儒，你往下看就知道了。

钦雷木尔健马来到阵前大叫："刚才那个老唐蛮，快快出来受死。"

"嘿嘿，又来叫我啦，我够数了，不去了，这回该换换人了！"程咬金嘟囔道。

这时，大元帅秦叔宝已经把令旗交给了军师徐茂公。可是，他正要亲自出马时，就听有人说："秦元帅，把这一功让给我吧。"接着，说话的人催马抢刀就上去了。原来是刘弘基请求出战。他骑着马来到阵前，又看了一眼敌将，心说：呀，好怪相，北国番将都长得这么凶啊！于是，他用刀尖儿点指道："咄，番将你是何人？快快报上名来。"

铁雷木尔一摆手中的狼牙棒，便说道："俺乃铁雷木尔是也！老唐蛮，你是何人？"

"老夫乃大唐开国元勋刘弘基是也！"

"老唐蛮，你已白发苍苍，年纪高迈，我不和你相杀，你赶快换刚才那个唐蛮，让他前来送死！"

"少废话，接刀。"刘弘基说完举刀就剁。

大唐开国四将四口刀，一个比一个厉害，别看刘弘基上了几十岁年纪，可是他宝刀不老，胯下战马不老，心胸不老，剑眉倒竖虎目圆睁，干巴巴的，一团好精神。他是刀沉手快，"唰"就是一刀。

铁雷木尔抡动狼牙棒往外去架，"当——"狼牙棒碰在刀上，火星子迸冒，一下子就把大刀给崩回来了，震得刘弘基的两手有点发麻。

刘弘基"呀"的一声吃惊不小。他心说：这小子的力大，我得多加小心。想罢，他虎目圆睁，长髯往嘴里一咬，便把刀法施展开了，快如闪电，疾如暴风，上下翻飞。此时，围着铁雷木尔身上全是刀啦。别看铁雷木尔的劲儿大，但刘弘基的力巧，这刀尖光找他的手腕子，就是不往他的兵器上碰，逮着机会就砍他一下子。

铁雷木尔不仅力大，这对狼牙棒也真有点功夫，躲开刀，闪开刀。虽然前后都是刀，可是他一点也不忙乱。

两个人战了足有二十几个回合，突然只听"咋呼"一声，刘弘基的刀就被铁雷木尔的双棒给夹住了。刘弘基再想抽刀，可就撤不回来啦！铁雷木尔也不会松手，一松手，这刀可就砍下来了。不管刘弘基怎么撤，铁雷木尔总狠狠地夹住不放，就好像把铁钳子似的死死地夹住，两个人可就较上劲了。

这回刘弘基可就吃亏啦，他毕竟是上了年纪，力气顶不住啊。时间一长，老人家准有危险。

铁雷木尔用力拽了两回，想把刘弘基接过来，刀没拽动。后来他也不动了，心说：我在这和你磨时间，等一会儿，就把你的劲儿耗没啦！到那时我再一棒，结果你的性命……

时间不久，刘弘基就觉着不行了，眼看顶不住了。就在这千钧一发的时候，就见唐营里有一匹战马飞奔而来，马上那人高声称道："刘老将军不要担惊害怕，我来也。"话到马到，马上人举起大锤就来砸铁雷木尔。

铁雷木尔赶紧攒足了力气，用劲把大刀往回一推，"悠"，刘弘基的大刀被推回来了，差点没把老人家闪下马去，他只得无奈催马败回本队。

铁雷木尔也来不及招架，而且他也不敢招架，怎么办？他看砸来的这铜锤，个太大，大得都出号，他怕力气顶不住人家，所以不敢招架。他双脚一踹，马就蹿出老远，唐将这一锤就走空了。人胆大，汗胆小，"吱"一下子，铁雷木尔的汗就下来了。"我的妈呀！这对锤，怎么这么大呀？"想罢，铁雷木尔再看马上人，更让他觉得可怕。他只见马上人的身高足有丈二，头似芭斗，眼赛钢铃，翻卷着鼻孔，四方海口，两道扫帚眉；膀大腰圆，头戴铁盔，身挂铁甲，胯下铁青马，背后斜一把虎尾鞭；手里提一对镔铁大锤，这对锤比一般的锤能大出两号来。铁雷木尔看了会儿，便用手一指，大声问道："来将，你是什么人？"

"肉的。"

"肉的？那不是肉，还是泥捏的呀？我问你是哪里来的？"

"从中原来的。"

"咳……这个费劲呀，你叫什么名字？"

"早这么说不就好了吗，问我姓名啊？听我告诉你，我是大唐朝二主唐王驾前二十七家御总兵、天下第一锤将，姓齐名国远。再问，那就是你总兵老爷到了。"

铁雷木尔一听，心想：他是天下第一大锤将？嗯，他这锤是不小。

"哎，小子。我问你，你叫什么玩意儿？"

叫什么玩意儿？铁雷木尔被气得"吱呀呀"直叫唤，便大声喊道："俺乃铁雷木尔是也！"

"耶，木耳？这可是好菜呀，我不管你是木耳，还是银耳，待一会儿我就把你耳朵取下来，就酒吃。小子，你要知道好歹，赶快下马跪倒叫我三声爷爷，我发发慈悲，把你放了。如若不然，我叫你在我的大锤之下做鬼，把你拍扁了。"齐国远说道。

铁雷木尔被气得"哇呀呀"怪叫如雷，大声吼道："老唐蛮，你少说大话，找打。"于是，他"呜"地抡棒就打。

齐国远一看棒来了，就把大锤往外挡开，"呜"，吓得铁雷木尔赶紧把狼牙棒又撤了回来！铁雷木尔心想：他这一锤要是碰上，我的棒可非得被盘飞不可，所以赶紧撤狼牙棒。这回齐国远再用锤锤他，他不敢用棒去接了，只好躲呀，闪呀！两个人又战了几个回合。之后，铁雷木尔就发现他的大锤打得不实，而且又看出齐国远有点虚。于是，铁雷木尔又心想：难道他的这锤是假的？哎，有了，我先慢慢地试试。要是假的，就好办了；要是真的，我就不和他战了，因为他的锤太沉，难以取胜。想罢，再等齐国远的锤砸下来了，他往旁边稍微一扭身，用狼牙棒轻轻地一碰他的锤。就听"咯"的一声，狼牙棒插到大锤里边去了，把大锤捅了个大窟窿。

"哈哈"原来是假的呀？铁雷木尔这可就不怕了。于是，他把狼牙棒就从锤里抽出来了，却发现顺着那窟窿流出来一种什么东西。再定睛一看，他才知道原来是干石灰。

原来齐国远的这对大锤是假的。齐国远的武艺一般，使单鞭，鞭招也不高明，每次要打胜的次数不多。后来他想了这个招，做了一对假锤，锤的个头特别大，里边装上石灰，外面左一层、右一层地糊上几层纸，然后刷成黑色，看起来像真的一样，再加上他的身躯高大，所以他挺适合拿这对大锤，并经常能吓住敌将，使敌将不敢和他交锋。齐国远也轻易不用这一招。今天他是被程咬金给激火了，才上来与番将铁雷木尔动手。究竟是怎么回事呢？程咬金连胜三阵，自觉着洋洋得意，有点趾高气扬。齐国远看不惯，就在旁边说风凉话。于是，他轻蔑地说："谁家过年还不吃顿饺子，自己没有本事，只能用马赢人家，这算什么能耐？"

"甭管怎么说，我老程的斧子砍死三个，这是真本事。你呢，你那对假锤的个头不小，属竹子的，是空的，只能吓唬不知底细的人。真要是打起仗来，你连边儿都不敢往人家的兵器上碰，哼！不服，你也上去试试，也胜上两阵，叫咱开开眼。"程咬金回怼道。

齐国远一听这个气呀！他忙说："上去就上去！"正好，此时刘弘基的大刀被铁雷木尔给夹住了，本来马三宝想上去帮忙打接应，可齐国远把他拦住了并说："马老将军，你先等等，这一阵先让给我。"说完，他催马就上来了。

现在假大锤已漏，石灰流了出来。铁雷木尔给吓愣了，心说：这是什么玩意儿？他刚想要再进一步看个究竟，不料流出来的石灰就钻进了他的眼里，疼得他"哎哟"一声。

齐国远眼疾手快，在铁雷木尔眨眼的刹那间，他立即扔掉破锤，并从背后抽出虎尾钢鞭顺手打去。就听"噗"的一声，就像砸烂倭瓜似的，铁雷木尔的脑袋就被砸了个万朵桃花开，死尸掉于马下。

铁雷三兄弟一看大哥死了，要想一齐上，但都被元帅左车轮拦住了。左车轮又心疼，又生气，心疼的是铁雷木尔是他的爱将！气的是大唐营这是什么打法呀？所以他要亲自上阵，便说道："三位将军，给本帅观敌阵，本督要亲自给你兄长报仇雪恨。"话罢，他提马直奔阵前。

这时齐国远早把那柄破锤捡起来了，一看又上来一个，他二话不说，抹马回头就跑！"唐蛮休走，快快回来受死。"左车轮大喊。

"你等着，我回去换对锤，再来接你。"齐国远边跑边说。

左车轮被气得"哇呀呀"暴叫，大声骂道："秦叔宝，你这个老唐蛮子，你要是个英雄，快快出马与本帅交锋，你如若胆小怕死，就让你手下的那些无能之辈前来送死。"

秦叔宝是热脸汉子，爱面子，被左车轮这么一说，有点接不住了。虽然说打了胜仗，程咬金的前两仗还算凑合，可是后两阵打得都不光彩，先是程咬金用马拉稀取胜，后是齐国远凭假大锤里的干石灰偷袭获胜。因此，在听到左车轮这样骂阵时，他顿时觉得脸上直冒火。

所以，秦叔宝把手一摆，意思是别人不上去了，我要亲自上阵，大伙谁也不再上了。在把令旗、令箭交给军师徐茂公后，他便催马来到阵前。

左车轮看秦叔宝上来了，把车轮大斧一摆，说道："秦元帅，我久闻大名，今天我要领教领教你的武艺如何？如果你能胜过本都督，我情愿写降书献顺表，放你们回国；如果你不是我的对手，你就是不投降，我敢叫你死无葬身之地。"

"好，大丈夫说话如白染皂，言而有信，快快催马近前来，我与你战上几回合。"秦叔宝说着话，一伸手，就从后抽出一对熟铜锏。

秦琼不是有吸水提卢枪吗？为什么还抽铜锏？提卢枪虽然是四宝之一，可是他的枪法不如锏法好。他的枪法是在北平府罗成传递枪锏时学的。这熟铜锏是秦叔宝祖传的锏招，他爹爹秦彝，想当年扶保北齐时，皆因寡不敌众，才被许人要所杀。

秦叔宝也是凭这对熟铜锏而扬名天下的，要不怎么叫"马踏黄河两岸，锏打九州十府一百单八县"呢？这个美名，就是凭这对熟铜锏闯出来的。今天会战左车轮，他当然要用自己最拿手的绝招了。秦叔宝手擎熟铜锏说道：

"左将军，请动手，本帅先让你三招！"

左车轮一听这个气呀，心说：先让我三招，这是小瞧我。于是，他把眼一瞪说道："秦琼，你口中休吐狂言，看打。"说罢，他抢斧就砍，"呜"，斧带风声，就砍下来了。秦元帅一提战马闪开道："这头一招，我不还手，常言说，人有见面之情嘛。左将军听我良言相劝，还是归降我们为好，你可别钻牛角尖儿，死到临头，可别后悔呀！"

"你大唐将帅都是油嘴匹夫。"左车轮说着话，"呜——"又是一斧。

秦琼一连让过三招之后又说道："左车轮呀左车轮，有再一再二，可不能再三再四，我看真是良言难劝你这该死之鬼，别怪本帅不恭了。休走拿命来。"两个人，马来马往，铜斧相交，可就杀在了一处。

两国的大帅，抖出风，显奇能，各不相让，接驾相迎，铜来斧去，撞击"叮咚"，马来马往，尘土飞扬。四条臂膀空中转，八个马蹄的尘沙，两人大战八十多个回合后仍不分上下。

秦叔宝的铜法纯熟，变幻多端，可是气力比不上左车轮，所以他心中暗想：时间一长，我是难以取胜，我必须用祖传绝招——撒手铜赢。

左车轮不但武艺高强，而且力大无穷，又是血气方刚，正在壮年，他已看出秦琼的武艺比自己高，心想：论力气你却不如我，我叫你秦琼知道我的厉害。于是，这小子就来了个损耗，马打调头，二马镫鞯相磨，他抄起大斧，"呜"来了个泰山压顶往下就砍。

秦叔宝一看大斧砍来，只好用双铜搭成十字架。只听"当啷"一声亮响，真好像铁炉打铁一般，震得秦叔宝虎口出血，两手发麻，总算是架住了，没崩出去。

左车轮的人斧头并不往回收，而是继续压住秦叔宝的双铜，成心想和秦琼较劲儿。

秦琼也用足力气，架着大斧，两个人就支起架子来了。可是时间一长，秦琼毕竟上了年纪，这汗可就下来了。秦琼自觉有些不好，当时灵机一动，突然间他大喊一声"左车轮"，把左车轮闹愣了，不知是怎么回事。就在左车轮一打愣神的工夫，秦琼早有准备，一喊完了，两脚一蹬飞虎镫，小肚子一贴铁过梁，这马"咴"地一下子就蹿出老远。秦琼算躲开了，左车轮的大斧也就撒回去了。

左车轮一看，大声说道："秦叔宝，你不是本都督的对手之将，你认输吗？"

秦琼此时的心都快跳出来了，强振着精神说道："左车轮，你看今日天色已晚，咱们明日两军阵前不见不散，来者是君子，不来者为小人。"说罢，他命兵丁鸣金收兵。

秦元帅一声令下，唐营的前队并为后队，后队并为前队，"哗"收兵回城了。吊桥悬起"咣当"一声关上城门，门军放下了千斤闸。

左车轮被气得张大鼻孔，光剩出粗气了，回头对本队人马喊道："巴嘟噜，收兵。"他也回去了。

待秦琼回城之后，二主唐王便带领武将文臣，一齐围上元帅。此时秦叔宝就有点顶不住了，没等他下马呢，就觉着心里发热，嘴里发咸，一张嘴"哇"的一声，这口鲜血就吐出来了。

当时他就觉得眼发黑，在马上就坐不住了。程咬金等人赶紧上前，将他搀下马来，扶到帅帐休息。

秦琼从年轻时，饱经风霜，受些劳累，为大唐江山东挡西杀、南征北战。后来归唐当了元帅，他更是为国操劳，早已劳累成疾，身体欠佳，今日用力过猛，又加上上了几岁年纪。因此，他在阵前与左车轮较劲儿，那是强挺着。

现在一口血吐出来了，这可把大唐的君臣都吓坏了，皇上李世民被吓得急忙前去过问。

"秦王兄，你，你这是——"李世民问道。

徐茂公长叹了一声："此乃天数，并非人为呀！"军师插口道。

秦叔宝病了，只有徐茂公代秦琼出管营中之本。于是，徐茂公命城头上增兵添将，严防城池。

第二天，北国又来讨战，唐营就无法出征了！常言说：将是兵心之胆、兵助之威，主将一病，兵也就缺了胆子了！这仗是没法打了。无奈，军师徐茂公只好命人在城墙上高悬免战牌。

三天之后，秦琼的病情稍好一些，他能够撑着坐起来，可再打仗那是不行了。于是，他对徐茂公说："三弟呀，我这一病，看来是不能出战了，军中大事都托付于你了，你看怎么办吧。"

"二哥不用着急，你要安心养病，我今天就和万岁与众将商量一下。"徐茂公安慰他说道。

此时正赶上万岁和众将都来看望秦琼，大伙就在一起商议怎么办。这座孤城被困，粮草也剩下不多了，常言说：粮是军中之命脉，兵无粮，不战自乱。因此，唐营众人得赶快想想办法。皇上也急得连忙问道："众家爱卿，现在我们被困在城中，元帅又身染重病，大家八仙过海各显奇能，替朕想个万全之策。"

大伙都没说话，因为这事不好办，一时谁也拿不出个主意来。听皇上这样一问，各个心里都是很着急，都在皱着眉，低着头想招。

唯独程咬金站不住，坐不稳，两只手一会儿也不老实，一会儿掏这个，一会儿过过那个，挤眉弄眼儿。徐茂公看他那样，忙叫道："程咬金！"

"末将在，军师叫我，但不知哪方差遣？" "四弟，你大概是有办法了吧？" "我，我可是冻豆腐拌不开——没办法。"

"我看你和大伙交头接耳的，一定有办法了，你就展展奇才，解解咱们全军之危。"

"嘿嘿，得啦我的徐二哥。你可别叫啦，你这是拿我开心哪？我有什么能耐呀，要说有奇才，还得说是你，谁不知道你呀，前知五百年，后知五百载，上知天文，下晓地理，能说会算，过去和未来你知道，真有半仙之体，还是你出高招吧。"

"四弟呀，我们这次被围，不出几个月，粮草用尽，我们就有全军覆没的危险。四弟是粗中有细之人，还是你快点儿拿个主意吧！"

罗通扫北

第六回

徐茂公又出妙计策
程咬金搬兵闯番营

军师徐茂公叫程咬金出主意，程咬金不但说没有，反而把徐茂公挖苦了几句。军师心说：四弟，你还跟我要上心眼了，这次非叫你自己在坑里栽不可。想到这里，他冲皇上使了个眼色。二主唐王一看就明白了，忙冲程咬金说："程咬金，朕与臣被困牧羊城，你就快点出个良策吧！"

程咬金和皇上可不敢开玩笑，他想了想说："良策我可想不出来，我倒有个办法，不知能不能行？"

"程王兄，你就说说看。"军师立即回道。

"我看现在我二哥身染重病，咱们再和北国战，攻难以取胜，跑又跑不了，被困时间长了，我们也不能就这样睁眼挺着，只好做长期打算，在这安家过日子，叫兵丁们能干啥的就干啥，开荒种地，自种自吃。养牛羊，放骆驼，吃牛羊肉，喝羊奶，只要天不灭我大唐，必有出头之日。另外，我们这些人也各尽所能，我还会卖包子，贩私盐，徐二哥敲着木鱼，出街走巷去算卦，挣点钱花。"程咬金一本正经地说道。

唐王听完这些话，真是气不得，也哭不得，虽然是笑谈，但又有些道理。

秦叔宝怕皇上生气怪罪程咬金，急忙说："四弟果然长了见识，你刚才的办法是好，可并非是万全之策呀！"二唐主听秦琼这么一解释，心说：你真护着你的老四呀！徐茂公接着秦琼的话直说："二哥，你不要急，咱四弟他胸有成竹，这是刚开始，他还有高见没讲呢。老四再往下说呀。"

"是呀，快快再谈谈你的高见，还是想个万全之策。"皇上也跟着说。

程咬金这个人哪，有个毛病，不买夸，过夸赶上肢，他不假思考，想起来就说："其实我也觉得刚才说的那个做法不大全面，要自种自吃有季节，对不？要等到种地的季节，咱们早就饿死了，我看最好……哎，对啦！"他好像想起来什么？突然，他拍大腿高声地说道："好，太好了。"

程咬金的这一反应着实把众人吓了一跳。徐茂公最了解程咬金，一看他这个高兴劲儿，就知道他想出办法来了，便问道："四弟，你有什么高招？"

程咬金一听徐茂公问自己，就有点不乐意，故意瞪了他一眼，然后冲着皇上说："万岁呀，我想咱们大国有的是能人，就咱们京城，各府里的小孩们吧，一个个都了不起，就我那铁牛、万牛吧，他们都比我强得多得多。如果我们派个能人杀出番营，回到长安搬兵进军，定能平定北国，活捉左车轮。"

唐王李世民一听乐了，这真是老龙正在沙滩卧，一句话提醒梦中人，心中暗想：对呀，京城里那些少公爷，个个都是将门的后代。我那御儿子殿下罗通，还有秦王兄之子秦怀玉，都是少年英雄。如果有人能回京，他们定能前来救驾。

可是谁能回朝搬兵去呢？军师有事先知。徐茂公看出皇上在为人选发愁，急忙说："呀！程咬金确实有智谋，他想的这个主意还真不错，我看很好，万岁就点个人回去搬兵吧！"

"徐三兄，我君臣被困城内，番营兵多将广，连营二十里。不知何人能闯过去，回朝搬救兵？"李世民问道。"这个……"徐茂公把眼一眯缝，没说什么，二目一直在看着程咬金。

程咬金一看军师老用眼盯着自己，心说：坏了，他是要派我回朝搬兵啊！我呀，悄悄地先出去躲躲吧！想到这里，他就稳了，刚想动身要溜，就听徐茂公"嗯哼"一声。

程咬金被吓得就没敢动，心说：你看这牛鼻子老道，又要折磨于我。他正想着呢，果然就听徐茂公对万岁说："万岁，这次派人回朝搬兵是一件难事，必须得派个有勇有谋的福将才能冲出北国的连营啊。"

徐茂公说的这一句话，差点儿没把程咬金吓毛了。他知道，徐三说的福将就是他。

书中待言，大唐朝有智、勇、福三将。智将秦琼秦叔宝，勇将是罗成罗士信，福将就是程咬金。程咬金这个人哪，有时胆大，有时胆小；有时心粗，有时心细。有难事不好办，经他一办，还就好办了！有的事本来是挺危险、挺难办的，他一去就逢凶化吉，遇难呈祥，把事办好了。所以大家都说他是一员福将。

现在军师刚说到"福将"二字，就把程咬金吓哆嗦了。这时就听徐茂公对程咬金说："四弟呀，你这个主意出得好，如果小将军们能到北国，我们君臣一定可以转危为安，像这救驾之大事，只有你才能担起千斤重担。"

程咬金一听心里就暗骂：徐三呀徐三，你真损，也埋怨自己不该在众人面前多嘴，结果给自己惹下了大祸；又一想，这个时候我不能与徐三哥来硬的，得和他说好的。想罢，他一龇牙，一咧嘴说："嘿嘿，三哥呀，咱们可是磕头的生死弟兄，扎一锥子冒紫血，'嘎咧咧'的好朋友，对不？就我这两下子您还不知道吗？论武艺，我就会三斧子。我这三斧子谁不知呀？你让我回京去搬兵，这不是白白叫我送死吗？"

"不，你的三斧子很厉害，可以说有万夫不当之勇。前日疆场之上，你连胜三阵，砍死三员番将，威震敌胆，堪称我大唐一员猛将。"

"咳，那是我让大运撞上了，三哥你还不知道我这两下子吗？要是打长了，砍完这三斧子，我就没招了。"

"我说四弟呀，你就不要客气了。"说着，徐茂公就给皇上递了个眼神。

聪明的帝王，唐王李世民，见军师一朝着他使了眼色，马上就明白了，连忙说："程王兄，常言说，国难当头显忠臣良将，你又是智勇双全的福将，你就不要推辞了，辛苦一趟吧。"

"万岁呀，你可别听徐三哥胡说八道，什么福将不福将的，我没有福，光有豆腐，你不能让我白白去送死呀！你要不想让我活，干脆就把我杀了吧，也好落个囫囵尸首。"

"四弟，你不要担惊害怕，我已算准了阴阳八卦，你准能顺利地闯出番营，平安回京。你用不着使你的三斧子，就凭你那三寸不烂之舌、两行伶牙俐齿，也能舌战群儒闯过番营。"

"别来这一套，我不用你给我戴高帽，要去你去，我是不去的。"程咬金把眼一闭说。

徐茂公一看怎么说也不行，他慢条斯理地说："四弟，难道你竟敢抗旨不遵，这可是杀头之罪呀！"徐茂公说着话，又看看皇上，并用手往脖子一比画。

唐王李世民突然把眼一瞪说："嘟，大胆的程咬金，圣驾有危，你不报效君王，竟敢抗旨不遵，这还了得，来呀，把他推出去斩！"

程咬金本来想乱说一通，出出气就算了，没想到皇上恼怒了，要把他推出去杀了。他的气就更大了，忙说："好哇，反正留头我也没有用处了，你就杀了吧！徐三呀，这事都坏在你身上，别看皇上杀我，可我不生气，我主要是生你的气。牛鼻子老道，你别忘了，想当初贾柳楼，咱们是一个头磕在地上，金盟谱上也写着咱们的名字。可惜你时时处处都在害我，你究竟安的是什么心？把你的心扒出来，狗都不吃，杀吧，杀吧，恨我没长眼睛，交了你这个朋友。"话没说完，他就往外走了。

元帅秦叔宝要给四弟程咬金讲情，刚一站起身还没有说话呢，徐茂公在床边冲秦琼一摇头，意思是不让他管。秦叔宝立即明白了徐茂公的用意，只好张张嘴，又把话咽回去了。

他俩的这一举动被程咬金全看见了。于是，他忙说道："二哥，你瞧见了吧？这徐三总想害我，现在我算死在他手了。都说徐茂公是神机妙算，前知五百年，后知五百载，这全是胡说八道，口里放炮，都是假的，他就能欺负我，有本事他为什么不去搬兵，叫他化装，改扮成个要饭的叫花子，一手挎个篮，一手拿根打狗棒，他能混出去吗？嗬，他只能坑我。得啦，冤有头，债有主，还是那句话，君子报仇十年不晚。二哥呀，我还有件事想托付于你，咳，你弟妹这辈子可跟我没享福，在瓦岗山当皇上，没有几天就让位了，现在只不过是个小小的鲁国公。这些年来，她跟我担惊受怕，提心吊胆，真不容易啊！现在我要死了，也见不着她了，你回京以后，不管怎么着，你可劝劝你弟妹，千万别让她改嫁呀！二哥呀，你多保重，我先去了。"

程咬金说到这儿，两旁的众将又想笑又想哭。想哭的是，他说的这些话，令人伤心；想笑的是，他都要死了，还有心说这些。

秦叔宝被弄得还真没法回答，听他说的这些话，还挺伤心的，也觉得有点不是滋味。可他又生气，心说：你问的这些话，叫我这个当哥的怎么回答。程咬金一看秦琼半晌没回答，便接着说："二哥呀，你也别为难，如果你弟妹实在想改嫁，那也没办法。可是，你可别叫她把我那两个宝贝儿子带走哇，求二哥把他们拉扯长大！铁牛、万牛都不小了。"说着说着，他的眼泪还真流下来了。

秦叔宝只是摆了摆手，摇了摇头，"咳咳咳——"咳了几声，什么也没说。

徐茂公慢步来到程咬金跟前叫道："四弟。"

程咬金见是徐茂公，他把脖子一梗，两眼一瞪，问："啊，干什么？"

"四弟，你真的愿意走这条路吗？"

"徐三，你怎么还来问我？这条路还不是你逼我走的吗？"

"嗅！是我逼的你？"

"哼，徐三，行啦，我知道你要干什么，我也知道你想对我说什么，你别来这一套，猫哭耗子假慈悲。我算是记住了，你也要记住我这句话，我姓程的今生报不了仇，死在阴曹地府，也要到阎王爷那里告你的状，告你不仁不义，坏良心。"

"哈哈哈，四弟呀，哎！我一直认为你很聪明。现在此时，你是聪明反被聪明误，倒是糊涂人。"

"你说我糊涂？"

"四弟呀，你不糊涂就情愿这样死？你还落个抗旨不遵之罪名。不但你死了，也要连累你的全家呀？你的儿子还能受你的国公之职吗？"

"嗯？这——"程咬金一听，心说：对呀，我这是犯罪呀，弄不好还得抄家。他眨巴眨巴眼也在思考。

"四弟，你放着忠孝仁义的大路不走，自己非得走绝路，又怎么能怨我呢？你口口声声说是我害的你。你好好想一想，咱们贾柳楼的弟兄还剩下几位？结拜的时候，曾经说过，虽不同生，但愿同死，咱们是生死的弟兄啊，我怎能害你呢？我的文王八卦不可能算错，你是咱大唐的福将，这搬兵求救的事非你不可。如若搬兵回来，你可就是有功之臣，不但你自己加官晋级，而且还能封妻荫子，日后你的子子孙孙都沾光。说句不幸的话，万一你阵亡疆场，你还落个为国尽忠，后人都能尊重你。你若是不去，这不是抗旨不遵吗？这些都是我的肺腑之言，听不听在你。大主意你自己拿，至于我对于你究竟是好还是坏？你好好想想吧。"

徐茂公的这些话还真把程咬金给打动了。他吧嗒吧嗒嘴，伸了伸舌头，咽了口唾沫，心想：徐三说的是有道理，我真就这样死了，还真不值得。如果我要闯出重围，嗯，功高莫过救驾，罪大莫过绝粮，我的功劳可就大啦！

要是真的阵亡了，那我也是有功之臣。于是，他便冲徐茂公说："哎，三哥。你别走，你回来。"

"四弟，你想说什么。"

"哎，三哥，我这脾气你是知道的，我听你说得对，咱就听。你看我应该怎么办才好？"

"哼！四弟，我算拿你没办法，你想通了？"

"想通了。"

"不后悔？"

"不，不，不后悔。三哥，其实我也知道你是个好人。只是我这脾气一上来，哎，也不知道是怎么回事。咳，我……现在皇上还能让我去吗？"

"四弟，如果你愿意去的话，好吧，我一定想尽一切办法在圣驾面前保举你。"

"那好，我去，我去。"

"好吧，你先等一会。"徐茂公说罢，转身冲皇上说："万岁，程咬金对大唐是有汗马功劳的，他现在已回心转意，情愿回朝搬兵；看在为臣的份上，就请万岁把他的死罪饶过，命他回京搬兵，将功折罪吧。"

程咬金当时没有转过弯来，听徐茂公给他求情了，心里挺高兴地说："我三哥对我真不错，我把兵搬来，那可不是将功折罪，而是奇功一件。"

其实，这是徐茂公和皇上早就做好的扣子，让程咬金往里钻。皇上李世民板着面孔说："徐王兄，看在你的面上，如若不然的话，非得杀他不可。"说罢，他便命人把程咬金推回来。

程咬金把脖子一摸，心说：这没事啦。他赶紧朝皇上跪倒磕头说："谢万岁不杀之恩。"

李世民一瞪眼："并非朕不斩你，多亏徐王兄再三讲情；才把你的死罪饶过，叫你戴罪立功，马上前去搬兵，如果把救兵搬来，朕重重赏你。"

"万岁，只要不杀臣，臣就有对付番营之办法，看风使舵，见机行事，准能闯过番营，回京把兵搬回来。"呵，他还吹上了。

皇上憋着肚子也不敢笑出来："好吧，程王兄，朕给你写一道搬兵的旨意。"万岁说罢，有人拿过文房四宝，笔走龙蛇，不一会儿的工夫就把出兵的圣旨写好了。内容是吩咐他的皇儿幼主李治，见着圣旨开武科场，考武状元，让其能人接二路元帅领兵前来北国牧羊城救驾。写完，他就命人递给了程咬金。

程咬金接过圣旨看了看，眼珠一转计上心来，又给皇上跪下了，说道："万岁，要叫我顺利地回，请万岁再给写道旨意。"

"嘿，怎么还写一道旨？"

"万岁，你先别着急，第二道圣旨，你写给白狼关，命他们运送粮草，千万别提搬兵的事。"

"程王兄，让朕写调粮草的旨意有何用？"皇上不解地问。

"咳，万岁，刚才我不是和你说了吗，就凭我三寸不烂之舌、两行伶牙俐齿，再有你的调粮旨意，我就能混过番兵把救兵搬来。若没有你这道圣旨呀，嘿嘿，我就难过番营。"

徐茂公心说：怎么样，像程咬金这种人哪，就得逼着他，你一逼他，他一着急，这主意就出来了，高招也就有了！嗯，还别说，他想的这个办法还真不错。想罢，他忙说道："万岁，你就给他再写道圣旨吧！有了这道调粮圣旨，我四弟准能把救兵搬来。"

皇上对徐茂公非常信任，可以说是言听计从。他提笔在手，按着程咬金说的意思又给白狼关写了一道调运粮草的圣旨。

程咬金接过这两道圣旨，又趴在地上给皇上碰头说："万岁呀！我再给你磕头，请万岁赦我无罪！"

"万岁，你这道圣旨，我，我得藏起来。"

李世民一听，这才明白了他的用意，忙说道："程王兄，你随便吧，朕不怪罪你就是了。"

"是，谢主隆恩。"程咬金恭敬地回道。

这是怎么回事呀？书中代言，因为皇上的圣旨，为臣的必须尊重它，把它卷好了得顶在头上，读旨的时候，要举过头顶再读，这是规矩，不能随便乱放，若要随便乱放，那就是目无君王。

今天，程咬金想把搬兵的圣旨，叠把叠把随身藏好，不能让敌人翻着，明面上只留着那道调粮的圣旨。

程咬金谢完了恩，站起来就叫手下兵丁给他准备吃的、喝的，什么水葫芦、炒米、干粮等，他好带着路上用。不一会儿，这些东西都给他准备好了。

军师徐茂公又问道:"四弟,你想何时起身?"

"事不宜迟,我想现在就走,趁着天黑我好出城。"程咬金说道。

元帅秦叔宝正要送送程咬金,程咬金立马说:"不用了,二哥,你身体有病,不用送了,你就放心吧!大唐的福将,我福大命大造化大,一定能把救兵搬回来的。"

"四弟,这回不再托付我什么事了?"

"不了,不用了,刚才我是和你说个笑话。哎,二哥,我出城的时候,求你在城楼上看着我,先别关城门,给我留一会儿。如果你瞧见番营里一乱,那就说明我闯出番营了;如果你看番营没动静,那就是说我没闯出去,我还得回来,你千万给我留着城门啊!"

"咳。好吧,四弟,你就放心地走吧。"

"哎。"程咬金答应一声刚要走,就听有人高喊:"四哥,我来送送你吧。"程咬金回头一看,原来是齐国远,忙说道:"不用了,你好好地保着圣驾,抽空把那对假大锤再好好地糊糊,好再吓唬番将去吧。"

"四哥别开玩笑了,我是好心来送送你,我们大伙的生死存亡都寄托在你的身上了!你可一定要注意。你要是有个三长两短,我们也就都完了,我祝你大吉大利,一福压百祸,一路之上逢凶化吉,遇难呈祥。"

"少说废话。"程咬金说罢便催马出城。

徐茂公和秦琼顺着押马栈登上城楼。

程咬金过了吊桥往对面一看,黑压压密麻麻,全是北国的营盘,真像蚂蚁盘窝似的,连营续连营,马号靠马号,一眼望不到边,不由得倒吸口冷气。他心说:哎!我的妈呀!这么多的番兵,就凭我一人、一马、一把斧子,怎么能闯得过去呀?徐茂公在城上看得清楚,他一看程咬金过了吊桥,奔番营走去,他马上吩咐一声:"赶快撤吊桥,关城门。"

"三弟,慢着,四弟叫咱们给他留一会儿城门。"秦琼着急地说。

"二哥,甭管他,他的脾气你还不知道?你要是给他留着城门,他走不多远还得回来,所以咱还是关上吧。"徐茂公面带微笑地说。

程咬金听后边有动静,回头一看,"啊!怎么把城门关上啦。"于是,他忙冲城上叫道:"徐三,你怎么不给我留城门啊?"

没等秦琼说话,徐茂公手扶垛冲城下说道:"四弟,你不必担惊害怕,你就放心地去吧！这城门不能开，再开城门，怕敌人乘虚而入。"

程咬金也很无奈，心说：嘿嘿，又是你徐三出的主意，你可损透了，我总是上你的当，我怎么也绕不过你，转不过你，这回又中了，被推出门来了，也就是走也得走，不走也得走，上番营里撞大运去吧！是死是活就看这一回了。

"啪"，他冲着马屁股就是两鞭子。这匹大肚蝈蝈卷毛驹一声咆哮，"嗒嗒……"便闯入番营。众人就听北国番兵喊叫："哎，干什么的，站住！再往前走，可要放箭了。"

程咬金不言语，还是继续往前走，等到了跟前，他把马加快了。敌兵再想放箭也就来不及了，便出刀拦挡。程咬金岂能把这番兵放在眼里，别看他战主将没本事，杀这些小兵，他可来劲儿了。你看他把大斧子一抢，砍得番兵乱跑，程咬金说："我先拿你们出气吧！"

这时，忽听一阵牛角号响，从营内出来一哨人马，兵分两旁，由正当中闯出一匹乌骓马来，马上有一员番将，就听他大喝一声："老唐蛮，你是干什么的？你要再往前伸驹，可就开弓放箭了！快站住。"

程咬金抬头一看，对面这员番将人高马大，与众不同。

这员番将往那一站，好像火烧的金刚，程咬金看了一遍，不由得暗暗地吃惊道："我方才已经杀了一气，砍死砍伤那么多番兵，也算出了气，的确也有点用了，不能再战，我必须进行舌战，方能闯出敌营。"

第七回

帅帐内舌战左车轮
扒皮帐吓傻鲁国公

程咬金看见敌将既不答话，也不动手，便瞪着两只大眼在那想主意。对面的敌将被他给闹迷糊了，心想：这个老唐蛮，刚才还挺行呢！怎么现在也不说话，也不和我动手，两眼直勾勾地盯着我，他想干什么呀！想罢，敌将又问了一声："你是干什么的？"

"等会儿，先别和我说话，让我喘一会儿。"程咬金把手一摆说。

"什么？歇一会儿，老蛮子，这是歇着的地方吗？你到底是干什么的？"

"你先别问我，你先告诉我，你叫什么玩意儿？"

"什么玩意儿？"敌将被气得张大鼻孔，"吱呀呀"怪叫如雷，忙说道："我乃左车轮大帅帐下之战将，在下铁雷金牙是也！"

"好啦，我不管你是金牙还是银牙，你少废话，你快回去告诉你们元帅左车轮，就说老人家我来啦！我要见他。"

"啊，老人家你是哪个？"原来铁雷金牙不知道他这句话是什么意思。所以说，他也跟着说老人家。

程咬金一听问他，忍不住地想笑，他一拍胸脯说："提起老人家我大大有名。想当年，我是瓦岗山、大魔国的大德天子，现在是大唐朝的鲁国公，俺姓程名咬金，字叫知节。"

"啊，我知道了，你就是那个卖耙子的程咬金哪？你要见我们都督有什么事？"铁雷金牙问。

"这你就不用问了，和你说也没有用，你回去告诉你们的左元帅，就说我来给他献颗真心。"程咬金摇头晃脑地说。

"什么真心？"

"你就甭问了，这不能告诉你。"程咬金这话说得还挺硬气。

铁雷金牙似憎非恨地："来人，把这个老唐蛮给我围住，别让他跑了。"他这一说，北国番兵们"呼啦"就把程咬金围在了当中。

"哈哈哈哈，小子们，你们不用围着我，让我走，我也不走了，老人家我还就等着左车轮来请我呢！"

铁雷金牙把程咬金说的话报给了元帅左车轮，左车轮一听老唐将程咬金要献一颗真心。他心想：这个老蛮子是大唐有名的人物，他要见我定有缘故。想罢，左车轮命令众将道："你们都弓上弦，刀出鞘，搭成刀枪林，把程咬金给我带上来。"一声令下，传令官大喊一声："大元帅有令，叫大唐程咬金随令进帐！"

程咬金暗骂，好兔崽子，连个请字都没有，叫我随令进帐，进就进去，只要和你小子说上话，我叫你知道你程爷爷不是好惹的。想罢，他甩袍下马，把头挺得高高的，两眼压得灯泡儿那么大，双手往后一背，端着个架儿，迈着四方步，大摇大摆地往里边走，精神劲儿就甭提了。

程咬金这个人变幻莫测，要说他胆大，什么都不怕，脑袋掉了，碗大个疤；要说他胆小，掉个树叶都怕砸脑袋。今天也不知从哪来了这么大勇气，面对这种刀枪相架，如狼似虎，歪歪就被刀剁斧砍，外一斜，立即乱刃穿身的气势，他好像若无其事，挺胸腆肚，冲着枪尖、刀刃硬撞。什么枪啊、刀啊，他根本没往心里去，甚至刀刃放在脖子上了，他也仅装作没看见，硬往上碰。可是北国的兵将可不敢往他脖子上碰，都被程咬金震住了，皆十分惊讶，心说：这个老唐蛮，他怎么不怕？硬往刀上撞！你碰，我就躲。兵将们顿时"唰唰唰"地把枪刀撤回去了，像排木柱子似的站列两旁。

程咬金一看这个情景，心里更有底了，看也不看，理也不理，反而把眼一眯缝，把嘴撇得像个瓢似的，一直往里走。眼看来到左车轮的桌案前了，他才停住脚步，往那儿一站，像根蜡似的，一动也不动。

自从程咬金往帅帐内走，左车轮就注意上了，他从上到下，把程咬金仔细地看了一遍，看程咬金站在帅案前，也不施礼，也不说话，站在那儿坦然自若，他用手"啪"地一拍桌案大声喝道："嘟，下面站的是什么人？见了本都督为何不跪？"

他这一声喝喊，旁边的大小众将"呛啷"把兵器都亮出来了，一个个横眉立目，逼进程咬金。

再看这些人的模样，红脸的、黑脸的、白脸的、蓝脸的、花脸的，龇牙咧嘴，好像凶神一般，要是胆小之人就得吓趴下。可是，程咬金毫无惧色。于是，他把眼一瞪说："哼，干什么？你们这帮狗尸，狐假虎威呀？程爷见着过，这叫拍案桌子，吓耗子哎，上边的不是左车轮吗？"嘿，他连个元帅都不叫。

左车轮被气得"呼哧呼哧"，直喘粗气，怒道："你是什么人，竟敢如此大胆，难道你不怕死吗？""哈哈，我说左车轮哪，怕死？怕死敢到你这来吗？既来得，就不怕，要怕就不来，你要杀，你就下令，那还不容易，你只要说句杀，就把我宰了。可是，把一个手无寸铁的糟老头子困在你的帐里，一句话也没让说就杀了，瞧你这能耐该有多大？"程咬金回道。

左车轮被程咬金的几句话说得脸上直发烧："哎，老唐蛮程咬金，你是来干什么的？说明白了，再杀你不迟。"

"哎，这话还差不多，还像半句人话。"程咬金略带满意地说。

左车轮气得直瞪眼，就看着程咬金说什么了。程咬金接着说："左元帅，我现在来到你的一亩三分地了，虽然说两国有仇，可是你我之间并没有恨哪！我来找你一定有原因，看看你大身未欠，连个座也不给，咳咳，可惜呀可叹，像你这么大的兵马大元帅，北国的平章大都督，有名的红袍大力士，怎么连这点礼节都不知道？你真是有眼不识泰山，好坏不知！"他一边说话，还不住地看着左车轮的面部表情。两边的众战将一听这话，也气得咬牙！个个横眉立目，真想把程咬金生吃了的样子，"嗯嗯嗯"冲着程咬金直发威。

可是，左车轮并没生气，反倒被这几句话说得真还觉着有点儿脸红。

他心说：这个老唐蛮，不但武艺高强，斧法奥妙，看来他的胆量过人，谈吐不俗，真有英雄气魄。

特别是他在琢磨程咬金说他"有眼不识泰山，好坏不知"这两句话后，就心想：他既然说我这话，再想想报事的说他来献真心，看来他这次来见我定有要事。

想罢，他"哼"了一声说："嗯，好，来人，快给程千岁看座。"

接着，有人给程咬金拿过一个座来，程咬金大大方方地，还把坐上的土掸了掸，二话不说就坐下了。

他还用手扶了扶嘴，伸出舌头舔了舔嘴唇，一伸脖子咽了口唾沫。呵，这位的毛病还真不少。

左车轮赶紧吩咐献茶。手下人端过来香茶送给程咬金，程咬金也不客气，伸手接过水碗，就慢条斯理地品上了。

两旁众人都气坏了，心说：这个老唐蛮跑这儿摆谱来啦！我们元帅怎么了？为什么对他这样客气呀，宰了他算啦！

左车轮这时在想，程咬金可能是来求和的？也许还有别的什么事？想罢，他便问道："程千岁，你要见本督不知有何要事？"

程咬金一听左车轮问他，心说：嗯，这还差不多，不当客人看待，也得把话问明白。于是，他不慌不忙地又呷了两口茶，把脸一仰，对左车轮说："我们里无粮草，外无救兵，这没有粮草，人不能吃，马不能喂，还怎么再和你们打仗呢？等我们把粮草运回来，人吃得胖胖的，马喂得肥肥的，咱们再在阵前交锋，你看怎么样？"

听完后，左车轮怒火中烧，立即命人要把程咬金推出去斩。

程咬金这里一阵狂笑，嘴里还嘟囔着："怕我了吧。"左车轮见他笑得莫名其妙，便命人把程咬金推回来。"什么？我怕你！"左车轮被气得反问道。

"对，你就是怕我，不然的话，你是什么身份，堂堂的红袍元帅，在自己的帅帐内杀了一个卖耙子的，这你有什么可露脸的呢？为什么怕卖耙子的呢？是因为被卖耙子的几句话给吓破胆了。可是，我老程的名字可以说是威名远震！程咬金的胆真大，一个人敢闯到北国的万马营中，去见元帅左车轮，吓得左车轮把他杀了，好，真是英雄。我这美名可就大啦，你说对不？"

左车轮被气得一个劲地干"哼哼"，半晌无语。

"哎，左大帅，你先别急，我再说说你不认识真假人。"

"嗯！谁是真人，哪个是假人？"

"刚才我说的是个笑话，要是真事儿就不能那么说了。嗅，叫你放过我运粮草去，等我们吃饱喝足了再揍你，能有这样的事吗？连小孩子也糊弄不了，能糊弄你啦？你说对不？"

左车轮还真被程咬金给说住了，不住地点头说："嗯，是呀！那么——你究竟是什么意思？"

程咬金一听他问的是什么意思，心说：这就好，你是问什么意思，程爷爷就给你来场舌战。想罢，他冲左车轮说："左元帅，你怎么还问我呀？刚才禀报的兵丁没说我是干什么来的吗？"

左车轮说："报事的说，你是来献真心的。"

"对哟！我就是来向你献真心的。"

"什么样的真心？"左车轮追问一句。

程咬金看看四周，小声说："左元帅，我这次就是冲着你来的。不瞒你说，我在唐营太受气了，我老程是什么人，你可能也有耳闻。想当年，我做过皇上，是火魔天子，现如今我在大唐才做了个小小的国公，这也没有什么。可是，这口气我咽不下去。可能你也知道，大唐有个军师徐茂公，徐三儿，这小子最不是玩意儿，他依仗着他是军师，是二主唐王的宠臣，还有个元帅秦叔宝，专门听徐三儿的，他俩是一个鼻孔里出气。什么磕头的兄弟呀，真是扯淡，他俩并着膀子治我，都快把我的肚子气炸了。从到北国来，我就听说左帅是位大英雄，我早就有意反靠北国，想会会左元帅。正巧，这回皇上命我去白狼关调运粮草，他们这是又想害我，明知我闯不过你们的连营，别说是碰上左元帅呀，就是在万马营中被马探也得把我踩成肉饼啊！你说徐三儿缺德不，他想借你们的刀杀我。可是他错打算盘了，我还正想找机会来见左元帅呢。这不，我就真的来了吗？左元帅，所谓献真心，也就是我的一颗真心，我来找你就是想和你商量，这次调运粮草还真是个好机会。第一，你放我过去运粮草，等把粮草运来全都归你，你就假装把我打败，这粮草不就被劫去了吗？第二，现在咱俩定好了，等我丢了粮草，败回城去，我给你做内应，找机会，我就把牧羊城门打开，我献关，你带兵就杀进城了，大唐朝也就完了。到那时你先宰徐三儿，也好替我出出这口气，也算给我报仇了。"说到这儿，程咬金喘了口气，又接着说："哎，说起来，我出不出气倒是个小事，可是对你们来说，里应外合灭了唐朝，这可是大事呀！左元帅，我可不是替大唐朝吹嘘，徐三儿这小子坏是坏，可他守城还真有办法。你们想攻城，也不容易，如果没有内应，他死守城池，北国想收城灭唐，那可就费劲儿啦，三年两年的恐怕也攻不破。要是等我运粮草，败回城去给你们做个内应，到那时，牧羊城自然唾手可得。你说对不，左元帅？这就是我要献给你的一颗

罗通扫北

真心。

"但可有一件，我不投靠你，也不做你国的官，我给你做内应就是为了让你们抓住军师徐三儿，好给我报仇雪恨，报仇出气，我出了这气也就算完了。再则说，我家尚有年迈的高堂，我还要回家孝敬我老娘去，常言说，忠臣不保二主，我原来保大唐，现在又反唐，而且又做北国的官，不行，那不得落个千秋骂名，所以我不能和你们在一起。不过，话又说回来了，如果你用得着我的时候，我还是会尽力帮忙的。因为我看你不错，是条汉子，够朋友。"程咬金又补充说。

喝！程咬金拉开话匣子，说得有声有色，像真事一样。

番营的众将中，有的还真相信了，一边听程咬金说，还一边点头。

在程咬金说话的时候，左车轮丝毫没动声色，他心里也在暗暗地琢磨着。等程咬金说完，左车轮微然冷笑一声"呵呵……"，突然手拍案叫道："程咬金啊程咬金，我说你这个老唐蛮，你真乃大胆，你把我当成三岁顽童啦？你来找我是假，运粮草或回朝搬兵是真，想用花言巧语，糊弄过营，就你这些鬼主意能说服了我吗？你想混过我连营，那是白日做梦，来呀，把程咬金推出去斩！"

程咬金一看还是要杀他，这回心里可真害怕了。可是他仍然"哈哈"大笑，大声自言自语："我老程这回死得值得，死得有名有利，也有功，我为大唐运粮草而死，也是死后有名。"说完话，他又看着左车轮没有什么反应，便又接着说："可是，我怎么把左车轮看成英雄了呢？原来你是个狗熊，还是要杀我这个糟老头子。"众兵丁上来就往外推程咬金，程咬金把胳膊一抡，膀子一晃，说道："滚开，我自己会走。"他昂首阔步地往外就走，以为反正也是个死，为什么不死个硬邦邦的呢？所以，他是一点儿也不在乎，仿佛若无其事。

就在这时，猛然听见有人喊道："刀下留人。"

程咬金一听有人喊刀下留人，当时他就愣了，心说：哟呵，这里还有我们的人吗？这是谁喊刀下留人啊，难道真有人给我讲情？想罢，他顺着喊声一瞧，呵！这个人好像在哪见过，怎么这么眼熟呢？这人身高足有九尺，细腰窄背，双肩抱拢，听听他如何讲情吧！

就见这个人迈步到左车轮的面前说道："左元帅，你就这样杀了程咬金，可真有点儿太便宜他了！"

"周贤弟，你是说把程咬金……"

"大帅，依我说，不如把他押到扒皮帐内。等到晚上，把他开膛剖心，你我弟兄喝他的人心汤，你看这好不好？"

"啊！"程咬金一听，心里这个骂呀：这小子是谁呀？怎么这么狠哪！我寻思他是给我讲情呢，闹了半天，他是看我太便宜，什么摘心？还要喝我的人心汤，他也太缺德啦？

"有理，有理。来呀，把程咬金给我推到扒皮帐。"左车轮立即哈哈大笑地说。

程咬金开始一看这个人很眼熟，可是一时没想起来他是谁。忽听左车轮叫他周贤弟，程咬金才恍然大悟。他想起来了，是他，是他，没错，脸上刺的字还在呢。谁呀？原来是周衡，前些天去中原下战表的就是他。二主唐王李世民见他的脸上刺有"灭唐"二字，当时一气之下，要想杀他，可是周衡说了刺字的原因。出于无奈，他是被逼前来下书的。

二主唐王是位仁义之君，听了他所讲的来由，不但没有杀他，而且又把他送到金亭馆，好吃、好喝、好待成，有专人照顾周衡。当时，齐国远原本想把周衡的耳朵割下一个来，好留个记号，但程咬金把他给拦住了。程咬金不但没让齐国远割周衡的耳朵，而且与周衡交上了朋友，还跟他学了几句北国话，什么"八嘟呼同""丫步、丫步步尔顿丫步""四德啦问德"。临走的时候，程咬金还把周衡送出长安。

周衡当时很受感动，还对程咬金表示：今后到北国，一旦有用自己之处，一定效犬马之劳，以报恩德。

今天在程咬金有生命危险的时候，他喊"刀下留人"，程咬金原以为周衡能为他讲个人情，结果不但没有给他讲情，反让左车轮给开膛扒心，还要喝他血、人心汤，气得他破口大骂："哇，周衡，你个忘恩负义的小人，你猴拉稀坏肠子啦，早知道你是个小人，当初不但割你一个耳朵，还应该把你的两个耳朵全割下来——"他还想往下骂呢，众兵丁就把他推到扒皮帐了。

这时，天已快黑了，程咬金来到屋里头，见影影绰绰有个东西，定了定神，他仔细一看，吓得他"啊"了一声，原来是挂着个龇牙咧嘴的人头，再往旁边一看，又一个人头，他又往四处一看，啊，这帐内没别的，不是胳膊就是腿，皮啊、爪啊、刀啊、磨刀石啊，这可把程咬金吓坏了，心中暗想：

他们这是宰了多少人哪!

众兵丁把程咬金绑在一个大桩子上,发髻在胸前垂着,兵丁们扭头都走了。

屋里就剩下程咬金一个人了。他心想:这回算完了。哎,我死也得死个硬气,不能弹一滴眼泪。他心里想着,嘴里还是骂着:"你们这些兔崽子,都不是好人,可惜我老程一片诚心,换来的是些狼心狗肺猪下水,你们都是龟孙子王八蛋。"他自己在帐内高一声低一句的,就磨开豆腐了。

程咬金正在扒皮帐内大骂不止。这时,天已经黑了,从外边进来个兵丁,点着蜡头放下就走了。

这个蜡头的灯花挺高也没人管,照得帐内阴沉沉的,颜色特别难看。

程咬金吓得连眼都不敢睁,心里越琢磨越害怕,越怕还越想,他们这里接的都是些什么玩意儿呀?大概是人头吧!哎呀!一会恐怕我也得和他们一样啊。想了一会儿,他又骂,以骂壮胆儿,又骂道:"周衡啊周衡!要不是你,我就只受一刀之苦。如今,由于你这一出坏道,我还得被开膛摘心,更遭罪了。叫你个小兔崽子闹得我粉身碎骨啦,你小子等着,我要抓住你,非把你生吞活嚼不可。"

这时候,大约已有二更天了,整个营盘一点响动也没有,除了马棚里的马铃声或打响鼻声、风卷旗帜的哗哗声,再没有别的声音了,真是寂静。程咬金心里越发毛,觉着头发根儿发哆,汗毛孔发胀,心想:八成是要闹鬼吧?怎么这么害怕呀?我从来也没害过怕,今夜这是怎么啦?

程咬金正琢磨着,就听帐外一阵急促的脚步声,"哗啦",帐帘高挑,从外边进来两个人,程咬金一看,啊!把他吓了个目瞪口呆。

第八回

咬金开膛摘心为假
车轮上当受骗是真

程咬金在扒皮帐内，认为这回自己是定死无疑了。大约二更天，忽听外边有急促的脚步声，猛然间从外边走进两个人来，当时把程咬金吓了一跳。他稳了稳神，又一看，头前是个番兵，穿青挂皂，脚下穿的是牛皮靴，一走道，"嘎吱嘎吱"直响，两只手捧着个坛子，坛子上边用块红绸子蒙着；番兵的后面跟着的这个人，手中持着一口宝剑。

"啊！"程咬金当时就被吓得直眼了。这俩一定是来杀他的，带着宝剑来的，这个坛子是干什么用的？是开膛接血的？程咬金真有点害怕了。

他的心里"哆哆"直跳。等这两个人走到跟前了，借着这蜡烛的光亮一看，他认出来了，不是别人，正是周衡。

周衡手一指，叫那个兵丁把坛子放在一个破桌子上，然后一摆手叫兵丁出去。周衡慢走几步凑到程咬金的面前和声细地说道："程老千岁，让你受惊了！""呵！"程咬金 听这话，这气就不打一处来，随即骂道："小兔崽子，都是你出的坏道，又要开我的膛，又要扒我的心，现在你又跑来给我道受惊来啦！你这真是猫哭耗子——硬装慈悲。"他骂完，理也不理他，气哼哼地把头就扭过去了。

周衡一看程咬金气得够呛，又把脸转过去了，他便绕到程咬金的面前说："老千岁还生气哪？"

"呵，大丈夫生而何欢，死而何惧，小事一桩。"程咬金还装作不在乎的样子，其实呀，他的心都快蹦出来啦！周衡笑了笑，上前一伸手，就来给程咬金松绑绳。

周衡一边解着绳扣，一边说："老千岁，叫你受委屈了，快，先活动活动麻木的手臂。"说完，周衡又给程咬金拽过一把椅子来，说："你先坐下休息一会儿，我给你送来一坛子好酒，看，这里还有好菜，我陪你喝两口儿，也好给你压压惊！"

"住口，姓周的，你这个忘恩负义的小人，你有话直说吧！要想把我怎样，开膛摘心吗？"说完，程咬金瞪大双眼，用手一指他的胸，"来，你就快动手吧！不用假惺惺的，这你骗不了我！"周衡面带笑容地说："程老千岁，你想得太多了。我怎会忘记你的救命之恩呢？古语道，'受人滴水之恩，必得当涌泉相报'。当初我去中原的时候，

是你救过我。要不是你，我这耳朵早就没了，我的命可能也没了，这些事我忘不了。先别提这些，你先喝点酒，消消气，来来来，等你喝足吃饱，再稍休息一会儿，然后我好放你走。"周衡依然面带笑容地说。

"什么，什么，什么？你放我走？啊！送我上西天哪！别来这套啦，我明白你的心思，叫我喝点酒，喝得迷迷糊糊的，你好给我开膛，是不是？也好。看起来，你小子还有点人心，叫我喝得迷迷糊糊挨刀，我少受点罪，不知不觉地就死了。行，好，酒在哪儿，快拿来，我也不辜负你小子的这点孝心。可有一样，我从来明人不做暗事，我喝完酒死后，到阴曹地府我也要到阎王爷那告你去，我死后要带着小鬼来抓你。酒呢？快拿来！"程咬金不慌不忙地说。

周衡急忙把酒坛子搬过来，放在他的眼前说："酒在这儿。"接着，周衡又把一包肉给程咬金摆在面前说："肉在这儿，你快吃吧！"

"哼，不吃白不吃，不喝白不喝，临死落个饱死鬼，不能饿着肚子走啊。"

程咬金嘴里说着，就把酒坛子打开了，这股酒香味就出来了，程咬金吸吸鼻子：嗯，这酒真香啊！

爱喝酒的人特别爱闻这种酒味儿，一闻到这个味儿，就引起馋虫来了。

程咬金一闻这酒香味，馋得他直咽唾，也不知道是条件反射呀怎么的，当时就觉着肚子饿了，"咕咚"直响。他伸手打开这包肉一看，嗬，是一大块牛肉，也没有刀子切，二话不说，直接就啃了起来！

你看他拿起来牛肉就啃开了，真是饥不择食呀！先吃几口牛肉然后抱起坛子，一仰脖子"咕嘟咕嘟"又喝起了酒，他是连吃带喝紧忙活。

周衡在旁边看着程咬金这个样啊，也不敢笑，忙劝道："老千岁，慢点吃，慢点喝，别噎着。"

"不着急，你是不着急呀！我这肚子早就饿得受不了啦。"程咬金一边说着，一边还是不住嘴地连吃带喝。你别看他连吃带喝，他这心里可不是滋味。一会儿，就要去见阎王爷了，他这心里还在不住地琢磨着，脑子一会也没闲着。

他心想：这小子究竟想干什么呢？嗯！有了。也不知程咬金今天为什么这么聪明，他想了之后，心里好像有了底儿：嗯！明白了，大概是这么回事，我就给他来个这么、这么办。

别看程咬金酒喝得挺急，"咕嘟咕嘟"地，其实，他也会装蒜。喝了一阵子，他就把坛子往旁边一扔，将肉往前一推，两个胳膊往上一放，脑袋枕着胳膊说道："哎呀，太累，歇会儿再吃再喝。"说完，他就趴下了。

周衡看着他这个可怜相，也很同情，站起身来，在帐中踱步，他是在等着程咬金歇一会儿再吃再喝！可等了好一会儿，周衡再看程咬金，嘿！他睡啦！

程咬金好像是借点酒气儿，真睡了，他这一睡不要紧，他这呼噜可就来劲儿了。大呼噜套着小呼噜，打得特别得响，真是鼾声如雷呀！周衡心说：你看这位，真是没心没肺，吃饱就睡，还真吃得饱，也睡得着，这是什么时候，怎么还有心睡上啦。

程咬金不仅打呼噜，而且还咬牙放屁、吧嗒嘴、说梦话、打梦捶、站起来翻身，是全套的，他的毛病可大啦！睡着睡着，他还嚷起来了："嘿——哎——行了，行了，你呀，别说了，我明白，哎！我这辈子，嘿，周衡这个兔崽子，我都恨透他了，算我瞎眼，看错了人。"他一边说着这没头没尾的梦话，两只手还直拍自己的前胸。周衡一看程咬金做梦，在说睡话，他侧耳往外边听了听。

外边还有几个人，都是谁呀？原来是大元帅左车轮带着几个知心的近人，正在外边偷听呢！里边的程咬金喝酒哇，说的话呀，全都可笑，一会儿又听见人打呼噜、说梦话，有的听不太清，左车轮手挑起帘子，冲周衡一招手，意思是叫周衡出来。

周衡在里边直摆手，那意思是不让左车轮进来，又冲外一挥手，意思是让左车轮先出去。他们正在比比画画地打哑语，就在这时，忽然听见程咬金喊道："左车轮！"吓得左车轮一转身赶紧就出去了。左车轮心想：程咬金不是睡着了吗？他怎么会发现了我呢？再听听到底是怎么回事。又听程咬金接着说："左车轮，你是狗熊，狗熊，可惜我一片真心，完了，完了，唉！错了，一辈子打雁，反被雁啄了眼。左车轮完了，我也完了，办不成了。"

"噢！"左车轮明白了，程咬金是在说梦话，他没看见我，刚停了一会儿，又听程咬金哭上啦？也不知程咬金的眼泪来得怎么就那么快，他咧着个大嘴还真哭上了，嘴里嘟嘟囔囔："夫人哪，我寻思再见不着你了，没曾想能见上一面，这回，我完了，都怪徐三儿呀！报仇，一定找他报仇——"说完，他又呼呼地睡上了。

周衡看他又睡了，慢慢地走到程咬金跟前叫道："程千岁，你怎么啦？喝多啦？"

"嗯……"程咬金又把眼合上。

周衡用手推了推程咬金，小声叫道："老千岁，老千岁，你快醒醒，快醒醒。""嗯，干啥？"程咬金似醒非醒地问了句。"瞧，你的酒量这么大，喝这么点酒就醉了？"程咬金睁开眼，"吧嗒吧嗒"嘴嗯了声问："几更？"

"啊！二更多了。"

"怎么，我刚才是睡着了吧？"

"嗯，大概是。"

"刚才好像见着我的夫人了，哎！憋屈。姓周的，不管你让我吃饱再宰也好，还是你小子良心发现也好，别看你给我送来酒和肉，反正我也是恨你，因为你不是东西，我老程最倒霉。倒霉就是在交朋友上，不认识真假人。嗯，瓦岗寨我们磕头的三十六友中，我有那么多不对心的，这些朋友里，没有一个有良心的。徐三儿，徐茂公，他最坏，我们俩是针尖碰麦芒，死对头。咳，没想到，我把左车轮看得那么高，结果我还是错了！他却是个狗熊。"

周衡安慰程咬金："程千岁，我知道你的心里别扭，那你就都说出来吧！"

"说什么，我就说你，你小子最孬，都孬出花来啦！"

说得周衡直"吭哧"，"嗯，啊……"

"我看你是帮虎吃食，不，是帮狗吃屎。人家要杀我，咔嚓，脑袋瓜子搬家，多痛快呀！我也少受罪呀！可你说，这样太便宜我了。你倒好，损招不少，唉！要给来个开膛摘心，你要喝我的人心汤！你说，你缺不缺德，你比左车轮还缺德！我对左车轮献真心，他不信，那是他不认识真假人；你呢？我对你怎么样，你是看见的，你是知道的吧？行啦，别说了，不管怎么样，在我临死前，你还给我点酒喝，这算不错。"

周衡接口说："程千岁，现在我什么也不和你解释了，刚才我不是告诉你了吗？你赶快吃饱喝足，我好放你走！"

"哼，放我？放我也不走。"

"啊！放你也不走，那你在这干什么？"

"你放我干吗去？让我押粮草去？等我把粮草押回来，左车轮把粮草劫去，他只要粮草不要人，我怎么办，我回家去？你又灭不了大唐，将来我全家都得被抄斩，还得落个乱臣贼子之臭名。要是我回牧羊城，徐三儿非把我杀了不可。得啦，我哪也不去了，千不怨，万不怨，就怨我看错了人，错把左车轮看是顶天立地的英雄豪杰了。这就叫作茧自缚，这一步，就算是我上绝路了……"

说着他把酒坛子举起来，"咕嘟咕嘟"又喝上了，嘴里还说："姓周的，你们就动手吧！"接着，他又喝了一气酒，"啪嗒"一撒手把酒罐子扔在地上，摔了个粉碎，伸手又抄起啃剩下的大块牛肉，"啪"，朝着周衡的脑袋砸去，嘴里还骂着："你个小兔崽子，你就让我吃这东西，也太瞧不起人啦！也不把肉给切一切，让我啃，我是狗哇？我先砸破你这个狗头。"

看样子，他还想再找酒坛子去砸周衡。可是，酒坛子摔碎了，不能再砸了，酒洒了一地，他一瞪眼问："酒呢？没酒啦？快快拿酒来，拿酒来呀！为啥不给俺喝足，酒喝不够，实在难受，快拿酒来呀！"

周衡始终不动肝火，一个劲地说："好，你莫着急，我这就叫人给你拿酒去。"

罗通扫北

"嗯，快拿酒来，我非喝死不可！""程千岁，你这是何苦呢？我可是真心地放你走啊！"

"放我，我也不走，我就死在你们这，我死了也露脸。"说着话，他又放声大哭起来，一边哭一边大声喊，什么都说，就像疯了似的，他便折腾起来了。他这一折腾可不要紧，因为他白天到番营一直闹到现在，也真累坏了，再加上空肚喝酒，吃牛肉又不太烂，他这胃可就受不了啦。

"哗——"吐上了，吐完了，程咬金觉着发晕，一头趴在桌子上，就不动弹了。

周衡上前推了推程咬金，推也推不醒，赶快叫来那几个兵丁。他们几个人搀扶着程咬金来到周衡的寝帐，放在了床上。程咬金躺在周衡的床上，觉着舒服多了，不大一会儿又呼噜上了。

周衡见程咬金又睡着了，便命兵丁把左元帅请来。左车轮带着几个心腹之人来到周衡的帐内，一进门就小声地问："哎，怎么样，真睡啦？"

"啊，真睡了，左元帅，你看怎么样？"

"咳，看来我是把他冤枉了，他确实是来找我献真心的。"

"现在看来他是真心，要是这样，那可就太好了。"周衡说。"嗯，要真是这样的话，那咱们就按咱们原来的打算去办。"左车轮回道。

"好，到时候，大功一定告成。"周衡蛮有把握地说。

两个人说话的声音，有时高有时低，可是，程咬金大都听见了。

程咬金不是睡着了吗？没有，不但没睡着，有时他听不大清的时候，他就打小呼噜，并侧耳细听。

你想，程咬金不管多么没出息，在这个时候也不能睡大觉啊，他干啥来的还不知道吗？别看他呼噜打得那么响，可他竖着耳朵细心地听着，有时实在听不清楚，他就使劲儿打呼噜，反正也是听不见了，也不能叫你们听清楚。

要说程咬金哪，他是粗中有细，他听见周衡和左车轮的对话，心里就明白了八九。所以他心说：好兔崽子，你们还想骗我？这回，不定谁把谁骗了呢？我老程也不是省油的灯。

虽然他心中这样琢磨着，可是他也在默默地嘱咐自己，千万多加小心，可别让这俩小子看出破绽来。想到这里，他便佯装"啊哟"了一声说："哎哟，水。"左车轮一听他要水，一回手就从桌上给他倒了一碗水，要亲自递到程咬金的跟前。

周衡赶忙就接过来了，到床前用手一扶程咬金的脑袋，把水碗放在他的嘴边，他"咕嘟咕嘟"就把水喝下去了，周衡忙问："程千岁，怎么样？好受些吧？"

程咬金"哎哟"一声，慢慢睁开眼，惊问："啊！这是哪儿呀？"程咬金的眼睛已布满红丝，因为多日来，在牧羊城时被困没有休息好，到了番营，又折腾到现在，虽然没睡觉，眼睛还是眯着了，他刚一睁眼，所以两眼通红。这时，他迷迷糊糊地问了声"这是哪儿呀"。"老千岁，你是贵人多忘事啊！这是我们北国兵营，你在我的帐中。老千岁，你看谁来了？"左车轮轻声说道。"啊！左车轮。"程咬金吃惊地抬头一看。

"程老千岁，你不要动，好好休息，酒劲儿过去了吗？头还疼吗？"

"哎，我说左车轮啊！姓周的，你们这是干啥？怎么还不给我开膛了？快开吧，我早就活腻了。"说着话，他就想从床上起来，可周衡一把将他按下了说："程老千岁，你别起来，趴着吧，请你小点声，别这么大嗓门儿。老千岁，你来我们番营的所作所为，我们都清楚了，你的一片真心，我们元帅这回也相信你了。"

程咬金装傻似的："什么，左元帅相信我了？"

他这一问，周衡和左车轮都高兴了，周衡说："老千岁，你把调运粮草的公文拿出来给我们左元帅看看。"

"怎么，你们真的相信我了，为什么？"程咬金装作迷惑不解地问道。

"……千岁，你不要见怪，两国开兵打仗，都是各为其主，我们不得不防呀！恐怕你是假的。因此，我们才对你来了个试探！"

"试探！怎么试探？"

"已试探明了。"

"啊，怎么试探的？"

"老千岁，昨天晚上把你绑在扒皮帐，就是想吓唬吓唬你，不想杀伤，叫你喝些酒，为的就是叫你酒后吐真言，你确实说出了真情实话，让你受惊了，千万别见怪。"

"啊，我昨天说什么啦？"

"你这个人哪，嘴快心直，心里想什么就说什么，句句说的都是实情。我

国
学
经
典

罗
通
扫
北

们确实相信程老千岁的一片真心。你就把调运粮草的公文拿出来给左元帅看看。"

"这是真的?"

"真的,难道你还不相信我们吗? 我们是真的相信你了! 等你把粮草押运回来,我们去迎接你,这全是实言。"

"是真的,这回我老程也不枉白来一趟啊!"程咬金眼泪来得还挺方便,说着说着两眼一挤咕,这眼泪还真掉下来了。

他这一掉泪呀,左车轮和周衡都有点受不了啦! 左车轮忙说:"老千岁别见怪,都怨我们昨晚不该试探你,真对不起,实在是委屈你了!"

"不,不,你们这是对我的试探,我怎能怪你们呢? 既然你们相信我,咱们可就是一家人啦,你看。"说着话,他就把押运粮草的圣旨取出来说,"不是公文,比公文还厉害,是皇上圣旨!"

周衡接过圣旨,就送给了左车轮。左车轮接过来看完圣旨说:"这太好了,老千岁,你的心眼太实了。只要你把粮草押运回来,我就听你的吩咐,你说怎么干,咱就怎么干,来它个里应外合,一举成功。你的仇人都是谁,到时我一定替你报仇。"

"好,咱就这么办,等我把粮草押运来,你们就去劫,我假装败回牧羊城去,最好你们多少给我留点伤。这样,我败回城,他们便不会猜疑。不管他们怎么处置我,也不能杀我,只要有我这条老命,我就豁出去,想办法在阵前定好日子,我把城门打开,你们带兵就进城去,叫唐王李世民束手被擒。但有一件事,你们抓住徐茂公得交给我亲自发落,他是我最大的仇人。我最恨的就是他。"程咬金说。

"行。"左车轮应道。

"第二条,事成之后,大唐灭了,不能叫赤壁保康王进中原,还让他在北国当皇上,你可进中原当元帅。为什么呢? 说实话我是冲着左元帅你才这么办的,不是为康王玩命的,你是英雄,在中原不能伤害我国的百姓。你能爱民如子,中原百姓就会拥护你,这样,对我也好哇。我怕赤壁保康王做不到这一点,他对老百姓不好,我就成罪人了,我也不想再做官。可是,你可不能不管我呀! 我虽然不是官,你得让我享不尽的荣华富贵呀! 你说对吗? 话又说回来了,不让康王进中原,对他也好,他现已年迈,到中原不服水土,一旦生病，不是更不好了吗？"

程咬金真是个老滑头啊！他说这些话，不光是给左车轮打溜须，他是刚才装睡觉的时候听左车轮和周衡"嘀咕"的话里话外分析出来左车轮有这个野心，所以他才敢这么说。

这真叫程咬金看对了。原来左车轮和赤壁保康王不和睦，康王倒是挺信任左车轮，叫他接了元帅。左车轮半个眼里没有看得起康王，他认为康王不能文，不能武，既无德，又没才，根本不应该坐这个王位。

这次犯中原，他就有篡位的野心，等时机一成熟，赤壁保康王，你就靠边站吧！要做中原的皇上，还得是我左车轮。所以，他鼓吹康王发兵侵犯中原、夺取大唐江山社稷的这件心事，只有周衡知道。他和周衡好得像一个人似的，俩人只多一个脑袋，周衡也是他最得意的助手。他很需要像程咬金这样的人，他认为程咬金是难得的大英雄，牧羊城外一连斩我三员大将，而且只用了两三个照面，此人也太厉害了！真是武艺高强啊！有这么一员大将投靠他，他太高兴了，特别是要夺中原的江山，程咬金更有用了，一切一切都需要这么个贴心之人。

所以他一心一意地想收服他，可是又不放心。昨天在帅帐内要杀程咬金也是假的，他要试试程咬金的胆量如何。他一看程咬金把生死置之度外，便与周衡共同定了条计策，让他酒后吐真言，所以就命人把程咬金推到扒皮帐里去了。

现在程咬金提出这么两条要求，而且又把左车轮说得这么好，这可把左车轮乐坏了，心里美滋滋的，真好像那美妙幻想已成事实一样。

他用眼看了看周衡，俩人相互点了点头，左车轮微然一笑说："这两件我都答应，不用和赤壁保康王说，我就做主了，我说话一向算数的。到那时，一切都按你说的办。"

程咬金一听，心说：好兔崽子，你的野心还真不小呢，还想当皇上，你做梦去吧！我先叫你美一会儿。想罢，他冲左车轮说："好吧！是这样的话，我不能在营中久待，我现在就走，咱们把这两条定死啦？可不能变。"

"程千岁，你就放心吧！就是你变我也不会变的。"左车轮说。

"程老千岁，你想几时动身？"周衡问。

程咬金看了看外边的天还不亮，他才说："等天亮了我就走。"

"程老千岁，晚走半日不迟，待天亮，我在大帐设宴款待于你，也算给你送行，明日见着众将，你就这么、这么说，我就那么、那么说，你看如何？"左车轮说。

"好，咱就这么办。"

左车轮一声令下，便命人在大帐之内拉开桌子、凳子，大摆起了酒宴。程咬金坐在正当中，左边有左车轮，右边有周衡坐着，满营众将都到了。左车轮起身说道："众将军，今天有大唐营程咬金程老千岁前来归降我国，他愿去白狼关为我们押运粮草，我们祝他一路顺风，今设宴为他送行，众位多敬他几杯。但有一条，此事不可宣扬。如有走漏风声者，定斩不饶。"

左车轮的话还没说完，就听有人大喊一声："程咬金，你走不了啦。"

第九回 离雁门苏烈私回京
中途路饮酒又遇险

　　元帅左车轮刚说完给程咬金送行，就听有人大喊一声："程咬金，你走不了啦。"这一声喝喊，当时帐内就乱了。不但程咬金发愣，就连左车轮也在纳闷，是谁竟敢在此胡闹，这时，就见走过一个人来。

　　来人，正是铁雷八宝，他大哥铁雷木尔死在齐国远的鞭下，所以他恨这个唐将。程咬金一进番营之后，他就看着程咬金是个滑头，特别是程咬金前阵子杀了他们的三员大将，他有些不服，想要找碴儿会一会程咬金，今天听说要放他到白狼关押运粮草，这也太便宜他了，所以他喊了声"程咬金你走不了"。一说完，铁雷八宝就冲程咬金过来说："老唐蛮，你用花言巧语欺骗别人行，你休想欺骗俺铁雷八宝，明明你是要回朝搬兵求救，而你竟然说愿投靠我国给我们押运粮草，你真欺人太甚，欺负我国无能人了。疆场之上连斩我们三员战将，今日，还是如此耀武扬威，真乃气杀我也！今日，定要看看你有多大的本领！"说完后，他就要动手去打程咬金。

　　此时的程咬金啊，不但不怕，而且坐在那泰然自若；不但没动弹，反而笑呵呵地直瞅左车轮。他心说：看你手下的战将多好啊，就是不听你的。

　　这可把左轮气坏了，现在的程咬金在左车轮眼里是最重要的人物，而且他已经说好要为程咬金送行，谁敢不听啊！嘿，铁雷八宝就硬敢不听，这不是兔子枕着狗腿睡——找死吗？可是左车轮特别喜爱铁雷四弟兄，不忍心处置他。再看程咬金坐在那撇着嘴，左车轮这脸面又有点挂不住。一怒之下，他手一拍桌，喝道："嘟！大胆的铁雷八宝，竟敢以下犯上，有失国礼，来呀，用军棍把他给我轰出去。"接着,他回过头来又安慰程咬金说:"程老千岁,都怪我军规不严,叫你耻笑了。"

"呵呵呵呵,自己人,没说的,儿女还有不孝顺的呢,何况是战将啊。没事,没事,来来来,咱们喝酒,"程咬金说着话,又把酒斗端起来,冲大伙说道:"来,喝。"

"程千岁今日起程,你可多饮几杯呀!"左车轮说。

程咬金也不客气,甩开腮帮子就吃开了,一边吃,一边说,尽说些京都长安怎么好、怎么好,中原如何大,有些什么名贵特产,等等。他是有意地说给左车轮听,叫你肠子痒痒——没法挠。不多会儿,他也吃饱了,也喝足了,就起身说道:"左元帅,天已不早了,我得马上起身登程上路了。"

左车轮命人拿来一包银子,足有五百两之多,说道:"老千岁,一点小小心意请笑纳,也好路上花用。另外,这些干粮、炒米和牛肉干也是给你准备的,你也带上。"总而言之,左车轮对程咬金那是百般的殷勤。程咬金表面上假装高兴,但心里暗骂:这叫吃你喝你不谢你,等我回来,搬来救兵,再来揍你。于是,他双手抱拳说道:"多谢左元帅,咱们说到做到,等我回来再安排。"

"好吧,等你早日归来,马匹和盔甲一早就给你准备好了。"左车轮说。"好吧,我就不客气了。"说罢,程咬金顶盔挂甲,罩袍束带,提起大斧,飞身上马。待上马坐定后,他又回头喊道:"左元帅,回来见。"左车轮和周衡齐声说:"祝你一路顺风。"程咬金顺手马后一鞭,这匹马"呼溜溜"一声咆哮真乃龙吟虎哮一般,快似闪电,疾如流星,越跑越快。

整个连营都按照左车轮的吩咐把道给让开了。他还命众兵将脸朝外,后背对后背、脊梁骨对着脊梁骨,闪出一条人字胡同。程咬金大模大样地、满面堆笑地出了番营。

程咬金在离开了北国的连营后,这心才算放到肚里,心情特别愉快,这真是:打开金笼飞彩凤,挣断金锁走蛟龙。他打马如飞,归心似箭,恨不得插翅腾空,一下子就飞到长安。他深知救兵如救火,救兵早来一日,就早一日解唐军的生命之危;要是晚来一时,恐怕险情莫测,一旦误了时间,牧羊城被困的君臣兵将就有全军覆灭之可能,大唐的江山就如同风中之烛、浪里之舟,所以程咬金心急火燎。一路上他渴了就从马上摘下水葫芦喝上两口,饿了就解出干粮炒米嚼两口，可以说，连日来他是饥餐渴饮，日夜兼程。这一天，他来到了白狼关。白狼关的总兵叫梁忠，听兵丁禀报说，程咬金千岁回来了，他赶忙带领众将，将其接进城来，把程咬金让到帅府，好酒好菜款待。几天来，程咬金总算吃上了顿饱饭，并安心休息了一夜。次日清晨，他吃罢早饭上马就走，临行时还嘱咐梁忠，好生守关，要严加防守、不可大意，防备敌兵来攻。梁忠知道事关紧急，告诉程咬金放心回朝，他一定会守好此关地，关在人在，愿与关同体。他又把程咬金送出很远、很远才回关。

程咬金打马如飞快似闪电，这匹大肚腩驹也真卖力气了，看得出是匹宝马良驹。它把脖子一扬，耳朵一棱，尾巴一撅，腰往下塌，前腿弓，后腿细，翻蹄亮掌，赛离弦之箭一般，"唰——"真快呀！

这天来到边境雁门关，程咬金知道雁门关是由苏烈苏定方镇守的，因为唐营出征之初，五大先锋在收复雁门关的时候，苏定方中箭负伤一时又好不了，所以元帅就把他留在雁门关，一来是让他在雁门关养伤，二来是镇守此关。程咬金心想：到了雁门关，我可得好好休息一夜再回西京，再有几天，就到长安了。他打好了主意，心情也就好像不太紧张了。

没承想待他到了雁门关，出来接他的人当中却没有苏定方，当时他就愣住了。

嗯？苏定方怎么没出来呀？按理说他应该来接我呀？因为我是从前敌战场回来的，我们又都是同殿称臣，他也应该来接我呀？他还和我摆上架子了？不对，我得问上一问。这时，雁门关的副总兵肖林带着众将来到程咬金跟前了。可是，还没等肖林说话，这程咬金就抢先问上了："肖总兵！"

"鲁国公程老千岁！"

"那总兵苏烈苏定方为什么不出城来接我呀？"

"嗯……程老千岁，他、他不在雁门关了。"

"嗯！不在雁门关？"

"是，不在雁门关。"

"那他到哪里去啦？"

"他带着三千亲兵回京了。"

"回京了？还带着三千亲兵？他什么时候走的？"

"他刚走了还不到半天，如果你早一会儿说不定还能碰上他。"

"他回京是奉旨呀，还是来金牌啦？"

"这个我就大不清楚，反正他的令郎公子来了，不是朝中有事就是他家里出什么事了，所以苏袭国在把雁门关的兵权交给我执掌之后，就带着亲兵走了。"程咬金听完这些，不由得倒吸了一口凉气，心中就犯起疑来了。程咬金本来是个粗心人，可是，有时候他也粗中有细。只要他细想起来呀，就算针鼻子那么点事，他也会合计合计。现在听肖林说完这些事儿，他就觉得不对劲儿，心说：一没圣旨，二没金牌，苏定方怎么就走了呢？他身为邢国公，能不知道私离戍地是犯罪的吗？不能，肯定是有密旨在宣他回京。这也不对呀，即使他家里出什么事了，那也不该私离戍地呀。也许是有密旨，程咬金想来想去，拿定了主意：不管怎么样，我不能在雁门关久留，赶快吃点、喝点，把马喂饱，早点走，他们是大队人马，我是单人独骑，准能追上苏定方，追上以后和他一起走，那就不着急了。他想好了主意，便赶快进城，人吃，马喂，稍稍休息一会儿，又带上干粮、水葫芦出城上路，紧追苏定方。他焦急地想：我快点追上他，就好问问朝中出什么事了，也好与他搭伴，同回西京。这马虽不是拼命地跑，但也不慢，整整追了大半天，程咬金才影影绰绰发现前面有一哨人马，尘土飞扬，正走着呢。待仔细一看，发现旗号是大唐的人马后，程咬金断定那就是苏定方了，于是他把嗓门儿放大喊道："哎，前边的人听着，快报给总兵苏定方得知，就说我程咬金要见他。"

这哨人马果然是苏定方的队伍，程咬金这一叫就惊动了苏定方，他听说后边人要见他。他把马头一调，回到后队了，他一看追来的这匹马，像飞也似的，跑得也太快了，再一细看马上这个人，呀呀！那不是程咬金吗？他怎么跑这来了。难道前敌有紧急事？想罢，他高声问道："喂，这不是程老千岁吗？"

"是我呀！老苏哇，我老程没死，又回来啦！"程咬金喊道。

苏定方虽然嘴上和他说着话，这心里别提有多大的气了，暗暗骂道：这个老不死的老杂毛，他怎么单在这个时候回来了？但是表面上还得装着点，怕被他看出来。说着话，程咬金就到跟前了，一勒战马"吁——"这马"咬咬"一叫，前蹄竖起多高转了半个圈，才停下来。他笑呵呵地说道："老苏啊，看起来咱们俩还真有缘呢，没想到又在这见面了。"

"老千岁，看你满脸的尘垢，把你累成这样，不知有何军务？这么匆忙啊？是不是万岁要班师回朝了？"

"咳，别提了，什么班师回朝哇！要不是我老程有勇有谋，怎能闯出北国的十三道连营啊！"

这时苏定方和程咬金是并马同行的，一听程咬金说这话，他当时就惊了，急忙问道："老千岁，怎么前敌两军的仗打得不好吗？见折报进京，说是取关夺寨，攻无不克，战无不胜呀！"

"对呀，那是以前的事儿，可到了牧羊城就坏了，后来的事儿多着呢！哎，你先给我弄点饭吃，边吃着我再对你细说。"

"好，不是你说我还忘了。"说罢，苏定方传命大队人马停下来，就地休息。然后，他又命人准备点酒菜，回头对程咬金说："老千岁，行路之中不好埋锅做饭，咱先随便吃点吧，等上大营，咱再好好休息休息。"

"行，吃饱了就行啊！"程咬金回道。

两个人席地而坐，程咬金往四下一看，苏定方带的兵足有三千之众，不由暗想：苏烈回京为什么带这么多的兵啊！而且都是他的亲兵校卫，难道有什么事儿？等了不大一会儿，士兵就把酒菜端上来了。苏定方不等程咬金问他，便抢先问道："哎，鲁国公，前敌到底怎么样啊？"

"邢国公，我知道你关心这件事，我就细细地对你说话，咱们扫北这一点上，可以说是取关夺寨，如同削瓜破竹一般。一直到了北国建都的牧羊城，他们设下空城之计，咱们没敢进城，只在城外扎营。没想到第三天夜里，他们北国兵将从三面来偷营劫寨，又用火攻，愣把咱们逼进牧羊城，就给困起来了。第二天，出城迎敌，我打第一仗，连斩番营三员大将，后来我二哥秦叔宝会战了北国左车轮，这小子力大无穷，最后秦元帅力抵不过左车轮，累得他吐了血。现在，我们被困在城中，里无粮草，外无救兵，所以皇上只好派人回朝搬兵求救。派谁来呀？北国城外连营，谁能闯出去呀？我一想，就算我豁出这条老命也要冲出。就这样，我单人一骑一把斧便闯出了番营。"

程咬金滔滔不绝地说着，苏定方的心里也在不住地暗自琢磨：啊，原来李世民在北国被困了，程咬金这是回朝搬兵，这朝中哪还有能人啊？也只有我苏定方能接这二路元帅了。

程咬金最爱察言观色，一看苏定方的面目表情，见他眼珠子"叽里咕噜"乱转，而且眉头紧皱，说明他一定在琢磨着事儿。程咬金一眼就看出来了，心说：哈哈，苏定方你认为朝中没有别的能人，你小子想挂这二路元帅了吧？哼，这苏定方的为人，他是知道的，狡猾奸诈，俗话说，'山河易改，本性难移'，这个人不得不防，毕竟害人之心不可有，防人之心不可无啊！程咬金正琢磨着苏定方在想什么，并没想到会有别的事。现在两个人各怀心事，尽在不言中，但是表面上互相看不出来，俩人仍然推杯换盏地喝着酒。这时，苏定方说："老千岁，多日劳累，今日就多痛饮几杯吧！来，干杯。"

"这是当然，这是当然，咱俩故友重逢，今天我又能活着回来了，在这儿巧遇，咱俩真是有缘哪！定喝他个一醉方休。哎，我说邢国公，你不在雁关门，带着这么多兵丁有什么事啊？"程咬金说道。

苏定方知道他非要问这事不可，只好顺口回答道："没什么事，是我个人的小事。"

程咬金眨眨眼睛，心想：办私事，带这么多兵，得耗费多少钱粮呀，花国库的白银你不心痛吗？他虽心里想着但嘴上没说，只追问一句道："老苏，你个人有件什么事啊？"

"没别的事，没别的事，喝酒。"苏定方端起酒把话给岔过去了。

一连两次都是这样，程咬金认为苏定方不愿和自己讲，所以也不好多问了。那就喝酒吧。于是，程咬金一连又喝了几杯，因为他现在喝酒的心觉得踏实。

程咬金虽然对苏定方的为人有所了解，但没有想到会别有目的，因此，他这酒喝得很痛快。万没想到，他正在举杯往嘴里倒酒的时候，刚一扬脖子，冷不防，在他的身后出现了两个人。他俩一边一个把程咬金的两个胳膊就给抓住了。"啊！"程咬金大吃一惊，猛回头一看，他们正是苏定方的儿子，一个叫苏麟，一个叫苏凤。程咬金见是他俩，也就放心了，连忙问道："爷们儿，干什么？你们在和程伯伯开玩笑吗？"

苏麟、苏凤二人面沉似水，冷笑一声，说："哼哼。开玩笑，谁和你开玩笑。程咬金，我告诉你，这叫踏破铁鞋无觅处，得来全不费功夫。没想到你自己送上门来了。"说罢，两个人一使劲就把住程咬金的二臂持到后面去了。

程咬金根本没有这个防备，再加上多日劳累，精力不够了，再想挣扎也挣扎不起来了，嘴里直嚷："好小子，你们要干什么？"

苏麟、苏凤不管这一套，就用绳子把程咬金给绑上了。程咬金此时又气又纳闷儿，忙问："哎，老苏，你这两个儿子绑我，你怎么不管哪？""该绑！"苏定方两眼一闭说。

"啊！该绑！凭什么？凭什么绑我？"

苏定方不慌不忙地"哼"了声。"程咬金哪，我正想抓你们爷们还抓不着呢，你倒送上门来了，这叫自投罗网，前来送死。这回你还有什么能耐，就施展吧！"苏定方不慌不忙地说。

程咬金这个气呀，心说：你们都把我绑上了，我还怎么施展哪？于是，他又冲苏定方问道："姓苏的，你别蔫损。我问你，我和你往日无冤，素日无恨，我这是奉万岁的圣旨回国搬兵的，你竟敢私绑这钦差大臣，摸摸你的脑袋，还有没有？你们爷们的胆子也太大啦，快给我把绑绳松开。"

"啪！"苏凤从后面打了程咬金一掌说："松绑？做梦！想得倒好！"

这回程咬金可真急了，大骂道："小兔崽子，你们想干什么？"

"干什么？宰了你！先杀了你，好给我弟弟报仇，这叫子债父还。杀完你以后，我们爷们儿进京再抓你那小子，用你们爷俩儿给我弟弟报仇。"

这没头没脑的话说得程咬金是丈二和尚——摸不着头脑。于是，他忙问："什么，你们说什么？"他回头又冲苏定方问道："苏烈，你儿子怎么啦？"他还以为苏麟、苏凤犯了什么大病了呢。

没承想，苏定方的眼珠子一红，鼻子一酸，忽然眼泪就掉下来了，并咬牙切齿地说："姓程的，你那大子程铁牛，又损又坏和你一样，这真是赖哈巴没毛——随根呀。这可是有其父，必有其子呀！还有小冤家罗通，他们这些小杂种，用脚把我儿子生生给踢死了。我正想回京找这些小冤家给我儿抵命，今天你却自投罗网，送上门来，我就把你也一勺烩了。来呀，把程咬金给我推下去。"

兵丁上前押着程咬金就走。

程咬金不老实呀，又吵又闹，还大骂不止。他骂道："苏定方，你这个奸贼，我告诉你，我可是朝廷的命官，随你的便……"还没等程咬金继续往下说哪，这苏凤就说："爹爹，你想把他带回京去，程咬金的破嘴什么都说，你敢说咱三千亲兵中没和咱们分心的吗？一旦他要走漏了风声，那就画虎不成，反成类犬了。此仇也报不了，还会惹出大祸，不如将他就地处死，等到京城再说。"

"对！言之有理，先把他宰了，捎着他的人头，回去好给儿祭灵。"苏定方同意地说。"爹爹，你把他交给我处置吧！"苏凤说。

"好，交给你处置吧，你去吧！"苏定方回道。

苏凤这小子"嘡"一按弹簧，宝剑出匣，喝道："姓程的，今天我先给你来个脖儿齐，要你的项上人头。"

"啊！"程咬金可从来没害怕过，今天真有点吓蒙了。他一看这小子用眼盯着他，手里宝剑明晃晃，耀眼明光，奔向自己来了，不由得心里发怵。程咬金心说：这玩意儿要是放在脖颈上，就和肩膀头找齐了，那我这吃饭的家伙就得搬家呀。程咬金越想越可怕，连忙说："哎，哎，苏凤，你干什么？"

"干什么，宰你！"

"我说爷们儿，你先等等，反正我已落到你们爷们儿手里了，既飞不了，也逃不了。要杀我也行，能不能叫我临死也做个明白鬼，到阎王那儿问我姓程的是怎么死，我也好向阎王爷说清楚、道明白哟！就这样，稀里糊涂地宰了我，阎王爷问起来，我都没法回答呀。爷们儿，能不能告诉我为什么要杀我？我犯了哪条罪，怎么就惹着你们爷儿了？你们说清楚，也叫我明白明白，死了我也不冤哪，怎么样？"

"哼，你这个姓程的，我没那么多时间和你磨牙，只能告诉你一句，你的大儿子程铁牛，还有那短命鬼罗通，他们合伙把我三弟苏豹活活地给踢死了。我们正想给我三弟报仇呢！这也是冤家路窄撞上你啦，那我们就先把你宰了再说吧！"苏凤气愤地说。

"啊！"程咬金心想：我的铁牛儿怎么能干出这种事来呀，要说他干不出来，苏凤怎敢这样对待我呢。他又问苏凤说："他们为什么把你的三弟给杀死呢？"苏凤眼睛睁得比包子还大："为什么，还要问我吗？你自己的儿子，你还不知道吗？你的那个儿子又蔫、又损、又狠，和小罗通一样。"

程咬金一面听苏凤说，一面在细心琢磨，想来想去就想起苏定方了。

想当初，苏定方保着夏明王窦建德，窦建德的大元帅刘黑闼手下有"定方"四大将，即刘定方、黄定方、梁定方和苏定方。后来在锁五龙的时候，他们都被罗成捉住了，并装入囚车木笼之中。半路上住店时，起了把火，那是程咬金放的。这把火把将窦建德给烧死了，刘黑闼顺势就成了后唐王，并把苏定方提升为兵马大元帅。可苏定方心里还不服，总想当个主子。

苏定方的刀法纯熟，确实很厉害，其箭法也是百发百中，北平王罗义父子就是被他射死的，罗成也死在他的乱箭之下。可是后来，苏定方看李世民正在兴旺，料定斗不过唐，只好归了李世民，投了大唐，接着又被李世民封为邢国公。当时，程咬金很不服气，一些瓦岗的老将们也在议论：既然是苏定方杀了罗义二人，李世民怎么还要收留于他呢？

今天程咬金想：是不是铁牛和罗通听见别人说苏定方和罗家有仇，所以他们才把苏豹给踢死了？他又一想：不能啊，谁能把这些事对小孩子们说呢？他想了半天，也没琢磨透这是怎么回事，最后拿定主意说："噢，原来是这么回事呀，这事也真太气人啦！难怪你们爷们儿生气，单就听你们这么说哟，我也都快被气死了。俗话说得好，杀人者偿命，欠债者还钱！冤有头，债有主！如今这小子竟给我下了这么大的调，你给我把绑绳松开，咱们一同回京。到了京内，你们爷们儿不用费心，也不用大动干戈，我亲自把铁牛交给你们。就连那罗通小子，我也把他抓住，一起给你们送去，任凭你们发落，我程咬金不护犊子便是了，我老程从来说话是算数的。由我当皇上那天起，我就没说过半句假话，爷们快给我松绑！"

苏凤一闭眼："哼！你从来也没说过实话，给你松绑，没那么便宜。"说着话，他就要举剑动手。

"哎哎，等等，爷们儿！"程咬金叫道："爷们儿，你还年轻，我刚才说的可都是实话，可你们不相信，不信你问问你爹。好，就算你不信，可还有一条呢，我是回朝搬兵的钦差大臣、朝廷命官。杀了我，你能白杀了，会没事吗？现在你是在气头上，一切全都不考虑。常言说，'事要三思免去后悔'。

再者说了，就算你们偷偷地把我杀了，谁也不在外说。我就算无声无息地死了，可是我还有重任在身呢，我是回京搬兵求救的，我死了谁去出兵求救哇！不求救就不能发救兵，没兵去救万岁皇爷，在北国被困的君臣众将可就都完啦！到那时若要是追查起来，你们爷们儿受得了吗？我说的不都是实话吗？爷们儿，你在气头上，绑我也好，杀我也好，那都是把你们气的。我并不怪你们，快，给我松开绑，咱们回京再说。"

程咬金这两片子唇是真能说呀！就算是死汉子，他也能说活了。这回，他还真把苏定方给说活了。苏定方听了，心说：对呀！别看程咬金一辈子没说实话，今天讲的真有道理呀。苏定方还正在琢磨着呢，可苏凤不管那一套，他又气又恨、咬牙切齿地说："好你个蘑菇头，死人都叫你给说活了。今天，我们必定不信你这份邪，先宰了你再说。"说完，他举剑就要动手去杀了程咬金，就听有人大喊一声："住手！"

罗通扫北

第十回

假念咒聚来黑敬德
过生日铁牛惹是非

苏凤刚要上前动手杀程咬金，忽听有人喊了声：

"住手！"

"啊！"把苏凤吓了一跳，赶忙把剑撤回。

这是谁喊的呀？

原来是程咬金。

他怎么自己喊哪？

这个时候，他不自己喊，哪还有别人来喊哪！这回，程咬金真被吓急眼啦！他的眼珠子都要挤出眶外。苏凤被吓得一时不知怎么的好了，一下子把剑撤回来，直愣愣瞪着眼睛问："你、你、你要怎么样？"

"我刚才再三再四将你劝，你左五右六全不听，你真要杀我？我告诉你，你杀不了，到头来，吃亏的是你自己，你知道吗！我有护法神，时刻都在保护我，谁不知道，我是大唐朝的福将啊？我是福大命大造化大，只要我喊上三声，准有人来救我。你信吗？"程咬金瞪着眼睛说瞎话。

程咬金其实有意地磨蹭时间，多磨一会儿是一会儿，一边磨一边想办法，实在吓唬不住了再说。

听他这么一说呀，差点没把苏凤的鼻子气歪了。刚才被他吓一跳，现在他才回过味来。苏凤心中暗骂：你这老滑头，吹一辈子牛皮，现在死到临头，还在吹呢！今天我非叫你把自己吹死不可。

想罢，他怒道："程咬金，我知道你吹了一辈子牛，今天，我叫你吹个够，我非看你丢人现眼能吹到什么程度。你不是说，只要你喊三声就有人来救你吗？好，我叫你喊三十声，叫你把嗓子喊哑了、喊够了、喊得没气了，我再杀你个口服心服。"说着，苏凤往前一凑用剑一指，大声喝道："喊！你给我喊！"

"小子，不用出那么多声，也甭等把嗓子喊哑，喊多没有用，还怪累的。我只要喊三声就行。"程咬金瞪着眼睛说。

"少啰唆，快喊！"苏凤被气得气冲冲对他喊。

"我要喊啦，你把耳朵捂上，别把你苦胆吓破了。"程咬金说着话。他耸了耸肩，挺了挺脖，放开嗓门，使出丹田的力气，大喊一声："来人哪！苏凤要杀程咬金啦，快来救我呀！"这喊声真要把苏凤的耳膜震破了，是声嘶力竭呀，要多难听，有多难听，似鬼哭，似狼嚎。苏凤站好丁字步，右手提着宝剑，左手一掐腰，瞪大眼睛看着程咬金，心说：你喊哪，使劲儿喊，我看谁能来救你！程咬金喊起来还没完了，一边喊还一边想：这可怎么办呢？软的硬的都使了，他就是不听，难道就这样死在他手了，可惜我呀！久战疆场，多次闯番营，我都活过来了，真没想到今日倒死在自己人的手下了。我死了倒无所谓，可牧羊城被围的君臣、兵将怎么办哪？完了，二哥呀，不能见面了。程咬金正在胡思乱想着呢，又听苏凤大喝一声："喊哪！""爷们儿，别喊了，快给我松绑吧？现在给我解开绳子就算咱爷们儿俩闹着玩啦！真等我把人喊了来，那可就不好办啦！你们爷们儿可就吃不了兜着走啦！"程咬金说。"你少废话，快喊、快喊，你喊不喊？你要不喊，可别怨我动手啦！"苏凤被气得咬牙切齿地说。

"好，既然这样，你可别说我不给面子，我要真把人喊来，你可别后悔。"程咬金说完又扯起嗓子出了声："来人哪！苏凤要杀程咬金啦！快来救我呀！"这第二声比头一声更大。

说来也真巧，这第二声刚喊完，就听有人高声大叫："哒，程千岁，不要担惊害怕，我来也！"

这一声唱出，真好像晴空霹雳，打了一个沉雷一般，吓得苏家父子往后一撒身。再者这喊声刚落，这马到，人也到了。有一匹战马飞奔而来！苏定方仔细一看来将，不由得倒吸了一口冷气，见来人好威武。

苏定方看罢来人，不由得激灵，打了一个冷战，心中暗暗吃惊：他怎么来啦？

谁呀？

来的可不是别人，正是敖国公尉迟恭敬德。

此时的苏定方心乱如麻呀！用现在的话说，就是非常矛盾。他又气又怕，还很紧张，气的是尉迟恭早不来晚不来，单选这个时候来，再晚来一会儿，程咬金就被宰了。看来，这个老小子是命大不该死。苏定方非常惧怕尉迟恭，一则尉迟恭为人正直，好认实理，一正压百邪，有些邪门左道的人都怕他，而且他的脾气还极烈，点火就着，压不住事；二则尉迟恭的这把鞭是受过皇封的，高祖李渊封过，二主唐王李世民又封过一次。封他这把鞭上管君王不贤，下管众臣不忠，代管着三宫六院、七十二嫔妃、龙子龙孙皇亲国戚。带这把鞭，他可以随便进入皇宫。皇家的亲友近邻，他也可以随便打。要想打苏家爷们儿，那不像抢个臭虫似的，所以苏定方特别惧怕。

程咬金这下可乐坏了，乐得他满脸核桃纹都开缝啦！他的嘴里还叨念着：我老程就是命大、福大，真是时也、运也、命也，这真是人不该死终有救啊！这回，见大老黑来了，他更胆大了，忙喊着："哎！我这还绑着哪！请给我松绑。"

苏定方的脑瓜儿来得多快呀！他急忙冲苏麟、苏凤一瞪眼，骂道："大胆的奴才，还不赶快给你程老伯父松绑？下次再开这种玩笑为父定要发落于你。"

"什么？什么？开玩笑，有这么开玩笑的吗？照这样开玩笑，我的老命可就交代啦。"程咬金想道。

苏凤这小子还真有点像他爹。一听他爹这么说，他就将计就计、顺坡下驴，赶快来到程咬金的眼前，一边给他解绳一边说："程老伯父，这回你老实了吧？开个玩笑，是想看看你的胆量。看，刚才把你吓得那个样子，喊得声音都变味儿了，都怪我没大没小，你老千万别见怪。"

"去去去，好你个小兔崽子！刚才差点没要了我的命，这会儿又来说好话。什么开玩笑？你们爷们成心杀害忠良。"说罢，程咬金气呼呼地喊了声："来人啊，把他们父子给绑了。"喊了半人没人动，程咬金一看，才回过味来，只顾生气啦，忘了这是在苏定方的队伍中，谁能听他的，去绑苏凤啊？尉迟恭说了声："叱！程老千岁暂且息怒。""这到底是怎么回事？把我给闹糊涂了。"尉迟恭不解地又问道。程咬金无奈说道："你糊涂，我也不知道为什么，光听他们爷们说，我儿铁牛和罗通把他的三子苏豹给踢死了，他们要杀我。要不是你来得是时候，我可就完了。大老黑呀！用你的鞭先打他一回再说。"这时，尉迟恭回过头来，看了看苏定方。从目光里能看出来，他是在问苏定方：程咬金说得对吗。

苏定方意识到了，赶紧接程咬金的话茬说道："尉迟将军不要过虑，没有什么大事，京里的一帮小弟兄们，吵闹闹的，有点不和。这不，苏麟、苏凤来给我送信了，我也想回京看看，正好在这碰上程老千岁了。我这两个犬子久闻他程老伯父一辈子爱说爱笑，胆儿还大，趁这个机会想和他开个玩笑。"

苏定方这瞎话编得比程咬金还高明，一字一板，说得使人可信。

你可别说，还真把尉迟恭给说信了，因为他了解程咬金，平常说话老是云山雾罩，没个准，但这种玩笑开得有点儿过分了。于是，尉迟恭立即劝解道："老兄老弟们，这倒没什么，以后这种玩笑开不得，拿脑袋瓜子闹着玩，这还了得吗？尤其是你们做晚辈的，不能长幼不分，没大没小。程老千岁呀！这也是个教训，你都这么大年纪了，往后说话办事也得多注意，要留点身份。"程咬金一听尉迟恭说，这个气呀！他心说：这个事怎么还怨我呀？他还想要分辨，尉迟恭又说道："老千岁，不要再说了，你是因何到此，莫非我主凯旋还朝？"

"咳，别提了，甭说凯旋还朝，现在想回京都回不来啦！前敌两军阵，是这么、这么回事，我是回朝搬兵的，万岁和我们都遭困了。"程咬金说。尉迟恭一听皇上被困在牧羊城，急得他双手一捋胡须，气得"吱呀"怪叫，一指北国骂道："气死我也！"

"大老黑呀！你不是修运河去了吗！怎么也来到这儿？"程咬金问。

"我是奉万岁的旨意和大刀王君可去修运河，到现在还没完工。后来我听说北国下战表，万岁御驾亲征扫北去了，差点没把我急吐血呀！万岁为什么不叫我去，王君可看我急成这样，反正挖河的事也快完了，所以他叫我回京看看。在禀明幼主李治后，我就领了支人马，来北国援助你们，也好护驾，不料想，在这里和你们二位碰上了。"尉迟恭说。

苏定方一听尉迟恭讲，心说：真他妈倒霉，没想到大老黑回来了，看来这二路元帅我是当不成了。程咬金听尉迟恭这么一说倒是很高兴，大老黑是员猛将，虽然上点年纪，但他的鞭法纯熟，是我的好帮手，这回可就不怕你苏家父子了。想到这里，他便对尉迟恭说："大老黑，咱们马上回京，到了长安，见到幼主殿下，说明一切，好选二路元帅赶快带兵去牧羊城救驾。"说罢，他又回头又对苏定方说："我告诉你苏定方，咱回京是回京，到京城把事弄清楚，你又绑我，又杀我，还说是开玩笑，哪有这么开玩笑的？说不好啊，就告你三条罪状。"苏定方一听这话，心想：这下可坏了。不管程咬金说的是真是假，我确实有罪，第一我是私离戍地；第二我带领三千亲兵，耗费粮银；第三我私自绑钦差，特别是程咬金身有圣旨，随便绑他，就是欺君之罪呀！哎呀！看来，我得找机会，先下手把尉迟恭和程咬金一起杀掉，来个杀人灭口。

究竟苏定方为什么说他三儿子被程铁牛踢死了？

自从二主唐王李世民御驾亲征前去扫北以后，朝内有幼主李治执掌朝纲，文有丞相魏徵，可以说是，路不拾遗，夜不闭户。京城内的一些小公爷们分成两派，也就是两伙，即一伙是程铁牛、秦怀玉、丁海、侯山等人；另一伙就是苏麟、苏凤、苏豹等人。这两伙人是冰火不同炉，在御书房念书，各念各的，素常也不来往，你看见我一拧鼻子，我看见你一撇嘴，互不服气。

罗通这一伙人对苏麟、苏凤这一伙人的所作所为有些看不惯，他们每天游手好闲、不务正业地浪荡，令人不堪忍睹。罗通这伙人呢，整天在一起练武习文，苏家弟兄也看不惯罗通一伙。

也是该着出事，三月三十是程铁牛的生日，他在家里和他娘说："娘啊，明天就是我的生日了，你想怎么给我过呀？"

铁牛的母亲是裴翠云，她是银锤将裴元庆的姐姐。别看她是文人，可是她心怀大志，教子有方。听铁牛一说这话，裴夫人就瞪铁牛一眼说："小小年纪过什么生日。"

"那，那，我爹在家的时候，年年都给我过。"

"就是你爹，把你们惯得不像样子。"

"娘，那也不能不过呀？"

"你爱吃什么，我就给你准备点儿算了。"

"娘啊，我有件事想跟您商量商量。"

"什么事？你就说吧！"

"我想把御书房的同学们全都叫到咱家来，我们一起好好热闹热闹！"

"他们每天都来几次，就是明天不行。"

"娘啊……"

"不行就是不行，你爹爹为国出力效主，在两军阵前杀敌立功，渴饮刀头血，困卧马鞍身，你在家还有心过生日，这么长，那么短，事真多，不行。"

"娘，那怎么办啊？"

"你就给我好好地读书练武。"

铁牛没办法了，只好和弟弟万牛商量，说："兄弟，我都和小哥们儿说好了，叫他们明天到咱家来给我过生日，咱们好好地玩玩，娘就是不依，娘对咱们知冷知热，非常疼的，哪样都好，就是有事不答应。"

"哥哥你别生气，别说咱俩呀，就连咱爹也怕娘，她不依不要紧。咱们悄悄地出去，别让她看见，到外边找着小弟兄们，一块儿上酒楼去给你过生日。"

"嗯——行。太好了。"就这样小哥俩偷着出府，到外边把小朋友们找到一块商量说："我娘说在家过生日嫌咱们太乱，再说有我爹在阵前，咱们也不方便，所以明天找个大酒楼，咱们连吃带玩，你们看怎么样？"

罗通不大同意，他说："既然伯母不同意，在家过她嫌乱，到酒楼去，人多更乱，要是被老人家知道了更不好。再说咱们的老人都在战场上英勇杀敌，出生入死多危险哪？咱们在家——"

"罗五弟，你怎么和我娘说的一样，那你说怎么办好？"铁牛问。

"叫我看哪，咱们买上东西出城，在城外找个有山、有水、有树的地方，边饮酒，边赏景，在树林边上玩它个痛快，谁也不知道。"罗通说。

"对。"罗通出的主意，大伙都说好。这些小公爷们聚在一起共有十几个呢，他们买这个，买那个，一切都准备好了，又买了个大食盒，把吃的东西都装到食盒里。一大早，小公爷们都跑出来，这个心齐劲就甭提了，全都出了城。

到了城外，小公爷们找了一片树林，把食盒打开，吃的喝的都拿出来，食盒当桌子。待把东西都请上后，十几个人围着食盒席地而坐，有说有笑。大家开怀畅饮，都挺高兴，唯独罗通好像不痛快，像有什么心事似的。这个叫兄弟，那个叫哥哥，都问罗通有什么心事，罗通摇摇头说："没事。"

"罗贤弟的心事，我猜着了，是不是想媳妇了？"铁牛笑呵呵地说。

一句话说得大伙又是一阵大笑。罗通顿时红了脸，用手捅了一捅程铁牛说："就是你，狗嘴吐不出象牙来。"罗通这小孩心事太重啊，他虽然和朋友们在一起玩，可是他心里总挂念着国家的大事！因为他爹罗成死得早，李世民认他为御儿干殿下，封他为罗少保。虽说生在越国公府，可是罗通常到宫内去探望皇娘和皇父，李世民和长孙皇后也都非常喜爱他。一是他爹罗成为国捐躯，功高如山；二是罗通不仅长得好看，而且非常聪明，所以皇上与皇后常把罗通接到皇宫去。

自从二主唐王扫北一走至今，他们再也没见面。因此，他时常想念皇父唐王李世民，也挂念着前敌打仗的事。今天他见在座的小朋友全来齐了，一看，这些小弟兄的老人都在前敌两军阵，一个在京的也没有，所以他又想起皇父在北国会怎么样呢。正在小弟兄玩得兴头上，突然从远处来了一伙人。这伙人"叽呵呵"没个正味，大伙不约而同地回过头来一看，就听铁牛说声："哎哟，坏啦！"

"哎，铁牛哥，怎么啦？"罗通问。"你看，真倒霉，人要倒霉，喝口凉水都塞牙，碰见这些丧门星了。"铁牛回道。

"哼！"罗通回头一看，来的这些人足有二十多个，都是家人打扮，正当中有一个人，有马不骑，有人给牵着，他紧跟其后。再看这些家人：脑袋不疼挤红点，歪戴帽子斜瞪眼，有的牵着狗，有的架着鹰。当中这个花花公子穿得溜光水滑儿，但相貌可不怎么样，来的是谁呀？他可不是别人，正是苏烈苏定方的三儿子，名唤苏豹，这小子不如他的两个哥哥好。苏麟、苏凤确实日习文、夜练武，有些本领，但这苏豹专门研究吃喝玩乐，年龄不大，既嫖又赌。总而言之，他是好事不干，尽干坏事，是屎都拉，就是不拉人屎，仗着他爹的势力，抢霸民女都出名了，在西京长安无人不知，无人不晓。

今天他带着他的心腹家人来郊外行围图打猎，他的这帮恶奴都有外号，打不改、骂不应、溏鸡屎、破鸡笼、鸟枪手、三股绳，一个个都是亡命之徒，他们叽叽嘎嘎地正往前走。罗通知道不好，从来我们都不和，今天在这碰上了装没看见就算了，可是铁牛张嘴就要骂，罗通冲铁牛直瞪眼说："你想干什么，是不是又要犯老毛病？"

原来这帮少公爷们向来打仗、吵架、闹事，大多数都是铁牛的嘴惹祸。今天罗通才说他："铁牛哥，人家走人家的路，咱喝咱的酒，不要搭理他们。"

"好好，行行行，装看不见还不行吗？"铁牛说。

可是，苏豹他打猎，带着猎狗哪！这狗的鼻子嗅觉最灵，它闻着这有香味儿，当即就朝这来了。猎狗晃着尾巴，嘴头子挨着地，慢慢地闻着就来到罗通他们喝酒的地方！地上有他们吃完了扔掉的骨头和鱼刺，这狗看见骨头哪有不啃的啊！狗啃骨头，苏豹就指着狗骂道："你们这些馋狗，在家里吃不够，还到外边拣骨头啃，真丢人。"程铁牛听出来啦，苏豹这小子是指狗骂鸡呀！他一气之下就要站起来去质问苏豹。罗通怕惹出事来，伸手把程铁牛按住说："你先别动。"

"你听，他是指狗骂咱们呢！这个窝囊气我受不了，不能让这小子找咱们的便宜。"铁牛生气地说。

铁牛从来不吃这个亏，罗通又不让他动，气得他拣起块骨头，冲着狗打去。这狗被打得"嗷"的一声，跑出老远。这时，苏豹带领家人就来到跟前了，狗看见主人了，就跟过来围着主人的身前身后转了几回，冲着铁牛他们"汪汪"地叫了起来，这就叫狗仗人势。"哎，哥们儿，你们瞧。这酒咱们不能再喝了，被这些狗给搅黄了，人不能和狗斗，咱们走吧！"铁牛对众人说。

程铁牛也是指桑骂槐。苏豹也越听越别扭，一瞪眼，又"哼"了一声。

罗通见事不好，急忙说："行啦，行啦，咱们也别看狗了，酒也喝得差不多了，咱们都走吧！"说着话，他冲小朋友们使了个眼神，大伙就站起来收拾地上的东西。

正在这时，一只乌鸦从他们坐着喝酒身后的一棵大树上落了下来。苏豹这小子的眼很尖，一眼就看见这只乌鸦了。他手里拿着弓箭呢，他抖弓"嗖"就是一箭射去，嘴里还骂着："好畜生，我叫你走。"因为距离很近，这乌鸦的个又大，哪还射不中吗？正好射在乌鸦的肚子上。"吧唧"，这只乌鸦正落在他们的食盒上。这乌鸦拼命地"扑腾"几下，把盘子、碗、碟子、酒杯、酒壶都给扑倒了，有的掉在地上就摔碎了，把酒菜也都弄脏了。这下，铁牛实在是压不住火了，伸手抓起这只乌鸦，就冲苏豹打去。苏豹也没注意，他正在那觉着得意呢，这帮家伙又都夸苏豹的箭法准，把个苏豹乐得抿嘴直笑。

突然，"啪啪！"这只乌鸦正打在苏豹的脸上，把这小子吓了一跳，"啊！"这苏豹被吓得够呛，你说他能不急眼吗？于是，他立即冲铁牛就大骂："好你个小兔崽子，你敢打人？"

"打你，这是好的，我要宰了你！"说罢，铁牛一纵身扑向苏豹，这才惹了塌天大祸。

罗通扫北

第十一回 少爵主郊外闯祸端 老夫人金殿服王法

铁牛气得用死乌鸦打了苏豹，苏豹大骂程铁牛道："好个兔崽子，你敢打我？"

"打你是好的，我要宰了你。"说完，铁牛身子一纵，就扑奔苏豹。

罗通一把没抓住，忙喊道："哥哥，别打架！"

"我非教训教训他不可！"说罢，铁牛来到苏豹面前，举拳就打。

苏豹急忙往旁边一撤身子，这拳就走空了。铁牛由于用力过猛，差一点儿没闹个向前趴，"噔噔噔"，往前跑出好几步。

这可给苏豹造成好机会，他顶着程铁牛往前一跑的劲儿，朝他背后就打了一拳，"啪"的一下子，正打在铁牛的后背上，这下铁牛可就站不住了，"吧唧"就闹了个前趴，摔倒了。他刚要起来，这苏豹也够快的，紧接着就是"当当"两脚，踢得铁牛"哎哟哎哟"直叫唤，踢得铁牛就动不了啦！苏豹还想再踢。

这时铁牛的一些小弟兄们"哗——"都起来了。小罗通怕把事闹大，急忙喊道："都别动！"

别看罗通岁数不大，在这些小弟兄当中，他最有威信，大伙还都听他的。

因为罗通的心眼多，人又聪明，那真是"机灵鬼，透玲铸儿，小金豆子不吃亏，阎王爷的小外孙，抬头一个故事，抬头一个见识，七十二个心眼，八十六个转轴，拔一根汗毛，一吹'吱吱'直响，太灵通了"，所以不管有什么事，大伙都叫他拿主意，而且他说出来的话大伙也都相信。

现在眼看铁牛吃亏了，大伙一气，都想动手打群架。罗通说了声："都别动"。这声音也大了点儿，还真把大伙都震住了。众人都把两眼盯着罗通，那意思是"你看，铁牛被人打了，怎么还不让动手啊？"

罗通知道，这些小弟兄们心齐，又都在火头上，说什么也别惹出大祸来。毕竟别的都压不住他们，所以他只能用激将法，压住众弟兄。想好了主意，他对大伙说："众位弟兄们，咱们都是将门之子，父一辈全是英雄，咱们可不能做出狗熊的事来，铁牛哥挨打，我们都很生气，可是我们大伙都去打苏豹，这叫打群架。十几个人打一个，这算什么英雄？咱们和他单打独斗，这才是英雄所为。"

罗通的话把大伙的气都压下去了，大家都说："对，不能大伙打他一个。"程万牛说："好，那我去揍这个兔崽子，好给我哥哥报仇。"

"不行。弟兄们别和我争，这头一个还是我去！我去教训教训苏豹这小子，然后我再狠狠地揍他一顿。"说完，罗通就上去了。

果然，大伙真听话，谁也没动，一是谁也不愿当狗熊，二是都信得过罗通，能文能武、能说会道，比谁都强。论武艺，罗通也是比别人高，所以大伙都想看看他怎样教训这苏豹。

罗通一看大伙都没动，心里就有底了，心中暗想：好险哪！要是大伙一齐动手，非得把苏豹砸成肉泥浆不可呀！那祸可就惹大了。不管怎么样，暂时看这祸是躲过去了。他来到苏豹面前，见苏豹还要打铁牛，便大喝一声："苏豹，住手！"

"呵呵，我当是谁呢，这不是罗通吗？"苏豹回头一看说。

"不错，是我！"

"哎，我打程铁牛，碍你什么事？"

"苏公子，你不应该这样打他！"

"我不是没打你吗？"

"打谁都不行，都是自家弟兄，不该下此毒手！"

"谁和你是弟兄，少套近乎。"说着话，苏豹又要去踢程铁牛。罗通把眼一瞪说："你给我住手。苏豹，你也太不讲情理了，你打了铁牛哥哥，我说你几句，你服个软，认个错也就算了，免得惹是生非，可你真是一点情理也不懂。"

“哎，谁不懂情理？我看你们不懂情理，常言道，‘打狗还得看主人呢！’他打了我的狗还不说，我射下来一只乌鸦，掉在了你们的食盘上，我又不是故意的，这能怨我吗？他反用乌鸦来打我，你们不乐意，我还不乐意呢！哎，姓罗的，你别狗拿耗子多管闲事。”苏豹怒道。

“苏豹，咱们的父辈都在朝居官，又都是父一辈子的交情，你可不能欺人太甚！”罗通回道。

“哼！什么父一辈子的交情。你们的父辈都是干什么的？谁不知铁牛他爹是卖耙子的？你们父辈们哪有一个好东西，全是瓦岗山上的贼。”苏豹讥讽道。

苏豹这话可就激怒了少保罗通，他把脸一沉，二目圆睁，大声喝道：“苏豹，我再三再四将你劝，左五右六全不听，不该张口就骂人，你真是好坏不知，四六不懂，常言道，‘识时务者为俊杰’。你快放开铁牛哥，不然叫你知道我罗通的厉害。”

“哈哈，好你个小短命罗通啊。你竟敢骂我，还想打我，你敢？我借你个胆子，你敢碰少爷一下，你碰到我一根汗毛，我叫你跪着把我扶起来。”苏豹蔑视地笑道。

罗通本来是个性急之人，那脾气也够暴的，既狂又狠，心毒手狠，真像独头蒜，好似小辣椒儿——又毒又辣呀。今天他是一片好心，怕把事闹大，才好言相劝，想把大事化小、小事化了，没想到苏豹这小子这么不是东西。

罗通一忍再忍，如今他实在忍无可忍，“啪”，朝着苏豹的眉头就是一拳。

苏豹这小子没曾想罗通真敢打他，而且罗通也没说话，冷不防地就打来啦，他想躲闪，已来不及了。“当”，罗通这一拳打得这个实在，打得苏豹“噔噔噔”倒退了好几步。“咕噜”一声，闹了个大院撤儿，苏豹这身子就站不住了，猛地往后一仰，就跌倒在地。

这也是该着出事，也真赶巧了。罗通这一拳使的劲儿太大了，一下子打得苏豹站立不稳，倒退了几步，就倒在地上了，身子往后一仰后脑勺就着地了。也该着苏豹这小子倒霉，正好他的后脑勺担夯在一块三棱子的石头上，这块石头的尖顶，“唯——”，苏豹的后脑勺给碰出了个大窟窿。实实在在地，这花白脑子和鲜血就像豆腐脑儿似的都流出来了，这脑浆也都出来了，还能活吗？苏豹便一命呜呼了。

程铁牛可不知道苏豹是死啦！他以为罗通把他打倒了。一骨碌，铁牛就从地上爬起来了，紧走几步，到了苏豹跟前，"当当当"就是几脚。见苏豹一动不动，铁牛低头仔细一看，啊！他死啦。这下程铁牛是猴吃辣椒直眼儿了！罗通也害怕了，心想：怕惹祸、怕惹祸，结果还是惹出大祸了，这人命关天啊！罗通平常不大出门，他母亲庄金锭经常嘱咐他说："通儿，你可要争气呀！你的祖辈都是英雄、忠臣，对大唐有功。你要勤学苦练，将来也好保你皇父的江山社稷。"罗通很孝顺，最听他母亲的话，日习文，夜练武，从不出府。今天要不是铁牛过生日邀他，他还是不出府门。没承想，招了这么大个漏子，怎么办呢？他也吓傻了，两眼都直了，只是呆呆地发愣。

苏豹的这些家人也被吓直眼了，三魂七魄剩下二魂五魄了，一看三公子死了，被铁牛给踢死了，这还了得，快跑吧，回府送信报丧去吧！他们一个个立即撒开兔子腿，往回就跑。

还是罗通有主意，人死了，家人跑了，这死尸怎么办，还是叫苏豹的家人们把死尸抬回去吧。自古道，杀人偿命，欠债的还钱。罗通说后事由我顶着，然后叫他们先把尸首抬回家。

苏豹的家人们还不敢过来抬，也是怕挨打。罗通一摆手，家人们才敢上前把尸体给抬走了。

程铁牛愣了半晌，稍稍静下来，心想：这祸是我闯的，不能推给别人，有道是，好汉做事好汉当，不能连累别人惹祸殃。于是，他回过头来，对罗通说："罗通兄弟，你和众弟兄们都走吧，快回家吧，这里的事，你就甭管了，有我在此顶着。"

"不！人是我打死的，这与你无关，我不能连累你，你和万牛兄弟以及众兄弟们都快走吧。"罗通说。

"不对，这小子是我踢死的，不碍你的事儿，你快点走！"铁牛回道。

"我不能走，人是我打死的，由我来抵命。"罗通又说。

"傻兄弟！你真傻！打死人要偿命，你知道不？你们罗家就是你自己，真是千顷地一根苗啊！你要是给苏豹偿了命，老罗家就断了根儿啦！我不怕，我死了还有我弟弟万牛呢！好兄弟，你就甭跟我争了，快走吧！"铁牛急得直跺脚。

"铁牛哥，你的心意我领了，我决不能这样做，一人做事一人当，决不能连累于你。如果你再争,那只有咱们两条命抵他一条命,我怎能一走了之。"
罗通无奈地说道。

这时,秦怀玉一看罗通和铁牛争执不休,两个都往自己身上揽过,便说:
"二位兄弟,谁也别争了,也不是你打死的,也不是他踢死的,这个祸你俩谁
也不用摊,确确实实是他自己碰死的。因为他的后勺碰在三棱石头尖上了,
才把脑袋碰破了窟窿,他就是自己

碰死的,所以这与你俩无关,记住
了吗?咱们都回家吧!"

"对,怀玉弟说得对,是他自
己碰死的,谁也没想打死他,这是
天火烧冰窖——该着。走吧,咱们
都走,到什么时候都得这样说。"
铁牛高兴地说。

这些小公爷们一个个都耷拉着
脑袋,无精打采地走了。秦怀玉一直把罗通送回家,见着庄氏夫人,小哥俩
都跪下了,这个叫娘,那个叫婶娘。

庄夫人一看,儿子罗通、侄儿怀玉都给自己跪下了,把她吓了一跳,心
中预感到不妙,忙问道:"通儿、玉儿,怎么啦,难道你俩惹祸了?怀玉你快
快起来。"

没等罗通说话,秦怀玉就把事情的经过详详细细地对庄夫人讲了一遍,
最后道:"婶娘,侄儿说的都是实话,此事确实不怨兄弟罗通。人死了,确实
是误伤,婶娘千万不要责怪罗通兄弟。"

秦罗两家是姑表亲,虽然是两姓,可是像一家人一样。庄氏夫人对怀玉
和罗通都很疼爱,对俩孩子的秉性脾气也都了解,知道怀玉说的都是实话,
罗通也不会无事生非,但是不管怎样,苏豹是死了,人命官司是摊上了,所
以她不由叹了口气:"咳,怀玉,你先回家吧!婶娘自有安排。"

"婶娘,你可千万不要太难为罗通啊!"怀玉恳求地说。

"好吧,你走吧,回去晚了,恐怕你母亲惦记你,你就快回家吧!"庄氏
夫人把秦怀玉打发走了之后,就命家人把罗通绑起来。

"啊!娘,你——"罗通被吓得没敢往下问,只是叫了声"娘"。

"小冤家，快服绑。"庄氏骂道。

罗通见娘真的生气了，也只好服绑。家人把罗通的二臂一拧，就绑上了。罗通的心里也就明白了，眼泪汪汪地说："娘啊，你绑吧，你怎样发落我都行。反正人是死了，老苏家决不会善罢甘休的，我给他抵了命也就算完了，也免得铁牛哥受连累。只是对不起娘亲和祖母奶奶二位老人对我费尽心血，可是我，我，我没有尽点孝道就……"说到这，罗通的声音颤抖，说不下去了。庄夫人这眼泪，像断线的珍珠一般流下，真心疼啊！听了孩子这些话，她就像被刀子挖心一样，难为这么大的孩子能说出这些话，有这份心。庄氏一边哭一边骂道："小冤家，为娘是怎样嘱咐你的，不让你惹祸，结果一惹就是大祸。打了别人还罢了，你怎么将苏豹打死，这真是冤家路窄。我宁可叫你这样死，也不叫你那样死。"

"让我怎样死？"罗通疑惑地问。

"别问了。你赶快服绑，我带你上殿见幼主殿下。如今就只能任凭殿下发落，治罪于你，也就免去了铁牛的罪过。"庄氏夫人哭着说。

正在这时，秦氏老夫人哭哭咧咧地闯进来了，进门就把罗通抱在怀里，又是疼又是气。她指着罗通的鼻子，一把鼻涕一把泪地说："罗通孙儿呀，你这小冤家，这些年来我和你母亲都盼着你长大成人，能为你祖父和你爹报仇，没想到惹出这么大的祸来，有道是，杀人者偿命，可你才这么小的年纪就、就——哎呀，我们罗家之仇，就无人给报了。"

老太太这一哭一闹，把个罗通弄得丈二和尚——摸不着顶了。他急忙问道："奶奶，你说话我没听明白，我爹和我爷爷……"

罗通这么一问，老太太顿时发现自己说漏嘴了。于是，她赶忙把话收回来说："你爹和爷爷都是为国尽忠死在杀场上了。我们盼着你快点长大成人，练好武艺，也好去战场给你父亲和你爷爷报仇。可是，你摊上人命了，恐怕你也……明天你母亲绑你上殿，面见幼主殿下，如果李治不杀你，就算孩子你有造化，他要叫你为苏豹偿命，那也是应该，千万不要连累铁牛啦！"

"是，奶奶，白天我们就争执半天了。"罗通回道。

再说鲁国公程家府，也够热闹的。铁牛、万牛哥俩没敢一同进府，一块回太显眼哪！于是，铁牛先进去，这回也老实啦，悄悄地往里走，一点声响皆无。铁牛每次回来都是蹦蹦跶跶，连吵带叫，这回是霜打的茄子——蔫了。

罗通扫北

他偷偷地走进了书房，书童一看他回来，就忙问道："大公子，你回来了？"

"废话，不回来，还死在外边？"铁牛没好气地说。"老夫人都急了，叫你回来后，马上上楼去见她！"书童说。"啊，我娘知道我出去啦？"铁牛回道。

"哪能不知道哇，都找你半天了，你快去吧。"铁牛一听，坏了，知道瞒不住了，心说：干脆灶王爷上天——实话实说吧！他来到堂楼上，见母亲正坐在床头上生气，赶忙给娘施礼。

裴夫人二话没说，"啪嚓"就是一个大嘴巴，骂道："大胆的奴才，跪下。"

"扑通"，铁牛就跪下了，觍着脸，哭着说："娘啊，您别生气，你打我倒不要紧，我这皮糙肉厚的打几下没啥，可别把你老人家累着，别把你老人家气着。"

程铁牛是勇军的夜壶——嘴好。经他这么一说，裴夫人也就打不下去了，用手点指问道："你干什么去了？"铁牛知道纸里包不住火，他就把怎么打死苏豹的经过一一都说了。裴夫人一听，吓得目瞪口呆，好大半天才骂道："铁牛啊铁牛，你这个不争气的小冤家，你可犯下大祸了。"老太太一边骂着，一边哭开了。

裴夫人知道，这苏罗两家有世仇啊！这旧恨未解又加新仇，哪还了得？于是，她心想：说什么这件事也不能叫罗家出头呵！想罢，她冲铁牛说："小冤家，人是你打死的，你得承认，这与罗通无关。"

"是啊，娘，我是这么说的，可是罗通兄弟不干，他硬说是他打死的。我俩争执了半天，最后怀玉弟说，也不是我打死的，也不是罗通兄弟打死的，而是苏豹自己没站住，摔在地上，后脑勺正撞在一块石头尖上，是他自己撞死的。就这样，我们都各自回家了。娘啊，苏豹虽然是死了，可真不是我成心打死的，赶巧了，是他自己撞死的。如果真要偿命，就叫我去偿命吧！可别叫罗通兄弟去，他们家就只有罗通这么一个儿子，罗通死了，就连根拔啦！我死了，您还有万牛弟弟呢！娘，您就把我豁出去吧？再过十几年我又长这么大了。"铁牛哭着说。

这会儿，程铁牛是真不害怕。他越这么说，裴夫人心里越不好受。她心想：看来他们小弟兄之间还真有些感情，事到如今也只有这么办了。想罢，她说道："好吧，明天我带你上殿面见幼主殿下，去请罪。"说完，老夫人就命家人拿绳子来，把铁牛绑上了。幼主李治每日上朝升殿，因为父皇不在朝中更要精心治理国政，所以他天天和文武群臣处理朝内之大事。如今，他还不能在八宝金殿议事，只能在偏殿处理政务，因为他还没有继位呢！今日早朝升殿之后，还没等议事呢，他就听有人哭着上殿说："幼主殿下，我冤枉啊！"

众人定睛一看，喊冤之人正是苏烈苏定方的夫人。她带着儿子苏麟、苏凤上殿告状，并把苏豹被打死的经过向幼主奏了一遍，让幼主殿下一定给她的儿子报仇。幼主李治一听是程铁牛和罗通两个人干的，得让他们两个给偿命，这李治可真发愁了。

到底是怎么回事呀？他也不能听苏夫人的一面之词呀！他心想：得查明问清楚再说吧！正在这时，有皇殿官禀报："启奏幼主殿下，现在越国公庄夫人和鲁国公裴夫人分别带着罗通、铁牛上殿请罪。"

幼主李治心想：你们来得正好，还正想宣你们上殿呢！既然送子请罪，李治忙说道："让他们上殿。"

"是。"皇殿官答应一声，下殿去了。裴氏和庄氏二位夫人上殿，见幼主时先施过礼，然后二人一齐请罪说："都怪我们家教不严，逆子惹出大祸，打死苏家三公子，特意绑子上殿，前来请罪，望殿下发落。"

"二位王妇老人家，你们知书达理，并非纵子行凶，罗通、铁牛有罪，这与你们二位无关，来人看坐。"待二位夫人坐下之后，幼主李治又问道："但不知程铁牛和罗通因何把苏豹打死？"

"我们已问过了，今将两个逆子带来，请幼主亲自审问。"

李治命罗通、程铁牛二人上殿，有人推着他俩就上来了，俩人果然都被绳子绑着，他二人忙跪下给殿下磕头。

"你们俩为何把苏豹打死，快快照实说来？"李治生气地问道。

还没等罗通说话，程铁牛抢着说："回殿下，不，不不，这苏豹不是我们打死的，是他的脑袋不结实，碰在石头上，是他自己撞死的。"程铁牛抢先说。"程铁牛，大胆！"李治怒道。

"哦，打是打的，是我打了，这没有罗通的事，要偿命，由我来偿，与罗通一点关系没有。"程铁牛说得挺实在。

李治瞪了眼程铁牛，回头又问罗通道："御弟究竟为何打死苏豹？"

罗通就把怎么在野外过生日，怎么遇见苏豹，苏豹怎么指桑骂槐，他又怎么箭射乌鸦，铁牛又怎么用死乌鸦打了苏豹，自己怎么去劝苏豹，可他不但不听，反而骂自己，气得打了他一拳，不料他摔在石头上，把后脑勺碰破，等等，一五一十向幼主殿下详细地说了一遍。

幼主殿下和文武群臣听罗通一说，都觉着苏豹可气，这不是有意打死，真乃误伤。这时，程铁牛又插了一句说："幼主千岁，罗通说的都是事实，殿下如要不信，可以问问众人，大伙都看见了，秦怀玉也看见了，你再问问他们。"

李治一听还有秦怀玉的事，又命人把秦怀玉也宣上殿来。秦怀玉当然更会说了，光说不行，明天还来验尸呢！经过这一验，果然是脑后有伤，实在是碰的。

苏麟、苏凤和苏夫人都不干呀，硬说是罗通把苏豹摔在石头上才摔死的。他们又说秦怀玉做证不行，秦罗是一家，所以这个杀弟之仇非报不可。他们母子三人又哭又叫，又吵又闹，没完没了。

闹得幼主李治也没有办法了，卖完了小鱼——光剩下抓虾了。

他没有经验哪，只好和丞相魏徵商量。此时，魏徵也很为难，让铁牛和罗通偿命吧，这苏豹确是误伤，况且这事又不怨罗通。再者说，程咬金仍在前敌出生入死，罗家又只有罗通一根苗，怎能叫两个孩子给一个苏豹偿命呢？不偿命？苏豹确实是在打架中死的。最后李治只好先把罗通、程铁牛押在天牢，并叫苏家先把苏豹尸体抬回府中，等候处置。这件人命官司一时也解决不了。

庄夫人和裴夫人一见儿子被押进了天牢，心里实在难受，眼含热泪回了府。苏家母子也不好再说什么，也只好暂且回府，并把苏豹的尸体也抬回府中。

母子三人回府后，苏夫人叫苏麟、苏凤去雁门关，给其父苏定方送信，让他速速回朝。

而苏定方早就有异心，想脚踏两只船。今天，听他的两个儿子一说苏豹被程铁牛和罗通给踢死了，所以他带兵回京，先叫李治做主把罗通和程铁牛杀了，好给儿子报仇。李治能这样办，那就算了；如果李治不这样办，我就接着全家离开西京长安，如此如此来个痛快。可是他这个打算还没最后下决心，还是要看回京后的情况怎样，没想到在路上就碰见程咬金。他听程咬金说，唐营全部人马被北国围在牧羊城回不来，朝内又无能人，想借此机会挂二路元帅。他心想：有了兵权之后，我先把老罗家全杀了，再把幼主李治推倒，我做两天皇上再说，最后实在不行了，就和北国共同把大唐来个平分疆土。看来这苏定方的野心还真不小啊。

可是后来，苏麟、苏凤把程咬金给绑上了，苏定方又变了主意，决心要杀了程咬金，回京后直接杀死幼主李治，再杀了罗家，然后一反算了。万也没曾想，敖国公尉迟敬德回来了，这下子可把他吓坏了，尉迟敬德厉害呀！有他在朝，我苏定方一切想法都不能达到了。固此，他只好说是孩子们和程咬金开个玩笑，暂时算把这个扣解了，他想后面再找机会把程咬金和尉迟恭一块杀死，一切事就好办了。可是没有机会，他又不敢轻易下手。

这天回到了长安，苏烈无奈只好把三千亲兵扎在城外。爷仨商量好了，待早朝上殿后，再去见幼主殿下。

苏定方带着两个儿子回府，他们一家商量着明日怎样告状不提。

裴夫人听说程咬金回来了，心里非常高兴，自己正愁铁牛的事呢！

他回来得正好，赶快出去迎接。裴夫人问："你这是从前敌回来呀？"

"是呀，这回可真傻哪，咱俩差点见不着了，看起来还算有点缘分，没想到我又活着回来了。"裴夫人一绷脸说："看你，啥时候也忘不了开玩笑。"接着，她回头叫万牛，说："快来给你爹爹见礼。"万牛一看爹爹回来了，高兴地来到程咬金面前说："爹呀，你可回来了，我寻思咱爷俩要见不着了呢！"

"嘿，这孩子说的什么话呀？"说着，程咬金伸手拉着万牛就进了府中。父子俩一并走进内书房，茶童就端上了茶。程咬金喝着茶，裴夫人说："国公爷，咱们家出事了！"

"我知道了。"程咬金说。

"啊！你怎么知道的？"

程咬金就把碰上苏定方的事说了一遍，裴夫人又说："我想叫铁牛一人承担，可是罗通这孩子说啥也不干，他也扯进去了，真让他俩孩子给这一个人偿命？你能不能想个办法呀？"

"夫人，你不要着急，办法我早就想了，就这么、这么、这么办。"程咬金安慰她说。

裴夫人一听说道："好，咱就这么办。"

第十二回　人命案丞相献良策　解私仇选拔二路帅

　　裴夫人担心要两个孩子给苏豹偿命，程咬金劝道："夫人，你不要着急、担惊，我想个好办法。"他对夫人这么一说，裴夫人也很高兴。于是，程咬金当晚就到丞相魏徵府上，把想法和魏徵商讨了一下。程咬金从魏相府回来，痛痛快快地睡了一夜。次日一早，用罢早饭，他就上殿来拜见幼主李治殿下。

　　幼主李治刚一升殿，敖国公尉迟敬德和鲁国公程咬金都来朝见幼主。

　　李治一见两位老国公回来了，别提多高兴了，忙问："敖国公爷，此次还朝，必是运河竣工，回京复旨了吗？"

　　尉迟敬德急跪奏道："启奏殿下，运河尚未竣工，臣闻北国打来战表，要侵占我中原，我主御驾亲征，老臣实在放心不下，故而将挖运河之后事托付给常国公料理，我目前想请旨带兵，前去边境助战，望幼主能允才好。"

　　幼主殿下李治一听，点一点头，没有回答，回过头来，又问程老千岁道："鲁国公爷，此次回朝，定有要事吧？不知我父皇龙体可好，战事打得如何？取胜了吗？"

　　程咬金也跪下了："启奏千岁殿下，我是回朝来搬兵求救的，前敌两军阵是这么、这么一回事，我们大唐君臣全都被困在北国建都牧羊城内，今有我主万岁之圣旨，请殿下阅览，你一看便知。"

　　程咬金说完，就把万岁圣旨呈上，由殿头官递给了幼主李治。

　　李治赶紧站身跪下接旨，把圣旨接过，放于龙书案上阅看。圣旨上写：父皇君臣兵马全都被困牧羊城内，命自行速选二路元帅，带兵前往北国牧羊城，搭救圣驾和众兵将。李治看后，惊得一身冷汗，心说：这可如何是好？他正在着急呢，就在此时，听殿角下，有人大喊："冤枉哉，冤枉，幼主殿下为老臣做主啊！"

苏定方喊着冤上殿来了。李治抬头，顺着喊声往下一看，才发现喊冤的人原来是邢国公苏烈苏定方。李治心里就犯了疑，嗯？他怎么回来了？一定是因为他儿子苏豹之死而回来的。

李治正在琢磨呢！苏定方来到龙书案前，就跪下了，口口声声喊："冤枉啊，我儿苏豹死得屈呀！殿下快给我儿报仇啊——"

李治心想：这就别问了，正是这个事，他儿子的人命案尚没完哪，天牢里还押着两个呢！这可怎么办哪？幼主殿下毕竟年幼哪！父皇被困北国来了圣旨，让急速发兵前去牧羊城搭救，可朝内偏偏又出了人命案，先不用问怨谁，反正人是死了，却是个误伤，死主盯住不放。李治急得直皱眉，咳声不止，没办法了。他回过头来看着丞相魏徵，又看看老驸马柴绍，意思是让他们给出个主意。

丞相魏徵早就看李治为难了，见他双眉紧锁，唉声叹气，一定是没有主意了，忙问道："幼主千岁，鲁国公、敖国公和邢国公都是风尘仆仆刚刚回朝，先让他们回府各自休息三日，三日后再做定夺不迟。"

李治一想：也对，一时又没有办法，待想出好办法后再说。想罢，他叫道："程老千岁、邢国公爷、尉迟将军，你们各有其事，小王念你等年迈，连日回京多有劳乏，你们先回府休息三日，三日后本王再做定夺。"

苏定方、程咬金和尉迟敬德都很感谢幼主殿下，三人同声说："多谢幼主千岁。"于是，他们一齐给殿下磕完了头，下殿去了。

李治把丞相魏徵留下来，问他三日后怎么办。魏徵说："殿下，这三日你别闲着，你分别找他们三位见见面，亲自问明白，你对程咬金要这样、这样问，对苏定方你要这么、这么说，对尉迟敬德要这么、这么讲，最后你再升殿就这么、这么说。"

李治一听，此良策很好，他高兴地说："老卿家，真乃良策，就按你的办法，挨个地找，单独谈。"

第四天头上，幼主李治升殿，文武百官到齐，他一拍龙案大声喝道："程咬金何在？"

"啊！为臣在。"程咬金被吓得就跪下了。

"你可知罪？"

"哦——老臣知罪。"

"你身犯何罪？"

"我犯、我犯、我犯教子不严，致死人命罪，而且打死的还是苏定方的虎子。"

"嘿！"李治点了点头，回过头来又叫了一声："苏定方何在？"

"臣在。"苏定方急忙跪倒说。

"你可知罪？"

"知罪、知罪，老臣罪该万死。"

"你有何罪？"

苏定方人胆大、汗胆小，这汗珠子顺着额角就流下来了，头低得都快挨地了，慌慌张张地说："我有私离戍地、戏弄国家大臣和目无皇王圣旨三大罪状。"

苏定方为什么害怕呀？他原来是想回京造反，推倒幼主，想坐皇帝位。现在有尉迟敬德和程咬金在，他知道反也反不了啦！反不了就得服法。可是，这三大罪状也太大了，他哪能不害怕呀！

殿下李治问完了话，接着在上边问道："众家老爱卿，程咬金和苏定方都已经知罪，本应当处置，然小王念其二位老国公平日劳苦功高，秉忠报国，程咬金不顾生死，闯出番营，回朝搬兵，功劳非小；苏定方领兵征讨突厥，收复雁门关初战告捷，而且又为国负了伤，亦乃出生入死的有功之臣。他俩的罪过都事出有因，绝非有意。因此，对于他俩的过错，小王不予问罪。再有，我们现在大敌当前，正在用人之际，故小王决定对罗通和程铁牛打死苏豹的人命案暂且做悬案处理，先把他俩从天牢里放出来。接下来，我要在教军场选拔二路元帅，然后领兵前去北国牧羊城救驾。二路帅要以苏麟、苏凤为首，有胜过他俩的为帅，若胜不了苏麟、苏凤，帅印就归他俩。老国公不准下场争夺，罗通和程铁牛可参加比武夺印。人命案一事，等我父皇得胜还朝再做处置。不知众家爱卿有何本奏？苏定方、程咬金二位国公，你们意下如何？"程咬金一听要放罗通和程铁牛当然高兴，连忙磕头说："谢幼主千岁，为臣遵旨。"

程咬金拉住铁牛的手说:"铁儿啊,以后可得注意呀!你别再惹这么大的祸啦,咱爷们儿不受气是对的,但打架也不能往死处打呀!打两下出气也就得了,但把人家给打死了,那可是人命关天哪,那得给人家偿命呀?"

第二天,程咬金先到跳涧府给秦怀玉送完了信,然后来到罗府。庄金锭听家人禀报说,鲁国公程咬金来了,她便亲自出来迎接。她知道罗通被放出天牢,是程咬金和黑大爷想的办法,所以她对程咬金是特别敬重的。俩人一见面,庄氏夫人便飘然下拜,给程咬金见了礼。程咬金见着弟妹还真有点受拘束,

还没说话就先咳嗽了两声,清理清理嗓子说:"嗯,嗯,弟妹免礼免礼,弟妹挺好吧?""一切安好,四哥,请到厅房坐。"说罢,她把程咬金就让到了客厅,又命茶童献了客茶。程咬金端着架子,还真有点当大伯哥的样子,说:"弟妹呀,自从皇上扫北,也没有来府上看看你和老人家,家里都挺好吧?"

"啊,婆母娘和我都好,四哥此次保驾出征也挺好吧?"庄金锭问。

"好好好,我这个人,没心没肺的,吃得饱,睡得着,这不是挺胖嘛!"

程咬金说着话,还故意地腆着肚子。庄金锭忙说:"四哥,多亏你回来得及时,不然罗通和铁牛两人得在天牢里押着。您刚刚回朝,也没得休息,回京来就为他们操心。我正想叫通儿过几天去看望四哥呢!没想到四哥反倒先过来了。"

"弟妹,今日我来呀,一是给老人请安问好;二来呢,我是奉了幼主殿下的旨意,给你们送个信。现在我们大唐人马都被困在北国的牧羊城了,是里无粮草,外无救兵,万岁叫我回朝搬兵求救。如今,幼主李治传下旨意,'三日后,在教军场比武夺二路元帅印,只让少公爷小孩子们比试,不准老国公下场',并命我到各府送信。我想罗通也不小了,听说这孩子智勇双全武艺超群,他比任何人都强,他要能去教军场夺了二路元帅印,那真是扬名于天下,还能光宗耀祖啊!为国出力,方显出英雄之本色。"

没等程咬金把话说完,庄金锭的眼泪像断线珍珠一样,夺眶而出。

程咬金一见庄金锭哭了，他也就不再往下说了，就觉得鼻子尖发酸，心里也挺难受，深知庄金锭的苦衷，所以见她一哭，他的心里也不好受。于是，程咬金忙安慰说："弟妹，不要想得太多，功名富贵还是主要的。"

"四哥，您不要再说了，您的好心我领了。可是，我们家的事也就是您家的事，我公爹和您兄弟是怎样死的，您忘了吗？罗通不能去夺这二路帅印。"庄金锭说。

要一提起这事，程咬金的心哪，就像被刀子刻的一样难受，罗家父子死得实在是冤哪！北平王罗义死在苏烈苏定方的手里，罗成是被建成、元吉所害，也是死在苏定方的乱箭之下。罗成死的时候，罗通才五岁。那个时候的罗家可太惨啦！她们婆媳二人，老少三代，这些年来是真不容易呀！所以，一想起这些事，程咬金的心里就非常难受。现在听庄金锭这么一说，程咬金也就不再言语了。庄金锭接着说："四哥，我罗家可是千顷地，只有罗通这么一棵苗啊！况且，他还年幼，怎么能放他出去呀，如果要有个好歹，罗家的两世血仇就无法报了，我婆母已年迈苍苍，经常悲哀。一想起这前仇，她就经常痛哭，盼望罗通将来长大成人，好给……四哥，看在死人的面上，请您在幼主的面前美言几句吧，帅印的事，我罗家就免了。弟妹给你施礼，就求您了。"庄金锭边哭边说。此时，这程咬金哭得连话都说不出来了，擦了擦眼泪一摆手说："好好好好，这件事，就包在我身上，罗通不去，就不去吧。弟妹你就放心，我去和幼主说去，我走了。"

"四哥用完饭再走吧？"庄金锭挽留道。

"不啦，不啦，我赶紧去找幼主殿下了。"程咬金说完就走了。

庄金锭送走程咬金之后，就把四个年迈的家人叫到跟前，嘱咐他们："一定要把公子罗通看住，只许他在后花园练武，不许他走出角门一步。他要想干什么事，必须要告诉我。没有我的允许，不准他随便行动。他要是问起来，就说是我说的，记住没有？"

"记住了。"四个家人从现在开始就把罗通给看起来了。

这是母亲的命令，她们不敢不听啊！可是罗通的心里急得像着火一样，因为他出天牢的时候就听说了，三日后在教军场夺二路帅印，他现在就等着有人来给他送信，可是怎么还不来人送信哪！他急得一会儿就向家人打听，说："哎，咱们府上来人了吗？"

"没有哇!"家人说。

"哎,我程四伯伯来了没有?"他一会儿又问家人道。

"没有呀。"家人说。

罗通急得直打转儿,有心要出去。这四个家人立即就挡住他说:"公子,夫人有话,不准你出去。"

"哎,我出去一会儿,就回来。"罗通忙说道。

"不行,一会儿、半会儿也不行。要叫你出去,我们可吃罪不起。"四个家人都急忙说道。

"我不出去就是。"罗通急得就像热锅上的蚂蚁——乱打转。他心想:这可怎么办呢?怎么御书房的同学们也不来呀?这罗通也是急中生智,忽然想起后花园里还有一个人呢!想罢,他喊道:"二弟,二弟!"

"哎,哥哥,是你喊我吗?"就听有人应一声。

"对,是我叫你,你快来,你快来!"罗通点头说。

就听见"噔噔噔"的脚步声响,接着从后花园走过一个人来。这个人比罗通还高一脑袋,膀大腰圆,四方大脸,一对大眼睛,鼻直口阔,长得虎头虎脑的。他来到罗通眼前问道:"哥哥,你叫我干什么呀?"

这个人就是罗通的弟弟罗仁。

是亲兄弟吗?不是,他是罗通的义弟,原来罗仁是老家人罗安的儿子。

罗安虽然是个家人,但因为他性格好,又特别精神伶俐,所以北平王罗义就收罗安的儿子为义子干儿。当初刘黑闼攻打燕山的时候,罗义被苏定方一箭射中左眼,起箭的时候没想到苏烈的箭是带钩的,一起就把眼仁也带出来,当时就气绝身亡,那个时候罗成正在瓦岗山助战呢!就是家人罗安埋葬了义父。接着,他又单枪匹马,保着秦老安人和庄金锭杀出北王府。罗安和罗成虽说义兄弟,但感情亲如手足。罗安留下一子,起名罗仁,罗仁和罗通从小是在一起长大的。庄金锭特别喜爱罗仁,就认他为干儿。别看是干儿,比亲儿子还疼。只在罗通以上,不在罗通以下。为什么呢?罗仁的性格、脾气非常憨厚实在,好像有点傻,其实不是傻,是太直太实,遇事反应有点慢。这孩子对庄金锭特别孝顺,从不敢惹娘生气。

罗仁的岁数比罗通小,但他力大过人。七岁那年,他就力拔鸭腿粗的小树,现在练就了一对八棱亮银锤,有万夫不当之勇。

罗通扫北

罗通没有三兄四弟，拿罗仁当亲兄弟一样看待。今天，他把罗仁叫过来，想让罗仁出去打听打听。可罗仁不愿意，他也就不好再逼他出去了。但是，罗通心里暗暗地记着日子！一天、两天，到了第三天的晚上，他心里便琢磨蹭蹭了：明天就是三天了，可能就在这两三天，我得休息好，养足了精神，明天再想办法去打听打听，我非把这二路元帅印夺到手不可。想好了，他早早地便睡了。

庄金锭知道，明天教军场就开始比武夺帅印了。罗通要是知道了，那肯定非去不可，谁也拦不住。但只要不让他得知，混过了明天就不怕了。所以见罗通已经睡了，她赶忙叫家人用厚棉被，把前后窗户门儿都给挡了个严严实实，一点亮也不准透。接着，她又叫四个家人在门口轮班看着，谁也不准进去。

最后，她叫来罗仁，对罗仁说："儿啊，你听娘的话不？"

"娘啊，儿最听娘的话。要是不听娘的话，我是个不孝之子。"罗仁乐呵呵地说。"好儿子，要是听娘的话，那今晚上你就别睡觉了。"庄金锭说道。

"嘿嘿，干吗呀？"

"儿啊，你要这么、这么办。"

"好了，交给我吧。"

傻罗仁要私放大公子，小罗通教场夺帅印。

第十三回

教军场比武夺帅印
程铁牛三斧逞雄威

庄氏夫人一听罗仁说得挺好，平常就知道这个傻儿子孝顺，所以她就放心大胆地跟罗仁说："儿呀！今天晚上你一宿别睡觉，不管怎么样，也要熬过这一夜，困急了，你就起来，来回跑一跑。""嗯，娘，那叫我干什么去呀？"罗仁问道。

庄氏说："你搬个椅子来，然后坐在你哥哥的后窗跟前，但是不许惊动你哥哥，叫他好好地睡到天亮，可不准让他出去。如果他要醒了想偷着跑，你必须拦住他，并赶快叫我。要是不见我的面儿，你千万不能让他跑了。如果你在我的背后放走你哥哥，我决不轻饶你，记住了吗？"

"嗯，孩儿我记住了。"

"你再说一遍，我听听对不对？"

"一宿不睡觉，在哥哥的后窗户下看着他，哥哥要偷着跑，我就喊你，我也不能让他跑，对吧？"罗仁说。

"好儿子，记得很扎实，千万别忘记了，去吧！"庄氏点点头说。

"哎！"罗仁答应一声，摆了把椅子，就坐在罗通睡觉的后窗户下。可他的心里还是忍不住琢磨：干娘干吗叫我看着哥哥呀？他又想起哥哥今日白天，让他打听信儿的事，哼！这里头准是有事。不管怎么样，我哥哥算是有功啊！他睡觉还得有人打更，他在屋里呼呼地睡，我们在屋外瞪着两眼坐着，哎呀，真不合理。此时，罗通也正暗自琢磨着呢，忽听有人低声低气地喊："哎，花园里有人吗？"罗仁一愣神儿，是从角门那传来的声音，这声音还挺耳熟，心想：我先不吱声，我往前凑一凑，再听一听。于是，他慢慢地来到角门跟前，故意小声地"咳嗽"一声，就听外边有人问道："哎，是罗仁吗？"

"啊，是我呀，哎，你是谁？"罗仁回道。

"别吵吵，小声点，我是铁牛。"就听那人说。

"你哥哥呢？叫他出来，我有要事。"铁牛又说。

"不行啊，我哥早就睡觉啦！我娘让我看着他，不让他出来。"铁牛说："哎呀，你真傻，我告诉你吧！你得想法子把你哥哥放出来！"

"干吗呀？"

"你看你这个傻劲儿，明天就是教军场比武夺魁的正日子，你一定得把你哥哥放出来，好让他去夺二路元帅印。"

"不行，娘说了，我要是把哥哥放走了，她一定不饶我。"

"哎呀，好兄弟，我知道你是兄弟，最讲义气，也最向着你哥哥。这个可是你哥哥成名露脸的好机会，你就算为你哥哥挨打受骂，也得把他放出来，成全他去夺二路元帅印。他要得了这二路元帅，罗通可就光宗耀祖，显赫门庭了。咱们弟兄也光彩呀！你说对不对？"

"对对对。"

"好，千万想办法放出他来呀！"

"行，这事就交给我了，我一定放他出去。"罗仁说。

"你可别忘了哇！"铁牛嘱咐道。

"忘不了，你就放心吧！"罗仁回答说。

这时候就听见"梆堂"，更夫打了一更一点。在屋中睡觉的罗通听见定更的梆声，他翻了个身，迷迷糊糊地睁眼看了看，"哎呀！天这么黑呀？我这一觉睡得不小哇，怎么才一更天哪！再睡一会儿吧。"想罢，他蒙头又睡上了。

他哪里知道，这是他娘庄氏夫人用的计呀。庄金锭不单嘱咐家人在屋外看着罗通，又把窗户、门都挡得严严实实，并且告诉更夫，一更、二更都不打，三更打一更，五更打三更。等罗通听到打五更，天也就到晌午了，教军场就差不多快比完武了。总而言之，她就是想尽一切办法，不让罗通去夺这二路帅印。

至于外边的事，罗通一点也不知道，可是他已然觉出夜长来啦。等他再一翻身听见"梆梆堂堂"，怎么才打二更？他又看看屋里仍然一片漆黑，窗户上连一点亮也没有，再听府内静悄悄的，一点声响都无。此时，他心中想：今晚上这夜怎么这么长啊？外边也这么黑？是没有月亮，还是要变天了？待翻了个身后，他竟又瞎琢磨：可能是我这心太急了，光想着去夺这二路帅印的事了，恨不能马上天亮，好去打听夺二路帅印的消息去。咳，别太性急了，再睡一会儿吧！罗通只顾睡觉，哪知道此时教军场内已经准备妥当了，四周打扫得干干净净，外大街上是黄土整道，三步一岗两步一哨，不准行人随便走动，因为幼主李治要亲自到教军场选拔二路元帅，所以大街上设下了许多哨卡，为的是保护幼主殿下李治。各个府的文武爷们也都准备好了，老国公们早早地把自己的孩子叫起来，让他们洗脸净面，拢发包巾，更衣，用完了早膳，把使的、用的全部带好了，准备到教军场去一试高低，谁不望子成龙啊？这次比武夺魁，百姓们不准进教军场，只有各府的少公爷们比武较量。全京城共有四十来名少公爷，要在这四十来名当中一层一层地挑选，最后才选出个元帅来，那也是不容易的事。有道是，养兵千日，用兵一时。少公爷们也都摩拳擦掌，攒足劲儿了，都想争夺二路帅，一是光宗耀祖，二是为国出力，好去北国牧羊城前去救驾。天刚一亮，这街上的人群一拨拨地都往教军场聚集。霎时间，各府的少公爷都到齐了。几声炮响之后，幼主李治在群臣的保护之下也来到教军场，别的护驾人员不说，唯有丞相魏徵是左右不离幼主一步，还有老驸马柴绍也是时刻陪伴着殿下。因为李世民扫北之前嘱咐过魏徵，因为幼主李治年幼，所以朝中之大事由他为幼主出谋献策，于是把李治就交给魏徵了。同时皇上也告诉李治，遇事要他多和魏徵商量，所以魏徵是寸步不离李治，驸马柴绍是李治的姑父，更是细心地照顾幼主了。文武群臣像众星捧月一般，前呼后拥直奔点将台上的龙棚而去。

只见龙棚扎得高大宽敞，李治在龙棚看台坐下，上垂首是丞相魏徵，下垂首是老驸马陪坐，两旁还有尉迟敬德、程咬金和苏定方等人。从看台上再往下看，教军场内打扫得干干净净，架上摆放着马上九长，即刀、枪、棍、棒、戟、槊、叉、环、镋；步下九短有鞭、锏、锤、杵、钩、剑、拐、镰、斧。十八般兵器，样样皆有，摆放整齐。

李治看罢，心中暗想：这次选拔的二路帅不但要武艺高强，刀法骁勇，而且还应具备五才八德，方能解救牧羊城之危。如今要救出皇上，都在此一举了，所以李治要求必须选好二路帅。幼主想罢回头看了看驸马柴绍，叫道：

"姑丈大人，你看这次比武夺魁应当怎样比法？"

李治不像他父亲李世民，唐王是马上皇帝，李治武艺不大精通，所以他才问姑父应当怎样比法。

"殿下，我看今天比武的都是些小将，大的方才十七八岁，最小的十二三岁，叫他们连胜五杰就下来休息，最后从胜五杰中再选拔好的，你看如何？"柴绍说。

"好。"李治回头又看向魏徵、程咬金、尉迟敬德和苏定方，说道："你们看，这样行不行？"

苏定方知道他两个儿子苏麟和苏凤胜五杰后就休息，这样两个儿子就倒换过来了，所以连忙说："行行行，好好好，就这么比吧！"

程咬金对自己两个儿子铁牛和万牛没抱多大希望，能闹个先锋官就不错了。他心想：总而言之，我是当了一辈子的押粮官或向导官，不能再叫儿子接我这个班子。他哥俩真再当个押粮官，也有点太说不下去了。万一他哥俩真能争得二路帅，那可真给我们老程家争光了。哥俩挨着班地歇着战，这样也挺好。因此，程咬金也说："不错，这么比挺好。"

殿下李治一看，就尉迟敬德没吱声，忙问过："敖国公爷，你看这样比法如何呢？"

"殿下，依我看，这样比法，行是行，因为都是自家的孩子夺帅印，不能伤人，最好是比活武，不能比死武。"尉迟敬德回道。

李治点头说："那是当然，不是你提醒，我还忘了。传小王的旨意，比武夺魁要点到为止，不许伤害皮肉，打死人都要赔命。"

苏定方一听，比武不许伤着，打死人还要赔命，他心里就觉着有点不痛快，他本想趁今日比武夺印之机，让他的两个儿子在碰上程铁牛和罗通时好取他俩的性命，好为他的三子苏豹报仇。可是这么一比武，苏豹的仇就不能报了。如今旨意已传出，他也没有办法了。好，再看机会吧！他看了看他的两个儿子苏麟和苏凤，暗示他们别要死的啦，报仇的事以后再找机会吧！这时，教军场上，凡是来夺二路帅的各府少公爷都到齐了，唯独没有罗通。

这时整个校军场内除了保护场地的大小头目和将领们，再就是比武夺魁的各家少国公，外人一个没有。只要到了正点三响，少公爷们就不准随便出入了。兵丁们拉好黄绒绳，跳进黄绒绳的圈内，就是比武的。只听正点三响，火工可高挑钩杆，搭上火绳吹去蒙头灰，往炮捻子上一放，"咚——叽叽"三声响之后，号条官喊道："哪位少公爷下场比武？"话音没落就听有人喊声："我比这头一阵。"只见一匹黄绒红战马跳进围内。程咬金身子往前一探，仔细一看骑着马跳进黄绒圈内的小将，气得他不禁失声说："哎呀，你怎么来这头一阵哪？呵呵——"

来的谁呀？原来是程铁牛。"噌"，只见程铁牛全身披挂，斧子在肩膀上一扛，真跟他爹程咬金一模一样。程咬金这一辈子没端过斧子，总是在肩头扛着。程铁牛也是这样，扛着斧头就进来了。他勒住战马，左手扛着斧头，用右手一摆说道："今日来比武的众弟兄们听真，我不说你们也都知道，我叫程铁牛，字本方父。我爹是程咬金。他现在是大官，是鲁国公程千岁。我现在什么也不是。"

众人一听他这么报字号，都合着嘴不敢笑，这不说的都是废话？又听程铁牛接着说："我爹的三斧子十分厉害，众位也都知道。我呀，是继父业，他那最厉害的斧子，我都继承了。不过我爹一辈子，别说当元帅，就连先锋也没当上，只当押粮官、向导官啦！这个官职我不继承。我要替我爹闯一闯，我也要露露脸，要挂这个二路帅。"

程咬金一听，这个气呀！这小子怎么把你娘在家里说我的话在这儿给抖搂出来啦？程铁牛还是接着往下说："虽然说，今天凡是到这儿来的，都是下场比武夺魁的，叫我看呀，你们就别下来比啦！你们就是下场来和我比也不能取胜，何必白费力呢？就算比我强一点儿，再说了，咱们兄弟都不错，是不是？你们就别和我争了，这二路帅你们就让给我吧？"

程咬金在看台上，越听越来气，心说：你小子跑这儿哀求众人来啦，再则说了，这也不是哀求的事呀？气得程咬金直"哼哼"。

丞相魏徵将着胡须差点没乐出声来，回头看一看程咬金说："四弟，你令郎说的话你都听见了吗？"

"咳！这小冤家，我也没这么嘱咐过他呀，他怎么这样呀？真丢人。"程咬金无奈地回道。

魏徵知道四弟的脾气秉性，笑了笑说："哈哈哈哈，四弟呀，我看铁牛这孩子确实像你。"

"啊，像我，唉哟，我的大哥哥呀！你还不如打我两下子呢！这么说，这二路帅他是挂不成了。"程咬金又说。

"那可不一定，这回可就看你教的斧招怎么样了。"魏徵回答说。

正当他们老哥俩小声说着话，铁牛早已把大斧担在马的铁过梁上，接着两手一抱拳说："得了，得了，诸位别争了，这二路帅印就归我了，就这么着吧！我去取印了！"

铁牛说着就想取这二路帅印去，就听有人高喊："别动，烫手！"

"嗯！"铁牛愣住了，心想：不让动，烫手？这是谁呀？这是谁呀？想罢，他回头一看，啊！只见一匹青花马跳入黄绒绳圈内，马上一人，无盔无甲，扎巾箭袖，身披一件绣花袍，手拿一杆三股钢叉，这小脸蛋儿呀，黝黑黝黑的，除了嘴里的两排牙和两只眼睛是白的，再也找不着白的地方了。就听马上人叫道："铁牛哥，你拿帅印可不行，咱们在一块玩的东西、吃的东西都给你也没人争，这是比武夺魁，得要动真格的，要想接二路帅，得把你真本事拿出来，让大伙看看。能赢了，你就挂这二路帅，现在连我都不服你，这二路帅呀，你先别接，咱俩得比试比试。我要打不过你，你再去取印我就不管了。要是连我都打不过，哼！你还想挂二路帅呢？来来来，过来，咱们俩比比看。"

"哟嗬，我当是谁呢？闹半天是尤机呀？你才多大呀。掐去两头，没人了，你能是我的对手吗？"铁牛略带嘲讽地说。

尤机是飞叉太保尤俊达的儿子，平时和铁牛这些小弟兄们好得都不分彼此。今天，他们可是谁也不让谁了，都各自有志呀。二人说着，各拨战马打了一个照面。尤机说："铁牛哥，别怪我以小犯上，今天比武夺印咱们是不分大小。"

"是啊，就是我亲爹来了，我也不让他，你就来吧！"铁牛说。

"那好，看打。"尤机说罢，"哗棱棱"三股钢叉一抖，就奔铁牛的胸脯扎来！按规矩铁牛应往外挡叉。可是，他不开、不架、也不躲。铁牛心说：你的叉不是扎来了吗？我用斧子也砍你，这叫你扎你的，我砍我的。你死我也完，俩人全别活。

这真是老猫房上睡——一辈传一辈！程咬金一辈子就是三斧子，从来打仗没有斧子往外磕过，他要一磕人家的兵器，他这马前三斧就用不上了。因此，不管是他先动手，还是别人先动手，最后还是他得先动手，毕竟人家一般也不和他玩这份命啊！谁能愿意俩人一见面就来个你死，我也活不成，全完蛋了。没办法，别人就得撤回自己的兵器去磕他的斧子，这样就变成是程咬金落个先动手。

程铁牛学他爹这头三斧，是一点都不错。他见尤机又来了，他的斧子也砍下去了，嘴里还说着："劈脑袋。"尤机一看，怎么来真格的呀？我扎你，你劈我，我一叉给你个"扑哧哧"，你再给我个"咔嚓嚓"，一死一对儿，这可不行。可是，尤机再想撤兵刃去磕斧子，已经来不及了，他只好赶忙用脚一端马的绷镫绳。此时，尤机的这匹马已闪在一旁，他立即再撤钢叉去磕铁牛的斧子。

铁牛的斧子正好砍在尤机的叉杆上，"当当"的一声响亮，震得尤机一哆嗦。紧接着铁牛的斧纂往左一推，就扎来了，嘴里还喊："挖眼。"

尤机吓得"妈呀"一声，心说：这铁牛哥，真不留情！他赶紧一低头，又没架开斧头，斧纂被磕出去了，这斧头又回来了。铁牛又喊道："掏耳朵。"

尤机心想：可要命的，程家爷们的三斧子是又急又快又准又狠哪。想罢，尤机赶紧来个缩颈藏头式，动作稍稍慢了一点，就听"扑"的一声。

程咬金被吓得一哆嗦，心想：好小子可别真宰呀！这可是比活武。

还真不错，尤机好在没被宰了，他的脑袋是没掉，可是头上的扎巾被削掉一块。小尤机见状吓得大叫一声："哎呀，我的妈呀！好哇，铁牛哥，你真动真格的呀？这二路帅我不挂啦，让给你吧！"一提战马，他就跳出黄绒绳圈外。

"嘿嘿，怎么样，不叫你跟我比试，你们非要跟我比，败了吧？我劝你们最好别和我比试了，比试也不行，莫不如你们送我这个人情，也免得伤了咱哥们儿的和气。"铁牛得意忘形地说。

"大哥，看见没有，你侄儿这斧招怎么样？"程咬金满意地问道。

"哦，不错，真不错。"魏徵回道。

"大哥，你侄儿这斧招都是我亲手教他的哪！"程咬金又说。

"怪不得这么好呢！原来是四弟的斧招，堪称一绝。当然，我侄儿的斧招也不错了哇！"魏徵一笑说。

魏徵知道程咬金的毛病，故意夸他几句。程咬金被夸得都坐不住了，"嘿嘿"直笑。又听程铁牛说："行了吧？是不是没人与我比试了。没人比试我可就去拿帅印啦?"他一边说着,一边想上点将台去取帅印。

忽然就听有人大喊一声:"慢着,程铁牛,你莫要逞强,来来来,我与你比试几回。"话音刚落,就听马接銮铃所响,见从黄绒绳外闯进来一匹战马。

程铁牛心想:这又是谁呀?真不知好歹。想罢,他回头一看说:"嗯,黄彪,是你?"

黄彪是黄天化的儿子,黄天化也是贾柳楼三十六友之一。在这三十六友中,有四位步下英雄,他们是侯俊杰、丁天庆、黄天化、顾成龙,个个都是高来高去,有飞檐走壁之轻功。

黄彪不仅有步下的武功,而且马上的武艺也精通。今天他上场和铁牛比试比试,来到圈内,叫道:"铁牛哥,你先别吹,我想和你比试比试。"

"哎呀,黄彪!平常咱们在一起练功的时候,你都不是我的对手。今日,你不是白费劲儿吗?我看还是算了吧!"程铁牛神气十足地说。

"那不对呀,平常咱们在一起练武的时候,你不也经常输给我呢!今日,咱不比往常,你也用不着留情,我也不给你留面子。咱们实打实地会战几合,只要不置人于死地就行,你注意,我砍了,看刀。"说着,他催马就是一刀。

铁牛还是那一套,你劈我也砍,这斧子就下来了,根本不管对方的刀怎样砍自己。黄彪急忙举刀接架相还,话不可叙,三斧子过去了。

就在二马镫鞲相磨时,铁牛把大斧一调个儿,用纂往后一推,说道:"杵。"

黄彪吓得赶紧一拍屁股,一斧纂正杵在马鞍子上,同时"哎呀"一声说:"好厉害,二路帅我不要了,让给你吧!"一拨马,黄彪就败下来了。

程铁牛这个高兴呀!他又是"哈哈哈",又是"哇呀呀"!他此时心里美得都找不到地方了,喊得嗓门儿更高了,忙说:"怎么样,都不是我的对手之将吧?还比试什么劲儿呀?谁还敢来?没人来的话,我可要取帅印去了!"

铁牛喊得正来劲儿呢,就听有人大喊一声:"铁牛哥,你先别吹得太大了,小心吹破你肚皮,来来来,我和你较量较量。"话也说完了,马也跳进黄绳圈内,战马"呼溜溜"一声咆哮就到跟前了。

程铁牛一看,来的是尉迟宝庆。他穿青挂皂胯骑乌骓骏马,真是连人带马一片黑,就像半截黑塔似的。

尉迟敬德在看台上,一看是他儿子下场了,心中暗骂:小冤家,昨夜我和你费了一宿的话，你一点不听，还敢下场比武。原来尉迟恭敬德有两个儿子，长子叫尉迟宝庆，次子尉迟宝怀。宝庆是黑夫人所生，而宝怀是白夫人所生。

尉迟恭敬德两房夫人，一个夫人生了一个儿。昨天晚上，这俩孩子都想来比武夺魁，他们老夫妻三人不同意俩儿子来，一是认为孩子太小，二是看他们的武艺还不行，所以都劝俩儿子别来。可是，宝庆和宝怀非来不可。他俩说："爹、娘，你们应当让我们前去，一辈子不出马也是小驹儿，我们应该出去闯荡闯荡，也好让我们见识见识，我们将来学好本领，好为国尽忠，报效君王！"

两个孩子一直哀告着，非要去不可。黑夫人无奈之下也帮孩子说："老相公，孩子既然愿去，你就带他们去吧，如果他们不是别人的对手，也让他们知道知道天下的能人多得是，让他们碰一下钉子，促使他们今后更好地练武！不然的话，他们还觉着自己的武艺不错呢。你就让他们试试去吧！"

尉迟敬德"哎"一声，又看了看白夫人，只好说道："咳！愿去，就跟我同去吧！咱可先把话说明白，你们不要轻易下场，主要是先看看别人的武艺如何，自己也好长点见识。如果要下场，不管和哪家少国公下的比试，你们不许伤人家，要打死人更不行。"

宝庆、宝怀连连说："爹爹，孩儿记住了，我们此次比武是要学别人之长处，决不轻易下场，也不能伤害别人。"

这样，尉迟宝庆和宝怀兄弟俩才来到教军场。到教场以后，俩孩子的心就好像一盆火似的。他们自认为这个二路元帅非被自己夺来不可，并认为自己的枪法是爹爹亲手传授，爹爹是有名的大将，他老人家的枪法成名天下，无人不知晓。他们心想：我们是爹爹教的，这次我一定取胜，平常我们都一起练武的时候，这些少公爷大部分都不是我的对手。于是，宝庆抱着必胜的信心，下了教军场，撒马扬枪，要会战程铁牛。

第十四回　欲报仇苏凤下毒手　抖威风连败三少年

尉迟宝庆下场要和铁牛比武夺帅，铁牛冲宝庆一笑说："兄弟，咱哥俩可不错呀！你怎么还和哥哥我争啊？"

"铁牛哥，咱俩不错是不错，不过这个事可不能讲面子。如今，就是再好，咱俩也得比试比试。这二路元帅不能让你接，你的脾气比我还粗暴，就你那几斧子，还能接二路元帅？你到前敌两军阵，怎能带兵打仗？"宝庆说。

"哎，我说宝庆兄弟，你可别挖苦我呀？你非要和我比试比试，你可别说我当哥哥的不给你留情，我可是翻脸不认人。真要和我动手，你就撒马近前来吧！"铁牛叫号说。

"铁牛哥，你不用给我留情，有多大的本事，你都施展出来吧！我呀，也不给你留情，咱二人一试高低。"

"好，请动手吧！"

"铁牛哥，还是你先动手吧！我先动手，也不能耽误你砍脑袋，你先动手更省事。"

"看来，你是先让我动手，其实你是挖苦我。好，看斧子，砍脑袋。"

铁牛气得说完当即抢斧子就砍。

尉迟宝庆一边用丈八蛇矛对外磕他的斧头，嘴里还一边说："铁牛哥，你能不能换换别的招儿，你这三斧子呀，我都快学会了。"

"好哇，小黑子，你少废话，我全凭这三斧子胜你哪！"铁牛生气地说。他们俩的嘴也不闲着，手也忙活着。校场内，众人就听铁牛喊："砍脑袋、挖眼、掏耳朵。"

宝庆早有准备，知道他还有最后一招"杵"，所以在二马错镫的时候，他双脚一蹬马的绷绳，小肚子一撞铁过梁，这匹马"噌"的一下，就蹿蹿出去老远。最后，铁牛的这一杵还也没杵着，这马早就跑远了。

"哟，他的马过去了，没杵着。"铁牛后悔地说。

废话，要是真杵着，人家受得了吗？程咬金在龙棚里直替儿子着急，心说：完了，掏耳朵没掏着，杵又没杵上，就只剩捞马脖子了，再看这一招怎么样吧。

这时，场内铁牛和宝庆的马打旋又回来了，又是一个照面，宝庆根本也没打算动手，他是叫铁牛把他那几斧子全砍完，然后再动手，

看看铁牛究竟还有什么好斧招。不过，他也不敢大意，时刻都在注意着铁牛的变化。因为他知道程家爷们儿这斧招虽然不多，可是练得很熟、很精、很巧，来得又急，所以宝庆非常小心。

果然，铁牛在二马再镫鞯相磨时，仍然是前三斧。等使了掏耳朵这招过后，他立马把斧刃朝下，冲下，猛然往上一捞。这一招原本叫海底捞月，可程家爷们儿愣将它叫作捞马脖子。此时，铁牛嘴里还喊着："捞马脖子。"

因为宝庆早有提防，一看这斧子不砍人，冲战马下毒手，这要是把马脖子真给捞上，这马可就完。马只要一趴下，自己就得从马上掉下去，这招可太损了。于是，宝庆急忙往旁一带战马，勒紧绷绳，这匹马"咴咴"一叫，往旁边一闪，就躲过去了。

宝庆心想：哎呀，好险啊！差一点没捞着。此时，这匹马蹿出去了，还"咴咴"地直叫哪！马儿那意思是骂程铁牛，骂他放着主人不砍，非要捞我的脖子呀？你真缺德。

宝庆也吓出了一身冷汗。虽然说早有准备，可是他不知道斧招的变化，而且这斧招儿也太快了，所以宝庆的心里有点紧张。他心想：我还真得多加小心哪！铁牛一看捞马脖子也没捞着，便说了声："完了，完了。"

什么完了？铁牛是说他的捞马脖子这斧招完了，就这么几下子，再多也没有了。

宝庆一看铁牛也就这么几下子，往下再也没招啦！他心想：你的招数都施展完了，这回我让你看看！于是，他把丈八蛇矛抖开，上下回飞，真是又快、又勇、又狠哪！这都是尉迟恭敬德和黑白夫人精心传授的。

尉迟敬德的枪法和单鞭的招数是十分厉害的。想当年，他日闯三关，夜夺八寨，威名远震哪！自从投唐，他又东打西杀，南征北战，立了很多战功。因此，他的枪法确实厉害。

如今，宝庆的枪法和铁牛打了起来，铁牛是难以抵挡的。不一会儿，铁牛的斧招可就散乱了，他只顾往外挡人家的枪，自己连还手的机会都打不着了，豆粒大的汗珠子顺着脸往下流，嘴里还不住地喊："开！开！开！喝，喝，哎哟，喝。"光剩下"喝"，他把"吃"都忘了。铁牛一边往外开，一边喝道，心里还一边琢磨：坏啦！真应了我娘的那句话啦！我们老程家的坟头没冒青烟，就凭我这三斧子，二路元帅挂不成啦！得，让给别人吧！我不争了，要再争，更得丢人，别等出丑了！下去吧！想罢，他把马往外一投，将斧子又扛在肩膀头上，说了声："得啦，宝庆，别打啦。咳，你看咱们争个什么劲呀？我这当哥哥的怎能和你争吗？算啦，我把这帅印就让给你吧！我不要啦。"说完，铁牛一拨马就出了场子。

魏徵回头再看程咬金，可他把头一扭，不敢看魏徵，也不敢说话了。于是，魏徵便问道："四弟，铁牛侄儿的斧招，不是你亲手传授的吗？"

"咳，大哥，这是我教的不假，可是我那么教，他不那么学啊。"程咬金不好意思地回说道。

尉迟宝庆见程铁牛败下去了，自己把大枪一顺，枪尖朝上，往背后一背，腾出一只手来，冲场内摆道："众家哥哥弟弟们，铁牛哥让了我几招，他不和我争了。可是我的本领也不强，武艺也不高，也挂不了这二路帅，一定还有比我强的弟兄。不知哪位兄长、弟弟下来比试比试？我在这尊候你们哪！"

铁牛跳出圈后，嘴里还一边说着："换换人，我不能和宝庆兄弟争啊。你们要去，谁就去吧！"说完，他举目抬头，往下四处张望，把教军场看了个遍。他又心说：哎哟！这罗通怎么还没来呀？都比试这么长时间了，再不来可就晚了，这二路帅不就被别人夺去了吗？

"哎呀!"铁牛急得直打转。

正在这时听西北角上,有人喊声:"吹,尉迟宝庆,你小小年纪不要猖狂。你可别忘了,人外有外,天外有天哪!这二路元帅岂能归你?看我来会你。"紧接着,众人听见了马挂銮铃之声,"嘈",一匹战马就蹿进来了。

尉迟宝庆勒马仔细一看,来的是一匹花斑豹,马上这个人是短衣,短靠,外衬征袍,手擎一口门扇大刀。来者正是邢国公苏烈苏定方的次子,名叫苏凤,只见他横眉立目,满脸的杀气。

"噢,你不是苏凤哥哥吗?好,为了争夺帅印,咱就别客气了。过来会我吧,我也等你多时了。请你撒马过来,咱们比试比试吧!"宝庆笑着说。

"呸!尉迟宝庆,你少和我套近乎。今日的教军场就是战场,咱俩一定要拼个你死我活,谁也别客气。"苏凤"哼哼"地说。"哎,苏二哥、苏二哥,平常咱们在一起可都不错呀,咱们的老人又都是同殿称臣的好友。今天比武争帅印,小弟是经师不到,学艺不精,请你高抬贵手,你为什么要生这么大的气呀?你如今横眉立目地,看样子要决一死战?"尉迟宝庆说。"少废话,夺魁比武嘛,没有杀气,怎能取胜?你快快撒马近前来。"说罢,苏凤就把大刀一摆。

尉迟宝庆也知道苏家爷们儿心狠手黑,得再多加小心,"扑棱"一抖矛枪说道:"苏二哥,请进招吧。"苏凤二话不说,当即催马摆刀,"唰——"力劈华山,就朝着宝庆的头顶,一刀劈下。

尉迟宝庆举枪接架,刀枪相撞,二人立即战在一处。别看宝庆年纪不大,可是他的枪法确实精通,一招一式都是经过爹爹的传授。他的大枪抖开如同怪蟒翻身,乌龙探爪,一招紧似一招,由此可以看出他的功夫确实很深。

苏凤心想:这小子的枪法确实不错,我不能和他恋战。我爹爹说了,越快越好,只要不杀死他,伤着点那也没办法,也不能算犯罪。想到这里,苏凤将招一变,把刀招展开,上下翻飞,疾如风,快似电,"唰唰唰"地像雪片。

宝庆大公子是盘开刀、挡住刀、碰出刀，趁机还得进招。你看他，舞起丈八蛇矛，"扑棱"手中一抖，来了个怪蟒翻身，乌龙探爪，再看枪缨一抖冰盘大小。一个枪头变成十余个，大枪上下翻飞，遮前挡后，里勾外挑，使出三十六个翻身、七十二种变化。最后，苏凤的大枪把宝庆给围了起来，只见枪不见人，只听得枪碰刀叮当作响，乱麻刀撞枪火星直冒。两个人打得难分难解，打了足有二十余个回合，没分上下。

苏凤这小子的刀招，刀刀下的都是毒手，一点也不留情。尉迟宝庆可不敢下狠手，因为他爹爹说过，不准下毒手，更不准随便伤人。于是，他心想：这苏家爷们儿都是刀急马快，又狠又毒，他又比我年长几岁，时间一长，我准吃亏，干脆不和他赌气了，这二路帅我也不要了。想罢，宝庆便用矛枪架开大刀，喊道："苏二哥，小弟不肯向你下毒手，这帅印我不要了。"说完，他拨马跳出圈外。

此时，苏凤也累得气喘吁吁，汗流满面。他睁大鼻孔，"呼哧、呼哧"直喘粗气，心说：宝庆这小子可真鬼呀，若再战上几回合，不把你砍死，也得叫你落个残废。见宝庆拨马撤出，他紧把马一握，在场内转了半圈，仰面大笑："哈哈哈哈哈……你们哪个来呀？谁还敢来？有不怕死的，快快进来。"这小子一句客气话也不说，而且把大刀一晃"哗棱棱"，刀盘子直响，故意抖抖威风，吹吹大话。

他这一举动，可把众家少国公们气坏了。突然只见李奇（李如龟的儿子）大喊一声，就上场了。无奈年龄小，没和苏凤战几个照面，他就被苏凤砍了一刀背，差点没掉下马。李奇疼得咧着嘴就败下场来。

就这样，好几个少爵主均败在苏凤的手下。此时，苏凤就更狂了，美得他鼻涕泡都出来了。

再看龙棚里的苏定方，他乐得满脸桃纹都开缝了。他心说：嗯！这就看出谁的本事强，谁的武艺高了。这真是父强子不弱啊！还得说是我的儿子，用不着苏麟下场，我的次子苏凤，一个人就包了。如果我儿真的挂了二路帅，那可真是天助我也！只要我有了兵权，我把三军一带，到那时李治呀李治，可就由不了你啰。李世民被困在牧羊城，他甭想回来，这京城就是我苏定方的天下了。说不定，我还做他一帝哪！这时，苏凤呼号地乱叫，又狂叫起来了。这时，忽然就听有人大喊一声："苏凤，你不要太猖狂，俺来也。"

程咬金一听这嗓门，怎得这么
响亮？他抬头一看，在黄绒绳外有
一匹闪电白龙驹。马上这个小将，
穿白爱素，长得特别俊美，这模样
别提有多好看了。尤其他那个小脸
蛋白里套红红里套粉，粉嘟嘟的，
那么好看。两道剑眉斜入天苍压入
鬓角，两只大眼睛水汪汪的就像会
说话似的。通官的鼻梁，菱角口，
齿白唇红，牙排碎玉，真像那绿豆

芽，掐去两头，白胖白胖的，真不亚于上方的左金童。他手端一条五钩神飞
亮银枪，背后斜插一对银装铜，来的正是秦琼叔宝护国之子秦怀玉。

程咬金看完了，乐得咧开大嘴，一个劲儿地笑了。他心说：这孩子真招
人喜欢，他来了就好了。可他突然一愣，嗯？罗通怎么没来呀？对了，他这
才想起来了：我弟妹庄金锭昨天和我说了，不让孩子来，盼望罗通快点长大
成人，学好武艺，将来好给罗家报仇。咳！苏罗两家那可是世仇，但是你不
让孩子闯荡闯荡，也不行呀！一辈子不上马，也是个小驹儿。她要是真的不
让罗通来，这可太可惜了。这回就得看看怀玉能不能取胜了。程咬金想着想
着，回过头来，对魏徵说："大哥，你看怀玉侄儿来了。罗通不能来了吧？"

"嗯！罗通不能来了。"魏徵说。

"是呀！是弟妹不让罗通来。不过，罗通这小子不能不来呀？难道他不知
道？要是知道信，这小子一定能来。"程咬金道。

"来了更好，不来也好！"魏徵又说。

"哎，大哥，你可真会说话呀，反正都是理，你这是不得罪人哪！"

"是啊，我说他不来也好，是因为年龄太小，一旦要有个三长两短，出点
意外，咱们对不起老兄弟罗成啊！"

"咳！可不是吗？我也是这样想的。"

这时，场内战得好热闹，这二人真是棋逢对手，将遇良材。秦怀玉这条
枪是又急又快，枪法娴熟，大枪一抖，施展开十路绝命枪，神出鬼没，变化
多端，真是冷森森、光闪闪，夺人二目，照人双眼，如同怪蟒出洞，乌龙搅

海，十分厉害。

刚才，秦怀玉听苏凤说的那些大话，再看看他这十足的傲气，早就气炸肺了，所以他把劲头都用在这杆枪上了，非要教训教训他不可。于是，他使出全身的本领，摆开这条五钩神飞亮银枪，如同鸡啄米一般，"啪啪"雨点相似，顿时就把苏凤给围住了。

苏凤也不示弱，舞动大刀，上下翻飞，磕开枪、架开枪，得手还要进招，砍几刀，看起来也很奇妙。

他们二人刀枪并举，接架相还得难解难分。此时，众人都看不出来他俩在以武会友，真好像阵前真杀实砍一个样。

幼主李治虽然对武艺不太明白，可是他也能看出点门道子。这会儿，他早已瞪大两眼，大气不敢出，聚精会神地看，都看直眼了。

魏徵一看，暗自想道：不好，常言说，二虎相斗必有一伤。他们俩这样的打法，一会儿不一定谁失了手，哪一个一眼照顾不到，非有受伤的不可。万一死一个，那就更坏了，毕竟殿下已传旨，不准伤害皮肉。真要死一个，再偿命一个，一死就是俩呀，太可惜了！不行，不能这样打下去。想罢，他便奏道："殿下！"李治现在已把全部精力集中在教场上了。魏徵喊他，他好像是没有听见。魏徵又喊了声："殿下千岁！"

李治的两只眼睛仍然直直地盯着场下，头也不回，眼珠也不转，只是把一只手摆了摆。李治那意思是"别说话，看着"，这足以说明幼主已看入了神。

"殿下，这样打下去是要伤人的。"魏徵说。

"嗯？"李治仿佛才醒过神来似的。于是，他回头看了看魏徵，恍然大悟地说："哎呀，是呀，照这样打下去，一失手就会出事呀！老卿家，你快说怎么办吧？"

"我看不如暂时停下。"

"殿下，如果你想要停下，可以鸣金。这鸣金锣一响，他们自然就不能再打了。"

"好，快快鸣金。"幼主一声令下，只听"当啷"锣声一响。闻鼓则进，闻金则退，这是两军阵打仗的规矩，为将者必须先懂得这条军规。只要听见战鼓"咕咚咚"一响，前边哪怕就是人山人海，你也得上；即便是油锅，你也得往里跳。这是军规。就算打得正起劲儿，哪怕眼看就要取胜了，一听鸣金锣一响，你就得赶快回来。若不回来，你就是犯了军规，定斩不赦。

别看苏凤和怀玉的年纪小，可是这规矩他们可都懂啊！俩人听见锣响，各自当即带马跳出圈外，都愣住了。他们都心说：怎么回事，不让打了？这个立马横枪"呼呼"地喘，那个勒马端刀出长气。魏徵在看台上冲场内高声喊道："比武的小将们，殿下千岁早就传旨意，今天比武夺魁是以武会友，点到为止，不许伤害皮肉，更不能伤害性命，如要杀死人，那就是杀人偿命啊！都记住没有？"

苏凤一听这话心中暗骂：你这个老不死的，就你多嘴，这是怕秦怀玉死在我的刀下，所以才敲这个破锣。此时，苏凤被气得浑身乱颤，心里不断暗骂魏徵。

魏徵这一提醒，倒把秦怀玉吓了一跳。他心说：哎呀！要不是老伯父及时提醒，差点没惹出祸来。刚才是在气头上，要是得手，恨不能一枪把苏凤这小子挑于马下，再叫你吹，再叫你狂。多亏鸣金了，不收兵可太危险了。

想着，秦怀玉冲着众人点了点头。他那意思是"听见了，也记住了"。

苏凤无奈也只好点点头。他们二人借这个机会也算休息一会儿。两个人对视了一会，各不服气，一催战马，又战在一处。他们又战了二十来个回合，还是不分上下。

秦怀玉一边打心里一边想主意：我不能和他恋战，我必须得快点胜他。要不把苏凤战败，这小子的威风就杀不下去，我非得赢他不可。胜不了他的话，我就无法再会他哥哥苏麟了。到时就连他爹苏定方，美得把尾巴也快翘到天上去了。如今，我非得杀杀他们爷们儿的威风不可。现在看来，他苏家爷们儿是看不起我们这些小将。今日，我即便不要他命，也得叫他知道知道我们这些小英雄们的厉害，我必须要这么、这么战胜他。想到这里，他大喊道："苏凤，咱们两个今天不分出个雌雄，谁也不许退出，谁跑就是狗熊。"

"姓秦的，你放心，我不赢你决不下场！"苏凤冷笑着说。二人边说边打，甚是激烈。突然，在二马相错的刹那间，秦怀玉把枪交在左手，腾出右手，从背后就把熟铜锏拽出来了。

为什么要在二马错蹬的时候控熟铜锏呢？秦怀玉是想用枪里加锏这一招来取胜。这得出其不意，不能叫对方看见。

马上打仗和步下不一样，在步下打仗行动很随便，"滴溜"一转溜，俩人又对上面了。在马上战可就不行了，俩人必须是马打对头才算一个照面。双方也只能打一下、还一把，手快的打两下，最快的能打三下，这马就错横过去了，这两匹马是不停地分头跑。在两匹马错过错镫去时，当然双方是背冲背，谁也看不见谁。

秦怀玉就在刹那间把铜就拽出来加在枪里。

要论铜法，老秦家可是一绝。这铜法从老将军秦彝，一直传到秦怀玉。当年秦叔宝就用一对熟铜铜，打遍半边天，人称是"马跳黄河两岸，铜打九州十府一百单八县"。至于老秦家的枪法，那是学老罗家的。

秦怀玉暗暗做了准备，二马镫鞯相磨，秦怀玉当即用枪就扎，可是他的枪底下还有一把铜哪，这一枪主要是靠左手使劲儿，右手只是比个样子，实际是左手操着熟铜铜！

苏凤哪知他来这一招啊！他见大枪刺来了，用双手擎刀用力往外磕架。他这往外一磕，用的劲头挺大，刚一碰上这条枪，"当"的一声就把枪磕出去了。因为怀玉是单手擎枪，能有多大的劲呀，所以把苏凤晃一下。苏凤的身子一栽，正好把半个后背就让给了秦怀玉。说时迟，那时快，秦怀玉立即举铜就向苏凤砸去了。众人只听"啪嚓"一声，"哎哟"。

第十五回 秦怀玉铜砸苏凤背 夺帅印暗放小罗通

罗通扫北

秦怀玉的枪里夹铜直砸苏凤的后背,这下可把苏凤吓坏了。如真要砸上,死不了也够受的。有道是,当场不让步,举手不留情,尤其是知道自己伤人太重了,刚才又狂傲地说话,现在落在人家手里,要说好话也不赶趟儿啦!此时,苏凤干脆挺着叫人家揍吧。这小子把头一缩,把肩膀一端,拿出挨揍的架势,心想:你就随便砸吧!出于本心,秦怀玉真想狠狠地砸苏凤一铜,好教训教训他,叫他以后别太猖狂了。他又一想:魏伯父曾说,不让伤害皮肉,打死人还得偿命。可是,不打他一下,秦怀玉又觉得不解气,但真要一铜砸他的脑袋,那必然会给他的脑袋砸出个窟窿了。此时,秦怀玉无奈之下总算有了主意:哎,那我就给他肩膀上来一下吧!"啪!",这也够苏凤受的了。苏凤觉得疼痛难忍,一带马,就蹿出黄绒绳外,捂着肩膀直叫唤。

秦怀玉把枪铜合在一起,像是双手抱腕似的,冲他说声:"苏二哥,这是你让着小弟。"

"什么,让着你?"苏凤心说,"这比骂人还难受,还有这么让的吗?我成心让你砸我，这不是贱骨头吗？"可是，苏凤此时又没法回答，只好揣着肩膀，瞪着眼，暗自憋气，但他也明知道秦怀玉已然给他手下留情了。

秦怀玉二次把铜插在背后，把大刀顺在马鞍上，双手抱拳在教场内给众位施了一圈礼，然后说："各位弟兄们，今天咱们是比武夺魁，谁的武艺高强，谁就挂这二路元帅，我只不过是暂时占着上风。如今，哪位兄弟下场，咱再比试比试。"

众家小弟兄听秦怀玉这么一说，心里都挺高兴，话虽不多但觉着入耳。毕竟大家伙都知道罗通和秦怀玉哥俩最是厉害，也最有智谋，谁也比不上他俩，所以都很服气。现在秦怀玉夺魁了，而且他在这些少公爷当中是年龄最大的，大家伙平日里都管他叫哥哥，所以小公们此时你看看我，我看看你，谁都不下场。这时，程铁牛带着头就喊上了："怀玉哥，你别说啦，这二路元帅就是你的了，我们不要了。"他这一出声，其他的少国公也都跟着一齐出声："我们都不要了，你就接这二路帅吧！"听大伙这一喊，苏麟可被气坏了，心中暗骂：这帮小子，你们可倒大方，把这二路元帅让给他，没那么便宜，你们不要我还要呢。想罢，他大喊一声："哎，秦怀玉，你不要太猖狂，我要与你比试几回合，"说罢，他一提战马，马跳进黄绒绳内，来到秦怀玉的对面，把刀一横说："秦怀玉，你要想挂这二路帅，除非胜过我这掌中的青铜刀。"

秦怀玉一看苏麟来了，心想：这才是我的真正对手呢！秦怀玉知道苏麟比苏凤武艺高，而且这小子的箭法也好，还会打镖，所以心想：我和他打，需要多加小心，不可轻敌，但我也不能怕他。若我再能把他战败，那就把苏家爷们儿的威风全都杀下去了。想到这里，他说："苏麟，你想要为弟报仇吗？刚才我把话已经说明白了，虽然苏二哥是败在我的手下，那是他让着我，你能不能也像他让着我呢？"苏麟把眼一瞪叫道："秦怀玉，你不用说风凉话。有道是，上阵亲兄弟，打仗父子兵。你打了弟弟一铜，他算败了，我当然要为他报仇，至于报不报得了，这还在两可之间，就凭着你我的本事了。得胜者，就挂这二路帅；败者，就该让位。我知道你们老秦家的枪招铜法都很好，可惜你还没学到家，今天你要能战败我，这二路帅我就不要了。"

"苏麟，现在不是动嘴的时候，而是要动本领。你那两下子，我是知道的，比你兄弟强点，也强不了多少，咱们俩比试比试看。如果我要输给你，这二路元帅印就让给你。"秦怀玉回道。

苏麟心想：我不能和他斗气，还是顺着他说，尽量不动手，想法子叫他把帅印顺顺当当地让给我，也就算如愿了。只要有了兵权，我再好好治这些小兔崽子，到时一切就好办了。想到这里，他把声音放低，态度温和地说："秦怀玉咱俩不要斗口，说实话，我不想和你动手，我劝你最好也别和我打了，因为你年纪太小，你又长得细皮嫩肉的，好像庙里的左金童。咱俩要一比试，万一碰着你，该有多可惜呀！干脆咱俩就别比了，你就让给我吧？等我挂了二路元帅，保证让你当个先锋官，你看怎么样？"

这说话也得会说，不但要看火候，也得分地点。苏麟本想用好言好语糊弄着把秦怀玉劝服了，不和他动手比试，那就省事多了。只要秦怀玉不跟他夺这二路帅，那他也就没有其他的对手了。可是在这个时候，你说他长得俊像什么左金童，又说人家小，怕伤着他，这是瞧不起人，所以苏麟不但没说服了秦怀玉，反倒把秦怀玉的气勾起来了。

秦怀玉两眼一瞪，好像豹子似的，双手一摆五钩神飞亮银枪，"扑棱"，斗大的素白缨似冰盘大小，大声喝道："苏麟，你少废话，我长得俊，那是祖上的德性，长得俊，总比你那姥姥不亲、舅舅不爱、婶子大娘用脚踏、梆子脑袋被日晒的德性好，你倒想长漂亮点，你祖上有那份德性吗？哼！你说我年龄小！可我人小枪不小，武艺不小，我的雄心壮志不小，秤砣虽不能擎千斤，吹泡个大，是空的，个大能顶什么用？你的个儿高，吃骆驼粪能接热乎的。"

这下可把苏麟骂得够呛，气得他"哗棱棱"一摆大刀。于是，苏麟大叫一声："秦怀玉，我好心劝你，没想到你嘴更损，真是良言难劝你这该死的鬼，废话少说，看刀。"

"唰——"这刀就劈下来了，这小子恨不能一刀把秦怀玉劈成两半，从脑门儿一直砍到屁股唇儿。

秦怀玉举枪说声："开。"把刀磕出去，翻手就是一枪，把平生之力量都集中在大枪上。

苏家爷们儿的大刀是很有名的，苏麟的功底也很深。这会儿，他确实拿出了看家的绝招，刀刀都取秦怀玉的要害。"今日非叫你认识认识我苏某的厉害，我也不把你治死，但要叫你落个终身残废。"苏麟怒着说。

秦怀玉气得直咬牙："好你个苏麟，你小子说话也太损了，我要不给你点厉害尝尝，你就不知道我秦某是何等人也？"秦怀玉怒气冲冲地把枪招施展开来了，一枪紧似一枪，一枪快似一枪，这枪头就把苏麟给圈起来了，上下前后左右都是枪尖，好厉害。这条大枪展开门路，上封下挂，里挑外滑，钩挂绷砸压，劈挑盖顶扎，枪扎一条线，刀扫一大片，扎者为枪，抽者为棒，往前一扎梨花千朵，往后一撒冷气归阴，躲闪不及透心凉，趴凉炕睡凉床，抛妻子闪爹娘，这杆枪实在是凶猛啊！出溜，出溜，直出溜，出溜到哪都够呛。

苏麟也把平生本事都施展出来了，抡动大刀上下翻飞如同雪片一样，削撩砍剁，绷挂扎，招招威逼秦怀玉，刀招也很厉害。两个人越打越猛，互不相让，真是棋逢对手，将遇良才，杀得难解难分。

看台上的人坐着看不过瘾，都站起来了。幼主李治更是头一次看比武，这下可算开了眼界了，两只眼都觉着不够用了，嘴里不住地大喊："好，喝，喝，好，真好！"

程咬金的心都快提到嗓子眼了，只要一咳嗽，"呗儿"，心都能蹦出来。

他害怕呀，他知道老苏家爷们儿心狠手辣，老秦家这是千顷地一根苗啊！可别给连根拔了，怀玉真要有个好歹，怎能对得住二哥呀！此时，程咬金急得直替怀玉使劲儿，嘴里还一个劲地骂罗通：小兔崽子，你怎么还不来呀？他是捏拳使劲，还直挫大腿，他的毛病可多了。再看苏定方呢，他更担心，他知道秦家的枪和铜都很厉害，刚才苏凤就挨了他一铜，这回苏麟要再被人家打了，那可就全完啦！别说想做一帝呀，就连三儿子的仇也不能报了，所以苏定方比谁都紧张，眼睛直盯着场下，舌头伸出来老长，冰凉了都收不回去了，最后还得用手托着揉回去的。

场内的两个人打得正难分难解，因为秦怀玉刚才和苏凤打了半天了，这个劲儿还没缓过来，接着又和苏麟战了起来，再加上他的年龄还太小，顿时就觉着有点累啦！这虚汗也就流下来了。正在这时，就听教军场外有马挂銮铃的声音，就听有人大声喊道："闪开，闪开，快给我闪开，我来也！"

这一嗓子，全教军场的人都顺着声音往外看，无数双的眼睛都盯着教军场的门外，只见从外边跑进来一匹骡马。程咬金一眼就看出来了，他大喊一声："哎呀，罗通来了。"

原来罗通用计谋骗过了罗仁，跑了出来，一路快马来到了这里。等罗通进来，他正好赶上苏麟用刀劈，怀玉用枪往上磕架。于是，罗通二话不说立即就用大枪从当中猛地使劲往上一挑说过："开!"只听"当"的一声，把苏麟的刀头崩起老高，同时把秦怀玉的枪也崩回来了。这个劲头实在是太大了。罗通在当中勒马端枪说："怀玉哥，怎么样？这帅印没你的份。"说罢，他又回头对苏麟说："苏大哥，怎么样？咱哥俩比试比试吧？"

苏麟暗暗骂道：好小子，我最恨的就是你，是你把我三弟活活打死的，我早就想报这个仇。今天你骑骡马，无盔又无甲，就减去你一半的能力，这正好是我报仇的机会。想罢，他大声喝道："好哇罗通，你来得正是时候，我在这都找了半天了，你快撒马近前来。"说着话，他就把大刀举来了。

罗通不管三七二十一，拧枪就要动手，正在这时，就听收兵的锣"当啷啷"又响了。

"嗯?"苏麟心想：怎么又不让打了？罗通也撤回枪，听听是怎么回事。正在这时，有人到场内见罗通说道："罗少保，幼主叫你到近前有话。"为什么叫他罗少保呢！书中代言，因为罗通在五岁那年，他爹罗成就死了，李世民那时候还没做皇上，只是太子秦王，李世民认为罗成为国捐躯功高如山，所以就把罗通认为义子。他做了皇帝以后，就封罗通为少保，称为御儿干殿下。罗通听说幼主叫他回话，赶紧来到龙棚跪下说道："皇兄在上，罗通给幼主千岁叩头。"

"罗御弟，你是来比武夺魁的吗?""回千岁，我确实是来比武夺魁的。"

"嗯？既然是来比武，为什么不顶盔挂甲，反而披头散发不戴帽子呀?"

"啊——来不及了。"

"为什么马也没有鞍鞯嚼环呀？你为何穿着睡衣呀?"

"嗯……来不及了。"

"为什么来晚了呀?"

"啊……这……"罗通话到嘴边又咽下去了，心想：要说出是我娘不让我来，我是偷着跑出来的，那还得了！所以，他才支支吾吾地说："哦，是我睡过头了。"程咬金一听，吓出了一身冷汗，为什么呢？因为李治叫他挨家挨府去送信，不料到了罗府，看见庄金锭一哭，程咬金也是心慈面软之人，就答应不让罗通来比武夺魁了，可他从罗府回来后又没和李治说这事儿。如果罗通要说了他娘不让他来夺魁，幼主一追究，程咬金就得吃不了兜着走！因此，李治问罗通话时，程咬金特别着急，一听罗通说他睡过头了，程咬金这才把心放肚子里，暗暗夸奖罗通聪明过人。

殿下李治一听罗通说睡过头了，那也就没办法啦，年轻贪睡是常事。他回过头来问魏徵道："老卿家，你看现在给罗通换衣服备战马还来得及吗？"

还未等魏徵说话，这程咬金就接过话茬说："来得及，来得及。"说完，程咬金就让罗通下去换衣服。他又命人到教军场内，把鞍鞯嚼环给罗通备好。同时他对苏麟说："你等一会儿，等罗通换完衣服再和你打。"这一顿操作下来，程咬金是紧忙活。不大一会儿，罗通换上扎巾箭袖，战马的鞍鞯嚼环也全备好了。于是他提枪上马，二次来到教军场上。其实这个主意是丞相魏徵出的，他一看罗通光着头，还是骑着骒马，这还了得，十分能耐得减去一半，这个亏不能让孩子吃，这叫吃哑巴亏，所以他告诉李治先暂停一会儿，先把罗通叫来问问他，这是怎么回事，他这样的打扮能夺魁吗？苏定方一听这话，顿时气得浑身乱颤、周身战栗，心里暗骂：魏徵啊魏徵，你这个老杂毛，你和徐茂公是一个味，没什么两样。如若不给罗通备上马，这个小短命鬼不死在我儿的刀下，也得落个残废。

这真是人配衣裳马配鞍，罗通再下场，可就比刚才显得威风多了，真像蛟龙刚出潭、猛虎才出洞一般，只听罗通叫道："苏麟，你撒马近前来。"

苏麟被气得也直咬牙，心想：嘿，真有捧臭脚的，又给他换上衣服，备好鞍鞯，这也是干生气。可如今，苏麟也没办法，只好一催战马，上前抡刀照着罗通就砍。二人当即打了一处。

罗通可不像秦怀玉，毕竟秦怀玉打了半天，也确实有点累，罗通则刚刚下场，而且也是憋足劲儿了，从好几天前就等着比武，今天总算是盼到日子了，所以他精神百倍，信心十足。苏麟也知道和罗通打，不像和秦怀玉战，罗通虽然是小孩中年龄最小的，可是他是最厉害的一个，武艺高，心眼多，特别是他们罗家的枪有个外号，叫罗快枪，这个外号是从罗成那传下来的。

大隋唐这部书中有好汉一十三杰，第一条好汉就是西楚赵王李元霸，一对擂鼓瓮金锤，打遍天下无敌手，而罗成则是十三杰中的第七条好汉。可是，在大破铜旗阵的时候，这七杰罗成愣把第一杰的头盔给挑掉了。这段在书中叫枪挑紫金冠，也就是罗成和李元霸对阵打仗时候，一枪把李元霸的头盔给挑下去了，从此罗成便传出个外号叫罗快枪。

苏麟知道罗通枪急枪快，招又狠，一眼照不到就会有生命的危险，一时走神，不是丧命就得受伤，所以他深知和罗通打仗必须百倍注意，一点也不能走神。

他们两个人大战了几十个回合。苏麟想：我现在得抓紧时间赢他，不能恋战。我何不用回马箭取胜，一箭射不死他，也叫他记住一辈子。想罢，他把大刀紧上几紧。

"啪啪啪"，一刀比着一刀快，一刀比着一刀急。可是罗通根本没拿这当回事，一杆枪，左磕右挡，打得更来劲了，心说：你的刀越快，越对我的心思，你就使吧！

苏麟突然虚晃一招，"唰"地一刀奔罗通劈来，罗通往旁边一闪身，苏麟拉了个败式，拨马就跑。

罗通一看就明白啦，老罗家都是聪明人，罗通更甭提了。他心说：这小子要败中取胜，追！罗通毫不犹豫地就追下来了，刚追了不远，突然苏麟猛地一回头，就听"嗖啪"。

第十六回

教场内比武胜苏麟
勇罗通插花挂帅印

苏麟想败中取胜，暗射一支回马箭。这回马箭是老苏家的绝招，百发百中，此刻直奔罗通的哽嗓咽喉就射去了。

别看小罗通年纪小，但是心中有数，早就做好了准备。当追赶苏麟的时候，他就把枪挂在得胜钩上，腾出来两只手，想到苏麟要用回马箭暗算自己。果然，"唰"的一声，这箭就到了，他稍一歪头，把箭让了过去，一伸手"啪"，就把箭杆给抓住了。

苏麟认为这一箭准能射中，结果回头一看，"啊！"不但没射中，反被罗通用手把箭给抓住了。罗通举起这支箭，冲苏麟一晃，哈哈大笑道："苏大公子，你这箭法真高啊？专门往人家的手里射，照你这样的射法，那不是瞎子点灯——白费蜡吗？你看，被我给抓住了，扔了它，还怪可惜的，就还给你吧！说完，就把箭头一调个儿，冲着苏麟"嗖"的一下就扔过去了。

这也是真巧劲儿，当然也是真功夫，虽然不是用弓射出去的，可是比弓射得还准。"嗖——"这支箭直奔苏麟的咽喉飞来，真要是扎上了，也够苏麟受的，苏麟赶紧一闪身，"吧嗒"，箭就插在地上了。

这也是罗通成心羞辱苏麟，虽然没说啥，可说明老苏家的箭法不是什么百步穿杨，白天射金钱眼，晚上射香头儿，百发百中看来全是吹牛。今天，不但被我把箭接住了，而且甩手甩得都比你射的还准。

罗通的藐视使苏麟破门帘子——挂不住了，他咬牙切齿地一抖手，"嗖——"又打出一支镖，他也没言语，这叫冷不防的暗算。

多亏罗通眼疾手快，他正想从得胜钩上去拿枪，突然见苏麟向他打来一物，赶紧挺起身子一歪头，"嗖"这支镖就过去了，罗通顺手一抓，就把这支镖的镖穗给抓住了。

什么叫镖穗啊？镖穗就是镖后边衬的那条红绸子或绿绸子，也是叫镖穗子的。有这个东西能打得稳当，没这玩意儿，那镖出去就会乱摆。

罗通刚接住这支镖，"嗖嗖嗖"，这小子又打来两支。

苏麟真是心狠手毒啊！他想连发三支镖害罗通一死，心说，你不是能接吗？这回我叫你接个够，接不住也就够你受了。

而罗通一不慌、二不忙，一伸手又抓住二支镖。等三支镖来到面前，只见他把头一扭，让过镖头，一张嘴，"咯噔"，用牙把镖穗拿住了。

这时候，黄绒绳外的众家小将，一齐喝彩喊"好"，并鼓起掌来。程铁牛喊得最欢："好！好！真好。"

小罗通接住三支镖还不算完，他的两只手一甩，两只镖又奔苏麟打去，最后猛一甩头，"嗖"，嘴里叼的那支镖，也奔苏麟打去了。

就这一手啊，不但场外的少国公们都轰动了，就连看台龙棚里的文武群臣全都惊了。头一个程咬金就先大喊一声道："嘿嘿！真好！这一手真绝啊！"他回过头对魏徵和李治说："看见没有，真是老子英雄儿好汉，怎么人家老罗家尽出这样的英雄啊？你们说，这么点孩子就有这么大的能耐，他是怎么练的呢？不但用嘴接，还能用嘴打回去，哎呀！这比打镖的功夫可强得多，咳！我老程啊，就是没德，连一个这样的孩子都没积出来。"

苏定方听程咬金说这些话，既生气又害臊，还说不出什么来，肠子痒痒没法挠，心中暗骂程咬金，你可太缺德啦。你夸罗通，挖苦着苏麟，这不是成心给我听吗？虽然他这样想，但他心里也不得不服罗通，罗通这个短命鬼确实很厉害，就他这两下子就是大人练，也得下番苦功夫，我久战疆场，还没碰见过这等绝招！看来，我儿苏麟可难以取胜了。

罗通扫北

在这看台上，尉迟恭可称是久经百战、勇冠三军的老将，他看罗通的这几手，不由得挑起大拇指，暗暗称赞，真是长江后浪推前浪，一辈新人换旧人哪！自古道："英雄出于少年。"一点也不假呀！小罗通，真乃将才也，别说是苏麟，就是老夫我遇上他，也未必能是他的对手。

再看幼主李治，乐得嘴都合不上啦，他一看御弟罗通真是武艺高强，由他挂这二路元帅，我父一定能得救还朝。他心里想着，嘴上笑着，这俩眼睛紧紧地盯着教军场。

这时候苏麟却出洋相了，他既会打镖，也能接镖，可从来没用嘴接过镖啊！人家罗通用嘴接的镖，又用嘴打回来啦！怎么办？苏麟不用嘴接，又太丢人；全用手接吧，也不太光彩。他想了想，一狠心，哎，我也用嘴接试一试，反正不能当众出丑，撞撞大运看看，能接住不该着我丢人，接不着也没法。

这小子还真有点儿胆量，反正他豁出去了，结果用左手接住头一镖，用右手接住第二支镖。等这第三支镖到了，他也学罗通那样，一扭身一歪头，张嘴去咬镖稳，架势也对，就是早了点，还没等头全过去，他就张出口去，结果被镖头碰上了嘴角，碰的不算多，就一点儿。

虽说只一点儿，可那是镖啊。疼得苏麟"啊"的一声，忙用手一扶，镖没接着嘴角倒破了，弄得他满脸都是血，教军场的人顿时哄堂大笑。

苏麟恼羞成怒，也不管三七二十一，提马抡刀就和罗通拼上命了，手提大刀，上下回飞，寒光闪闪，双臂抡圆，带着"呜呜"的风声，这小子就像疯了一般。

有道是，人一拼命，万将难敌，可是罗通不怕，不管你的刀有多快多急多猛，他还觉着打得过瘾。他把自家的招施展开，"啪啪啪"也是急如闪电，快似狂风。

两个人战在一起，真是枪刀如风，刀枪并举，四手舞动，八蹄飞转，枪刀撞击叮当作响，火星乱冒。二人又打了有二十几个回合，罗通心想，不能和他磨蹭，干脆给他来个痛快得了，主意拿定，使出绝招——一点锁喉枪。

罗家的枪法共有两个绝招：一是回马枪，二是锁喉枪。这两个绝招从不外传，就是姑娘都不能教，怕她传给姑爷，只能传给儿子。想当年，在北平府的罗成和秦琼传枪递锏的时候，罗成狠了狠心，把回马枪教给秦琼了，这一点锁喉枪没舍得教给秦琼。

今天罗通想使一点锁喉枪赢他，在刀马镫鞯相磨时，罗通双手拧一大枪，"啪"，这枪就像面条似的，"唰"，枪头抖开了，枪缨有冰盘那么大小，一圈都是枪尖，直扎面门。

这招别说是苏麟，就是他爹苏定方也够躲的，可把苏麟吓坏了，眼花了，头也晕了，也分不出哪是真枪了，没办法，赶快举刀往外划拉。他这一瞎划拉，可坏了，正好上当。

如果罗通不给苏麟枪下留情的话，这一枪就得把他扎死，罗通不敢哪。这是比武夺魁，殿下有旨，让点到为止，不准伤人。可就算留情，也不能一点不碰他呀！给他留点记号，也好叫他知道知道厉害。于是，罗通就来了个指上扎下，"啪啪"，在下边来了两枪，这个快劲就甭提啦。

苏麟举着刀，还在上边瞎忙活儿，一看枪朝下扎来啦，再想用刀去磕，已经晚了，还没等他醒过来，就"哎哟"一声，他的战马"呼溜溜"一声暴叫，怎么回事呢？原来罗通一枪轻轻地扎在苏麟的大腿上了，另一枪扎在那马的后腚上了，这一枪扎得很重。

这马受不了疼得"嗷嗷"直叫，犯了兽性，连尥蹶子带蹦，紧折腾，一下子就把苏麟摔在了地上。

这下，教军场内可就热闹了，乱哄哄的。这帮少国公们说什么的都有，"叽叽叽，嘎嘎嘎"，笑都不是好笑，把程铁牛乐得差点没从马上摔下来，一边笑还一边说：

"太好啦，太好啦，我兄弟这几招真绝。你是怎么练的，有时间教教我吧！"

程咬金乐得又拍大腿，又挑大拇指，说道："好，好，真好。罗通，好小子，你算露脸啦，你接箭接镖又打镖，指上扎下枪法高，一枪扎两处，苏麟摔了跤。好，这枪法真漂亮，干净利索，又快又急，太好了。"

苏定方听了，差点没把鼻子气歪，可儿子真输了，这还有啥说的，只好是王八钻灶坑——赌气暗憋。

这时，李治传旨鸣金收兵，不用比了，因为已经分出胜败，除了苏麟、苏凤，在场的这些少国公们都拥护罗通挂这二路元帅，而且罗通的武艺比其他人都强，所以就不用再比了。于是，李治把罗通和苏麟等众家小国公们都叫到看台前。

苏麟也没话说了，还说什么呢，挨了一铜，中了一枪，马还被扎了一枪，自己又从马上摔下来！他低着头，是一言不发！苏定方见苏麟这份德性，气得直咬牙。苏麟打了败仗，他倒不生气，因为他知道罗通比苏麟的武艺强的不是一点半点，就是他自己和罗通打起来，也不是罗通的对手，所以他不生这个气。他是生苏麟这个傻劲儿的气，你不会用嘴接镖，为啥还要强接？这下可好，不但没接住，反被镖打伤啦，这一受伤一疼，不能不走神，就输给人家一半，再看看被罗通打得那样。苏定方瞪着眼，直冲苏麟生气。

李治把罗通叫到跟前说道："御弟呀，你的武艺超群，可算是鳌里夺尊了。"

"不，不不，千岁言重了，今日比武虽说我取胜了，可也可能还有不服的！"罗通自谦地说。

"各家少国公，还有谁想和罗通再比试呀。"

"没有啦！"大家异口同声说。

程咬金便插言道："殿下，我看，一个人为单，两个人为伴，是不是让丞相陪我们回去，岂不更好？"

就这样，教场的事情安排已毕，众家国公各自回府，幼主殿下也起驾回殿，只有程咬金和魏徵领着罗通回了罗府。

程咬金看尉迟恭还没走远，上前就把敬德拦住了说："哎，大老黑，你想干什么？"

"我要回府哇？"

"哎，别回府啦！跟我们一块送罗通去吧？"

"幼主殿下让你和丞相去送，我跟着去干吗！"

"老黑，这个事，人多好说话呀。我告诉你，罗通是偷着跑出来的，你没看他来的时候穿着睡衣，光着脑袋吗？他娘不让他来夺魁，这不这小子还真夺上了，咱们大伙一块去，不是多一个人，就多一份面子吗？"程咬金一说。

"好，咱们一块去。"

这时，庄金锭和秦老夫人婆媳俩正在府里抹眼泪呢！因为她们发现罗通跑了。

前时，庄金锭看天快晌午了，别叫罗通睡啦，给他做点饭吧。她来到门前一看，四个家人还在门口守着，便推门一看，哎哟，人呢？怎么人没啦？

回过头问家人："罗通呢？"

"在屋里睡觉。"

"胡说，屋里连个人影都没啦！"

"啊！什么！没啦？"四个家人到屋内一看，"呀"的一声，全吓傻了，果然是人没了，急忙都给庄氏夫人跪下说："夫人啊，小爵主怎么没啦？"

庄金锭这个气呀。"你们反来问我，你们是不是睡觉去了。"庄氏怒道。

"没没，没有哇，我们四个谁也没睡，就在前门守着呢？"

应金锭一看前后窗户，就看见后窗上挡着的棉被有人动了，再看傻儿子罗仁两手托头趴在后窗户台，正"呼噜、呼噜"着呢。她上前"啪"就是一巴掌，问道："你还睡呀？"

其实，傻爷根本没睡，他看到娘来了趴在那装睡，挨了一巴掌，他把眼睁开了问："嗯！这是谁呀，人家正吃饺子呢，叫你给搅黄了，是娘啊！你怎么来啦！"

"哼！你就知道吃，你哥哥呢！"庄氏怒问。

"啊，我哥在屋里睡觉哪？"

"胡说，连人影都没啦，是从你这儿跑出去的吧？"

"嗯，啊，我不知道，可能是趁我睡着了，他就跑啦！"

"我不是不让你睡吗？"

"我一宿没睡，天亮啦还不困吗？我一困，就睡着了吧！"

"哎呀，你这个没用的东西。"庄金锭不能跟罗仁生真气，只能怨自己托付这么个不中用的东西，真替罗通儿担心哪！眼泪顺着两腮就流下来了。罗仁见娘哭了，他在旁边直说好话："娘，都怪我没用，没能看住哥哥，其实你不用着急，我哥出去不办坏事，他夺个印去啦，你放心吧！他真把印夺来就当元帅了，我当先锋官该有多好啊！"

傻子到底心实，说着说着就说漏了。庄氏越听越不对，忙问罗仁道："这是谁告诉你的？"

傻子一听，坏啦，说漏了，没有人告诉我，就是程铁牛来送的信，这怎么办？吓得他直"吭吭"："哦，这——没人告诉我呀！"

"没人告诉你，你怎么知道夺印的事。"

这回罗仁可真傻眼了，支支吾吾："啊！他是，那个，是，是我自己琢磨的。"

"胡说，再不告诉为娘，我可就生气了。"

罗仁别看傻，他最孝顺，"扑通"一声就跪下了，说："娘，你别生气，这是铁牛哥哥昨天夜里来送的信，说是夺了帅就去救皇上，还给咱罗家争光，我一听也对呀，我就把我哥哥放出了。"嚄，这可好，一点没剩，全说出来了。

气得庄金锭使出全身力气，"啪"又是一个嘴巴，说道："好哇，你们这些小冤家，让你们气死为娘了。"

罗仁一只手捂着脸还一劲地哀求道："娘呵，别生气，下回我再也不敢啦，还不行吗？"

"啊，下回，这一回咱家就塌天啦。"庄夫人越想越生气，我明白了一辈子，今天却让傻儿子给糊弄了，便喊道："来呀！"

"呼啦"，过来好几个家人。

"快把罗仁用铁链子给我锁起来，两头拴个磨盘，不准他离开后花园一步。等以后，我再教训这个奴才。"庄氏吩咐道。

"是。"家人们就把罗仁用链子给锁上了。

"嘿嘿，这回完了，不能随便玩了。"罗仁回头冲庄氏夫人说："娘啊，你锁起我，这倒没有什么，你就别再生气。等我哥挂了帅，我也跟着他当先锋官去。"

"好你个奴才，还敢胡说，快滚回去。"庄氏骂道。

"哎，滚就滚。"罗仁被锁在了后花园。

这个事全府上下都知道了，秦老夫人听说罗通偷着跑了，她是又疼又怕呀！看见儿媳这么生气，也只好压了压心头怒火，过来劝解庄金锭。她说"儿媳啊，你也不用这样着急生气，通儿不会出什么事，咱罗家祖祖辈辈都是武将家风，让罗通闯闯也好，我只是怕他年纪太小，咳，常言说，是福不是祸，是祸躲不过，就听天由命吧！"

"娘，罗通小冤家真要夺了这二路帅，你就忍心叫他领兵打仗吗？"

"咳，我怎会忍心呢？可是他真要夺了帅印，幼主命他前去救驾，他不去又怎么办呢？""娘啊，这个事得由你做主，就算是真的夺了帅印，咱和幼主把话说明白，就说孩子太小，不让他去，等他将来长大了再去为国出力。"

婆媳俩正在商量着呢，就听家人来报："外边有程咬金、尉迟恭还有丞相魏徵陪着少爵主回府啦，少爵主是帽插金花，肩上十字披红，可威风啦！"

老少两个夫人都傻眼了，一听罗通帽插金花，肩上十字披红，知道是挂了二路元帅，虽然对这个事很生气，可是程咬金、尉迟恭，特别是丞相魏徵都来了，不能不请进来呀！秦老夫人在客房里等着，叫儿媳庄氏快快迎接。庄金锭接出二门，互相见了礼，大家一块儿来拜见秦老夫人。

老太太起身让他们坐下，魏徵等人依次都落了座，程咬金道："罗通啊，快快给你奶奶和母亲跪下磕头。"

罗通"扑通"一声，双膝下跪，叫道："奶奶，娘，不孝孩儿，给二老磕头了。"

庄金锭咬着牙，一言不发，眼泪顺腮而下。

秦老夫人强忍心酸，擦了擦眼睛说："通儿，近前来。"

罗通拿膝盖当脚爬几步，来到祖母的跟前，叫声："奶奶！"就一头扎在了老人的怀里。老夫人双手搂住罗通，一会儿又捧起罗通的小脸看了又看，然后说道："通儿，你去教军场夺印去了？"

"嘿，我去了。"

"你把二路帅夺到手了。"

罗通有些恐惧，只是"嗯"了一声，就把头低下了。

程咬金一看罗通是害怕了，忙插言道："哎呀，老夫人，你是没瞧见哪！罗通这孩子有勇有谋，武艺高强。"

尉迟恭也跟着说："这孩子的功夫没白练，真是不错，别说是年轻的当中，就是在我们这些老将里也是少有的，你看，这不，幼主千岁给罗通又披红又插了花。"

老夫人看了看披红又摸了摸金花，叹道："咳！好吧。这也是我罗门有幸，祖上有德呀！不过，这孩子年龄太小哇，小小的年纪怎么担起这么大的重任？别看他今日夺魁，也是他一时侥幸，真叫他领兵带将扫北救驾，恐怕也担当不了吧！到那时，岂不误了大事？他挂帅能行吗？"

没等老夫人把话说完，程咬金抢过话题说："罗通行啊，准能行——"

老夫人瞪了程咬金一眼说："你先坐下，等我把话说完。"

老夫人滔滔不绝地说出来一席话，把大家说得目瞪口呆。

第十七回

谈兵法使祖母安心
论将德感皇后敬酒

秦老夫人说："程咬金哪，我知道你刚从前敌回来搬兵，为了搭救万岁和众臣，你心急如焚回朝来，你又是幼主千岁的主心骨，能替殿下出谋划策，所以有些事我就得和你说，求你替老身在幼主面前多美言几句，我们罗家的事情，别人不知道，你是最清楚的。我们罗家两世的冤仇都没有报，你义父和你老兄弟是怎么死的，你没有忘吧？我指望着罗通长大成人，将来好为罗家报仇，罗通年纪这么小就要领兵，万一在疆场之上出点闪失，我罗家个人事小，一旦误了国家的大事，那还了得？我是求你在幼主面前说说，等罗通大几岁，再为国家出力报效不迟。"

程咬金一听这话，心凉半截，心想，得，这回不是弟妹求情，而是老太太亲自发话了，我要反驳，又恐怕老人家生气！不反驳吧——这可怎么办哪？急得老程干嘎巴嘴，说不出话来。

尉迟恭敬德是个实在人，说话也比较直爽，他看程咬金答不上话，急忙站起身来，说道："老夫人，请你老人家恕我多嘴，我从年轻就在伍营之中，说话比较直，心里有什么，嘴里就说什么，我看罗通这孩子的武艺真不错，别看他年龄不大，确实很有智慧，也可说是才智过人，凭他的武艺和心机，反正是比我强——"

老太太把话接过去说："反正你们这些当长辈的是夸他，其实他还是个黄毛未退、乳臭未干的孩子，他能有多大的能耐——"

罗通最担心的就是怕奶奶和母亲不让他挂帅扫北，一则是怕误了国家大事，不能去牧羊城解救父皇李世民；再者说，自己已经夺魁挂了帅，幼主亲自插花披红，现在又不去了，这不是拿国家大事开玩笑吗？弄不好就有欺君之罪，这祸可就大了。所以，罗通此时急得抓耳挠腮，头上直冒虚汗，两只眼睛恨不能喷出眶外，听奶奶一个劲儿地说他小，怕他误了大事，他实在憋不住了。

老太太一连串的话，说得罗通将头低下，可是心里不服气，眼睛直窥视着奶奶，不敢和奶奶顶嘴，却小声地嘟囔："我会用兵，我知道怎么当这元帅。"老太太知道罗通白天习文、夜间练武，但不一定精通兵书，便默许了。魏徵见老人家默许了，回头问罗通道："罗通啊，刚才你奶奶所说的话都是肺腑之言，担心你误了国家大事，不知你如何为帅，怎样调动三军，能不能说给我们听听？"

罗通这个高兴劲儿就甭提啦，心想：老伯父真有办法，想用这一招劝说祖母和娘亲，那我说给他们听听，也可能使奶奶放心不用为我担忧。想罢，罗通笑呵呵地说道：

"老伯父，侄儿熟读兵书战策，为帅者必须具备五才八德，五才是忠、信、智、通、仁；八德是孝、悌、爱、怜、礼、义、廉、耻。还要上通天文，下晓地理，中善人和，此乃三略也！要运筹帷幄，决胜千里，能攻善守，静者，似风雷之势。要出其不意，攻其不备，用兵之道，变化多端，非常人可知也！

"用兵之道，不能拘于常理，必须随机应变，以己之长，攻敌之短，知己知彼，百战不殆。

"元帅乃三军之首，举足轻重，关系到千军万马之安危，国家兴衰之命脉，一言一行，一举一动，都重于泰山。因此，必须军纪严明，上下一心，令出必行，方能克敌制胜，如果元帅不懂用兵之道，不败则怪。以上是出元帅之道，不知对否，还望大伯父多多指教。"

魏徵越听越高兴，乐得他眉开眼笑，接着又问道："罗通，你能不能再将三略六韬的用兵之道，治军之法细说一遍。"

"伯父，侄儿我才疏学浅，知识浅薄，在您老人家面前多有出丑，还请伯父大人多多指教：为帅者必备三略六韬，胸藏十万甲，地吞百万兵，方可运筹帷幄，决胜千里。一略天，知天文气象，或雨或风，应天时而动人和；二略地，晓地理，知山川、河流、峡谷、渠道，了如指掌，为战而守，为进而退，进出有路，退者有归；三略也，天时地利不如人和，通民情、民俗、民和，顺民众之意，知将士之心，或勇、或谋、或刚、或柔，量才而用，失民意则不可为帅。这就是为帅者的三略。"接着又一连串说完了六韬。

程咬金听得入神啦！过了一会儿，他回头问尉迟恭敬德道："哎，大老黑，怎么样？罗通讲的这些兵书与战策你懂吗？这回开眼长见识了吧！"

气得尉迟恭敬德心里骂程咬金真不是个东西，明知道我不识字，不懂这玩意儿，他还来问我，这不是成心找我的难堪吗？但尉迟恭敬德更有办法，他既不理程咬金，也不看程咬金，偷偷从桌子底下伸过手来狠狠拧了程咬金一把，疼得程咬金直咧嘴，也不敢吱声。秦老夫人庄氏见程咬金又龇牙又咧嘴，尽出洋相，不知道他得了什么病，也不好意思笑，只好装作看不见。

魏徵用眼直看程咬金，心说，你是个大伯哥，当着弟妹的面出洋相也不怕失你身份，回过头来对罗通说："罗通，你年龄虽小，竟然如此精通兵书与战策，真不愧是将门之后啊！"又冲老太太说道："老人家，原先我只知罗通的武艺超群，可不知他的文才韬略如何，所以我也有些担心他是否能担起这二路元帅之重任。刚才听侄儿讲了做元帅之道以及三略六韬，我发现这孩子确非等闲之辈，实在了不起，可以说文武双全，确有将帅之才，这回我们也都放心了，您老人家也不必为他担忧了。不过，您老人家的爱孙之心，我们也都知道，特别是罗家之事，我和四弟程咬金都很清楚，我们和八弟罗成亲如手足，罗家的事就是我们的事，我们一行在幼主李治面前多加美言，把你的心思禀明殿下，如果幼主一定要罗通当这二路元帅，到那时您老也别再说别的了，有道是君命难违呀！您看如何？"

"对！魏大哥说得对。""伯母您放心，我向幼主好好地说说，尽量不叫罗通挂帅扫北，如果殿下一定让他挂帅，那也好，也算给你们罗家光宗耀祖，显赫门庭。"

此时此刻，秦老夫人又是高兴，又是难过，高兴的是孙儿罗通小小年纪，武能夺魁为帅，文懂兵书与战策，也算没辜负她们婆媳的一片教子之心；难过的是，担心罗通一旦有个不测，到那时后悔晚矣！可是，事到如今，也不好再说什么了。魏徵说得很对，我要执意不让孙儿挂帅，恐怕要落个抗旨不遵，毁了罗门世代忠良的美名，思前想后，不由得叹气。

"唉，好吧，这件事就烦劳魏丞相、鲁国公和敖国公，你们尽心去办吧！"

罗通听到祖母奶奶同意他挂帅扫北了，乐得他差点没蹦起来，赶紧跪在奶奶面前说："奶奶您放心，孙儿扫北，一定平灭北番救出父皇，奏凯而回。"

老夫人狠狠瞪了罗通一眼："哼！无知的奴才，休出狂言，北国的能人甚多，你父皇和众将都困在牧羊城中，何况你还是个孩子，领兵之后要处处小心，遇事多向程老千岁、尉迟公爷请教。"

庄金锭明知道再不让罗通挂帅是不可能啦！但是，她又特别担心罗通太年轻，一旦要有个三长两短，罗家可就断后了。她眼含热泪向魏徵说道："魏大哥，我们罗家之事你都知道，罗通如若有个好歹，我们罗家父子两辈的冤仇可就无法报了。"说着话，眼泪顺腮而下。

"弟妹，不必伤心，我将此事奏明幼主殿下就是了，如果定叫罗通挂帅，我想也不会出事，你就放心吧！现在时间不早啦，幼主李治还在金殿等着罗通进宫去拜见国母皇后，我们和罗通马上就去偏殿，请弟妹放心就是。"丞相魏徵劝道。

罗通听母亲哭诉罗家父子两代的冤仇没报，不由得一阵心惊，有心追问母亲仇人是谁，可又怕惹出麻烦，再不让自己挂帅前去扫北，只好等接了二路帅以后，再追问缘由不迟。到那时，待我见仇人，定为爷爷和爹爹报仇。接着，罗通只好辞别母亲和祖母，跟着魏徵、程咬金等人回奔皇宫，上殿面见幼主。

秦老夫人命庄氏金锭把众人送出府外，回府之后痛哭不提。

幼主李治在殿上等了好久，一看魏徵带罗通等人回来了，心里非常地高兴，忙问道："魏丞相，不知你们到罗府报喜怎么样？"

魏徵看了看殿下，耳目众多，不便详讲，只好说："启禀殿下，喜帖早已送到罗府，罗家全府震惊，人人庆贺，只是秦老夫人唯恐罗通年幼，担不起如此重任，怕误了大事。"

李治一听就明白了，对魏徵说："身为元帅统领全军确是大事，小王见御弟罗通的武艺确实超群，但不知是否有将帅之韬略？所以，罗家为此而担心呢。老卿家，你可知罗通文才如何？"

"老臣在罗府方才问过罗通，他讲了做元帅之道以及三略六韬、五才八德，他讲得条条是道，滔滔不绝，堪称少年奇才。"魏徵回道。

"既然如此，秦老夫人对罗通的担心只是儿女情长，也在情理之中。等我同他见过母后皇娘，再做定夺。"李治说完吩咐散朝，群臣各自回府，命人护送罗通回府，抬着盔甲，拉着宝马玉麒麟，真是耀武扬威，大街两旁都站满了看热闹的人，听说少保罗通少年挂帅，都争着抢着看此人。

这回罗通的精神更大了，腰板挺得更直，满脸堆笑，看热闹的人们个个赞不绝口，罗少保真乃少年奇才。等罗通来到罗府门外，早有家人出来迎接，接马的接马，接东西的接东西。

单说罗通直奔前厅来拜见母亲。

庄金锭心里明白，再想拦罗通是拦不住了，所以从罗通进宫走后，也不知为什么，就是控制不住眼泪。本来不想哭，可是她这眼泪只往外流，一直哭到现在。听说罗通回来了，她擦了擦眼，可是两眼都哭肿了，红得像烂桃似的。她哭着对罗通说："你祖父和你爹爹都是武将，已为国尽忠捐躯，没有仇人。我说有仇没报，是想以此不让你去挂帅扫北，是怕你太小出事。"

罗通虽然年幼，但他聪明过人，能察言观色，一看母亲说话的表情，就知道母亲说的不是实话，再问母亲。庄金锭说："你若不信，就去问问你祖母奶奶。"罗通不敢再多问了，只好去后堂拜见祖母。

老太太见罗通回来啦，也说不出是高兴啊，还是难过，反正不是个滋味，满脸的泪痕，嘴角上还带着一丝的苦意。

"通儿，你回来啦？进宫如何？你皇娘可好啊？"

"挺好，皇娘还赐给我盔甲和一匹宝马良驹，她还给您问好呢！让我安心去救父皇，咱家中之事，她说不用我挂念。奶奶，我三天后就要点兵派将出发，不知奶奶还有什么事需要我办的？还有何吩咐的你就说吧！"

老太太听罗通这些话，心中很不好受，心说，这孩子真懂事啊！他才多么大呀，要是换换人家，他还得需要奶奶照看呢。可是，他现在就要领兵到北国打仗去了，真叫人担心哪！想罢，说道："我没有叫你办的事，只是嘱咐你几句话，你要牢牢记住。常言说，小马乍行嫌路窄，雏鹰展翅恨天低。你千万不要不知天高地厚，认为自己是二路帅，没人敢管你，遇事要跟鲁国公和敖国公爷多商量。"

"是。奶奶您还有别的事吗？"

"啊，没啦。对了，等明天给你准备桌酒席，咱们全家吃团圆饭，也算给你饯行。"

"那好，多谢奶奶，您老还有别的事吗？"

"啊……没事了，没事了。"

老太太早就和儿媳商量好了，准知道罗通一定问这件事，可是这个时候不能告诉他，要是告诉他苏定方是杀死他爷爷和他爹的仇人，那还了得，不用扫北去啦，先来个耗子咬耗子——窝里反。所以，婆媳都推说是为了不让他去挂帅，才说大仇没报的话。罗通听奶奶和娘说的一样，明知道是糊弄他，说道："奶奶，您甭骗我，我知道我爹爹和我爷爷都死在一个人的手里，这个人离咱不远，您怕我去找他报仇，所以您就不告诉我，您放心，我决不能因报私仇而误了国家之大事。您若是不告诉我呀，孙儿我倒是成心病了，睡里、梦里都挂着这件事，弄得扯肠挂肚的，这岂不是害了我，奶奶，您就告诉我吧，决不能出事。"

老太太知道瞒也瞒不住了，可是现在又不能告诉他，一看孙儿急成这个样子，怪心疼的，只好说："通儿，这些事已经都是过去的事了，等你扫北得胜还朝回来，去问你程四伯伯，这些事他全知道。"

罗通心想，哼！只要是程咬金知道，就好办了，我想什么法也得叫他告诉我，这回心里有数，也就不多问了，只好说："好吧，奶奶，等我扫北回来，再问程伯父吧！"

第二天，老太太命人准备了一桌丰盛的酒席，给罗通饯行。庄金锭告诉罗通说："通儿啊，还有一件事我要告诉你，在你离京之前不能见你二弟罗仁的面，要是知道你挂了二路帅，他肯定缠着你，要跟你去，所以不许你见他，一则他傻，二则他——"

罗通知道娘的心思，罗仁不是亲弟弟，娘舍不得让他跟我扫北去。这样更好，留他在家，对娘也是个安慰。也罢，罗通便对母亲说："娘，我不见他了，等我走后，你再对他说吧！"三日后，幼主李治和文武群臣都到教军场，罗通和众家少国公来得更早，个个盔明甲亮，等着罗通登台派兵点将。其中，苏麟、苏凤心中暗骂，没想到把狼叼的肉吃了，只要一同走，咱们就骑驴看唱本——走着瞧！苏烈苏定方也咬牙切齿地暗想，罗通小短命鬼，我镇守雁门关，只要你领兵起程，我要如此、如此这样办，定叫你命归阴城。

第十八回

二路帅登台点兵将
鹰爪山山贼拒唐兵

罗通在教军场登台点将这天，李治带领文武群臣都到齐了，能够随军扫北的各家少公爷也都做好了准备，其中苏家父子暗自打着自己的鬼主意，对罗通从心里恨，想找机会加害于他。其他人，包括老的少的以及幼主李治无一不夸罗通，个个心服，特别是秦怀玉、铁牛和万牛、段林、殷宏、马道、刘志常、尤吉、李奇、齐天胜、侯山、丁海和尉迟宝庆等人，都是罗通最要好的朋友。用程铁牛的话说："这些小将个个精神抖擞，就等着二路帅点卯派将啦！"

罗通本来就威武英俊，再加上披挂整齐，更显出他胸前有百步威风，头上有千层杀气，他一登点将台，顿时全场鸦雀无声，人人肃然起敬，罗通确实是相貌惊人，好像长山勇赵云。

罗通给李治见礼之后，命军政司擂鼓聚将，点过三卯，各路将领全都到齐，元帅手提将令叫过："秦怀玉，尉迟宝庆何在？"

二位少公爷闻听头一个就叫到他们俩，两个人分征裙、撩甲裙，走到台前，大声答道："末将在，不知元帅有何吩咐？"

"本帅命你们二人为前部先行官，秦怀玉为主，尉迟宝庆为副，带领三千兵丁在前边逢山开道，遇水搭桥，如遇关寨可智取，难胜者，待本帅到后再行定夺，不可鲁莽行事，违令者军法不容。"

秦怀玉和尉迟宝庆精神百倍地应道："得令。"答应一声，回归原位，站立两旁。

苏麟、苏凤差点没把鼻子气歪了，本想当不上元帅，弄个先锋官当当也行，没想到人家元帅不用。看来，罗通这个短命鬼是成心嫉妒我们哪！这时，只见罗通又拿起第二支令箭叫道："苏麟、苏凤听令。"

这哥俩听见第二支令就喊他俩，认为可能给他们什么重任，急忙上前答到："末将在，不知元帅有何调遣？"

"行军打仗，这粮草乃军中之命脉，军中无粮，兵不战自慌，我命你二人为押粮官，你们可知兵马不动，粮草先行，若有误失定按军法处置。"

"啊！"苏麟、苏凤一听，这肺都快气炸啦！心说，好啊！闹了半天，让我哥俩当押粮官哪！心中不服，但又不敢违抗，因为这是将令，只好忍气吞声说道："得令。"两个人答应一声，又站到原位。

元帅罗通又拿起第三支令箭，叫道："程铁牛、程万牛听令，我命你二人为全军的军需官，总管全军的粮银和所需物资。"

苏家弟兄一听，气得咬牙切齿地暗骂，罗通啊罗通，你可太损啦，不光封我们哥俩做押粮官，还让铁牛和万牛管着我们。这俩小子是一路货色，都是脑瓜顶长疮，脚底板流脓——坏透啦！有他们俩在，我们休想得好。

罗通早就猜透苏家哥们的心思，是不满意当这押粮官。元帅认为，这军中之粮草确实是件大事，得需武艺高强的人来担当这个差事，又知道苏家哥俩心术不正，觉得不可靠，怕出现意外，才命程铁牛、程万牛做军需官，是防备万一出现别的事，也好随时就能解决。他明知道苏麟对这个安排不乐意，但是只能这样安排。为了避免一些胡猜乱疑，最后他又特意嘱咐铁牛、万牛说："军中最大的事莫如绝粮，关系着全军的性命，你们必须和苏麟、苏凤同心协力保障军需，万万不可儿戏，违令者定斩不饶。"

"得令。"铁牛、万牛同时应道。

罗通又叫段林、殷洪、马道、刘志常、尤吉、李奇、齐天胜、侯山、丁海等人，都为随军的战将。

李治看罗通点将完了，心中十分高兴，心说，别看罗通小小年纪，他派兵点将确是条条有理，果然有其帅才。

李治一边想着回头叫声元帅："我想叫鲁国公程老千岁和敖公爷为你的左右监军，帮你出谋划策，料理事务，你看如何？"

"有两位老人家做我的监军，这当然好了，这是我求之不得的，有事多请二位老人家指教。"

"哎呀，罗通啊！可别这么说，我虽然年纪比你大，不能说是白活吧，反正是赶不上你，凭你刚才这一派将，就看出来啦，行，够个帅才，比我强得多。我纳闷，在军营里这么多年，我怎就没学会这两下子呢？"程咬金一边说一边回过头来向尉迟恭敬德道，"哎，老黑，你也学着点，论这一手，你我都不行。"

尉迟恭敬德本就是个实在人，说话直来直去，听程咬金这么一说，他也跟着说："嗯！可不是吗，论起兵法来，咱俩是擀面杖吹火——一窍不通，一对废物。咱们只能凭经验阅历给二路帅出点儿馊主意，这主要还得看罗通的。"

罗通听二位老千岁夸奖，认为是对自己爱护，心里特别敬佩两位老人家。

李治看到这些也就更放心了，回头对苏定方说："邢国公，你赶快回去镇守雁门关，那是我们的边关要道，请你务必加强防范，以防不测。"

苏烈苏定方只好答应，可是心里还确实惦记着两个儿子。他下了点将台对苏麟、苏凤说："你二人在罗通帐下听用，千万多加小心，罗通和他爹一样心狠手毒，程咬金这个老杂毛更不是东西，一旦出现什么不好的事，你们就去雁门关找我，或者去西凉国投亲，无论如何，也不能让罗通害了你们。现在，罗通不知道他祖父和他爹爹是死在我手下，量他还不至于对你们俩下毒手，不过还是早做防备为好！"苏定方嘱咐定了，领旨带着自己的三千亲兵回奔雁门关。

罗通命火工司点炮起兵，幼主李治率领朝中文武群臣在十里长亭给罗通送行，亲自敬了三杯御酒，罗通仍然将酒敬天、敬地，辞别李治督队出征。一路上逢关关接，遇县县迎。

罗通治军有方，纪律严明。大队人马浩浩荡荡，正往前行，忽然探马来报："前面是双羊岔道，一个是小道近路，一个是大路绕远，走哪条路，主令定夺。"

罗通是心情急切，想抄近路，回头问程咬金道："四伯父，你从北国而来，可曾知道这条小路子？"

"这条小路比大道能近四十多里，因为回朝进兵时，我是和苏定方同路而行，没走小路，走的是大道。"程咬金回道。

罗通一听小路比大道能近四十多里，所以他下令走小路，这一进小路，可就惹出麻烦来了。大队人马正往前走着，又有探马来报说："两位先锋官在一座高山下和山贼打起来啦！"罗通和程咬金催马直奔前队。到前队后，他们看见到先锋尉迟宝庆正和占山的山贼战在了一处。

究竟是怎回事？原来秦怀玉和尉迟宝庆两位先锋官为前队，走到这座山下，探马探明此山叫鹰爪山，山上悬旗吊斗，来来往往有无数的喽兵，肯定有占山为王的贼寇，问是否绕山而过。

秦怀玉和尉迟玉庆两个人商量，咱们主要是去北国营救当今万岁，而不是抄山灭寇的，咱们不用管他们，就从山下绕过去，赶路要紧。

没想到官兵不抄山，可是山上下来喽兵拦住了宿营的去路，要动官兵。为首的一个寨主，上马横刀，大声喝道："前面官兵听真，快去谋报你们的主将，赶紧把锣鼓帐篷、军用器械、粮草金银全都给放下，好放你们过去，不然的话，要想过此山，似比登天还难。"

报事的蓝旗将寨主的话禀报给先锋官。尉迟宝庆听了先锋官的奏报后被气得"吱呀呀"怪叫，大骂一声："好个小小的山贼，真不知好歹，竟敢拦动我堂堂的官兵，真是螳臂当车，蚂蚁拍大树——胆大包天，待我去将他们活捉。"

秦怀玉说："贤弟莫要急，他们既然敢拦劫咱们，一定有头头，需要多加小心才是，我与你同去看个明白。"说完二人提枪上马，一同来到山下。宝庆说："怀玉兄，你给我观敌瞭阵，等我去擒山贼。"说罢，一提战马就窜了上去！只见山的主峰直插云端，山形真像是雄鹰独立探出一只爪来，故而得名鹰爪山。一眼望去，山上果然是寨墙壁垒，悬旗吊斗，喽兵往来如同穿梭。此外，山上青松田相，杂草丛生，悬崖峭壁，山势险峻。再看山下，山寇已

罗通扫北

经排开队伍，准备迎战，众喽兵尽是青衣，兰号坎儿，前后心绣着月光，前心一个"喽"字，后心是个"卒"字。

这些喽兵像训练有素，都挺规矩，一个个耀武扬成，人人手拿兵器，横眉立目，精神百倍，为首的是个黑脸大汉，手使一口三停锯齿飞镰刀，坐的青鬃马。凡是使这种兵器的，不用问，都是力大之人。

什么叫三停刀？就是刀头三尺三，刀杆三尺三，刀尖也是三尺三，刀背上都是巨齿，而且刀尖往上卷着，这就叫三停锯齿飞镰刀。

尉迟宝庆大喊道："哒，大胆的山贼，你真是吃了熊心，吞了豹胆，小小的占山草寇，竟敢阻拦我天朝的神兵，摸摸你的脑袋还有吗？我们是大唐的大队兵马，路过此地，你们竟敢拦劫？"

"小娃娃，我劫的就是你们大唐的兵马，要知好歹，赶快留下军用器械粮银，如若不然，你们休想路过此山，今天我定叫你做个刀下之鬼。"黑脸山贼怒道。

"好你个不知死活的山贼，看看你们这些人马兵器，凑合到一块还不够给我们垫马蹄子的呢！你们这车道沟里的泥纸，岂能翻了大船？"尉迟宝庆道。

黑脸大汉也跟着笑起来了："哈哈哈……娃娃不大，口气可不小，我承认你们的兵多，也承认你是堂堂正正的官兵，可是看看你们这些为首的，都是些黄毛未退、乳臭未干的娃娃。就凭你们这些小娃们，还想领天兵前去扫北，真是大唐朝没人啦，也不怕丢人。现在，你就和我比试比试，能战胜我，我就放你们过去，战不胜我呀？嘿嘿，别说去扫北，这座鹰爪山下就是你们的葬身之地，你们要不想死，就把物品全部留下。"

喝！差点没把宝庆的鼻子气歪了，说道："你个小小的山贼竟敢瞧不起小爷，张口娃娃，闭嘴娃娃，娃娃又怎么样，你别看我岁数小，俺是副先锋官。你倒好，你岁数大，可你是个占山的草寇，下落个贼父贼母，上落个贼子贼孙，娶个媳妇还是个贼老婆，本先锋我有好生之德，看你是条汉子，我劝你改邪归正，给你一条活命，没想到我这良言难劝你这该死的鬼。"

黑大汉一听，这个气呀，心想，这小黑小子，人不大，嘴可够损的，他把眼瞪圆骂道："好你个娃娃，竟敢出口伤人，是你休走，看刀！"

说罢，这刀就到了，刀力劈华山，冲顶梁山砍来。

宝庆摆枪磕出大刀，一翻腕子，把大刀给压住了问道："我这明枪亮枪下不死你这无名之鬼，你叫什么玩意儿，快快通名报姓。"

"我姓要，一个字叫劫。"山贼瞪眼回答。

"哎，正好，你叫要劫，我叫要命，今日就要你的命。"说完，抖枪分心便刺。

就这样，两个人打得人来马往，马枪并举，呼呼作响。

战了十几个回合，尉迟宝庆一看这山贼的刀法，还真受过名人的指教，刀招快，变化妙，不由暗想，这是出征的头一阵，还没出中原境内，万一输给他，那可丢人啦。我这么个大先锋官怎能输他，如果要是输了，我还有何脸面担当这扫北的先锋官哪！我必须这么、这么办。想到这里，宝庆在二马相错的工夫，就把背后的打将钢鞭拽了出来，藏在枪下。

等马打调头，又是一个照面，宝庆抖长矛，扑棱棱一枪，直奔山贼的前胸扎去。

山贼摆马往外动架，嗯！没费劲就把大枪磕住了，同时还把他闪了一下。

宝庆的这一枪是真真假假、虚虚实实，真里有假，虚中有实。对方要是往外挡，这枪就是假的；如果他不往外去，这枪就实的，那可真往身上扎呀。因为他是单手拿枪，右手在捏着鞭呢！所以，山贼往外动，他没费劲儿，而且可笑了一下子。就在这一晃的工夫，正好他把半边身子就交给宝庆了，说时迟，那时快，宝庆右手举鞭，"啪"的一下子就砸下来了。

山贼也知道上当了，中了人家的枪里夹鞭。他再想躲，可也晚了，把他也吓傻啦！这一鞭连肩带背，梢着后脑海，他连个"啊"字都没喊出来，就被砸死了，"扑通"一声，死尸掉在马下。

宝庆胜了一阵，一摆枪，命众三军冲杀！官兵便杀向山去！

这些喽兵一看主将死了，吓得一齐往山上逃。正在这时，就听山上炮响三声，陈鼓"咚咚"响，有一支喽兵又杀下山来，弓箭齐发，挡住唐兵，为首的一员大将，催马上前拦住尉迟宝庆。

宝庆一看这员山贼和刚才那个黑大汉大不一样，只见他跳下马来，足有九尺开外。再看这人手里拿的兵器可真厉害，是个八九寸粗的大杠子，下头是把，在桩子上箍着密密麻麻像狼牙般的铁尖，这就是金鼎枣阳槊。

它在十八般兵器之内，虽都叫一个名，但样子可不同：刀分大砍刀、小砍刀、门扇刀、锯齿飞镰刀、三环刀、九耳八环刀、三尖两刃刀；枪有亮银枪、虎头国金枪、五勾神飞枪、金风枪、银风枪、太八蛇栗枪；槊有禽五槊、虎头槊、独角槊、铜八槊、龙头槊。凡是使这类兵器的人，都是力大无穷之将。

看这个人的长相，再看拿的兵器！如果从土地庙出来，非把人吓跑了不可，三分像人非人，七分似鬼非鬼。宝庆看罢大声地说：

"呔！前边的丑鬼快快报上名来！"

那人一听叫他丑鬼，从心眼里不爱听，冷笑一声说："嘿嘿！你管我叫丑鬼，请看你的尊容有多俊哪？"

宝庆一下差点笑出声来，因为自己长得太黑，也不算漂亮，在马上冲来人一乐道："我长得也不漂亮，好歹是有个颜色，你看看你长得像个花枝棒，五颜六色，到挺配合。"

"少说废话，我问你叫什么名字？"

"我问你，你还没报姓名，你又问起我来了。我知道你是山贼，不敢报名，我可不怕，我爹爹是大唐朝敖国公爷，我就是他跟前之子，尉迟宝庆是也！"

来人一听，他是尉迟敬德的儿子尉迟宝庆。顿时，他横眉立目，眉毛都竖起来，两眼瞪得溜圆，咬牙切齿地大声说道："不提起尉迟敬德便罢，提起这个老蛮子，气得我牙根儿都疼，恨不能把他抓过来，生吃他肉，活喝他血，方解我这胸中之恨。今天碰上你了，我先把你置于死地，而后再找尉迟恭敬德报仇不晚。"说完举槊便砸。宝庆赶忙带马往旁边一闪，心说，我一提我爹，他气得那样，两只眼都气红了，还口口声声要报仇，这是怎么回事？谁和他有仇？急忙问道："你是什么人，敢不敢报上名来？"

"哼！我怎不敢通名，既然敢劫你大唐的人马，就什么都不怕。要提起我家爹爹那是赫赫有名，他老人家想当初保着洛阳王王世充，不该我说，名叫单雄信，我是他眼前不孝之子，单天常是也！"

尉迟宝庆虽然没有见过单雄信，可是常听老人们说起单五爷，他和少公爷们在一起也常谈论单雄信，什么贾柳楼三十六友，大爷魏徵、二爷秦琼、三爷徐茂公、四爷程咬金、五爷就是单雄信。

今天听说他叫单天常，宝庆接着问道："哈哈，你就是单天常啊？你的名字我不知道，可是你爹的名声可不小，我早就听说过。哎！既是名门之后，为什么要阻挡大唐的兵马呀！现在，北国赤壁保康王侵犯咱们中原，把当今皇上李世民都困在了牧羊城。你也是中原人，应该为咱中原出力报效，你怎么反倒来劫我们哪？"

"尉迟宝庆，你不要往下说了，现在说什么也没有用，我和你们有一天二地之仇、三江四海之恨，我和大唐朝有不共戴天之仇恨，此仇不报非为人也，你要知道好歹就快点回去，把那个小短命鬼罗通叫出来，我今天就是要他的脑袋。"

第十九回

报父仇连败二唐将
尉迟恭活擒单天常

单天常确实是单雄信的儿子，他为什么口口声声说和大唐有仇，而且还一定要罗通的首级呢？

单天常确实和大唐李姓有世仇，和老罗家也有些误会，这些事还得从头说起。

单天常的伯父，也就是单雄信的胞兄，叫单雄仁，昔日在临潼山被唐高祖李渊一箭射死。因为隋杨广记恨唐国公李渊，千方百计地想除掉李渊。同时，杨广早就看上了窦氏夫人的国姿美色，因此，他假扮山贼，在临潼劫杀李渊，想杀了李渊好霸占窦氏。眼看李渊战不过杨广，正在这生命危急关头，秦琼秦叔宝突然来了，杀败山贼救了李渊。

等秦琼走后，李渊刚要携带家眷启程，突然又来了一些人，这些人就是单雄仁及其随从。那时候的单雄仁为商，经过此地，李渊误认为是山贼来劫杀，于是他拉弓搭箭，把单雄仁一箭射死，单雄信知道此事以后就和李渊结下不了结，非要为兄长报仇，这是其一。

其二就是大窑锁五龙的时候，李渊推翻大隋，刚刚登基，当时有十八家反王都不服气，其中有个洛阳王王世充。因为单雄信和李姓有杀兄之仇，他决心不投唐，后来他就保了王世充。王世充把妹妹许给单雄信为妻，让他成为驸马。单雄信拿定主意，你唐朝不来打我，我也不去打你，先保王世充在洛阳养兵蓄锐。况且，三贤馆里还有我的二哥、四哥和八弟，也就是秦琼、程咬金和罗成。你大唐来夺取洛阳，也没有你们的好处，所以单雄信很有信心。

三贤馆是怎么回事？因为建成和元吉两个奸王要加害秦琼秦叔宝、程咬金和罗成这些人，而李世民因宫门挂玉带之事被打入天牢，所以秦琼、程咬金和罗成三个人投奔到单雄信这来。于是，单雄信特意给他三人修了座三贤馆，并把他们看成三位贤人，好吃、好喝、好待，目的是想说服他们三个人一起保王世充。秦琼从心里不愿保王世充，一时不好启口，只好暂住些日子再说。

后来，李世民从天牢里出来以后，他派徐茂公日访三贤。秦琼等人弟兄几个一商量，秦琼说："我和四弟去投可以，但是兄弟罗成重病在身去不了。"罗成说："二哥四哥你们先去，我在洛阳养好了再去，我仍无法对付五哥单雄信，你们走吧，不用管我。"

就这样，秦琼、程咬金才找到单雄信说："五弟呀！我们已离家甚久，想回家去探望母亲大人。"

单雄信心里明白，准知道他俩去投唐，但是也没办法，人各有志，强拧的瓜不甜，也只好让人家自便，忙说道："二位哥哥回家探母也好，投唐也好，小弟我都不阻拦，但有一条，如果你们投唐，将来弟兄再见面那各为其主了，到时我认识二位哥哥，我这金鼎枣阳槊可不一定认识你们！"

说完，单雄信亲自送走了秦琼和程咬金。

结果，出城不远，单雄信就看见徐茂公和秦琼、程咬金二人，并马齐驱走了，气得他肝胆俱裂，心中暗说，可惜当年我对你秦琼的一片心意呀！最后，你还是离我而去，从此和我分手了。当时又一转念，他想起了八弟罗成来了，罗成是因为病重走不了，他要把病养好了，也是定走无疑，干脆趁这个机会，我先把他宰了得啦，也好除一后患，想罢提剑直奔三贤馆。

那时候，传说单雄信是上方左青龙转世，而罗成是白虎星投胎，一个是青龙，一个是白虎，青龙白虎相克，一世不和，所以单雄信和罗成久不和睦。今天，单雄信被秦琼等人气得产生了杀罗成的念头。

论武艺，单雄信并不是罗成的对手，可现在罗成病情严重，要想杀他，简直不费吹灰之力，真像捻个臭虫似的。单雄信提剑来到罗成的寝室外，刚要进屋动手，就听屋里罗成正骂声不止，他骂道："程咬金哪！黄脸贼，这两个狼心狗肺的东西，要不是和你们磕过头，我非得骂你们八辈儿。"

罗通扫北

单雄信一听，嗯？就愣住了，心想，这里怎么回事呀？怎么骂黄脸贼？

黄脸贼可就是秦琼啊！要知心腹事，单听背后言。哎，我先听听是怎么回事，然后再说。单雄信将身站稳，侧耳细听，就听罗成继续说："秦琼啊，程咬金，你们太不够朋友了，也太没良心了，把你们的心挖出给狗都不吃，哼！五哥单雄信对我们亲如手足，拿我们当三贤士恭敬，你们怎么还撒谎说是回家探母，这还能骗人，你们这是投唐！你们这样做对得起五哥单雄信吗？你等着，等我病好了，再找你们算账，好为五哥出口恶气。"

单雄信听罗成说完这些，心里暗恨自己，差点没错杀了八弟罗成，这是诬赖好人哪！赶忙把宝剑归匣，走进屋道："八弟，你的病好些吗？"

"好些了，五哥你这是从哪里来？我看你的气色不对呀。"

"咳，别提了，秦琼和程咬金投唐去了。"单雄信叹气说。罗成则满面堆笑叫道："五哥，你别生气了，人的志向不一，况且咱们都滴血淋盆的好朋友，不要记恨他俩，我也是挺生气，等将来我找他们算账。"

"兄弟，你的心思我都知道了，只要有贤弟和愚兄在一起，我的心足矣！"他不仅是这样说的，也是这样想的，就凭刚才怨恨二哥和四哥，看来罗成是有仁有义的朋友。只要罗成和我一条心，大唐来攻我洛阳，我也就不惧了。

等罗成的病治好了，果然大唐的兵马也来攻打洛阳啦！单雄信几次出征，因为贾柳楼的弟兄们不好意思和单雄信交锋，只有尉迟恭敬德和单雄信交战，两个人大战三场不分胜败，单雄信想叫罗成出战，助他一二。

罗成对单雄信说的那些话都是稳军之计，等病好了，早想投唐找二哥秦琼去。可是，因为单雄信和罗成特别亲近，可以说形影不离，致使罗成不能脱身。更没想到的是，唐兵果真来打洛阳啦！城门总是紧关闭，很不好脱身，今天单雄信叫他出战，罗成认为这正是个机会，所以他特别高兴，满口答应，出城一战。结果，罗成一出洛阳城就溜之乎也，再没见面。

罗成这一走，差点没把单雄信气死。明知道大势已去，洛阳是守不住了，他回到驸马府和公主要在城上自刎，可是转念一想，他们还有儿子呢。单雄信劝妻子说："不，你不能死，为了儿子要活在世上，无论如何也要把儿子抚养成人。"公主心意已决，非这样办不可，忙把乳娘唤到跟前嘱咐过："家里一切物品，什么金银财宝、珍珠玛瑙，你能拿多少尽量拿，抱着孩子远走他乡吧，等孩子长大之后，告诉他单家和大唐有仇，跟罗成有仇。"这样，乳娘把

罗通扫北

孩子抱走了，而这孩子就是眼前这位占山为王的单天常。单雄信单枪匹马冲入后营，杀了个七进七出，直把唐营杀得人仰马翻。为什么呢？因为后主唐王李世民和秦叔宝不让人阻拦单雄信。李世民说，单雄信认为和大唐有仇，就叫他杀吧，等他出了这口气，咱们再收他。后来罗成忍不住了，哪能让他杀个没完呢！这得要死多少兵啊！一急之下，罗成出马，活捉单雄信，大唐上下满营人等都劝单雄信投唐，特别是秦琼、程咬金等人都给单雄信跪下哀求他投唐。可是单雄信死不听，最后拔剑自刎身亡。

现在单天常已经长大成人了，他就记住和大唐有仇、和罗家有仇这件事，所以口口声声说："我就是要阻你们大唐的人马，不让你们过去，就是要罗通的人头。你们若想过，可以，单有一条，那就是必须把罗通的人头交出来，这样就算万事皆休，对别人都不深咎；如果不这样，我要把你们所有的唐将斩尽杀绝。"这口气可太大啦！

尉迟宝庆听单天常口出狂言，这话说得有点太大了，真有些自不量力，忙说："单天常，你说和大唐和罗家有仇，我认为这都是过去之事了，你们究竟有什么仇，我也不知道，我可听说你爹是有名的上将，是贾柳楼拜的三十六友中的老五，你既然是名门之后、将门之子，就应该以国家大事为重。现在国家正在用人之际，北国犯我中原，抢田霸女，民不聊生，咱们都该为国出力，不能看着老百姓受这涂炭，私人的事暂可不提。再者说，你说的那些仇恨都是老一辈过去的事了，有道是，仇可解，不可结，越结越深哪。那个时候正是战乱时代，他们也都是各为其主……"

宝庆还正往下说呢，单天常早就听不下去了，气得他"吱呀呀"暴叫如雷，不等宝庆说完，举起金鼎枣阳槊就砸下来了。

宝庆只好还手，两个人马来马往，枪槊并举，战在一处，宝庆的枪法虽然很好，可单天常的槊法更快，而且单天常的力气过大。一时没注意，宝庆的柔枪碰在金鼎枣阳槊上，只听"当"一声，把宝庆的柔枪给震飞啦，震得宝庆两膀发麻，虎口流血，宝庆一看不好，急忙拉马就跑。

这时，程铁牛听说是单雄信的儿子单天常来啦，他非要上来劝说劝说。

见宝庆败下来，他迎头就喊："单天常！咱们是自己弟兄，可别自残骨肉啊！"他一边喊，一边就来到单天常眼前，他比比画画地还想说呢！

单天常根本不听这一套，举槊就砸，他是报仇心切，招招都下的是毒手。

罗通扫北

别说程铁牛没心真打，就是成心打，他也不是单天常的对手之将，一边打着嘴里还直喊："别打，别打，我是程铁牛。"

"打的就是程铁牛。"单天常说。

"哎呀，我爸爸是程咬金。"

"哼，程咬金更坏。"不管铁牛说什么，单天常还是一个劲地打。

不大一会儿，铁牛就顶不住了，调过马头就败回本队。这一气忙活带吓，弄得他浑身是汗，长出一口气说："哎呀妈呀，这个小花棱棒儿还挺厉害。"

一连败下两个，秦怀玉可就憋不住了，一提战马，就来到阵前，叫道："单天常，你住手！"

单天常一看，上来个白脸小将，长得像上方左金童似的，他勒住战马，问道："你是什么人？"

"我父是大唐护国公、扫北大元帅，更是人人皆知的秦琼秦叔宝，人送外号'赛专诸、似孟尝'，我是他跟前之子，名叫秦怀玉，在二路帅罗通帐下为正印先锋官是也！"

"呔，什么赛专诸似孟尝，纯粹是黄脸贼，翻脸不认人，你是他的儿子，你也不是好东西。"说着就要动手。这时，只听马挂銮铃所响，上来一人，正是鲁国公程咬金。

单天常心想，小的不行，又换上个老的来啦，大喊一声："来者你是何人？"

程咬金听说前边的山贼是五弟单雄信的儿子，叫单天常。他是又高兴，又心疼，又有点恨。高兴的是五弟单雄信还留有后，没断香烟；恨的是这孩子不学好，怎么占山当贼呀！疼的是这孩子从小就父母早亡，不知受了多少苦？又是何人将他抚养成人？我得问个明白，好设法收服他，不能再叫他走这邪道了。

等来到跟前一看，呵，这孩子长得那个眉毛，那个眼，那个鼻子，那张脸，简直和他爹一模一样，就像从他爹脸上扒下来似的，好好好，他光顾着高兴啦，突然单天常大声问他是谁，把他吓了一跳。程咬金立马说："啊！啊！问我呀，天常啊，我是你四伯父程咬金哪！好侄儿，真不错，你单家有你这条根，这也太好了！想当年，取过洛阳之后，我和你二伯父秦琼秦叔宝到处打听你们的下落，就是没有打听着，不知你流落何方？没想到，今日在这儿碰见你了，看起来咱爷们还真是有缘。天常啊，你知道贞观天子李世民派了多少人找你呀！这次总算把你找着啦！快把山上的喽兵聚到一起，从此你就算改邪归正啦，有高官厚禄，享不尽的荣华富贵，也算是给你爹露脸了，可别占山为王了，你爹爹一辈子吃亏，就吃在这犟劲儿上。"程咬金高兴得恨不能把所有的话一下子都说完。单天常却气得把眉毛都立起来啦，两眼珠瞪得溜圆，用鼻子"哼"了一声问："怎么，你就是程咬金?"

"啊，对呀，我是你四伯父，你老爹是我的五弟呀。"

"呔！我爹不能和你称兄论弟，你是大唐之将，我要为亲人报仇。姓程的，我和你们仇深似海。"说着话，举槊就砸。

程咬金急忙带马闪开，这回他可没说砍脑袋，他知道这个不能砍，身子闪开，用大斧把他的槊给压住了说："哎，我说爷们儿，你这叫什么脾气呀，四伯父的话还没说完呢，怎么就打上啦！你听着!" "我不听你瞎白话。"单天常说完，猛的一下把程咬金的斧子压下去，顺手又是一槊。

程咬金用大斧子往外一磕，"当啷"一声，忙说："哎哎，天常啊，你这小子怎么不听话，连四伯父的话你都不听，你这可是不孝啊?"

"听你的话连裤子都穿不上，你没有好话。"说着话，又举槊。程咬金被气得一瞪眼，高声喝道："等会儿。"

这一嗓子还真把单天常吓了一跳，急忙收住金鼎枣阳槊问道："啊！你干什么?"

"干什么？是我老人家疼爱你，因为我五弟只有你这千顷田独根苗，所以我才苦苦地劝你，要不然我非得教训教训你这个小兔崽子不可。你可能也听说过我这斧招的厉害，不管怎么样，你呀，还是我的侄儿，你爹又不在世，我不能不管你，不能不疼你。好小子，听四伯父的话，快点跟我进唐营。"

"姓程的，你就少废话吧！叫我归唐，那是妄想。"单天常说着话举槊又打。程咬金这下可为难了，拿斧子砍他吧，舍不得；不下手吧，这小子还没完没了。

正在这时，尉迟恭敬德也从后队赶上来了，听说单天常阻住大军去路，程咬金在劝他，尉迟恭敬德也有些奇怪，怎么单雄信的儿子跑到这来了？便催马来到阵前。他已经看见单天常三番五次地动手，程咬金正在左右为难，又听说单天常已经打败好几个少国公了。敬德想，干脆我上去把这个娃娃生擒活拿回来，然后再说。想到这儿，他一提战马，来到单天常面前，摆开丈八蛇矛枪，就把他的金鼎枣阳槊压住，说道："程老千岁，你先退下，把这娃娃交给我吧。"

程咬金忙心说，也好，叫老黑把他拿住算啦，便忙应道："好吧，交给你了，我可是要活的呀！"

单天常见尉迟恭敬德的矛枪压住自己的槊，不由一愣，忙问道："你这个黑炭头，劲儿真不小哪？你是何人？"

"嘿嘿，娃娃，老夫乃大唐的敖国公爷，复姓尉迟单字恭，名叫敬德是也。"敬德回道。

"嗓，你就是尉迟恭啊？想当初，保刘武周，后来弃了你的主子，又投靠大唐，你们都是乱臣贼子，今日我非把你置于死地不可。"单天常生气地说。突然"唰"的一声，槊奔尉迟恭敬德头顶砸来。

尉迟恭带马闪开，矛又把槊压在底下，看了看单天常说："娃娃，我知道你爹是四海扬名的英雄，他一生的所作所为可以说是光明正大，占着仁义礼智信。你现在这些做法可都违背你爹爹的教训了，你爹爹恨大唐是因为误会。他认为，你伯父是李渊故意杀死的，所以他不归唐，多少好友劝他，甚至给他跪下都不听，唐王李世民再三哀求他，他也不降唐。这就是你的过错，这些事谁人不知，何人不晓，你可不能学你爹爹的犟劲儿，听我的话，你快快归唐，你看看大唐这些老少爷们儿，除我以外，都是贾柳楼结拜的弟兄，他们可都是你的亲人哪！"

"胡说，他们都是我的仇人，你赶快回去唤罗通出来，如若不然，别说对你不客气。"

"嘿嘿，娃娃你既然不听我的良言相劝，那就好，把你生擒活拿。"说罢，把矛枪一颤，就和单天常战在一处，两个人打了二十多个回合，未分胜败。

开始时，单天常还挺有劲儿，后来就有点上喘了，心说，这个尉迟恭还真挺厉害，枪沉，力大，又快又急，心中就有些忐忑不安。

敬德是成心想把天常战乏，好找机会抓他个活的，突然单天常的槊打来，敬德用力往外一磕，就把槊磕了出去。由于用力过猛，他把单天常的身子带着一斜楞。正是二马镫鞴相磨之时，敬德将大枪交到右手，一伸左手就把单天常的九股生丝袢甲绦抓了个紧紧绷绷，猛力往怀中一带，这叫人借马力。

只一下，敬德就像鹰捉燕雀似的把单天常抓过来啦，就听到大喝一声："娃娃，你给我过来吧！"单天常还真听话，老老实实地就过来了，他想不来也不行。

单天常的身子在空中悬起来了，手里拿着枣阳槊还想动武。敬德把他往自己战马上的鞍关头上一按，单天常一动也不动了，这叫走马活擒单天常。此时，尉迟宝庆带一些小将们，指挥众三军，就往山上冲杀，不大一会儿就把山寨给平了，夺下鹰爪山。

敬德活擒单天常回到本队，往马下一扔，上来几个兵丁，把单天常给捆起来了。单天常还真是位英雄，虽然是被绑上，他是甩发髻、瞪眼、咬牙，不服气。

敬德进队内来见二路帅，这时前队已经扎下行营，罗通升坐帅帐，心里生气呢，因为他听说前边有个山贼拦路，早想前去会战，怎奈程咬金不让他去，当元帅不能遇着仗就打，所以他是又气又急。见尉迟恭同程咬金进了帐，他忙问："二位老人家，阵前打得如何？"

"这小娃娃还真挺厉害，大老黑把他走马活擒逮住啦！"

罗通命人把单天常给押上来，单天常的头盔早被打掉，发髻绺子在胸前垂着。可是，他仍然横眉立目，七个不服，八个不忿，六十四个不在乎，脑袋一拨楞，往那一站，怒视着元帅罗通。

罗通用手"啪"地一拍桌案，大喝一声，怒问道："你就是占山的草寇单天常吗？"

单天常一甩头，把发髻绺子，就甩到脑后，抬头一看，"哼！"上边坐着的小白脸估计是罗通，把眼一瞪说："不错，正是小爷！"

罗通将身站起，双手抱腕当胸说："哎呀，单兄长，恕小弟我在帅帐上不能施一全礼，我这厢礼过去了。"俗话说，人讲礼义当先，树讲枝叶为圆。罗通管单天常叫了声哥哥，又给他施了礼，可是单天常猛一抬头，唾了一口唾沫说："哦，你管谁叫哥哥！我和你是冤家对头，仇深似海，不用问，你就是罗通吧！"

"不错，我正是罗通，我管你叫哥哥，有什么不对，你爹爹和我父亲都是贾柳楼滴血淋盆的好朋友，咱们是父一辈、子一辈的交情。"

"少套近乎，我和你是冰火不同炉。今天，算我倒霉，被你们擒拿住，要杀就杀，要剐就剐，要是皱皱眉头，小爷就不算是英雄汉。"

哟喂，罗通哪忍受得了这个呀！要按往常的脾气，早就火啦！非得拔出宝剑宰了单天常不可。可是今天，他把火压了压，他时时刻刻想着长孙皇娘嘱咐他的话，所以眼睛瞪得挺大，小白脸都气得发黄。他无奈地"嗯"的一声，长出了口气。

还没等罗通说什么，程咬金急忙走到单天常跟前说："天常啊！爷们儿，你先别着急，听我对你说说……"程咬金把当年之事，掰开揉碎，摆了好多道理，最后说："天常啊！你是好孩子，四伯父不给你亏吃，你不能这样犟下去，你这样犟下去，只有死路一条，你死了，不大要紧，可老单家就绝根儿断后啦！真要是落个这样的结果，别说你，就连四伯父我都对不起你爹爹的在天之灵啊！此时单天常心想，程咬金真会说呀！我若不听他的，他们非得杀了我不可，对，好汉不吃眼前亏，我何不如此、如此、这般、这般……

第二十回

假投降暗揣心腹事
编瞎话智骗程咬金

程咬金劝说天常，翻来覆去地讲了许多道理。开始的时候，单天常还是梗着脖子不服气，后来傲气逐渐地消失了，眼皮一耷拉，头一低，一言不发。程咬金一看，有门儿，借这个时候趁热打铁，越说越来劲儿。

单天常虽然不说话，心却不住地琢磨着，程咬金这个家伙说得有点道理，我就这样硬下去非被他们杀了不可，我死了不足为惜，可是家父和伯父之仇，谁还能替我报哇？干脆，我给他来个假投降，只要有我的三寸气在，一定还有机会报仇的，这叫留得青山在，不怕没柴烧，君子报仇十年不晚。想到这儿，他长叹了口气说："咳！看来是我的错啦！"

"嘿！爷们儿，这就对啦！本来你很年轻，有些事你不清楚，听别人一说，你就认真啦！再加上你想的也太多，又太简单，哪能就这样下去呢！是不是？"

"是呀，看来，当初也怨我爹爹太固执。"

"唉！对啦，你爹就是那个性子，一条道走到黑，不但特犟，还不听别人劝，来来来，我给你松绑。"说着话，程咬金亲自给单天常把绑绳解开，又给他搬过个座来！接着就给众人指引，特别是这些小将们都围上单天常，这个叫哥哥，那个叫兄弟，什么李奈呀，齐天胜呀，侯山啊，丁海啦，一说起来都是贾柳楼三十六友的后人，个个都很亲热，单天常也是挨着个地还礼。罗通特别高兴，对单天常显得更加亲近，常言说：千军容易得，一将也难求。唐营中又添了一名战将，又是自己的弟兄，大家都很高兴，罗通命人在营中设宴给单天常压惊，并叫单天常同桌而饮。大伙有说有笑，单天常也跟着说笑，酒宴散了以后，程咬金亲自把单天常送到寝帐，安排好了，叫他休息。就这样，单天常就留在唐营中了。

苏麟、苏凤这俩小子倒看出点破绽来，他们见单天常投唐不像是真心，而是别有他意，他们认为单天常和大唐有刻骨的仇恨，恨老罗家恨得牙长四指，怎么能就这样轻而易举地归唐了呢，不能，这里准有事。这俩小子带着这种疑惑心理，表面上也和单天常很近乎，准备单独找单天常详细说说，由于见面多了，显得更进一步的近乎。这天晚上，苏家弟兄俩又来看单天常，表现得特别关心的样子问道："唉，天常兄弟，你真的不报父仇啦！"

单天常知道他们便是苏烈苏定方的儿子，和贾柳楼三十六友的后人不一样，所以他和苏麟、苏凤说话也就很随便，没有戒备。他一听苏凤问出这话，咳了一声："咳！没办法呀，也只好这样了，胳膊拧不过大腿呀！"

"咳，谁说不是呢，咱们能拧过人家吗？怎么办？憋着气忍着吧，谁让咱们没能耐又不得志呢？"

单天常听他俩的话头，悟了一下说："呼！二位兄长，难道你们也有苦衷？"

"咳！别提啦，我们哥俩和你一样。"

"难道你二位也有说不出来的苦衷吗！"

"倒不是说不出来的苦衷，我们的苦衷是公开的，对谁咱都可以说，只是这口气难以下咽。"

单天常听他俩这么一说，就好像在这孤独的大唐营中又找到同病相怜的同情者似的，紧接着回了句："二位，你们有什么忍气吞声之事？"

苏麟见单天常这么直爽地问他俩，他冲苏凤使了个眼色，意思是叫苏凤到帐外看看有没有人偷听。

苏凤到外边看了看没有人，转身就回来摇了摇头，苏麟就明白了，然后压低声音说："单兄弟，我看你又实，又有点孤单，咱们是同病相怜，我才和你说这些，要是换别人，我就不说啦。我告诉你吧，我三弟苏豹死在罗通和程铁牛手下，现在大仇未报，眼看着就白死了，真叫人生气，可又有什么法呢。罗通这小子是李世民的御儿子殿下罗少保，沾着皇光，现在又是二路元帅，咱们这无名之小卒能把人家怎么样，还得在他的帐下听用。这就叫胳膊拧不过大腿，就像你爹吧，明明是死在罗成的手里，要不是罗成把你爹爹抓住，你爹爹他能死吗？这些事人人都知道，也是明摆着的理。我爹爹苏定方经常说起这些事，一说到这儿，他老人家特别恨罗成，也非常赞成你爹单雄信是一位真正的英雄，宁死不屈。"苏麟一面说着，一面用眼偷看单天常的脸色表情。

单天常还真听入神了，越听越觉着罗成是害死他爹的仇人，越听越觉着和罗家的仇恨不共戴天，所以他的脸上一会儿一变色，又咬牙又皱眉。

苏麟一看单天常的表情，认为自己所说的话起作用了，又接着说："咳，事是这么回事，仇恨确实不小，又有什么办法呢？忍着吧，有几个像你爹爹单雄信那样的大英雄啊！"

单天常听到这儿，不由自主地猛击一拳，打在自己的大腿上，嘴里说道："此仇不报，非为人也！"

"哎，傻兄弟，别叫，被外人听见就坏事啦！其实，咱们的心情不都一样，不过几时等个机会，有道是，君子报仇，十年不晚，慢慢地等着机会吧，我们哥俩也愿帮着你，报此深仇大恨。"

单天常感到苏家弟兄很可亲，好像是个近人，也想今后利用他俩。从此，他们三个人经常在一起，形影不离，十分亲密。

罗通在鹰爪山歇兵两日，把山喽全部收服，后事也都料理完毕，人马继续往北进发。

这一天，大队人马走了整日，天很晚才扎营。人马都很乏力，等到全军吃完了饭，天已经是很晚了，除巡营哨以外的兵将都休息了，苏麟、苏凤和单天常商量好啦，想借这人困马乏之机，暗中刺杀罗通。三个人偷偷地来到罗通的寝帐外，只见屋里还点着灯，罗通的身影照在帐房上，单天常藏在黑暗之中，单等罗通入睡之后，他好动手。等了好大工夫，罗通还是不熄灯，把他等得心里有些个着急，不知罗通在帐中干什么，为什么他还不睡呢？虽然行军一天很疲劳，但罗通确是一点困意也没有。他有心事，想起临行前母亲说的仇人的事，祖母又告诉他问四伯父程咬金，他全知道。现在已经快到雁门关头了，一旦过了雁门关就要和北国开兵见仗，到那时哪还有空余来探这事，罗通觉得应该现在就去问问伯父，可是就这样问他，他是不会告诉自己的，得编几句厉害的话，吓唬吓唬他。想了一个办法之后，罗通就命亲兵去请老千岁程咬金。

　　说来也巧，这两天程咬金是坐卧不安，茶饭懒用。自从见着单天常，他就想起贾柳楼的那些磕头弟兄，死的死，走的走，现在剩下的也没有几个啦！五弟单雄信和老兄弟罗成死得太可惜了，心里就特别难受，又想起苏定方箭射罗义和罗成，他爷俩都死在苏烈之手，心里又气又疼，所以他愁眉苦脸，心事重重。由于思虑过度，他连着两天晚上做噩梦，梦见罗义、罗成父子二人浑身是伤、浑身是血。他们问程咬金："我们死得好惨，你为什么不把实话告诉罗通，叫他为我们报仇。"程咬金被吓出了一身冷汗，心想，哎呀，这是老兄弟罗成显灵啦！又一想，不对，常言说，梦是心头想，日有所思，夜有所梦。由于这几天想这事想得太多了，咳，不想了，睡觉，他翻了个身，闭目，刚想睡，又梦见罗义要程咬金为他报仇，再不为他报仇就找程咬金算账，说着话就去抓程咬金，吓得程咬金"嗷"的一声就惊醒了，心里怦怦直跳，再也睡不着了，他便坐起来。虽然他知道梦是心头想，可是这心里有点犯琢磨。

　　程咬金这个人呀，有个毛病，有时候胆儿大，有时候胆儿小。要说大胆，他是胆大能包天，什么都不怕，真是刀山敢上、火海敢闯、油锅也敢跳；要是上不来胆儿呀，树叶掉下来都怕砸着脑袋，看杀小鸡都得把眼闭上。今天他就犯了这胆小的毛病啦！就觉着帐房黑乎乎的，浑身直起鸡皮疙瘩，汗毛孔也发大，心说，老兄弟呀，你可别再来了，咳！怨我，为什么知道这么多的事呀！我要不知道这些事，就不吃这份惊了。

　　这天，刚扎下大营，用罢晚饭，罗通的亲兵就来访程咬金，程咬金不知有什么事，便随同亲兵来到罗通的寝帐。

　　罗通一看四伯父来了，便对程咬金说梦见他爹罗成等话，正好这瞎话正和程咬金做的梦还巧合啦，程咬金都信以为真了，而且从心里还真害怕起来。那个时候的人都讲迷信，信神信鬼的。程咬金这一认真，可坏了，就把实话都告诉给罗通了。

　　罗通把编的瞎话说完了，也把程咬金吓坏了。程咬金急忙站起身来说："爷们儿，行，既然这样，我全说，都告诉你，别等你爹三更半夜的来活捉我，一点不剩地全告诉你，你等一会儿，我去拿点儿东西给你看看。"说着话，他慌慌张张地回自己帐篷去取什么东西了。

罗通扫北

罗通又高兴又纳闷儿,高兴的是到底把程咬金给唬住啦!他能对我说实话,我就心满意足了;纳闷的是不知道四伯父去取什么东西,还显得那么神秘?也只好等他回。

程咬金回到他的寝帐,这时他的眼泪说啥也控制不住了,这眼泪是夺眶而出,嗓子眼好像有什么东西堵着似的,说话的声音也变味啦,"咳!"一边擦眼泪一边说:"老兄弟呀老兄弟,你的这些东西已在我手中保存了这么多年啦!我本想等罗通长大成人、太平年间无事的时候,有机会再告诉他。现在虽然罗通接了二路元帅,我怕他忘了国家大事,我想等扫北得胜还朝,回京之后再告诉他,你既然再三给我托梦,催我把你们父子死的实情告诉罗通,看来这些东西保存不下去啦!"程咬金嘟嘟囔囔着,手也不闲着,取出一个小包,打开一层又一层,最后是个小油布包,这个包有一把箭,半尺多长。他把这小包往胳肌窝里一夹,哭哭泣泣地回到罗通的寝帐。

"四伯父,你回去取什么去啦?"罗通忙问。

"咳,爷们儿,你看看吧!"伸手把小包放在桌子上打开。

罗通把两眼都瞪圆了,认为程咬金拿来的准是什么奇特之物,结果一看哪,全是雕翎箭上的箭头,足有百十余个,心想,这么多的箭头,是干吗用的呀?忙不解地问程咬金:"四伯父,从哪弄来这么多的箭头?"

"咳,说来话长,我已保存多年啦!它们比奇珍异宝都珍贵,这些箭头就是你爹爹和你爷爷死后的物证。"

"啊!物证!四伯父这是怎么回事?"罗通两眼发直地问。

"别忙,你等着!"在这多箭头中,他取出一只箭头拿过来说,"你看这。"

罗边接过扭头一看,觉着有些奇怪,惊问道:"四伯父,这只箭头为什么有倒须钩,也太绝啦!"

"是啊,是绝呀,咳!你爷爷就是死在这支箭下!"

"啊!我爷爷……"

"对,你爷爷就是被这种箭射死的,太惨啦!说起来话可就长了,想当初,你爷爷镇守北平府,人称北平王燕山公罗义罗延超,名扬天下,威震北国,番军几次兴兵进犯中原,都没进来,可以说是凿金枪扎遍天下,胯下马踏遍乾坤。不料想,夏明王窦建德去世以后,刘黑闼率兵动员取北平府,他手下有一元帅和你爷爷打了一仗,射了你爷爷一箭。原来这支箭就是带钩的,你爷爷当时就气绝身亡了。"

"四伯父，你快说呀，究竟是谁射的？"罗通追问。

程咬金一时答不出来，只好说："别忙，等一会儿我告诉你，你再看这些，"说着又扒拉那一堆箭头，"这一堆都是从你爹的身上取下来的。"

"啊！这么多，我爹为什么身中这么多箭？"

程咬金眼含热泪说："咳，我全告诉你吧！"

那时候正是刘黑闼和苏定方攻打紫金关，眼看紫金关就要失守，两个奸王趁此好把罗成害死在紫金关，除掉李世民的心腹虎将，也去了他们的心病。

罗成身中一百单三箭，七十二根是致命之处，罗成死得可太惨啦！等苏定方的兵马撤走之后，老家人踩着草捆子，来到罗成的尸体前，将身上的箭全起下来，又背着罗成的尸体出了淤泥河，买回棺材盛殓起来，硬是一步一步把罗成的尸体拉回山东。等李世民到山东找秦琼和罗成的时候，看见罗成死得太惨，才把罗通收为义子，认为御儿子殿下。秦老夫人和庄金锭把程咬金叫到旁边说："他四伯父，你老兄弟不在人世，我们孤儿寡母的，这些箭头就你给收藏着吧，这就是他爷子的冤仇的物证。等将来罗通长大成人之后，你告诉孩子，叫他为祖父和他爹报仇。"所以，程咬金受人所托，才把箭头收藏至今，一直是不离自己身边左右，比爱护什么都重要，人到哪带到哪，今天把这些事都告诉了罗通，可是没敢说苏定方的名字，怕罗通找苏定方报仇，耽误扫北之大事。罗通是紧追不放，再三地追问仇人是谁？最后罗通说："四伯父，你如果不告诉我实话，我爹和我祖父今晚还会来捉你的。"

程咬金一想到这些事，心里就难受，再加上自己做的梦和罗通做的梦又那么巧，所以一听说罗成晚上来活捉他这句话，心里就真害怕，脊梁骨往外冒凉气儿，被逼无奈之下只好恳求地说："孩子，不是四伯父不告诉你，我是怕你年轻火气旺，脾气暴，一时压不住火，什么杀呀、宰呀、报仇哇，你真要是这么一折腾，咱就别去北国救你父皇啦！非得自己和自己闹个内乱不可，正是因为这些，我才不肯告诉你。"

"四伯父，我知道你的主意，以前就和你说过，私仇再大也是小事，救我父皇那才是大事，你放心好了，我绝对能忍得住，不会因报私仇而误国家大事，你就快说吧！"

"这话当真？到时候，你可不能不听四伯父的话！"

"嗨！伯父，你怎么还信不过我呀，侄儿既为二路帅，这重任在身，怎能不顾国难当头，因私而忘公啊！你就放心大胆地说吧！"罗通哀求道。

"好，要真是这样，我就放心了，不过这也是我没办法，这个人可不是别人，他就是邢国公苏烈苏定方！"

"啊！是他！"罗通的心直跳，跳得特别快，都要从嗓子眼跳出来啦！用现在的话说，叫心率过速，眼珠起红线，血灌瞳仁，两眼瞪得好像肉包子似的，咬牙切齿地暗恨，哼！原来是他。和他的儿子一起这么多年，竟然不知道他竟是我罗家之仇人。

程咬金一看罗通的表情，就知道不好，急忙说："贤侄，刚才你可说了，能忍得住，能压住火，我还有几句话告诉你，这件事，你不能只怨人家射死你爷爷和你爹爹，这可不是私仇，从来都是两国战争，各为其主，那时候是战乱年代，苏烈是后汉王刘黑闼的兵马元帅。有这么一句话，跟着谁向着谁，就为谁尽忠，后来你父皇器重人才，招贤纳士，看苏定方是个人才就把他招下来，并封他为邢国公，那个时候可不同于现在呀！你别把杀人之仇都记在人家身上呀，人家现在保了大唐，也是为大唐尽忠，不能把这事完全看成家仇！"

"四伯父，咳，我这明白，你甭说啦！"

"好，爷们儿，明白就好，明白人好说话，不能把这事儿记在账本上，看苏麟、苏凤红眼，瞧见苏定方就要报仇，那可就不对了！你是个明白人，别做糊涂事。再者说，苏烈苏定方为这事也是很内疚，见着你们罗家人就无地自容，好像缺礼似的，就是看见我，他也有点不好意思，常言道，能容人处且容人，人家既然知道不对啦，也就行了，更不应该计较，这才是你的宽宏大量，将帅之气度。"程咬金又是用激将法，又是鼓励劝导，尽量地往外说苏定方，恐怕因为苏、罗两家的私仇而酿出大祸来。

罗通明白程咬金的意思，一听他说的都对，心想，苏家父子是我的仇人，苏麟、苏凤现在就是我营中的押粮官，如果要想报仇，那还不容易，可是此时应当以国家为重，去北国救出皇父是大事。我罗家的仇要报，到时候再找个机会。想到这儿，他叫道："四伯父，你放心吧，我一定听你的，我们两家的仇都已经是过去的事了，现在先搭救父皇要紧。"程咬金挑着大拇指大声说道："好样的，你不愧是二路元帅，有道是，将帅额头能跑马，宰相肚里能行

罗通扫北

船，大人有大量，好，好。"

哪知道，屋里说话房外听，草窝里说话树林有人呢！苏麟、苏凤、单天常这时都在帐外听，他们本来是刺杀罗通的，听见程咬金告诉罗通他两家的仇恨，苏家弟兄下定决心，来个先下手为强。和单天常耳语了几句，三人就做好了准备。

真是无巧不成书，这时候程咬金告辞要走，罗通送他出帐，程咬金走了，帐外只剩下罗通一个人，单天常一看时机已到，抽宝剑纵身上前要刺杀罗通，可不知他的生死如何。

第二十一回

报父仇单天常行刺
念旧情程咬金做保

　　程咬金把罗义和罗成的死都一五一十地讲清楚了，罗通不听便罢，一听气不打一处来。他对程咬金说："四伯父，快三更天了，你回寝帐休息去吧！""嘿……那也好，那也好。我回去休息了，这件事你也别想了。大将有大量嘛。你也赶快睡觉吧，好啦，我走了，爷们儿！"

　　罗通忙起身往外送，程咬金走出他的寝帐门，又扭回头说："哎，罗通啊，你别送啦，咱爷俩也不是外人，干吗这么客气呀，快，你也回去歇着吧！"

　　"好，四伯父，我不送了。"说完，罗通就命兵丁去送程咬金。于是，罗通转身独自往回走，进了营帐。就在这个时候，单天常在暗处看得很清楚，心想这可是个好机会，真是机不可失，失不再来，太好了，门口连个兵丁都没有，再不下手还待何时。刚只见罗通一转身，单天常的脚尖一点地，"叹——"的一声，就蹿到了罗通的身后，说时迟，那时快，明晃晃的宝剑，对准罗通的后心，呐喊一声："嗨！""唰"的一下。

　　单天常攒足了力气，把全身所有的劲儿都集中到了这两只胳膊上，咬牙切齿地抓着这口剑。这本是冲罗通捅来的，可是罗通不是寻常人啊，别看他年轻，那是眼观六路耳听八方，更何况他又聪明伶俐，当他送程咬金走的时候，眼中闪过一个人影，当时就是一愣，可他静了静心，转身就往回走。果然，这个人就跟进来了，听见身后有金刀劈风之声，他一闪身就过去了，单天常的这一剑就落空了。罗通立马飞起一脚，这脚尖不偏不斜，嘿，正好踢到单天常的胳膊腕上，这小子一疼，这宝剑就"当啷"一声落地了。

单天常知道坏了，"呀"了一声，转身往外就跑。可还没等他把身子转过来，罗通跟着又是一脚，这一脚正踢在单天常的屁股蛋上，单天常就栽到帐外了，"噔噔噔，扑通"，来了个狗吃屎。

罗通的身子真快呀！"嗖"的一下就蹿过来了，上前一脚踩住单天常，从肋下抽出宝剑，大喝一声："别动！来人哪，抓刺客。"一说抓刺客，离着帐篷近的兵丁急忙跑来，这一看，我的妈呀，元帅帐中有刺客了，这还了得！就听罗通说："绑。"大伙一看，哎哟！叫元帅给逮住了！兵丁上去把单天常按倒在地，抹肩头，拢二臂，就搞了个紧紧绷绷、结结实实，众兵丁左一个嘴巴、右二脚地狠狠踢这小子，还骂道："好兔崽子，你敢刺杀我们二路帅，你是活得不耐烦了，摸摸你的脑袋还有吗？非宰你不可！"

"对，宰了他。"弟兄们拿他撒着气。罗通转身进了自己寝帐，把蜡花掐了掐，便命："带刺客。"

兵丁就把单天常推进来了。这单天常瞪一眼罗通，把鼻子一扭两声，往那一站，脖子一梗，脑袋一拨楞，是七个不服、八个不在乎啊。单天常的做法也真够狠的，把罗通的气也给勾上来了，罗通说道："好哇！闹了半天，你归降是假，报仇是真。像你这样的反复无常之徒还留你何用！来人！把他给推出去，斩！"罗通一声吩咐，左右弟兄上去，推推搡搡往外就走。就在这时，就听有人喊道："且慢，刀下留人啊！"惊惊蒇蒇地跑进一个人来，谁呀？正是程咬金。

因为程咬金刚被送出去，走了不远，就听说有刺客，可把程咬金吓坏了，马上又转身回来了。一听说刺客是单天常，程咬金就大吃一惊，其是又气、又急、又害怕，气的是你这小子怎么能干出这种事来，鼠肚鸡肠恩将仇报；急的是来晚了，罗通非得把他给杀了不可；害怕的是什么呢？嗨！单家就这么一个后代，真要给杀了，我五弟就断了后啦！程咬金是个热心肠的人，所以就跑进帐来，对罗通说："罗通，不，你可不能杀他，不能杀他。"

"四伯父，你还给他讲情？今天晚上要不是我发现了他，可能此时我早就见阎王爷了。"罗通怒道。

"不，啊……是这么回事，哎……爷们儿，我这个……啊……"程咬金语无伦次地说。

"你要说什么？"罗通问道。此时的程咬金可真急了，也不知道说什么好了，满嘴乱七八糟，连句正经话也说不出来了。

罗通一看，把他急成这个样子，也觉得这个老人家怪可怜的，忙说："四伯父，你是要说什么呀，别着急，慢慢说。"

程咬金用手抹了一把脸上的汗，说道："啊，爷们儿，我呀。有些话也是一言难尽，一时说不出来，你呀，就看在我的老面子上，把单天常的死罪饶过，把他交给我，让我再劝他一回。实在不行，咱们也算做到了仁至义尽了，也对得起你们老一辈的交情，再要不听，怨他自作自受。你能不能赏给我这老脸？"

要是换了别人，罗通是绝对不会答应的，但因为是程咬金这样劳苦哀求，罗通"咳"了一声说："四伯父，我看你是白费这份心。他是王八吃秤砣——铁了心了！你还非要劝他，我也不好驳你的面子。不过，我得和你说明，我把单天常交给你，三天之内你给我回话，不然别怪我定按军规办事。"

"好好好，爷们儿，办事痛快，三天，足矣！足矣！"程咬金连连说。

"好吧，来人！把单天常交给程老千岁，让他带走。"又派两兵丁，把单常天押着送奔程咬金的寝帐。

程咬金把单天常带回寝帐看了看，摇摇头，长叹一声说："咳，孩子，你这是怎么啦？你也太狠心了，我真想给你几下子。"

单天常看了看程咬金，不由得受感动，眼圈一红，膝盖一软，"扑通"一声就跪下了，冲程咬金叫道："四伯父——"就说不出话了。程咬金过来把单天常的头搂在怀里，两只手亲切地抚摸着他的脑袋。此刻，单天常痛心地哭了，程咬金也满含着眼泪劝道："哎，爷们儿，别哭。你这一哭哇，叫我这心也怪难受的，来来来，把绑绳给他松开。"然后，程咬金一摇手，叫两个兵丁出去了，他便扶起单天常，跟他坐了个对脸。此时，外边已经发亮了，程咬金倒了一碗水递给了单天常说："天常啊，你呀，你呀，你这脾气真跟你爹爹一个样啊！钻了死牛犄角弯儿，你还要找套儿！你这不是白个送死吗？我跟你说的那些话都白费劲了！你小子挺聪明，怎么干这傻事呢？"

单天常羞愧地对程咬金说："哎，你不知道，我一想起来，长这么大，受那些个苦，亏奶娘抱着我出来。爹爹的惨死，母亲的自刎，这些事情在我眼前出现，一看见罗通，就想起他爹爹罗成，所以我——哎。""不对，天常啊，你是不是听别人说什么话了？"

"啊——没，没有。"单天常吞吞吐吐地说。

"天常啊，我可告诉你呀，你可不能轻易听信别人的瞎说，我和你爹那是过命之交，我都这么大年纪了，绝不能给你窟窿桥走，信别人的话可对你没有好处，冤仇可解不可结，是越结越深啊！"

"我知道，今晚上我也是多喝了几杯酒，确实做错了。"单天常羞愧地说。

"真的知道错啦？"咬金追问道。

"真的错了。"

"那以后呢？"

"以后——以后我听你的。"

"此话当真？"

"当真。"

"好吧！天常，我告诉你，我这次是豁出老命来救你，给你三天期限，你真的能痛改前非了就好，再要出错，我可是用生命为你担保啊！"

"程伯父，你放心吧，这回我一定听你的话，再要不改，那我就不是单家的后代了！"

"照这样，我就放心了。"说完，命人给他准备吃的，然后让他在自己的帐里休息，看看天光大亮，程咬金命兵丁侍候单天常，自己便向元帅帐走去。

单天常把这些事暗中对苏麟、苏凤都说了，他俩咬牙切齿地说："咳，你真没用，我们替你都捏了一把汗，你怎么一剑没把他给刺死呢？常语说得好，一不做，二不休，扳倒葫芦撒了油，杀人不死反为仇。你再想刺杀他，就更不容易了，我看咱们就这么、这么办？" "那、那四伯父程咬金——"苏凤"咳"了声道："你管他干什么呀？你拿程咬金还当好人哪？这个老杂毛，他可不是个好东西，他是头顶生疮，脚底板流脓，都坏透了，他跟那徐茂公、秦叔宝都是一个鼻孔出气的。天常，你认为程咬金用命保你就完啦，他才不傻呢，等到牧羊城救了驾，把唐王李世民救回来以后，那时把你交出来，你看怎样发落你，跟你算总账。你还想好？想当初，你爹在世的时候，杀了大唐多少人哪，能饶了你吗？我看，你既然刺不了他，莫不如咱们离开唐营，这是个是非之地，不可久留。"

"上哪去？"

"咱们上雁门关，找我爹爹去。"

"去雁门关，他老人家能保护我吗？"

"瞧你这话说的，还有我们哥俩哪！能不保护你呀？"

"什么时候走？"

"我看事不宜迟，不能耽误，夜长梦多，唯恐有变，今天是我们巡营值日，咱把应带的东西都准备好了，就这么、这么、这么办。"

单天常听了他们俩的话，他也知道老苏家和老罗家有仇，我跟他们走是高枕无忧。就这样，三个人把计策就定好了。程咬金做梦也没想到，单天常又变了，而他却把单天常是怎么哭的、怎么说的都告诉了罗通。

"四伯父啊，你可别看他哭，他那么和你讲，可他心里还不知想的什么呢！俗话说，画虎画皮难画骨，知人知面不知心哪！你可别忘了，害人之心不可有，防人之心不可无。我差点没让他把我宰了，我看他是个反复无常的人，你也得多小心，这两天你就和他在一起，注意着点。"罗通说道。

"没事，他不会把我宰了的，你放心吧。"程咬金大包大揽地说。他认为，我这样苦口婆心地劝他，他就是块石头也该捂暖和了，是块铁也该磨亮了。哪知道，等程咬金天亮回了寝帐，却不见单天常，一问兵丁，他们说单天常出去了。

"干吗去了？"

"他说苏麟、苏凤找他。"啊！当时程咬金就是一愣，知道苏麟、苏凤和他常接近。心想，这两个小子可不是个好东西，成事不足，坏事有余，他们俩不会对单天常说好话的。想着，他赶快派人去找，结果兵丁回来禀报说："找不到。"

程咬金又问："苏麟、苏凤呢？"

"苏麟、苏凤也不见了。"程咬金这才知道不好，赶紧到帅帐向罗通说："罗通，不好了，单天常不见了。"

"啊！哪去啦？跑了？"

"这，这倒说不准，据兵丁们说，苏麟、苏凤把他叫走了，可是苏麟、苏凤也不见了。"

"不好！"本来罗通心里就打好了主意，心说，这杀父之仇我是必报的，苏麟、苏凤这两小子只要在我的帐下听用，这就好办了。一旦你们犯了军规，犯到我的手下，那可对不起，我绝不能轻饶你们，罗通最担心的就是这两小子跑了。所以，罗通赶紧传令，快找苏凤、苏麟，结果前营、后营、左营、右营、五营、四哨都找遍了，没有。他又一追问苏麟、苏凤手下的兵丁，才知道今天是苏麟、苏凤的巡营之日，说他们俩带着单天常走啦！这下可把罗通气坏了，一声令下："备马抬枪，追！"

第二十二回 三人定计夜逃唐营 二路元帅怒杀苏麟

罗通带领众将提枪上马去追苏麟、苏凤和单天常,程咬金早就上马扛着斧子跟下来了,他料到他们准奔雁门关,因为雁门关有苏烈苏定方,所以程咬金边喊:"苏麟、苏凤、单天常,你们不要跑,快回来,我给你们做主,元帅不会怪罪你们的。"程咬金是紧追不放。

苏麟、苏凤、单天常这三个人一看追兵到了,苏凤问:"哥,追兵来了,怎么办?"

"不要着急,你们头前走吧!"

"啊!哥哥你——"

"不要管我,你们快走吧!跑得越快越好,我在后边抵挡一阵,如果我抵挡不住,我会想办法往别处跑,你们俩千万不要接着我,快快到雁门关去给爹爹送信。"

"哥哥,你可要多加小心哪!"苏凤嘱咐道。

"我知道了,你俩快走!"

苏凤、单天常把马打得像飞也似的,直奔雁门关方向跑去。

苏麟这小子也艺高人胆大,他不但不跑了,把马头一抹,两只手端着刀,在这等上了,因为他发现后边追来的是一个人。果然,程咬金一个人先追上来了。苏麟想,前面追来的是送死的,我先杀个够本,宰两个赚一个,先宰你们几个再跑,说什么也不能放过你这个老杂毛。

程咬金追上来也看清楚了苏麟了,累得他呼呼直喘,说:"哎呀,我说苏麟哪，你们这是干什么，私逃出营，摸摸你的脑袋还有没有？"

"呔！程咬金，你少和我来这一套，我问你，干什么来了，是想追我吗？"

"苏麟，你这是……"程咬金问了半句。

苏麟没等程咬金问完，紧接着说："我这是——我这是干什么，你还不知道吗？姓程的，别装好人啦，把脑袋给我拿下来吧！别让我费事，你把脑袋给我，我提着你的人头带着走，要不然就得让我费事取了！"程咬金一听："哟啦，好小子，你可真是，猴拉稀——坏肠子

了，你是狗咬吕洞宾——不认真假人哪，我程咬金对你们老苏家怎么啦？"

"别废话了，我爹说过，你是个坏事有余的老杂毛，你也别多说了，我知道后边还有追兵，来来来，我先取你的首级。"说罢，往上一带马，把掌中大刀抢回了，奔着程咬金就劈下来了。

程咬金一看，苏麟这小子已经翻脸了，赶紧带马闪开，用大斧子一压，就把苏麟的大刀给压住了，说："苏麟，想当初，你爹苏烈苏定方是和老罗家有仇不假，这个仇得怎么看。老罗家并没有追究这件事，特别是唐王李世民不但把你爹收下，还封为邢国公之职，可以说待你们爷们的情义不薄呀！现在罗通还小，人家根本就没追究这件事，就是追查的话，我程咬金能够做证，能把这件事大事化小、小事化了，只能算是各保其主，绝不该记在私仇的账上。你可不能这样做呀，你要这样，就不对了！难道大唐营一个好人都没有？没有一个值得你们爷们儿信任的吗？你还不快把你弟弟和单天常喊回来，冤仇可解不可结，我程咬金这么大年纪了，绝不能说瞎话，敢给你们作保，将来，如果我说的和做的不一样，我愿意拿这项上人头作保，甚至拿我全家的性命作保。"

程咬金还想往下说，苏麟把刀撤回来，"哼"了一声说："姓程的，你这套鬼话，谁能相信，本来大唐营里就没有一个好人，没有一个值得我们相信的。你别废话了，拿头来吧！""唰"，又是一刀。

罗通扫北

程咬金万般无奈，把大斧子一端，说道："好啊，小兔崽子。我这良言难劝你这该死的鬼，忠言难入你的逆耳，既然是该你命绝，等你四伯伯取你的人头。"说罢，喊声"劈脑袋"，大斧子"呜"的一声就下来了，他们俩动起手，就杀在了一处。

这时，二路元帅罗通带着追兵已经赶到了，秦怀玉一马当先就上来了，尉迟宝庆也紧跟着，左边一个、右边一个把苏麟的大刀就架住了，把程咬金换下来。程咬金把马一拨，站在后边观阵，嘴里还直嚷嚷："怀玉，别让他跑了，宝庆，你要给我抓活的。这个兔崽子既然不听良言相劝，要抓个活的，我要好好问问他，拉他一刀，再撒把盐。"

程咬金的嘴一点也不老实，说得可狠了，其实他的心眼儿比谁都软。

这时秦怀玉和尉迟宝庆两条大枪和苏麟就战在了一处，苏麟一口大刀上护其身，下护其马，那刀招又狠又猛，而且他知道这不是久恋之处，时间一长，对己不利，所以他把大刀摆开，上下翻飞，一招紧似一招，嘿，这两个人当时还真赢不了他。正杀得难舍难分之际，罗通一带马就冲上来了，大喝一声："两位哥哥后退，让给俺罗通吧！"一催战马，就上去了，"当"，双膀一较劲，枪头往上一蹦，就崩在刀头上了。

苏麟"啊"了一声，一看刀头被崩回来了，伸手他把刀头往回一撤，就把刀纂推出去了。

这时，秦怀玉和宝庆的枪都撤回来了，光剩下罗通了，苏麟一看见罗通，当时把眉毛都立起来了。这真是仇人见面，分外眼红啊，他咬牙切齿地大声喊道："姓罗的，哼哼哼——该报不报时刻没到，时刻一到，你小子报应临头啦，接刀！"三棱子芥麦角式的大刀纂直奔罗通的咽嗓咽喉就戳下来了。

罗通把这仇恨都集中在枪尖上了，又想起爷爷死在苏定方的回马箭，爹爹也死在苏烈的乱箭之中，这是苏定方的儿子，仇人见面，也犯不上和他说别的了，恨不能一枪把他挑于马下。

苏麟赶紧用刀接架，刀枪并举，马来马往，两个人就杀在了一起。罗通的枪法好，可是苏麟的刀法也不错，而且他还拼着命地打呀，有这么一句话：一将舍命，万将难敌啊！所以，两个人打得难分难解。罗通后边的观阵兵早就队伍列开了。"咕喂喂哈——"阵鼓如爆豆一般。苏麟一边听，一边在想，哎呀，这场仗咋打呀，后边的人马全都是罗通的。现在这小子一个人和我打，是为了亲手把我置于死地，他是想报仇啊！如果他要下令，众将一齐上，累也得把我累死，不用说还厮杀呀！再说，这天也要亮了，此时我兄弟和单天常已经走出很远很远啦。我不能追他俩，我得另走一条路。想到这里，他把刀招紧了起来，"唰唰"，一刀紧似一刀，一刀挨着一刀，恨不能一刀上前把罗通砍下马来才好。

罗通一看他紧了刀招，心里就明白了八九，因为罗通非常聪明，脑瓜转得也相当快，心说，这小子要跑！你瞧见没有，这刀招快上了，哼！我能放你逃吗？怎么着也不能把他放跑，所以他把枪招"啪啪啪"也紧上来了，正好二马错蹬相磨。说来也巧，苏麟想跑也得找机会，二马错蹬相磨，罗通的马是朝前跑，后背是自己的队伍，苏麟他正好面对唐兵方向，他此时不能跑，要跑就跑到唐兵的队伍里去了，只能再等打对面的时候，苏麟的脸就朝外了，那时再跑就行了。

罗通早有察觉，心想不能再等打对面了，绝不能叫他跑了。罗家父子的心狠手快，霎时间，他就把生擒苏麟的主意想出来了，忙把大枪交在左手腾出右手，冲苏麟的背后，"唰"的一把抓过去，大喝一声："给我过来吧！"

苏麟做梦也没想到在这二马错蹬的工夫，见罗通要擒拿自己，当他发觉到了已经晚了，再想跑也就来不及了，背后的九股生丝祥甲绦被罗通抓住了，刚想要挣扎，只见罗通一较劲儿说道："你给我过来吧！"这人借马力，马借人力，没费多大的劲儿就把他从马上抓过来了，往铁过梁一按，甩开一只脚的马镫就把他的大刀踢掉了，用大枪压住苏麟，喊道："收兵。"

程咬金和众将保护着罗通一块回营了。来到队伍前，罗通就把苏麟扔下马来，众兵上去就把他给绑上了。

罗通回到帅帐坐下，命人把苏麟带上来，苏麟就被押进来了，他知道这回完了，可是毫不畏惧，早已把这生死置之度外，见着罗通便破口大骂，什么难听他骂什么，短命鬼长，短命鬼短，你们罗家父子如何如何，要多难听有多难听，把个罗通气得小白脸都变黄了！罗通被气得手拍桌案，大声喝道："苏麟哪苏麟，我和你老苏家是有仇可算！可是国事为重，实指望跟你们冤仇可解不可结，不料想你小子竟然飞蛾投火自来找死，没话可说了吧？推出去砍了！把人头挂在百尺高杆号令。"只把苏麟宰了，罗通当然不能善罢甘休，他认为苏凤跑不了，准是投奔雁门关去了，所以命众三军拔营起寨，直奔雁门关。到了雁门关，别说单天常和苏凤，就连苏定方也逃不掉了。别的不说，我先把你们爷们儿押起来。等把父皇救出来、得胜回朝的时候，你们也活不了，罗通是这么想的。

程咬金现在浑身是嘴也没法说了，说啥呀，敖国公敬德也傻眼了，一句话也插不上了，走吧！这大队人马就直奔雁门关。

这一天，众人终于来到雁门关的城外。当然，早有公文进城了，城内的元帅得来迎接呀！可是一看，出来迎接的是副元帅肖林，程咬金一看，忙问："肖将军，邢国公苏定方呢？"

"邢国公苏将军已经不在雁门关了。"

罗通一听苏定方不在雁门关了，问道："他上哪去了？"

"他前两天就走了。"

罗通一听这话，眉头就皱起来了，先下令扎营啊，城外就把营盘扎下，人集精力，马歇劳乏，得在这里驻兵呀，然后跟着雁门关的副将军肖林进了城。到了帐上落下坐，他这才细问，才知道原来单天常来到雁门关，不知道和苏定方是怎么说的，苏烈就不辞而别，还带着五百兵丁走了，上哪去了，谁也不知道。

苏凤和单天常跑出来以后，苏凤这小子也精着哪，他一琢磨，我虽然能征善战，俗话说，一将难抵四手，好汉也怕人多，我哥哥一个人能抵过罗通那些众将吗？就一个罗通也够他对付一阵子的，我哥哥能不能跑都在两可之间，我怎么办，我跟单天常跑到雁门关，可这雁门关是罗通扫北的必经之路，到这儿以后，我爹爹怎么办？这小子灵机一动忽然想起一计，便对单天常说："天常啊，你直接奔雁门关，你快给我爹送信去。"

"你哥哥在后边阻挡后兵，你叫我先走，那你干什么去呀？"单天常不解地问道。

"我绕路走，怕后边有追兵，一旦追兵上来，我再抵挡一阵，咱俩不见不散，你奔这条道直接走，我随后就到。"

单天常听他说的有道理，拿他当好人了，一直奔雁门关跑下来了。

苏凤这小子冲岔道就跑了，他没去雁门关，上哪去了？直奔西凉去了。

雁门关是大唐的边关，出了雁门关就是北国的地界，去牧羊城的头一关，是北国的白狼关。原来李世民扫北时，已经把这几关都夺了过来。自从程咬金援兵之后，又被北国把失去的关口篡夺了回去。

罗通带兵进发白狼关，相距二十里，有探马来报说："离白狼关还有二十里。"一声令下，找块平川吉地扎下大营，兵走千日不战乏，休息一夜。

第二天要奔两军阵前讨敌叫阵，二路元帅刚刚升帐，还没等派谁出讨令，就听旁边有人答话说："元帅，我讨令，打这头一阵。"罗通一看，正是敖国公尉迟恭敬德。

他又接着说："我打头一阵，为什么呢？这次出征以来，都是小将们出马交战，我们这些老将还没出面呢！老不打仗，我的手都痒痒了，所以今天我要去打这头一阵。"

罗通一听，笑了："敖国公爷，既然你愿打头一阵，那就去吧，不过你可千万多加小心，能胜则胜，就是打了败仗，本帅也不怪你，你带领五百兵丁去吧！"

"得令！"敬德答应一声，吩咐兵丁备马抬枪，带领五百兵丁去白狼关外讨敌阵。

程咬金一看："哟呵，大老黑领兵出马啦！兄弟，二路帅，我待着也没有事，我去给大老黑观敌阵，你看如何？"

"好，你多加小心。"

"得令！"程咬金说完，上马提斧，到两军阵前给敬德观阵，副先锋尉迟宝庆也跟着程咬金一同来观敌阵。

单说敖国公尉迟恭敬德，来到两军阵前，手一摆，兵丁往两边一分，雁别翅排开，空中回摆着旗号。尉迟恭压住阵脚，在马上大枪端，盔明甲亮，从脑袋瓜顶到脚底板都是黑的，本来长得就黑，穿的也是黑的，除了一嘴露出牙来，再也找不着白地方，因此，人送外号大老黑。单鞭醉尉迟，他最大的毛病就是好喝酒，他在马上冲城上大声喝道：

"呔，白狼关的番兵听着，快往里边传禀，禀报你们的元帅得知，让他快出城早来受死，要知好歹，赶快献关归顺。不然的话，等我杀进城去，人丁不剩，鸡犬不留，把你们不睁眼的小耗子都给我掐死！恼一恼，怒一怒，我要飞马越城楼。"

好家伙，真是什么解恨就说什么，这一讨敌骂阵，时间不长，就听白狼关内，"叮叮叮"三声炮响过，只见城门分为左右，"哗啦"放下吊桥，番兵出城。他们也是雁别翅排开，拿兵刃，红军衣，蓝号坎，前边绣个"兵"字，后边绣个"卒"字，火红门旗下，闪出一匹乌骓马，马上端坐一人，看年纪大约五旬开外，面如重枣，鬓发斑白，花白的胡须，飘散前胸，手擎一口青铜大刀，顶盔挂甲好威风，这员老将催马上前，后边的战鼓"咚咚"地为他助威。

敖国公敬德一看，好哇，来的是员老将，正对我的心意，他也往上一带马，用矛枪一点大声道："呔，来将为谁，快快报上名来，我这杆枪下死的是有名大将，不死你这无名之辈。"

这员番将也把马停了，上上下下地也把尉迟恭敬德打量了一番，"哟！"这位真是气死黑烟儿煤，不亚如三国猛张飞，比枣木心还黑，黑得都起亮光。

他看罢，忙问道："你是什么人？"

敖国公报通名姓说："我复姓尉迟单字恭，双名敬德是也！你唤何名，快快报上来！"

第二十三回 黑敬德鞭砸刘国祯 报父仇刘宝林出征

尉迟恭敬德在两军阵前遇见白狼关这位老将，报完了自己的姓名，问道："你是谁？"

这老将也报了姓名，原来他是北国赤壁保康王驾下、大元帅左车轮帐的大将，此人姓刘名芳，字国祯。

"嘿嘿，原来你是个无名之辈呀。"尉迟敬德抖动矛枪说道，"看枪。"冲着刘芳前胸便刺。

刘芳刘国祯用刃往外一磕，回着说道："哈哈，好个大老黑尉迟恭敬德，你不要轻视于我，你不就是个打铁的汉子吗？有何能耐？"说罢，摆开大枪，二人反战在一处，杀了个难舍难分。你别说，这位刘芳刘国祯的本事还真不小，两人战了足有四十余个回合，没分胜败。

程咬金心说，哎呀，大老黑，你可真黏哪，照你这样打下去，这抢关夺寨得耽误多少时间啊？这个打法得要多少钱粮！他忙命兵丁，擂鼓助阵，这兵丁把鼓打得像爆豆似的，"咕咚咚"响个不停，给老将尉迟恭敬德助威。

敬德也在想，哈哈，我没把这个番将放在眼里，看来他的杀法还挺厉害，我必须如此、如此，这么、这么办！想到这里，趁两匹马用鞯相磨的时候，他一只手擎枪，另一只手就腾出来了，伸手从背后抽出了钢鞭。

这把钢鞭可是他的宝鞭哪，共是十三节，是他亲手造的，而且鞭把上还有字。

什么字呢？那还是在唐高祖李渊登基之后，处置建成、元吉二奸王，知道敬德吃了亏，受了些委屈，而且他又是有功之臣，念他在洛阳水马河单骑夺槊，救过李世民的命，所以把敬德宣上八宝金殿，封为敖国公还不算，又封他这把鞭为打王鞭，上殿打昏君不正，下殿打佞臣不忠，代管皇亲国戚，甚至于说钢鞭在手，三宫六院你随便出入。除了封了敬德，还有秦叔宝那对熟铜锏也成为打王锏，就是程咬金有点气不顺地说："哎呀，这皇上封了我二哥的锏，我倒眼不馋，还把大老黑的鞭给封了，我得去问问。"

他就跪在殿上说："万岁呀！你封了大老黑的鞭成了打王鞭，封了二哥的锏成为打王锏，那么我这把斧子，你封不封啊？"

当时，把皇上闹得没法说，你说封不封？封了程咬金这把斧子，那还了得。程咬金脾气暴，他看谁不顺眼，就"咋呼咋呼"乱砍，这还行？不封他吧，他还挺大个人，已说出口来，而且也是有功之臣。皇上便说："得啦，我封你为鲁国公官职。你这把斧子我也封，准许你随便带斧子上殿，没有罪，但不准你随便伤人。"程咬金一听，心说，哎哟，这和没封一样！

所以，敬德的鞭叫打王鞭，今天他要用枪里夹鞭砸。他把这鞭抽出来，就压在枪杆子底下了，马打洞头再回来，跟着番将又一对面，看样子好像是两只手揣着枪，实际上前边一只手拿着枪，后边这只手只是用手指头捏着一点儿，因为这个手里还压着把鞭哪！但是，还不能叫对方看出来。打伏，就是真真假假、虚虚实实，你说它是真的，实际上它是假的，你说它是假的，实际上它是真的。敬德"扑棱"一格就刺来了，嘴里还喊着："看枪！"眼珠子瞪得像包子那么大。刘芳刘国祯认为是真的扎来了，用自己的大枪往外一磕说："开。"

这下可上当了。他一只手拿矛枪，能有多大劲儿呀！没费吹灰之力，就把敬德的枪头磕了出去。虽然他把左手的矛枪是磕出了，可是敬德右手的钢鞭就举起来了，说道："看鞭。"

这可把刘芳吓坏了，他的两膀往外推开敬德的大枪时，把半个膀子用来了，也就捅出去了，心想，你就打吧！所以说，打仗不能漏一点空，有一点空，就有生命之危险，敬德见这个机会，能不使劲吗？他攒足力气，手起鞭落，就听"啪嚓"一声，刘芳刘国祯用力招架，就来不及了，只好来了个缩颈藏头，脑袋算躲去了，可是这后脊梁骨可就躲不开了，又听"啪嚓"一声，这一鞭斜肩背就碰上了，把个刘芳刘国桢砸得在马上晃了几晃，险些掉下马来。他强忍着疼大喊一声："收兵！"他喊完之后，趴在马鞍上，就返回了白狼关。再看这些北国的番兵，一见主将重伤败回，使后队做前队，前队做后队，就像黄河开口一样，"哗……"就败回城去，把吊桥扯上，把城门就关上了，并在城头上堆放瓶灰火药，加强了防御。

敬德一看，没把刘芳打死，也没抓住，气得他"哇呀呀"地叫，心说，这小子跑得比兔子还快，没办法，你再讨敌骂阵，人家也不出城了！也只好收兵。程咬金在后边观阵呢，一催战马上来说："嘿，大老黑，好哇，不管怎么说，算你打了个胜仗，不过你没把关夺过来，把番将放跑了，你还是不中用。"

"程老千岁，你是不知道哇，这个刘芳很勇猛啊！"

"嘿……大老黑，你跟他打仗我不是没看见，你别不服气，这要叫小公爷们战呀，早就大获全胜了。"敬德不服气，冲程咬金说："老千岁，这是我要换成你呀，更办不到了。""是我呀，三斧子都用不了，两斧子能把他放下马，好了回去吧！"程咬金说。程咬金是爱说大话之人，尉迟恭爱认死理儿，两个人边走边抬杠，就回将营，来见二路帅。罗通早就得报了，心中甚是高兴，忙说："敬国公爷打了胜仗，虽然没有取下白狼关，也算大功一件，待我给你记在功劳簿上。"

"二路帅，我先把话说在前头，明天的仗还得叫我打，除非有比我强的，你再换别人。"为什么呢？敬德是生程咬金的气。

"嘿嘿，大老黑，明天你非要出马，哎，二路帅，他要出马还是我去给他观敌了阵，常言说得好，老将出马，一个顶俩，我们俩可就顶四个呀。"程咬金笑着说。

"好，明天还是让你二位出马，现在就回寝帐休息去吧！"罗通面带笑容地说。

敬德确实生程咬金的气，心说我敬德也不是饭桶，想当年南征北战，东挡西杀，也厉害哪！这帮小毛孩子，他们才打过几次仗？我怎么能赶不上他们哪，到明天，我一定活擒刘芳刘国祯，收马取关杀出个样子，也好叫他们看看。第二天，尉迟恭早早地就去讨敌叫阵，可是等了好大一会儿，城里还是没动静，怎么，难道他们不敢出战了？还想死守城池。想到这儿，他抬起头来，仔细地观察白狼关，实在不行就强夺这座城池，一看这座城防守甚严，真是易守难攻。

敬德心想，此城要想强取，看来也不容易，还是再继续讨敌叫阵，看看再说。想罢，他命三军擂鼓吹号，并且命人到城下摇旗呐喊，人人骂阵。再说刘芳刘国祯败回城中，手下副将搀扶着他往帅府走时，就觉着心口窝里发热，嗓子眼里发紧，一进府门"噗"的一声，口吐鲜血，进来之后，就坐在虎皮椅上，趴在帅案上了。

"刘都督，你觉得怎么样？"

刘芳一摆手，意思是叫大家退帐。众将谁还敢多言，只好退出帐去。刘国祯独自一人在想，完啦！我是主将，一阵就打败了，而且被人家用鞭打得抱鞍吐血，头阵败，阵阵败，再换其他战将出征，也难以取胜，难道说天灭我也！这就叫，人叫人死天不允，天叫人死不费劲，想是老天爷掐我的脖子。那个年代人人迷信，全信这个，可刘国祯还是想，只要我人在，绝不能叫唐兵轻易把白狼关夺了过去，我要死守白狼关，关在我在，要与关同体。这时，茶童劝刘芳道："都督，你先回后宅休息会儿吧！"

刘芳稍停一下，站起来刚要回后宅，就听得"噔噔噔"从外边跑进一个人来，进门就喊："爹爹，你，你怎么啦？爹爹！"喊声有些嘶哑。"啊！不妨事，不妨事，不要害怕，我平安无事。"刘芳叹气说道。

从外边跑进来的小伙子，年纪不过十四五岁，脸蛋儿黑的像锅底似的，黑中透亮，五官相貌长得挺俊，重眉毛，大眼睛，就是有点黑，而且喜爱穿青挂皂，看起来就显得更黑了。他是刘国祯的儿子，名叫刘宝林。宝林扶着刘芳叫道："爹爹，你出城去交战了？"

"不错。"

"哎呀，你怎么不带我去哪？"

"啊，带你去干什么？你还是个孩子，大唐兵将来势凶猛。哎——走，跟为父回后宅。""是。"宝林和茶童两个人搀着刘芳回到自己的帐房之中，扶着他躺下，摘盔，卸甲，取过开水，赶紧给他爹服药。

"儿呀，明天父帅就守关啦，暂时不和唐营开仗，等为父的身体恢复几日再说。""爹，你能否告诉我，今天打仗遇见唐营什么人了？""啊，就遇见一员唐将，他在大唐二主唐王李世民的座下称臣官居敖国公之职，复姓尉迟单字恭，双名敬德是也。我和他打了一天的仗，这个老蛮子力大过人，枪法十分厉害，真是武艺超群。为父和他战了四五十个回合未分胜败，怨我粗心大意，中了他的奸计，被他的枪里夹鞭打得我抱鞍吐血，败回城中。""哎呀，"刘宝林这小子被气得跺足捶胸，他咬牙切齿地说，"这老蛮子尉迟恭，难道他项生三头不成？"

"不不，他也是一个脑袋。"

"若非他，肩生六臂不成？"

"不不不，他也只有两个胳膊。"

"他既不是三头，又不是六臂。爹爹为什么把他夸了又夸，讲了又讲，分明是长他人威风，灭自己的锐气呀！明天你在府中养伤，孩儿出令，到两军阵前与这个老蛮子一决雌雄，为父帅报这一鞭之仇。"刘国祯着急地说。"唉，我儿有此雄心壮志，乃为父之盼也！怎奈，为时过早啊，你还年轻，再长个三年两载的，再替父报仇雪恨吧！"

"不，爹爹此言差矣，儿不小了，自古道英雄出少年，儿人不小，枪不小，马不小，雄心也不小，只是在你的跟前，永远是小驹。现在唐营兵扎城，听说大唐的二路元帅叫罗通，人家才十二岁，就挂了帅，儿比他还大着了，爹，你不能小瞧我呀！难道孩儿我的武艺还不如他吗？你就叫我打这一阵吧，果不能获胜，我不会败回来的。"

刘宝林的这些话，还真把刘国祯的心眼儿给说活了，忙说："儿呀，你竟有此雄心，我命你明天出城一战，便有一条，不准你轻敌，那老蛮子久经战场，杀法骁勇，武艺高强，儿要多加小心，为父给你去观敌了阵，我儿能胜则胜，不胜就速速即回。"

"是，爹爹你放心吧！"可把刘宝林给乐坏了，侍候爹爹休息，自己出去歇着。

第二天，刘宝林早早就起来了，拢发包巾，用罢早饭，顶盔挂甲，罩袍束带，收拾紧身利索，把前后的勒甲丝绦勒了又勒，命人抬枪备马，自己亲自看了看，推鞍不去，搬鞍不来，把大肚带、小肚带连紧几扣，然后上帐讨令说:"孩儿拜见父帅,前来讨令,出城迎敌。"刘国祯一看自己的儿子,这个精神劲儿,这个威风,这个叫人喜欢劲儿,真是越看越顺眼,越看越高兴,越看心里越痛快,乐得他嘴都合不上啦,忙说:"好、好、好。"他伸手取出一支令箭说道:"我儿此次出征,务必多加小心。"回头又命众将随同他一起去观敌了阵。刘宝林拿着令箭提枪上马,按了按背后的打将钢鞭,吩咐放炮三声,出城直奔两军阵前来。

尉迟恭在城下骂骂咧咧地讨敌叫阵哪!心想,昨天打了刘国祯一鞭,今天不一定能战了,如果还是刘国祯来,我定叫他死无葬身之地,然后夺取白狼关。

程咬金也在想,今天不知是哪个大将出城迎战,不管是谁,未必能强于刘国祯,大老黑一定能取胜,只要大老黑取了胜,我就去抢关,到时候也有我的一功。程咬金正想着立功哪,就听城内三声炮又脆又响,程咬金一听,心说:"怎么这么清脆?"

那年头,打仗有个讲究,三声炮,一炮比一炮响,能给主将助威,主将精神,如果三声炮比一声炮小,对出征不吉利,主将也别扭,刘宝林的三声炮,是炮炮震耳。

尉迟敬德顺炮声一看,城内出来一哨人马分为两队,各拿刀枪棍棒,燕别翅排开,正当中跑出一匹青鬃马,这匹马浑身上下一根杂毛也没有,像黑缎子似的,都黑得起亮光,马上端坐一员小将。

敬德心说,这个娃娃怎么长得这么黑呀,掉进煤堆里都分不清,别看他这么黑,怪讨人喜欢的。敬德也挺喜欢他,所以也高声喊道:"黑娃娃,近前答话!"有道是当着矬人别说短话呀,刘宝林一听别人叫他黑娃,就从心眼里不爱听,可是一看尉迟恭长得比自己还黑,忙问道:"老蛮了,你张口叫我黑娃娃,看你长得有多白呀!"

敬德"噗嗤"一声,也笑啦,心说,是呀,我说人家黑,我生得也不白呀!忙说:"啊,娃娃,但不知你姓啥名谁?这么年幼就前来打仗。看你黄毛未退、乳臭未干,这不是白送死吗?多亏碰上我了。娃娃,你快回去吧!让你们元帅来战,我要把你打死杀死,太可惜了,快回去!"刘宝林一听,这个气呀,心说,你这个老蛮子,说话也够损的,让我回去,嫌我不中用,再换一个大将来,便想道:"我说老蛮子,你看我的枪不小,马不小,咱俩要是动起手来，你未必能是我的对手!"宝林说着话，就把矛枪端起来，"你说我小，我说你是不是活到年头了？小爷我的枪明、枪亮、枪下不死你这无名之鬼，快快报上名来，再让你在我的马前横尸，好到阎王爷那里报到去!"尉迟恭敬德一听，这小孩的口气还真不小，忙说:"好哇! 小娃娃，既出大言必有本领。要问国公爷的姓名，我乃尉迟恭敬德是也!"刘宝林一听，他是尉迟恭敬德，一时眉毛就立起来了! 大声怒道:"好哇! 你就是昨天打伤我父帅的唐蛮子吧! 今天，小爷要替父报仇，看枪!"

第二十四回　父子俩大战两军阵　堂楼上老母诉实情

少帅刘宝林一听说他是尉迟恭敬德，当即双眉倒立，二目圆睁，牙关紧咬，骂道："老蛮子，我父帅被你打得抱鞍吐血，今天我要替父报仇雪恨，你快拿命来！"说罢，接着抖动矛枪，恶狠狠地刺去，这话到、马到、枪到，真叫快呀！

尉迟恭敬德急摆蛇矛枪架住他的大枪，一翻腕子，把宝林的枪压在底下说："娃娃，你叫何名？"

"你家少帅叫刘宝林是也！"宝林瞪眼说。

"哈哈，原来昨天被打败的那个刘国祯是你的父亲吗？娃娃，你爹都被我打败了，你能是我的对手吗？小小年纪你逞的什么能？快快回去吧！"

"老蛮子你休要发狂，你说我小，我的雄心不小，力气不小，金刚钻虽小能钻瓷器，秤砣虽小能压千斤。你是老而无能——饭桶，你岁数大，死得快，废话少讲，看枪！""扑棱"又是一枪。

尉迟恭敬德本来是个点火就着的暴躁脾气，不知道什么原因，今天能有这么大的耐性，听了这话，不但没生气，反倒乐了，打心眼里喜欢这个孩子，叫道："娃娃，今天这仗咱别打了，你这小小年纪着实可爱，我一不注意要伤着你，还怪心疼的，莫如你回城去劝你爹爹献关投降，我大唐决不伤害你们，到时我认你做我的干儿子，你看怎样？"

"呸！老蛮子，你胡说八道，满嘴放炮，我还是你的祖宗哪！接枪。"宝林是边骂边打，又刺一枪。

"嘿嘿。"尉迟敬德心说，这娃娃的脾气还不小哪！这真是：小马乍行嫌路窄，雏鹰展翅恨天低。初生牛犊不怕虎，长出角来反怕狼。

"罢罢罢，老夫陪你战上几合。"说罢摆动长矛就和刘宝林动起手来，可是他并不想伤害这个小孩，而刘宝林确有杀尉迟恭敬德之心，使出全身解数要决一死战。

尉迟恭敬德一看，这小孩的功夫不错，我要好好试试他，看他究竟能有多大本事，他想把他的全部能耐给引出来！哪曾想，刘宝林受过高人的指点、名人的传授，他把枪法使开，"啪啪啪"来得很快，上下左右把尉迟恭敬德用枪尖给围了起来，在他的身前、身后来回地出溜。一不小心给溜上，就够难受的，尉迟恭敬德招是横挡、竖躲、左开、右架地紧忙活，心说，哎呀！这娃娃还真的有两下子，我要不拿出真本事，还真难以胜他！想罢，用出真招，好一场恶战。

两条枪撞击，"叮叮当当"火星乱冒，八个马蹄蹬开，蹬起尘上飞扬。

刘宝林看见尉迟恭敬德的枪招，不由得暗暗称赞，这老蛮子确实厉害，不怪我爹赢不了他，就我这么年轻力壮，要想赢他，也不那么容易，看看天色，说现在的话，已经是下午三四点钟了，在那个年代没有钟表，都是看天论时辰。一个时辰是现在两个钟点，按十二时辰计算，一个对时正好一昼夜，也就是现在的二十四小时。现在的三四点钟，就是那时的午时已过，正进未时。

尉迟恭敬德也看了看天，一带马跳出圈外，一勒马的丝缰就站住了。

"老蛮子，你害怕了，还是怯阵了？为什么停而不战？难道说你服了不成？"刘宝林怒问。

尉迟恭敬德哈哈大笑道："娃娃，你看老夫是怯阵的样子吗？你看天已将晚，咱俩还都没吃午饭，把你累得通身是汗，小小的年纪要是累坏身子，那还了得。今天战到这里，有胆量明天咱俩再战，怎么样？还敢来吗？"

"喝……"刘宝林被气得直咬牙，忙道，"老蛮子，我要与你夜战。"

尉迟恭敬德一摆手说："不，不行，咱们一天没吃饭了，人受得了，这马可受不了。况且，你又是孩子，累坏了怪叫人心疼的，今天不打了，有胆量，咱们明日再战。"说什么尉迟恭敬德也不战了。

"好。老蛮子，再叫你多活一夜，脑袋先寄存在你的脖子上，明天我们再来。明天不见不散，来者是君子，不来者是匹夫。"刘宝林说，吩咐一声：

"收兵。"

尉迟恭敬德不但没生气，反而挑起两个拇指："哇呀呀呀……好哇，好哇，好。"他倒夸起好来了。

勒马停枪，眼看着刘宝林进城了，程咬金一催战马"咯咯咯咯咯"就上来了，见尉迟恭敬德就说："哎，我说老黑。"

尉迟恭敬德独看刘宝林都看入神了，突然听程咬金叫他，他这才回头说："噢，程老千岁。"

"哎，大老黑，这小孩的本事真不错，他叫什么名字？"

"叫刘宝林，是白狼关元帅刘国祯的儿子。"

"老黑呀，你喜欢他吗？"

"喜欢有什么用，他是番将之后代。""我说大老黑，刚才我在后边给观敌了阵，那小孩和你打仗的时候，我好细看啦，我看他，那个眉毛，那个鼻子，那张脸啊，就像从你脸上揭下来一个样，哎，就，就差他没有这个玩意儿。"程咬金说着话，用手一指尉迟恭敬德的颔下球髯。

怎么不是胡须而是球髯呢？因为尉迟敬德的性格不好，他一发威，"哇呀呀呀"一叫唤，就用手揉额下的胡子，把胡子揉得像球似的卷卷的，所以大伙叫它球髯。"如果这孩子，再有你这颔下的球髯，干脆就是个小尉迟敬德了，不用说他别的，就这黑劲，就像枣木炭一撅两半截，当中那个茬，油黑油黑的和你一样，我看这孩子，一定是你儿子。我说老黑，你好好回忆回忆，你年轻的时候是不是不正经啊？"程咬金说。

"我说程老千岁，你说的这是什么话？"尉迟恭敬德瞪着眼说道。

"哈哈哈，怎么，大老黑，说你年轻时不正经，还不对呀！别忘了，黑白二大人，可是我喝的你的冬瓜汤。"程咬金笑着说。

喝冬瓜汤，就是媒人把亲事说成以后，请媒人喝喜酒，其中主要就有冬瓜汤。程咬金这一辈子，保媒的事没有少办，尉迟恭敬德纳双妻，黑白二氏，就是程咬金为媒的。

那还是在攻打洛阳镇五龙的时候，王世充孤军难挡大唐，请来孟海公助战，孟海公也是十八家反王之一，他有三房四妾，这黑白二氏就是其中的两个夫人。等开兵打仗的时候，尉迟恭敬德生擒黑夫人，活捉白夫人，一个是走马活擒愣给抱回来的，一个是滚在地上被逮住的。回唐营之后，程咬金从

罗通扫北

中说合，黑白二夫人就成了尉迟敬德的妻子了。所以说，程咬金一提这事，尉迟恭敬德就有点不好意思了。

今天，老程又扒开小肠子，尉迟恭敬德无话可答了，只好一摆手说："嘿嘿嘿嘿，别提那事啦！"

程咬金向来是爱说爱笑，此刻两个人说说笑笑地就回到了唐营，暂且不提。

咱们再说刘宝林回城之后，刘芳刘国祯早就带众将下了城楼等着了，一见面说道："儿啊，你辛苦了。"

刘宝林赶紧从鞍离鞍下马："爹爹，孩儿为国尽忠是理当的，爹爹你的伤势如何？"

"好多啦，好多啦，儿呀，今天我看你和老蛮子杀得棋逢对手，没有累坏吧！"

"没有，这个老蛮子确实厉害，开始我认为不用多大力气，就能把他置于死地，没有想到他老奸巨猾，还挺扎手，因为两人大战一天都没吃饭，这个老蛮子可能饿了，他说明天再战，恐怕明天这个老蛮子就回不去了，他的枪法门路，我都掌握了，一定要把他置于死地，好给父帅报一鞭之仇。"

"好，明日全仗我儿一阵取胜了。哈哈哈！"乐得他前仰后合，满脸核桃纹都开缝了。来到府门外，爷俩儿手拉手并肩而入，刘国祯赐给宝林一个座，二人坐下，刘国祯说："我儿大战有功，暂歇一会儿，速去后宅见你母亲去吧！你娘一天没见你，一定把她想坏了！"

"是，孩儿这就去见老娘去。"说罢，宝林便奔后宅而来。他心想，因为今天打仗，昨天晚上也没见我娘，我娘一定想我，因为老娘一天不见我也不行，再说从昨晚至今，已经两天啦，快去给娘请安去吧！等他往堂楼上走的时候，觉得好像有人在哭。宝林手扶栏杆止住脚步，仔细一听，这又是我娘在哭，心说，也不知为什么，从我记事那时起，很少见我娘脸上有一点笑容，总是双眉紧锁，面带愁色。有时候，我爹爹上得楼来，全家同桌而食，母亲笑一笑，也是偶然的，甚至是勉强的，平常看他们老夫妇很是和睦，又有我这么个儿子，都这么大了，她老有什么不痛快的事情呢？为什么老是不乐？他一琢磨这事，脚步可就迟缓了，慢腾腾地往楼上走，就听丫鬟喊道："哟，少帅来了。快上来吧，把老夫人都想坏了，都让我们找了好几回了。"她又冲楼上说,"老夫人,你甭着急了,少帅回来了。"

丫鬟的喊声打断了刘宝林的思绪,他加快脚步上得楼来。此时,丫鬟高高地把帘子挑起,宝林进房一看,靠着床前有张金漆八仙桌,两边两把太师椅子,母亲正在太师椅上坐着,两只眼睛哭得都肿了起来,活像烂桃子似的。宝林一见,这心里非常难受,紧走两步就给母亲跪下了说:"孩儿给母亲磕头了。"

老妇人高挽着发髻,鹅黄绸子系在上边,身上穿着四花格子,下边是古铜色的八宝裙,裙下露出残莲。

为什么叫残莲哪?那年头讲究姑娘家裏脚叫金莲,媳妇成为银莲,老太太为残莲。为什么这样称呼哪?就是说,姑娘的脚特别值钱,不允许外人看,穿着裙都是扑天扫地的,把脚盖起来。当时,姑娘的脚为贵,所以叫金莲;而媳妇比姑娘差一点,叫银莲;到老太太这么大年纪就成残莲了!每天孩子来了,就给母亲见礼,老太太总是站起身,把儿子扶起来,领到床前,娘俩并肩坐在床上,拍着孩子的肩膀头,张家长李家短,三个蛤蟆五个眼地说起来没完没了,有多大的愁事,只要看见儿子,愁容顿消了。可是,今天不然,看见孩子跪在跟前,老妇人仍然是面沉似水,连句让起来的话都没说。

宝林也纳闷呀,给娘磕头娘不说话,没娘的话也不敢起来呀,那就跪着吧,又说:"娘,儿给你施礼了!"

老妇人一瞪眼说:"小冤家,你到哪里去了?昨晚儿到今天,面都没见,你干什么去了?说!"

"娘,暂息雷霆之怒,听孩儿说,我不是玩去了,也不是到外边去惹祸,我是替爹爹打仗去了?"

"啊!你说什么?"

"我出城打仗去了。"

"打仗!跟谁打仗?"

"娘啊,现在大唐朝兵临城下了。"

"大唐来的兵?"

"是呀,我爹爹被个老蛮子战败了!这个老蛮子可厉害了!"

老夫人一听,大唐兵打败了老爷,急忙问:"儿呀?大唐那个蛮子他是何人,你为何前去打仗?"

"因为爹爹被老蛮子打得抱鞍吐血，有伤在身，孩儿我真生气了，我再三地和爹爹要求为父去报仇，所以今天我就出马和老蛮子打了一仗，没分胜败，因为老蛮子说晚了，定好了明天再战，这个老蛮子真够厉害的。"

老夫人装问："他姓什么，叫什么，你问了吗?""问了，他说他是什么敖国公尉迟恭敬德。"老夫人听到这里，急忙站起身来，手扶八仙桌哈下腰去又问："他叫什么名字?"

"叫尉迟恭，双名敬德。"

"噢，这个老蛮子是怎样长相呀?"

"是个大个，能有九尺高，粗腰宽背、肚大腰圆，面目凶恶，那身黑的，哼，比孩儿我还黑得多。""他用什么兵器?""丈八蛇矛枪，和儿使的是一样的兵刃。""不知用何物，把你父打得抱鞍吐血?"

"是用钢鞭。""噢。"老夫人一下子就坐在床上，两眼呆呆地发愣，不知道她在想什么? 刘宝林被吓了一跳，心说，娘是怎么了? 叫道:"娘，娘，娘啊，你怎么了?"

"啊，啊，没什么。"老夫人面带一丝苦笑又说，"儿啊，你快起来吧! 为娘老糊涂了，这么半天你还跪着哪? 起来! 快起来。"

宝林站起，一看母亲又哭了，忙问道:"娘，你怎么又哭了?"

"啊——没哭，没哭，听说儿子能上阵打仗，我这是乐的呀!"

"娘啊，我们说好啦，明天再战，我一定取他落马，把他的黑头拿回来，那时候，娘你更高兴了。"宝林接着说。

老妇人没答话，眼色不对，脸色也直变。

宝林一看母亲这样，心想，我娘这是怎么了? 为什么老像要哭的样子。

老妇人稍停一会儿冲丫鬟、婆子说:"你们都去吧，等用你们的时候，再叫你们。"丫鬟、婆子答应一声，就退出去了。此时，楼上就剩下他们母子二人，老夫人站起身，往外看了看，见没人，才转身说:"我儿。"

"儿在。"

"你今天会战的这人叫尉迟恭敬德，背后插有一条十三节钢鞭，对吗?"

"对。"

"明天你出马想把他怎样?"

"我要取他落马，好取他的魁首。"

"嘟！小冤家，还不给我跪下！"

闹得刘宝林直发愣，不知道是怎么回事，再看母亲真生气了，不由自主地膝盖一软"咕咚"就跪下了，忙问："娘，我怎么了？"心中纳闷，我也没错呀，我娘怎么瞪眼了？"我把你这个不忠不孝不仁不义的小冤家，谁叫你今日出马打仗，谁叫你明日要他一死，你知道和你打仗的那个尉迟恭敬德，他，他，他是你的什么人吗？"

"啊？什么人？那是我父之仇人。"刘宝林说道。

"胡说。""娘，没胡说，他是大唐之将，我是北国之少帅，他不是敌人，是什么呀？"

老太太的眼泪呀，此时说什么也控制不住了，顺腮往下直流啊，哽咽着说："儿呀，敖国公尉迟恭敬德，他就是你的亲爹呀！""啊！"刘宝林心说，我娘这是怎么了？你怎么胡说起来了，他可没敢说出口来，忙说道："娘啊！你，你，你糊涂了吗？爹爹不是刘芳刘国祯吗？你怎么说老唐蛮尉迟恭敬德是我的爹呢！"

"小冤家，我说他是你的爹爹就是你的爹爹，他就是你亲生之父，你以为刘芳刘国祯，他是你的爹爹吗？"

"啊，是啊，那他不是我爹是什么呀？"

"哎！哎呀，那刘芳刘国祯乃我母子的仇人。"

"仇人？"这一下子刘宝林更糊涂了，丈二和尚摸不着头脑了，心想，我娘这是怎么了？难道是疯了不成？我生在北国，长在北国。我怎么和唐蛮子起瓜葛了？他怎么会是我亲爹？忙问："娘啊，这到底是怎么回事？孩儿我糊涂死了。"

老太太伸手把他扶了起来，说："不能怨你，还得怨为娘。我始终没和你说真话，因为你还小，为娘只好为子忍辱，想盼你长大成人，把实话再告诉你，好让你认父归宗。这真乃天如人愿啊！该你父子相逢，你爹爹他来了。"

"娘，你先别哭，别难过，我既然是尉迟恭敬德的儿子，我是怎样来到北国的呀？"

老太太听儿子问起这话来，这眼泪就像断了线的珍珠，顺腮流淌，将牙咬得"咯吱吱吱"直响，伸手扶起宝林，颤抖地说："儿呀，娘这回要全告诉于你。"

第二十五回 铁匠炉收徒尉迟恭

学满徒娶妻梅月英

白狼关少帅刘宝林见母亲哭得这样痛心，又说尉迟恭敬德是他的亲爹，可把他闹糊涂了，所以忙问："娘啊，这到底是怎么回事？"老太太就把事情的经过讲给了他。

原来，尉迟恭敬德的原籍是朔州善阳，他是一个孤儿，有不大不小的一份家业无人照管。他还有个叔叔，就把他收留过去。

他的叔叔真有点骨血之情，可是他的婶婶既刁又奸诈，表面上一套，她心里又是一套。她嘴里说照顾他这个孤儿，当婶婶的应该拉扯他这个孩子，实际上是为了他的家产。把家产弄到手了，她再容不得他这个孤儿了。

她一看见就觉得别扭，恨不得一天也不留，指桑骂槐指东道西，使敬德在家吃也吃不好，睡也睡不好。而且敬德从小脾气就不太好，非常暴躁。他叔叔倒是挺疼他，但是他有点惧内，在老婆面前吓得像老鼠见了猫似的，虽一心想护着点儿侄儿，也没法护，本想叫敬德上学念书，但是他的老婆就是不让念。尉迟恭敬德一晃都长到十来岁了，一天书没念过，一个大字也不识。每天一大早，敬德吃一口饭，就走了，爱啥时候回来就啥时候回，根本没有人找他。从此以后，他天天一大早就来这铁匠炉前看，一直看到天黑才回家。

日久天长，被掌柜发现了。

这个掌柜的姓梅，庄里人都叫他梅掌柜。他这个铁匠铺主要打制兵器，什么刀、枪、棍、棒、戟、槊、叉、环、镗、鞭、锏、锤、杵、钩、剑、拐、镰、斧，二九一十八般兵器，样样都能打，还打得特别好，可以说远近驰名，不但在宝林庄有名，就是整个朔州麻衣县也没有不知道的。

这个梅掌柜一辈子没有儿子，只有一个女儿梅月英，因她的母亲早年去世了，剩下这爷俩儿相依为命，平时雇一个小伙计，来给掌锤儿。

好长时间了，掌柜总看见这个黑小子天天来，这一天，要吃中午饭了，铁匠炉歇下来了。尉迟恭敬德就在人家的门口一坐，等人家吃完饭干活，他再接着看，梅掌柜就出来伸手把他拉住了，把馍馍揣在他的怀里。后来，梅掌柜一打听，才知道这个孩子不吃香，他不但吃不饱、穿不暖，你看他那个样子也能看得出来。梅掌柜打听明白，第二天就真的领着敬德来见他的叔婶，把这事当他叔的面说："他愿意打铁，就叫他拜我为师，我就教给他打铁，不和你们要钱，连他的饭我都管，将来学会手艺了，期满出师了，我就让他回家。"

他叔叔一听很高兴，因为自己照顾不了这个孩子。

婶娘也认为这是好事，可把这个刺眼钉领走啦！也不吃我、也不穿我了，我就省事了，所以她连声答道："行行行。"当时就立下了六年的字据，那年头写字据，写什么呢？就是说，在学徒期间准许师傅管教，打死不论。什么车前啊，马后啊，寻死啊，觅活呀，上吊，抹脖子，总之，不管是怎么死的，师傅不负责任，只要六年学完，就叫期满出师。

梅掌柜和他叔婶写完字据，就把敬德领回家来了！从此，铁匠铺里就多了一个敬德，先让他洗洗澡，又给他换上套新衣服。

从此，他在这梅家铁铺就享福了，不仅能吃饱，而且他又喜欢这一行。

刚开始是拉风匣、干零活，随着年龄的增长，力气也渐渐大了。最后学着打锤，在师傅的传授下，他学得还挺好。几年以后，他就长成大汉子了，经梅掌柜做主，就把女儿梅月英许他为妻，招他为婿。

他当然高兴了，完婚之后，这爷仨把这个铁匠铺越弄越红火，他和梅氏十分相爱，情投意合。

又过几年，梅掌柜去世了，把这铁匠铺留给他们夫妻。梅氏给打下手、不干活，他掌钳打铁，小两口的日子不算富裕，但是也不愁吃、不愁穿，还算是挺好，两口子夫唱妇和，也很和睦，从没红过脸。后来他染上一个坏习惯，因为打铁技术不错，经常给别人干活，人家为了感谢他，就常常请他喝酒，慢慢地就染上了喝酒的毛病。喝酒倒是不怕，别误事就行，可是他不然，非常爱酒，嗜酒如命，一喝就醉，一醉就误事。后来他这个买卖就不像以前好了，气得梅月英经常哭，劝说丈夫几句，他说的倒好听，总说："好好好，明天不喝。"可明天还是照常喝。到最后，这个铁匠铺开不了张，不但没活干，就是有活，他也干不了，为什么呢？因为他坐吃山空，把铁匠铺里的东西全都卖光了，打铁用的砧子，他都换酒喝，只剩下了破风匣，还拿什么干活呀！梅氏很发愁，又管不了，说也不听，每天只能唉声叹气。

他只是着急，经常睡闷头觉。突然有一天清晨，他还没起床呢，就听见外边叫门，梅氏问道："谁呀？"

"无量佛，善哉善哉，这是铁匠铺吗？"

"是铁匠铺，你干什么呀？"尉迟恭敬德问道。

"掌柜的呀，我想打点东西，你能给打吗？"

他一听来了活，心想，现在手里分文皆无，没钱的滋味真难受啊！来了定活的了，要是简单能做的我收下，多少挣上点钱，好买点料呀！想到这里，他把门打开一看，门外站着个出家的老道，"噢，原来是道长来到，不知你想做什么活呀！"他笑问道。

"掌柜的，听说在这一带，你的手艺很出名，我今是闻名而来，想打一对十三节的钢鞭，但不知道得几天能打成？"老道问道。

"打一对十三节钢鞭，按说有六七天是能打完的，可是……"他说着话，往屋里看看。老道一看就明白了，忙问道："掌柜的，是不是缺少工具啦？"

"哎，对对对，不瞒你说呀，我这铁匠铺好多日子没开门儿了！打铁用的砧子，我都卖了，为你打这鞭，我还得现买砧子，嗯，当真人不说假话，眼下没钱买砧子呢。"

"啊，哈哈……掌柜的，不用急。"老道说着话就从兜中掏出一块银子说，"掌柜的，这块银子买砧子、买炭、买柴、买料，用七八天够了吧？"

尉迟恭敬德一看这块银子足有五十两之多，忙说："够，够，足够啦！"心说，别说五十两，十两也用不了。

"好吧！够了就好，这块银子就算我送给你了，至于打完之后，再要多少手工钱，我再如数给。"老道说。他一听，这老道也挺大方，急忙答应："那好，那好！"

"不过，你得说明白，我过几天来取？"

他一想，马上不能干活，还得现买炭、柴、砧子，开炉再打，本想多说几天，想了好一会儿一伸手说："七天，七天行吧！"

"好，掌柜的，好，咱们可要一言为定。我八天头上来取，行吧？"老道说。

"行行行。"他赶紧说。

"好吧，我走了。"老道说。

老道走后，敬德用手一拍后脖颈，心想：哎哟，看来该我大老黑时来运转了！想罢，他冲梅氏喊了声："哎，我说屋里的呀，看见没有，咱这小铁铺还得开业呀！"

"哎呀，丈夫，有了钱了，买来砧子、炭，咱得开张，以后你可别再喝酒了！"夫人梅氏说。

"不喝啦，说什么也不能再喝了。你看咱这缺什么，把屋子收拾收拾。我去把砧子和柴炭买来，缺别的东西我再去买。"说完，他拿着口袋走了。

还真不错，头一趟就把砧子和炭买回来了，又买了柴火来。第二趟，再买点零碎东西，就碰见几个老酒友，连拉带拽地到酒馆就喝上了！他原本不想喝，可是这喝酒人经不住三让，结果坐下来一喝就想喝个够，等喝够了也就醉了！回到家后，他一头扎到床上就不省人事了。梅氏看着他醉成这个样子，连怨带恨掉了阵眼泪。等酒醒以后，他再一摸兜，哎呀，银子没了！他真悔恨自己没出息，人家老道好心给了这么多银子，因为贪酒误事又弄丢了，真想打自己几下子，为什么还要馋酒呢？如今只有砧子和柴火，没铁料，拿什么给人家打鞭哪？急得他来回直打转，他这一着急，反倒想出办法来了。离他们家不远有座坟，虽是个官家的阴宅，阴宅的门口有铁羊、铁牛、铁马、铁象，都是用生铁铸的。心想，等夜深无人的时候，去偷来把它化了，拿这东西做原料打一个钢鞭就行了。他拿定主意，等夜里就奔坟茔而来。

这阴宅在荒郊野外的树林子里，深更半夜的一个人到这里来，觉得有点发忧，因为在夜里待的时间长了，他定了神，细看这座阴宅，勉强还能看清楚，这座坟茔真大呀！尉迟恭敬德的胆子大是不假，可是此时此刻一个人在这坟园子里边，又听见"嘎嘎"的这么多响动，要说一点也不害怕，那是不可能的，确实觉得汗毛孔直发大，后脊梁起凉风，生了鸡皮疙瘩——外号叫冷痱子。他不由得咳嗽一声，为的是给自己壮壮胆。

真是越怕越有鬼，突然听见有人叫他。

"敬德。"

把他吓了一跳，往四处看了看，没有，觉得挺吃惊，忙问道："谁呀?"

"是我，我在这里。"

他仔细一看，像有个人影，再细听这声音，像是白天让他喝酒的那个人，心想，白天他叫我上酒馆，我的银子可能是被他偷了去，深更半夜的又来吓唬我，我非狠狠地揍他一顿不可，想罢，冷不防冲这个黑影"啪"就是一巴掌。这个劲儿使得太猛，挨打的没怎么样，打人的可受不了，疼得他"唉哟唉哟"直叫唤，"噔噔噔"倒退了好几步，一屁股坐在了地上。他手攥着胳膊子还在叫，再一摸，觉得这腕子肿得老粗，鬓边上的汗珠子就流下来了，心说，我这是打在什么上啦? 等他定了定神，往前凑了凑，他细一看原来打在一个铁羊上，再看铁羊的头倒在地上，心想，这羊头怎么掉啦，是我打掉的吗? 不对呀，这东西是生铁铸成的，我怎么能打掉呢? 可能早就掉了? 它是怎样掉下来的呢? 又一想管它怎么掉的呢，活该我走运，干脆就拿这个羊头回去打鞭去吧? 他看了又看，听了听，看不见刚才喊他名字的那个人，也听不见什么动静。他提高了嗓音又问了两声："刚才谁喊我，你怎么不出来呀?"还是没有动静。于是他拿起铁羊头说了句："我拿它回家打鞭去了!"

他乐呵呵地往回走，到家把铁羊头放在炉里，让他媳妇拉着风匣"呼咯呼咯"烧了一阵儿，这个羊头就是烧不化，他认为可能是火候不够，"呼嘈呼嘈"又烧了一宿，炭都烧光了，还是没化，心想，人要是不走运，喝口凉水都得塞牙。这可怎么办呢? 一算时间明天正是第八天。

果然，第二天早晨，他还没起来呢，外面就"咯咯咯"叫门："掌柜的，是我呀，快开门!"敬德披着衣服出来了，一看说："啊，原来是道长来了，你来得挺准时的呀! 不过，这鞭尚未打完呢?""掌柜的，不是你叫我七天来取吗? 今天已是第八天啦。"

"是啊，你对我挺好，给了我这么多银子，我是想快点给你打出来。可是我买的这块铁不好，你看看，把炭都烧光了，这块铁就是化不开，我也是干着急，没办法呀!"敬德说。"噢，你买的是什么铁呀? 怎这么难化，我看看行吗?"老道说。"行行行。"敬德领老道到炉前。老道手指铁羊头说："无量佛，掌柜的，你打铁的手艺很好，但是对这块铁的性质你不知道。这是石胆制成的生铁，别说一天一宿呀，就是两天一宿你都化不开。此铁必须七七四十九个时辰，还得加上阴阳血，才能化开。"

"哟呵，你还挺内行呢？什么叫作阴阳血？"

"你夫妻把手指刺破，滴在羊头上就叫阴阳血，不信你试一试。"

"还试什么呀，连买炭的钱都没有了。"

"不要紧，"老道说着后又从怀里取些碎银子，足有五六两，然后说，"你拿这银去买炭，不够的话我再给你送点来。"

"够啦，够啦！"

罗通扫北

第二十六回

打钢鞭拜师学武艺
收敬德喀杀刘武周

敬德把这对钢鞭打完了，拿在手里一比对，当时可就愣住了，心说，这下可坏了，我怎么把这对鞭给打成雌雄鞭了？这都怪我粗心呀，到时候道长来拿鞭，我给人家一个长的、一个短的，怎么和人家说呀？

怎么回事？原来敬德把一对钢鞭打成一个十三节、一个十二节，成了雌雄鞭了。

他媳妇梅氏也很着急，忙对丈夫说："哎呀！这件事做的是对不起人家，我看哪，重打吧！"

"什么？重打？上哪找那么多料去呀。咱们又没那么多的钱，而且日期已经到了，这也来不及了！"

果然，第二天老道就来了。

敬德为了瞒哄老道，急得一宿没睡觉。他找了一块木头疙瘩，锉呀，蹭呀，磨呀，削呀，愣给磨出来一节假鞭，就给安上了，用黑颜色涂了涂。然后，他又用铁沫子沾了沾，冷眼一看还挺像，和十三节那把一样。等到弄完了，他看了又看，觉得差不多，又让梅氏做了个鞭套把鞭套上，做好了一切准备。

早晨一听，有人叫门，他乐呵呵地就把门开了，说："嘿嘿，道长你来得真早哇！鞭给你打好了，这对鞭，我们两口子可下功夫了！又给你做了鞭套。这鞭打得还不错，拿去吧，拿回家看去吧！"

心眼儿实的人做一点鬼，都能露出来。他说这话的意思是，你别在这看，拿回家看去，你走了，我把门一关，出门不管换。

"呵呵呵，不忙不忙，你把鞭打好了，我很感谢你，一定打得不错，拿来我先看看。"老道笑着说。

"不用看了，打得挺好，哎……哎……拿回去再看吧。"他忙说。

"不，我还是先开开眼界吧！"说着话就把一对鞭拽出来了，鞭套搭在胳膊上，两只手，一手一把鞭，就觉着一个轻，一个重，两手换了个儿，调换掂量还是觉得这个鞭轻。他把重的撅在肋下，双手捧着这把轻的仔细一看。

老道没理他，用手一掰鞭，"嘣儿"，把下边那节后接的给掰下来啦，忙问："掌柜的，这是怎么回事？我要一对十三节钢鞭，你怎么给我打成一雌一雄的。这鞭我不能要。"

"不要我也不赔，我也赔不起。"

"无量佛，掌柜的，我不叫你赔，不但不用你赔，干脆送给你怎么样？"老道笑着说。

"我不要，我要这玩意儿没有用，我也不会武艺。"

"我教给你武艺。"

"教我！我不学。"

"为什么哪？"

"谁不知穷文富武哇，家里穷点念书还行，什么头悬梁，锥刺股啊，有志就能学字，练武的不行啊，吃不饱肚子练不了武。你教给我练武，我连自己还吃不饱饭呢，还能管你吃饭吗？"敬德说。

"这么办吧，我教你练武，我还管你吃饭，这行吗？"

"什么，什么，你说什么？教我练武，还管我吃饭？"敬德心说，世上哪有这种事？想罢，他又问："哎　道长，你不是说胡话吧？"

"我说话是算数的，怎么是胡话呢？"

"你管我吃饭倒还行啊，可我还有妻子呢？"

"当然不能叫你妻子挨饿的。"

敬德想："嘿嘿，上哪找这好事去呀？白学武艺还管一家人的饭，这可太好啦。"想罢，立刻说，"好，咱们立字据。" "那可说好，管你们饭吃，可不许喝酒。"

"那当然，那当然，光吃你就行了，哪能再喝你呀！"

就这样，老道管着他两口子饭吃，每天早早地把他领出去学武艺。

开始他抱着混饭吃的想法，认为这老道管不了几天就得后悔，平白无故地管我们吃饭，还教我武艺，这是许的什么愿呢？肯定长不了，所以他抱着混的态度。结果，一学上觉得挺不错，有学头，他也就入门儿了！他一爱学，老道更爱教。果然，三年起早搭晚二五更的功夫，可以说昼夜不停地教他练武艺。从步下九短到马上九长，二九一十八般的兵器，不说样样精通吧，他学得也不错，别看他不识字，可是练武非常用功，真是各精一门儿呀。只要是老道教给他的，他都一点就透，一看就会，一会就精，老道非常高兴。

这三年，各种兵器他都学，主要是枪法和鞭招，枪法他学了三十六路夸枪、二十路滑枪和五鬼数路门枪。学得最扎实、最精通的就是这老道最好的十绝鞭。这十绝鞭学的时候，敬德下苦功了！老道也特别用心传授，为了他学得实、记得住，还一边教，一边念口诀。

尉迟恭敬德的这把鞭，可以说是打遍天下无敌手，什么单鞭保主、单鞭救驾、抢关夺寨鞭打群雄，真是威名远震。

有一天，这位老道突然对他说："徒儿，武艺你都学成了，这铁匠铺就别开了，你入伍当兵去吧！常言道，学会文武艺，货卖国家。国家如不要，才做艺行侠。现在大唐朝晋阳宫正在招兵，你赶快去投军去吧。"一边说着话一边从怀里掏出银子，"这叫安家银，你把家安排好速去投军，为师我走了！"

敬德说："师父，你走了，咱爷俩多会儿还能见面哪？"

"你不用着急，日后必有见面之时，师父要想你了，就看你去。"

敬德真是个粗心人，师徒分手了，他也没问问师父姓什么叫什么。当然，那时候也有个说法叫俗不言姓，道不言名，比方说看见和尚问他姓什么，他必然说，我姓佛，南无阿弥陀佛。

如果要问老道叫啥名，他准说我叫善人，这就叫俗不言姓，道不言名，除非是比较至近，你问他贵佛号尊称，他可能告诉给你。其实尉迟恭敬德也问过两次，但都被师傅驳回，从此他再也不敢问了。所以，师徒分了手，敬德也不知道他叫什么名字。这个老道，是世外高人，俗家姓谢，名叫谢弘，他比风尘三侠的武功韬略高，袁天罡和李春风特别敬佩他。当年李世民和李渊在山西太原时，曾经多次求贤，谢弘自己不贪恋红尘而谢绝了。但是他一直在暗中为大唐帮了不少的忙。其实他早就发现敬德是员虎将，所以不讲代价，不怕辛苦，三年之功，传授武艺，临走时叫他去投唐。

老道临走时，告诉他这么两句话："你好好投军当兵为国尽忠，这对鞭，我交给你了！将来你还会有匹宝马。常言说，千军勇将，必有千里快马，千里马没有勇将也不行，将来你的鞭在、马在，人就在；如果鞭断、马死，人就亡了。"老道说完就走了。

到后来，薛礼征东以后，有段鞭断紫禁门，就应了今天谢弘的这句话了，那是因为薛仁贵三下天牢，皇上要杀薛礼，尉迟恭敬德呢，正在河北正定府修建铁佛寺，他喜爱干儿子薛礼，什么月下访白袍啊、鞭打张世贵啊，都是为了薛礼，可以说他为薛礼历经千辛万苦，听说皇上要杀他，他可真急了，真像疯了似的，一口气跑回长安，这叫千里回京。结果，也到长安了，他那匹马也累死了，他到金殿为薛礼讲情万岁不准，他手提钢鞭想把门砸开，结果是鞭断十三节，门也没砸开，他这才想起师父说的话，鞭在、马在，人就在；鞭断、马死，人也亡了。他认为自己寿命已尽，一怒之下碰死在紫禁门外，这些都是后话。

他送走师父回来，把师父嘱咐他的话一五一十地都告诉给梅氏说："铁匠铺不开了，我去晋阳宫投军。"梅氏一听非常高兴，忙说道："你打一辈子铁，能有什么出息？现在，你有一身好武艺，应该为国出力，我绝不扯你后腿，你放心去吧。不过，盼你早去、早归、早捎书信来。还有一件事，咱得说好。现在，我已身怀有孕，是男是女不知，将来是个女孩，我可以给她起名字；如若是男孩，应该叫什么名字？将来也好给尉迟门中传宗接代，再说你父子以什么凭证相认呢？"

尉迟恭敬德一听，当时一愣，她让给孩子留个名，留什么名呢？他想了半天，突然想起来了，便说："就按咱这庄名起，咱庄不是宝林庄吗，如果你要生个男孩，就叫他尉迟宝林吧！"

梅氏一听很高兴，虽然丈夫不识字，借庄取名还真不错。

敬德是怕妻子记不住，也是为了将来父子相认时有个凭证。他伸手拿过雌雄钢鞭来，对梅氏说："这十三节的雄鞭，我带着投军去。这把十二节雌鞭给你留下，在鞭上刻上宝林儿子的名字，一则，省得你忘了孩子的名字；二则，等孩子长大成人，以鞭作为我们父子相认的凭证。"说完，就请人在十二节雌鞭上刻下尉迟宝林四个字。

宝林听母亲讲的这些话，猛地就愣了，忙问："都是真的吗？娘，你说刘芳不是亲爹，这是真的吗？"

"儿啊，此乃大事，非同儿戏，我还能说谎吗？"

"娘，这这……可有什么凭证呀？"

"哼，为娘就是凭证，还有你爹那把十二节的钢鞭把上，刻着你的名字，那是你爹投军之前亲自给你起的，并求工匠刻上的。"宝林看了看鞭把上果然刻着四个字，才知道这四个字的真正由来。

娘对宝林说："明天你到阵前，你想法把你爹爹引到无人之处，你父子相认，把我说的话都告诉他，再把鞭给他看看，他一见鞭上的字就会认你。只要你父子相认，你在城内做个内应，把唐兵引进城来，拿住刘国祯交给你爹爹，任他发落也就是了。"

"对、对，娘说的对。明天，我到阵前首先认爹爹去。"娘俩把话说完了，天已经三更，让孩子在堂楼上睡了一会儿，因为自从唐兵一到，刘国祯就没有回后宅睡觉了。

第二天宝林吃罢早饭，罩袍束带，系甲拦裙嘱咐："娘不要再哭了，等我和爹爹相认后，再接我爹进城，咱们全家好团圆。"他来到帐前讨令。

"儿要出马会战老唐蛮。"

刘国祯一看儿子，心里就高兴，笑着说："我儿今日出马，要多加小心，为父愿给你观敌了阵。"宝林领队出城，来到城外看，尉迟恭敬德正在讨敌叫阵呢！本来罗通不想叫敬德出战，敬德不干，一定要来，因为和番将刘宝林约定好了，不来者是匹夫，程咬金也在一旁跟着说："叫大老黑去！看那孩子长得和老黑一样，还兴许是他的儿子呢？我也请令给他观敌。"

罗通也只好命他二位出战，程咬金一边往营外走着，一边叫敬德："哎，我说老黑，你真得好好想想，从前你和谁有不正经的事，才有的这个孩子，他怎么这么像你呀？""程咬金，你这大年纪了怎么不说正经话？"嘴里虽然这么说，可是心里也很纳闷，我怎么这么喜欢这个孩子呢？刚到了阵前叫了半天阵，没见有人出城，他又命兵丁在城下摇旗呐喊，并大骂不止。结果，一见城门大开，番将出战了，头前马上走的，果然是那员小将。

敬德大喊一声："娃娃，快快撒马近前呀。"

第二十七回 对钢鞭老黑认小黑 破城池宝林夜献关

尉迟恭敬德一看，宝林催马来到阵前，他连连大声喊道："小娃娃，你啊，今天你该认输了吧？快快下马认我为父，我保住你的性命不死。"

宝林大声喝道："老唐蛮！少说废话，看枪！"说着，马到、枪到，枪尖直奔尉迟恭敬德刺来，尉迟恭摆枪接招，两个人战在一起。一边打着，敬德一边琢磨，嘿！这孩子今天的打法不对呀？昨天是那样凶猛，一招紧似一招，十分的能耐都拿出来了。今天，他的枪招不实啊！也就是说，该扎的没有扎到，就撤回去了！该砸没砸，枪又收了去了！这是为什么呢？勉强地战了几个回合，宝林虚点一枪叫道："老蛮子，你实在厉害，我不是你的对手，我要去也！"说完，拨马败走。他本应往城里走，可是他却落荒跑下去了。

敬德心想，这娃娃枪招没乱，为什么要败？既是败走，为何不回城，而是落荒逃走？难道他是假败？娃娃，你有什么埋伏，老夫我也不怕，追！想罢，敬德催马就追下来了，一边追还一边喊："娃娃你不要跑了，只要你认输，我绝不加害于你。你要暗算于我，料你难以得逞。"

宝林听见尉迟恭说的这些话，他理都不理，暗暗叫道：老爹爹，我要把你引到僻静之处，咱们父子相认，就能大破白狼关，抓住刘芳，好和我母亲重逢，全家团圆。一边想着，一边回头看尉迟恭，见前面有片茂密树林，便来到树林边上，催马就进去了。

敬德也赶到了，一看这孩子进去，他忙把马勒住。"吁吁吁吁"，战马"咬咬咬咬"嘶叫，前蹄抬起多高，心想，这孩子进树林子干什么？我别轻敌。他往里一看，只见宝林把大枪往地下一插，甩蹬下马将马拴在树上，并回过头来，分征裙撩甲叶，"扑通"一声就跪在敬德的马前，叫道："爹爹在上，受不孝之子一拜。"

别看敬德管宝林叫儿子，叫他快快认父饶他性命，那是出于喜爱宝林，也是和他开玩笑，现在宝林管他叫爹爹了，他却愣住了，也觉着很不好意思。

宝林把母亲所说的话一一对敬德说了一遍，我母亲是怎样在兵灾中被刘国祯抢去，母亲是怎样为子受辱，怎样为保尉迟之后忍气吞声，怎样保存十二节鞭……此时此刻敬德心如刀绞、精神恍惚，在马上坐不住了，翻身下马，险些没有倒在地上。宝林说完，就把这十二节钢鞭递给了他。

敬德抖着双手接过鞭一看，呀！这是自己亲手所打，再瞧鞭把上刻的四个字，一点不差，真是见物如见人，这眼泪就像断了线的珍珠，顺势流下，伸手抱住宝林，咧开大嘴说："儿呀，儿呀。"他激动地就哭起来了，并说："儿啊，这些年米，你们母子二人可受苦了。"

"爹爹，孩儿我小，不知事情的原委，我只知刘国祯是我爹，哪知母亲她被屈含冤舍身养子！昨日疆场厮杀都怪孩儿不知，有些言语冒犯了爹爹，您老可别生儿的气呀！昨天收兵回城见母亲，母亲追问起和谁交战，才把真情告诉于我。爹爹原谅我吧。"

"儿啊，有道是不知者不怪。"敬德哭着说。

"爹爹，我娘在城内等着咱们全家团圆，你跟孩儿一同进城，抓住刘国祯任你发落。"

"不，不行，不能这样做。"尉迟恭果断地对宝林说，"孩子，咱们父子是相认了，可是咱们得想法智取白狼关，活捉刘国祯。如果我就这样匆匆地跟你进城，不但破不了白狼关，反而会被刘国祯看出破绽，那时一切都完了！咱们就当没这回事，咱俩不能在此说的时间太长。现在咱俩就杀回前敌，到前敌你再佯装败回城去，千万不能被刘国祯看破，然后你对你娘说明一切，单等今夜三更天，我去偷取白狼关，你想法把城门打开，来个里应外合，一举取下白狼关，到那时咱们再一家团圆，活捉刘国祯，咱再报仇不迟，你看怎样？"

"还是爹爹有高见，今夜三更，我一定把城门打开，就这么办。"

敬德的心里又是高兴又是悲痛，高兴的是多年失散的结发夫妻，今日又能破镜重圆了，而且亲生长子已长大成人，现在他已经是三个儿子的父亲，老了老了又得一子，哪能不高兴呢，可是听说梅氏为拉扯尉迟门中的后代香火忍辱含冤，吃尽苦头，心里又有些不是滋味，边想着边催马往回走。程咬金老远地就迎上来了，见面就喊："哎，老黑，怎么样，你们俩跑到荒郊野外树林里嘀咕那么长时间，大喜了吧？把儿子认下了？"程咬金这些话是连蒙带唬。

程咬金一看他的表情，就知道这回又让他给猜中了，所以程咬金越说越来劲，又说："怎么样？我说你年轻的时候不正经吧，你还不愿听，现在证明了，你这个儿子是怎么来的？"

"程老千岁别说了，等回营之后我再告诉你。"尉迟恭敬德摆手道。"好好好，当着这么多人我就不再说了，给你留点面子，先回营吧！不管怎样，今天又算你打胜一仗，我替你向二路元帅报功去。"

俩人边说边走，回营见了罗通，把定计之事说了，罗通一听很高兴，叫二位伯父暂歇一时，然后下令早用战饭，接着就招兵将派好，先派秦怀玉作为左军，又派尉迟宝庆为右军，叫程咬金守住本营，敬德为头阵，罗通全军督后。

一切安排完了，还没到二更天，唐兵、唐将把马上的銮铃都摘去后，便偷偷来到白狼关城下伏好，只待听一声炮响，就可直取白狼关。

宝林败回城去，刘国祯在城楼上早就看见宝林被尉迟恭敬德打了枪篡败下来了，他急忙带人下城迎接，一见面就问："儿啊，你受伤了，伤势如何？快快随父回帐休息，这仗啊，咱不打了，为父我死守城池，人在城就在，绝不让唐兵攻破白狼关，为父也绝不再叫你上马交战了。"刘国祯一边说着，一边自己亲手扶着宝林回到帅府，儿长儿短的，唠叨个不停。

宝林心里很不是滋味，刘国祯叫他一声儿子，就像是钢针刺他的心一样，又不敢被刘国祯看出，只好强压心中之怒气说道："父帅，我要回去休息。"

"好好好。"刘芳刘国祯命人送少帅回书房歇息，又对宝林说，"儿啊，为父我要安排军务，布防城池，不能陪我儿了，你自己好好休息，不要再想出战打仗了。"

宝林答应一声离开帅帐到书房，把下人打发走了，他立即到后堂楼会见母亲。

梅氏夫人正在等着宝林回来问个明白，见儿子回来了，再看宝林神情，心里就明白八九。宝林把这对鞭之事、如何定计取关，向母亲说了一遍。

"这就好，你们父子相认，我儿终于归宗了，为娘我也没算白白忍辱多年。不过献关攻城之事，我儿要多加小心，千万不能走漏风声，一旦被刘国祯知道或者看出破绽，那可就前功尽弃了。"

"娘，你放心吧！我自有办法。"

"好哇，孩子，你有心计就好，今晚必做好准备，你父夺了白狼关，你们父子就永远在一起了，为娘把你交给他，也就放心了。"梅氏说话的表情是高兴的，可是眼里却含着眼泪。

"娘啊，你别哭了，今晚三更天，我爹就来了，你们老夫妻再次相逢，真是破镜重圆哪！这些年来，你的盼望实现了，你可是有功之人啊，千万不要再难过了。"宝林劝道。

宝林越说这些，老妇人就越是难受，又不敢露出来，只好说："是啊。我的盼望实现了，娘不哭，娘高兴。你歇一会儿，娘去做好准备。"

宝林由于高兴，根本不觉累，也没休息，又安慰母亲几句，就去做献关准备去了。他先把战马喂饱，然后披挂整齐，以亲自巡城为名，不到三更天，就来到北门外。

由于宝林是少帅，有很多大小头目，尤其是一些战将都认识宝林。听说是少帅亲自巡城，哪个敢挡啊，而且都是远接相迎。宝林到北门天已经三更了，只听城外一声信炮响后，接着就是行军炮响。"叨叨叨"，战鼓响如爆豆，号角齐鸣杀声震天。

原来唐兵早就准备好了，时间一到，罗通下令放炮攻城。尉迟恭敬德指挥众三军，竖云梯，强行攻城，左右两路秦怀玉和尉迟宝庆也同时命兵丁爬城夺关。

这一突如其来的行动虽然令城门和城上的番兵番将都大吃一惊，但是城上也早做好了防范准备，刘国祯决心守城，他哪能不增派兵将呢？守城的将士见唐兵爬城夺关，就用强弓弩箭、火药灰瓶一齐往下砸，唐兵一批批掉入城池河里。

宝林知道唐兵来攻城了，光凭硬攻抢关，一定损兵折将，得赶快打开城门，他想办法紧摧战马进入北城门，大喊道："众将军，快给少帅开城，我要出城迎敌。"

众军都傻了眼，说道："少帅，外边唐兵攻城很紧，你这时候出城迎敌，不是引狼入室吗？况且，大元帅早已传下命令，不准开城，要坚决死守城池。少帅，你就别出城了！"

"大胆的奴才，连少帅的命令你都不听，快快开城！"宝林骂道。

"少帅，没有元帅的命令，我们不敢开城。"

宝林没有工夫和他们磨牙，一听拒开城门就一长枪，"噗哧"把这个门军置于死地，又冲其他门军大声喊道："快快开城！"众门军一看少帅好像黑煞神附体似的，喊声如雷，从这声音中就听出来少帅已经发怒了，特别是已经被少帅扎死一个啦！谁还敢豁出命来，少帅叫开就开吧！"吱扭咣当"，就把城门打开了。

"放吊桥！"宝林命令道。"好好，放吊桥。""哗啦——"门军又把吊桥放下去，说道："少帅，请出城迎敌吧！"

"你不是要出城迎敌？"

尉迟恭敬德和宝林指挥众三军往里猛杀。

此时，城里的番兵番将成了无头的苍蝇，来回奔撞，也有些战将率队拦住厮杀，唐营兵将士气正旺，番兵无法抵挡，就凭宝林单人独骑，也够北国人马喝一壶的。番兵都以为他是少帅，一部分人都不注意他。宝林就趁机杀他们个冷不防，只听见"扑哧哧"，爱吃不吃，吃也得吃，不吃也得吃。这杆枪半尺长的枪头、四指宽的鸭子嘴，冰凉梆硬，外带不说理。宝林这回可过瘾了，他的这匹战马也来了精神，连踢带咬撒开欢了，宝林也是立功心切，杀得番兵晕头转向分不出东南西北，牛犄子拉车——乱套。

尉迟恭敬德见宝林这个勇猛劲儿，甭提有多高兴了，他的武艺大大超过宝庆、宝怀。他急忙喊道："宝林儿不要恋战，快领为父去抓刘国祯。"

"爹爹快随儿来。"说完他催马头前引路，直奔帅府。

刘芳刘国祯这些天是够累的，伤势又没有好，白天观阵，安排守城，料理军务，一直忙到后半夜才休息。他万万没有想到，唐兵会在夜间攻城，更没想到宝林开城献关。他刚刚入睡，就被杀声惊醒了，等他提剑到帅帐，已经晚了，唐兵已经堵住大帐。

刘国祯很纳闷，心说唐兵来得这样快，直接闯到帅府了。宝林大声怒吼：

罗通扫北

"刘国祯,你别装糊涂了,你自己做的事,反来问我?你把我母亲霸占为妻,她老人家为养子舍身而受辱含冤这么多年了!"宝林眼含热泪说。

刘国祯顿时惊愕在那里,好像木雕泥塑一般,眼角、嘴角一下往下耷拉,直愣愣,目光都散了,一句话也说不出来了。自己做的事自己能不知道吗?可是这十几年来,他对梅氏不薄,特别是宝林,他甚是疼爱,视为掌上明珠一般,从心眼里喜欢这个孩子。万没想到,梅氏十几年来是为了受辱,和我并没有夫妻感情,如今她把当年之事告诉宝林,我鸡飞蛋打、前功尽弃了。说什么他爹来了,刘国祯嗓音颤抖,音都变了问道:"你、你、你爹爹他是何人?"

"好,我也叫你闹个明白,他乃大唐朝敖国公爷,子不言父名,老人家名叫尉迟恭敬德。"

"啊!"刘国祯一听这话,就好像晴空霹雳,在头顶上打了个沉雷一般,眼前发花,"嗡"的一声,两耳什么也听不见了,"扑通"一屁股坐在地上,心里这才明白,忙说:"孩子,你稍等一会儿,容我说两句话,好吗?"刘国祯哀求道。"好!你说吧。"宝林一摆手,意思是等会儿再绑。

众人只好退在两旁,等候吩咐。

刘国祯见时机已到,既然叫我吩咐,我何不如此如此,给他个冷不防。

第二十八回 与关同休刘芳自刎 尽节烈梅月英撞死

刘国祯要求容他说上几句话，其实他本心想要趁机暗算宝林，将宝林置于死地以解心中之恨。不料宝林慷慨地让他把话讲完，他从上到下仔细打量了一会儿宝林，越看越喜欢，越看心越爱，瞧他的小脸蛋儿，黑中透亮，那么可爱，气度不凡，一表人才，鼻正口方，二目有神，堂堂虎将之貌。他把宝林当成心肝宝贝似的培养到现在，怎忍心要伤害他呢？哎！可惜他无福享受天伦之乐……

看看唐兵已经近门而入，刘芳知大势已去。我既不愿伤害宝林，也绝不能归顺大唐，只有一死方休，以显尽国之忠心。想罢，他面向北方双膝跪在地上叫道："我主康王，都怪我无能，丢失白狼关，只有与关同休，以表忠意。"说完，他又站起身来叫道："宝林哪，孩子，我曾经发誓，白狼关在，我人在，等我死后，将我的尸体盛殓起来，运到北国，千万别让我的白骨露天，扔在旷野荒郊。"刘国祯说罢言绝，"锵啷啷"，拽出肋下的防身宝剑，往颈上一担，牙一咬心一横，说道："我去也。"拔剑自刎身亡。

宝林万没想到刘国祯下此狠心，他刚要上前去拉，可惜晚了，刘国祯的尸体"扑通"一声倒在地上。尉迟恭敬德见刘芳这一举动，心里也很佩服，忙说："刘国祯对康王算是忠心无二，可真是北国的忠臣，单等得胜之后给他修墓立碑。"回过头问宝林母亲现在何处等等，尉迟恭敬德命秦怀玉和宝庆去迎接二路元帅带兵进城，自己跟宝林直奔后宅堂楼而来。来到堂楼之下，宝林说："爹爹暂在楼下稍等，待孩儿先上楼，报母亲前来接你。"说完，宝林就

罗通扫北

"噔噔噔"上楼而去。

敬德暗夸宝林真是懂事的孩子，不但会说话，也会办事。

梅氏早就收拾得当，洗漱已毕，穿戴整齐。今天，梅氏夫人真是干净利落，净面无粉，更显得庄重，头绾牛心发髻，银簪别顶，身穿件对花紫袍，酱紫色的中衣。老夫人这身打扮好像迎接高门贵客一般。

刚才听丫鬟说唐兵已杀进城来，让老夫人赶快躲避躲避！梅氏夫人一不担惊，二不害怕，并叫丫鬟们放心，大唐兵将绝不会伤害于我们！老妇人在此，你们就不必担心。后来又听到帅府内人声嘈杂，梅氏夫人已知道大功成就，这心里就特别高兴，只等宝林回来问个明白，突然听见宝林的脚步声响，忙问道："我儿宝林回来了？"

"娘啊，是我回来了。"宝林进屋，只见母亲穿戴整齐，心里特别高兴，母亲的精神也与往常不同，心说，十几年来，母亲的盼望终于实现了，他们老夫妻又破镜重圆，我们父子相认，全家人团聚一堂，母亲当然是高兴了。梅氏夫人看到儿子这份高兴的样子，心里也觉得有些安慰，忙问道："我儿今晚之事如何？""娘啊，一切顺利！唐兵进城了，我爹爹也来了。现在楼下等着呢，您老快去把我爹接来吧！"

梅氏听到这里，心里自觉坦然，连连点头，自言自语说道："这就好了。"她回头叫了声："儿啊，你先下去照应你爹爹，待为娘收拾一下就下楼接他。"

宝林心急呀，心说，还收拾啥呀，快把我爹接上来得了。可是他没敢说出口来，只是答应一声，下楼去了。

梅氏见宝林下楼，又把丫鬟、婆子都打发出去，屋内就剩下她独自一人。此时，梅氏夫人的心都揪成了一团，真是发似钩搭，肉如针扎，心像刀绞啊！她眼含热泪，自言自语："十几年来，我用生命保护孩子，如果不是为了宝林，我怎能有脸活到今天，就是为了叫他们父子相聚，认祖归宗。我虽然失节，对不起敬德，为了孩子受累十几年，失节于他人。现在孩子终于长大成人，把儿子交给你，也算对丈夫尉迟恭敬德的一片真心。十几年的盼望，今日实现了，算尽到了我的心意。可是，我绝不能和尉迟恭团聚，也不能回归中原了，我是失节之女，有何脸面再见家乡父老，有何脸面再和丈夫团圆。"因为那年头，女人最讲究三从四德、女贞九烈，好马不配双鞍辔，好女不嫁二夫郎，不管什么原因，嫁了二夫就是失节，就是对丈夫的不忠，就称不起节烈冰霜之妇。梅夫人早就做好了自尽的准备，她蒙上面，头冲金漆八仙桌子的角上，喊了声："尉迟将军，我对不起你，今日将儿子归还给你，算是赎了我的罪过。"她又大声喊道："宝林我儿快来呀！"说完一头撞去，鲜血直流，当时气绝身亡，"扑通"死尸栽倒在地。

宝林下楼去照应爹爹尉迟恭，接着丫鬟、婆子也都下楼了，忽听母亲喊了声"宝林我儿快来呀"，准知大事不好。他赶紧抹身回来往楼上跑，进屋就喊："娘！娘啊！"再看母亲头已撞破，身子躺在血泊之中，当时顿觉眼前发黑、精神忧伤，一头扎在母亲的身上，就昏迷过去。

尉迟恭敬德一见儿子刚下楼又转身跑上楼去，知道不好，也顾不上什么礼节了，也随宝林来到楼上，一见地上躺着的尸体正是夫人梅氏。虽然多年没见，毕竟是结发夫妻，一眼就认出来了，敬德心如刀绞一般，现在不能顾死的了，先顾活的吧，急忙把儿子宝林抱在怀里，大声叫道："儿啊，宝林，快快回来，快快醒来！他用手扑拉前胸，锤打后背。等宝林缓过这口气来，敬德也支持不住了，身子就像一团棉花一样瘫在了地上。

宝林跺足捶胸地哭着悔恨道："娘啊，早知你老人能这样，真是认父不如不认，归宗不如不归。有了爹爹又失去了母亲，你老一死，可想死为儿了。"宝林见爹爹也哭得那样子，心里更难受，为了不再叫老人伤心，只好忍住了哭声。

这二路帅罗通早就进城安民完毕，把诸事办完，带着众将来到帅府，刚想到后楼给梅氏伯母请安见礼，听说梅氏舍身忍辱养子，为保全名节，自尽碰死了。大家无不悲伤，齐夸梅氏是贞节烈妇。

罗通一再安慰尉迟恭敬德和宝林说："尉迟伯父，不要过于伤心，事情既然已经发生了，再难过也无用，暂时把伯母安葬在白狼关，等救回父皇班师还朝时，再把她老人家灵柩运回中原安葬，而后再让父皇追封她老人家就是。"尉迟恭敬德非常感激地望着罗通。

罗通又回头对尉迟宝林道："宝林哥，不要太难过，这笔账要记在赤壁保康王身上，他久有吞并中原之意，常常派兵侵犯我中原边境，抢男霸女，烧杀掠夺，这次扫北非和他算这笔账不可。"罗通随即又传下将令，去安排后事，给尉迟恭敬德和宝林父子记大功一件，然后大摆筵宴庆功。

敬德让儿子宝庆见过哥哥宝林，又告诉宝林京城还有个弟弟叫宝怀。宝庆、宝怀是你黑白二位母亲所生。一帮小兄弟相互见过礼，大家亲亲热热，各述身世。宝林深感大唐营中有这些少年英雄，非常可亲，宝庆长得也是那么黑，和自己差不多。

宝庆也特别敬重哥哥，也是寸步不离、哥长哥短的，把京里京外自己所知道的事都一一讲给宝林听。敬德看见小哥俩如此亲近，心里很是高兴。

罗通命令歇兵两日，人缓精力，马歇劳乏。第三天，忽有探马来报："离金牛川还有二十里地。"

罗通问往前走都是什么关寨，各关的守将又都是谁？他们的情况怎么样？宝林说："再往前走就是金牛川、银牛川、野马川。过了野马川就是黄龙岭，最后一关就是北国的都城牧羊城了。"

"金牛川的守关大将名叫铁雷金牙，手使蹚牌，力大过人，他是北国的名将，武艺高强，能征善战。"宝林说。

"如此说来，这一关不太好取了？"罗通又问。

"是啊！因为头一次二主唐王亲征的时候，北国不想真打，就是想把唐兵引进牧羊城，最后决一死战，一战分输赢。他们发现程咬金搬兵去了，便又派主将夺回关关寨寨，并安排重兵把守，所以说这一仗难打。"

罗通问明情况，命人守住白狼关，第三天起兵进发金牛川。大队人马出征，准备安营扎寨来。因兵书云，通高岗不可安营扎寨，提防敌兵围困；低洼之处不可安营扎寨，谨防敌兵水淹，故必须找块平川吉地，可攻、可进、可退，方可。

次日，罗通升帐，准备派兵点将，讨敌叫阵去，可还没等他传令呢，尉迟宝林就越众来到帐前，抱腕当胸说："二路帅，今日开仗要攻打金牛川，我愿打这头一阵；因为我刚投大唐，寸功未立，就把这一功，让给我吧？"

"你刚入营，心情又欠佳，这头阵还是让给别人吧！"

"不，二路帅，你还是叫我打这头一阵吧！我要是不能取胜再换别人。"

"元帅，你就叫他去吧！我情愿讨令给他观敌了阵，就让我们父子包打这头一阵吧！"尉迟恭敬德说。

罗通点头传令，令尉迟宝林带五百精兵打头一阵，并嘱咐道："能胜则胜，切记敌败莫追，欺敌受害，你就是打了败仗，本帅也不怪罪于你，你去吧！"

罗通仍不放心，又派左右两个正副先锋官秦怀玉和尉迟宝庆前去助阵，命尉迟恭敬德为他们观阵。接着，大家便各自领兵出去了。

大公子宝林顶盔挂甲，上马提枪直奔回场，列开阵势，堵着金牛川就骂开阵了。

早有北国兵下报于金牛川的主将得知，说可不得了啦，大唐救兵到了金牛川，现正在外骂阵呢，为首的是二路帅叫罗通。

镇守金牛川的主将正是铁雷金牙，本来他有一身的好本领，力大过人，可上次头一阵就败给了唐兵，总觉得一身的能耐没使出来，这回是憋足了劲儿再施展施展。特别是白狼关一丢，有个老唐蛮还把我们少帅刘宝林认了儿子，结果关也丢了，真是气杀人！所以他又杀鸡，又宰羊，犒赏三军，等唐兵一到，好打胜这一仗，今天听说唐兵已到，为首的是二路元帅叫罗通，铁雷金牙问道："罗通是什么人？"

"你可别瞧罗通年纪只有十二三岁，但可厉害了。"

铁雷金牙一听，一个小小的罗通就这样厉害，气得他"哇哇呀"直叫唤，便命人放炮出兵，并要亲自迎敌。两旁的众将说道："杀鸡何用宰牛刀，我们先去打这头一阵。"铁雷金牙定要亲自出马，想着看来的到底都是什么人！

这金牛川是个山川，关口在半山腰，城门一开，队伍就在关前列开阵势。铁雷金牙到山下前勒马一看，大唐朝旌旗招展，营盘扎得跟蚂蚁盘点似的，特别是讨敌骂阵的这支唐兵队伍早已雁别翅排开了，为首是员小将，脸蛋长得漆黑漆黑，就像枣木炭心一样，黑得都亮光。手中擎一杆丈八蛇矛枪，他大喊道："来人，你是什么人？"宝林一看，来将的相貌十分凶恶，再看他手里拿的兵器，可真够吓人的。这种兵器不在十八般兵刃之内，十八般兵刃是马上九长，有刀、枪、棍、棒、戟、槊、叉、环、镗；而步下九短，则有鞭、锏、锤、杵、钩、剑、拐、镰、斧。铁雷金牙的这种兵器名叫踹牌，像个切菜板似的，上边都是狼牙钉。踹柄能有对掐多粗，这说明他的劲儿大。力气小的人是拿不动的，而他拿在手里，却像玩儿似的，这人的面貌可真叫吓人哪。宝林知道，这准是铁雷金牙，听他问是谁，忙回道："我是大唐敖国公爷尉迟恭敬德之子，名叫宝林是也！"

"你就是白狼关那个刘宝林？"

"呸！白狼关的刘国祯他是番犬胡酋。"

"小娃娃，你吃我国粮长大，现在投了大唐，回头又来打北国。要知道你是中原人，我早就把你这个小杂种掐死了！"说罢，摆踹牌就要上去。

旁边一将说道："都督，你为何亲自临阵，把这个娃娃交给我吧！"

铁雷金牙一看是副将金成，还没等铁雷金牙允许呢，金成催马就上去了。

金成喊道："刘宝林，我把你个无义之辈，看刀！"劈头就砍下来了。

宝林把他的大刀压住问道："你是何人，报上名来。我的枪明枪亮，枪下不死你这无名之鬼！"

"我乃金牛川铁雷金牙帐前副将金成是也！"说罢又是一刀，宝林摆枪接架相还。二人打了六七个回合，二马镫鞯相磨，宝林举枪奔他哽嗓咽喉刺来。金成躲也躲不开了，只好拿出挨扎的架势，就听"噗"的一声，这一枪从嗓子眼儿前边进去，枪尖从后脖颈露出来了，又一使劲，把尸体挑了起来，往旁边甩出去老远，大喊道："铁雷金牙，还不上前受死，你尚等待何时？"铁雷金牙一看自己的副将一上去就被挑于马下，他刚想上阵，只见又一副将已到阵前。

和宝林没战几个回合，又被宝林枪里夹鞭打死。铁雷金牙再也忍不住了，催马舞动踹牌就冲了上来。尉迟恭敬德一看儿子连杀两员番将，别提多高兴了，忙说："嘿嘿，好儿子。"

铁雷金牙上阵大骂尉迟宝林道："好你这条狗，吃饱了连主人都不认了，看打！"说罢，抢起踹牌"呜"带着风声就砸下来了。宝林知道他的力大无穷。兵书有云，遇强者智取，遇弱者活擒。他是力大降十会，我来个以巧破千斤，和他战，只能以智取胜他，宝林把枪招"啪啪啪"展开，紧进几招，万没想到踹牌碰枪上，就听宝林"呀"的一声。

第二十九回　一番将独胜仨唐将　二路帅临阵败落荒

宝林立功心切，所以他拼命和铁雷金牙恋战，可是他心里暗暗拿定主意，心说，这小子的劲太大，我的枪不往他的牌上碰，他就赢不了我，找时机，我的枪可以取他的性命。就这样，两人打在一处，宝林的十分能耐已减去一半，为什么呢？因为他的大枪总躲不过人家的兵器，碰上就得吃亏，所以真功夫就展不出来。宝林眼看自己的征袍都湿透了，决定不能再和他战了，只好败下阵来。可是，番将铁雷金牙的招数越打越快，宝林越是想撤还越撤不下来了！越撤不下来，宝林的心里就越加发慌，心里越慌，他的枪法就有点乱了，鬓角上的汗也直往下流。

就在这里，尉迟宝庆看出哥哥已经不行了，也顾不得什么了，俩人打一个。他一抖丝缰，催开战马，抖动大枪，就上来了，这就叫上阵亲兄弟，打仗父子兵啊！尉迟宝庆马到阵前"扑棱"一声，奔铁雷金牙的后背狠狠地刺去。

铁雷金牙听见背后有金刃劈风的声音，急忙一带马，宝庆的枪就走空了。

他回手，冲宝庆就是一踹牌，宝庆带马闪开，弟兄两个打一个，两条枪上下齐飞，但是也取不了胜。

正印先锋官秦怀玉心中暗想，这哥俩看来也难以取胜，既然打起来了，咱就别管是君子战还是小人战，打败敌将，取下关寨快去救皇上要紧啊。想到这里，他一催战马也上来了。

铁雷金牙并不害怕，他动枪、封枪，得空还要进招，边打边哈哈大笑着说:"我以为你们大唐官兵是头顶破天、坐下压塌地的英雄豪杰,闹了半天是一帮小毛孩儿呀。好吧,你们还有多少小娃娃都上来吧,我全包了。"他说完话,舞动踹牌,抵挡三条大枪,他是毫不在意,而且还越战越勇。突然间,他一抡踹牌冲秦怀玉就砸来了。

秦怀玉知道敌将力气大,不敢用枪去动磕踹牌,只好带马躲闪。不过他闪得慢了一点,踹牌正砸在秦怀玉的枪尖上,只听"当啷"一声,把怀玉的虎口都震裂了,大枪也接不住了,只好撒手,大枪落地。怀玉知道不好,想拨马跑,哪知道铁雷金牙翻手又是一牌砸来。怀玉一看,躲闪已来不及了,他急中生智,双手一抱脑袋,"咕噜"从马上就滚下来了,怀玉是躲开了。可是他的战马躲不了了!"啪"一踹牌把战马砸得骨断肉开,一声没吭,就被砸死了。

这时,宝林、宝庆的两条枪同时奔铁雷金牙刺去。

铁雷金牙不慌不忙调头抡起踹牌,只听"当当"两条枪全被磕飞了。

宝林、宝庆的枪虽然飞了,但是解救了怀玉,二人拨马撤回本队,怀玉也已回来了,兵丁们把他们的三条枪捡回来一看,全都弯了。铁雷金牙见三个唐将被他打败了一对半,便狂笑着说:"唐蛮子,你们还有什么能人,到阵前来受死,如果都是像这样的小娃娃,就不要再来了。你们没有到牧羊城救驾的本事,干脆从哪来的再回哪去吧!我有好生之德,不伤你们的性命。"

尉迟恭敬德被气得"吱呀呀"暴跳如雷,大声骂道:"尔等多大能耐,竟敢出此狂言,老夫来也!"一催战马来到阵前。

铁雷金牙一看上来一员老将,哟!老家伙,怎么这么黑呀,就像枣木炭心似的,黑黝黝的,黑中通亮。别看他长得黑,还真有大将的威风呀。

铁雷金牙看罢,问道:"来者老唐蛮,你是何人?"

"我乃大唐敖国公爷,复姓尉迟单字恭号敬德是也!"

"噢!你就是尉迟恭啊,还真不错,打了半天,算没白打,总算打出个上了年纪的老家伙来,我以为你们大唐没有大人了,尽弄些小娃娃来送性命,不过你来了,也不一定能顶用,只能说你比那些小娃娃们多活了几年,盐比他们多吃了不少。论打仗,恐怕你烙饼上抹油——白搭。"

尉迟恭听这小子说话也太损了,气得他"哇呀吱呀"叫道:"好哇哇呀……"

铁雷金牙不慌不忙地说："别看你保唐王李世民以来，在御果园单鞭夺槊，马跳红泥涧，打三鞭还两铜，日抢过三关，夜夺过八寨，是个有名的战将。不过今日遇我了，你也该自觉自愿到头了。"

尉迟恭敬德被气得虎目圆睁，雄眉倒立，大骂道："大胆的铁雷金牙，你这番犬胡酋竟敢出此狂言，是你休走，接枪！"说着便直奔铁雷金牙的咽喉刺去。

铁雷金牙抡动蹁牌往外就开，敬德顺势甩出枪纂，正砸在铁雷金牙的太阳穴。二人打了几十个回合，敬德退后，罗通马列阵前，大声喝道："番将，你休得猖狂，接枪！"

铁雷金牙提马躲开尖枪，一看又是小娃娃，这个小娃娃和前边那几个一样，只见他身高七尺开外，细腰窄背，双肩抱拢，面如敷粉，通天鼻梁，两道剑眉。铁雷金牙眼都看直了！嘿！这个小娃娃是怎么长的呀？这么好看。

铁雷金牙心中不住暗暗夸赞，就听罗通大喊道："哒，我问你姓甚名谁，报上名来，好在我枪下做鬼。你因何不战？"

罗通这一声喝喊，把铁雷金牙吓得一哆嗦呢。原来他只顾打量罗通了，把打仗这个事给忘了。所以听罗通一喊，他被吓了一跳，忙问道："小娃娃，你先休问我，我问问你是谁？快快报上名来。"

他张口娃娃长，闭口娃娃短的，罗通从心里不爱听，他回过："好说大娃娃。"

铁雷金牙心里说，这倒好，我管他叫小娃娃，他管我叫大娃娃，又问道："啊，娃娃，你本来年纪幼小，我是问你姓什么叫什么。"

"你要问我叫什么，你在马上坐稳，可别把你的三魂吓掉了，我的祖父乃是北平王罗义罗延超，我父拜越国公之职常胜将军罗成，我乃扫北二路元帅罗通是也，再往下问，就是你的帅爷到了。"

铁雷金牙一听，我当是谁呢？闹了半天，杀来杀去把二路元帅给杀出来了。

"哈哈，哈哈，哇呀呀"一阵狂叫，又说："小娃娃，原来你就是二路元帅呀，不过我一见面，就有爱慕之心，我看这仗就不要打了，莫如你下马来，跪在我的面前，我愿将你收为义子，你就认我为义父，你看如何？"

罗通被气得"呀呀呀！"，突然一口唾沫就咔出去了。铁雷金牙正晃着脑袋美着哪，没提防"啪"了他一脸，心想，我这脑袋成痰桶了？他用手抹了一把说："娃娃，你这是……"

罗通心想，这小子的力气连胜我好几员战将，我得用快枪赢他。想罢，他展开招数。你看他"啪啪啪"一枪紧似一枪，一枪快似一枪，一路大枪分三路，三路大枪分九路，九九八十一路，一路比一路快，一路比一路强，大枪尖，上三枪，下三枪，左三枪，右三枪，前三枪，就像金鸡碎米似的，把铁雷金牙围在当中。

铁雷金牙的踹牌抡不起来了，因为大枪来得太快，他只顾架了，没有还手功夫。踹牌刚要碰上大枪，枪又撤回去了，刚抽回踹牌，"唰"，枪又到了，他赶紧往下又砸。

这种打法没过几个回合，就把铁雷金牙累出汗了。铁雷金牙暗自夸赞，枪也太快了！打了二十多个回合之后，铁雷金牙就找到罗通的门路了，心想，他的枪法也巧！人常说一寸长，一寸强，一寸小，一寸巧，他的枪不只是又快又狠，还特别巧，他把大枪颤抖开，我的踹牌空有力气，使不上，光挡他的枪头了，来不及进招还手，闹得我光忙活，真像武大郎打高粱似的上抓下挠。我得想法占上风，他看罗通的枪刺来了，装作用力过猛的样儿猛往外接枪。

罗通见他来砸抢，急忙撤枪回来，以为他用力过猛，把踹牌抢过去了。不等他踹牌抽回来，再复一枪，准能取胜。

罗通不知道铁雷金牙这是一计，佯装失机，其实他早有准备，他往外磕枪并没用猛劲，见罗通果然枪又扎来。

他翻手，用踹牌又去砸罗通的枪，吓得罗通赶紧把枪撤回来，心中暗想这小子真不傻呀！

两军阵前打仗，各有各的心眼，光凭力气不行，光有巧战也不行，得有勇有谋才行啊！阵前看来是打仗，其实也是在斗智。又一个回合，他拧住枪杆，硬往怀里拽，他的劲可比罗通大得多呀！他这一拽，罗通知道坏了，双膀较劲，想把枪夺回来，可是自己的力气没有人家的大，拽不过人家。铁雷金牙又把踹牌担在枪杆上，往前一推，这叫分筋错骨式，如果你要不松手，十个指头全都保不住。

罗通只好松开双手，这要松手，枪篡这头就沉下来了，踹牌也就往下去了。可是，此时罗通已两手攥空拳，这手中没有兵器了，这仗还怎么打？所以，他拨马往下就败。铁雷金牙喊道："罗通，你往哪里走？"如果刚才他要再砸一踹牌，罗通也就完了。

因为他想拿活的，所以就没砸他，一催战马，就追下来了。此时，罗通可为难了，再战吧，没兵器了，虽然背后有银装铜，但根本不能取胜，往本队跑吧，番将追赶上来，我一引路，他必定要马踏自己的大营，那唐朝的损失可就太大了。于是，他宁愿自己死，也不跑回本队。想到这里，他只好落荒败走。

铁雷金牙一看，罗通落荒而败，他更高兴了，心想，你已进入我们北国地界，我看你还往哪里逃？

第三十回

摔断铁锁私奔塞北
初战猛将显露锋芒

铁雷金牙一定要抓活的，所以他一边紧紧追赶罗通，一边把蹿牌交在左手，就把右手腾出来，大声喊道："娃娃，看你往哪里跑？"

此时此刻，罗通真是心急如焚，打又打不了，跑又跑不得，便暗暗下决心，宁可一死，也绝不入敌人之手。

就在这时，罗通听有人喊道："哥哥哎，不要害怕，你往我这里跑。"

罗通一听声音怎么这么熟，抬头一看，从对面山坡上，疾风似的飞下来一匹战马，马上一位年轻将官，手端一对大锤，边跑边喊："哥哥，你往这跑。"罗通就是一愣，惊道："啊！原来是二弟，傻兄弟，快躲开！快躲开！"

"哥哥，你说什么？"

"傻兄弟，我叫你快跑。"

"哥哥，干吗跑哇，你甭害怕，有我啊。"说话的功夫，罗通的马就从他的身边跑过去了。铁雷金牙还是紧追不放，看看前边这个小将让过罗通了，把马头一拨就把敌将挡住了。

铁雷金牙的马一惊，"哗"一打调头，吸溜一抖，就把前腿竖起老高，差点没把铁雷金牙甩下去。这马的前足一落地，跑了半个圈，才抹过来。

这可把铁雷金牙吓坏了，他双手紧拽住铁过梁喊道："吁吁吁……呔，什么人？"

"问我呀，嘿……中原人。"

铁雷金牙一看对面这一匹混红马上，端坐着一员小将，跳下马来能有八九尺高，可看上去岁数并不大，也不过就是十四五岁的样子。头上没有戴盔，身上没有挂甲，戴一顶八桂壮士帽，短衣襟，小打扮，英雄靠憋拧了麻花扣在前胸系着，手里拿着一对八棱银锤，像笆斗似的，和他年纪极不相称。原来，这位小将正是罗通的弟弟罗仁。罗仁和罗通并不是亲兄弟，罗仁是老家人罗安的儿子。罗安是从小就跟随在北平王罗义的身边，有了儿子罗仁之后妻子就死了，罗安就叫罗仁拜庄氏为母。庄金锭很喜爱他，不仅把他抚养大了，而且让他学了一身好武功。渐渐地，罗仁和罗通就成了形影不离的伙伴。罗仁的性情实且直，比一般人心眼少，反映也慢一点，可罗通和他很对脾气，这次罗通教军场夺二路元帅，还是罗仁从后窗户把他放出来的。罗通一看见是弟弟，怕他吃了亏，急喊："二弟，快闪开！"罗通的意思是"后边那小子厉害，别碰着他，碰上要吃亏的"。可是罗仁的马让过罗通，便横冲过来挡住了铁雷金牙。

铁雷金牙大怒道："娃娃，你为什么挡住我的去路？"

"前边那个是我哥哥，我是他的兄弟，上阵亲兄弟，打仗父子兵，你想追我哥，就得把它胜了。"他说着，就把大锤一晃，"你若是我双锤的对手，咱什么话也不说，若不是我双锤的对手，我一锤把你砸成肉馅饼，叫你回姥姥家喝豆粥去。"

铁雷金牙听了，忽道："小娃娃，你叫什么名字！"

"姓罗，一字叫仁。"

"哦，原来，你是罗通兄弟，你哥哥败在我手下，你还能是我的对手之将吗？"说罢抡蹚牌就砸。

罗仁说："小子有家伙不用，把你们家切菜板拿出来了。"一边说，一边抬锤就接架。

这可把罗通吓坏了，心想："我的傻兄弟呀，你怎么和他碰硬，你能是人家的对手吗？"

这时就看牌锤相碰，"当！"这一下子就像打雷一般。

铁雷金牙的蹚牌"呼"的一下回来了，只得坐在马上往后倒退了好几步，心想，这孩子好大的劲儿呀。

罗仁的锤也碰回来了，他嘿嘿一笑："好小子，你这牌真不小，来，咱俩好好对付对付。"

罗通开始还为兄弟担心，一看罗仁把踹牌打出去了，心中暗暗称赞，我兄弟的劲儿真不小啊，忙说："兄弟，他是番犬胡酋，别给他留情。"

"我知道，他跑不了啦，这块臭肉就叫臭在这儿吧。"罗仁随后冲铁雷金牙喊道，"你小子叫什么名字啊，好叫阎王爷把你的名字勾了啊。"

铁雷金牙听了这话气大声叫道："小娃娃你可坐稳了，你铁爷说出名来别把你吓趴了，我乃铁雷金牙是也！"

"啊，怪不得你的劲儿不小呢，原来你是金的呀，你就是块钢、是块铁，我也把你打成物件。"

就这样，俩人战在了一处。罗仁可不像别人似的都不敢碰他的踹牌，他可不管那套，专门往踹牌上碰，抡圆了大锤像打铁似的"叮当叮当"砸，要是晚上都能看见火星子直冒，俩人看样子战了二十几个回合，仍不分胜负。

罗通扫北

第三十一回 连夺三川罗仁逞强 黄龙岭前少保观阵

再看罗仁却不慌不忙地抡起双锤，搭成十字架往上就担，从下往上顶，那得多大的劲呀，就听"当"一声响，镋牌被崩回来了。铁雷金牙差点儿没来个坐蹲儿，往后蹦了一下，不由得喊了声："好大的劲儿呀……"

罗仁说："先甭叫好，劲还在后头哪，头一下完啦，再来第二下。"

第二下铁雷金牙不举起打了，他把镋牌抡起来抡圆了往下砸，这劲可就更大了，只听又是"呜"的一声。

可罗仁还是双锤并举，抡起来斜着身子就往上碰，又是"当"的一声，借着山谷的回音，震得铁雷金牙的耳朵直响，这第二下又给崩出去了。接着就是第三下。三下打完了，罗仁哈哈一笑说："小子，你打完了，该我打了吧，站好了。"

铁雷金牙也是个实在人，心想："打完人家啦，该轮人家打，那就打吧。"

他把双腿岔开了，并紧把挨揍的架子拿好了，说："娃娃，你的劲儿可不小啊，打吧。"

"劲儿小敢和你这么打吗？你站好了，看打。"罗仁说完，单膀抡圆了，这叫锤打悠身式。

铁雷金牙也把劲攒足了，不但光能打人，也得学着挨揍啊，把踹牌往上一顶说声："开。""当——"因为罗仁是单锤，铁雷金牙用手一磕，就把罗仁的单锤磕回来了。

刚才铁雷金牙打罗仁的时候，打一下中间歇一会，罗仁就可以缓缓劲。这回罗仁可不给他缓劲的功夫，头一锤刚打完，铁雷金牙想动动地方再接第二锤，可罗仁说："别动，接锤。"第二锤又下来了。

铁雷金牙正抬腿想动动地方，就听说接锤，他急忙再举踹牌去磕大锤，还好总算把锤又磕出去了。他还没来得及喘气，这第三锤接着就又砸下来了，铁雷金牙也急了，慌里慌张地把吃奶的劲都使出去了，举踹牌拼命往上再接，只听又是"当"的一声，虽然把锤抢出去啦，这脚可站不稳了，"噔噔"往后直倒退，罗仁用锤前一推，正对着铁雷金牙的前胸，当时就把他推的蒙头转向，一屁股坐在了地下，罗仁向前冲他的脑袋又来一锤，这肉锤哪碰得过铁锤，铁雷金牙一看不行了，死了吧，一锤把脑砸酥了，罗仁扒拉着死尸叫着："小子，快起来，还打不打了？"

罗通一看兄弟真傻呀，人都死了还能起来吗，忙催马到跟前下马说："兄弟，你把他的脑袋砸烂了，他还能起来了吗？"

"我知道，我这是开个玩笑，哥哥，我给你施礼了。咱哥们的武艺高强谁不知道，你怎么叫人家追得直跑啊，我再晚来一会儿你的小命就玩完了，是多亏了我吧？"

罗通非常感动，心想：若不是二弟赶到，不是我命休矣，也是叫他活拿去了！他忙说："二弟，你是哥哥的救命之人啊，你要晚来一会儿，哥怕是真的难以保命了。"

"你看看，我这一说你还认起真来了。咱哥俩有什么说的，哥，你知道我多想你啊。当初我说过，你夺了二路元帅，我给你当个先锋官，你要嫌我当先锋官不够格，给你当个马童也是好的，怎么你走也不告诉我一声，想得我饭都不用吃。"说着罗仁在耷拉着脸，像是要哭的样子。

"傻兄弟，哥哥能不想你吗，母亲不告诉你，怕你跟哥哥走，咱们哥俩一个尽忠，一个尽孝就行了，可是谁知道你……"

"什么尽忠尽孝的，只要咱哥俩在一块就行了。"这时，两个家人也过来了说："二位公子，快上马吧。"

主仆四人便各自上马，罗通叫家人把铁雷金牙的战马也带回本营，他们刚到阵前一看，北国将官还在等着铁雷金牙呢。唐营的小将们也正在寻找罗通，二路帅落荒了哪能不找哇，程咬金压住阵脚，把小将们都派出去找罗通。恰巧这时，罗通回来了，一见此刻的大好时机，便命小将们快告诉程咬金一举抢关。于是罗通、罗仁便催马奔阵前而来。

金牛川的偏副众将知道主将铁雷金牙追杀败将罗通，准能活捉罗通回来，所以他们没有收兵，结果等了半天，一看罗通回来，可能主将阵亡了，再收兵已是晚了，罗通、罗仁已要杀上来了。北国的这些将官本来看见主将没啦，人心都散了，哪还有心再战，再说这些偏副官也不是罗通的对手之将，所以北国兵大败而退，罗通、罗仁带兵紧紧追杀。

程咬金可是久经战场的名将，一看这情况心里全明白了。一听小将们来报说要抢关，他可来精神了，大斧一摆督队传令："马步三军火速抢关夺寨。杀！""哗——"众三军就像海水来潮，黄河决口一样，向敌人压了过去。

北国还没来得及收兵，唐军就杀上了金牛川，这叫乘虚而入，一举大获全胜。进城后，罗通便出榜安民，清仓查库，整理城池，待把军务一一做了安排，便回帅府，聚集众将，并说明了罗仁打死铁雷金牙的经过，随后便让罗仁和大家一一见礼。

罗仁这个乐呀，看见这帮小将中铁牛、万牛、怀玉都在，便笑道："嘿嘿，太好啦，你们都在这儿哪！"

大伙一看，也都挺高兴地说："嘿，傻小子，你也来啦？"

"别管我叫傻子啊，我可不乐意听，说我傻的人他就是傻子，再把我叫急了，我就全把你们掐死。"大伙一听，这个乐呀，多了这么一个傻子不要紧，可给大营增添了威风和欢乐。

程咬金也挺高兴，心想："庄金锭护着那个，那个跑了，捂着这个，这个也跑了，结果这儿子都到营中来啦，看起来呀，龙生龙，凤生凤，耗子儿捣窟窿啊，想藏是藏不住的呀，他们哥俩到了一起那就更好了，给罗通也添了个左膀右臂。"

他们在金牛川只歇了一天，便发兵银牛川，被守关主将挡住，只一仗就被罗仁一锤砸下马来，强夺了银牛川。再往前就是野马川了，守将很勇，手使枣杨槊，结果在罗仁的面前没走三合也死于马下，唐兵没费吹灰之力又取了野马川。罗通是非常高兴，二弟本领过人，力气又大，为给他奖功，唐兵在野马川多歇了几天。

傻爷乐得嘴都合不上啦，他"嘿嘿"直笑，长这么大，还没打过仗呢，经这么一打呀，觉得挺好玩，也挺有意思，便扬言以后的关关寨寨我罗仁全包了，还叫包圆儿。

程咬金却悄悄告诉罗通说："罗通啊，你兄弟是员猛将，可是少点谋略，多少有点傻气，阵前打仗你可千万多加小心，不能光靠他的猛……"

罗通点头道："对，四伯父，这一点孩儿我想到了，以后注意就是。"

为什么程咬金这么嘱咐？别看程咬金没当元帅，他可是经世面的人，经得多，见得广，又有些韬略。有些事情看得很清楚，做一个元帅你得懂三略六韬，有用将之法。也就是说，有好将，你得会用。所以，程咬金提醒他。

在唐营歇兵的事后，野马川的兵败到了黄龙岭，镇守黄龙岭的正是突鲁公主，是员女将。

突鲁公主是谁呀？就是北国赤壁保康王架下突鲁丞林丞相的女儿。这位突鲁公主是白莲圣母的门徒，有些本领在身，而且长得十分俊俏，狼主非常喜欢，把她收为义女，因她是王的女儿，故便称其为公主。这个黄龙岭由公主做主，特别是她还有个姐姐叫突鲁花，这个突鲁花早年父亲去世，三岁的时候母亲又没了，突鲁丞相把这个侄女拉扯大，就是有点儿傻，长得倒不丑，就是不懂得什么叫美，穿衣不爱打扮，所以大家都认为她丑。

可是她有一身的好本领，从高山医师傅学了六年艺，手使一对八棱镔铁锤，力大过人，为什么让她姐妹镇守黄龙岭呢？只因为程咬金搬兵回朝，左车轮担了不少事，浑身是口也难分诉，埋怨他不应该上他的当。

程咬金是个嘴尖舌利的人，能把死汉说得翻了身儿，听他说是回白狼关运粮，其实根本就没有那回事，派人一打探，果然是回朝搬兵了，探马一报，二路帅来了，把个左车轮气得直骂："好你个程咬金，等我把你捉住，非用修脚刀刮你不可。"

所以，左车轮派能将把守得关关寨寨，你搬兵也白费劲。你们唐朝的主将都困在牧羊城了，里无粮草，连饭都吃不上，我把你困得没办法了，就得递降书。我也不理你，我乘虚直取京，夺过江山，他可万没想到，这个二路元帅，人小本事可不小，已经破了许多关寨，现在已到了黄龙岭。野马川的败兵跑来拜见公主说："野马川丢了，守将已阵亡。"

突鲁公主大吃一惊，问道："唐朝二路帅，他是何人？"

"回公主，听说是个小孩子，叫罗通。"

公主一听说是个小孩子，她这气可就大了，一个小孩子竟敢来北国撒野，看来我北国的战将也太……等那罗通到来，我再亲手拿他。

公主手下还有两员大将，也就是铁雷金牙的两个兄弟，一个叫铁雷银牙，一个叫铁雷八宝。

他俩听说哥哥铁雷金牙阵亡了，三川也丢了，真是气冲斗牛，摩拳擦掌地说："公主，唐军如到两军阵前，不用公主亲战，我们兄弟一定把他擒于马下。"公主说："不用着急，我自有胜他之法。"公主回了后宅，她的姐姐突鲁花就问："妹妹，听说大唐的兵到咱们山下啦？"

"到野马川了，没到咱这儿呢。"

"他们要是来了，我得到阵前和他们一战，我这功夫可不能白练，锤也早就馋啦。"

"我的傻姐姐，你又来了。"

"哎，你再管我叫傻姐姐，我拿锤揍死你。"

"好吧，等敌将来的时候，叫你去就是了。"

这天，山下炮声连天，公主披挂整齐，登城头往下观看，这个黄龙岭的城也在山腰上，只有南北门，没有东西门，因为东西两面都是山。往下一看，大唐营盘扎得像蚂蚁蚁窝似的，营盘扎得很坚固，说明主帅有韬略之将。扎营的说道很多呀，行家伸伸手，便知有没有，行家看门道，外行瞧热闹。

从外表一瞧这营扎得怎么样，就知道你这主将有没有能力，如若松松懈懈，说明主将不怎么样。众将救驾心切，便纷纷讨令，罗仁包打前敌。第二天一早，罗通点齐众将，叫程咬金守住大营，并要亲自到阵前一观。

程咬金说："好，你亲临阵前派将出马，我当然放心，不过我还得嘱咐你，千万不要太着急，虽然就剩黄龙岭了，可不要轻敌，轻敌定要受害，救驾的心太切，急中就会出错。"

罗通心里明白，点头答应："是，四伯父放心吧。"

程咬金说："老黑呀，你就陪我在营中吧。"尉迟恭敬德本想去阵前，听他一说只好回在营中。

— 227 —

"叨叨叨"六声炮响之后，大唐营亮队出阵，队形整齐，有长枪手、短刀手、藤牌手、弓箭手、挠旗手、捆绑手，众将士个个盔明甲亮，精神百倍，各拿刀枪棒分为左右。

正当中是各家少国公，一伙小将保着二路元帅少保罗通。左边是秦怀玉，右边是尉迟宝庆两位先锋，什么黄彪、李奇、齐天胜、侯山、丁海、程铁牛等人都在罗通身后。特别是傻爷罗仁把一对亮银锤横在马鞍桥上搭成十字架，腰板挺直，这个威风劲就甭提了，好像众星捧月似的保着罗通。

罗通银盔银甲白马银枪面如冠玉，真像雪裹银装一般。怀抱令旗令箭，身后是一杆帅字旗，这杆旗是月白缎子底翠蓝飞火沿，像亮银葫芦像斗大的一个"罗"字啦！这些小将有高有矮、有胖的有瘦的、有黑的有白的、有马上的也有步下的，真是胖大的威风，瘦小的精神，黑的脆生，白的漂亮，都是威风凛凛，杀气腾腾。

把队伍摆开，罗通压住阵脚在门旗下勒马挺身往黄龙岭上一看。此关是在半腰上，城门已经大开列好了队阵，一排排刀光耀眼，一队队长枪林立，一声声战马咆哮，一阵阵鼓炮齐鸣，那个漂亮就甭提了。

当中旗门阵脚下是一匹桃红坐马，马后有七八个十六七岁的大姑娘，都穿着粉红短襟，外边套着斗篷，每人怀里顺着柳叶短刀，前边为首的这个姑娘，头戴七星蛾子冠，披着锁子连环节艾叶甲，内衬石榴花的征袍，粉红征裙分为左右，中衣粉红色的，足下一双响牛皮战靴，这个精神劲儿。

再往脸上观瞧，细眉弯如月，水汪汪的大眼睛就像会说话似的，一看就知道是个聪明伶俐的姑娘。

罗通倒吸一口冷气，北国和我们中原大不相同，要在中原，像这么大的姑娘只能在楼上绕针走线，大门不出二门不迈。她这个撒野的丫头竟然跑到两军阵前来了，看来北国是没有能人了，男的可能被我们杀光了。这女流之辈能有什么能耐，罗通开始有些轻视这个姑娘。

罗仁也一眼看见了这个姑娘，便叫道："哥哥，你瞧，当间那是个女的。女的还能打仗，可都说骡马不上阵啊，草鸡公鸡能一块斗吗？"

"哥哥那个人是公是母啊，真好玩，我去对付对付她，这仗我包啦。"

第三十二回 战铁雷怀玉临风险 傻英雄智取女番将

罗通看完敌阵，罗仁要讨令上马。突鲁公主听见大唐营炮响三声，便兵分左右，列成二龙出水式，为首者是一员小将，是那样威武。她刚要问何人打头阵，就听有人说："公主，这头阵让给我吧。"一看正是铁雷银牙，公主说："要多加小心。"铁雷银牙答应一声就马撞前敌去了。罗仁刚想出马，就被罗通喝住了："兄弟，要听令。"然后他冲秦怀玉说："先锋官先打头阵。"

秦怀玉接了令箭催马到了两军阵前，细看敌将，好像哪里见过，觉得特别眼熟。其实，秦怀玉并没有见过铁雷银牙，不过他是铁雷金牙的弟弟，长相有些相像，他使的槊叫指，因为槊有好几种。

秦怀玉问："来将何人，快快地报名来，我这枪下不死无名之辈。"敌将说他是铁雷银牙，然后怀玉也报了姓名。

铁雷银牙怒道："秦怀玉，速速交出打死铁雷金牙之人，我要为哥哥报仇。"

秦怀玉不容他往下多说，抖枪就刺，二人就打上了，打了二个回合，怀玉见他力气很大，久战下去要吃亏，我得快赢他，就在二马错镫时，他把背后的熟铜锏就抽出来了，这是秦家祖传的撒手锏，他手疾眼快，一锏正打在铁雷银牙的后脑勺上。只听"啪嚓"一下，铁雷银牙的脑袋就碎成了豆腐脑，辣椒油都撒上了，死尸滚落马下。

铁雷银牙这一阵亡，铁雷八宝气得眼珠子都红了，便大叫一声，一催战马摆镫就上来了。他使的是一对双把牛头镗，见面二话不说，"当"一镗就砸下来了。

秦怀玉见他的镗沉劲猛，没有直接用枪去接，将战马往外一提，躲开头一镗，双手拧枪问道："来将是什么人？"

铁雷八宝哇呀怪叫道："铁雷银牙是我二哥，我叫铁雷八宝，我要为二位哥哥报仇。"原来铁雷金牙四兄弟都是力大艺高的战将，老大铁雷木尔在牧羊城被齐国远的假锤给锤死了，老二铁雷金牙在金牛川又被罗仁的三锤砸死，老三铁雷银牙刚才又让秦怀玉撒手铜打得脑浆崩裂，现在就剩下他自己，他是非报仇不可。

秦怀玉说："金的银的都不行，你这八宝能取胜吗？看枪。"

铁雷八宝摆牛头镗拨开大枪问道："你是何人？"

秦怀玉说："是你先锋秦怀玉老爷到了，看枪。""噗噗噗"一连就是三枪。

铁雷八宝舞动牛头镗接架相还，二人打在了一处。铁雷八宝比铁雷银牙劲头大得多啊，他的镗沉招数又猛，心急手也快，每一次兵器抢起来都带有风声，"呜呜呜"，上下翻飞，这镗招很绝，这小子用的是二十八宿星镗，真是又急又快，招又绝。

铁雷八宝把镗招展开，镗镗紧逼。

秦怀玉一条枪接架相还，能躲便躲，能闪便闪，二人打了十几个回合。敌将虽然力气大，可秦怀玉的枪法也很巧啊，没想到怀玉的大枪扎去却被铁雷八宝的双镗夹住了，再想撤枪可就回不来了。铁雷八宝要夺枪也不容易，他想把怀玉扭近一些，好翻手砸他个泰山压顶式，来结束他的性命。

秦怀玉也知道他用这一招，可是一时又想不出解脱的办法。

正在这时，秦怀玉有人喊一声："好小子着打！"从铁雷八宝背后打来一锤，可把铁雷八宝吓坏了，他听见背后金刀劈风的声音。来的是谁呀？正是罗仁，因为罗仁早就想打头阵，可罗通没让他去，所以他非常注意阵前的战事。他一看见怀玉哥哥被敌将给夹住了。他也不懂军规，什么叫讨令，一撒战马就上来了，在敌人背后，抢起锤就砸。

铁雷八宝知道了，他两腿一夹这匹马，马就往前蹿，战马都是久临战场练出来的。拉大车的马打仗用不上，马上的战将全靠好马呀，比如马的嚼环是左右两根绳，通着马镫，左脚踢镫往左拐，右脚踢镫往右拐。两脚端镫，这马就往前跑，想叫马站住，一勒缰绳就站住了。所以说，战马是练出来的。现在他发觉身后来了兵器，两腿端镫马往前一蹿，罗仁的大锤就走空了。

罗仁说："好小子，你还会躲。"

铁雷八宝的马跑出去，自然也就把镫敞开了，秦怀玉的枪就放出去了。

罗仁冲秦怀玉说："哥哥，你回去看着，我打！"

秦怀玉心里非常感谢罗仁，心想，不是你上来，我就危险了，他信任地向罗仁点点头，一拨马头就回本队去了。

罗仁冲铁雷八宝冷笑道："小子，过来呀，别叫我费事了。"

铁雷八宝调过马头一看是个小孩，可手中的两把大锤可不小，忙问："你是什么人？""中原人。"

"你叫什么名字！"

"听我告诉你啊，你要坐稳了，可不要吓趴下，队伍当中那小白脸是我哥哥。他叫罗通，我是他弟弟罗仁。我哥哥挂了二路帅，背着我来扫北，我知道后也就来了，娘也不让我来，我就偷偷跑出来找哥哥来啦，小子，你明白吧。"

"你叫罗仁，我问你，金牛川的铁雷金牙死在何人之手？"

"什么，噢，想起来啦，一对三下那小子啊，不是我打死的，是怪他的脑袋不结实，碰在我的锤上了，他的脑就酥啦，能怨我吗？"铁雷八宝听了气得吱呀暴叫："好啊，原来我哥哥是你打死的。我要替哥哥报仇，打！"这镫就打来了。

"等会儿，你姓什么东西，叫什么玩意儿。""你打死我的哥哥，我要为兄报仇，少说废话，看打。""好哇，既然是他兄弟，正好你哥哥等着你呢，冲你摆手叫你去呢。我成全你们兄弟见面，也送你到阎王爷那报名去吧。"罗仁一边说着，一边用大锤碰他的牛头镫，两个人的胳膊都震麻了，都禁不住地说："好大的劲儿呀。"两人打了二十几个回合，仍不分胜负。

罗仁是力大锤沉，锤法绝妙，越打越猛，越战精神越足，边打还边喊："好小子这才过瘾哪，看家伙！看住！再看这一下！"可把铁雷八宝砸蒙了。

罗仁和铁雷八宝打了二十来个回合，十几个照面，心里暗想："别和他打着玩啦，快送他回姥姥家去吧。"想罢，就在二马错镫的时候，罗仁用了个回马锤，把身子一扭，这叫犀牛望月，抡锤就砸。

要不说阵前打仗一时大意，一不小心就有生命危险。铁雷八宝想二马镫进能够喘口气，歇一歇，哪承想罗仁来这一招哇，听见锤声了，可也躲不开啦，只好用左手的镗挡住背后锤，就听"当——"

大锤砸在牛头镗上，镗又碰在他的后心，就是这样把铁雷八宝震得差点没掉下马来，等马调过头又是个对面，罗仁举锤就砸，铁雷八宝双镗十字架住往外就砸。哪知道罗仁用的是连环锤，左右开弓连着就是三下，可把铁雷八宝吓坏了。也就是铁雷八宝，换了别人早就完了。铁雷八宝拼命地接他三锤，觉得心口发热，嗓子发腥，眼发花，他不敢回来再战，败回本队去了，结果，刚到本队就顶不住了，"哇……"这口血就吐出来了，身子一晃，就趴在了马背上，兵丁们赶快把他搀扶回去了。

罗仁这个高兴啊，大声说道："小子，算便宜你了，再让你多活两天，以后再碰上的时候，我再取你的脑袋。小子们，谁还上来，那个大姑娘过来吧。"那意思是你快过来，我把你拿回营去好和我哥拜堂成亲。

正在这时，从北国队里冲出一匹马，摆着八棱镔铁锤，边跑边喊道："好小子，你——"

罗仁一看，乐道："嘿嘿又来了一使锤的，我使锤你也使锤。哎，你是男的还是女的呀？"

来的正是突鲁花，这位姑娘也没讨令，撒马就上来了，怒道："好小子，你伤了我们的将官，这回本姑娘和你对付对付。"突鲁花说话的声音也是瓮声瓮气，她和罗仁说起来好像杏熬倭瓜一个味。这俩人说起话来了，哪是打仗呀，两边观阵的直打鼓，"咕咚……"催阵鼓是催阵的，两国打仗只有相杀而无相近，这俩人全不管，说起闲话来啦。这俩人啊，你一言我一语说上了，罗通一看他俩比比画画，不知说什么，心想："我的傻兄弟呀，你在干什么呀。"命人再打催阵鼓。

这俩人根本不慌，说得更有劲了。

罗通一看，俩人说起话来没完了，哟呵，拉起架子啦，要动手。

果然两人动手了，他俩动手都不会藏奸，一个大锤砸下来，一个大锤迎上去，都是实打实的呀，八棱镔铁锤碰到八棱亮银锤。

突鲁花大叫一声："哎呀，罗仁，你的劲儿还不小啊，多亏碰见我了，换了别人还真招架不住哪。"

罗仁说:"可不是吗,要不是碰见我,你那大锤也够厉害,我说咱俩今儿定分个胜负。"

"那当然了,不分胜负谁也不许回去。"

"那当然啊,要说了算呀,那可不是狗熊,是英雄。"

这两人,手也不闲着,嘴也不闲着,"叮当叮当"战到一处。马来马往杀了有二十几回合,俩人也不愿意在马上打啦。他俩都是不顶盔、不挂甲,跳下马来把缰绳一扔就不管了,俩人在地下你一锤我一锤"呜呜呜"又杀了起来。

突鲁公主一看心中暗想:哎呀,我的傻姐姐,时间长了还得了呀,莫如鸣金收兵。

两军阵打仗的规矩是闻鼓则进,闻金则退,要听见阵鼓响,是刀山你也得上,是油锅你也得跳;即便在打得最热闹的时候,眼看取胜,后队锣声一响,你就得回来。

如果不听,那是违令,则定斩不饶,这是武将的规矩。可是这两人都不住手,"当啷啷",敲锣啦,你就是把锣砸破了,突鲁花也不回去。

罗仁听见了:"哎,你们队里敲锣?"她是诚实人,听说敲锣,她回头往本队瞧,她这一瞧就露空了。

罗仁这阵儿来了聪明劲儿,一看突鲁花往回瞧。他借这个机会,往前一纵身,又抢锤往前后一闪,冲着突鲁花的大胯上就是一脚,"嘣",锤里加脚就踹了她一下子。

突鲁花正回头看,也没加小心,这一脚实实在在给踹上了,"噔噔噔噔"一个大前趴就趴下了,锤也扔了,她刚想要起来,罗仁一个箭步就蹿上来,来了个张飞大骑马,"呗"的一下子,把突鲁花骑在下头。突鲁花被人骑上了,生气地说道:"嘿,好小子哎,这叫什么招,赢我也不露脸。"

"你不服哇,不服没关系,我是打跑不打卧,你起来,这招不算,你起来,重打。"

突鲁花气得"呀呀"直叫,捡起大锤又上来了,俩人接着又打,一边打一边说:"小子,这你可不能算能耐,人家回头,你干吗给人家来一脚,这锤里加脚不算数。"

"什么不算数哇,我让你一招。"

俩人打着打着,不知怎么着,傻小子罗仁脚下使了绊子,这位傻姑娘"噔噔噔",又绊了坐蹲儿,没等她起哪,就被罗仁把她搂起来了。俩人又打在一起,打着打着,罗仁来了个饿虎扑食,却扑空了,便用脚一勾。

突鲁花毕竟比罗仁傻一点,又被绊倒了。得,一连倒仨跟头,算输啦,走,我跟你进唐营,咱俩呀,拜天地。

第三十三回 赤壁保灵王被活擒 突鲁公主力战罗仁

突鲁花和罗仁打仗，一连输三次，她是个实在人，站起身来说："得啦，得啦，我认输啦，你比我厉害，还不行吗？"

"你说话算数啊？"

"当然算数。"

"那，你跟我进营！"

"跟你进营，咱俩拜天地。"

可把罗仁喜坏了，他俩乐呵呵地手拉着手进唐营来了。

罗通可被气坏了，心想我的傻兄弟呀，这、这成何体统。

突鲁公主也气坏了，心想，我这个傻姐姐，怎么能够和唐将携手揽腕，进人家营里去干什么呀。想到这里她也顾不上公主的身份了，大声喊道："姐姐，回来，突鲁花，回来！"

突鲁花听见装没听见。

不管突鲁公主怎么喊，突鲁花也不回去，而且还把身子扭过去。一只手和罗仁拉着，一只手往后边甩了两下，嘴里还说："别喊我了，我跟他上唐营了。回去吧，我不回去了。"他俩都不知道什么是军规、什么是将令，俩人很随便地并肩边走边说边笑，叽叽嘎嘎地还挺投缘。

突鲁公主一见姐姐不回来，气得她急忙起身要亲自上阵。正在这时，就听城上"当嘟嘟"锣声响了，突鲁公主大吃一惊："什么人在这个时候鸣金收兵，而且我是主将，正在阵前，城内鸣金必有大事，这是谁鸣金呀？"想罢，她回头往城上一看，"嗯"了一声，赶忙把手一摆，撤队收兵。

罗通见敌阵收兵，也收兵回营，回到帐后就命人叫罗仁上帐。

"叫我干什么？"

"元帅叫你进去啊。"

"噢，我哥哥叫我，好，我就去。"他正和突鲁花闲谈，说得正起劲，听说元帅叫他，他低声对突鲁花说，"走，跟我见哥哥？"俩人手拉手从外进来了，帐中的众将早把这事看在眼里，一个个乐得呀，都憋得肚子怪疼，只是不敢笑出声来。因为这里是元帅帐，谁敢嘻嘻哈哈呀，只是心中暗乐，小声嘀咕："罗通呀罗通，你聪明过人，可是你这个兄弟可傻到家啦。"万牛直捅程铁牛："行啦，别乐了，算傻到家了，傻还知道找媳妇。"铁牛说："你知道啥，他俩知道啥，什么媳妇不媳妇根本不明白。你瞧着吧，热闹在后头哪。"他们正嘀咕着呢，罗仁一进帐就给他哥哥施礼："哥哥，你好，我给哥哥元帅磕头。"

罗通这个气呀，叫哥哥别叫元帅，叫元帅就别叫哥哥，他把哥哥元帅掺一块儿啦，于是大声说："罗仁，你在阵前把什么人领来了？"

"啊，哥哥，这事我正想告诉你，就是她。"罗仁说着话用手一指，"她呀，她叫突鲁花。阵上他们队伍里有个姑娘长得挺俊的，是她妹妹，叫公猪。"

突鲁花一瞪眼说："不，叫公主。"

"对，公主就是她的妹妹，我们两一见面就是很投缘的，我俩比武时就说好了，我要输给她，我就跟她走；她要输给我，她就跟我来。现在她算认输了，她喜欢我，我呢，也挺喜欢她的，也挺对脾气，这回商量好了，活着在一块，黑白天儿在一块。死了哇，我们俩埋在一堆儿。哥哥，这回我可有伴了。"

罗仁还想往下说呢，罗通被气得"啪"一拍桌子喝道："罗仁！你知道她是什么吗？"

罗仁还着急了。

"傻兄弟，你真的不懂，这叫临阵招妻。"

"临阵招妻是什么玩意儿？"

"临阵招妻就是你在临阵之机私自收媳妇，这是违犯军规，是要杀头的。"

突鲁花一听就急了，忙说："什么，杀头，杀谁呀，要杀他，那我可不答应。要杀他，我就拿锤揍死你，现在他可有我护着了。"

程铁牛乐得差点没趴在地下，程咬金想笑又不敢笑，憋得像刺猬似的直吭哧，罗通又是气又是恨，和傻人说话，说不清道不明，真要按军规办事杀他，他有些痴呆，不杀他，这叫违犯军规，这可怎么办呀？尤其是对自己的兄弟，虽不是亲兄弟，但他总算对自己有救命之恩，这可把罗通急得抓耳挠腮直犯愁。

罗仁听突鲁花这么一说可高兴了，并说："对，她护着我，以后有人欺负着你呀，我也不饶他，非掐死他不可。"

程咬金憋住了乐劲儿说道："二路帅，我看啊，算了吧，气个好歹也不行，你没弄明白他俩是想什么，我看这样吧，总而言之，他还算个傻人，他拜天地还是拜兄弟，随他俩便吧，等到牧羊城救了驾，我做主奏明皇上，一切都有我了，就这么办吧。"

罗通说："四伯父，这是军规呀！"

"唉，得分跟谁呀，要是聪明伶俐的，他明知故犯，你杀他宰他我都不管，跟这俩人一般见识能说得明白吗？"

尉迟恭敬德也接着说："二路帅，程老千岁说的确是有理，就这样办吧，如若天子见怪，不但程千岁作保，我也做证。"

罗仁说："哥啊，你还不如俩老头子呢，他们都乐意了，就是你……你呀，也别眼红，明儿个我把公主捉来，也叫你们俩相好还不行吗？"罗通被气得一瞪眼，骂道："滚！"

"滚就滚，什么叫滚啊，走，咱俩吃饭去。"罗仁说。接着，这俩人还是手拉着手地走了。程咬金心想，真热闹啊，要不人多活几年有好处，什么古怪事都能看见，这俩人多有意思啊。

罗通气得脑筋都鼓起多高，杀不得、宰不得，滚刀肉一样。

程咬金劝罗通道："爷们儿，你还年轻啊，没遇上的事多着呢，得了，咱们想想明天怎么再战。"程咬金心想："取过这些关关寨寨都不像黄龙岭，黄龙岭为什么都是女将呢？看为首的那个姑娘是公主，也就是突鲁花的妹妹，看来要取黄龙岭还得……哈哈。"想着想着他又笑开了，他笑完又问尉迟恭敬德："老黑，你猜我笑什么？"

敬德说："你总是阴阳怪气的，我哪知你笑什么。"

"笑什么, 你瞧着, 我老程得喝两碗冬瓜汤。"

原来程咬金有个习惯, 他要保了媒必须喝喜酒, 他不叫喝喜酒而叫喝冬瓜汤, 喝冬瓜汤就是要当媒人, 为什么要喝两碗呢? 傻小子罗仁这一碗, 看来罗通, 哼, 我也得喝一碗, 他这一辈子尽喝冬瓜汤了。

尉迟恭敬德听说喝冬瓜汤, 也不由笑道: "老千岁, 您又馋了?"

"怎么, 忘了, 黑白二氏嫁你的时候不是请我喝的冬瓜汤吗?"

"去去。" 尉迟恭敬德边说边和程咬金回了寝帐。

为什么突鲁公主收兵回了呢? 当时她本想去追突鲁花, 可是听见鸣金收兵, 一看是二王驾到, 她不敢不回来呀, 这才收兵回城迎接二王。北国赤壁保康王的亲弟弟灵王来到黄龙岭, 公主接到帐上回道: "你不在牧羊城陪着父王, 到黄龙岭有何贵干?"

灵王说道: "孩子, 你父王听说唐军二路帅取过关关寨寨, 已到你的黄龙岭下, 他有些放心不下。于是, 他便派我来, 一是送粮草, 二是助你一臂之力。怎么皇叔来了, 你不高兴?"

"不不不, 您的本领谁不知道哇, 您先歇几天, 再去出战。"

"不必了, 我听说你是从两边阵撤回来迎接我的, 我早不到晚不到, 正在你打仗的时候到了, 这仗打得怎么样啊?"

"别提了, 快把我气死了, 我姐姐突鲁花, 她不讨令出马, 和唐营的一个小子对战。也不知她和人家说些什么, 更不知这小子用的什么花言巧语, 竟把我的傻姐姐说服了, 她现在跟人家跑进唐营了, 我怎么叫她也不回来, 我正想去追杀, 不料皇叔你就到了。"

灵王哼一声: "怎么还有这种事? 大唐的将官算什么英雄? 明天, 我到阵前看看去。"

"皇叔, 您刚到, 您先休息吧。" 公主说。一夜无话, 到了第二天, 灵王非上阵前不可, 公主无奈带齐了众将, 到阵前讨敌对阵, 口口声声说的是 "大唐将官, 快把鲁突花放出来, 不然我要马踏大唐营"。

罗通扫北

罗通早就做好了准备，正想出阵，听说敌人正在叫阵。他便带众将，出营房，到阵前一看，敌人后队仍然是那员女将压住阵脚，阵前一员将，虽然盔甲在身，但与众不同。看二王年纪不算太大，确实很威风，罗通不想派别人去，要亲自出战会见二王。

秦怀玉急忙请令："不必元帅出阵，先锋有事先行，必是我打头阵。"

说完，秦怀玉催马到阵前和二王打了对面。

二王的手下有几员将官要想出阵，二王一摆手不让他们，他要亲自会见唐朝的将官，他到阵前一看，秦怀玉长得很英俊，像个水葱似的，不由暗想：天朝大国，竟都是俊俏的男子，这小孩长得这么好看，他是吃哪个井的水长大的呀？想罢，二王大喊一声："来将何人？报上名来。"秦怀玉说："我父姓秦字叔宝，是兵马大元帅，我乃二路元帅帐前先锋官秦怀玉是也，但不知你是何人？"

二王报罢姓名，一说赤壁保康王的亲兄弟灵王到了。

秦怀玉说："你哥哥兴兵造反，你哥哥不在阵前，就先抓住你做顶账吧。"说话之间就是一枪。

灵王急忙用刀招架，一边打一边说："娃娃，你看你的胎毛未褪，乳臭未干，能有多大的本领，怎能是我对手之将，不如你下马归降北国，我在皇兄面前保你要个官做，你看怎样？"秦怀玉一句话也不答，摆动长枪连刺几枪。

二王看枪挺快，心想：我得想法拿活的带回北国去。这样一来二王可就吃亏了。

秦怀玉可不给他留情，一枪比一枪快，一枪比一枪紧，不多会儿把个二王忙活出一身汗。二王再想不给秦怀玉留情也晚了，两匹马镫鞴相磨，怀玉举起枪纂，二王无法躲闪只好背一驼，双手抱头等着接这一招，"啪"的一声正打在后背上，打得个二王差点儿没从马上掉下来。可是他这匹马头正冲唐营，说来也巧，真是无巧不成书，不雕不成器，这时候正赶上傻爷罗仁从营里出来。他听说前敌打上仗了，他可着急了。这时突鲁花还睡着觉，他告诉兵丁别惊动突鲁花，并叮嘱说："叫她睡，我到前边看看去。"罗仁一出来，正看见二王正向唐营奔来，举锤便打马腿，那马都是久经训练的，它看一物打来，这马前腿一抬，这位灵王可热闹了，"啪叽"就掉下来了。罗仁也赶到跟前，一脚踩住灵王呼的一声把大锤举起来了。

这时怀玉打马调头也过来大喊一声："别打！"这一嗓子声音也大点，把罗仁吓了一跳，真的没敢砸。怀玉说抓活的，罗仁才松了一口气，心想：哎呀我的妈呀，多悬啊。再晚一会儿这锤儿就砸下去了。"哎小子，算你长命。"罗仁说完就抓起灵王往本队一扔，"啪……"他觉得没使劲，二王可受不了哇，差点儿没摔死，众兵丁就把二王给绑上了。

二王有四员大将保驾，这四员大将见二王被活擒了，那还了得，一齐催马全上来了。

秦怀玉见事不好，忙说道："罗仁注意，敌将上来了！"

罗仁说："没关系，我包圆了。"说话时有人把马送来，罗仁飞身上马。再看怀玉一人抵四将打上了，罗仁叫道："哥哥，你回去，这四个我全包了。"四员大将一看正是活擒二王的傻子，"呼啦"分四个调角就把罗仁给围上了，喊了一声"杀"，四个人同时各摆兵刃一齐下手。

这要换上别人可吓一跳，你顾前怎么顾后，顾左顾不了右哇。罗仁是一点也不害怕，还说："哎，好小子真照顾我呀，四面都有人啊。"他见兵刃到了，把两把锤左右一抢，就听"当啷当啷"，四件兵器的两件被磕飞了，有两个没飞的，膀子也被震麻了。这四位全吓蒙了，都想逃跑，罗仁一点也不留空，撒开马一锤一个，四锤包圆打死了。

突鲁公主气得咬牙切齿，大叫："唐蛮，休要撒野！"

突鲁公主要大战罗仁。

第三十四回 斩罗仁已成千古恨 美女将欲结美姻缘

突鲁公主一看这傻子擒走二王，打死四员大将，气得她柳眉倒竖，二目圆睁，一催战马大叫道："大胆的唐蛮，休要撒野，休走，接刀！"她的话到人到，马到刀也到，一刀就冲罗仁劈来了。

罗仁早就想把这公主叫过来和她说说话，叫她和罗通拜堂成亲。一看公主真来了，他睁大两眼上上下下地打量起来没完没了，越看公主长得越好看，不由自主地说道："哎呀，真俊啊！"罗仁不慌不忙地往旁边一提战马："哎，哎，先别动手，我还没看完呢。"

公主一瞪眼："你看什么？"

罗仁憨声憨气地说："哎呀，看你这个眉、这个眼、这个鼻子、这个脸、这个头、这个脚、这个身子、这个腰，可真是脸白又干净，眼大又水灵，脚小又周正，腰细又板正，你比我哥长得还好看耶。"

公主一听他不说好话，举手，"唰"又是一刀。

罗仁又一提马，说道："哎，我说是的真事，不糊弄你，我问你，你是不是那个什么猪哇，这么说吧，你叫什么名吧？"

"我乃突鲁公主是也。"

"对，对了，是公猪，突鲁花是你姐姐，对吧？我告诉你，她在营里呢，现在还在睡觉呢，她跟我不错，我们俩一块吃一块睡，刚才我打仗来了，女娃还没醒哪。你不用担心，我今天上马就来找你来了。对，我把你领回我们大营，我们元帅呀，是我哥哥，你俩长得差不多，你跟他相好得了。"

"好哇，你大唐都是油嘴匹夫，你这个呆傻的东西，真不要脸。"

公主又是一刀。

罗仁边打边说："我哥哥叫罗通，我叫罗仁，你放心，我绝不打死你，一定活擒，把你拿到大营里交予我哥哥，你和我哥拜天地。"

究竟拜天地、拜把兄弟是怎么回事，他也不知道。可是公主受不了哇，气得手脚直哆嗦，怒道："我要不把你置于死地，这口气是不能出的。"她就把刀招施展开了。

公主听了罗仁这些话，气得她白眼珠起红线，血灌瞳仁，柳眉倒竖，杏眼圆睁，银牙咬得"咯吱咯吱"直响。他把姐姐带进唐营，今日他又羞辱于自己胡说八道，所以刀招挺密，罗仁又没有伤她之心，他不招架也不大还手，公主恨透了罗仁，恨不能一刀从脑瓜门儿劈到屁股唇儿，可是因为她的刀不敢和大锤实实相碰，也是加着小心，怕把刀碰出手，就这要赢还一时有些困难，心想不如这么办这么办。公主想罢砍一刀就败下来了，她没有回本队，而是落荒而逃。

罗仁他哪知这是虚晃一招，他以为公主真败了，便说："哎，别走哇，我还拿你回唐营呢。"他催马就追下来了。

罗通给他观阵，见公主的刀法出奇，为什么败了呢？傻兄弟追她，恐他吃亏，要凭真本事未必输给她，可是她要暗算的话，我这傻兄弟可来得慢。想到这里，罗通害怕了，往上一提战马大声喊道："兄弟，不要追，快回来。"于是，他忙命鸣金，就听"当啷啷当啷啷"的敲锣声。罗仁不懂得这规矩呀，你把锣敲坏了他也不懂啊，况且他想的是把公主捉拿住，交给罗通，并让他俩拜堂。这位傻爷说到哪做到哪，要不怎么死心眼呢，所以他对公主紧追不放，还大声喊："别走，站住，你再不听话，等会把你抓住，夹在胳肢窝把你夹死啊。"

公主回头一看，心想："来得好。"她把马一带，一条腿带马镫，一条腿顶马的前胸，这匹马很快，"唰"的一下子把头调回来了。

傻爷正追得起劲呢，突然一看公主的马拨得这么快呀，猛一抬头"呵......"

这一瞬间，公主一甩手，"唰"，一只飞刀就飞出来了。

傻爷刚想喊什么，没等喊出来，"噗"的一声，正中罗仁气嗓管儿飞来，他跑得也太快了，他一中刀，一愣神的工夫就从马上摔下来了。

公主眼疾手快，知罗仁落马还没有死，拨马回头举起大刀，马到刀落，"噗——"可惜罗仁被突鲁公主这一刀砍，竟落了个头尸两分。

公主把上下嘴唇一咬，哼一声："把你杀了，总算出了一半的气，我再杀进大唐营，斩尽唐敌，把我姐姐救了来，方解心头之恨。"

这时罗通可急坏了，鸣金收兵，傻兄弟不懂，无奈嘱咐程咬金压住阵脚，想亲自去把罗仁追回来。说罢，他不顾一切催马就追下来了，边追边喊："二弟，别上当！"可是眼看他也快追上了，也看见公主用飞刀把罗仁打在马下，又亲眼见公主又一刀砍掉罗仁的人头，疼得罗通差点儿没掉下马来，顿时浑身的热血"呼"地往上一撞，当时涌遍全身，两只眼睛瞪得恨不能把眼珠子瞪出眶外，小白脸的血色都没了，真是又气又恨。罗通从小和兄弟罗仁在一块长大，可以说是形影不离，特别对脾气。别看罗仁有些呆傻，但他非常听罗通的话。这一次扫北，要不是兄弟罗仁赶到，他自己早命丧疆场了，没想到现在死在这丫头之手，我回家后见了我娘我奶奶，怎么交代呀，他不是我母亲所生，他死还不如我阵亡疆场。想到这些，罗通气撞顶梁，大骂："你这黄毛丫头，我不置你于死地，不为兄弟报仇，我誓不为人。"他把一切的仇、一切的恨都集中到突鲁公主身上，扑棱一抖大枪催马，就冲突鲁公主杀来，到近前恶狠狠地分心便刺。

突鲁公主杀了罗仁稍出了点恶气，刚想提马奔回疆场再战唐将，看对面一员白袍小将，坐骑白龙马，浑身上下连半根杂毛都没有，像白缎似的起亮光，马上端坐的这个人像雪裹银装一般亮银盔、亮银甲，内衬白袍，三叉盔腔头大的红缨，哎哟，别提多么好看了。背后插着护背旗，再看脸上，小脸蛋粉嘟嘟的，粉里套红，白里套粉，粉扑扑的那么俊啊，再加上生点气，脸颧骨更红了，就像大苹果似的，两只大眼睛显得非常精神，两道睫毛呼扇呼扇好像会说话似的，公主看得眼都直了，因为在北国从来没有见过这样漂亮的小伙子。公主一边看着，心里不由自主地琢磨开了：唐朝的小将长得这么俊呀。我们北国人从来没有这样的，不管是红脸儿蓝脸儿，得一个色儿的就算好看啦，大部分是花得像开染料铺的花里棒槌似的，看人家这小孩不知是怎么长得这么俊啊，不知他是否娶过妻，一会我问问他，他要是不娶妻，我是堂堂的公主，在父王面前说出话来还是算数的，我能劝他归降，两国罢兵不战，成为唇齿联盟之邦，不过我得问问他的姓名。她光琢磨这事儿，竟把打仗的事全忘了。罗通的枪急马快，把公主吓得才想起这是战场。她急忙带马闪身躲过大枪，差一点扎上啊。罗通的枪头刺空，举枪纂就砸。公主现已完全清醒过来了，一看枪砸来，她举刀磕出，可是罗通的枪法纯熟虚虚实实，没等一刀碰上纂，翻手又是一枪刺来。公主用刀一缠枪头翻腕子压住枪杆，这是巧劲啊，说了声："别动。"

罗通心想，这丫头的劲还不小啊。"别动？我非要你的命不可。"说罢，他从刀下撤回大枪分心又刺。

公主这回用刀压住了罗通的枪说："别动。"

罗通撤了两次没撤回来。

公主说："我说你们唐将都不会说话吗？"

罗通说："打仗说哪门子话，我要你的命。"说罢想撤枪回来。公主说："两将交战必须先报名姓，不报名姓，把你宰了也是无名之辈。我得了胜，回去要问我杀了谁了，我都不知道，你死得窝囊，我杀得也糊涂啊！你得报了名。""黄毛丫头，要报我的姓名得把你吓死。"

"我不至于这么胆小。"

"我乃北平王罗义之孙、越国公罗成之子、唐天子李世民御儿子殿下，再往下问就是你扫北二路帅少保罗通到了。"

"哎哟……原来你是唐王御儿干殿下……这可真巧啦。"

"什么，什么巧啦？"罗通听了公主这没头没尾的话，心里可真糊涂了，他怎么知道怎么回事啊。

原来公主听说他是唐王干儿子，我是北国康王的干闺女，干公主碰上干殿下了，这有多巧啊，这也算门当户对啦，所以她说真巧，她想的和罗通想的不是一码子事。公主想罢说："久仰久仰，原来你是常胜将军罗成的儿子，我早就听说过大唐朝有智勇猛三将，智将秦叔宝，猛将是你父罗成，想不到在此和少国公相遇，奴家这里有礼了。"说着话她把大刀撤顺双手，一抱刀，意思是想给罗通见礼。罗通这个气呀，两国开仗只有相杀没有相敬，你把我兄弟杀了，此仇不报非人也，别说给我见礼，你就叫声小祖宗我也得宰了你。此时罗通心疼自己兄弟，眼泪都流不出来了，他恨透了公主，把枪撤回来又猛刺她。

公主一闪，把枪尖让过去，一甩手，"啪"，就把大枪给抓住了，把自己的大刀往枪上一放，刃冲前，也就是冲着罗通，背儿冲着自己，要是公主用刀往前一推，来个分筋错骨式，罗通就得松手，枪就得被公主夺去。可是公主没往前推，并且把马勒住，马不动了。她的马不动了。罗通的马也不能前行了。

罗通当时吓得忽悠一下子，再看这丫头没往前推，心想："这是怎么回事？"

公主抓住枪，眯缝着眼一笑说："哼，罗通啊，你就这两下子呀，看见没有，我把刀往前一推，你小子命可就完了，你愿意死还是愿意活？"

罗通这个气呀，心想，我能说愿意活或者愿意死吗？这不是轻易说的呀，可是枪被丫头抓住了，而且刀刃在枪杆那，她再往前一推，首先我的两只手的手指头都得掉。无奈之下，罗通压住一口气问道："愿活愿死，这是从何说起？"

"哟，罗通，你这个人真怪呀，我问你姓什么叫什么，你怎么不问我呀，你不问我的姓名，那对吗？听着，我告诉你……"

哪有这样人啊，人家不问你偏要告诉人家。

"赤壁保康王是我的父王。我爹爹乃突鲁丞相。我乃突鲁公主是也。罗通，你小小的年纪就来到北国打仗，你知道吗？我们北国的兵多将勇，就说我们大帅左车轮吧，武艺高强能征善战，你是他的对手吗？再者说了，皇上被困在牧羊城，你想去救驾，你浑身是铁能捻几根钉？你能救得了吗？"

罗通心想：你丫头哪来这么多的话和我说呀？便说："你是公主也好，你是小姐也好，没必要说这些，你松手，咱俩死战，照这样你不算英雄。"

"啊，你是说我欺负你了，你拿枪扎我，被我把家伙抓住了，这是我欺负你吗？你得说经师不高，学艺不到。你忘了吗，当场不让步，举手不留情，你不杀人家，人家可要杀你呀。你不服不要紧，我可以把枪松开，叫你把枪撤回去，一会儿再和你打，我只要治一服，不治一死，治服了比治死了强。"

罗通心想：真是怨自己为弟报仇的心切，慌中漏空。他只好压住性子说："那好，你松手，咱俩再战。"

"等会儿，我的话还没说完哪，我想问你点事。"

"两国打仗，有什么好问的？"

"哟……当然有可问的呀，我要问好了，可是对你有好处。"

"我不想要什么好处，我就想杀了你。"

"杀我？我还想杀你哪，可是我得先问完了，我问你，今年多大了？"

罗通心想：放着仗不打，问我多大岁数干吗？他瞪大眼睛说："十五。"

"十五，也行，你真是十五！我才比你大两岁呀！我十七。"谁问你呀，她却赶着告诉人家。

罗通想着撤枪，可是姑娘的刀压着，他不敢使劲。

"呀呸！"罗通一口唾沫，公主一闪身一走神，罗通抽空子把枪撤回来了。接着就冲公主扎起来，"嘈嘈嘈"把枪展开，恨不能一枪把公主刺死，好给兄弟报仇。突鲁公主想："我一没注意叫他把枪夺回去了，好，我倒看看他有多大能耐。不但人长得好，武艺也得好，如若光是长得好，没有本事，是个窝囊废，我还不干呢。"姑娘心里琢磨自己的事，摆刀相战仔细察。啊！大枪好像鸡啄米一般，招数变化无穷。她一边打一边偷眼打量罗通，心中暗想：真是模样英俊，枪法纯熟，真要是他应允下来，我情愿劝说父王，这仗不打了，两国做个联盟之邦，百年和好，这有多好啊，这罗通如此才貌，打着灯笼都找不着啊。此时此刻，公主认为全天下只有这么一个罗通了，从心里非常喜欢，怎么看怎么顺眼。

罗通一看公主对自己笑眯眯的样子，他的气就不打一处来，这枪紧上加紧。

公主一看罗通更生气了，她越看罗通小脸上白里套红越好看。"看来罗通的枪法展开，我一时赢不了他，我何不如此这么办。"想罢，她做了准备，一见罗通大枪刺来，她猛拨马闪身，罗通的大枪刺空，公主喊了声："着。"

罗通"啊"的一声，吓得目瞪口呆。

第三十五回　两擒三拿巧取罗通　刀压脖颈终身有情

罗通的大枪一走空，听公主喊道："着。"也不知是什么东西奔自己就来了，闻着股味儿，他还没弄明白是什么叫呢，便打了个喷嚏，当时就从马上摔了下来，昏昏沉沉地说不出一句话。

公主见罗通已落马，便把马勒住问道："罗通，这回你不逞能了吧？"一边说着就跳下马来，看了看罗通，伸手取出一条绳子把罗通倒背着给捆下了。然后，她又从兜里拿出一个手绢和一个小葫芦，用葫芦里的水，把手绢润湿了，用手绢在罗通鼻子上抹了几抹。不多时，罗通又打了一个喷嚏，渐渐地醒过来，睁眼一瞧，心想，嗯？这是怎么回事，自己怎么被绑啦，枪还扔在地下，马在旁边"咴咴"叫着，前蹄子直刨地，那意思是为主人着急，好像在这等着你吧。特别是当他看见突鲁公主站在自己的对面，刀纂在地上插着，右手掐着剑把，笑眯眯地说道："这回没有说的了吧，我已经把你绑上啦，你认输吗？"

罗通心想：我是怎么输的呀，她又是怎么把我绑上的呢？他把眼一瞪，说："认输，你想得可好，你要是一刀对一枪地战胜了我，那我就认输，算我学艺不到、经师不高。可是，你不是用真本领把我擒拿住的，死也不服气，大丈夫，头可掉，志气却不能丢。"

"哟呵，你还挺有骨气哩，你看。"公主说罢便"唰"的一声从肋下把宝剑拉出来，锃明瓦亮的锋刃夺人二目。

她对罗通说："要是我的剑刃往你肩头一放，就叫你脖子和肩膀一般齐，

罗通扫北

那时你就吃什么也不香了。"

"黄毛丫头，少废话，吃肉张口，杀人举手，你罗爷要"哼"一声就不算英雄，你这是干什么，大丈夫可杀不可辱，再要多说休怪我口出不逊了。"

然而公主却不慌不忙地说道："哟，你的嘴再硬，也已输给我了，不过如此看来，你还是不服，是吗？"

"我就是不服。"

"如果我用武功把你擒下马来呢！""我就服了。"

"真的？"

"真的，不信就给我松绑，咱俩再比试比试。"罗通心想，真是比武功，我绝不会输给你。

公主看出了他的心思，便说："行啊，现在我就给你松绑。你重新上马，咱俩比个胜负。如果我用刀法再把你赢了，你认输不认输？"

罗通心想，论真本领你也赢不了我，不管怎样，先叫她把绑绳松开，只要有枪有马，定要结果你的狗命。想罢，他说："你说话算数，你就给我松绑，这样的话你算个女中魁首，够个北国人物。"

"我说话从来算数，说到哪做到哪，可有一件，我要是再把你战败了，你怎么办？"

"怎么啦，什么怎么办？真那样，我不就认输啦。"

"认输就完了？"

"不完还怎么呀？"

公主笑了笑说："我和你一见面就觉和你挺投脾气，好像和你前生前世有缘似的。这里没有外人，我就和你实话实说了吧，你是名门之后、唐皇李世民的御儿干殿下，而我是赤壁保康王的女儿，咱们门当户对，年貌相当，你正年轻，我也年少，我看咱们没有别的说道了，只要你把奴家收下，我现在就让出黄龙岭，找着我父王说明这件事。你找媒人去说媒，我保证递降书，接出二主唐王李世民，那到时咱们就是联姻的友邦，百年和好，二路帅你是否能应呀？"

罗通被气得眼睛都快瞪出来了，怒道："大胆的黄毛丫头，一张纸画个鼻子你好大的脸，真是癞蛤蟆想吃天鹅肉，你跟我有杀弟之仇，我对你有刻骨之恨，怎能收你这番犬胡酋，你给我提鞋我都不会要你。"

"什么，杀弟之仇，那个是你弟弟啊……莫非说刚才使锤的是你弟弟？"

"装什么糊涂，杀人者偿命，欠债者还钱，我怎能要你。"罗通气愤地说。

公主"哎呀"一声，倒退了好几步，差一点儿没坐在地下，紧锁双眉张着嘴，呼呼地喘着气说道："咳，这是怎么说的，我也不知他是你弟弟呀！真对不起你，我真不知他是你兄弟，因为说话太难听，我一时拢不住火才把他杀了，这、这、这可怎么办呀，你可不能责怪我呀。"

"什么？你杀的人，不责怪你责怪谁。"

"说起来应当责怪左车轮，他在我父王面前挑弄是非，无事侵犯中原。他要和大唐打仗，在两军阵前当场不让步，举手不留情。罗仁阵前出口不逊伤人，我一怒之下，哎，真是悔之不及呀，罗将军，这样办，只要你收下奴家，我不但劝说父王归顺，还要把侵犯中原的罪魁左车轮的人头取来交给你，难道这样我还赎不了杀弟弟之罪吗？"

罗通把眼睛眯成一条缝，把牙咬得"咯吱吱"直响，怒道："拿左车轮的脑袋顶替，没有你的人头，能算给我兄弟报仇吗？你要把我的绑绳松开，咱俩就拼个鱼死网破，我杀不过你，你把我杀了，我死而无怨。我要杀了你，就给我弟弟报了仇。"

公主说："罗将军，这又何必呢。好话我都说了，不知者不应怪罪，我并不是打不过你，任凭哪一样我也能赢你，你看。"说着话她把肋下的兜子打开了。

"我这里有飞刀十二口，可以说百发百准，指哪打哪，我这里有三只镖，红线套锁，闭眼神抓。刚才赢你就是用的那玩意儿，它叫迷魂帕。你说，凭这些东西，能胜不了你吗？我不想和你打了，也想两国从此不再动兵，只愿两国联姻和好，并且我愿意帮你把挑起两国战争的左车轮人头取下，这还不行，你非要打，你能是我的对手吗？"

"废话少说，要么你就杀了我，要么你给我松绑，咱俩决一死战，我要给我兄弟报仇。"罗通生气地说。

突鲁公主一心贪图罗通的英姿气质，千方百计地要制服他。见他决心要打，她不仅不生气，内心还有些称赞，说："好，你真不服，我给你松绑，咱俩再战。看见没有，我兜里这些东西一样也不用，要是用这些东西赢了你，算我欺负你。"

说完话，突鲁公主把暗器兜囊收起来，提刀上马，用绣绒大刀的刀尖一挑，就把罗通的绑绳挑开了："起来吧。"

罗通心想，这个丫头真不傻，她自己收拾好了，做好准备才给我松绑。行啊，只要你给松绑，我就取你的人头为兄弟报仇。

他活动活动麻木的腿脚，捡起大枪到战马的跟前，"啪啪啪"把带水肚连紧几扣，飞身二次乘跨坐骑，大枪一颤骂道："好个黄毛丫头，拿命来！"真是翻脸不认人啊，摆枪便刺，公主接架相还，二人打在一起，真是难解难分，公主称赞罗通的枪法，罗通从心里也很佩服公主，两个人好一场恶战。

二人越打越猛，罗通心中暗想，看来这丫头的本领始终占在我的上风。如果她要是不留情啊，我是赢不了她的，难道说，真的我不是她的对手，难道牧羊城救驾不去了，弟弟的仇不报了？想到这些，他急中生智，暗怨自己光是生气，怎么把我罗家祖传绝命招忘了。罗通拿定主意，他把枪招加紧了，突然用了一点锁喉枪。

扑棱，一抖枪尖形成碗口大的一圈，都是枪尖，不知哪个是真哪个是假，如果对方用刀往外瞎忙活磕，枪立即撤回来，等你的刀磕空了，这大枪趁虚很快地再扎一枪，一定能取胜，因为你的刀磕空了，身子让给大枪了，再躲都来不及了。这一招叫一点锁喉枪，百发百中。

可是公主没上当，她见在枪转着圈地扎来，一拨马就闪开了。大刀不开也不架，用刀尖去挑罗通的手腕子。

这可把罗通吓坏了。我罗家的这一绝招是从来没有人能破的，而这个丫头怎么会破呀。人家的刀挑手腕子来了，还顾得上再扎人家吗？罗通急忙把枪收回，顺劲双腿一磕战马，"哗……"就败下去了。

公主提刀紧跟，叫道："罗通，刚才这一招是你们老罗家的一点锁喉枪，现在你又败下去了，我可听说过老罗家的回马枪也最厉害的，可是你和我使回马枪也不能取胜，不信你就施展施展。"

"啊。"罗通的心怦怦直跳，从来还没输过胆子呢，心想：这个丫头从哪里知道我罗家的绝招啊，刚才锁喉枪被破了，现在她又叫我要用回马枪，这可怎么办呀，使，她已经识破了；不使吧，多丢人呀。

罗通又一想，这个丫头是诈语，人人皆知罗家的回马枪厉害，她这是诈我，怕我使这一招。

想罢决心使回马枪，他就把马稍稍放慢了点，眼看马头马尾快相撞了。

公主喊道："看刀！"

说是看刀，可是真砍假砍就不知道了，反正她是喊："看刀！"

罗通左脚带蹬右腿一盘战马的右肋，马打调头，"唰……"他的枪向公主刺过去了。

公主刚才说罗通使回马枪，确实叫她猜对了一半，她光知道罗家的回马枪厉害，但不知道怎样用法，可是她也时时加着小心，等马头碰到罗通的马尾时，公主喊声"看刀"，可是她并没有出手，是在提防罗通，倒要看看罗家的回马枪。她双手托刀等着罗通的枪招，结果不出公主所料，一枪刺来了，她用刀往外一磕枪。

也是左脚带蹬，公主的马头就调过来了，和罗通形成了小调角，说时迟，那时快，公主趁机抓住了罗通背后的勒甲丝绦，喊了声："你过来。"

罗通本来一枪扎空了，心里一惊，又被人家抓住了，想不过去都不行了，这就叫人借马力、马助人力，一下子就过去了。

公主用刀一点罗通的手腕子，罗通就把大枪扔在了地下。公主想拽罗通到自己的马上，那是不行，因为自己没那么大的力气，只好把罗通往地下一扔。

罗通被扔在地上，想爬起来，却因身有铠甲，行动很难，一下子爬不动。

公主的刀背往罗通的后背上一压，说道："别动。"

这一压，罗通刚想爬起来，"啪"又趴下了。公主又说声："看刀！"明晃晃的大刀便直奔罗通的脖颈处。

罗通把眼一闭，"呀"的一声，心想，这回可完了，人家赢我几次啦。可是，他又觉得冰凉梆硬的东西把脖颈拉得怪疼的，睁眼一看，原来公主用刀背在他的护颈旗当中间儿支楞楞地来回拽了好几下。

罗通一看，心想：呀，原来是用刀背，看来她确实没杀我之意，她的武艺也很超群，比自己强啊，我今日碰上强中手了，看来我罗通命当该绝。

公主看见罗通睁着眼哪，便问："罗通，这回你认输不认输？"

罗通把眼珠一转，说："认输又怎么样？"

"啊，认输就行，刚才和你讲得明白，也不想和你多说了，只能告诉你，你是想落个不忠不孝不仁不义呢，还是想落个忠孝双全？现在你的父王李世民在牧羊城被困，里无粮草，外无救兵，盼你盼得眼睛都红了，如旱雷得雨，你的兵到了那里把重围解开，你们父子君臣见面，总有回朝之日，我国也能递降书成为友好之邦，永不打仗，老百姓免遭涂炭，为你国尽忠，也为你父王尽了孝，你把我收下，咱们两国联姻，这又有什么坏处呢？再说，你老罗家千顷地一棵苗就是你自己。圣人云：不孝有三无后为大，我的手腕一翻，一刀下去，你就头尸两分了，到那个时候，你不但不能尽忠，也不能尽孝，可以说一切都完了，我对你都是实心实意的，不知罗将军怎么想的？"

罗通心想，这个丫头说的倒是不假，我真是一死，什么都完了。父王不能得救，怎么办呢？他眼珠一转，拿定主意，我要如此如此。想罢，他稍停一会儿说："公主，你刚才所说的话都是真的吗？"

公主听这一句，心里别提多么高兴了，心想：看来有商量头啦，不像刚才那样黄毛丫头长、黄毛丫头短的，叫起我公主了。

她看看罗通，"嗯"了一声说："我说的都是真的。"

罗通说："好，你要是真心实意，就得答应我三件事。"

第三十六回 明誓言兵过黄龙岭 放二王发兵牧羊城

罗通扫北

罗通被突鲁公主这两次生擒活拿，从心底服了，便要求公主答应他三件事。

公主说："罗将军，请讲，只要我能做到的，一定件件依从，请问这第一件？"

罗通说："你速把黄龙岭的兵撤下去，让出路来，让我兵发牧羊城。"

"哟，那是当然了，刚才我不是说了吗？第二呢？"

"第二，兵到牧羊城后，我闯营报号，你做内应，会战左车轮，等救出父皇，我马上禀明父皇再和你提亲。"

"罗将军，这很自然，仗不平，怎么能提亲呢？只有平定战事，制服了左车轮才是。这事我已说过了，不知第三件是什么？"

"第三吗……公主，我不知道你是否是从内心想嫁我，真的想让两国和好，光凭你这一说，也难相信，我们毕竟是两国交战，古话说，画龙画虎难画骨，知人知面不知心。你得做一件事出来叫我相信！"

"噢，二路帅，想叫我做什么事呢？"

"你肋下挎的那个兜，里边都是暗器，对不对？"

"对呀。"

"我们中原人凭着武艺赢人，不用那些乱七八糟的东西，你当着我的面把那些东西毁掉，说明你是真心归奔大唐，你不当面全部毁掉，留一样，我也不承认你是真心。"

"噢，你叫我把暗器毁掉这完全可以。不过，你是真的是假的，你要是真心呀，我既都把它毁掉，你别是小白脸儿没有好心眼儿，我把东西毁了你也不承认了，那可不行。"

"那是自然哪，大丈夫说话如白染皂，铁板钉钉似的。说了不算，算了不说，那算什么英雄啊，我说的全是真的。"

"那好，罗将军，你对天明个誓，我听听是真是假。"

"哎呀，我说公主啊，武将还信这个吗？"

"阵前打仗，人有眼，刀枪可没眼，都挺忌讳明誓，信不信出于你本心哪，你明不明吧？"

"好吧，明誓。"但他心里却想，什么誓不誓，牙疼咒。想罢，他冲公主说："有这样明誓的吗？"说着话，他冲压在后脖颈上大刀看了一眼。

公主也笑了，说了半天话，这刀还压着脖子呢，把刀忙收回说："我把刀收回来，反正你也跑不了，明誓。"

罗通也知道自己跑不了，他跪在地下拳一抱，望空磕了三个头，说道："苍天在上，老地在下，我罗通在当间，上有天，下有地，中间有我罗通的良心，我真心实意收下突鲁公主，和她做百年之好，她为表诚心，愿把所有的暗器毁掉，我也绝无反悔之意。如果我说了不算，有悔婚约之意，将来叫我死在八九十岁老人枪尖之下。"

最后一句话，说得特别快。公主听说死在什么枪尖之下，哎哟，这誓明得挺重啊，便赶紧下马扶起罗通说："罗将军，言重了。"说着话，她把暗器兜来个底儿朝上，什么飞刀、飞镖乱七八糟地颠倒在地上，先用刀砍烂了，又用刀挖了个坑全埋起来，回头向罗通说："罗将军，这回你相信了吧？"

"哼，相信了，多谢公主。"罗通回应说。

公主比吃八颗顺气丸都痛快，她认为罗通是真心实意收下她了，可她哪里知道罗通一点心思都没有哇。

罗通寻思，收你？做梦去吧，我不过是个牙疼咒，病拐李把跟眼挤，挤你糊弄我。这回我先糊弄你，等你帮我到牧羊城救出父王，别说是提亲，到那时，你给我提鞋我都不用你，还要你的脑袋给我兄弟报仇不可。什么死在八九十岁老人的枪尖下。可是，后来还真有这么一段传说哩，这事也真算是巧合。薛丁山征西时，罗通为先锋官，在界牌关有一老将王伯超，九十八岁，一顿吃十斤米、十斤肉，真是力大过人，他一枪把罗通的小腹刺破，肠子都出来了，罗通把肠子纳起来和他打仗，他心一惊、一走神，被罗通一枪刺死了。这就是传说的"死罗通挑死王伯超，盘肠将大战界牌关"。都说罗通应了今日明的誓，其实是罗通太猖狂，没把老头放在眼里，结果断送了自己，反正也算巧合。今天罗通糊弄了公主，可是公主的心实，她真相信了，心里都乐开花了。她对罗通说："公子，我还有一事相求。"

"甚事？"

"咱俩假战几个回合，我便败回黄龙岭，准备献关让路，不过二王现在在唐营，你最好把他放回来。"

"啊！放他？！"

"对，你把他放回来，我们一同回牧羊城。我们只有见了父王，才有好话说。不然的话……"

"嘿，好吧。"罗通心想，现在怎么说都行，到时候就不由你了。

公主说："罗将军请上马吧，咱仍假战几回。"

罗通这个气呀，可又没办法，打不过她呀，只好摆枪又战。这时，后队的马都上来了，特别是公主的几个丫鬟见她不回来，就追赶来了。公主忙说："罗将军，我的兵都上来了，我先败走。"说罢，她又大声喊道："好一个二路帅罗通，本公主杀你不过，我败也。"随着她的喊声拨马就跑，她还边跑边喊道："丫步，丫步，步尔遁，丫步。"这是什么话呀，这是北国话，"丫步丫步"是快跑，"步尔遁丫步"是大伙一块跑，跑慢了就活不了啦。众丫鬟和兵丁见公主败下来了，还让我们"丫步丫步"，那"丫步"吧，"哗……"大败而回，似滚汤浇雪般败回本营了。"哎，没事，你是刚来吧？""可不才来嘛。"程咬金心想，小兔崽子，我早就来了，全看见了，你甭想瞒我。

"老千岁您看，她们败下去了，咱们追杀一阵吧！"

"甭追，回去吧。"

罗通只好和程咬金并马往前走，这时尉迟恭敬德带着众将迎接上来。敬德心实，什么也没看见，他忙问："二路帅没事吧？真是好险啊，总算把敌将打败了。"

罗通说："今天算便宜他们，咱们也收兵吧。"就这样唐营收兵回帐。

程咬金说："二路帅，今天你太累了，快去休息吧，我替你办点事。"

罗通问道："您替我办什么事了呀？"

"哎，你忘了，咱们营中不是有个二王吗，把他放了。"

"放了，不，他是二王，放他干什么？"

"哎，大丈夫说话如白染皂，你和人家怎么说的就得怎么做。"程咬金这么一说呀，闹得罗通肠子痒痒没法挠，他不敢再问，只怕程咬金连锅全抖出来，你怎么和公主说的，怎么怎么回事，那还了得，在众目睽睽之下。所以，他不敢再往下问，看来这程咬金是知底的呀。于是罗通便吞吞吐吐地说："唉……好吧，您认为放得？"

罗通再不往下说了，耳根子都发红了。

程咬金心想：你小子还跟我来这一套，我这眼里可揉不进沙子。他回到自己的寝帐，便命人把二王给带来了。二王进了帐，两眼直勾勾地呈现着惊恐的样子。程咬金说："二王，门得门得。"

二王一愣神，心想，这个人还会说北国话呀？

"门得门得"就是北国话的"你好"。

二王的腿蹲了两下子说："啊，齐哩门得。"这是什么意思，"齐哩门得"是"大家都好"的意思。二王也纳闷呀，这老蛮不但会说我们的话，而且还问我好，两国相争是无相敬啊，他干吗还问我好啊？

程咬金站起身来，说道："哎，二王您请坐。"他又命人把绑绳松开，还给二王献上了茶。二王被此情形给闹傻了，心想：这是怎么回事？这时，二王也确实渴了，便端过碗来，闻了闻，茶味还挺香，一仰脖子，"咕咚咕咚"就喝了。

"啊！"二王愣了一下说，"你是……"

"我叫程咬金，是大唐朝的鲁国公。"

"好，听说过。"

"听说过就行，十八国的盟主我坐大魔国王。"

"对对对，听说过，十八国的盟主你卖过耙子。"

程咬金这些调儿都是俏皮话，二王大部分不懂，要放他走，他是听明白了，所以听得挺入神。

程咬金又笑着对他说："你回去劝劝你哥，两国罢兵不战，少得民生遭涂炭。打了败仗损兵折将，打了胜仗也是会有伤亡的，你懂吗？"

"嘿,程老千岁你真是个好人呀,我全明白了,你说得对,这次打仗我本来就不愿意,我的王兄听了左车轮的鼓吹。你们真的放我回去,我一定把这事情对我的王兄说明,两国罢兵不战,成为唇齿之国。"

程咬金说:"对啦,那就对了,你王兄和我唐王是儿女亲家呀,听明白了吗?"

"好,我明白了。"其实他一点也没明白,他光知道意思是好,可不知道什么叫儿女亲家呀。

程咬金摆酒款待之后,马匹兵器一样不少都准备齐了,程咬金亲自把二王送出去很远。

二王是康王的亲兄弟叫灵王,这一放不要紧,可给灵王心中洒下一颗种子,就像钉子一样拔不出来,给他的印象很深。

程咬金回到营里,天光已经大亮,元帅刚升帐,探马就跑进来说:"黄龙岭上城门大开,连一兵一卒都没有了。"

程咬金一挑大拇指说:"好,别看是个闺女家,说话还真算数,元帅,我去替你看看去。"

罗通说:"老千岁多加小心。"

程咬金说:"没事。"

尉迟恭敬德是个粗心之人,看程咬金这些举动,好像他早已知道好多事儿,可是他不明白,到底是怎么回事,便说:"二路帅,程老千岁要去看个虚实,我也帮他做个二路吧?"罗通答道:"好,敖国公爷要多加小心。"

敬德上马追上程咬金,到城外一看,果然城门大开,兵将全都搬走了,没有一点可疑之处。

原来,二王回到黄龙岭,公主亲自接他,装作吃惊的样子问道:"皇叔千岁,你、你、你是怎么逃出了唐营的?"

"咳!"二王紧锁双眉说道,"我不是逃出来的,而是程咬金奉元帅的命把我放了,看来大唐是仁义之师,当初就不应该侵犯中原。事已至此,我看咱们这仗不用打了,不如我们暂撤回牧羊城,去面见王兄,劝他罢兵求和为好才是,不知孩子你是怎样想的?"

二王的一席话正合公主的心意,她顺坡下驴说道:"皇叔说的正合我意。昨日一战,虽说杀了罗仁,但是罗通的武艺高强,锐不可当,我已败在他手,

罗通扫北

以后恐怕再也难以取胜，我们死守此地也是无益，不如暂回牧羊城见了父王再说。"

就这样一商量，公主带兵就退回了牧羊城。

铁雷八宝有些不服，可是王子和公主都定了，也就只好勉强服从。

程咬金和敬德进城察看了一遍之后，敬德问："程老千岁。"

"大老黑，什么事？"

"我说，你会算吧？"

"嗬，会算，你是说我好像知道一些事吧？"

"对，我觉得有些事儿好像你早已明白了似的。"

程咬金哈哈一笑道："老黑，别忘了哇，我磕头的老大魏徵魏丞相，当初出过家，我三哥徐茂公是神机妙算的军师，我程咬金也是前知五百年、后知五百载、中知五百冬，过去、将来的事儿，我全知道个八九不离十。虽然不是半仙之体，反正也差不离。老黑你还差得远哪。"

敬德说："那可不，这一点我是真服，看来程老千岁真是精明强干的人呀。这个公主真的败在咱二路帅的手下了？"

程咬金又是大笑道："老黑呀，你等着吧，眼看着冬瓜汤就喝着啦。可是你要记住，现在不能说出去，要是泄漏天机要遭五雷轰顶啊。"

敬德心里明白了，虽然不会是五雷轰顶，但也不是随便闹着玩的事，明知道这件事是公主帮的忙，可谁也不敢说。

唐兵进驻黄龙岭歇兵三天。在这期间，罗通的心里真不是滋味儿，他想，这个丫头是真心实意地把黄龙岭让给我了，可是我弟弟的仇没报，我怎能和她善罢甘休呀，到时候我的大枪可不认人，非把她置于死地不可，就是不开膛挖心，也要用你的脑袋给二弟上人头大供。想到这里，他于是命人将罗仁尸体盛殓起来，搭起灵棚，自己亲在灵前手拍棺材喊道："贤弟，愚兄定为你报仇，此仇不报非为人也。"

程咬金一看罗通的这个举动，心里犯开疑了，心想，罗通和公主已经和好了，人家把黄龙岭也让出来了，他怎么还闹这个，罗通这小兔崽子要变卦吗？嗯！先不管他，到时候再说，他真要变卦，我就是证人。

突鲁花知道罗仁是被突鲁公主杀死的，她恨透了突鲁公主，再加上程铁牛啊，齐天胜啊，一股劲儿给她拱火，所以她的气更大了。她便也在罗仁的棺材前喊道："罗仁呀，你等着，我非把突鲁公主活活掐死给你报仇不可。"

接着，她回过头来又对罗通说："哎，罗通，这回我包打前敌，要活捉突鲁公主。"

众战将看见突鲁花这个样，大家都更加心疼罗仁死得太惨了，唯有程咬金知道细情，他赶忙上前劝她道："孩子，别生气了，你妹妹也是一气之下，当时也是为了你，现在人也死了，她也后悔。总而言之，生气后悔都没用，这个仇都记在赤壁保康王和左车轮身上。你先好好随营歇歇，有些事以后你就明白了。"

程咬金这些话是囫囵吞枣，叫人越听越糊涂，也闹不清他是哪头的。

罗通下令，黄龙岭留下守将，其余全军整装，自己亲为前队，押着粮草直奔牧羊城。

罗通在路上琢磨着怎样救驾，前边就是牧羊城了，敌人四面包围着父王，我得怎样救驾呢，我这点兵要是分散开从四面围攻那怎么行啊，敌人的兵多，所以绝对不可分散，只有集中兵力冲一个地方打，才能和城里的人马里应外合，把敌兵杀退。他想到这里，便把秦怀玉叫到跟前头说："怀玉哥，和你商量个事。"

秦怀玉问："什么事？说吧。"

"再往前走就是牧羊城了，为了救我父王，咱们的人马必须把敌营闯开一条生路和城里联系上，他们在里边做内应，咱们从外边打，这样才能把敌人杀退，开粮道。"

"兄弟，你打算怎么办？"

"哥哥，咱俩换一换，你替我执掌二路帅印，把人马扎在敌人的营外，既不前进，也不后退，我代替你这一先锋官，闯营杀条血路，给城里送个信。"

"不，那可不行，这件事应该我去。"

"哥哥，你和我争什么呀，我必须得去。"

第三十七回　闯营报号威震敌胆
奇遇仇人难解疑阵

　　罗通再三和秦怀玉商量要亲自闯营报号，开始秦怀玉不同意，心想：我是先锋官，先锋先锋打仗先行，逢山开道、遇水搭桥、抢关夺寨都是先锋官的事，你为什么要闯营报号叫我替你执掌兵权呀，是我不胜任，还是你的本领比我高，轻视我呢？所以他说了一大堆不乐意的理由。可罗通急了，忙说："哎呀哥哥，咱俩是从小的朋友，说句不客气的话，是光屁股长大的，我是什么脾气你不知道吗？我这次身为二路元帅，你知道我费了多大的劲呀。娘和奶奶根本不同意我来，而我一是为救父王，二是为捉苏贼报仇。这一路，死了苏麟，跑了苏凤，苏烈老贼又不知去向，我是有罪啊！我这次闯营号就是为向父王说明这一切，好洗清过错，然后再想法给我罗家报仇雪恨。怀玉啊，不管怎么样，你得把这件事让给我呀。"秦怀玉还是不大懂，其实程咬金早就听见他俩的话了，便插言道："怀玉爷们儿，你就答应让他去吧，有很多事很难说清楚，你们俩谁去还不是一样。"

　　"那倒是，他闯营报号我不争，可是让我执掌兵权，我怕不行。另外，我是先行官，他是元帅，凭兄弟的本事去闯营，那是没说的，但万一有差错，皇上怪罪下来，我可担当不起。"秦怀玉说。

　　程咬金说："别怕，什么事都有我哪！你就让他去吧。"

　　秦怀玉和罗通是光着屁股长大的，秦罗两家父一辈是姑表兄弟，又有程咬金做主，怀玉也就没什么顾虑了，所以罗通就将兵符令全交给了秦怀玉，由于程咬金和尉迟敬德左右持扶，其他将官也就没得说了。罗通和怀玉商量好了闯营之后接头的信号，以信炮为令，只要城里信炮一响，怀玉就出二路人马一齐往里杀，来一个里应外合。

程咬金说："爷们，千万把信炮准备好，到时候可别忘了点哪。"

罗通说："放心吧，我忘不了。"说罢他吃完战饭，顶盔挂甲，装上了信炮，这时天已快亮了。

秦怀玉把罗通送到大营，边走边想，此次闯营非同一般，罗通要亲自报号还是有道理的，他的武艺比我们都高，而且他所说的那些事确实难办，在路上杀苏麟，逼走了苏凤，苏烈又下落不明，如果不事先把事情和皇上讲明白，万一皇上要怪罪下来，罗通这吃罪不起呀。想到这儿，他对罗通说："二路帅，我想明白了，你放心地闯营吧，咱们营中有我和四伯父，你不用挂念。不过，你可要多加小心，切莫轻敌……"罗通说："你放心吧，我会见机行事。"

罗通告别怀玉，一催战马，直闯敌人的连营，只见敌人的营盘，那是马号挨着马号，连营接连营，旗幡招展，刀枪似麦穗，箭戟赛麻林一般。一见连营，罗通的无名怒火腾一下子就上来了，把大枪一抖，把这仇、气、恨全集中在了枪头上，紧催战马闯入敌营。

番兵看见罗通，喊道："干什么的？"

罗通装作没听见，不理这个碴儿，紧催战马直奔番营。

番兵又喊："站住，别再往前走了，再多走一步我们就开弓放箭了。"

罗通仍然不听那一套，还是往前闯。

只听"嘟嘟嘟"，敌人的弓箭手开弓放箭了，箭如飞蝗、雨点似的向罗通射来。

罗通毫无惧色，把大枪摆开，上护其身，下护其马，拨打雕翎，他的战马似旋风一般闯到营前。

这箭啊，离远了有用，到近前就不行了，没等把弓拉回，人就到了，你都被刺死了，还放什么箭啊！只见罗通的大枪摆开就像马踏羊群、滚汤泼雪一般。

霎时间，敌营就被枪杀乱了，如同开水鼎沸一般，"噗噗噗"挑了一个又一个，就像竹签穿糖葫芦似的，死尸遍地，横躺竖卧，血肉横飞。敌人被吓得东奔西逃哭爹喊娘道："可不得了，唐蛮太厉害了！"工夫不大，三道连营就被罗通闯过去了。到了第四道连营，不用罗通闯，他们自己就乱了。因为三道营的败兵往四连营里跑，边跑边喊："了不得啦，唐蛮闯营了，快跑啊，晚了就没命了！"四道营的兵一听喊声，也不管三七二十一，跟着就跑。还没等主将知道怎么回事呢，营就乱了，他刚刚走出帅帐，就被罗通的大枪扎上了，稀里糊涂地送了命。罗通这次闯营是又凶又猛又稳又狠，他来到城下抬头一看，城上仍然是大唐朝的旗号，他的心呀，忽然一下子放进了肚里。

早听说城里粮草断绝，看来父王他们还是坚持住了。于是他高兴地冲城上大声喊道："大唐的兵将听着，你们快快报我父王得知，就说大唐的救兵到了！"

城上的兵丁早就看见番营之中大乱了，但不知发生了什么事，只见一员白袍将官杀过番营，冲到城下。听他说什么救兵到了，兵丁们都趴在城上往下一看，来的这员小将盔明甲亮浑身是血，急忙问道："你是谁？"

"我乃大唐二路元帅少保千岁罗通是也。"

"呀哟，二路元帅少保千岁是万岁的御儿干殿下呀，好，你等着，我这就通报巡城大人得知。"

就在兵丁通报主将的工夫，罗通就听身后"叭叭叭"三声炮响，接着就是阵阵牛角号声震耳，来了一队人马，为首一员大将高声喝叫："来者是什么人，好你个唐蛮子，无故闯我的连营，快快拿头来！"说罢催马就上来了。

噢！罗通明白了，我闯了他十三道连营，主将才得到信，好吧，正好城上找人去啦，趁这工夫，我先把你的人头取下来再说。想罢，他拨马上前，二人打了对面，一看这个将官是员步将，披头散发，身穿兽皮，好像野人一样，长相也很特别。罗通拨马近前大声喝道："来将你是何人，快快报上名，好在马前受死！"

来人"哇呀"一声暴叫，说道："好你个大胆的小唐蛮，年纪不大，口气倒不小。要问我，吾乃赤壁保康王驾下称臣，红袍大力元帅左车轮帐前偏将金漠乎是也！"

"什么什么，金漠乎，你们北国人真值钱呀，不是金啊就是银，我不管你是金还是银，给你来个马马虎虎，送你回姥姥家喝豆粥去算啦。"说罢，罗通抖枪就刺，喊了声"看枪！"

金漠乎摆棍相犯，用大棍压住长枪问道："小娃娃，你是什么人！"

"你家少保爷我叫罗通，看枪！"罗通一边回答一边举枪便刺。

可把金漠乎气坏了，心想，这个小娃娃，枪急手快，原来是二路帅，还是什么干殿下，我不管你是干还是湿，敢闯我的连营就是自来送死，定叫你死无葬身之地。可罗通杀敌心切，哪有工夫和他说废话，展开枪招就和金漠乎打在一处。

金漠乎力大无穷，棍带风声，呜呜直响。

罗通的枪法巧妙，枪又快又准又狠，枪枪不离敌人的致命处。因为敌人力大很沉，罗通不用大枪死磕硬碰，专门用枪尖挑敌人的手腕子。

金漠乎这下可忙活坏了，心中暗骂，罗通呀，你损透了，不敢碰我的棍专门扎我的手，我是只管挨揍，不敢打人啊。不大一会儿的工夫，金漠乎便累得浑身是汗。金漠乎死打硬拼、使蛮劲，当然不如罗通巧战者省劲。

罗通看准时机变化枪招，用一点锁喉枪，正中金漠乎的咽喉，噗！枪从前边进去从后边出来，罗通双膀较劲把尸体挑起来往下一甩，落在地下，把敌兵吓坏了，"哗"就败下去了。

罗通也不再追杀，主要是闯营报号，不能恋战，便拨马回到城下，猛抬头城下一看，架不住"呀"的一声，当时呆了，好像木雕泥塑一般，立在那里，原来是他？

谁呀？正是苏烈苏定方。罗通心想，苏麟一死，苏凤逃奔雁门关，我想在雁门关捉拿苏烈和单天常，不想他私自逃走，去向不明，他怎么到这儿了？这怎么办呀，我们两个仇深似海。他的心里有点乱了。

城上的苏定方早就认出了罗通，心想：哈哈，我把你这个短命鬼小冤家罗通，好小子，你来得正是时候，真是踏破铁鞋无觅处，得来全不费工夫，要解心头恨，拔剑斩仇人，仇人已到，我必须这么、这么、这么办，这就叫借刀杀人，死人口里无招对，小冤家想进城，我叫你连城的大门也摸不着，你就死到外边吧。

苏定方是怎么到这儿来的呢？原来苏烈镇守雁门关，有天晚上，他见到了单天常，把单天常让到书房，单天常把见到苏麟、苏凤的事情一来一去、一五一十都和他说了，苏定方很难过呀，我两个儿子死的死、逃的逃。单天常给我来送信，怎么办，我把他收下在雁门关待着，罗通马上就杀来了，那时还有我的命吗？事到如今只有三十六计，走为上策，所以他和单天常就走了。二人出了雁门关就商量上哪去呀，苏定方说："天常啊，中原咱是不能回了，只好找个地方占山为王、落草为寇吧！"

单天常说："老人家，我看你实在难住了，干脆跟我走吧！"

"跟你走，到哪去？"

"投奔北国。"

"投北国？为什么呢？"

"不瞒你说，我早就投靠北国了，这次我是从北国来到中原占领鹰爪山的。"

"啊，你，你是奸细！"

"这么说，我看你身处绝境才把实话告诉你的，你如若不同意，就算我白说。"

"这到底是怎么回事儿？"

"不瞒您说，想当初奶娘抱我逃生跑出来，我就占山为王，从北国兴兵想犯中原的时候，约我出世，后来我就降了北国，我是为了借北国的势力帮我报仇雪恨。后来，两国打起来了，我来到中原占据一座高山，想挡住大唐人马，结果我的山被破，我也被拿下了，假意投降行刺没成功，始终没敢说实话。这次我来雁门关也是想把这事告诉您，实在不行，咱们一起投奔北国，我能给您做证。"

苏定方前思后想没有别的招，也只能这样，为了给我儿子报仇，我大儿子死了，三儿子也没命了，只有二儿子到西凉去了，究竟如何还不知道，我只好投靠北国了。

就这样他和单无常直奔北国，那些关关寨寨都有单天常引见，二人很顺利就来到牧羊城外，并见到了左车轮和赤壁保康王。

现在的左车轮对程咬金真是恨之入骨了，因为赤壁保康王特别埋怨左车轮，你不应该把程咬金放走，你怎么能听他的话啊，程咬金从来也没说过一句实话，这个人诡计多端，他明明是搬兵去了。左车轮也知道上当了，所以他特别恨程咬金。

今天又听说单天常带来个归降的，左车轮心里很不耐烦地说："什么归降不归降，没有好东西，不要！推出去砍！"

他被程咬金糊弄怕啦。

一位将官急忙劝说："元帅，您先别急，这回是单天常领来的，您应当见个面。"

左车轮觉得自己是有点急躁了，便下令叫单天常进帐。

单天常正和苏定方在外等着呢，元帅叫他进帐，也不知道是什么事，只叫苏定方在帐外等候。

苏定方心想，看来投靠别人这种滋味真不好受啊，人家对我还不一定怎么想的呢，弄不好我这条命呀……但现在已经来到北国，也就只好听天由命了。

单天常进了帅帐，给左车轮见完了礼，便道："元帅，现在苏定方已在外等候，他一心想投靠咱北国，他可是个有勇有谋的老将呀。"

左车轮问道："苏定方是什么人？你是怎样和他相识的？他为什么投靠我们？"单天常就把怎样刺杀罗通、怎样认识苏家父子一一说了一遍。左车轮听了，点头说："叫苏定方进帐来见。"

苏定方由于担心，觉得等的时间很长，加上站着也有点累，这头上的汗啊，顺着腮角直往下流，听说叫他进帐，他就喊道："苏烈拜见元帅。"

左车轮一看，苏定方的五官外表，呵！这员才将还真有点威风。于是，他急忙一摆手说："免礼，平身，啊老将军，你不是大唐之将官拜邢国公吗，为什么不保大唐而要来投我呀？"

苏定方心想：左车轮好厉害呀，这话问得都带刺，事到如今只好说实话了。想罢，他咳了声说："咳，当初，我是保窦建德夏明王，刘黑闼为元帅，我做四先锋，后来窦建德死了，刘黑闼做了反王，我做了元帅，在周西坡我乱箭穿身射死了罗成。取燕山时，我把罗义也射死了。锁五龙之后，李世民要收服我，我一看大势已去，不归降也不行了，只好假归降，我想在他手下等待时机，好给我死去的主公报仇。哪知道罗义之孙、罗成之子罗通这小子长大成人了，他知道他的爷爷和父亲都死在我的手中，他要给他罗家报仇，如今我的长子和三子都被他杀了，次子下落不明，我是走投无路，单天常给我送的情，我们才来投靠北国出力，只要您重用我，我一定为北国效劳，给我的儿子和死去的主公报仇雪恨。"

他说了半天，左车轮心想，这个人先保窦建德，后保刘黑闼，一看形势不好，他又保了大唐做了邢国公，如果不是罗通要报仇，他也就贪图富贵，这么着了，而今想投靠我，想借我的力量为子报仇，一旦把仇报了，他还不定弃我而投他人，这种人反复无常真是可杀不可留。但是又一想，苏烈既然是这种人，我何不顺水推舟呢。想到这里，他和赤壁保康王悄悄商量了一下，回头对苏烈说："苏定方，你是真心投靠北国吗？"苏定方说："那是当然。""好吧，单天常也说了，你愿意投靠我们，我们也愿意收留你，并肩杀敌，你为了报仇雪恨，我们是两打仗各为其主，不过你毕竟是中原人，你究竟有什么仇和恨，我们都不知道。只听你这么一说，我们并没有眼见，正所谓'眼见为实，耳听为虚'，你有什么能证明你真心归顺我们呢？单天常虽说给你做证，但是你们只是从雁门关相识的，他是只知其一不知其二。这样，我叫你做一件事，不管你做得大与小，只要你给我们做了就行。"

"那，您叫我做什么事？"

"你想法进入牧羊城，到城内给我做个内应，把城门给我打开，就算你立下奇功，你看怎么样？"

"啊！"苏定方吃了一惊，便是一愣，心想：这能行吗？不行，大概脑袋保不住了，唉！反正是屎壳郎驮坏——够呛。想罢，他只好假意再回奔唐营。

第三十八回　苏定方进城做内奸　挖鼠洞得粮受宠信

苏定方想，如果不按左车轮所说的去做，性命便休矣；若到了牧羊城，见着唐王李世民，万一露了马脚，性命也是难保。他左思右想，最后还是选定了先进牧羊城的好，因为城里和朝内正是隔绝的时候，趁着罗通还没来，自己先进城凭这三寸不烂之舌、两行伶牙俐齿，取得了李世民的信任，难道连个开城门的时机都找不着吗？想罢，他对左车轮说："好吧，左元帅，我情愿做内应。""好，只要你混进城去，待机会给我把城门打开就行，你怎么走呀？"左车轮说。

苏定方一琢磨，对左车轮说："我只有单人独骑闯东城门，装作闯营报号的，这样才能混进城去，然后再做内应。"左车轮说。

左车轮眨巴眨巴眼说："有装作闯营报号的是可以，我也可以放你进去，我下个密令叫各营的将官不拦你就是，但有一条，不许伤害我国一兵一卒。"苏定方心中暗想，左车轮真不好惹，不看出子丑寅卯来，是舍不得叫杀他的兵将的。

左车轮确实对苏定方没把握，还不知怎么样，先叫你闯营杀我们的人啊，那可不行，这叫不见兔子不撒鹰。

苏定方也说不出别的来，只好要求给准备东西，好装扮起程。

左车轮命人给苏定方准备东西，他用什么就给他准备什么，不大一会儿，苏定方装扮完。

左车轮一看，苏定方浑身是血，再出帐看看他的马身上也都是血点，真

罗通扫北

像是杀了人似的，左车轮点点头说："装扮得不错，真像个闯营的。不知我何时等你献关开城？有什么信号？"苏定方这下可难住了，他吭哧半天后才说道："左元帅，什么时候很难说准，反正我混进城去，得机会就抓紧时间办，时间也不会太长，一定得办在罗通他们救兵到来之前，到时候我给你们放信炮，三声信炮为号，你看怎么样？"左车轮说："好，我等你进城之后，就把密令传给城外的主将，时刻准备好，听你三声信炮为号，就这样吧。"苏定方辞别左车轮，上马提枪就闯进连营，这营闯得可好，一路上连个拦他的人也没有，顺顺当当就闯过来了。走着走着，苏定方突然觉得不对劲，心想，我就这么平安无事地闯过去不行，非砸锅不可，尽管我装扮得挺像，徐茂公、秦琼都不好惹，万一被他们看出我是装扮的，那可完了，唉！反正我也快闯完营了，最后我不如真正杀他几个北国人，省得被大唐看出破绽来，将来再和左车轮解说。对！就这么办。想罢，他真把刀抢起来砍开了，把北国兵给杀愣了。士兵们纷纷吃惊地问道："哎，这是怎么回事，不是告诉我们不拦挡你，你也不杀我们，你怎么又杀起来了？"

苏定方也是气左车轮对他太刻薄，一气之下说道："不杀，不杀好人，就是杀你。""噗"，苏定方又宰一个，还特意把刀头上的血往身上抹了抹，一连杀了好几个，再看看身上、马上，鲜血还真不少，有真有假谁也不好辨认了。苏定方这下放心了，一催战马，来到了城下，大声喊道："城上的军兵听着，快去禀你们主将，就说我邢国公苏定方报号来了，快快给我开城，后边的追兵来了，我就抵挡不了啦。"

这天，巡城主将正是张公瑾，他是贾柳楼三十六友之一，一见苏定方单人独马，一兵一将也没带，还落得这个样，这是怎么回事呀。苏定方说道："张总兵，借你口中言，传我心腹事，来报主公给我开城，让我进去吧，我有……嗨。这儿不是讲话之地，你叫我进去再说吧。"

本来张公瑾可以给他开城，可是元帅和军师有密令，在救兵没到之前，无论什么要紧的事儿，也不能开城，必须预报之后再说。就这样，他只好对苏定方说："邢国公，因为元帅有令，必须有命令才能开城，你在这儿稍等一会儿，我去通报一下。"

苏定方哀求说："张总兵，你先放下吊桥叫我过去后再报元帅，不然一会儿追兵上来，我挡不了啦！"

这老小子演戏还真像。张公瑾命人放下吊桥，叫苏定方过了护城河，在城下等着，转身下城去报元帅。

这时秦琼已经好了，可是里无粮草、外无救兵，这心里也是真急，盼救兵就像旱苗盼雨一样，眼睛都盼红啦，一听说苏定方来了，当时就是一愣。

徐茂公紧接着问道："他带着多少兵？"

张公瑾说："一兵一卒也没有，就是他一人。"

徐茂公摇了摇头没说话，看了看秦叔宝。

秦琼同样看了看徐茂公。因为他们俩在京的时候曾经议论过苏定方这个人的所作所为，成不了大器，有些事情做得不怎么样。你说怪他吧，他没大错，你说不怪他吧，有的事真叫人看不下去。今天听说他来了，所以俩人不约而同都认为这个人来得不明，不那么叫人相信，二人互相看了看，又问张公瑾道："你问过他了吗？"

张公瑾说："我问他了，他要面见万岁，说在城外不便说话。"

"好吧，让他进城吧。"秦琼吩咐张公瑾，你要这样办，又叫齐国远、李如桂跟着一块去，一点漏洞也没有，多一个人也进不来，别说乘虚而入了。苏定方暗自佩服秦琼守城的方法，一进帅帐，就磕头拜见秦元帅，而且眼泪汪汪的，好像是很久没见面了，那个亲热劲儿就甭提了，又好像有多少话说不出来似的。

秦叔宝连忙说："邢国公快快请起。"接着，秦琼又忙命人给座，让他坐下后便问道："你怎么单人匹马来了，从什么地方来的？"

"咳，别提了，我是从雁门关来的，我想见见万岁，有些话我要奏明圣上。"

"嗬，你想见万岁当然行，你先暂歇一下，用点饭，等我奏明圣上之后，再领你去见。"秦琼是想察言观色进一步看看再说，毕竟一下子还看不出有什么事来。

苏定方说："我本想保驾征北，可惜在雁门关受了伤，等伤好之后，几次给幼主写公事找人替我镇守雁门关，想到敌前建立奇功，幼主一直没有派人接替我，这次来也是事出无奈……我带着马童和几个知己一同来的，可是在闯营时，他们都……"说着话眼圈又红了，好像还有话不好出口。

秦琼和徐茂公将此事奏明李世民之后，李世民正想知道京里的事情，听说苏定方来了，很是高兴。徐茂公说："万岁，苏定方是一个人来的，你要察言观色，我们不能不防备，在这个时候可不能大意啊。"

徐茂公的一句话就把皇上给点明白了："对对对，徐王兄言之有理，朕注意就是了。"

说罢，皇上就命人传苏定方。

苏定方见了李世民，趴在地上就磕头，一边磕一边还哭上了。

李世民一看很不高兴，见面没等说话先哭，像报丧似的，只好压住气问道："苏爱卿，你是从哪里来？京里有何变化？为什么见着朕就哭，怎么回事？"

"万岁呀，臣这次来主要是想保圣驾，可是臣是私自来的，有罪呀，所以得先向你请罪。另外，也是事出无奈，只有找您传御状诉诉委屈。"苏定方说。

李世民倒吸一口冷气，心想，什么，跑这来传御状，朕现在被困北国又不是身居深宫在享太平之福，现在正在打仗，出什么事也没有这事大呀，见面就要传御状，真是岂有此理。皇上心里很不高兴，但是又不知他有什么委屈和冤枉，只好耐着性子听。于是，他把手一摆说："苏王兄，快快平身，一旁坐下。不知你有何等大事到北国来传御状，你就说吧！"苏定方谢过之后起身，擦了擦眼泪说："万岁，臣做梦也没想到您在这被困，臣要知道，绝不能让您这样草率前来。"

李世民一愣说道："怎么，朕在此被困你不知道？"

"不知道。"

"你没有看见程王兄？"

"没有哇。"

"啊……"李世民顾不上问苏定方，脑子里倒担心起程咬金来了，心中暗想，这程咬金没闯出营？死在半道上了？李世民想了一会儿又问："苏王兄，你快说，你是怎么来的？"

苏定方说："自从万岁走后，叫臣镇守雁门关。臣的伤情已好，曾经向京城幼主送过几次请折，要求幼主另派人队镇守雁门关，臣好保驾征北，既是为臣的一片忠心，也是臣建功立业的好时机，可是幼主一直没给回信。臣认为幼主可能是不换人代替，仍叫臣把守雁门关。万没想到家门不幸，臣的三子和罗通、程铁牛、秦怀玉犯了口角，被他们打死了，长子和次子面见幼主说明他三弟惨死，可是不知道为什么幼主不但不给臣的三子报仇，反而又把臣的长子给杀了，次子苏凤跑到雁门关把事情告诉了臣，当时微臣悲痛欲绝。这老来伤了二子，微臣便告诉苏凤，回家好生孝母，不准再惹祸，等万岁得胜回来，有什么话再说吧。臣想亲自找您，因为扫北一路来关关寨寨都得胜了，得到的都是喜报，所以臣把雁门关交给副总兵镇守后，便带了几十名兵丁前来找您，一路上并无人阻挡。来到牧羊城，臣才知道您在这困着哪，这就更不能走了，也不知您的龙体怎样，臣决心闯连营来见万岁，保护万岁，并和北国决一死战。可惜臣带来的兵丁在闯连营时全都阵亡了，幸亏微臣拼死，这才闯过了敌营。如今，见着了万岁，我这心也就放下了。万岁，微臣本来不是传御状，一是向您请罪，不该私离戍地之罪；二是请您给臣做主，为子报仇。可现在您被困了，微臣认为，自己的私事再大也是小事，重要的是为臣伴驾、杀敌立功。等把北国平灭之后，我主班师回朝之时，请您给臣做主就是了。"说到这里，苏定方又是一把鼻涕一把泪地哭上了。

皇上一听心中暗想，我皇儿就算糊涂也不能糊涂到这种程度哇，人家的三儿被打死，你不但不给人家做主，反而又把人家大儿子给杀了，这到底是为什么呀。他又一想，一面之词不可轻信，只有等脱险还朝把事情再问清楚。

苏定方最后说得对，自个儿的事再大也是小事，他老来伤子是很痛心的事啊。想罢，李世民对定方说："苏爱卿，你放心吧，等朕还朝之后，一定把此事弄个明白，皇儿年幼没掌过朝政，也可能有些事情办得不妥。朕回朝之后一定要有仇的报仇、有冤的申冤，你已经来到牧羊城，你就留在朕身边保驾吧。对了，朕还想问问你，你确实没有看见程咬金？"

苏定方心想，我差点没把他宰了，可是不能露了马脚，只好说："没有，确实没见程老千岁。"

"好吧，你先下去休息吧，有事朕再叫你。"这可把李世民的眉头皱成疙瘩了。程咬金搬兵没回来，朝里来人也说没见他，这到底是怎么回事呀？程咬金跑哪里去了呢？城中被困日亦艰难，盼救兵盼到望眼欲穿，便问军师和元帅道："二位王兄，难道说程咬金会有什么危险？"

徐茂公说："请万岁放心，我四弟回朝搬兵高枕无忧。"

"可是，苏定方为什么没见着他呢，按日期算来他该看见程咬金呀？""噢，万岁，如果追问苏定方为什么没见着程咬金，微臣当然说不清楚，不过臣认为程咬金早就进京了，救兵也离此不远了，日子也不会太长就能到了。""噢，那么说，苏定方是在蒙君作弊？""万岁，现在不能这样说，也许他确实没看见，因为程咬金的主意道道有的是，也许装扮，也许有其他方法，总之您放心吧，他一定会把救兵搬来的。至于苏定方是怎么回事，我们多加小心就是了。"

秦叔宝也是这样安慰了皇上一顿，但他背后却和军师商量好了，一定要暗中注意苏定方，因为他看苏定方说话时眼睛乱转，可能怀有鬼胎。

苏定方自己也知道军师和元帅不好糊弄，想在他们面前混过去，那是很不容易。徐茂公是军师，都说前知五百年，后知五百载，中知五百冬，其实他就是有韬略。秦叔宝是大唐有名的智将，我得多加小心。他越加小心越觉着有人监视他，因为被困不能开军打仗，也不能轻易打开城门将左车轮引进来，所以他非常着急。苏定方

心想：如果实在开不了城门、献不了关，要把李世民杀了也行，那样就是把我杀了，我也心甘情愿，可是不得手啊。

这一天，城里有个寺院，他信步来到寺内想求神保佑，到了大殿就见几只老鼠"噜噜噜"钻到供桌底下。于是，他好奇地抽出宝剑挑起供桌帘一看，原来供桌下墙角有个耗子洞。这个洞挺大，有几只耗子"嘈嘈"吓得钻进洞内。

苏定方毕竟是上年纪的人，有些经验。他想，常言说耗子打洞能存粮啊，如果这个洞中能有存粮，不管多少吧，也算是我的发现，现在城中缺粮缺得很厉害，真要从洞中得到点粮食，也算是我对大唐的贡献，说不定能换取他们对我的信任，一旦得到他们的信任后，我再下手机会可就多了。想到这儿，

他用宝剑插进洞中一搅，果然这个洞口就大了，而且很深，整个宝剑插进去也没到底，腕子一晃荡，觉得里边是空的，什么也碰不着。这个鼠洞很大，他急忙回去叫来几个弟兄挖开这个洞。

大伙越挖洞越大，没办法，只好挪动神像。一听要挪神像，寺中的僧人不干了，口念佛号："阿弥陀佛，这位将爷，贫僧乃是出家人，讲的是扫地不伤蝼蚁命，爱惜飞蛾纱罩灯，你来到本寺又挖窟窿又抓老鼠，那还了得，罪过呀罪过，阿弥陀佛。"

嗬，苏定方差点没被气歪了，心想，真是人倒霉什么事都碰上，放屁都砸脚后跟，挖老鼠洞都成罪过了，可不是吗，这耗子比飞蛾蜂蚁大得多呀，这还是个大罪过呢，真是的，这要是我说了算的时候，我非一脚把这僧人踢出去。现在不行啊，我这个处境，处处事事都得多加小心。想到这儿，他狠狠瞪人两眼，没说话转身就走了，直接去见皇上李世民。

李世民听说苏定方有要事求见，传旨进见。李世民问道："苏爱卿，有何要事？"

苏定方忙说："臣启万岁，老臣发现一个鼠洞。"

李世民很不乐意，心想：一个鼠洞有什么大惊小怪的，还来告诉我。

苏定方接着说："这个鼠洞特别大，我认为洞内可能有粮食，有道是'盗粮鼠'嘛。我本想挪挪佛像深挖深挖，可是老僧人不让挪也不让挖，他说是罪过，老臣怕伤了佛教坏了大事，特意禀明万岁。"

李世民听苏定方说的有道理，便说："如果真的鼠洞有粮，不管是多少也是我们急需呀。"他回头看了看军师徐茂公。

徐茂公说："此洞大而深，可能有粮，我们耐心劝说僧人，而后挪像挖洞一看分晓，事后必须把寺院整修如旧。"

苏定方二次带人回到寺内，和僧人说明挖洞找粮的事，僧人也知道城内缺粮，当然也愿意真的能在洞里找到粮。

就这样，苏定方命军兵把佛像轻轻挪开挖洞，在里面还真挖出不少粮食和大豆，并且洞内还有些飞鼠，这使李世民想起一件事来。

那还是西魏王李密接受大魔国瓦岗山皇上的时候，他当了皇上之后开仓放粮周济百姓。刚打开粮仓，从粮食中飞出很多飞鼠，遮天蔽日到处飞了，可是再看粮食中一粒粮食也没有，大伙传说这就叫飞鼠盗。

— 273 —

今天在这儿又发现飞鼠和这么多粮食，这是怎么回事呢？拿来粮食检查，都是好粮食，够城内用几天的。苏定方算是立了奇功，也觉得腰板儿硬了。再细观察，他觉得元帅、军师和皇上对自己没有什么戒备之心，但也害怕罗通的救兵赶到。只要他们一来，这纸总是包不住火的，所以他想尽快找机会下手。

非止一日，这一天正是他的巡城之日。听说救兵到了，在城外叫关，苏定方可被吓坏，急忙跑上城楼一看，来者正是冤家对头小罗通。

第三十九回

害罗通四门敌毙命
小英雄再斗左车轮

苏烈苏定方身登城头往下一看，来的正是罗通，这脑袋"嗡"的一下子，常言说：仇人见仇人，分外眼红啊。他看见罗通，那心里别提有多气了，心想：好小子，苏麟就是他杀的，他来了，怎么办，一旦把话说明、把盖揭开，那还了得，我得顾燃眉之急。想罢，他大声说道："城下来的不是罗贤侄吗？"

罗通也看见苏定方了，这心里忽悠一下子，心想，他怎么跑这儿来了？他在雁门关不辞而别，这是怎么回事呢？想了一会儿，他冲城上说道："城上这不是邢国公，苏老伯吗？"

"罗通呀，是我，你怎么来得这么晚？"

"老伯，你快快开城让我进城报告。"

"贤侄呀，不忙，我先回问你，你怎么单人匹马来的呀？"

"我的人马在番营外了，我是单人独马闯营送信的。"

"噢，好哇。"苏定方说着话把大拇指挑起来，"罗通啊，你真乃英雄也，真是老子英雄儿好汉，你们老罗家祖祖辈辈都是英雄，你真有你父当年之勇啊！你单人独马前来报告，这是你的首功一件，不过贤侄啊，你放着四门任意一门都可以走，怎么单单跑到这东门来了？"

"东门怎么了？"罗通疑惑地问道。

"万岁和元帅下令东门紧闭，军师的八卦绝不难错算，东方甲乙木，木能生火，早就用土把城门堵住不让开了。有些细情我在这里也不便对你讲，爷们儿，你既然来，就辛苦一下，绕到北门，我在北门等着你。"苏定方回应道。

罗通不知是真是假，心想，叫我上北门，去就去呗，我顺着护城河走，这有什么了不得的，碰上北国的兵将料也无妨，现在还不能得罪他，别把事情揭开，县官不如现管啊，他有权开还是不开，我们有仇有恨，毕竟是内部之事，等见了父王再说。现在是大敌当前，我不能以私误公。所以，罗通没把盖揭开，只好说道："好吧，苏老伯，我去北门。"说完，他将马头拨过来顺着护城河边催马直奔北门。

苏定方说："好，好，真是英雄出少年，老夫去了哇……"

罗通刚到北门，还没等叫城呢，早有探马报到北门外守城的将官说："有个唐蛮闯连营到了东门外，不知道为什么他不进去，又跑到北门来了。"

北营守将一听，便率领众将迎上来了，见到罗通大喊道："小娃娃，你真是眼空四海，目中无人，竟敢闯连营，到东门而不入，又跑北门，你这是成心前来受死！"说着话举刀就劈，罗通用枪把刀磕出，一看这员将红铜盔面如重枣，手持板门大刀，便问道："你是何人？"

"俺乃北守将亚里托银。"说着举刀又砍。

罗通说："好，你这无名鼠辈，定叫你枪下做鬼！"二人打在了一起。这时，苏定方早就来到北城门了，在他的身后增加两人，一个是张公瑾，一个是白显道，都是贾楼磕头的三十六友之一。他俩来得晚，开始不知道是怎么回事，所以跟苏定方一起到了北门，到北门一看下边打起来了，他俩就问："邢国公苏大人，来的是谁呀？"

"来的是咱大唐的人马，救兵到了，罗通单人独马闯营报号来了。"

"那，为什么不给他开城呀！"

"别忙啊，罗通这孩子武艺高强能征善战，我想给他开城，那不敌人来了，他不让开门，他说等把敌人杀退了再开城。这不，他和人家又战上了。"

"既然朝内救兵到了，我们俩赶快回去报告元帅和军师。"

"不不不，先不要报告，现在皇上盼救兵盼得眼都红了，你先不要告诉他。一会儿等罗通来了，罗通是皇上的御儿子殿下，我们领人一块去见皇上那该多好哇。你要告诉他，皇上得为人担忧。"

这两人一听，便也说道："好吧，咱看看罗通怎么样，打胜了更好，要是打败了，咱们赶快出城迎接。"

这俩人也是粗心之人，没想到苏定方怀着鬼胎呀。

苏定方心想：我身旁有这俩人不行啊，我得把他俩支走。想罢，他对他俩说："您二位下去准备三千人马，准备做接迎。"

这两人很高兴，因为张公瑾和白显道是守城的，苏定方是巡城的，所以他们必须听苏定方的分派。得令后，他俩下城领兵去了。

就在他二人领兵去的工夫，罗通已经大获全胜，把敌将挑落马下，番兵一阵大乱，惊慌逃窜。罗通仍然不追而是拨马来到城下，大喊："苏伯伯，我已杀通敌兵，请你快开城。"

苏定方"咳"了声说："看来人老不中用了，贤侄啊，千错万错都是我的错，我不应该叫你杀奔北门呀，为什么呢，因为昨夜皇上偶得一梦，梦境不吉，让军师和元帅下令把北门也堵住了，你看我忘了。得啦，贤侄啊，你是英雄豪杰也不差这一门，你就多走点路到西门去吧，我到西门等你。"

说完了，他命人备马向西门去了。

罗通多了个心眼，心想，这么巧啊，东门土堵啦，北门也被围住，叫我去西门，苏定方是不是存心不良，打算加害我呀！也好，你不加害我便罢，如要加害我呀，只能给你自己增加罪过，一门何足惧也，西门就西门。想罢，罗通又把马一催奔西门去了。

西门的守将一个叫突鲁哈，一个叫突鲁苏。听说唐蛮闯营杀西门，他弟兄二人领队迎战。突鲁哈抢先马到阵前大喊道："大胆的小唐蛮，竟敢如此撒野，看我来取你的首级！"说罢抖叉就扎。

罗通进城心切，见敌人的叉扎来，摆枪相迎，两个人没战两合被罗通一枪挑于马下。

可惜突鲁哈，连个名字也没留下就死了。

突鲁苏见二弟阵亡，气得咬牙切齿，催马上前二话不说，抖动方天画戟，"唰"的一戟猛刺罗通。

罗通根本没把他放在心上，摆银枪往外一磕画戟，耳听"当啷"一声。罗通被吓了一跳，差一点儿没把这杆戟给磕出去，最后又一使劲，才把戟磕出去，心中暗想，这小子还挺有劲儿呀。于是，他大喊一声："来者番将是什么人？"

突鲁苏暴叫道："我是西门大督都突鲁苏，刚才我二弟死在你手，我要为弟报仇。"话罢又是一戟。

罗通说:"好,我成全你们弟兄二人,也叫你和他同往。"虽然嘴里这样说,但罗通心里也在想,凭刚才头一戟,看来这小子可能有两下子,我不能轻敌。

二人动起手来,突鲁苏果然戟沉力大而且招数巧妙,这支方天画戟好厉害,突鲁苏把戟法展开,又急又猛又狠,戟戟都取罗通的致命之处。

罗通见番将如此勇猛,自知一时不能取胜,但又不能和他久战,进城要紧,只好用绝招取他的狗命。想罢,罗通假做力尽胆怯招数,并说了声:"哎呀不好!"此时,罗通把枪往马鞍上一横,拨马就败。

突鲁苏为弟报仇心切,哪里肯放,紧催战马,拼命地追赶。

罗通做出仓惶的神态,紧打战马,这匹马看样子也是四蹄腾空,可就是跑不快,为什么呢?因为这马光是小碎步,看着像跑,实际不出快。这是训练出来的战马呀。

不大一会儿,突鲁苏的马就追上来了,赶了个马头对马尾,他把画戟一抖,冲罗通的后背刺去,恨不能这一下给罗通来个透心凉。

罗通用的就是这一招,听背后有金刀劈风的声音,急忙来了镫里藏身,整个身子和马鞍一平。

突鲁苏的戟走空了,可是他刺戟的惯力很大,再加上他的战马特别快。这一走空把突鲁苏闪了一下,差点掉下马来,他的马擦着罗通的马就过去了。

罗通突然一挺身,枪不是在马鞍上横着吗,顺手拧枪,冲突鲁苏后肋猛地扎来。

突鲁苏再想磕,戟走空了,已来不及撤戟,再想躲,也没法躲了,只好咬牙接这一下吧。

"噗!"罗通的大枪那半尺长的枪头全扎进了,一翻腕子,把死尸挑于马下。这就是老罗家败中取胜的回马枪。

众番将一看两员主将都死啦,"哗"的一下全败跑了。

罗通无心追杀,勒马长出一口气,心顿时平静片刻,拨马来到城下,老远就看见苏定方在城上等着呢。

苏定方说道:"贤侄呀,你的武艺太高强啦,东北西三门所有的敌将都死在你的枪下,只剩下南门一面了,你再抖抖精神吧。爷们儿,天色尚早,我到南门等你去了。"说完他又走了。

罗通心里明白了,大声喊道:"苏定方,你回来,为什么再杀到南门?难道你要公报私仇?"不管罗通怎么嚷,他是在城外边,城上没理他。罗通心想,何必剩一面我不去呢。量小非君子,无毒不丈夫,这也正是我罗通显本领、露奇才的时候,我就杀奔南门。于是,他把马一拨就奔南门来了。罗通心里很明白,唯有南门最厉害。因为南门是敌人的老营,左车轮准在那里,为什么闯营闯东面呢,就是那一面主将好打,再就是敌人料不到有人能从东面闯营,这也是打他个冷不防,现在没办法,只有闯南门了。

苏定方想借此机会,逼着罗通到南门去见左车轮,叫左车轮把罗通治死。苏烈知道罗通杀三门已经筋疲力尽啦,再碰上左车轮把城夺过来就算大功成就,救兵来了顶屁用。

苏定方刚到城上,张公瑾和白显道也都来了,三千兵丁也准备好了。他俩到苏定方跟前问道:"你怎跑到这来了?"

"咳,别提了。罗通这孩子真是年轻无知不知天高地厚,他杀了三面了,还想把南面也杀退了,要力杀四门,你看,我也挡不了哇。"

张公瑾一听心里也埋怨罗通:"这孩子真是艺高胆大,他们罗家父子都是这样脾气。"想罢,他也只好看着罗通。

罗通在西城外叫苏烈回来,但并没有回答,他只好下马勒了勒马肚带,自己也收拾征裙,上马直奔南门,还没等到南门就听敌营号角齐鸣,"当当当"连声地响,这说明不是一般主将出营。

敌营早有军兵报给左车轮:"唐蛮有人闯营已经杀过东北西三门,现在往南门杀来。"左车轮的鼻子差点没给气歪了,大声骂道:"哪来的这个小唐蛮,我要亲自会见于他。"他带领铁雷八宝等众将直奔城前而来,左车轮这一出马举动非小,全营都知道啦。突鲁公主的丫鬟见左车轮出阵了,急忙给公主去送信。

原来,突鲁公主早就在这呢。从黄龙岭撤下来以后,她和二王同回到老营,见了赤壁保康王,把罗通说得很厉害,而且还哭了一鼻子,又说他姐姐突鲁花被大唐擒去,还没救回来。

赤壁保康王相信公主之言,再加上二弟灵王也是这样讲,又说自己被擒不杀并被程咬金放回来了。康王也很纳闷,擒我二弟不杀反而放了,大唐朝是大仁大义呢，还是有别的目的？他一时猜不出来。

左车轮可有点挂不住，心想，我们二王被擒住，不但不杀而且给放回来了。这是程咬金羞臊我哟。想罢，他说道："公主您甭难过，等他们来到后我给你报仇。"从此以后，公主时时探听着罗通的消息，并告诉女兵、丫鬟一有唐兵到来等军情及时报知。今天听丫鬟来报，说是唐蛮闯营连杀三门，现在已到南门，左车轮元帅亲自出战，公主忙问："闯营者不知是何人？你们可问过了？"

丫鬟说："听说是个白马银枪的小将，叫什么罗通，还是什么二路帅。"

公主一听是罗通闯营，不由大吃一惊，心想，罗通呀罗通，你自高自大得都没有边了，你既然来到牧羊城，应当闯进绝食城里通报，里应外合先把粮路打开才对，怎么还显奇才抖本领，闯了三门还不进城，又杀到南门来了！别看你东北西三门取胜了，也算你撞大运上的，现在杀到南门，你哪知道主国将官都在这儿哪，你还能得着好么。如今，你已筋疲力尽，天都过晌了，眼看日压西山快要黑了，一天没吃没喝，你还能有多大的余力呀？

她越想越不放心，说道："不行，我得看看去。"

罗通也是玩了命啦，心想：南门我一定杀过去，敌兵一定杀退，苏定方我看你有什么说的，我在阵前打了这么半天，城里的人们会知道的，只要城里人们知道我来了，我就能够进城。他听见号角炮声一个接一个，大旗一面换一面，也不知道有多少兵将扑奔而来。你就看着吧，什么一字长蛇旗、二龙出水旗、天地人三才旗、四门抖底旗、六字连方旗、七星旗、八门紧锁旗、九爻星观棋、十面埋伏旗、三十六杆天罡旗、七十二杆地煞旗，旗换旗，旗挤旗，旗靠旗，各色旗帜，顺风飘摇，"啪啪"直响，特别是帅导旗，斗大的一个"左"字和一个"帅"字是蓝缎子绣黑字大红飞火沿，旗帜上的响铃伴着旗巾，被风吹得直响，好不威风！再看棋角之下，有数十名战将骑在马上，盔甲锃亮，众将官手执兵器，为首的大将是金盔金甲手使铜人双锏的，好个惊人，只见他们催马到阵前把马勒住。罗通便知道准是左车轮来了。

左车轮勒马看见罗通是个白袍小将好像银装雪裹一般，他身上染满血迹，好像血染过一般，这说明他一定杀了我们不少的北国人。看到这，左车轮被气得紧咬牙关，心想，就这么个小毛孩子，杀了我三面城，看来这个小娃娃是有两下子。

想罢，左车轮喝道："哒，来者娃娃快快报上名来！"

罗通把枪在手中一掂，说道："你问我是谁呀，好吧，明人不做暗事，人过留名，雁过留声，人不留名不知张三李四，雁过不留声不知春夏秋冬。我告诉你，不过你可别害怕，在马上坐稳了，我为北平王燕山公罗义罗延超之孙、越国公罗成之子，我叫罗通，身为二路元帅，也是大唐朝天子李世民的御儿子殿下，再往下问，就是你的少千岁罗通到了。"他留名嗓音也高，说得也脆生。左车轮一个字也没漏掉，全听见了。

"哎……呀……"左车轮问道，"大唐朝的二路元帅就是你呀！你今年高寿啦？"左车轮是在讽刺他，没问他几岁啦，而问他高寿。罗通有多聪明啊，一听就知道左车轮在藐视他，于是他把枪往后一背，伸左手挑起大拇指说："你家少爷一十五岁。"

左车轮听他说十五岁，差点没被气死，但他不生罗通的气，他只恨自己手下的战将，你们都是纸糊的、面捏的，怎么能被十五岁的孩子杀的杀了、挑的挑了，闯破三面的连营。忽然他又一想，别看这个娃娃年幼，也许真有本领，俗话说，有志不在年高，无志空活百岁。我定要看看他究竟有多大能耐。想完，他又冷笑道："娃娃，看来你大唐没有能人了，不然怎能叫你个十几岁的孩了接印为帅呢？小孩都上来了，哪还有能人呀，你碰上我了也就算你命短。如果不服，你就撒马过来。要是你在本督都面前能战三回合，我就算你有本领。"

罗通想稍微休息一会儿，所以说道："慢着，我还没问你的名姓哪，看见没有，我的明枪亮枪下不死你这无名之鬼！你叫什么玩意儿？"什么玩意儿？左车轮这个气呀，大声说道："我乃康王驾前为臣，兵马大元帅左车轮是也。"

"噢，左车轮就是你呀，我以为左车轮是个站起来顶破天、坐下压塌地、项长三头肩生六臂、胳膊上马、脊梁沟跑大车哪……"

这可把左车轮气坏了，叫你说我成了妖怪啦。

罗通接着说："见面一看你呀，嗨嗨，不足为奇，也是两个肩膀头扛着脑袋长着七个窟窿，你也不多什么呀，真是闻名别见面，见面更难看，也是个寻常之辈，左车轮！你听我良言相劝，这仗别打了，扔了铜挝束手被擒，我在我父王面前给你求情，还能留下你的狗命！如若不听良言相劝，你来看，我人有眼，枪可没眼，它可不认识你是谁，你要被大枪碰上，它可不是吃素的，到那时你的性命难保那还不说，要是惹恼我的父王，他准把你们那些蛤蟆老鼠大眼儿贼都摔死。"左车轮被罗通的这些话气得大鼻孔都翻开啦，一只手撕着胡子咧着大嘴"吱呀、哇呀"暴叫，真像打雷似的。

罗通说："你还会叫唤呀，你先别耍威，吃我一枪。"冷不防就是一枪。

左车轮摆架相迎，罗通要大战左车轮。

第四十回

战红袍罗通被围困
解重围公主擒苏贼

罗通扫北

左车轮和罗通报罢名姓，二人动手打了起来。他看罗通年纪又小，说话又可气又可乐，人小口气不小，真是年轻无知，不知天高地厚，所以他从心眼里也没看得起罗通，结果冷不防来了枪，心想，这小孩子真是眼疾手快呀！

左车轮急忙一躲就过去了，还没有等他清醒过来，又是一枪扎来。"哟咧"，左车轮叫了一声，躲过第二枪。两马相错时，罗通枪纂奔左车轮砸来，左车轮急忙来了个苏秦背剑把枪纂磕出。

就这三枪啊，也就是左车轮吧，换了别人早就完了。如今就是左车轮，他也被罗通的三枪给忙活出汗了。怎么呢？因左车轮轻敌，没把罗通放在眼里，结果这三枪过去了，左车轮大吃一惊，心中暗想，哎呀，他们罗家的枪真是又急又快呀，别看他人小，可是他人武功真是不错，不能小看，再者这小孩长的也真俊啊，就这模样和他的武功，在我们北国绝对没有这么一个，他又是唐王的御儿子殿下。我呀，不能打死他，我得抓活的，要抓住活罗通，拿他来威逼李世民。想罢，他抡动大槊紧紧劈几招。

罗通这回也玩命了，心想，我单枪独骑杀遍三门，现在碰上左车轮了，他是北国的大元帅，我再把他弄死，我就是胜者。所以他把平生的本领集中到这个时候了，真是越战越勇。

左车轮不想和他死战，一心想捉活的，他突然拨马回归本队，冲众将一摆手，叫他们一起群战罗通，这可不得了啦。他这一摆手，"哇"，众番将有四十来个一窝蜂似的一拥而上，把罗通围成了包子馅了。接着，左车轮连忙大声喊道："要活的。"

罗通一看上来这么多敌将，便想道，左车轮，你小子也太损了。你们凭人多想生擒活拿呀！有道是一将难敌四手，好汉怕人多，恶狼还怕众犬哪！又一想，我是将门虎子，怎能被敌人吓得胆怯呢。这些人都是无能鼠辈，怕他何来，我今天必胜，任做沙场之鬼也不能被他活捉。想罢，罗通摆枪便刺，左挡

罗通扫北

右架前后拨打，得机会就刺伤一个，有空子就挑死一个。敌人虽多，但谁也不敢挑死罗通哇，因为左车轮有令"要活的"，这样一来可对罗通有利了。即便这样，罗通毕竟精力是有限的，况且已经是连战了一天，闯遍四门，这时天也快黑了，整整一天没有吃饭，有道是人是铁饭是钢，一顿不吃饿得慌呀，人是这样，马也是如此呀。罗通累了，腮角上的汗流下来了，他知道不好，我跟这么多人打在一起，一会儿我非被擒不可。人家凭着人多，累也得把我累死呀。这咋办呀，罗通心里慌了。正在这时，他就听有人喊道："呀呔，好你胆大的罗通，你往哪里走，众将闪开，有我来活捉罗通！"众敌将一听就明白了，"哗……"往四处一散，从外边跑进一匹桃红马，马上一个如花似玉的大姑娘，双手端刀横眉立目冲罗通而来。罗通一看来者正是突鲁公主，当时就愣住了。

突鲁公主说："罗将军，你还愣什么，快跟我来。"她边说边举刀喊声"接刀"，别人打仗都是先动手后说接刀，她是先喊看刀而后再动手，她是怕伤着罗通，所以是先喊后动手。

罗通这才明白，她是来救我的。好，来得正是时候，他便大喊道："丫头，哪里走！"他精神也上来了，抖枪便刺。俩人虚打几招，公主说："好个厉害的罗通，不是你的对手，我去也。"

罗通说："你往哪里走。"催马就追。

众家番将一看公主不得，这才想起，公主在黄龙岭打败仗了，现在她当然打不了罗通，干脆咱们还是一起上吧。

可是，突鲁公主救罗通心切呀，见众将又上来了，她喊道："闪开！闪开！让我过去！"她边喊边举刀砍，"咕咕咕咕"一连杀了两个敌将。敌将谁也没想到公主能杀自己的人，要问她，她还有说的："我往外跑，你们拦着我，我不宰你怎么的。"这可把众将吓愣了，叫我们捉罗通，结果公主又拿了我们两人，可能是公主不让我们杀罗通吧，可是不捉罗通，我们要干什么。就这么一发愣的时候，罗通随公主闯出了敌群。

公主在前边跑，边跑边叫众兵丁"闪开"，碰上不闪道的兵丁用刀就劈，那意思是喊给罗通：罗通啊，你快跟我来，我给你开着道。罗通这一阵儿可明白了，他是紧紧跟在公主的马后，嘴里还喊："好丫头，哪里走！"

敌将有兄弟二人，一个是铜棍将，一个是铁棍将。二人看出了破绽，一嘀咕：公主这不是成心救罗通吧，元帅叫咱们活捉罗通，现在如果让公主把罗通救出去，显得咱们也太没用啦。这俩小子真是望乡台上打莲花、落不知死的鬼，他俩让过公主的马，就把罗通挡住，举棍"呜"的一声就打。

罗通眼看就要冲出重围了，又上来这俩小子。罗通这时气急了，他见铜棍打来，上紧接马一闪，顺手抽出铜来冲铜棍将的后脑海就是一银铜，砸了个脑浆迸裂，铜棍将一赌气就死了。铁棍将见兄弟死了，气得"吱呀"暴叫，喊道："兄弟，你先别走，等我一会儿。"话到棍也到，直打罗通。

罗通也是急劲，用尽全身力气用枪一拨铁棍，翻手一枪直扎铁棍将的喉嗓。铁棍将用力挡大枪，哪想到罗通见棍来磕急忙撤回枪，铁棍走空了。罗通又急复一枪，肠子全出来了，铁棍将还活个什么呀，死了吧，肚里便打起架了，肠子全出来了，"啪"，便死于马下。

说来也巧，就在罗通打死二棍将的时候，城上的苏定方认为时机已到。

张公瑾也看出来点毛病，急忙问苏定方："邢国公，罗通现在已经筋疲力尽了，你为什么不给他开城，难道……"

苏定方说:"张将军,不要着急,我们现在就去接迎罗通,凭我这口刀,一定能杀败敌将,救回罗通。"说罢,他下城上马提枪,命门军打开城门。

张公瑾一看不好,紧跟苏烈问道:"邢国公,你不能私自出马。"

苏定方见他紧跟着有所不便,回手一刀劈向张公瑾。张公瑾没有提防,幸亏躲得快,被苏定方把头盔砍掉,削破一块肉皮,发卷也散了,再也没法阻拦苏定方了。

苏定方一催战马跑过吊桥,就好像出笼的鸟一般,大声喊道:"左元帅,我来也!罗通小冤家,我看你往哪里跑!"一边喊着直奔罗通而来,他想借此机会杀死罗通。

左车轮看见苏定方出城了,也听见他喊了。可是趁此机会去抢城门,那是来不及了,因为他没有这个准备,并且他的所有将官都去活捉罗通了,主要还是他离城太远,现在只有凭苏定方去战罗通。

这时突鲁公主大吃一惊,她知道苏定方是进城卧底的。现在他要想战罗通,那还了得,一提刀迎上前去,挡住苏定方,并假装不知地问道:"你是什么人?"

苏定方也不认识突鲁公主,可是看穿戴就知是北国人,他报通了名姓又问:"你是什么人?"

"我乃北国突鲁公主是也。"

"哎呀,公主哇,久闻您的大名,我现在在城中卧底,机会已到,我把城门打开好让左元帅活捉李世民,您看前面那个娃是大唐的二路帅名叫罗通,可别让他跑了。他是我的仇人,我要亲自杀死短命鬼,为我两个儿子报仇。"

这时,罗通刚刚打死铜棍将和铁棍将,他见苏定方不打自招,原来他投靠了北国,现是在城中卧底的,正被突鲁公主挡住。罗通气往上撞,咬牙切齿地大骂苏烈:"好你个老贼,你我仇深似海,真是仇人见仇人必定眼发昏,今日你休想得逞,不把你置于死地,我誓不为人。"罗通嘴里这样喊,意思也是告诉突鲁公主"别让苏定方跑了,我要他的命"。

公主听罗通这么一说就全明白了,心想,罗将军,你就放心,把苏定方交给我吧。想罢,她摆刀喊道:"好个唐蛮竟敢哄骗你家公主,明明是大唐之将硬说是卧底,休走接刀!"说罢,公主"唰"地就是一刀。

苏定方这个窝囊呀,躲开一刀,急忙说:"公主别忙,我确实归顺北国了。"

"还在骗人，谁能听你骗。"公主说着话，"唰！"又是一刀。她心想，对了，正是因为你归北我才宰你哪，这是罗将军下的令。公主为了表达对罗通的真心实意，在自己投唐之前先立个功，也是要显示自己的能威。苏定方可就倒霉了，她把刀法展开真是杀法骁勇啊。

苏烈之刀虽然厉害，可是和公主比起来，他可差远了，老小子真有点害怕。第一，他怕公主的刀法好，一时半晌赢不了她；第二，因她是公主，我想投靠北国，如果伤了公主，我还怎样投靠北国呀，他是赤壁保康王的女儿，别说伤着她，就是削破一点皮我也受不了啊，保康王非把我给蛤蟆垫桌脚呱（剐）了不可呀。但他心里也纳闷，公主啊，我是投靠北国的，你怎么偏不信，就非要和我打呀，看样子她非要把我宰了才行。想来想去没别的办法，苏定方只好找左车轮去，拨马就跑。公主则紧追不放。苏定方万般无奈，为了保住自己的性命，伸手从背后摘下弓来，忙从壶中抽箭。

这时，罗通还在后边离得较远，他见苏烈败中有诈，大喊道："公主，苏烈他有暗箭。"一句话提醒公主，这是出于罗通的本心哪，因为他知道苏定方的回马箭厉害呀。

这时，天就要黑了。公主听罗通一说，心里就明白了，果然苏烈的箭到了，公主把箭让过去一伸手，手就把箭杆抓住了。公主的绝招就是抓暗器，前文书说过她打飞刀、打飞镖是百发百中。为了表示对罗通真心，她把那些零碎儿全毁了，可是她的功夫没毁呀。于是，公主冷笑一声："好你个苏定方，这真是圣人面前卖字画呀。"想罢，她顺手摘下自己的弓来，就用苏定方的这支箭搭在弓上，说道："是你的箭，还给你。"

"嗖"这箭就回来了。

苏定方认为自己的回马箭准能取胜，万没想到公主有这一手。他正好侧身的工夫，他的箭又回来了，因为他斜着身子，一箭正中肩头。虽然有甲叶子保护扎得不太深，那也够呛啊，他拨马就跑。

罗通抄路挡住苏定方，一句话也没说，"扑哧"就是一枪。

苏定方也算是个久经战场的老将，见罗通的枪到了，用刀一挡，翻腕子把大枪压住，并骂道："哈哈，小兔崽子，这真是冤家路窄，想不到在这儿碰上了，看你也不是我的对手。"说罢，他摆刀就砍。

罗
通
扫
北

如果罗通不是打了一天的仗，力杀四门、肚腹饥饿的话，别看苏定方的刀法厉害，罗通也未必输给他。现在不行了，罗通已筋疲力尽了，真是空有其心，可没这份劲，打了几个回合，罗通的汗就下来了。

公主看得很清楚，一提战马来到跟前说道："公子后退，你瞧我的。"话罢，她摆刀就上来了。

这可把左车轮闹愣了，心想，这是怎么回事，乱七八糟的，这公主到底是和谁打呀？他急忙命人挑起灯笼、火把，想问个明白，因为这不是外人啊，她是公主哇。他不敢轻易地下结论，所以他要问清楚到底是怎么回事。

徐茂公向李世民说："我已派人打听明白了，这是我们的救兵来了，报号的已经杀了四门了，可是有人挡住不让进城。现在南门城外打着呢，万岁咱们到城楼一看便知。"说完，他随着李世民上了城楼。

这时，元帅秦叔宝早就做好准备，众将士也披挂整齐。秦琼见唐王驾到，说苏定方是叛贼，将先逼罗通杀四门、又劈张公瑾逃跑出城之事禀于李世民。

李世民气得咬牙切齿地说道："这个老贼，反复无常，捉住之日，要将他碎尸万段。"

秦叔宝请旨："臣请领兵出城接迎罗通。"

李世民点头说道："秦王兄，快快出城，一定把皇儿罗通接进城来。"

"臣遵旨。"秦琼领旨之后，回头对徐茂公说，"军师，我把城门开后，四员老将就留给你，务必保驾守城。"

这边唐营的秦琼传令："命二十七家御总兵各带一队兵马，先用弓箭射住敌兵敌将，而后各队杀入敌群，快快搭救罗通，到时听我的号令，当进则进，当退则退，不可恋战追杀，也不可避退而回，违令者斩。"

这一声令下，众将士人人精神振奋，个个摩拳擦掌，真是养兵千日，用兵一时啊。城里的将士一直在城里困着哪，都憋急了，今天可该过过瘾了，这精神就上来了。什么史大奈呀、圣颜师、李如桂、齐国远啊，张公瑾也把头部包扎完毕，前来领兵出阵。城门大开，众将士像潮水一般杀出城外，这支生力军可真厉害，先是弓箭手，一排子狂箭就把敌人射乱了，接着就是将领带队杀入乱阵之中。

这是很好的战机呀，秦琼确实是个智将，这一下是打得左车轮个冷不防。

左车轮确实慌了手脚，万没想到秦琼来这一手。他心想：自己的大营刚被罗通打乱，众将都被他派去活抓罗通，而且突鲁公主还在里面一搀和。此时，左车轮真有点迷糊了。

这时，突鲁公主和罗通一起大战苏定方，苏定方可顶不住了。苏定方心里埋怨左车轮：左车轮啊，你为什么不给我打接迎，在那坐山观虎斗啊。

他哪知道左车轮根本不想收留他，你就死在阵前才好呢，况且他也没明白到底怎么回事，不敢乱动，因为这里边有公主哇，再加上城里的唐兵杀出来了，他哪还有心管苏定方呀。

公主和罗通没有过几招，公主一刀把苏定方的头盔砍掉了，苏定方又被罗通在大腿上扎了一枪。眼看这老小子还想跑，罗通甩枪杆抽来，苏定方来了个镫里藏身，罗通此时决心想抓活的，所以不置他于死地。

正在这时，忽听一阵大乱，有人喊道："了不得啦，快跑吧，有人扫了后路啦。"

"哗……"众番将全乱了。

自从罗通闯营报号走后，秦怀玉就一直等信炮响，等到晌午了，信炮还没响，这可把秦怀玉急坏了，搓手跺脚像走马灯似的，一会儿问问尉迟敬德怎么办，一会问程咬金怎么办。

敬德听着这事也没辙了，真是冻豆腐拌不开了。

程咬金说："怀玉呀，咱们不能等了，罗通一定有了事，他没进城，和城里的人没接上头，要是接上头早放信炮了，你听，这杀声时远时近，哪儿有杀声哪儿就有打仗的。咱们兵分四路，我做头一路，因为我道路熟，我在头前，叫敬德在车后保着粮车，在粮车上盖好东西，保护着别起了火，在车后挂上鞭炮，闯营时鞭炮齐响，使敌人不知怎么回事车就过去了。怀玉，你带众兵将分两路前后接迎。咱们来个小孩拉屎，一大流冲进连营，保险能进去，就算罗通没进城，咱们也能接他。"

程咬金主意很好，怀玉立刻派兵。咬金打头阵就杀进敌营，秦怀玉、尉迟宝林、宝庆和其他一些小将为中路，老将尉迟恭保护着粮车为后。全军拔营起寨杀进了番营。

敌营白天刚被罗通闯过一次，还没等收拾好呢，又闯来大批人马，这回比白天那一个人还厉害，这回连窗都给抄了，特别是有的营盘主将被罗通给挑了，营中没有主将，那还不乱吗？所以，唐兵唐将这回不是闯营，成了包抄了。程咬金不管这些，他领队第一个杀到城外，正见城里的众将往外杀呢，这回他更来劲了。

秦元帅督后队指挥，见救兵也杀进来，敌营乱成了一团，急忙传令全军冲杀。

苏定方一人抵俩将早就不行了，再看唐军一会师，当时骨头都软了。

罗通和突鲁公主一齐拥上，要活擒苏定方。

第四十一回 退番兵举城共庆贺 困寺院怀玉再施恩

罗通扫北

罗通在突鲁公主的帮助下保住了性命，而且还把苏烈苏定方给擒住了。此时，城里的唐兵冲杀出来，城外秦怀玉、程咬金的兵也到了，这一里外夹攻，左车轮做梦也没想到有这一手，自己一点提防都没有。这一阵杀呀，他顾了前却顾不了后。罗通擒拿住苏烈苏定方，跟唐兵已经合到一起了，听从他的吩咐。眼瞧着苏烈拿进城去了，罗通的心里非常高兴。这一下子，饿也忘了，渴也忘了，连累也忘了，他又把精神振作起来，抖开枪，嗬！这阵杀呀，北国兵可倒霉了，死亡不计其数，幸存者被打得晕头转向，跑都找不着方向了，东奔一头，西拉一下。眼看东方发白，天就要亮了，左车轮率领残兵败将跑出足有二十几里地，才聚齐人马，暂且不提。

单说罗通与秦怀玉见了面，别提二人心里多高兴；程咬金呢，搬着斧子，指挥手下众将，正在追杀没有败的北国兵。程咬金还在嚷着："小子们，跑不了喽，我叫你们都死在我的斧下。"你别看程咬金与敌将打仗没能耐，可搜杀残兵败将，本事就来了，一直把败兵追出多远才回来。

李世民和军师都在城上观敌了阵呢，粮草车紧跟在后，太太平平地拉进城来。这回城内的人有了精神，忙迎接救兵入城。二爷秦叔宝一看是罗通，还有自己的儿子怀玉，是这些少爵主到了，只有程咬金和尉迟恭敬德是老国公，他们非常高兴地把救兵接进城来，重整营盘。罗通带来的救兵和城内原有的兵都想把营盘扎在城里，但其一是扎不下，其二是敌兵虽已败下去了，但保康王并没有认输，还未交降书顺表，左车轮并没有捉住，谁知道什么时候还会卷土重来，还得开战，所以军师和元帅商议定了，正南、正北、正东、正西、西南、西北、东南、东北，东西南北，四面八方，关寨重地，全由勇将把守，把牧羊城保护得像铜墙铁壁一般。大元帅传下将令：犒赏三军，然后升帐聚齐手下众将，一方面是参王拜驾，另一方面是给众将记功，谁立了什么功劳，都记在功劳簿上。最后君臣相见，罗通禁不住泪如雨下，叫道："父王。"他跪倒在地，什么话也说不出来了，只是放声大哭。

他有一肚子委屈，想向李世民哭诉啊，可是泣不成声。此刻，李世民已经明白了八九，于是欠身离座，扶起罗通道："我儿不要难过，快，把头抬起来，叫父王好好看看你。"

罗通止住哭声。李世民捧着他的脸蛋，细细地端详了一会儿，心中也觉得酸溜溜的，说道："通儿，有什么话，你就说吧！不要哭，大丈夫，泪不轻弹啊，有话慢慢讲来。"

罗通止住了悲声，说道："父王，你可要给儿做主啊！求父王给儿报仇！"

"啊……但不知你有何仇？"

"父王，您真是贵人多忘事，我的仇人就是你封的那位邢国公苏烈，苏定方。"

一提起苏烈的名字，当时皇上李世民的气就来了，因为事实已经证明苏烈是卧底，他还打算把敌人引进城来，这次已被罗通把他擒住了，正想跟他算这账。今日罗通提起来，李世民又追问："苏烈对你怎么样？"

罗通就把当初爷爷和他父亲怎样死在苏烈之手诉说一遍，苏家怎么与罗家为仇敌做对，他儿子是怎么死的，苏烈怎么从雁门关逃出来的，罗通又怎么进到牧羊城，苏凤和单天常怎样逃跑的，罗通为什么要力杀四门，他是从头至尾把一切都讲了出来。

李世民听着，眼都直了，怒道："哎呀！真是老龙困沙滩，一句话提醒梦中人。想当初，后汉王刘黑闼已死，眼看着他们的大势已去，苏烈苏定方来刺杀朕，朕与他战了几个回合，劝他归降，他听了朕的话，扔刀下马归降了，朕认为他是一员将官，很有本领，虽说保过刘黑闼，只要能为大唐尽忠，也就行了，谁能无差错呢？因而把他封为邢国公。哎呀，都是朕一时之错，误用此人，使罗家蒙冤受苦。是呀，老罗家两代冤仇，罗成死的时候，你才五岁。哎！也难怪，各为其主。谁知苏罗两家的冤仇落到这个地步。当初，我没弄明情况，苏烈做了'邢国公'之后，朕才知道，他们父子成为京城一霸。朕只顾征讨万里江山而费尽心血，把这件事弄糊涂了，结果使病患养成。如今，他投降了北国，反过来打大唐，要不是通儿救兵来得及时，恐怕朕的性命就丧于他手中了。

"通儿，你不要再说了，父王全清楚，现在苏烈已经被擒住，朕把他交给你，你说应该怎么办？是杀？是剐？给你爷爷和爹爹报仇，就是了。"

罗通听见这席话，心里才痛快些，就把苏凤下落不明、苏麟的死、苏家还有什么人，都说了一遍。

"父王，孩儿认为罗家的深仇和孩儿被害的苦处，谁是谁非现已弄清，至于怎样发落苏烈，孩儿不深究，全由父王做主。"

程咬金在旁边一拍大腿道："好！老罗家爷们儿办事就是痛快。"

皇上听了罗通之言也觉得有理，便说道："好，先把苏定方押起来，等班师还朝，寻找苏凤的下落，定为罗家申冤。"

其实，苏凤现已奔西凉去了，暂且不表。

单说皇上在城里摆下酒宴，爷子相逢，君臣团聚，大家聚到一起也该高兴高兴，叙叙朝中的事情，谈谈今后如何作战。

齐国远和儿子齐天圣却跟罗通、秦怀玉一起到前营，这爷俩随秦怀玉把守在西北角的一个营中，因为看到齐天圣随救兵而来，齐国远十分高兴。这天晚上，二人一同喝了点酒，各叙离别之情，看天光不早了，就去休息。

秦怀玉呢，别看年纪不大，可很有心计，并没打搅齐家爷子，而是自己下令，命各处严兵把守，一定要多加小心。恰巧，正在天刚放亮的时候，有探马来报：从黑龙山上来了一支队伍。原来，离牧羊城四十余里处，有一座山，叫"黑龙山"，人们都叫它"贺龙山"。这个山也是赤壁保康王所住的地方，像个避暑之处，里边有宫殿，也有石关，派人把守。此山风景优美，山势险恶，山弯很大，能藏百万兵，是北国的屯兵之处。这次赤壁保康王摆空城计，放弃牧羊城，就是把北国兵都屯扎在这黑龙山中。

今日，兵报从山上下来的队伍，直奔天王寺而去。

天王寺是北国很有名一个大寺院，建在一个土山坡的半山腰，工程很大，建造也很精美宏伟。齐国远和齐天圣得知有一支队伍从贺龙山而来，爷子俩忙跑来问秦怀玉道："这支队伍是干什么的？""不知道。""干脆，咱别管他是干什么的，把他包围住，来一个，咱宰一个，反正这地方现在是咱们的地盘了。""不。"秦怀玉说，"咱们不能这么讲，怎能说是咱们的地盘呢？赤壁保康王还没递降书顺表，还没认输，我们占北国的地点，等两国停战后，我们还退回中原，人家的地盘还还给人家。何况这支人马是干什么的？我们一定先弄清楚再说。"

"啊……这个……"

齐国远一想，别看他是我侄儿，可是他兵权在握。这次二路元帅是罗通，先锋官就是秦怀玉，何况守这座营，人家说了算。

"哎，好，爷们儿，我听你的。"

秦怀玉派出探马，远探、近探、明探、暗探，探明情况，探马多次来禀报，来的这路人马二十多人，有一辆车，车上坐着一位老太太，是北国的国母、赤壁保康王的母亲，保着这个老太太的人，正是康王的兄弟灵王，带着二十几人，是去天王寺烧香。"噢……"齐国远一听，惊奇地说："什么？烧香，烧香就是拜佛呀，干吗还烧香拜佛呢？眼看着没有葬身之地了，还烧什么香？拜什么佛？还不如给我烧炷香，磕个头，我还能饶她一命。让我说呀，哎，爷们儿，干脆就把他们娘儿俩一起抓住，这可是赤壁保康王的母亲和亲弟弟，咱们把他母子抓起来，保康王写不写降书顺表？"

秦怀玉双眉紧锁，心中暗想：这个灵王，我是知道的，就在黄龙岭，他曾被我们捉住，那是程四叔把他放了，与灵王一起放走的还有个突鲁公主，弃山逃走。这次，灵王怎么有这么大的胆量，保着老太太来天王庙烧香？现在牧羊城已经被我们占了，就剩一座黑龙山了。眼看江山快尽，降书顺表不论早晚，反正得写，可他们还有什么心思上这烧香？莫非其中有诈，哼，不管怎样，我要弄清楚。

想到这，他望着齐国远说："叔叔，咱们不能抓她。"

"哎呀！我说爷们儿，送到嘴边的肥肉，咱都不吃，还吐出去。"

"不，唐王李世民是有道的明君、仁义之主。我们只能治人以服，不能治人以死，她是一个上了年纪的老太太，二王是我们抓过的将，把他又放回去，我们再抓他们有什么用呢？"

"哎呀，爷们儿，那时候把他放了，那是你们小哥们儿没有准主意。要是我，我就不放，程咬金倒是上了几岁年纪，糊里糊涂地办那种事。这回可是好节骨眼儿，把他们娘俩抓住，往牧羊城里一押，赤壁保康王想与咱们决战，他也不敢再打了。他娘和他兄弟在咱们手中，我看还是把他们抓起来吧。"

"不，叔叔，你听我的，咱们这么、这么、这么办。"

"哎呀，孩子，你别忘了，两国战争，只有相杀，而无相敬。你这婆婆妈妈，能成大事吗？"

"不。叔叔，你一定得听我的。"

"哎，这、这……是呀，要是论年龄，我比你大，是你的长辈，要按军中来说，你掌权，我得听你的。这种事，我先和你讲明，到城内见皇上后，把这事一说，皇上怪罪下来，你可别说我没提醒你。"

"你放心，天大的祸，我一人承担。"

"好！那我听你的，你说怎么办就怎么办吧。"

"按我的吩咐去做。"

齐国远嘴里喃喃自语，不服气地带着儿子出去了。

老太太为什么和灵王来天王庙烧香呢？这位老太太有两个儿子。大儿子赤壁保康王是北国的王子，二儿子也有一身的好功夫，力大过人，跟他母亲很投脾气。老太太看不上长子赤壁保康王的为人处事，一说起话来，娘俩就抬杠。灵王很孝顺，是个仁义之人。这次北国无故侵犯中原与大唐作战，是赤壁保康王听信了左车轮之言。灵王把这话告诉了母亲，老太太也很不同意康王的做法。她想，北国虽说是天朝的属国，但大唐并没有欺侮我国，两国邻邦正常往来，关系一直挺好，何必要侵犯中原？为这件事老太太和康王闹了个红脸，结果康王还是下战表打进了中原。仗已经打起来，老太太也就没办法了。

灵王也劝过母亲："江山是哥哥坐，他说怎么办就怎么办吧。你这么大年岁，就别管这些事了。"

"哎。"老太太说，"你说得也对，特别是这次，牧羊城定下空城计，把大唐君臣困到那儿，想夺大唐江山。"

这次围困牧羊城，要依着灵王，想与大唐和好，作为盟国，互不侵犯，放回李世民君臣，从此做唇齿之国，互不进贡。可是，左车轮和他手下将官同康王不肯，要把大唐江山夺过来，哪知程咬金回京搬兵，罗通挂二路元帅，一直打到了黄龙岭。

为什么二王去黄龙岭呢？就是这位老国母派他去的。"儿啊，你看看，大唐朝是神兵神将啊！听说二路元帅很厉害，一日就抢下了三关，这是真的吗？"

灵王也想去看个究竟，结果被唐将擒获，傻小子罗仁把他拿住，程咬金又把他放了，临行时程咬金对他讲的话，灵王一点也没忘记。等他回到黄龙岭，突鲁公主说，打不过罗通，咱们只好弃关逃走。就这样，灵王和突鲁公主弃关而逃。

当然，公主有自己的私心，为了许亲，与罗通定下终身大事，她是有意败下阵来。这些灵王哪知道？他认为罗通十分有才，大唐人马势不可当，也可以说，人家是一正压百邪。

他曾与康王说过："我们北国，无故进犯中原，结果闹得两国交战，烽烟滚滚。依我之见，趁二路人马还没到达牧羊城，我们赶快与唐朝求和。"

但是，康王和左车轮都不同意。灵王没办法，只好回黑龙山见母亲，就将自己知道的情况对老太太说了一遍。老太太一听，说道："哎！我看，你哥哥不把脑袋扭个弯，他是不会认输的，任凭他干吧！"

老人家嘴上这样说，可心里总觉得不是个滋味，一听大唐人马已经里外会兵，这下可全完了，只好写降书顺表。

过去那个年代，人们很信佛，特别是上了年纪的人，非常迷信。于是，老国母就与灵王商量，想到天王寺烧香求佛，祈祷佛祖保佑。

灵王赞成母亲的想法："不过，牧羊城内外，到处都是唐兵唐将，我们会不会……"

老太太说："我不怕，我这么大年纪了，死活都是一个价钱。"

灵王说："大唐兵将遇见我们，也未必捉拿。"

因为灵王一直对大唐的印象不错，所以他敢保着母亲前来烧香。事也凑巧，偏偏在天王寺与唐兵相遇，但并没有人阻拦他们。

老太太进了寺，和尚迎接出来，几个寒暄了几句，老太太就点着香火，嘴里念念有词，边嘟囔边磕头，又在庙里住了一夜。到第二天早晨，娘俩准备回山，这时手下人来报："可了不得了，咱们这个庙四面八方被唐兵给困住了。"

"啊！"老国母一听，真吓了一跳，因为老太太没见过这样的场面。

"儿呀，这该如何是好？"

"母亲，不必惊慌，我出去看看是谁，如果有大唐的将官把咱们困住了，我可以跟他们说明来意，我相信他们绝不会伤害我们的。"

"那好，你去吧。"

灵王走出守门，四下观看，果然被唐兵包围了。

这时，就听唐兵中有人说话："进庙容易，出庙难。你们是干什么的？""我是赤壁保康王的弟弟，我是灵王，保着母亲来烧香，不知为首的将官是谁？劳你金身大驾，借你口中之言，传我心腹之事，能不能让我见见你们的将官，我有话同他讲。"

唐兵答应灵王的要求，回营中禀报秦怀玉，秦怀玉亲自来见灵王，抱拳施礼道："灵王，我这厢有礼了。"

灵王一看，这位领兵的小将年纪不大，长相十分英俊，心中特别喜爱，便说道："这位小将，你是？""大王，我是二路元帅罗通的先锋官，我叫秦怀玉。"

"啊！久仰，久仰，我想起来了，你的爹爹是兵马大元帅，'护国公'秦叔宝。"

"对，那正是我父。"

"好呀，真是将门出虎子呀。公子，我保母亲来天王寺烧香，是这么、这么回事，不知公子为何包围我们？"秦怀玉微然一笑，说："灵王，我把天王寺围住，但绝不伤害你母子二人，有件事，我必须和你讲清楚。"

第四十二回

秦怀玉情感老国母
老国母牧羊城祭祖

赤壁保灵王见到秦怀玉，嘴上说不害怕，可心里也忐忑不安，不知唐兵把庙困住要干什么，毕竟是两国交兵，他壮着胆子来见秦怀玉，见秦怀玉生得美貌、慈眉善目，便从内心里很喜欢他。两个人说起话来，灵王对上次在黄龙岭被程咬金放回的事深表感激，说道："我这次保着皇娘到这来烧香，不知为何把寺院团团围住了？"

秦怀玉说："灵王，你放心，我们不是来杀你，也不是来抓你的，我有话对你讲，现在的牧羊城，里外都是我们大唐的人马，你们的关关寨寨都有唐兵把守，现在仅仅剩下黑龙山弹丸之地，所剩下的残兵败将，只不过是一群蝼蚁之众，把我的话转告赤壁保康王，劝劝你皇兄，让他早一点写降书顺表，跟我们求和，打仗伤兵损将，百姓受苦。事到如今，你们是阴沟里的泥鳅还想成龙吗？恐怕回不过身来了！不如早递降书，免黎民百姓遭受涂炭，人吃马喂耗费多少钱粮啊！如果他不听我良言相劝，我们一鼓作气杀到山上，恐怕你们也要变成浪里之舟、风中之烛了！"

灵王听了秦怀玉的一番话，心里赞许道：哎呀，真是天朝大国，攻无不取，战无不胜，都说二主李世民是个有道的明君，果然不假，看他手下这些将官，真是一派英雄气概。再看我们那些北国兵将，咧着个大嘴，七个不服、八个不怕的，说起话来，能耐比天还大，可现在呢，让唐兵打得一败涂地，到这个地步还不认输。左车轮还跟赤壁保康王定计，要与唐兵最后决战于黑龙山。想到这，灵王说道："秦将军，我这就回去把事情告诉我母亲。"灵王回到寺中，把事情的经过告诉了老国母，老太太一听，非要见见秦怀玉，看看他到底一个什么模样的人。

灵王只好答应，又去见秦怀玉，说："我母亲要见见秦将军。"

秦怀玉说："这有何妨。"

秦怀玉是个很懂礼貌的人，人讲礼仪为先，树讲枝叶有圆，他根本没有上邦、下邦的架子，对老太太以礼相待，把老国母接进大营，给老太太见礼问安。

这个北国老国母真是喜上眉梢，乐得合不上嘴，心中暗想，我们是败将，虽然说还没递降书，但是输得也差不多了，唐将礼仪为先，她心中十分感动，表示回家劝劝她儿子，早递降书。

秦怀玉把他们母子送出营外，走出好几里路，才和他们挥手告别。

赤壁保康王听说母亲和弟弟到天王寺烧香去了，可把他急坏了，这不是成心往人家嘴里送肉吗？这一去，肉包子打狗，就回不来了。他想派人去营救，与这娘俩走的时间一对比，应该回来了，现在派人救也来不及了，怎么办呢？

左车轮说："咱们不能去，怎么派兵呢？派少了，派什么样的将，如果打败了白白送一支人马，把咱们的大事就给耽误了。咱们要想在黑龙山和唐兵决一死战，必须这么、这么办，不能再分散兵马了，咱们手下的兵根本就不多，我想，灵王和国母就是被他们拿住了，也不会有生命危险，唐将一定留着他们，准备换降书顺表。"

于是，康王暗地派人去打探，结果这娘俩什么事也没有，回来了，带的那二十多人，一个也没少，而且还被大唐的人给送出老远。赤壁保康王有点不信，等把母亲接到黑龙山的银安殿上，见礼已毕，康王道："娘啊，你老人家受惊了。"老太太摇摇头说："不惊，不惊，我一点儿都没害怕。"

"娘啊，你去烧香，为什么不跟孩儿我说一声呢？"

老太太"哼"了一声，说道："我跟你说，我这香就烧不成了，真的叫我去的话，现在还不一定打个什么样，好事也得让你办坏了。"

"这……娘啊，你怎么能这么说话呢？"

"孩子，我有一肚子的话要跟你说，一会儿你到后宫去一趟。"

赤壁保康王一听，就明白了八九，心想：坏了，我娘不定听大唐将官讲了些什么，她对我做的事很不满意，这次回来一定是很感激大唐的人。

退殿之后，康王来到母亲的寝室，给老太太请安："娘啊，你想与孩儿讲些什么？"

老太太指着康王的鼻子尖说："你这个孩子不听为娘之言，当初你就不该无故侵犯中原，听信左车轮那些狐群狗党的话，与大唐作对。"

"娘，你怎么长敌人的锐气，降自己的威风，捧起他们来了？您这次烧香到底是怎么回事？"

老太太把经过详细地讲了一遍。

再看赤壁保康王的大花脸，他可就沉下来了："娘，你可不能轻信他们的话，我们北国的江山还没完全沦到大唐手中，要是真的到那个时候，他再见到你这个老太太，就不会那么客气了。"

老太太一听，沉着脸说："康王，这可不是别人说的，是为娘亲眼所见，亲耳所听。你二弟上次黄龙岭被擒，大唐将官把他杀了也行，把他押起来也行，恐怕也没有今天，可他们并没有这样做，正因为他是灵王，才把他放回来，亦好求和，唐将不是怕你，而今为娘这次烧香，目睹唐将所作所为，任凭你再说什么，为娘也不信了。孩子，你听娘的话，与唐王求和，早点认输吧！"

康王知道母亲的脾气，一时说不通她，何况老人家说的这些话与灵王有关，哎，我这个二弟，张口大唐兵将好，闭口我不应该这么办、不应该那么做，母亲听信了他的话，怎么办呢？他只好遮遮掩掩地说："母亲，你别着急，我回去和文武官员商量商量，求和也不能马上就去呀。"

老太太一听儿子把话拉回来了，也高兴了，好言好语地又劝了一阵子，赤壁保康王才离开后宫。

康王刚走，灵王又进来了，老太太把她与康王的对话讲述了一遍，灵王说："娘呀，你别听我哥哥说得那么好，他还没有死心，这三道石关就是石城，十分严密。他跟大唐开仗的时候，就定三计，即第一条，想办法把大唐的兵引进牧羊城，设下空城之计，把李世民全军人马困在牧羊城，把粮草切断；第二条，杀进中原，夺西京，打李世民个措手不及；第三条，就是在黑龙山决一死战，他们把最后所有的绝技都使在这里。我想，他这三计还没用完，就凭母亲三言两语地一讲，他不会听你的。"

"儿呀,那你看怎么办好呢?"

"娘呀,常言说得好,画龙画虎难画骨,知人知面难知心哪。从现在来看,大唐皇上是个仁义之君,他手下的将官咱认为是不错的,那么他们究竟怎么样呢?我们还不清楚,母亲现在还一下子做不了我皇兄的主,儿有个主意,不知母亲是否能应?"

"儿呀,你要说得有理,为娘一定听你的。"

"母亲,这件事只有你知、我知,母亲你附耳过来。"

灵王趴在母亲耳边,把声音放得很小说:"母亲,我们这么、这么办,你看如何?"

"哎呀,这么做,你皇兄能答应吗?"

"母亲,你要这么做,我皇兄答应也得答应,不答应也得答应。"

"儿呀,这么做,是不是有点老头上树——悬呢?"老太太有点害怕。

"母亲,我陪你一起去,我看没事,如果事实证明我们没把唐王看错,到那时我皇兄也就无话可说了。如果不是这样,我想,你我二人也不会有危险的。"

老太太一想,说:"哎!也行,孩子,咱们什么时候动身呢?"

"母亲,明天你就把这事跟我皇兄说明,千万别让左车轮等人知道。"

"好,明天我把你哥哥宣进后宫,当你的面跟他讲。"

第二天,老太太有意找了几个人到她的后宫,其中就有突鲁公主,她是突鲁丞相的女儿、赤壁保康王的干女儿。可是,这位老国母很喜欢这个干孙女,爱如掌上明珠、匣中美玉,有什么事都和姑娘商量,唯有这件事没和公主直接说,同时她也把康王给请来了。

康王看,兄弟在这里,女儿也在这里,母亲把自己唤来又有什么事呢?

施过大礼,赤壁保康王言道:"母后皇娘,不知叫儿来有何话讲?"

"康王,为娘有件事要跟你商量,我不告诉你吧,你又该埋怨我,我告诉你吧,又怕你阻挡我,这回呀,你愿意不愿意,我都得这么做。"

"皇娘,你说什么事吧?"

"你还记得吗,明天是什么日子?"

"明天……孩儿一时想不起来了,明天是什么日子?"

"早就知道你把这事给忘了,你父王故去几年了?"

听到这话，康王就跪下来，说："今年是第三年，明天正是三年的正日子。"因为北国有个规矩，老王死的头一年是一小祭，三年是一大祭，而且这是头一个三年，老太太这么一说，康王就明白了，"扑通"就跪下了，连磕了几个响头，说道："母后，恕孩儿不孝，因为两国打仗，而且把全部城池都失落于大唐之手，又在这黑龙山上束手无策，你就别追问这件事了，但等最后一仗得胜以后，孩儿我再从头大办。"

老太太说："不，我不管大操大办，我也不管你办与不办，明天我就起身到牧羊城一趟。"

康王一听，忙说："啊，你去牧羊城？母后，牧羊城是李世民带兵所在，你不能去。"

"不，我要去，我也不要你的兵，我也不带你的将，唐兵杀也是我们娘俩，剐也是我们娘俩，不妨碍你的事。我是个年高有寿的老太太，到我们家祠堂，拜拜我那死去的亡夫，如果唐将讲个仁义，我就去拜，他们如若不准，杀剐存留，任凭他们，两国交兵与我无关。你若不叫我去，我就一头撞在你的面前，明天是三年纪念日，我干脆跟你爹爹一块去吧。"

老太太这么一说，把康王给闹傻了。他心想：不叫去吧，母亲要死在我的面前，叫她去吧，两国交兵，刀枪四起，人有眼，可刀枪没眼！她又是个老太太，这边战争还没平息，她跑到那儿拜祠堂去，那能行吗？李世民准不答应。

康王急得鬓角上的汗都流下来了，忙道："母后，你先别急，孩儿我先说几句。"

"不，你不说我就明白了，你想说什么，我都看透了，虽然我没钻到你心里看，但是我都明白，你什么也别说了，我一定去。"

老太太哪里知道，她这么一讲，可把突鲁公主乐坏了，心想：我正想进城会见一下唐将呢，正愁没办法，干着急。自我从黄龙岭撤下之后，也给唐兵帮了不少忙，为什么罗通还没派人来提亲呢？这姑娘正等得不耐烦，一听老太太要进牧羊城，认为这可是个千载难逢的好机会。于是，她来到赤壁保康王跟前说："父王，既然是祖母要去，如果父王不放心，由孩儿我保护着奶奶，这样大概你就放心了吧？"

哎呀，把个康王气得，这是在老太太面前，不能说什么，这要是在自己的殿上，非训她几句不可，这是在什么节骨眼上，你提这个话，要是打仗，你讨令出力，那是为国尽忠。这位老太太，我拦都拦不住，劝也劝不了，正无计可施，你帮忙保着她去，这不是帮倒忙吗？康王恶狠狠地瞪了她一眼，意思是说，你不应该这样讲话。

突鲁公主心里也明白，知道康王的意思，她愣装糊涂："哟，父王，就凭我这身武艺，保着老太太去，你还有什么不放心哪。我看，父王不用担心，杀打还不至于，要凭两行伶牙俐齿，三寸不烂之舌去说，说好了，这事就太太平平地过去了；说不好，不烧香，不祭奠，也就是了。你放心，我在父王面前保证，我保去，保归。"

她越这么说，康王越生气，可是当着老太太又不敢说别的，急得豆粒大的汗珠直往下淌，急得直跺脚，怒道："你、你懂什么？"

"父王，孩儿我又不是小孩子，怎么不懂啊，奶奶的心情，我完全明白，你着的什么急，我也知道，这不是还有王叔跟着嘛！"

灵王很高兴地说："皇兄，我看就叫母后去吧，信天由命吧，事到如今，不让也不行。"

康王无可奈何地摇了摇头，心想：哎！这莫非是天意，我何不这么、这么办，于是说道："皇娘，你老人家要的话，孩儿有天大的胆，也不敢阻拦，有我御弟和女儿保驾，我再派个将官跟随着你。"

老太太一听，还派个将官跟着，那我得听听是谁，不随我意的，我可不要，老太太还连挑带拣的呢。

"母亲，铁雷八宝怎么样？"

老太太摇摇头，说："不行，不行，我可不要他，没事他也得给我惹出事来。"

赤壁保康王一连想了几个将官，老太太都不要，最后就想到单天常，老太太点了点头，说："这个人嘛还可以，让他跟着，咱一定先讲清楚，必须要听灵王的吩咐。"

"那是当然了，母亲请放宽心。"

当然，赤壁保康王也得问问单天常是否能去。

单天常一听，心想：让我保着老太太，那有何难，顶到头不就一个死吗？如果大唐的皇上真让我们进去的话，那更好，我就见机行事，如果罗通在场的话，我报仇的机会也很难得，纵有一死，我也甘心。

"好吧，康王，只要我单天常三寸气在，定保着老国母平安而归。"

康王说："好吧。"问灵王带多少兵？

灵王一听，说："我又不打仗，带那么多的兵干什么，给我挑选一百名军卒就行了，到路上保护着老太太的车，喂喂马，照顾照顾我们，爱打仗的一个也不要，还有刀枪棍棒一律不带。"

康王心想：我母亲也不知要惹个什么祸，不管怎么说，最后这一仗定下来了，就放他们大胆地去吧，如果不出意外，这仗也得打；如果真引起事端，这仗就更好打了，于是就把国母放出城来了。

他们的人还没行动呢，就派人到牧羊城，给大唐营送去了一封信，意思是：国母和灵王要到牧羊城来，祭奠故去三年的老王爷，这封信传到了李世民手中。

李世民一听是赤壁保康王送来的信，一定是两国打仗的事了，便把秦叔宝、程咬金、老国公敬德、军师徐茂公等所有手下将官聚起来。他把书信打开一瞧，倒吸了一口凉气，心想：呀，怎么？我待的地方是北国的都城，他的皇宫、金殿、家庙、祠堂都在这里不假，可在这个时候，他的皇娘、御弟上祠堂来祭老国王故去三年？这事还真新鲜，从来打仗也没遇到过这事，难道他们北国有这么个习惯？就是有这个习惯也得看个时候，这两国交兵，人不卸甲，马不卸鞍，他们进城拜祠堂？军师看看皇上，李世民把书信递给了他，所有将官传看一遍。

徐茂公不看则罢，他这一看，哈哈大笑道："万岁，他们来得太好了。"

第四十三回

痴情女终遇牵线人
负义郎永记杀弟仇

唐皇李世民把这封信看完了，觉得很奇怪，当时拿不定主意，让大元帅和军师看完，商议怎么办。

徐茂公说："万岁，既然是康王的弱亲，灵王保驾，要进城拜祠堂。这有什么，谁不知道主公是仁义之人，咱们就这么、这么办，你看如何！"

"可以，这个办法很好，不过她是真的拜祠堂，还是……"

"主公，这件事休要忧虑，事事有我们来保护你。"

就这样，君臣就把这件事商议好了。

他们君臣安排好了。程咬金一听，灵王保着老太太上城里祭奠祠堂，拜她死去的亡夫，还有突鲁公主这个秘密，他没有对任何人说起，只好等来了将计就计，见事而行。

李世民君臣议好之后，就传下旨意。元帅也把众将安排好了，派人迎接，而且把祠堂里以及宫院内外打扫得干干净净，李世民虽然被困在牧羊城，但并没占领皇宫，因为他国的习惯和自己国的习惯不一样，他自己有行宫，所以这个旧宫院李世民根本没动，这回听说老太太来了，只是派人略微打扫一下，命人看守。估计明天早晨国母就能到，李世民和元帅商量好了，净水泼地，黄土垫道，迎接国母进城。

罗通听说此事，紧锁双眉，心想：我父王有点过于仁义了。人们都说李世民是个仁义之君，所以现在罗通认为，和他讲什么也没有用，管他什么国母，拜什么祠堂，根本不该答应此事。而另一方面罗通也很怕别人发现自己的秘密，他就是怕见到突鲁公主，这也成了罗通的心病了。他自己知道，真正打仗也打不过突鲁公主，要死也早就死了，所以他心中忐忑不安。偏偏李世民还要亲自出城去迎接，所带将官中有他，他没办法，也得跟着去，谁让他是御儿干殿下呢？于是，罗通保着李世民迎出城来，君臣们下马在城外等待，手下的唐兵排成左右两队等待国母的到来。

众君臣正等待北国的国母，只见远处来了一哨道队，前后有将士儿郎各持刀枪分成几队，正当中保着一辆轿车。这辆轿车是黄缎子罩顶挂着宝葫芦，四角挑起衬着绿缎飞沿缉蜈蚣扎就胡椒眼儿，每个角上还挂着小银铃。车围是黄缎子刺绣，左边绣着昭君出塞，右边刺的是文姬归汉，前车帘扎的是双凤朝阳。左右两布窗悬挂珠帘，红马驾辕，两匹青马拉套，每匹马脖子上都挂着响铃，走起来"叮当"直响。轿车两边保驾的，一是灵王，一是突鲁公主，车离城门很远就停下了。有侍女挑起车帘，老国母从里出来，踩着车凳以后，公主和二王一边一个搀扶着国母往牧羊城一看，大唐的皇上早率群臣出城迎接。老国母很是感动，心想：早就听说唐朝皇上出城迎接她，所以她命停车，下来一看果真如此，她从内心感到唐王李世民真是仁义之君。人家像接上宾一样出城等候，再细看，嚯！人家这阵势可真大呀！前后分成两排的鼓乐手，连吹带打鼓乐喧天，接着就是高挑鞭炮，噼噼啪啪，鞭炮齐鸣。文武百官分站两旁垂手而立。最后，唐王李世民，他并非跨马提刀，而是满朝銮驾，金顶九曲黄罗伞下一乘九龙金辇，辇上绣龙刺凤，周围穿就珍珠翡翠，颤巍巍耀眼放光，黄绒套黄夹板，三匹黄马拉辇车，两边摆金瓜销斧指掌拳横，执扇掌扇琵琶扇，缨舞缕翻缨照缨。唐王李世民头戴皇冠，前后珠帘垂挂，身穿遮黄袍，绣九龙探爪，海水江涯，腰系珍珠玛瑙穿成的八宝玉带，脚蹬无忧朝靴，端端正正早已在辇前等候。

李世民见老国母已经到了，带群臣一起迎上前来。

谁也没想到李世民会有这个举动，开始有人来报，老太太还不相信，后来一听是真的，老太太回过头看看灵王，又看看突鲁公主。突鲁公主手握剑柄，心说：大唐朝皇帝真是个仁义之君，如果这么做，可真是太好了，两国不但求了和，还联上姻。这么一来，两国岂不成百年之好、唇齿之国？姑娘的心中非常高兴，灵王虽然不知姑娘心中的秘密，但也愿两国求和，到那时我的王兄也就无话可讲了，灵王搀着母亲，下地行走。老远地，李世民抱拳施礼，说道："啊！老国母，两国战争，叫您老受惊了，这次听说您要进城拜祠堂，这是你们国家的风俗，我们大唐决不阻挡，不过寡人迎接来晚一步，您千万不要见怪。"

哎呀！把这个老太太给乐得合不上嘴，老太太把腕一抱说道："门得门得，齐哩门得，齐哩门得。"

这话意思是说，我给你们见礼了。这是北国话。"门得门得"是"你好"，"齐哩门得"是"大家都好啊！"老太太细一打量李世民：哎呀！这真是尧眉舜目君王像，禹背汤肩天子表啊。再看皇上身边的这个小将，浑身上下像块玉似的，小脸蛋白里套红、红里透白，人家这小孩是怎么长的，像在粉盘胭脂盒里拉出似的，这么俊。现在没有时间细问，她赶忙回李世民的话道："久闻天朝皇上是明君，果然名不虚传啊，眼见为真，真是三生有幸，有劳大唐朝皇帝亲自接出城来，老身真是有罪呀，有罪。"

老太太也挺会说客气话，就这样，分宾主相称，把老太太给接进城。突鲁公主看见唐王身后的罗通，心说：罗通呀罗通，你在城里待得倒挺稳当，这么长时间了，一点信儿也没有，当初临分手时，咱们是怎么说的，难道有什么事不愉快？这事还没和皇上说？公主胡思乱想着。

罗通看都不看一眼，心想：毛毛虫摆果碟子，越烦她，她还越来了。你来就来了吧，反正我不见，说话的机会也不给她。这些事，罗通自己心中有数，这叫"各怀心腹事，尽在不言中"。

可是，公主还真想找罗通说几句话，但罗通一步也不离李世民的左右，公主又不敢大胆和他接触，就这样进了牧羊城，把老太太让到银安殿上。老太太一看，这座牧羊城虽然被困了这么久，但城里皇宫，就连民宅，一砖一瓦也没动。因为始终北国并没有调炮攻城，所以城里的民宅仍是原样。

到了银安殿上一看，里面打扫得干干净净，李世民又把话跟老太太讲，说寡人进城之后，并没住皇宫。秦叔宝又把唐将给国母介绍了遍，到了程咬金这里，程咬金非常高兴，老远就双手抱拳说："老国母，你门得门得。"

老太太一听，说："哎呀，这位唐将还会说我们的话呢？"

"北国话，我也只会说几句，说得不好，您老千万不要见笑，您这回来放心吧。我们万岁都给您安排好了，您看看吧，您的皇宫、您的祠堂、您的所在，一切如故，皇上并没在这里住。"程咬金说道。

程咬金介绍得很详细，这位老太太听了，连连点头，心想：是啊，这可是事实呀！是我目睹眼见的，天朝的皇上真是有道的明君。难怪人家打仗那么心齐，攻无不取，战无不胜，何况我小小的北国，我的皇儿如再不听良言相劝，那真是一错百错，错上加错啊！老太太从内心里敬佩李世民。

当天李世民把老太太接进城来，留住在皇宫，吃的、喝的、用的，各方面都照顾得很周到，连灵王、公主都没有什么可挑剔的。他们想不到的，大唐君臣都想到了。第二天还是如此，并且还问拜祠堂需要什么东西，我们给送来，并安排专人办这件事。这位老太太人不客气，想怎么就怎么，需要什么东西就说。国母和灵王在城内整整折腾了两天，第三天，老太太提出来要走。"我们今天在这里再待一天，明天起早就回去，皇上还有什么话说？"老太太说。

李世民说："老国母，你这次来牧羊城是拜祠堂，祭奠亡夫，我们有照顾不周的地方，请你们多多原谅吧。"

听此言，国母很高兴，说道："我这次进城，多蒙天朝君臣对待我如亲故一样，我很是感动，捎带着跟你们说上两句，当初，我们打战表犯中原，有今天这一仗，证明是我皇儿之错。"说到这里，老太太就说不下去了。

李世民一抱拳说："老国母，不用再往下说了，你的心思我全明白，借这个机会，我多说上几句，我们这次来北国亲征，不是我们无故侵犯你们的边境，是你的皇儿打战表，要与我中原交战，夺我大唐江山，把我国中原的雁门关夺去了，我也是为了中原的黎民百姓免遭涂炭，才御驾亲征。现在，仗已经打到这个地步了，你们只剩下一座小小的黑龙山，老国母，你是明白人，纵然他有千条妙计，有千军万马，也是弹丸之地，恐怕是不攻而破，到那时，决一死战，两国损兵折将，百姓遭殃。你要不来，我也没机会与你见面，既然咱们见面了，就把这话给你皇儿捎回去，让他早日放下手中的刀枪，不要再战了。如果他愿意求和，我们大唐还是和以前一样，做唇齿之国，我们绝不无故侵犯北国。"

李世民还想往下说，灵王在旁边有点待不住了，肚子里的话直往外涌，于是他站起来说道："天朝皇帝，你的话我听明白了，借你的话题我想说几句话。"

"二王有话请讲。"

"过去，我听说不少关于你的坏话，什么杀父夺权，什么除兄……这才使我们打战表，侵犯中原。"

是呀，李世民一共有二十二个兄弟。其中，他是老二，还有大哥建成、三弟玄霸、四弟元吉，等等。他们都是李渊之子。为什么李世民做了皇帝呢？看过《隋唐演义》的可能知道，李世民深得民心，人人都认为只有他可以继位，而且还有秦叔宝这些人保他，更何况大太子和三太子的所作所为，不顺民心，所以敬德把他们置于死地，保着李世民做了皇上。其他国家侵犯大唐，要夺大唐江山，首先第一条就说李世民杀父夺权，除兄也是为了夺权，把李世民说成个逆子罪人，这些都是借口。

灵王现在已经知道，他听信了别人的坏话，很抱歉地对李世民说："天朝皇上，通过我黄龙岭被放以及我母子来牧羊城烧香、拜祠堂等几件事，足以证明你是个有道的明君、仁义之人，我承认我皇兄做错了。这次我们回去，一定好好劝劝我皇兄，让他早日罢兵，我们仍是唇齿之国。"

他们在这里谈论国事，可突鲁公主听不下去了，心想，我这事也没人提呀。

程咬金最会察言观色，他坐在那，眼角不住地四下看着，看看罗通，看看突鲁公主，心想，这个谜，只有我来解，另外这也是个机会。灵王和他母亲能起很大的作用，机不可失，失不再来，我得想法把这件事挑明，程咬金也知道，罗通不愿意，因为突鲁公主把他兄弟给杀了，他心中这个扣解不开。

等到皇上和灵王把话说完，程咬金上前插话道："老国母，哈哈哈，老国母，我插一句话。"

"你是？"

"哦，我叫程咬金，官居鲁国公。"

"啊，早听说你的大名。"

"你听说过就好，想当初，混世魔王、大德天子、九成皇帝、十八国的盟

罗通扫北

头，就是我，我也做过皇上。"

这些事是程咬金的光荣历史，他是不会把它们丢掉的。一提这些事，他就把自己放在前头，就是不提他卖竹耙子的事。

老国母早听说过程咬金的历史，便说道："噢，程千岁，今日相见真是三生有幸，你有什么话就说吧。"

"老国母，刚才听你说咱们两国罢兵不战，结为唇齿之国，什么是唇齿之国呢？就是说牙齿和嘴唇不分开，你说对不对？"

"对对对。"

"那好，你说这些话可是真心实意？"

老太太不解地说："哎呀，程老千岁，我所说的那些话都是肺腑之言。"

"您说的可是真的？"

"真的。"

"老国母，你这是真的，你愿咱们两国联盟，你愿不愿咱们两国联姻呢？"

"程老千岁，你说什么？"

罗通在旁边一听要坏事，哎呀！四伯父呀四伯父，别人不知道，你还不知道吗？你怎么馋冬瓜汤馋得流涎水了，真是多此一举！罗通被气得甩袖子，脚一跺，脖子一梗，把脸就扭过了，一句话也不说了。

其实，程咬金把他这些动作都看在眼里，又接着对老太太说："老国母，你大概还不明白我的意思，你看见这位小将没有，这是我主万岁的御儿干殿下，越国公罗成之子，他叫罗通，这次来前敌，身为二路元帅。"

老太太一看，惊道："哟，这就是二路元帅？听说过，小将军近前来让我看看。"

老太太也是，还要看看，你想罗通能愿意吗？李世民在旁边说话了："通儿。"

"儿在。"

"过去见见国母。"

"是。"

罗通不过去不行了，这是皇上说的，出口是旨，抗旨不理是杀头之罪。

罗通没办法，捏着鼻子也得过去，上前施礼道："拜见老国母。"

"哦，你叫罗通，真是大唐的栋梁。"

程咬金说:"老国母,我的话还没说完呢,你身边站的那个姑娘,我如果没说错的话,她就是你儿赤壁保康王的干女儿,突鲁公主吧?"

"啊,不错,正是我干孙女。"

老太太也把公主叫过来,给李世民、程咬金见礼。

姑娘心中是很高兴的。

见礼已毕,程咬金说:"老太太,你看见了,这真是郎才女貌,天上难找,地下难寻的一对啊!老太太,你意下如何?如果愿意的话,回去和你儿子说说,能不能把这位公主许配给我们的殿下?不但是唇齿之国,而且是亲上加亲、近上加近,这该有多好啊!"

可罗通心中真有憋不住了,心想:程咬金呀程咬金,你可要我的命了,你怎么能在这里提亲呢。他正要上前答话,程咬金的大手一挥说:"等会儿,罗通,这还不到你说话的时候,急什么呢?"

罗通这个气呀,心想:我能不急吗?

李世民在旁边说:"老国母,你听明白了吗?这门子亲事你可愿意?"

这可把老太太给乐坏了,满脸的皱纹都开缝了,嘴也合不上了,两只手都拍到一块了,她笑道:"程老千岁,你能做主吗?唐王会应吗?"

程咬金说:"万岁,你意下如何?"

程咬金在这个时候把话挑明,李世民也很高兴,因为他在城上看见过这位姑娘,如果不是她闯进重围,抢开大刀诛杀败将,罗通也早就阵亡沙场了。李世民心想:我怎么把这事给忘了,在城上我还问过军师,这位女将是何人?军师说是北国人,我还纳闷呢,为什么北国人要帮我们呢?今天才明白八九了。呀,太好了,我儿能得到这么一位公主,不但是两国和好,而且我大唐江山也更加牢固。他俩年貌相当,郎才女貌,这姑娘又有一身好武艺,这美满的姻缘,寡人怎么能不成全呢?所以,他当时就答应了,说道:"如老国母不弃,寡人就做主了。"

老太太更高兴了,说道:"我们这小小的偏邦属国怎能高攀。唐王能答应此事,我就是打着灯笼也没处找呀!"

程咬金说:"好!老国母,你能答应,这件事咱们就定下来了。"谁知,这又惹出了塌天大祸。

第四十四回

奉旨成亲并非本意
咬金下聘喜迎公主

罗通扫北

　　程咬金从中做媒，老国母给公主主婚，李世民给罗通主婚，这门亲事就订下来了，可罗通此时此刻是心急如焚，抢行几步来到唐王李世民的面前，"扑通"跪倒在地，说道："父王，这门亲事万万定不得。"

　　突鲁公主在老国母身后站着，脑袋"嗡"的一声，当时心里就没底了，心想，他怎么又变卦了？公主就像傻了似的。

　　老太太一愣，心想：怎么！这么好的公主许配他，他还不愿意？

　　李世民倒吸了一口凉气说："你……"

　　"啊，父王有所不知，孩儿有下情回禀：第一，突鲁公主是北国番王之女，我们是冰火不同炉。第二，我的兄弟死在她的手下，杀弟之仇至今未报，父王不能做这个主，通儿我万万不能答应。"

　　李世民听了，看着程咬金问："程王兄，他说的这些是事实吗？"

　　"四伯父，你老千万要说实话呀！"

　　程咬金心想，这小子，要猴拉稀——坏肠子了，这可不行，便说道："万岁，两国交兵，必然要有人战死，至于他兄弟被杀之事，那是两军阵前的事，公主不知道是罗通的兄弟，又加上傻小子不会说话，顺口胡说，这姑娘一怒之下才把他杀的。可是后来和罗通相见之后，姑娘愿意归顺大唐，从中起了不少作用。"

　　李世民把手一挥，因为守着公主，就不便多说了，说："皇儿，你的事情为父全都知道，如今此事已定，你就不必多说了，有什么话，以后再说，下去吧。"

罗通一听，李世民不但不让他说，而且都不让他待在这了。他看看程咬金，心想，四伯父呀四伯父，你是成心和我过不去呀。

罗通走后，李世民回过身来说："老国母，这件事由寡人做主，寡人答应了。"

国母心想，他们刚才说的话，我没全明白，罗通为什么不同意呢？正想问个究竟。

唐王看出国母的意思，他忙说道："啊，老国母，我皇儿很讲义气，当初两军阵前，公主杀了他弟弟，他恐怕日后追她的罪名，这是两国战争，各为其主，哪有不伤人的？寡人传旨意，不深究也就是了，但不知喜日定在哪天呢？"

老国母回头看看公主，公主低着头，脸一会儿白，一会儿红的，老国母说："这么办吧，我回去后，跟我皇儿说明情况，如果三天之后我们不来送信，你们就去迎亲，你看怎样？"

"好！就这么定了。"

李世民又摆宴席给国母送行，把他们君臣送至牧羊城外，临分手时这老太太好像有好多的知心话要跟李世民说，根本就看不出是两国人，就好像故友重逢一样，这位老国母觉得李世民可亲可近。李世民呢，也觉得这位老国母确实可敬。分手之后，国母回到番营不提。

单说李世民回到城中，叫来罗通。

罗通见李世民，跪倒在地，泪如雨下："父王，您给儿臣做主定亲，这是天大的幸事，孩儿不应该不从，可是父王，您只知其一，不知其二啊，这门亲事我说什么也不能从，突鲁公主我说什么也不能娶。"

李世民说："你嫌她貌丑？"

"不是。"

"嫌她的武艺不精。"

"也不是。"

"那是嫌门不当户不对。"

"唉，父王，这些都是次要的，最主要的是她杀了我的弟弟，这个仇我是一定要报的，你知道罗仁不是我的亲弟弟，他是老家人的儿子，幼时他母亲

罗通扫北

— 313 —

去世，我母亲把他抚养成人，收为义子，我们从小在一起长大，他比我小一岁，我们情同手足，别看他傻乎乎的，像缺个心眼儿似的，可什么事情他都热心向着我，这次要不是他帮忙，我二路元帅的帅印也夺不到，特别是在两军阵前，要不是他及时赶到，我也早就死在疆场了，就说来救父王你吧，是我兄弟赶到把铁雷金牙置于死地，把孩儿我给救了，一路之上帮着我打仗，这次碰到突鲁公主，突鲁公主把他给杀了，虽然是两国打仗，哪不伤兵的，但即使是这样，杀人者偿命，欠债者还钱，她把我兄弟杀了，我应该和她算账，给我弟弟报仇，如果两国求和，罢兵不战了，那我也没有什么办法。可你非要把杀我弟弟的仇人许配给我，硬把我们凑到一块，我怎么能和她拜堂成亲呢！父王请想，我真的和她成了亲，你叫我回中原，见到我的奶奶、我的母亲，叫我怎么说呀？我的傻兄弟从小没娘，又死得这么惨。父王，这门亲事不能应，不能应啊！"

罗通是轻易不哭的，这回连气带急，眼泪直往外流，李世民知道罗通讲的这些不是不对，也不是没有道理，于是就把程咬金找来说："程王兄，罗通和突鲁公主私自定亲是真是假？"

"是真的，没错，那是我亲眼所见。"

"那好，你把事情的经过和我说说。"

"万岁，你要不怪我多嘴，那我就说。"

人就怕做亏心事，罗通在黄龙岭假意应亲骗了突鲁公主总觉得理亏，所以一提这事就有点心虚。

今天见程咬金回答皇上的话这么肯定、这么干脆，罗通不由暗暗吃惊：嗯？他怎么知道啊，难道我和突鲁公主的事他看见了？不可能。我看你说什么，到时候随机应变。

结果，程咬金说得一点没错，罗通是怎么被甩下马的，是怎么被绑的，突鲁公主是怎么说的，罗通是怎么答应的，又是怎么给他松的绑，罗通要的条件，突鲁公主一一答应了，并把她所使的暗器、飞刀、飞镖、飞爪、百链全部毁了。为了嫁给罗通，突鲁公主自愿退出黄龙岭，并答应帮着他到牧羊城报号，这样我们才占领了黄龙岭，不然的话，甭说救驾，就牧羊城的边也靠不上，就一个黄龙岭，你连飞也飞不过去。这位公主武艺高强，一口刀十分厉害，她一个人就能挡住我们的二路人马，更不用谈到牧羊城救驾了。罗通对天盟誓，如果他有反悔，将怎么怎么死。

罗通听到这些话，脸都气白了。

皇上点了点头说："还有吗？"程咬金说："还有，这次罗通闯营报号，力杀四门，就是因为苏烈苏定方混进城里，您不辨真假，把他收留下来，见了罗通，苏烈想来个借棒打嘴、借刀杀人，罗通力杀四门，左车轮派了四五十员战将把他围住，跟着快要落入重围了，是突鲁公主把敌将吓住，单刀匹马，掩杀敌将，把罗通给救了，要没有突鲁公主，罗通早归天了。他这次拿苏烈，也是公主拔刀相助。这些都是千真万确的，不信，你问问他自己。"

罗通在旁边气得嘴唇都在打哆嗦，心想：这事他怎么都知道呢？李世民拍案说道："罗通！程千岁说的这些是真的吗？"

罗通"扑通"一声跪下了，不敢说假话。

"父王，刚才程伯父所说都是真的，一句也不假，我是答应了这门亲事。当时，是为了让她把暗器毁坏。"

李世民"啪"地一拍龙案，怒道："罗通，你已经对天盟誓，答应了这亲事，可为什么现在又要反悔？"

"哎呀，父王啊！你怎么还不明白，当初我和她交战，恨不得一枪把她刺于马下，给我弟弟报仇雪恨，怎奈她武艺高强，我敌不过她，为了牧羊城救驾，我暂时忍气吞声，瞒哄过关，只要她让出黄龙岭，毁掉暗器，我就答应她。我想，把父王救出来，有什么话再说，现在牧羊城打开了，咱们君臣父子也团聚了。这个丫头，说什么我也不要，她是敌国的公主，何况我与她有杀弟之仇，求父王给我做主，把这门亲事退了吧！"

李世民气得一下子就起来了，一只手扶着龙案，一只手指着罗通，怒道："你这个不忠不孝不仁不义的小冤家，你怎么能这么办事，你是堂堂七尺男子汉，怎么能言行不一呢！我大唐都是忠臣孝子、正人君子，你怎么在一个黄花闺女面前说谎骗人家？"

其实，李世民也很喜欢突鲁公主，认为罗通所言是强词夺理，所以他很生气，说道："这件事就这么定了，朕为大唐皇帝，不能说了不算，你为大唐将军，更不能欺骗姑娘，这事，你愿意也得愿意，不愿意也得愿意。"

罗通被吓得什么话也不敢说了，一看李世民气得双眉都立起来了，眼珠瞪着，气呼呼地直吹胡子，心想：哎！我不能再说了，我要再说，父王就得

罗通扫北

杀我。这事不怪别人，都怪程咬金，把事情给说坏了。哼！骑驴看唱本——走着瞧吧，反正这丫头我是不要。

罗通这么想，在那跪着一声也不吭。李世民这才稍微消了气，把罗通数落了一顿，让他回去准备准备。罗通答应着，退了出去。

回过头来，李世民又对程咬金说："程千岁，我这么处理这件事，对吗？"

"对，很对，她杀罗仁是误杀，那时候罗通还没出马，公主根本没和他见面。头一天，突鲁公主的傻姐姐突鲁花跟罗仁打仗，让罗仁把她制服了。他俩都有点缺心眼，二人事先说好了，如果罗仁败了，就跟傻姑娘去番营，如果突鲁花败了，就跟罗仁回唐营，两个人拜天地，他两个人都有点傻。'结拜兄弟'被他俩说成'拜天地'了，结果傻姑娘三次败在罗仁手下，傻姑娘挺守信用，二人手拉着手进了唐营。第二天，二王出马，被我们拿住。突鲁公主本来就有气，再加上罗仁说些不中听的话，'你看你姐姐已经跟我进了唐营，你也去吧，跟我哥哥拜天地吧！'当时姑娘又羞又臊，又气又急，就把罗仁给杀了。罗通报仇心切与公主交手。万岁，你还不知道罗通这个人吗？他眼空四海，目中无人，只知道有自己，不知道有别人，败在别人手里，心中很不高兴。其实，公主的武艺、容貌都配得上他，就因为他是公主手下的败将，自觉脸面无光，因而不愿意这门亲事。"

听程咬金这么一说，李世民还真相信了，心想：罗通啊罗通，你如果有这个毛病，我非给你治过来不可，现在突鲁公主的武艺比你高，等你们完婚之后，非叫你媳妇管着你。

李世民认为，结婚之后，他俩的矛盾也就能慢慢解开了。

程咬金在当中也说了很多好话，最后李世民说："程王兄，三日之后，就求你辛苦一趟吧。"

"行，不过，我一个去可不行，一个人为单，两个人为双，现在还不知康王能不能答应呢！我可不能自己就这么去啊！"

"那是当然了，朕多派几个人跟你去。这回程王兄成了大忙人了，你不但去迎亲，朕还得给你们找个事干。"

"什么事？"

"皇儿的新房你布置一下，还有拜堂所需用品，你也得准备准备。"

"行，只要万岁信得过我，这点事算什么呢？"

军师徐茂公说道："程四弟，常言说得好，能者多劳嘛！"

"甭管能不能、行不行，反正这碗冬瓜汤是我的事。"

"好啊，但愿这样的冬瓜汤你多喝几碗就好了！"

程咬金高高兴兴地出去了，吩咐程铁牛、程万牛、尉迟宝林、尉迟宝庆、秦怀玉等小将做好准备。

罗通始终噘着嘴，闷闷不乐，就这样，一天、二天、三天过去了。北国没有什么动静，说明这门亲事已经成了。

程咬金要去接亲，可不能一个人去呀！他又叫着敖国公尉迟敬德。敬德说："程千岁，你干什么叫我陪你去呀？你被杀，我就得去陪绑啊！"

"是啊，现在没别人啦，就是咱俩能说到一起去，另外，再带几位小将。"

临走之前，唐王亲笔给赤壁保康王写了封信，内容大意是告诉康王，联姻之后，喜日一过，唐军将立即还朝，请康王重回牧羊城，我们两国永结友邦。信写得很诚实，让程咬金要面交保康王。

程咬金带好信，备好车辆，车上拉着黄花轿，因为是山路，抬着轿走不方便，先放在车上拉着去，等回来好抬新人，车上还有些聘礼。

几里外就看到那座山口了，张灯结彩的，五色绸、五色灯、五色旗早就挂出来了，也是净水泼地、黄土垫道，人家早就准备好了。

到了黑龙山，程咬金第一个上前答话，在马上大大方方地，胸脯子往外一挺，喊道："呀，山里边有带气的吗？"

军兵一听，这是谁这么说话呀？不带气，不都臭了吗？有军兵老远就看见了，说："你们是干什么的？"

"哎！小番兵，往里传，往里禀，禀报你们赤壁保康王和灵王得知，就说大唐朝皇帝派来鲁国公程咬金前来迎亲。"

"原来是迎新的队伍到了。你等一下，我这就报信去。"

罗通扫北

小番兵转身就"噔噔噔"地跑进去了。

程咬金往后一摆手,队伍就停下了。工夫不大,就听见里面牛角号声"嗡嗡"直响,鞭炮齐响,吹吹打打,鼓乐喧天,一支鼓乐队就迎出来了。灵王从里边出来,步下行走,把拳一抱,学着中原的礼节说道:"程老千岁,请!"

程咬金见是与熟人见面,赶紧跳下马,一抱拳说道:"二王你好啊?"

二人互相道好,手拉手,并肩同路,来到山上铁瓦银安殿。

康王正在那等着呢,看见程咬金,勉强带笑说:"程老千岁,你是奉了李世民之命前来迎亲的吧?"

"正是,正是。"程咬金说着话从头顶上取出唐王的亲笔信交给康王。

康王看完信连连点头,对程咬金说:"我们早就准备好了,叫突鲁丞相亲自把他女儿归唐完婚。"

程咬金命人把花轿抬下车,将聘礼给康王,当然是重重的厚礼了。

突鲁丞相特别高兴,叫丫鬟搀扶公主上轿,自己带着几个亲兵也都上马,这叫送亲。

程咬金心里这个高兴啊,心想:这回总算有头了,战争结束了,而且又联了姻,给罗通找了个好媳妇,也算对得起死去的老兄弟。

他辞别了二王和康王,命轿夫起轿。

康王和二王等人送出很远。

这一起轿,又是鞭又是炮,又是鼓又是号,好个热闹,人逢喜事精神爽,这一高兴、一热闹,觉得工夫不大就到了牧羊城。

城内一些小将们早就在外边等着迎亲哪,有爱开玩笑的,什么侯山啦、丁海啦、齐天胜等人,就是程铁牛没敢动,因为这儿有他爹,这些少公爷呼啦一下子全上来了,不等新人下轿都想去看看。

程咬金一看,生气地喊道:"都滚开,进城再看。"花轿进了城就拜天地,才有突鲁花大闹洞房。

第四十五回 强压怒火勉强拜堂 为夫报仇大闹洞房

程咬金没费力就把突鲁公主娶来了，心里很痛快，心想：这位国母说话还真算数，赤壁保康王和灵王也没什么意见。突鲁丞相，也就是公主的亲父亲，亲自送嫁，姑娘心里非常高兴，一路上像众星捧月一般，直奔牧羊城而来。

城里是张灯结彩，一切都准备好了。一听说把公主娶回来了，大伙都急忙迎出来。有的把公主给扶下花轿，有的把新郎官扶出来，把他们二人拉到天地桌前，拜了天地。

罗通是被秦怀玉、宝林、宝庆、铁牛、万牛等人侍奉着，戴上方翅状元帽，上插金花，身穿大红绣花袍，腰中横着八宝玉带，大红中衣，脚下穿着粉底靴，打扮得相当漂亮。可是，罗通的脸色并不好看，因为他从内心里不同意这门亲事。

大地桌已经摆好，按中原的习俗，桌子上放着个大麦斗，斗里装满了红高粱，里边插着三家剑，横担着一张弓，桌上放着一杆秤，但没有秤砣，还摆着几个盘，什么桌子、枣，早立子呀！还有花生，就是花花着生，这些都是程咬金吩咐人做的。

众人把新郎、新娘扶到桌前，李世民亲眼看着他们一拜天、二拜地、三拜父母、夫妻对拜完毕，并给他们放下百尺黄绒绳。罗通在众目之下把新娘送回洞房，本来是百尺黄绒绳，中间有朵大红花、有红绸子拦着，俩人得慢慢拉着回去，可罗通心情不好，就生拉硬扯地把公主送回了洞房，然后把绒

罗通扫北

绳一扔，就直奔厅房来了。帅帐、厅房都摆好了酒席，大家入座，特别是皇上入座之后，大家都给敬酒道喜。

李世民认为，这次不但义子娶亲，牧羊城君臣团聚，不日就要班师回朝，而且还和北国成了唇齿之国，真是喜上加喜，也该庆贺庆贺。大家推杯换盏，喜气洋洋，非常热闹。

再说突鲁公主被送到洞房，那年头叫坐帐，坐到什么时候呢？什么时候新郎官回来了，用雕翎箭把盖头挑去，夫妻再对坐饮酒。但是，在没挑盖头之前，一直有几个丫鬟在旁边陪着，出来进去的，不能离开洞房。公主坐着，左等新郎官不来，右等新郎官不来，心想：公主罗将军可甭是在酒席宴前被大家让酒贪杯了！我不再等了，先把盖头揭下去。想罢，公主自己伸手把盖头掀掉往上一放。刚才由于盖头遮着脸，屋内的一切都没看见，现在去掉盖头立刻感到明亮，屋内蜡烛通亮，再往四周一看，这个洞房安排布置得太好了，真是华宝锦床，赏心悦目。公主越看越高兴，越想越喜欢，心想：总算盼到这一天了，等罗通回来，我们再叙前情。

就在这个时候，就听到外边"噔噔噔"有脚步声响，并说："这屋里有人吗？"

这声音就像晴天打了个雷似的，"咣当"一脚把洞房的门踢开了，突鲁公主赶紧把盖头又盖上了，把几个丫鬟吓得"哎呀"一声，不知出了什么事，忙问："什么人？"

"我。"

来人上前一伸手把公主的盖头给挑下去了，说："怎么，你不认识我了？"

突鲁公主一看，问："你是姐姐吗？"

"废话，我是罗夫人。"

"哎呀姐姐。"公主赶紧上前施礼。

来的正是突鲁花。她一看公主给她施礼，把手一挥，说："去去去，少来这套，你甭给我施礼，谁是你姐姐？"

"姐姐，你这是怎么了？"

"你还有脸问我，我还想问你呢？你还有点良心吗？"

"姐姐突然闯到我的房中，说这些没头尾的话，我怎么能听得懂呢？"

说到这，突鲁花的眼圈都红了，用手指着公主说："怪不得我那口子，管你叫公猪，你还真不是个人呢，你干的好事，在两军阵前把他给宰了，你还装不知道？杀人偿命，欠债还钱。如果你认为我们两个拜天地，你不愿意，这还有情可原，可现在你为什么又和罗通拜天地？你为什么把罗仁给我宰了？你还我的罗仁，你今天要不还，我和你没完！"说着话把手一挥，奔突鲁公主抓来了。公主这阵也顾不得自己是新娘子，因为她知道姐姐的脾气，要生上气来，真是蛮不讲理，如果真把我抓住，那可是真够受的。想到这，公主腰往旁边一闪："姐姐，你这是干什么？"

"怎么，你想躲，往哪躲，我非摔死你不可！"说着话又朝公主抓去。

突鲁公主就围着这个桌子一圈圈地转，突鲁花步步紧跟，一伸手把桌子推翻了，上边的什么交杯酒啊、杯子盘、碗子盘、子孙馍馍、长寿面都落地下了，把个洞房弄得乱七八糟。

突鲁公主说："姐姐，你听我说。"

"我听你说，我听你说什么？你能把我那口子说活了吗？"

"姐姐，当初我不知道你有这么回事，你到两军阵前打仗，我以为你是被罗仁骗去了，我是为了给你报仇，谁知我把他错杀。二路元帅罗通为了这件事，在国母面前提出悔婚，多亏唐王和国母做主，此事才成。姐姐，常言说，不知者不怪，你怎么能怪我呢？"

突鲁花一打愣，问："这话是真的吗？"

"姐姐，我怎会和你说谎啊，这些年来我和你朝夕相处，亲如一母同胞，我怎么能骗你呀。你想想，咱姐妹在一起无论什么事，我什么时候都护着你，总怕你受了屈，不是吗？"

刚才，突鲁花的眼珠子都快气出来了，她来的目的就是到洞房闹一阵子，然后把公主置于死地，最后再砸死左车轮，好给罗仁报仇。

这位傻姑娘曾经发誓：不把突鲁公主和左车轮杀了，死不瞑目，一定给罗仁报仇。咱们不能同生，但愿同死。

可突鲁花听公主这么一讲，消了点气，又问道："这么说，你不是成心杀罗仁呀？"

"哎哟，我的傻姐姐，两国打仗，只有相杀而无有相敬，我哪里知道你们俩的事？"

傻姑娘一听，说："噢，是这么回事，这么说我不能怪你呀？"

"当然不能怪我了。"

"那么，我不怪你，罗仁不就白死了吗？"

"姐姐，你先别难过，有什么事，等罗将军回来，咱们再商量，好好给罗仁祭奠祭奠。"

傻姑娘叹了口气，说："哎，这么说，我还不能宰你，今天晚上我就不打搅你们了，有什么话，明天再说，等我见到罗通问问他，罗仁是他兄弟，我看他对我怎么说吧！"她嘟哝着往外走。

"姐姐，你走呀？"

"我不走，在这干什么？你告诉罗通，明天早晨让他等我，我有话对他说。"说完，突鲁花无精打采地步出洞房。

公主心里也是非常难过，因为这个傻姐姐心眼直，办什么事都认死理，她跟罗仁是真心实意地相好，都怪我，怎么把罗仁给杀了呢！闹得姐姐和罗通恨我。公主望着姐姐走远了，才回到洞房，吩咐丫鬟把东西重新摆好，屋里打扫干净，等待罗通。

大约三更天了，罗通还没来，公主觉得不大对劲呀，哪有洞房花烛守孤灯的，新郎官跑到哪去了呢？

原来，在酒席宴前，罗通给大家敬酒。他首先给李世民敬酒，李世民说道："皇儿啊，今天为父要吃你三杯主酒。第一杯酒，我们就要班师还朝，这叫鞭敲金镫响，齐唱凯歌还；第二杯酒，皇儿娶妻，是一大喜事；第三杯酒，但愿父王我，早日抱你的贵子呀！"李世民说完哈哈大笑。

可罗通心里很不是滋味，一连给李世民敬了三杯酒。程咬金在一边坐不住了，说："哎哎。"那意思是，罗通，你可别忘了我呀！

罗通来到程咬金跟前，说："四伯父，我得给你好好敬上几杯。"

"嗯，爷们儿，这还差不多，哈哈哈，我盼的就是今天！我这几天忙忙碌碌的，就是为了喝你的喜酒，来，给我满上。"

"四伯父，你杯子是不是太小了？要不要给你换个大的？"

"行行行，来，给我换大杯。"

真给程咬金换了个大杯。罗通上前给他满上说："四伯父，你得喝干。"

"那是当然了。"程咬金二话没说，端起酒杯，一饮而尽，把杯子圈过来底冲上，把头杯酒干了，罗通又给他满了第二杯，程咬金说："我说二路元帅，你打算给我倒几杯呀？"

"三大杯。"

"有什么说道的吗？""等您喝完了，我再讲。"

"行，等喝完了，我洗耳恭听。"说完端第二杯又喝了下去，又倒上第三杯，程咬金又喝了下去，罗通说："四伯父，你吃菜。"

"不用，不用。"

罗通又把第四杯酒满上说："四伯父，眼看咱们快要班师还朝了，在咱们大唐营，您是功高如山、最有威望的人了，在我父皇面前是大大的红人。"

程咬金虽然多喝了几杯，但是他很清醒，他听出这话里有话，并且这话里还带刺。

程咬金说："罗通，你小子还有什么不满意的吗？"

罗通说："不，不，我哪儿敢哪，四伯父，你做的主，我父皇主的婚，我还有什么不满意的呢！四伯父，等回京之后，见到我的母亲以及我的祖母时，你可是想好了怎么对她们说？"

程咬金说："这你就甭管了，这事都包在我的身上了。"

罗通说："好！那我就走了。"

程咬金又说："爷们儿，别耽搁的时间太长了。"罗通答应一声，接着挨个给众公爷们满完了酒，然后小弟兄们又在一起热闹了一阵子，让罗通喝了几杯酒，大家把他推推搡搡地推出来。

"天不早了，快回洞房去吧！"

而罗通从这里出来，根本没回洞房，直接回了自己的寝帐。其实罗通的这些举动都被秦怀玉看出来了，他在大家喝酒高兴的时候，找了个借口溜了出来，看看罗通是否回了洞房，果然，罗通没去洞房，在自己寝帐中坐着呢！秦怀玉进到帐里，坐到罗通身边说："罗贤弟，大喜的日子，你怎么让新人守空房啊，这要是让万岁知道了，你可又要担不是了。"罗通听到这里，双手抓住秦怀玉的胳膊说："怀玉哥，你说我该怎么办呢？"

怀玉说："唉唉，傻兄弟，你怎么挺聪明的人，倒说起傻话来了，你还用我说吗！"

"怀玉哥，你不知道我的心情，我说什么也不能和这丫头完婚，父皇他让我与她成亲，你说这能好得了吗？"

"唉呀，罗通啊，不准你再胡说了，这怎么能说愣掐你的脖子呢！是万岁亲自主的婚，程四叔从中做的大媒，名正言顺。你别再钻死牛角了，你觉得她杀你的弟弟，再与她拜堂完婚，良心上有点过意不去，是吧？罗通啊，你要这么想，可就错了，那公主确实是不知道，而且皇上都传出旨意，不怪罪于她了，你还钻什么牛角啊！"

"不，怀玉，要想公道，打个颠倒，这事放到你的身上，你怎么想呢？"

"哎呀罗通！这事要放在我身上，我也是没办法，胳膊扭不过大腿，你还得遵旨从命，再说公主杀了罗仁之后，一直觉得内疚。你想想，你力杀四门的时候，要没有公主帮助，恐怕你就没了！就算一命换一命吧，何况公主帮你拿住苏烈苏定方，你怎么能抓住这一件事就不放呢！得了，我看你今天晚上是多喝了几杯，高兴得过了劲，有点糊涂了，走，我送你回去。"

"我不能走。"

"唉！我的通弟，你可真是明白人办糊涂事，这要是叫皇上知道了，你可是有罪呀，别把好事办坏了。"说着话，怀玉就把罗通搂出来了。

正好铁牛、万牛也出来了。怀玉说："咱们架着他回洞房，他有点喝多了。"

三个人拉拉扯扯地把罗通拉到了洞房外边，怀玉就不好意思进去了。

虽说是三天不分大小辈，毕竟自己是个哥哥，其实铁牛、万牛也是哥哥，可他俩不在乎这些，把罗通给架进了洞房，并对公主说："好好照顾他，他今天多喝了几杯，我们走了。"说完话，二人退出洞房。

丫鬟一看姑爷回来了，赶紧接到里边，让他坐下，把交杯酒给他满上，侍候着姑爷。

公主一看新郎进洞房了，盖头也挑了，不能讲究那个，刚才让突鲁花闹得乱七八糟，她赶紧把两个丫鬟打发出去，让她们明天来领赏钱。两个丫鬟拜了喜，转身出去，随手把门带上。

房中就剩下新郎和新娘了，公主以为他们已经不是生人了，早在两军阵前已见过多次面，亲事又是自己定的，现在已经拜堂成亲，成了夫妻了，就更没什么不好意思的了，所以她站起身来说："二路元帅，罗公子，今天是洞房花烛夜，来来来，我敬你一杯。"说着话，双手捧着酒杯递到罗通的面前。

罗通坐在那，还呼呼地喘粗气呢，一看公主双手捧杯，笑呵呵地过来了，他的气就更大了，心想，这北国丫头怎么不知害羞呢？大概他们北国的丫头都这样吧！一张纸画了个鼻子——好大的脸。罗通把手一抬，"啪"地把酒杯打出去好远，把一杯酒倒在公主身上了。公主吓了一跳，心说，他这是怎么了？

罗通把杯酒打飞了，接着说了一声："呸，你这无耻的贱辈，谁喝你的酒？"公主看这个情景，就想起铁牛、万牛拉他进洞房对说的话。公主并没动怒，轻声细语地说："二路元帅，你真的喝多了。"

罗通把眼一闭，说："废话，我根本就没喝酒。"

"那你这是怎么了？"

"怎么了？你还让我说什么？你自己什么都明白。"

"哎呀！罗公子，你到底让我说什么呢？今天洞房花烛夜，程千岁为媒，唐朝皇上和北国国母主婚，我可是名正言顺地嫁到唐营，难道说我哪一点怠慢了你，若你动怒，你究竟是为了什么呀？"

"行了，你心里明白，跟我装糊涂，我再说一遍，你杀了我兄弟，我要报仇。"

第四十六回

非姻缘强结是祸根
不成亲反落千古恨

　　罗通进洞房发了一阵脾气，和突鲁公主背着脸面沉似水，好半天没说一句话，鼻子里呼呼直喘粗气，突然间猛一回头，剑眉倒竖，怒目圆睁，瞪着公主说："我告诉你，虽然我和你拜了天地，但是我绝不和你做真正的夫妻，杀弟之仇我不能不报。"

　　这几句话就像钢刀一样，句句都扎在公主的心上。公主万没想到罗通这样固执，自己又伤心又难受，半天无言，嘴唇发颤地勉强问了一句："二路元帅，你刚才所说的都是实话吗？"

　　罗通瞪大眼睛说道："难道我还有闲心开玩笑！你应该知道罗仁和我不是一母所生，是我的义弟。他从小就没有父母，是我娘把他拉扯大的，他和我情同手足，他又缺心眼儿，你手狠心毒把他杀了，我能和你善罢甘休吗？不用你的人头祭我兄弟英灵就算便宜你了，我怎么能和你成为夫妻呢？别说和你同床共枕，一看见你我就想起杀弟之仇，恨不能把你一刀两断为弟报仇。我就是这样想的，像这样的心情，一肚子仇和恨，怎么能成为夫妻呢，何况，我有什么脸去见母亲，娶你我就得落个不忠不孝不仁不义的罪名，更不能为了你败坏我家门风。罗家世袭国公威名远扬，怎么能娶个番犬之女为妻呀。我本应当亲手杀了你给弟弟报仇，因为两国和好了，我兄弟的仇也不报了，我饶你一条命，给你一条生路，你走吧，要想和我成为夫妻，那是妄想。"说完，罗通把脸一转，再也不理公主了，看也不看。罗通这些冷言冷语道出了自己的心情，此时此刻突鲁公主顿时觉得心里冷若冰霜，浑身麻木，手脚冰凉，精神恍惚，四肢瘫软，"扑通"，坐在地下了，两眼发直，呆若木鸡，傻啦，嗓子眼儿好像被什么东西堵着，一句话也说不出来了，这眼泪就像涌泉一般顺腮直流。

什么叫发似人揪、肉似钩搭，什么叫把抓揉肠、油炸肺腑哇，什么叫头顶三江水、脚跃五湖冰，什么叫如临深渊、如履薄冰啊，什么叫万丈高楼一步蹬空、扬子江心断缆崩舟啊，就是这些词汇都用上，也难表此时此刻突鲁公主的心情，究竟是惊是怕是酸是辣、是悔是恨、是痛苦还是伤心，一股脑儿地涌上心头，到底是啥滋味，她自己也说不出来，真是心乱如麻啊！她的脸色蜡黄，嘴唇发青，暗暗叫着自己的名字：突鲁公主啊突鲁公主！你是一时明白一时糊涂，你怎么这样痴情啊！事到如今，我、我、我还说什么呢，我一片痴心，总想着我们门当户对，一意归顺大唐，这一切都是为了他，可是他对我心如冰霜，冷酷无情。也怪我当初一时压不住火，怒杀了罗仁，没成想落到这样的结果，真是失足千古恨，回头百年身，他只想杀弟之仇，不念我对他的一片真心。看来，我和

他冰火不能同炉啊，可已拜完天地，入了洞房，人所共知了，我该怎么办呀？走，我还能到哪去？回北国黑龙山？有什么脸面见父皇赤壁保康王哪！见着老国母我怎么回答呀。突鲁公主心里明白，这门亲事，赤壁保康王是不同意，都是老国母好心成全，特别是一些人对自己议论纷纷，倒卖黄龙岭、帮罗通

解重围，还杀了几员北国将官、帮罗通捉住苏定方等这些事，人们是有看法的，他们说她胳膊肘往外拐，万没想到落到这步田地，真是上天无路入地无门，有国难投，有家难奔啊。我可怎么办呀！罗通啊罗通，你把我害苦了，我真想杀了你，也好出气！咳！杀他又能怎样，他罗家只有他这一根独苗，他为弟报仇，也算有仁有义。总之，我和他已成名誉夫妻，杀了他岂不落个杀夫的骂名，也给我父母和北国丢人。公主此时是思绪万千！

罗通又进一步说："你好好地想想，仔细琢磨，就这样赖皮赖脸地不走会

有什么好处哇，难道还让我叫人攥你吗?"

公主一听罗通再次催逼，不由柳眉倒立，杏眼圆睁，说道:"罗通，都怪我看错人了，没认出你是心胸狭窄、肚若鸡肠、反复无常之辈，别的什么也不说了，我问你一句话，你敢回答吗?"

罗通气得把眼睛瞪得比肉包子还大，说道:"有什么不敢的，我又没做亏心事。"

"那好，我问你，你为什么骗我?"

"骗你，我怎么骗你啦?"

"怎么骗我，咱俩的事你把我骗的好苦。"

"这可是剃头挑子——一头热，你自己愿意，可我从开始到现在就没同意。现在是父皇万岁做了主，我不能违抗圣旨，落个不忠不孝之名，只好和你表面上成亲，心里头还是不愿意，刚才我说过了，你要想和我成为真正的夫妻，那是妄想!"

气得公主浑身发抖，又问罗通:"既然如此，你为什么和我对天盟誓? 我信以为真，把心爱的飞刀等暗器都损坏，可惜我多年学的艺业都不要了，你这不是骗我吗!"

罗通在这一点，也感觉理亏，但他仍然是无理争三分，歪着个脖子硬犟:"那，那是为解燃眉之急，救驾心切，应该说是我对父皇的一片忠心。"

公主被气得差点背过气儿去，说道:"好好好，你是有忠有孝有仁有义，可是我呢?"

"你怎么啦，我又没怎样你，反正我就是不能要你这番犬女为妻。"

"姓罗的! 你就不怕会得到报应!"

罗通微然一笑，说:"报应，什么报应，你再好好地想想，我盟的是什么誓，我说将来要变心，叫我死在八九十岁老头的枪下。你想，八九十岁的老头能有什么本领，这话也算是誓言吗。我看，只不过是个牙疼咒，说着玩罢了。"

公主听罗通这么一说，这才恍然大悟悔恨自己当时感情冲动，听信了他的鬼话，现在听明白了，也晚了，原来罗通真的从开始就不愿意，我、我被他骗了呀。

公主的眼泪干了，眼皮肿了，瞳仁发红，满眼都是血丝，颤抖着嘶哑的声音叫道："罗通！你真是个英雄，算我眼瞎，没把你看透，今生今世什么也没了。"说罢，她突然站起身来，一回手"噌"一声从床头上把镇宅宝剑抽出来了。

吓得罗通往后倒退两步，"咔"，也把防身宝剑亮出半匣。

罗通以为公主要杀人呢。

公主用藐视的眼光看了看罗通，微微一笑，说："罗通，你不要害怕，我不会杀你的，咱俩远日无仇，素常无怨，咱们结亲没成，那怪我怒杀了罗仁，也怪你……总之都怨我命薄无相，咳！也是天命所定，虽说恨我痴情，但是，由此两国能够和好，也算实现我的一愿。但愿今后两国成为唇齿之邦，永归于好，但愿你再结良缘。"

说罢，"扑通"跪在地上，眼望黑龙山，公主叫道："皇父赤壁保康王，国母老皇后，我那养育爹娘突鲁丞相，都怪孩儿任性无知，错走一步，一错再错，直至如今，闹得孩儿走投无路，进退无门，孩儿没脸在世，儿今生今世不能报答你们对我的哺乳之恩、养育大德，但愿你们多多保重，儿死后切莫引起两国争端，儿在九泉也瞑目了！"话至此，公主的剑横粉颈，狠心自刎。霎时间，血染尘埃，"扑通"，尸体倒于血泊之中。

好一个烈性的公主，忠孝仁贤，文武俱佳，才貌双全，天姿聪慧，可惜落得此下场，真是：三寸气在千般用，一旦无常万事空。

罗通大吃一惊，他万没想到公主如此烈性，以为只是做个样子吓唬吓唬他，结果，真死了，他也傻啦。

天已大亮了，突然，外边有人吵吵嚷嚷的直奔洞房："天都亮了，妹妹，你快起来啦。"

罗通一惊，哎呀，这不是突鲁花吗？

果然，正是突鲁花，她是来找罗通和突鲁公主对证一下罗仁死的事的。

来到门口，也不等人家开门，她一脚把门踢开了，挑起门帘一看，把她吓得叫了一声，见地上躺了个死尸，仔细一看，是妹妹，她两步就来到尸体前，伸手抱在怀里叫道："妹妹，你这是怎么了？"她边哭边叨咕，猛然看见旁边有把宝剑，回过头来再看看罗通，说道："哦，我明白了，我妹妹杀了罗仁，你便杀了我妹妹，好吧，看来我就得把你给宰了！"

罗通知道她的脾气，跟她说不清，赶紧往外走，突鲁花大声叫道："你站住，你给我站住！"

罗通根本不听这一套，大步流星往外走。

突鲁花没完，一边哭着直奔自己的屋里去。

这时候丫鬟们都听见了，进洞房一看，喊道："哎呀，我的妈呀，可不得了啦，公主死了！"撒腿就往外跑，见到突鲁丞相慌慌张张说："丞相爷呀，可了不得啦！"

把突鲁丞相爷吓了一跳，急忙问道："你怎么的？"

"我没怎么的。"

"没怎么的如何惊慌？"

"呀！是，是公主死啦。"

"啊！你说什么？"丞相不信，又追问一句。

"公主死啦。""真的吗？"

"不信你去洞房看看去。"

"是什么病？""是急、急病。"

"什么急病？"

"不知道，反正脑袋掉了。"

"哎——呀——"突鲁丞相半天才缓过这口气来，暗暗想道：这一定是罗通为了给弟弟报仇，把我女儿给杀啦，我得赶快走，走晚了，连我这条老命也得搭上。想着，突鲁丞相带着自己的人，悄悄地不辞而别。

二主唐王得到了信，听说洞房之中新人死啦，认为准是罗通干的事。李世民气不打一处来，急忙传旨："快快把小冤家罗通给我抓来！"时间不长就把罗通五花大绑地绑来了。

罗通知道无处可跑，跑得了和尚跑不了庙，也知道皇上轻饶不了他，心想：任凭他发落吧，不过我得想法推脱责任，即使从来不会撒谎，今天也得琢磨着说。一看有人来抓他啦，他不让人动手，自己把帽子摘下去，什么帽插金花呀，十字披红呀，都扔在一边，发绺子一甩挤在肩头，双手往后一背，说声："绑吧。"

众人把罗通绑上了。程咬金昨天晚上的酒喝得多点，因为是喜酒，又是罗通的婚事，又是两国和好不战，再加上各位让酒，所以他确实喝多了。可是他听说罗通把公主给杀了，吓得他把酒气全消了，暗道：小兔崽子，你干

330

的这是什么事，你这碗冬瓜汤叫我喝得不痛快，我非和你算账不可。

李世民上殿之后，小将们都为罗通捏着汗，尤其是秦怀玉特别着急，暗暗叫道：罗通啊，傻兄弟，你怎么这样任性呢？这件事明明皇上主的婚，其中还有北国的皇太后，因此两国才和好罢兵不战了，这么一闹，影响两国的关系，也驳了皇上的面子，他能饶了你吗？再看罗通那种表情，不是害怕，而是满不在乎的样子，怀玉急得直跺脚。

李世民见把罗通带来了，不由得气往上撞，手拍龙案大喝道："罗通！"

"儿在。"

"你这个不忠不孝不仁不义的小冤家，你为什么杀了突鲁公主？"罗通把发髻一甩说道："父皇，儿臣没杀她。"

"什么？你没杀她，她是怎么死的？""是她自己拔剑自刎的，不信你可以派人去验尸。"李世民也觉得一气之下问得太急了，听罗通一说是自刎的，当时也有点愣神，他又接着问："那她为什么要自刎？你细细地讲个明白。"

罗通把话琢磨好了，皇上叫他说明突鲁公主自刎的原因，就把话匣子拉开了，尊声："父皇容禀，我和突鲁公主拜堂成亲之后，她归到洞房，我被小兄弟们拽去敬酒，敬完前辈敬小的，敬酒一直三更时分。"

李世民一瞪眼："不用你说这些，你给众人敬酒朕也在场，朕是问你公主是为什么自刎死的？"

罗通说："是呀，往下再说就是这回事了，最后怀玉哥哥他们几人一起把我送到洞房，我一进屋公主正在哭呢，我也很纳闷儿，洞房花烛之喜为什么哭哇，我问公主哭什么，她冷言冷语地说，都为你的好兄弟罗仁，刚才傻姐姐突鲁花大闹一场，非要叫我给罗仁偿命，好说歹说刚把她送走了，头一天就这么不顺心，再看看你们大唐人办的喜事场面，连我们北国办喜事的一半都不如，哪像皇家贵族办喜事的样子，像我们北国平民百姓娶亲差不多。可是，你们中原这些臭规矩倒不少，专门治新娘子，不然洞房里傻坐了大半夜，真倒霉，说着又哭上了。"

唐王说："公主对中原的习惯不太懂，有些受不了，难道因此自刎了吗？"

"不，这事也怨儿臣性情不好。第一，她新婚之喜又哭又闹，我很生气；第二，她说我中原这样不好那样不好，我更不爱听；第三，突鲁花和她是怎样闹的细情我不知道，不过一提罗仁我就认为我傻兄弟死得冤屈，我非常恨

罗通扫北

突鲁公主，所以我当时顶撞她几句……"

没等罗通说完，李世民追问一句："你对她说些什么？"

"我、我说她，你别不知好歹，我们这不对那不对，哪有那么些不对呀，突鲁花找你来闹是对的，就连我对你杀弟之仇也忘不了，还不许人家闹吗？告诉你，要按杀弟之仇，我根本不应该娶你为妻。没办法，我父皇逼着我和你成亲，也是为了两国和好，要不然我不但不和你成亲，我还要找你为弟报仇。可能是我说得狠了点，也可能她和突鲁花还有别的事，还没等我把话说完，她、她就自刎了。"

罗通这瞎话编得真圆，他为什么要把突鲁花说进去呢？这也得算罗通的精明脑子来得快，因为在洞房里他听见突鲁花说，"不是我昨晚找你给罗仁偿命，你生气啦"。从这句话，罗通断定突鲁花找公主闹去了，这也说明罗通真动脑子了。

秦怀玉心想：罗通啊，你真能编啊，昨天晚上又说又劝你都不听，最后还是我们几个人把你推进洞房的，可这事得保密，不能说。

皇上和其他人听了罗通说的这套话都相信了，因为罗通平素一贯没有谎言，再者听罗通说的合乎情理。

尽管相信罗通说的是实话，但是李世民也一定要拿罗通问罪，因为亲事是他做的主，又关系到两国和好的大事，所以他把龙颜一变，怒道："你既知朕为你主婚，此事又关系到两国和好的大事，在洞房之中竟以小肚鸡肠、小人见识记恨私仇，威逼公主一死，你眼里哪还有国家和朕。来人哪，把罗通推出斩了！"

一个"斩"字出口，可把众将吓坏了。有一些老将军想要给罗通求情，李世民确实真生气了，他看出众将要给罗通讲情，所以他先说了句："众家爱卿，罗通既然目无国家和朕，理当该杀，众卿不用为他求情，如有求情者，和罗通同罪。"

这可了不得了，这话也厉害了。他是皇上，口出为旨，谁还敢抗旨不遵、再来求情啊，就连徐茂公、秦叔宝都为难了。

秦怀玉急得一手捶胸，心说：完啦，这回兄弟罗通无救了。

正在这时就听有人大喊一声："刀下留人！"

还真有敢讲情的，大伙顺声往下一看，哟呵，是他。

第四十七回

金殿说情罗通免死
送少保程咬金叫苦

罗通此时性命难保，突然有人高喊："刀下留人！"此人连哭带喊，就进来了，把大家吓愣了，这是谁呀，这么大的胆子，不要命了吗？来的这个正是程咬金，他听说公主死了，也开始很恨罗通这个小兔崽子，办的这是什么事？愣把人给逼死了，叫我怎么交代呀？我这大媒人心里多难受啊，可是一听皇上要杀罗通，谁讲情也不行，程咬金又害怕了。

程咬金这个人，心最软，他要是横上来，那还真没比的，今天一听真要杀罗通，这还了得。罗通这么小挂了二路元帅，前来扫北，可以说立下了汗马功劳。再者说，罗通挂帅，临走的时候，他见罗通的母亲庄金锭哭着对他说："四哥，我把这孩子交给你了。"可是到了现在，他回去怎么和弟妹交代呀！罗通若是在两军阵前战死在疆场，那没办法，可现在是太平无事的，把人给杀了，这怎么能行。他也对不起那死去的老兄弟罗成啊！程咬金心想：我的命也不要了，要杀连我一块杀吧！所以，他拼命喊"刀下留人"，闯进大殿，老远地就跪倒在地，拿膝盖当脚走，爬行几步，来到唐王李世民的面前，磕头如鸡啄米一般，忙说："啊呀，万岁，杀不得呀！"李世民本来很生气，一看程咬金这样子，赶紧起身说："程王兄，快快平身，快快平身。"

"不，臣宁肯跪个钉糟木烂，也不起来了，万岁呀，你可不能杀罗通啊！你要杀就先杀微臣吧！"

"啊！程王兄，你是为了罗通之事而来，朕已经传旨，是定杀不饶。谁要讲情，与他同罪。刚才朕传旨之时，你不在这里，你不知道，不知者不怪罪

罗通扫北

么！你现在知道了，快快平身，站立一旁。"

"万岁，你如果不怪罪臣的话，让臣多说上几句能行吗？"

李世民知道，程咬金为大唐江山辛辛苦苦，酸甜苦辣都尝到了，不好意思说不行，便说："程王兄，你有什么话，就快说吧！"

"好好好！"

程咬金又"嘣嘣嘣"叩了几个响头，说道："万岁呀，第一，你不能杀罗通，虽然公主死了，但是不是罗通杀的啊，你这样不明不白地把罗通杀了，北国也不能答应，你这不是明白人做糊涂事吗？"

李世民一听，他说的也有理，便问："程王兄，依你之见……"

"臣说不能杀罗通。"

"那该怎么办呢？"

"臣想突鲁丞相不辞而别，他回到北国一定把公主死的事告诉了赤壁保康王，可是公主究竟怎么死的，他也说不清楚，莫如不杀罗通。咱们得跟康王见一面，把话说清楚了，是杀是留，也让罗通死个明白，才能把这事弄个水落石出。"

李世民一拍巴掌道："是啊！王兄言之有理。"

大家一看，程咬金是有点才能，拐着弯地把情讲下来了。不管怎么说，暂时不杀罗通了。

程咬金接着说："这是第一，你不能杀罗通。第二，你也不能杀罗通，万岁你想，罗通是有功之臣，想当初他的爹爹罗成为大唐的江山，东挡西杀，南征北战，这还不说；周西坡乱箭穿身这倒不假，要不是你的皇兄御弟害人家，叫关不给开，罗成能死吗，这是死在你哥哥和你弟弟的手下，罗成死的时候，罗通才五岁，你总觉得对不起罗通，才把罗通认了义子；就拿这次牧羊城被困来说吧，里无粮草，外无救兵，要不是罗通单枪匹马闯进教军场，比武夺魁，挂了二路元帅，来牧羊城救了驾，而且还拿住了苏烈苏定方，那苏烈私通北国，后果不堪设想，罗通有两次救驾之功。再说，罗仁确实是死在突鲁公主的手下，罗仁又不是他的亲弟弟，罗通的心情不好，你也得替他想一想啊！总而言之，你不能杀罗通，你要这样把罗通杀了，你、你……"程咬金不往下说了，那意思就是，你还算什么有道明君，那不成昏君了吗！他是这么想的，可并没有这么说，最后这两句不说，李世民也明白了。

李世民说:"程王兄,你不要再往下说了,朕听明白了。"他回头看了看徐茂公道:"徐王兄,你看这事该怎么办呢?"徐茂公说:"万岁,事到如今,也就必须如此这般。"军师小声跟皇上耳语。

老程心想:皇上就听徐三儿的,刚才要杀罗通的时候,你们干什么来?连我二哥秦叔宝也包括在内,袖手旁观,难道罗通的爹爹光是我的老兄弟,不是你们的老兄弟?光跟我磕头了,没跟你们拜把子吗?不管怎么说,咱们都是一个头碰在地下的,杀罗通你们怎么都不管呢?到现在了,我把情讲下了,你们又嘀咕咕咕的,把我甩一边去了。程咬金正想着呢,李世民说:"程王兄,你给罗通讲情,朕准奏,不怪罪于你,来人哪,把罗通押下去。"然后命人准备棺椁,先把突鲁公主的尸体盛殓起来,搭起灵棚,命几个人在这里守灵。然后,皇上下了一道旨意:命程咬金带着宝林、宝庆、秦怀玉和敖国公敬德,把罗通五花大绑。李世民又亲笔给赤壁保康王写了一封信,对程咬金说:"你把罗通押奔黑龙山,交给赤壁保康王,杀剐存留任凭于他,你带着这封信就去吧!"

这可把程咬金吓坏了,心想:让我把罗通交给赤壁保康王,那还有个活吗?蛤蟆垫桌子腿——非剐了不可,这招更厉害,还不如把他在城里杀了呢!把罗通送去那还有情有原,谁让他逼死突鲁公主呢!万一他们把送殡的也埋到坟里头呢!让我程咬金押着去,不用说我自己,就连我们同去的这几个人,也都是肉包子打狗——有去无回呀!赤壁保康王和元帅左车轮恨我程咬金恐怕比恨罗通还厉害,那回要不是我的两行伶俐牙齿、三寸不烂之舌,以闲话把他们给瞒哄过去了,才混出了番营回京搬来救兵,把牧羊城打开了,我们君臣才相见了,所以左车轮和赤壁保康王把我恨之入骨,恨不得生吃我肉、活喝我血,这回叫我去送罗通,这不是白白去送死吗?这个招一定是徐三徐茂公出的,他这是借刀杀人。想到这里,程咬金便大喊一声:"哎呀,万岁,你千万不能这么做呀,这主意是谁出的,可真是脑袋瓜上长疮,脚底下流脓,都坏透了。"程咬金咬牙切齿地,他明着不敢说,但实际上他是拐弯抹角地骂徐茂公。

徐茂公心说:我这个四弟呀,好事他不琢磨我,遇到件不顺心的事,总是反过头来埋怨我。当然徐茂公也不和他计较这些事,因为他知道程咬金的脾气,所以就自己吃个哑巴亏。常言说:路遥知马力,日久见人心!因此,他慢慢会明白过来的，你想，我怎么能出头害你呢！咱们俩又没冤没仇的。

皇上说："程王兄，你不能去？"

"臣不能去，万岁呀，你怎么听信别人的话呢，程咬金对大唐可是真心实意、忠心耿耿的。万岁呀，你想一想，自从程咬金归顺大唐以来，该做的事情都做了，别的咱不说，就是这次牧羊城被困，里无粮草，外无救兵，像个包子馅似的叫人家困住了，就愣叫臣回京搬兵，就凭臣这马前三斧子可取胜吗？还不是凭这张嘴编瞎话，混出城去，把兵给你搬回来了，你并没有赏臣，可也不能罚臣呀！罗通是你的义子，你不心疼，他逼死了突鲁公主有罪，你就是把他扔到外边去喂狼，那也可以，你怎么能让臣去送罗通，这不是把臣也推到狼窝里去了吗？万岁，你就别让我把这把老骨头扔到外国了，你听臣劝可把罗通放回来，你自己把他杀了，因为犯了军法，一正军规，这还情有可原，你怎么能把他推到敌人那边去，如果我们班师回朝之后，见到罗通的母亲和奶奶，要是问你：罗通是怎么死的，既然是他犯了军规，你为什么不杀刚，非把他送到敌人那边去呢？万岁呀！到那时，你拿什么话回答人家呢？这事你千万不能这么做，给你出主意的这个人他太阴，太坏了。"程咬金是连哭带说，一把鼻涕一把泪的。皇上明白了程咬金的话，说道："程王兄，你不必多说了，朕出口是旨，绝不能再把旨意收回来，你去也得去，不去也得去。如果你不去，那就是抗旨不遵，定杀不饶。"

程咬金心想：这、这可糟了，去也是死，不去也是死，那何必闹个抗旨不遵呢，要是不去，把我宰了，议论起来还不好听，回去见到罗通的母亲还没法说，嗨，就算我程咬金倒霉，干脆我们爷们儿死到一块得了，我算是看透了，早晚非让徐三这个牛鼻子老道给算计死不可，去就去，死了见到阎王爷，也得告你几状，我死了，做了鬼，也非把你徐三抓去不可。程咬金想到这里，无可奈何地说："好吧！臣去就是。"

程咬金的嘴里嘟嘟囔囔、骂骂咧咧的，总拐弯抹角地骂徐茂公。旁边的大元帅秦叔宝看了看程咬金说："四弟，你既然接了旨，答应去了，你这嘴就应该老实一点，你还嘟囔什么呀？"

程咬金说："啊！老哥你还说我嘟囔呢？你呀，你可真是老糊涂了，得了，得了，我现在什么也不说了，看起来是亲戚有远近、朋友有厚薄啊，是有敬富的，狗是咬破的，现在二哥你所说的、所做的、所想的，我程咬金都明白了，好了，不说了，我现在马上起身押着罗通走。我这一走，可能就回不来啦，我死之后，二哥你要多多保重。等班师还朝之后，你还有俩侄子，二哥就多操点儿心，照顾着点儿，有工夫到府上坐坐，常劝着你弟妹点儿，别让她改嫁。"说完程咬金晃着脑袋往外走，帐里边这些人哭笑不得。程咬金到外边一看，早有人把罗通绑好了，在这儿等着呢。一看程咬金出来了，秦怀玉红着眼睛说："四叔。"

"啊，爷儿们，你也去是不是？""是，我也去。"

"唉，我们这些人哪，都是跟皇上一不沾亲二不带故的，唯有罗通是皇上的干儿子，可皇上的心真狠哪，还要把他送到敌人那边去，咱们爷儿几个去，你们可都得听我的，要不然的话，咱们可都回不来啦，听明白吗？"秦怀玉说："四叔，我们听明白了，咱们是福不是祸，是祸躲不过，我们都是跟罗通一个头磕到地下的，一块死了倒也干净。"

"哟，你们几个都豁出去啦？"

"豁出去了。"

"你们几个都豁出去了，我这么大岁数了，还怕什么？我也吃了，也喝了，也享受过了，连皇上都做过了，还有什么可怕的，走！"程咬金还真来劲了，命人把狮子卷毛蝈蝈兽带过来，上了马，大斧子往肩膀上一扛。

秦怀玉说："四叔，你怎么还拿着斧子呀？"

程咬金说："你说的这叫什么话，武将怎么能不拿兵器呢？"

"哎呀，皇上可是有旨啊，让我们去送罗通，不让我们带兵器。"

"他不让你们带兵器，他可没告诉我，不让我带兵器，我老程这把斧子是受过皇封的，三宫六院我都随便出入，谁不让我拿斧子，我就宰了他！"这个程咬金到什么时候都有词儿。

他的斧子还真受过皇封，前文曾经说过，唐高祖李渊封秦叔宝打王铜，封尉迟敬德打王鞭。程咬金一看就没封他的斧子，就说："我的这把斧子你封不封啊？"皇上一听，不封吧，但不好意思的，封吧，他怕程咬金这个脾气，气急了，看谁不顺眼，就宰谁，那还了得，于是说："朕封你的斧子，只许你带上金殿，不许你无故伤人。"程咬金一听，这不是和没封一样吗？上金殿还得带着斧子，倒更添累赘了，所以今天他就拿这件事当理由了。

"怎么着，我送罗通非带着不可！"

"好好好，你愿意带着，就带着吧！皇上不说，旁人谁还敢说呀！"

程咬金扛着斧子，押着罗通就往外走，边走边对罗通说："我说爷们儿，你没什么要说的吗？有话你就快说吧！要是到了人家那里，再想说什么可就不容易啦，到人家那里，就得服人家管，是把你杀了，还是把你剐了，那就不一定啦，我们能不能回来的，都在两可之间，你有什么话就快说说吧！"

罗通低着头一听程咬金这么一问话，便说："哎，这都是我罗通的过错，突鲁公主死了，我父王把我杀了、剐了都行，如今非要把我送到赤壁保康王那里，任凭他发落，我也没有什么埋怨的，可是叫你们爷几个也跟着我去冒这种凶险，我的心中觉得很过意不去！"

程咬金说："罗通啊，你别说这种话，咱们爷们儿也不是外人，我程咬金跟你一块死，也不怕什么，我也是五十多岁的人了，不过我是想问一问你，还有什么事没办，一旦我们爷儿几个要是有个死不了的、能回来的，也许还能替你办点事，你有什么事就快说吧！"

罗通含着热泪说："我也没有什么可说的，只是我死之后，家里还有母亲和祖母，最可惜的是我的傻兄弟也死了，我老罗家从此也就断了根了。如今落到这步田地，等我的祖母和母亲百年之后，就没有给她老人家送终的了。再就是，我的爹爹英雄一辈子，可惜我小小的年纪就这么死了，的确有点儿窝囊。"

程咬金说："罗通啊，你说到这里，难免我再多说上两句，你怎么这么傻呢？你干吗非把突鲁公主逼死呢？这事你就按皇上的旨意不就得了吗？"

罗通说："四伯父，不行啊，我对不起我死去的傻兄弟！"程咬金说："是啊，这事叫我也得考虑考虑。"

秦怀玉在一旁听这个气呀，你倒是哪头的，两个都有理。

程咬金说："你们几个听着，其中要是有一个死不了的，回去替罗通照顾照顾家，其实，我也是这么想的，还不知我们怎么样呢，咱们往前走吧！"

程咬金突然想起一件事来，皇上为什么这么狠心呢？真的就把罗通交给人家？再说回来，这军帅徐茂公能掐会算，前知五百年、后知五百载的，过去未来都知道，虽然不是半仙，但他本来就是足智多谋的，那么，他怎么就忍心让我们爷几个把罗通送去呢？让我们一块死？哎呀，也不对，我二哥秦叔宝也不是那狠心的人呀！这里边一定有说道，我明白了，我必须如此这般。

程咬金这回也不说了，也不喊了，大眼睛眨巴眨巴地想自己的心事，秦怀玉有时跟他说两句话，他还把手一摆说："别说话。"秦怀玉也不知这位四叔在琢磨什么事。此时，罗通的确很难过，自己死倒是不怕的，他总觉得他的父皇这么做有点儿过分。爷儿几个一边想，一边走，不久就来到黑龙山下，那里的北国兵老远地就喊："哎……你们是干什么，站住！"

程咬金把手一摆说："前面是北国兵吗？快快往里禀，往里传，来报赤壁保康王得知，就说程咬金驾到！"说着话直奔黑龙山，但不知他们的吉凶如何。

第四十八回

左车轮拒理被反驳
赤壁王蓄意扣人质

程咬金带着秦怀玉、尉迟宝林、尉迟宝庆押着罗通，一进黑龙山口，程咬金的心里就七上八下的，一点儿底也没有了，等来到门前，看见北国兵，也搭上话了。

番兵喝道："什么人，站住！"程咬金咳了一声，这主意就来了，不管怎么样，事逼到眼前了，程咬金把胸脯一挺，说："呀哒，快快往里禀往里传，家禀你们元帅和赤壁保康王得知，就说唐王李世民派程咬金送罗通来了。"

兵丁一听，说："说的什么呀，乱七八糟的，让我给你往里禀，说你送来一个罗通？""对，送来了一个罗通。"

"那好吧！你等着。"兵丁进去往里禀报了，时间不长，就听里边，"当当当"三声炮响，惊天动地，接着牛角号声，从里边出来一些兵丁了，往两边一分，呵，看这帮人出齐，各拿刀枪，分列两旁，令人可怕。程咬金吓了一跳，眼睛眨巴着，心想：这是要干什么呀？接着在里边出来一个人，手里拿着金皮大令，高声喊道："哎……哪个是程咬金呀？"程咬金一听，这小子手里拿着金皮大令就明白八九分了，把胸脯一挺，大拇指一挑说："在下便是。"

"哟，你就是程咬金啊？我们总督有令，你随令而进。"程咬金"啊"了一声道："啊……叫我进去，是我一个人进去，还是叫我们这帮人进去呀？"

"叫你一个人进。""这是你们大都督左车轮说的？"

这兵丁一听，这老头子怎么这么啰唆，说："叫你一个人进去，就你一个人进，你哪来这么多废话。"

程咬金说："那不对，我告诉你，这可不是在阵前在打仗，我是奉王命而来，要见你们的总督和你们的王子，既然你们元帅要见我，就应该说个'请'，难道你们连这点规矩都不懂吗？"

这个传令兵眼珠转了一下说："老千岁，我这说是请你进去。"

程咬金一听，说道："这就是请我进去，好吧！我这回也不挑你们的不是了，等见到你们都督，有什么话再说吧。"回过身来，对秦怀玉、宝林、宝庆说："你们要好好看着罗通，这帮人如果哪个敢近前无礼你们就别客气，该杀的，你就给我杀，该宰的，你就给我宰，还是那话，他们要不欺负咱，咱们也不欺负他们，你们等着我的回信。"说完冲秦怀玉使眼色，秦怀玉就明白了，点点头说："你就放心吧！我记下了。"

"那好吧！"程咬金说完扶着肋下的宝剑，迈着四方步，大模大样地往里走，来到营门这里，守门的兵士说："这位老千岁，你看肋下带着防身剑，你身后怎么还掖着斧子啊！这不太好吧！进营寸铁也不能带。"

程咬金说："啊……我明白了，你们害怕，不让带兵器进去，那好，我就不带这买卖了。"

程咬金把肋下的宝剑摘下来，把身后的斧子也掏出来，交给一个兵丁说："这东西你得给我保护好，这是受过皇封的，要是给我弄丢了，拿你的脑袋也赔不起，你懂吗？"这北国兵似懂非懂地说："好，好，你放心吧！我好好地给你保护着。"

看起来北国兵的心眼也怪实在的，程咬金就随着这位传令官进来了。他往里这么走，就觉得这座黑龙山可不比牧羊城，别看是个山，也修下了三道石关，这三道石关都有垛口，都有防身栏，看来这座山是一将把守、万将难得的地方。此时，程咬金不由得心说：怪不得赤壁保康王一直不服呢。

就是这次二路人马到了以后，兵合一处，他虽然打了败仗，只因为订下突鲁公主这门亲事，才勉强答应和好，这回突鲁公主死了，这就更勾起他们的愤怒，要跟大唐决一死战了，怪不得呢？原来他有这样一个好山势，这座黑龙山是他的一个养兵之所。程咬金的心里更觉得害怕，可脸上并没有带出来，往里走的脚步还是"噔噔"的。进了石关之后，大概就是帅府铁门了，让程咬金在外面等着，兵丁就进去了。一会儿工夫里边传出话来："我们元帅有请程老千岁，随令进帐。"程咬金一听这还差不多，还有个请字，进帐之后，程咬金就说："左元帅在哪里？左元帅在哪里？老朽程咬金来了。"嘴里说着，心里想：上次我骗了他回京搬兵，这次来恐怕是屎壳郎驮着个坏头——够呛，不管够呛不够呛，反正我也豁出去了，脑袋掉了不就是碗大的疤吗？程咬金想到这里，抬头一瞧，呀，好一个威武的帅府辕门哪！辕门外边，站八个人，一边四个，都是盔明甲亮，手拿兵器，怒目横眉的样子，甚至有人吩咐一声，这要上来，一下子就能把程咬金碎尸万段了。这辕门的大门是红油漆的门板，黑油漆走的门边，铆的铜钉足有碗口这么大，一边一个虎头，虎嘴里叼着个大铜环，都是汉白玉的台阶，方砖铺着地。往里一看，左右摆着刀枪架，这边是刀、枪、棍、棒、戟、槊、叉、环、镗；那边是鞭、铜、锤、杵、钩、剑、拐、镰、斧，二九一十八种兵器，两边还摆着什么大砍刀、小砍刀、红缨枪、象鼻子刀、九耳八环刀、锯齿飞镰刀，还有各式各样的枪，两边站着的那些兵，都是一色的军衣号坎，各拿兵器，往那里一站，都是雄赳赳、气昂昂的样子。程咬金一看，呦，好小子，这不是成心摄阵给我看吧！

再往里一看，有各式各样的旗，迎风飘摆，有大将旗、先锋旗、偏将旗、亚将旗、帅子旗，再往里走，可能就是帅帐了，好家伙，那就更威武了，捆绑手、刀斧手、指令官、中军官、击鼓手站立两厢，都龇着牙，咧着嘴，七个不服，八个不在乎的，不用问，中间那张桌子后边的位子，一定是帅位了。程咬金慢慢往里走，看两边的将官盔明甲亮、各擎兵器，都像煞神附体一样。他再往正位上一看，坐的不是大元帅，而是赤壁保康王，在下垂手坐着的是左车轮。

程咬金进来看见赤壁保康王和左车轮，把拳一抱说道："赤壁保康王、左元帅，你们一向可好啊，老朽程咬金这厢礼过膝了。"说完给他们深施一礼，但他并没有下跪。左车轮看到程咬金，那真是白眼珠起红线、血灌瞳仁，想起了上一次，上了你一次当，受了你一次骗，把我坑得好苦啊。想到这里，左车轮站起身来，一拍桌子喝道："哎，来者可是老蛮子程咬金？"

程咬金愣了一下，哈哈一笑说："怎么，左元帅，不认识了？正是老朽程老爷。"

"程咬金，你见了我家康王为何不下跪？你是我国的下邦，为什么见了上邦不叩头？"

程咬金把头一歪："你们是上邦，谁给你们立下字据了，现在两国战争还没平息，未分胜负，没打仗之前，你们是年年给我们进贡，岁岁给我们称臣，正因为你们不服，两国才动起干戈，虽然说现在的仗打到这个地步，但未分胜负，我们见了面，人讲礼义为先，树讲枝叶为圆，我来到这里抱拳给你们施礼，我觉得很失我老程的身份了，按正理说，现在的仗还未分胜负，我们国还是你们国的上邦，我是上邦之臣，你们应该给我施礼让位才是，起码也得给我一个位，你们连这点规矩都不懂，反而挑起我的不是来了，你说咱们是应该谁挑谁呀，嘿？"程咬金那嘴是不饶人的，他这么一说，把左车轮闹得倒没话说了，心想：是啊，人家说得是理呀。过去我们是属国，现在的仗还未分输赢，人家仍是天朝大国，是我们不服，两国才打起仗来。想到这里，左车轮用手一拍桌案说道："程咬金，我不和你论上邦还是下邦，现在的仗还未分胜负，你既然来见我们，必然是有求于我们。"

程咬金说："那不对，你怎么知道我是来求你们呢？"

赤壁保康王一看大元帅左车轮这么说，这话也跟不上去了，就把手一沉，那意思就是不让左车轮说了。

康王忙把身子欠了欠说："下面来的可是鲁国公程咬金程老千岁吗？"

程咬金一听说这，便说："正是在下，康王一向可好？"

"程老千岁不必客气，来人哪，给程老千岁搭个座位，老千岁，不要见怪，只因你上次骗了元帅，如今又见了面，他未免有些气愤，望老千岁多包涵。来来来，请坐，请坐。"

程咬金说："这倒是小事，我不怪。"程咬金说着就坐下了。

康王说道："程咬金，莫非这次你又来骗我们不成？"

"不不，不是，康王，上次的事情都已经过去了，你说我骗了你也好，埋怨我也好，总而言之，你们上当了，这也说明是我程咬金的本事、报国的忠心。这次来可不是为了这个，因为两国联姻和好，你家公主嫁给我们少保千岁，不料你家公主自尽身亡，事先说明，不是我们少保杀的她，也不是我们宰的她，更不是谁逼她死的，是你们公主到了我们大唐营，横挑鼻子，竖挑眼，看什么都不对她的心思，一气之下，她要抹脖子，这个事不能怪我们。我们皇上呢，是个仁义之君，不能说人死了，就算完了，人在人情在，绝对不是这个意思，所以把少保千岁给绑上，让我程咬金把罗通送来了，让康王你发落，因为公主是你的女儿，罗通是你的姑爷，虽然是拜了天地，尚未和房，公主死了，有些话我们也说不清，讲不明的。现在，我把罗通交给你，你爱怎么发落就怎么发落吧，论国法，你是一君，他是一臣；论家法，你是他的岳父泰山，他是你的姑爷，怎么发落你都有理。不过我把话说到前头，我们皇上把人给你们的目的，康王你应该明白，如果你从内心认为两国的仗不打了，就此罢休，你就应该是是非非弄个明白，过去的事情就过去了，我们中原的皇上绝对让你过得去；如果你要不听，还打算要打的话，那也不要紧，我们听你的。不过，我把人交给你，究竟怎么发落，那就看你怎么看这件事了。"

总而言之，程咬金总想把这个话说的圆满一点、缓和一点，那意思就是，你们别杀罗通最好，我怎么带来的，你就叫我怎么带回去最妙。赤壁保康王明白了，点点头说道："程咬金，既然李世民让你把罗通给我送来了，这就说明李世民这个皇上确实不错，但不知罗通现在何处？你们一共来了几个人？"

程咬金说："保护我们少千岁的，就是我们四个人，秦怀玉、尉迟宝林、尉迟宝庆还有我程咬金押着罗通来的。"

"好，把他们都给我押进来，我要看看是不是罗通。"

"那还有错吗？"

时间不大，有人把罗通、秦怀玉、宝林、宝庆这几个人给押上来了。他们几个往里走的时候，这心里也一个劲儿地直嘀咕，这是羊入虎口，不知道能不能回去，看这个举动、这个厉害劲儿，是够呛！害怕倒不是，说心里一点也不嘀咕，那是不可能的。特别是少保罗通，他心说：父皇啊，孩儿把事做错了，要杀要剐我都认了，干吗非把我送到这里来呢？一边想着，一边往里走，来到里边，面冲外站在那里，也不下跪，也不搭话，发绺子胸前垂着。

康王一拍桌子喝道："下面站的来人，你、你、你可是二路帅，少保罗通吗?"

罗通把发绺子往后一甩,把脸一仰说:"正是你家少保千岁。"

"呀……你这个不仁不义的小冤家,你见到本王,为何不跪?"

"赤壁保康王,你叫我下跪,但不知跪者何来,你又不是我的上邦之君。要说你是我岳父的话,我和你女儿虽然拜了天地,但尚未圆房,你女儿就自刎身亡,我又不敢称你为岳父,你让我跪什么呢?"

康王一听这个气呀:"罗通啊罗通,事到如今你还这么傲气!难道论哪一方面我都不值得你一跪吗?来人哪,把他给我推出去斩!"

程咬金一听,忙说道:"慢,干吗杀呀?"

程咬金心想:咳!罗通,两国要和好比什么都强,公主跟你,虽然还未入洞房,可是拜了天地了,再者说人家年纪比你大得多得多,就冲这三方面你也得跪下跪一跪。想到这里,程咬金冲罗通使了个眼色,意思是说,我可不是逼着你呀。罗通也明白了他的意思,长叹了一声说:"好吧,也只好如此啰。"

说完,罗通单腿下跪,就跪在了地上。赤壁康王一看,心说:好小子,可真厉害呀,看来是头可断,膝不可曲啊!单腿给我跪一跪,还得程咬金说半天情。

康王说:"罗通,两国打仗,各为其主,我们之间并没有什么仇恨,因国仇才有私恨,只因两国和好了,我才把女儿许配与你,我并不是被你们打服了,你知道吗?我的女儿也愿意嫁给你,可为什么要自杀呢?"罗通说:"你的女儿为什么死?我也不清楚。我们两人拜罢了天地,还没饮交杯酒,我就到厅房去敬酒,等我回来一看,她就自尽了。她究竟为什么要自杀,那我就不知道了。赤壁保康工,事到如今,我的父皇把我绑上,命老千岁把我送来了,要杀你就伸手,吃肉你就张口,杀剐留存,任凭于你,我罗通什么话也不说了,服与不服那就在于我了。"

康王一听说:"你凭什么不服?""当然了,如果我得罪了你的女儿,你杀了我,我不屈,如果两军阵前打仗,我输给了你,你杀我,我也不屈,就这样,我死了也是不明不白的。"

程咬金一听说:"对对对,罗通说的这些话都是真心话,赤壁保康王你都明白了吗?"赤壁保康王回过头看看左车轮,俩人不约而同地大笑起来。康王说："程咬金，我跟你说明白了，你这不是把罗通送来了吗？罗通既然来了，他也就别回去了。"

"什么，不让回去了？""对，你把罗通送来了，证明了你们皇上是个明君，公主不管是怎么死的，反正人是死了，对吧？"

"对，那倒是。""那就行了，这尸体不是还在你们大唐营吗？这样，把罗通给我留下，你回去告诉你唐王李世民，我说出三件事，他如果能答应，罗通怎么来的，我就怎么把他送回去；如果不答应，是杀是剐那就任凭我了。"

"但不知哪三件事。""第一，让你们李世民给写降书顺表，你们得归顺我们北国；第二，我的女儿死在你们中原，要按你们中原的讲究，把我的女儿金鼎玉葬；第三，两国开兵打仗，我们丢失了关关寨寨，人吃马喂耗费的一切钱粮，都得你们中原给我们偿还，战死的将、兵也得给他们修坟立碑。如果他答应了这三个条件，我就把罗通给你们送回去，我们绝不另眼看待；如果你们要不放心，你们不是来了好几个人吗？可以留下一个跟他做伴。程千岁，你看如何？"

程咬金心说：我的妈呀，这可怎么办呢？真是怕什么偏来什么，这可糟了，要把罗通给留下，我们皇上把这件事办错了，有心说不答应。赤壁保康王眯着眼睛说："程千岁，你看怎么样，你实在不愿意回去，那也没关系，我把你们个个都留下，我可以通知你皇上。如果他答应了，我把你们都放了；如不答应，我就把你们都杀了。要不然你就听我的话，留下罗通做压帐的，其余的都回去。程千岁，你看怎么办好啊？"程咬金说："赤壁保康王，既然是这样，你让我们几个人合计合计行吗？"

康王说："好吧！"程咬金、罗通、秦怀玉、宝林、宝庆这五个人到了一块，程咬金咧嘴了："我说爷们儿，这回可是冻豆腐拌不开了，把鱼卖完了，光剩抓虾了，你们说叫我可怎么办呀，叫天天不应，叫地地不灵的，在人家一亩三分地上，这、这、这可怎么办好啊？"

罗通说："程老千岁，我看你们都回去，就把我自己留在这里，杀剐存留任凭于他，他叫你们说的话，你回去也别说，干脆禀报我的父皇和大元帅秦琼秦叔宝，让他们调齐人马，开兵打仗，该怎么打，就怎么打，不要管我！"

程咬金说："那可不行，不管怎么样，那也得等我回去再做商量啊！"几个人商量了半天，也商量不到一块，怎么办呢？这小哥几个都不愿意回去，都

罗
通
扫
北

國學經典

愿意在这里陪着罗通，死就死在一起，他不说派人给我们营中送信吗？就叫他们送去吧！我们就都不回去了，况且我们有什么脸回去，把罗通一个扔到这里不管。

程咬金把手一摆说："不，既然你们都拿不定主意，家有千口，主事一人。这回出来就我们几个，你们都得听我的，该回去的，都得回去，你们几个商量，谁留下和罗通做伴，剩下的都跟我回去！"这几个一听，异口同声地说："我留下！"

"那还不等于一样吗?"

秦怀玉说："四叔，还是把我留下吧！你应该明白我的心思。"

程咬金看了看罗通，又看了看秦怀玉，也就只好如此了。他心说：就这么办吧！暂定脱身之计后，程咬金想到这里，便对秦怀玉说："好吧！就这么办吧！"于是，罗通、秦怀玉留在了黑龙山，其他三个人回唐营，这才引出了攻打黑龙山之事。

罗通扫北

第四十九回

傻姑娘大闹金銮殿
请圣母北国讨敌阵

　　程咬金出于万般无奈，也只好点头答应，留下了罗通和秦怀玉，便带着宝林、宝庆和那些兵丁回来了。

　　但他心里很不是滋味，边走边想：唉，怎么办呢？现在看来，是福不是祸，是祸躲不过，该打还得打，来的时候就提心吊胆的，结果还是这么一个结局，唉，真没办法。

　　眼看到城下了，他便讨令进城。一进辕门就听人呼喊，声音挺大，他抬头一看，迎面跑过来一个人，一帮人在后面紧追不放，他定睛一看，就认出来了，于是把马交给了别人，冲那人喊了声："站住，跑什么？疯疯癫癫的，成何体统！"

　　程咬金这么一喊，那个人"咯噔"一下子就站住了，这人正是突鲁花，原来这些天，她一天也没闲着，天天在闹。特别是突鲁公主死的那天晚上，她闯到洞房看见妹妹还好端端的，到了第二天早晨就死了。

　　她认为一定是罗通杀的，便跑回自己的寝帐拿大锤去了，准备杀了罗通，好给妹妹报仇。

　　可是，等她回来以后，罗通已被皇上派人绑走了，突鲁公主的尸体正准备盛殓。

　　突鲁花哭了个死去活来，人们都说她傻，缺心眼儿，其实她就是心眼实一点，拐弯抹角慢一点。她一直等到把公主的尸体盛殓完了，抹了把眼泪，就提着大锤来找罗通算账，结果找了半天，也没找到罗通。

这个傻姑娘也说不出个道理，反正觉得不对劲儿。她心中这口恶气出不来，就往御营里闯，要找李世民，兵丁挡不住，她就闯进来了。

这时，李世民正和秦叔宝、徐茂公还有众位公爷们商量这件事呢，忽听外边一阵大乱，问是怎么回事，兵丁说："突鲁花非要见皇上，不等我们禀报，她就闯进来了。"

李世民说："不要阻挡她，叫她进来，看她有什么事！"

突鲁花进来后，把锤放在地上，把腰一叉，瞪着眼珠子冲李世民说道："我说皇上小子，你讲不讲理？"

李世民一看，这个姑娘可真够野蛮的，两旁的武士一看傻姑娘对皇上如此无礼，刚要上前威胁她，就见皇上一摆手，意思是不让武士们吓唬她。别看她外表傻，唐王却很同情和理解她，因为她是北国姑娘，又缺点心眼儿，罗仁死了，她妹妹突鲁公主也死了，真是怪可怜的。所以，她就是闹一闹、发一发傻，唐王也不怪，并且耐心地和她说话。

唐王听傻姑娘问他讲理不，不由反倒笑了，说道："姑娘，朕怎么不讲理呢，你有什么话就说吧，朕不怪你。"

"我还说什么，你还不明白吗？我问你，杀人是不是要偿命？"

"杀人当然要偿命，不过你得讲清楚，是谁把谁杀了，到底是怎么回事，你先别着急，来人哪，给她搭个座。"

"不不不，我不坐，坐着怪难受的，我先问你，我那口子你记得不？"

"记得，记得。"

"他是被我妹妹给杀的，这回二路元帅小白脸罗通把我妹妹娶过来，不管怎么说，我妹妹是公主啊，罗通他不该在洞房之中把我妹妹给杀了。这回没有别的，我知道小白脸罗通是皇上小了你的儿子，你把他交出来，我把他一锤砸成个馅饼，好给我妹妹报仇雪恨，你要是不交，我今天就叫你尝尝大锤的厉害。"突鲁花大眼珠子瞪着，嗷嗷乱叫。

李世民被她吓坏了，忙说："突鲁花姑娘，你先别急。"

"人都死了，我能不急吗！"

"可是，现在罗通也没在我这儿呀！"

"他上哪儿去了！"

"朕把他送到北国，交给赤壁保康王了。"

"那，哎呀，这是真的吗？"

"是真的。"

"刚刚他们告诉我，我还不信呢，你怎么把小白脸交给他了？"

"哎，姑娘，你是聪明人。"

其实，李世民知道她是个糊涂人，只不过是为了使她高兴，所以说道："你是个聪明人，我把话跟你讲明白一点，你别忘了，突鲁公主是赤壁保康王的女儿，突鲁丞相是你们的父亲，对吧？"

"对呀。"

"你想啊，你妹妹死了，到底是自杀还是他杀，还不清楚，现在两国罢兵不战了，要好就好到底，我把罗通送往北国，交给康王发落，这就证明公主不是我们杀的。"

"连你也这么说。"

"这是事实啊。"

"那不对呀，好端端的人，为什么要自己抹脖子呢？反正我自己没事不抹脖子。"

"是啊，所以，这事得说清楚，不知公主为何自尽，是不是罗通之过都有可能。因此，我把罗通送到北国，让他自己说个明白，任赤壁保康王把他杀剐存留我都没有什么说的，我们是诚心诚意为两国和好，你能明白吗？"

"明白了了，不过还有点糊涂。"

"你哪点儿没有听明白呀？"

"你把罗通送到北国，赤壁保康王要不问三七二十一把他杀了，那你怎么办呢？"

"哎，那是不可能的，如果赤壁保康王诚心要与我们和好，他不但不会杀罗通，而且还得把他放回来，我们才能好上加好。"

"我看不可能。"

"何以见得？"

"这事我也说不清楚，反正我知道赤壁保康王和左车轮那小子不是好东西，他们从来不办好事，整天嘀嘀咕咕的。我听皇太后常说，他们俩老商量怎么跟你们中原打仗，以后还要在黑龙山决一死战呢！在那里布下了天罗地网，想跟你们打到底，现在公主又死了，他们绝不会跟你们善罢甘休，究竟怎么回事，我也糊里糊涂地说不清楚。"别看突鲁花傻乎乎的，她说的这些话使李世民的心忽悠一下子，看着军师和秦叔宝，秦叔宝也倒吸了一口冷气，徐茂公的眼珠转了几转。此时，李世民心说：难道这件事我们做错了，要是真做错了，那可糟了。

突鲁花又说："我不管你们怎么办，反正我妹妹死了，我想找罗通报仇，你们把他送走了，那我该怎么办呢？"

李世民说："这么办吧，你先回，等罗通回来，我让他给你赔不是认错，跟你说明白是怎么回事，你看行吗？"

"那也好，等他回来问明白了，我妹妹到底是怎么死的，他要是说不清楚，那就证明是他逼死的。到那时可就别怪我不客气了，他哪天能回来？"

"我想长不了，明天不回来，后天就能回来了。"

"那好，我等着。"说着，突鲁花便往边上一蹲，让坐着也不坐，决心就在这里等着。后来，齐天胜跟她说："噢，我说突鲁花，你在这里蹲着干什么呀？"

"去去去，你甭管，我在这里等罗通回来。"

"罗通要是不回来呢？"

"那我就老等着。"

"不行啊，要是等的时间长了，饿也得把你饿死，有什么话你也说不出来了，你知道不？我和罗仁最好，我也不拿你当外人，这回你要听劝。我绝不会让你吃亏上当。"

"那倒也是，你还算个好人，那我明天再来。"

第二天一早，她果然就来了，这回二话不说，就是要罗通，可罗通还没回来，皇上也止为他在担忧着呢！

齐天胜便把这姑娘叫到一边说："你别找皇上要罗通了，皇上也很着急，也想早把这事弄个水落石出。你要有能耐，就到两军阵前显显本事去。"

"到两军阵前，我跟谁打呀？"

"跟北国人打呀。"

"我凭什么跟北国人打呀？"

"你怎么不能跟北国人打，你想想你丈夫究竟死在谁手中了？"

"我丈夫死在我妹妹的手里。"

"你妹妹为什么要杀你丈夫呢？还不是赤壁保康王叫她杀的！"

"那你说我该怎么办呢？"

"怎么办，冤有头，债有主，要想报仇就得去跟赤壁康王和左车轮算账，光逼皇上也没用。"

"对，你讲得有道理，干脆我回北国营，找赤壁康王去算账，反正罗通也在那儿，我这就去。"

突鲁花说完撒腿就往外跑，这下可把齐天胜吓坏了。他心想：你看看，这个傻丫头还真听我的，真是一道走到黑。心眼真实啊！要是跑出城，奔番营杀个乱七八糟的，那可怎么办呢？元帅知道了非怪罪我不可。

想到这里，齐天胜急忙带了一帮人在后面紧紧追她，还大声喊道："站住，站住！"

突鲁花在前边也喊："你们不要追了，你们谁来，我就砸死谁！"这样便谁也不敢上前，只好跟着她。这傻丫头跑了一阵子，还回过头来把他们吓唬一阵子，他们就这样跟着呢。恰好，程咬金回来了，他大声喊道："站住！"

傻姑娘"咯"地就站住了，她上上下下、左左右右把程咬金打量了一番说："啊，老头，你喊我干什么？"

"呀，姑娘你不认识我了，我是程咬金啊！大唐朝的鲁国公。"

"啊，我知道了，那个花里棒槌儿程铁牛可是你的儿子吗？"

程咬金点点头说："对、对、对，是我儿子！"

"那他在哪儿呢？到底怎么啦？"

"啊，这个呀。"程咬金一听傻丫头的话，眼睛往前一看，见后面的齐天胜冲他直打手势，程咬金就明白了，他向来会随机应变，便跟傻丫头说："你别闹腾了，先跟我回去就知道了，唉，齐天胜，你先陪姑娘在外边等一会儿，等我回来就告诉你们。"

齐天胜回头对傻丫头说："怎么样，放心了吧，过来，咱们到这边待一会儿吧！"

程咬金便直往里走，这时，早有人报告了皇上，李世民一听程咬金回来了，是又惊又喜啊，便急忙传旨让程咬金进来。

程咬金老远就跪下了，身后大公子宝林、二公子宝庆也跟着跪下了。

李世民忙说道："程王兄，此番你押送罗通到北国，但不知赤壁康王他、他是怎么发落的？"

程咬金磕了几个头说："我主万岁，大事不好了，我认为这次把罗通送去，凭我这两行牙齿伶俐、三寸不烂之舌说一说，能把罗通放回来，唉，哪想到……看起来呀，千错万错都是为臣之错，当初就不该把罗通送去，你知道吗？人家本来就不想和咱们和好，他们心里不服啊。公主嫁给罗通，可能是被老国母逼得没办法，才勉强订下了这门亲事，这门亲事如果好好的，两国还可能好一些。可现在公主死了，赤壁保康王一见我们就勃然大怒，当时就想把我们几个都宰了。多亏我程咬金这张嘴，说了半天好话，总算保住了命，可他们留下了罗通和秦怀玉，让我们回来告诉你，叫你放心，他们绝不杀他们，但限期三天，你得答应三个条件。"

李世民说："但不知哪三个条件？"

程咬金说："让你写降书，递顺表，归顺北国，并包赔两国打仗时损兵折将、黎民百姓所遭涂炭的损失，还要给他们死的将官修坟立碑，公主也要金鼎玉葬，然后才可放回罗通和秦怀玉，否则便把牧羊城踏平，你我君臣要回中原，比登天还难。"

还没等程咬金把话说完呢，李世民被气得浑身颤抖，"啪"一拍桌子冷笑道："哈哈，赤壁保康王，吃了熊心，吞了豹胆，竟敢如此无理，本来两国战争是你下的战表，如今我并没有输给你，让我递降书顺表，还让我们包赔损失，哼，真是欺人太甚。"

李世民气得往后一撒身，一屁股坐在绣龙椅上，看着秦叔宝说："秦王兄，你看这仗该怎么打？"

秦叔宝也气得咬牙切齿，非常恨赤壁保康王的行为，说道："万岁，不必着急，我马上调兵派将，与他决一死战。"

徐茂公在旁边，心里别提多难受了，心说：哎呀，千错万错都是我的错，军师军师，有事先知，有事不知，还称什么军师呢！我怎么把这点忽略了呢！李世民是个仁义之君，把罗通送去的意思是以人心比自心。公主自尽死了，我们这边把他处罚了，人家那边一定想不通，亲自把罗通送过去证明咱们是诚心实意的，赤壁保康王就应该把罗通平平安安地送回来让我们自己发落，可是……哎呀，都怪我徐茂公失算，没把这件事计划好。他们本来就不服，这回把罗通送去，送上门的买卖，人家能不做吗？这倒好，不但把罗通留下了，还搭上一个秦怀玉，唉，怎么办呢，也只好打了，不打也不行了。

徐茂公的心里很是内疚。

程咬金在旁边这个嘴可就不老实了，嘟嘟囔囔："怎么样，没说错吧，听我老程的没错，当时就不应该把罗通送给人家，哪有这么办事的，还军师呢，八卦阴阳不能错算，你算的这是什么？还没有我程咬金对事看得准呢！趁早闪到一边，这军师还是让给我当吧！多亏我程咬金能说会道，才回来这么几个，要不全都死了，一个也回不来，哼，也不知你安的什么心！"程咬金可得着理了，嘟嘟起来没完。

李世民知道军师此时此刻的心情，把手一摆说："程王兄，你不必多说了，这件事不怪军师，当初军师曾经提醒过，朕认为这么做是对的，没想到赤壁保康王出尔反尔，该打仗就打。"

秦叔宝说："四弟不必多说，明日听点。"当天晚上就传下将令，把人马调齐了。第二天一早元帅升帐，派将出马到两军阵前。元帅要亲自出阵，皇上和军师也登城观敌了阵。

因为定下三天之内，是打还是递降书得给人家信啊，所以这时号炮一响，就有探马回去报告了左车轮和赤壁保康王。

这回为什么赤壁保康王的腰板挺得这么直呢？因为突鲁丞相在牧羊城内听说公主死了。他逃出来之后，直奔万花山来找女儿的师父白莲圣母，白莲圣母、红莲圣母和黄莲圣母是姐妹仁儿，红莲圣母是老大，黄莲圣母是老二，白莲圣母是老三。突鲁公主是白莲圣母收的徒弟，她武艺才那么高强，罗通几次被擒下马，并不是她的对手。今天突鲁丞相来的目的就是把女儿死的事情跟圣母讲了，女儿是怎么死的，我们两国打仗，到牧羊城，我女儿喜欢上罗通是不假，为此事两国罢兵不战了，我们并不是打不过天朝，我们根本还没跟他们决战呢！没办法，两国联姻。没承想，罗通这小子也太坏了，突鲁丞相编了一套瞎话，罗通怎么怎么杀我的女儿，有枝添个叶，好家伙，是连哭带说。

古语道：天地君亲师，师徒如父子。

白莲圣母一听："怎么，徒儿死了？"

当时她心里就"咯噔"一下子，在那儿就坐不住了，心爱的徒儿死了。她心想：为教她我费尽了一片心血，怎么下山之后没费吹灰之力就死了呢，还没成名露脸呢。哈哈，好你个罗通，杀徒之仇我非报不可！

想到这里，她派自己的小徒弟去给两个姐姐送信，让她们接到信赶快奔前敌。白莲圣母把徒弟打发走了之后，就和突鲁丞相离开这座万花山，直奔黑龙山来了。

康王赶紧排队迎接，因为这是世外的高人，哪能不接见，吹吹打打、锣鼓喧天就把这位白莲圣母接到三道石关之内，特意给她准备了八卦帐。这帮人见到老圣母你一言我一语的，什么话都说，这中原怎么不好、怎么不对。

老圣母怒气冲天道："这回，我要亲自到两军阵前给徒儿报仇雪恨。"

罗通扫北

第五十回

黑龙山两军重开仗
突鲁花力胜三番将

　　白莲圣母一定要给徒儿报仇，赤壁保康王和左车轮都非常高兴，左车轮说："圣母，你先在这里歇着，别着急，我们开兵打仗，不到万不得已的时候，您不必出征。"

　　老圣母答应在这里等着。果然，罗通被他们送到这里来了，不是商量好了吗，三日之内，是打是降，如不降，那就得打呀，所以这里也做好了一切准备。忽听探马来报："大唐营已调齐人马，讨敌叫阵来了。"左车轮非常高兴，调齐手下众将，最近他又从关关寨寨调来了无数将官，凡是他国的能人都被他集中到这里来了，因为这是跟大唐最后的决战，特别有两员大将：一个金棍将，此人名叫巴尔沙；还有一个铁棍将，叫尚德赖。除此之外，他还有铁雷八宝和其他众将。总之，北国的战将不下几百名。于是，左车轮带众将就奔两军阵来了，炮响三声，把队伍列开，勒住马，端着铜槊，往对面一瞧，嗬！现在的牧羊城，城里、城外、城上、城下，旌旗招展，大唐的营盘精神百倍，与原先被困的时候是大不同了，城门大开，兵分左右，压住旗门阵角的那队人马，不用问，准是兵马大元帅秦琼秦叔宝了。

　　空中大旗之上这边是斗大的"帅"字，那边是斗大的"秦"字，帅字旗下衬的三军司令，左边的亚将旗下众将官一个个都盔明甲亮，内衬绵竹铠，胯骑呼雷豹，鸟翅环得胜钩上挂的是吸水提卢枪，怀里施的是令旗、令箭，背后斜插一对熟铜宝铜，面似淡金，黄中透善，一对英雄眉斜入鬓角，五绺黑鬃飘洒胸前，左车轮一看这位就知道他是秦琼秦叔宝，因为他俩对打过。

左车轮把铜槊担在铁过梁，把马往前一提，高声喊道："对面马上的来将可是秦元帅吗？"

秦琼一听，便问："你可是北国的大总督，左车轮，左将军吗？"

"哼，秦琼，你今日带队出马来到两军阵，莫非是递顺表纳降书来了？"

秦琼微微一笑说："左将军，我们纳降书顺表，这事先不说。左元帅，今天到两军阵，你我见上一面倒也不错，我把话跟你说明白，过去我一直听说你是三川六国、九沟一十八寨的大元帅、平章大都督，可以说是名震乾坤，很有名望的人，今日左将军你做的这件事可就不妙了。

"咱们两国兵打仗，分输赢，论胜败，这没有别的办法。古语道：龙争虎斗，保疆土，各为其主，动起干戈这也是难免的。可是，自从我们牧羊城救兵一到，你们战败了，两国愿意停兵不战，突鲁公主许配给罗通，这是老国母主婚做的媒，你们心甘情愿的，两国和好才结了亲，公主自尽死了，是她进了我大唐营，有些事可能不顺眼，不知为什么和罗通口角起来，公主太激动了，一气之下就自尽身亡了。我们皇上认为，不管怎么说，公主是死在我们营中，说不清、道不明，所以把罗通交给你们，任凭你们发落，没成想你们把人扣下了还不算，还逼我们递降书。左元帅，你们这样做是合理，还是不合理呢？"

左车轮气得哇哇怪叫道："秦琼啊，我不想在两阵前跟你多费口舌，两国求和这也是真的，把公主给了罗通，罗通是你们唐朝皇帝的干儿子，两下交好，才结了这门亲事，确实是老国母做的主，我们根本不愿意，但是没有办法，听信国母的话了。可你们把公主逼死了，愣说是自尽死的，你们杀了公主还谈什么和好，只有决战一场，我们跟你们说得很清楚，三日之内，你们递降书顺表，我们就把罗通交给你们；不递，那就打吧，分上下，论输赢。上次牧羊城外你用脱身法跑了，便宜了你，这回你亲自上来和我交战，还是派将上来？动手吧！咱们说好啦，几阵分输赢。如果北国败在你们手上，我左车轮若输给你们，我们不但纳降书顺表，而且把罗通交给你们，碰他一根汗毛，我跪着把他扶起来，绝不难为他；如果你们要不是我们的对手，你不递降书那是做梦。我们要把公主尸体接回来，杀了罗通，给我们公主祭灵。"说到这里，左车轮把令旗、令箭插到背后，就把铜人双槊举起来，准备战秦琼。

这时，就听到有人喊一声："大都督，且慢，杀鸡何用宰牛刀，末将愿去负其劳，有我呢。"说完就上来一员番将，本来左车轮也想亲自临阵。秦叔宝一听这话很生气，知道这事跟他们讲不通，只好提枪应战，旁边有人喊："元帅后退，我情愿包打头阵！"上来的正是尉迟宝林，两边的元帅就撤下去了。

尉迟宝林早就憋足劲了，撒马提枪来到阵前，他枪急马快，不到几个回合，"咔嚓"一枪，把敌将挑于马下。左车轮右边又上来一员将，催马挥刀就上来了，又被尉迟宝林枪里夹鞭打了个脑浆迸裂。宝林连伤二将，把个铁雷八宝气坏了，"嗷"的一声怪叫，催马摆开一对牛头锐就冲上来了。宝林认识铁雷八宝，他知道这小子力大过人，但也不能不跟他战啊。两人通报了姓名，就战在一起，不到几个回合，大公子就力敌不了。

宝庆一看哥哥不行了，赶紧催马摆枪迎上来，把哥哥换下来，可是二公子也不是铁雷八宝的对手，战了几个照面，就顶不住了。

忽听有人大喊一声："哎呀，小子们，啊！你们都往后退，这一仗让给我打吧！""啦啦啦"，马蹄声响，冲出一匹战马，这个人摆双锤就迎上来了，谁呀，并非别人，正是突鲁花。其实，突鲁花上阵还是别人鼓吹的。

齐天胜这个人也是能说会道，他对突鲁花说："由于他们挑起战争才治死罗仁，才逼得公主自刎，现在又要把罗通置于死地，铁雷八宝和左车轮最坏，我是罗仁最好的朋友，我不糊弄你，你要想给罗仁报仇，给你妹妹突鲁公主报仇，你就去找他们算账去，没错。"

突鲁花听齐天胜、程铁牛这些人的话，因为平常他们常在一起又说又笑又打又闹，挺对脾气，所以这俩人说什么突鲁花都信。

听齐天胜说罗仁和突鲁公主的死都是铁雷八宝和左车轮的事，现在又扣了罗通，别看开始她要治死罗通给公主报仇，后来听说齐天胜说不是罗通杀的公主，她信以为真。但是，她一定得找到罗通，当着面再问个明白，弄个

（左侧竖排）經國學典
罗通扫北

水落石出。可左车轮把罗通扣留了，那还了得。今天听齐天胜这一说，她更把气用在左车轮和铁雷八宝身上了，所以她上阵要报仇。

傻姑娘拍马摆锤"嗷嗷"叫着就冲上来了，二公子宝庆往下败，铁雷八宝带住马一看，这不是突鲁花吗，喊道："呔！来者你不是突鲁花吗？"

"啊，好小子，你认识我？"

"那当然了，突鲁公主是你妹妹，突鲁丞相是你爹爹，对吗？"

"对呀！"

"那你知道我是谁吗？"

"倒是认识你，你姓什么东西，叫什么名字，就不知道了。"

"嗨，什么叫姓什么东西呀，我不是铁雷八宝吗？"

"呸，你胡说八道，你什么不知道，满嘴放臭炮。"

"啦，你这是跟谁学的？"

"你甭管跟谁学的，齐天胜说过你，你们是什么兔、什么狐、什么类来着！"好家伙，她全忘了，齐天胜对她说过，北国这些人都是兔死狐悲、物伤其类，这是骂他们，这位傻姑娘觉得这句话挺好听，但她没记住。

铁雷八宝一听："哎呀，傻姑娘，你怎么听他们的话呢？"

"什么，你管我叫什么？"

"啊……叫突鲁花。"

"好小子，你管我叫傻姑娘，我要不把你揍死，我这口气不能出，这个仇也不能报，想报仇就得先把你这个兔崽子揍死，你撒马近前来！"

不管铁雷八宝怎样说，这位傻姑娘也不听，她也听不进去呀，"呜"的一声就把双锤抢起来了。铁雷八宝知道不打也不行了，心想：这个傻丫头，没有别的办法，我只能把她置于死地，没有什么可惜的。想到这里，他撒马握枪就上来了，俩人就打在了一起。

"呼"的一声，铁雷八宝的枪就奔傻姑娘的头砸下来了。傻姑娘一看，来得好，摆锤往上架，就听"当"的一声，枪碰在锤上，铁雷八宝"呀"的一声，手中的牛头枪转了多半个圆，觉得自己的虎口火辣辣的疼，禁不住喊："呵呀，好大的劲儿！"

"小子，好大劲儿，好的还在后头呢，看家伙。""呜"，双锤又砸下来了。铁雷八宝如果不在黄龙岭吐了那口血，还能跟傻丫头斗上几趟，可因为在黄龙岭打仗的时候，已经让罗仁把他震得吐了血，他这是内伤，今天又让傻姑娘这么一震，有些受不了啦，虽然把大锤架出去了，自己的马却直往后退，顿时觉得眼前直冒金星，心里怦怦直跳，觉得不好，赶紧拨马往回走，他把马头拨转过来，往回跑着，心口窝发热，嗓子眼发腥，又吐了一口血。

傻姑娘一看他要跑，就往上追，说："好小子，你往哪里跑！"这时就听见有人大喊一声："呔，傻丫头，你疯了，怎么打起自己人啦？"

"哼，你是什么东西？"一看对面来的这员将，胯下骑的是铁青马，这个人跳下马来，足有九尺开外，膀大腰圆，相貌非常凶恶，面似瓜皮，瞪着大眼，就像扒了皮的鸡蛋一样，没有中间鼻梁骨挡着都碰到一块，狮子鼻，翻卷着鼻孔，四个獠牙支于唇外，耳后的压耳毛往上竖着，还有钢针似的胡须，这人铁盔铁甲，手中拿着一条棍。

傻姑娘没见过他，一听说什么打起自己人来了。

"唉，你是什么东西，你姓什么玩意儿？叫什么东西？"

使棍的将官说："如果我没说错的话，你是北国鲁丞相的女儿，你叫突鲁花，对吧？"

"啊！对呀，你怎么认识我呢？"

"哎呀！你看看你，头不顶盔，身不挂甲，胯下骑着马，手中拿着锤，头上虽然没有珠翠不带花，总之，你是女孩儿家，不管你的样子怎么样吧，你可是北国生、北国长的，为什么帮着大唐朝反过来打自己人，你这是怎么回事呀？"

"啊，你问这个事呀？有些话就不用跟你细说了，我先问问你叫什么名字。我的锤下不死无名之辈，你报上名来，我先听听你是谁。"

"你非要问我不可呀！那我就告诉你，我是被大元帅左车轮新调到帐前的大将官，铁棍将尚德赖。"

"尚德赖？叫尚什么赖。哎呀，懒儿吧唧的，你还想跟我打仗，哪能是我的对手呀。"

"哎呀，傻姑娘，你可是咱北国人啊！"

"对！你说得不错，我是北国人，但是我已嫁给大唐的将官了，你知道吗？我爹爹常说，'嫁出去的女，泼出去的水'，我是嫁鸡随鸡，嫁狗随狗，我嫁给谁，我就帮谁，向着谁。现在你们这帮人没有一个好人，都是脑瓜顶上生疮，脚底下流脓，你们都坏透了。要没有你们，也就没有这场仗，我那口子也不能死在两军阵，这些都是你们使的坏，今天我明白这条道了，这些都是齐天胜跟我说的，他要不跟我说呀，我还糊里糊涂的呢，这回我明白这条道了，我就要你的脑袋。你要听我良言相劝，仗别打了，你把大棍扔了，把宝剑亮出来，把你的脑袋拉下来交给我，我算在大唐营立下头功一件；如果你不听我的良言相劝，看见没有，我这锤可不认得你是谁呀，它可不是吃素的啊！"

铁棍将气得"吱呀呀"地怪叫："你个吃里爬外的丑丫头，你休走，接棍！"

"呜"的一声，大棍带着风声冲傻姑娘的脑袋就砸下来了，突鲁花就不愿意别人管她叫丑丫头，她是长得丑一些，傻乎乎的，你还别说，她还懂得呢。自从罗仁死了，她头上的花就不戴在脑袋上，一听骂她丑，她打心眼里就不爱听，说道："我丑，你撒泡尿照照你的小模样，长得多俊呀，家花里棒槌儿似的。"

说着话把单手锤一摆架这个棍。铁棍将没战过这个傻丫头，不知道她有多大劲儿，棍就砸下来了，姑娘的锤从底下往上迎，这才叫硬碰硬哩！你有劲往下砸，她毫不在乎地往上碰，好家伙，就听"当"的一声，离阵近前的兵丁被震得脑袋瓜子嗡嗡直响，俩人在马上都觉得突的一下子，铁棍将往后一带马，战马稀溜溜一声怪叫，傻姑娘的战马也往后退了几步，她说："啊呀！小子，行啊，能接住我这柄锤，算你小子有点劲。"

尚德赖"啊"的一声，因为他双手使棍往下砸，被单手锤把棍给崩回来了，说明傻丫头的劲真不小，尚德赖"哇呀呀"地怪叫了几声。傻丫头一瞪眼说："你哎呀什么，叫唤我就能饶你吗，没那事！"

"哈哈，好个丑鬼，你还真有点劲儿呢！"

"什么，你管我叫丑鬼，我非要把你置于死地，让你去见阎王爷，我叫你知道我的厉害。"这句话可把傻姑娘的气勾上来啦，不等他使棍往下砸，自己就把大锤悠起来了，这叫锤打悠身势，大锤悠起来往下砸一斤，能顶十斤重。铁棍将赶紧把大棍横了起来，没敢举火朝天地愣着往外碰，用棍的一头稍微矮一点，为的是锤落下来，往下一出溜能减轻对方点儿劲儿，这叫智谋，所以他往上就架。可是姑娘的锤落在了棍上，还没等往下出溜呢，一下子就把它擎住了，说明她的余力很大，然后两柄大锤"呜"的一声，叫双风灌身，就奔铁棍将砸来了，可把铁棍将尚德赖吓坏了，他这棍子抽得真快，总算撤回来了。要不是他抽得快，这下子真的砸上，非把脑袋砸扁了不可。

吓得他来了一个缩颈藏头势，把大棍横在铁过梁上，身上一下子就趴在马上，这位傻姑娘的两大锤快要碰到一块了，发现敌将的头低下去了，她的两柄锤并没有碰到一块，拿握得那叫准。她不往后撤锤，双膀一较劲往下就压，说道："好小子，看家伙。"

这就叫泰山压顶，两柄锤一块压了下来，这个铁棍将可倒霉了，本来他把身子伏在马身上，所以这柄锤走空了，没砸在脑袋上，结果双锤又压了下来，不是砸的，而是将劲就劲往下压的。铁棍将双脚一踹蹬马往前一蹿，这双锤正好砸在马上的三叉骨上，这匹马疼得稀溜溜一声怪叫，"扑通"一声就趴在地上，铁棍将从马上掉下来了。

总算没要他的命，北国的兵也算眼疾手快，挠钩套锁，连拉带拽将他拖了回去。

傻姑娘把双锤一撒，拨马又转回来说："小子，算你命长，下回要是再碰上，非把脑袋给你砸碎不可，我说左车轮，你服不服啊，你要不服，就上来尝尝我这大锤的厉害。"左车轮心说：想不到突鲁花这个傻丫头叫唐蛮子给利用了，我们这叫骨肉自残啊。想罢，他说道："看我把她活擒过来。"正准备撒马迎战，金棍将说道："抓活的拿活的有我呢。"催马抡棍上来了。突鲁花一看，败下去一个使棍的，又上来一个使棍的，这是什么人呢，便问："唉，你叫什么玩意儿啊？"

这个人通报名姓："我叫巴尔沙。"

"啊，巴尔沙，没听说过，咱俩是初次见面，我看你还是回去吧！"

"我回去？"

"是，让左车轮上来，他要不来啊，别人就别上来了，上来也是白搭，左车轮这小子还没和我试过呢！"

"哎，突鲁花，你太瞧不起人了，你要把我战败了，不用你喊，左元帅自然就和你交战了。"

"真的吗？"

"那当然啦。"

"那好吧!"这位姑娘实心眼,你说一句她就信一句,把双锤一摆跟金棍将战上了。金棍将一看,心说:哎呀,这傻丫头可真是一员猛将,这要是跟她战的时间长了,那还了得?不是要拿活的吗?干脆我别跟她战了,我何不败下去,撒下绊马绳,擒拿于她呢?想到这里,他虚晃一招,拨马往下就败,嘴里说道:"丫头,你十分厉害,我不是我的对手,我要去也。"拨马就跑下去了。

按正理说,傻姑娘一追,后边撒下了绊索,就把她活捉了。可是金棍将一败下去,傻姑娘就把马带住了,她反倒不追。金棍将一看,唉,怎么不追呀?傻姑娘一看说:"小子,你不是我的对手,跑了就跑了吧,我说左将军,你倒是上来啊,我打的就是你!"

左车轮大喊一声,催马上来,就要大战突鲁花。

罗通扫北

第五十一回

两军阵圣母伤唐将
下高山丑女治毒伤

傻姑娘突鲁花又把敌将给放了，她并不去追。就在这时，左车轮可真憋不住了。

嗬，这个丑鬼，她能不上当，人家用的是诱敌之法，她要追下来，那就中计了。你瞧见没，她还不追，这不是活气人吗？金棍将已经下来了，要再上去吧，还真有点儿不好意思了。

左车轮催马擂斧就要上去，正在这时，有人高喊："且慢，无量佛，善哉，左元帅，你请后边观阵，待贫道去会她！"

左车轮回去，顺声音一看，来了一匹八叉梅花鹿，鹿背上端坐一人，乃出家人打扮，发髻高高拢起，挽着一个发纂，用荆叉别顶，身穿一件灰色道袍，白护领，白袜青鞋，背后插着一口宝剑，左肋下挎着一个兜囊，装得鼓鼓囊囊，手中拿着一把马尾拂尘。

往脸上看，黄白净子，瓜子脸，一对大眼睛眯缝着，一对柳叶弯眉，鼻直口方，长得很相衬，看年纪也就是五旬左右，来的这位可不是别人，正是白莲圣母。

来到近前，左车轮赶紧把大斧子横在铁过梁上。

左车轮双手抱拳当胸说道："哎呀，原来是老圣母，你不在营中休息，怎么来到两军阵前？"

"无量佛，左元帅，请你压住全军阵脚，待贫道对付这个傻姑娘。"说罢，白莲圣母一打梅花鹿，就蹿到两军阵前。

她一看那傻姑娘，还在那骂左车轮呢，说什么"你过来，我要会的就是你！我非生擒你报仇不可"。突鲁花猛一抬头，嗯？看上来的不是左车轮，来的这是什么人！她还真没见过，忙问道："哒，我说来的老太太，你来干什么来了？"

"无量佛，答话者，你可是突鲁花吗？"

"啊，啊，对呀，是我，是我，这没错。"

哎，他们怎么都认识我呀？突鲁花又问道："哎，老太太，你是谁呀？"

"无量佛，突鲁花，我来问你，那突鲁公主是你的什么人哪？"

"她！她是我的妹妹呀。"

"突鲁花，你知道你妹妹，她是怎么死的吗？"

"那，怎会不知道？"

"既然你知道，我就不必跟你说了，你怎么能帮着大唐，打起北国人了？"

"这你就不用管了，反正我的心里清楚，少说废话，你到这里来干什么？"

"你说我是打仗来了，我就是打仗；你说我是来劝你的，我就是来劝你的。"

"什么乱七八糟的，你到底是谁呀？"

"我乃白莲圣母是也！"

"什么？什么？你是什么母？"

"我乃白莲圣母，你的妹妹突鲁公主，她是我徒儿，我是她师父。"

"这我可不知道，反正我知道我的妹妹有两个师父，不知道叫啥玩意儿。师父，那你上两军阵干什么来了？"

"我是给你妹妹报仇来了！"

"哎，这就对了，来来来，过来，过来，上我们这边来！"

"无量佛，上你们那边去？"

"对，上我们这边来，帮着我们杀左车轮，这小子可坏了。赤壁保康王尽听他的坏话，所以两国才打起仗来，你就快点过来吧！"

"无量佛，你是胡说，公主明明是死在唐营的罗通之手。"

"罗通，哎，不是那么回事。"

"啊！那你说是怎么回事？"

"哼，怎么回事，我妹妹是自己抹脖子死的。"

"那你看见了吗？"

"这——我没看见。"

"那你怎么知道她是自己抹脖子死的呢？"

"这是他们告诉我的。"

"哎呀，看起来，你是缺心眼儿呀！你怎能听信大唐之人的那些谎话呢？他们是在骗你。"

"骗我？我也这么想过，那么二路元帅罗通怎么被送到北国营中去了呢？叫你，你能干这傻事？"

"哎，他们送罗通，这是收买人心，可是未能实现，北国也没有上他们的当。"

"我呀，不听你们这些话，反正我就认准这条道了，你们要是把罗通交回来，我就不和你们打了，我就把罗通拿回唐营，至于把他怎么处置，你们就不用管了；如果不把罗通交回来，那我见谁就杀谁。"

"无量佛，善哉，善哉，好你个孽种，竟不听我的良言相劝，你妹妹被罗通杀了，仇你都不给报，反倒打起北国人了？你休走！"说着，白莲圣母把拂尘掳起来，就把宝剑亮了出来。

"哎，干什么？小老太太，你还要跟我动手。我要是憋足了劲，'噗'吹你一口，就能把你吹趴下，我要是跟你动手，那不是欺负你吗？"

"无量佛，好你个孽障，是你看剑。"说着，她举剑奔向傻姑娘就刺。突鲁花一看宝剑来了，赶紧往旁边一带马，使单锤住外磕架，宝剑就被磕出去了。

白莲圣母赶紧把宝剑交到左手，右手奔兜囊中抓了一下，掏出来一件东西，把手一甩，说声："看打。"

姑娘一看圣母把宝剑撤回去了，往前一带马，正准备用泰山压顶式往下砸，没曾想，人家圣母眼疾手快，一甩手，"哩"，有一物奔傻姑娘面门打来。这下可坏了，她单手举锤还没往下砸呢，只见有一物朝自己打来，吓得她大叫道："啊！什么玩意儿？"她一歪脑袋，这个东西没砍上脑袋，紧擦着她的颧骨，"哨"一下就过去了。

原来是一口锃明瓦亮的小飞刀，长不过三寸，像柳叶似的那么窄。

当时这突鲁花就觉得她整个脸都麻了。

突鲁花懂得这个，因为她练过，她知道不好，赶紧一拨马，就败回来了，还没有回到众队啊，就觉得头晕眼花，心里发慌，手中的两柄大锤，不由得就掉在了地上，身子从马上就摔下来了，唐兵赶紧上前把她抱进城去。

元帅秦叔宝看得非常清楚，忙说："哎呀，不好，突鲁花一定是负伤了。"

这时，后边的尉迟宝庆一看不妙催马就迎上去了，和白莲圣母就对了面，没战几个回合，也败回来了。

一连上去的几员战将均都败了回来。元帅秦叔宝一看不好，赶紧下令鸣金收兵，这仗就不能再打了。

这下可把北国元帅左车轮乐坏了，只见他"哈哈"大笑说："哈哈，秦叔宝老唐蛮，你们认为罗通这个小冤家一来就太平无事了吧？你做梦也没料到还有这一招吧？我也不追你。"他又赶紧来见白莲圣母说："哎呀，老圣母多多辛苦了，大长我们北国之威风，灭了大唐之锐气。"

"左元帅不必客气。"白莲圣母说。

这时，赤壁保康王早就派人敲着得胜鼓，唱着得胜歌，像众星捧月般把白莲圣母接到三道石关之内，进了她的卦帐。

让到帐内，先茶后饭，饭后让老圣母歇息。在闲谈时候，白莲圣母说："你们放心，只要有贫道在，大唐营休想取胜，不超过三日，他们受伤的战将就得死；不超过七天，他们就得化为脓血。"

白莲圣母这么一说，番营里的众将们别提多么高兴了，一个个都手舞足蹈，神气十足。

牧羊城里的君臣们都急坏了，罗通和秦怀玉被押在番营，生死不知。

现在，城里又有几员受伤的战将，伤势都很严重。突鲁花的脸都发紫了，昏昏沉沉，一直入睡，嘴里还直吐白沫，让营中的郎中给医治，一个个都束手无策，谁也治不了。

军师徐茂公此时更不是个滋味，派了近一辈子的兵，打了近一辈的仗，从来还没吃过这样的亏呢。把罗通送到番营，此乃我之错也！我要是再三地劝说皇上也能听我的，暗恨自己失策，别提多么后悔了。

第二天，左车轮又来讨战，唐营就没敢出战，高悬免战牌。

这下可难住了唐王李世民，难道我大唐非得写降书递顺表不成？

唐王正在为难之际，忽有探马来报："禀元帅，军师得知，南门外来了一支人马，足有五百之众，说是奉了幼主殿下之命，是来牧羊城救驾的，为首的是员女将，要求见元帅。"

皇上一听，是员女将，心说：这是谁？军师徐茂公也是一愣，那咱们到南城头去看看吧！

二主唐王带领文臣武将登上城楼，往南门外一瞧，果然有支人马，旌旗招展，号带飘扬，为首的桃红马上端坐一员女将，如果你要不仔细看的话，就看不出是个女的。

怎么呢，原来她跳下马来，身高足有一丈。

一员女将能有这么高的个头，唐王吃惊非小，只见她头戴紫金盔，身挂紫金甲，往脸上看，长得也太丑了，面如蓝靛，左边的颧骨高，右边的颧骨凹，让人一看都碜得慌。两只大眼往外鼓着，鬓边露出来红头发，狮子鼻，大厚嘴唇往外翻着，相貌十分凶恶，两只大脚足有尺半长，是三寸金莲横着长，虎头战靴牢踏于镫内。得胜钩鸟翅环上，挂着一杆五股托天烈焰叉，说出话来瓮声瓮气。

二主唐王回头望着军师徐茂公问道："军师，你看这是人，还是个妖怪？"

徐茂公看姑娘长得这个丑劲儿，也确实感到惊讶，心说：哎呀我的娘啊，这是谁呀？听皇上这一问，他也不好回答，只是摇头。还没等别人说口，程咬金就先问上了："喂！城下来这位姑娘，你是什么人？"

马上这员女将一听城上有人问她，她把大眼珠子一瞪，说道："哎呀，你们不认识我是谁呀？问话者，你是哪位呀？"

"我乃鲁国公程咬金是也！"

"啊，原来是程四伯父。你不认识我呀？"

"哎呀，想不起来，你是谁呀？"

"四伯父，我跟你打听一个人，你准能认识！"

"但不知你打听哪位？"

"就是你的拜弟史大奈！"

"嘿嘿，这我当然认识了，我们想当年在贾柳楼是八拜结交的好朋友，他是三十六友之一，也是我的好兄弟，你怎么认识他呀？"

"他是我的生身之父啊！"

"哎呀，你是史大奈的女儿？"

“是呀，我叫史秀英。”

“哎，我想起来了，不是在六岁那年把你丢了吗？”

“对呀，六岁那年我是丢了，都说我死了，其说法不一。其实，是我师父把我领上山学艺去了。如今，我已学完武艺，下山回到家来拜见父母爹娘。谁知只有母亲在家，父亲跟你们扫北，我就跟母亲说，我也一定要来扫北。我娘不叫我来，让我在家住些日子，我实在待不住了，非要来不可。我母亲没有办法，就把这件事禀明了幼主殿下，他命我带领五百兵丁来了！现在我一看关关寨寨都是咱们中原的兵将把守，就一直到了牧羊城，没有北国的兵将，可是怎么这里的仗还没打完呢？我是奉了幼主的旨意前来接驾的，是来接你们还朝的，你们快给我开城吧！”

程咬金回身望着皇上说：“万岁，你听明白了吗？她是史大奈的女儿，名叫史秀英。”

“她有幼主殿下的旨意，领的又是咱大唐的兵，那就开城让进来吧！”皇上说。

皇上一方面赶快命人告诉史大奈，史大奈此时正在奉旨巡城呢，一听有人说他的女儿来了，让他们父女马上相见，他开心坏了；另一方面，皇上当即也吩咐士兵开城。

皇上李世民还真有点胆怯了，心说：哎呀，这姑娘长得可真够丑的，怪吓人的。

徐茂公看出皇上的心思，连忙说道：“万岁，你别看这位姑娘长得丑，常言说‘人有古怪相，必有古怪能’，你不要怕。”

“啊，朕不怕。”

皇上嘴上说不怕，却赶紧下城回自己的御营了。这边士兵也依令开城，连兵带将都接进来了。

扎营已毕，士兵就把这位丑姑娘领到里面来，见大元帅秦叔宝。

这史大奈一听说自己的女儿来了，别提多高兴了，女儿六岁那年就丢了，现在她回来了，这可是父女久别重逢啊，哪能不乐呢？

爷两个一见面，史大奈一看，哟，她小时候就长得不俊，好家伙，现在比以前长得更丑了。

他忙问道：“你、你、你，你真是秀英？”

"是我呀，那你这——"

"我是你爹爹史大奈呀!"

"哎呀，爹爹。"

史秀英"扑通"一声跪下了，给她爹爹磕起头来。史大奈赶紧上前，把女儿扶了起来，父女俩又是高兴，又是难过，真是悲喜交加呀!难过的是，女儿失踪这么多年，下落一直不明，没想到今日又能重逢，爷俩能不高兴吗?史大奈领着女儿，来到帐中给大家引见。当时皇上也在座，皇上说了几句客套话，赐下御宴，给姑娘史秀英接风压惊，便回御帐去了。

元帅秦琼让丑姑娘坐下，说:"侄女，这次你来得可太好了，我们现在正是用人之际，你来了，正好助我们一臂之力。"

别看这位秀英姑娘的容貌丑陋，说话的声音又粗，但她的心一点也不粗，她是个粗中有细之人，跟那个傻姑娘突鲁花可大不相同。

就听这秀英姑娘问:"二伯父，现在的仗打得如何了，怎么还不班师还朝呢? 这座牧羊城不是北国之都城吗? 我们把它都夺过来了，难道他们还不递降书顺表吗?"

"侄女呀，咳! 真是一将无谋，累死千军哪! 这都是因为本帅无能的结果，是这么、这么一回事。"

秦琼就把这打仗的经过从头至尾地向史秀英讲了一遍。

"啊! 听你这么一说，这仗还得继续打下去呀?"

"可不是吗? 如果和左车轮继续打，我们尚不怕，可是他们又来了一个什么白莲圣母，这个圣母神通广大，杀法骁勇，实在太厉害了。她日前出马，只跟我们打一仗，就用飞刀连伤我们几员战将，他们负的都是毒药伤。就说那个傻姑娘突鲁花吧，她脸上擦了一刀，现在半边脸都肿了，伤势很重。"

"嗯! 二伯父，你没问问那个圣母，她叫什么名字?"

"据探马禀报说，她是突鲁公主的师父，叫白莲圣母。"

"谁? 白莲圣母?"

"怎么，你认识他?"

"我不但认识，我们还挺近的哪。"

"是吗，那她是你什么人?"

"别提了，我是红莲圣母之门徒，我师父她们是亲姐妹仨儿，称为三莲圣母。我师父她是老大，她的法号叫红莲圣母;老二叫黄莲圣母;老三就是这个白莲圣母。我们当然认识，按照出家人之道规讲，我得管她称师叔呢！可是我们好久未见面了。哎呀，这事可就难了，别的话就先别说了，待我明日到两军阵上劝劝她。我先去看看受伤的人，看看他们的伤势如何，看我能不能医治。"

"好吧。"

元帅秦琼亲自陪着，其他战将紧跟，因为大家都很关心这些受伤之将。敖国公敬德和大公子尉迟宝林则更关心宝庆之伤势。

史秀英在众人的陪同下，来了伤病营。此时，随营的郎中们正在发愁，知道是中了毒伤，可没有这种毒的解药，根本就治不了，只能勉强维持着。

丑姑娘把这几个受伤者都看了一遍，最后来到突鲁花的床前，这里面就数突鲁花的伤势严重，她总是昏迷不醒，嘴里还直吐白沫，还不停地说胡话。

秀英姑娘看完之后，心中暗想，这白莲圣母，真是心狠手黑，可够狠毒的了。

见她从兜囊中取出一个小药葫芦，倒出来一粒小药丸，在手中掂量掂量，此药只有十来粒了，尚不知能不能治好这种毒伤。这种药是红莲圣母亲自采炼的丹丸，因为这位老圣母是世外高人，不但武功精湛，而且心地善良，从来不暗算任何人。为了防备他人，保护自己，她也研制了各种暗器，但从不伤人，采炼的这种丸药，一是为自己，二是为救人。

这史秀英是老圣母最喜爱的得意门徒。老圣母把自己所有的绝技毫无保留地传授给了她。

老圣母虽然把各种暗器的使用和破法都传给了秀英，但还是一再地嘱咐徒儿，不准使用这些暗器伤人，只能做防身之用。所以秀英下山时，老圣母一件暗器都没给姑娘，同时更不许她私自造暗器，只把剩下的十来粒丹药给了她，让她自用或者解救他人。

今天碰到这种毒伤，她只能先用上，但是不知能否有效，万一不对症，恐怕也有危险。可她又一想，事到如今，也只能拿死马当活马来治，因为突鲁花的伤势最重，就先给她治吧。

史大奈恐怕女儿误了大事，急忙问道："秀英儿，这么重的毒伤，你能治吗？"

"爹爹，孩儿我试试吧。"

第五十二回

劝圣母丑妇枉费心
师徒反目各争高低

史秀英看了看几个人的伤势，认定他们是中了毒药暗器。她暗自说道：白莲圣母真狠哪！怎能用暗器伤他们呢？急忙命人提来无根水。

什么叫无根水呀？顾名思义，无根水就是无根之水，也就是雨水和甘露水，平常日子上哪去弄无根水呀！实际上就是刚从井里打上来的，别落地，就叫无根水。

兵丁打来无根水之后，史秀英用碗泡上药，等药化开之后，先给突鲁花的伤口抹上，然后顺手又取出一丸药，把她的牙撬开缝，灌了下去，凡是受伤的，都是这样的治法。

等到半夜的时候，受伤的人都吐开了，史秀英又命人备好绿豆汤。吐完之后，伤号都要水喝，等他们喝了绿豆汤，还不到天亮，就一个个都醒过来了。

突鲁花醒过来，她睁开眼就喊："哎，我这是怎么啦？怎么在这里躺着啊？"

"哎哟你还说哪，你差点儿没死了！"

突鲁花忽然想起来了，忙问道："哎，那天打仗，我负了伤，是谁把我救了？"

齐天胜就告诉她说："那天，救你的是个姑娘，也是我们中原人，等一会儿，让你见见她。"

所有受伤的人都好了，因为他们都没有别的病，只要伤口不疼，就算好了。受伤的人们都想见这救命之恩人，大家只好领他们来见丑姑娘史秀英。

元帅秦叔宝一给众人指引，大家都吓了一跳，这丑姑娘长得太寒碜了，这也就是白天，要是晚上看见她，非得吓跑了不可。

别说是女的，就是男人，也没有长这么丑的呀！傻姑娘突鲁花看见史秀英就乐了，问道："哈哈哈哈，哎呀，你是姑娘啊？你怎长得这么丑啊？他们都说我丑，我看你还不如我哪！我要跟你比，我还挺俊哪，你说是不？"

大伙一听，差点没笑出声来，这傻姑娘竟说实话，史秀英也不生气，她说："是呀，谁让咱长得这么丑呢，咳，丑就丑吧！"

史秀英容貌丑陋，可她的心眼不丑，元帅秦叔宝早已看出来了，忙问道："侄女呀，你既然来了，还不知道白莲圣母的来历，你说咱们这仗怎样打法？"

"二伯父，我刚学艺期满，才下山回家，现在遇上这件事，只好到两国阵前见见她去，论辈分她是我的师叔，怎么说，我也是个晚辈，我只能劝劝她老人家，如果她要不听，我也没有啥法，两国相争，各为其主。"

"好，只要你劝这位圣母不和咱们打，也就行了。"秦叔宝说。

第二天，丑姑娘要亲自出马，奔两军阵。突鲁花听见消息，就找她来了，见面就说："到两军阵讨战哪？我去，我愿打这头一阵，我挨了她一刀，我从来还没吃过这样的亏呢！今天，我要去会会她。"

"突鲁花，你去讨战是可以的，可是你不能打仗。只要那位道姑再出来，由我去会她，你千万不要和她再战。"史秀英说。

"那好吧。"突鲁花答道。

就这样，皇上李世民、大元帅秦琼、军师徐茂公和一些老将都到城楼上去观战，其他少国公也都跟着上两军阵。

史秀英带领兵将来到两军阵，把队伍雁别翅排开，命突鲁花到阵前对敌叫阵，她和众兵丁一齐喊道："北国兵丁听真，快去禀报道姑，让她出来受死……"

番兵赶紧禀报元帅左车轮说："今有大唐营的突鲁花前来讨战。"

左车轮一听就愣住了，心说：听白莲圣母说，凡是受伤者，三天必定丧命，七天之内化为脓血，怎么突鲁花没死？又来讨敌讨阵。没办法，只好到八卦帐去吧！

元帅左车轮亲到八卦帐，来见白莲圣母，正好赤壁保康王也在这里，他就把突鲁花前来讨敌之事一说。

"无量佛，不会吧，准是兵丁们看错了，她还能活？待贫道我上前看看。"

"不，不用你去，我把这事儿告诉你知道就行了，还是我先去看看吧！"

左车轮说完，离了八卦帐，带齐众兵将列队出战。

赶到阵前一看哪，正是突鲁花在阵前讨敌，一点没错，他往前一带马，手中摆斧，大声喊道："来者你不是突鲁花吗？"

"对呀，正是我。来来来，左元帅，你快上来，我会你几合！"

"哎，你不是受伤了吗？"

"受点儿伤算什么，回去上点药就好了，这回我好了，那个女道姑可活不了啦。你要是不敢战，你就回去，叫那个什么母的道姑快快出来受死，我要报这一刀之仇。"

左车轮确实看清了，正是傻姑娘突鲁花，又听她说的话，口气还挺大，心想，看来白莲圣母说的话没准呀？他正在思索着，就听后边有人，口念佛号，叫了声："左元帅，你快闪在一旁，贫道我来也！"

左车轮只好拨马闪在一边，忙说道："圣母，你要多加小心。"

白莲圣母往阵前一看，也愣住了，心说：哎呀，真是突鲁花，这心中就"咯噔"一下子，嗯，她怎么好了？是什么人给治好的伤？还是我毒药失效了，她只顾发愣了。

突鲁花却把双锤一摆，大声嘶叫："好啊！妖道你来得正好，这回我要亲自用锤把你砸扁了，从你脑袋门儿，砸到你的屁股唇儿，好报我这一刀之仇。可是，我的救命恩人说了，她有话要和你说。我让你多活一会儿，等她把话和你说完了，我再回来把你砸死，你等着，可不准跑啊！"她一边说着，调转

罗通扫北

马头往回就跑！就听她高喊："救命恩人哪，快到阵前和这个道姑说话吧！等你说完话，我再砸死她！"

史秀英带马来到阵前，她的五股托天烈焰叉挂在钩上没有动，她双手抱拳当胸，问道："来者可是我的师叔——白莲圣母。"

白莲圣母听后就是一愣，看来的这位姑娘长得也太丑了。

看姑娘容貌丑，可她的心灵不丑，心地善良，尽做好事，将来她有个才貌双全英俊无比的好夫婿，这是后话。

白莲圣母看完了，就是一愣神儿，"嗯？"心说：怎么这么眼熟，好像在哪见过？想罢，她问道："你是什么人，为何对我这样称呼？"

"师叔，你真是贵人多忘事呀？我姓史叫史秀英，我爹爹叫史大奈，乃大唐朝的二十七家御总兵。我在高山学艺期满，奉师命下山，回到故里长安。得知两国交兵打仗，我今是奉幼主殿下旨意前来迎接圣驾还朝的。我来了以后，才知道你也在这里。"

"噢，那你是……"

"我是红莲圣母之徒，怎么你不认识我了？"

"啊！是你？"

"对，是我，按理说，我应大礼参拜为是，可是我有盔甲在身，不能行全礼，恕我在马上一躬，我这厢礼过去了。"

白莲圣母想起来了，她师姐红莲圣母是收过这么个丑徒弟，她大师姐尽收这样之徒弟，什么没人管的或是生天花半死不活的，她给救活后收下。再不然就是缺爹少娘、寻死寻活的，都会被她救下，她专收这样的徒弟，这不就收了这么个丑八怪。

闹了半天，她也是大唐的。我现在助北国，这不成了仇敌了吗？她把眉头一皱，忙说道："史秀英，这么说，你来到两军阵前，是和我打仗吧？"

"不不不，我可不敢，我是想来见见你，我不知道师叔你为何要助北国？在山上学艺的时候，我常听你说，你既是出家归山之人，不贪恋红尘，那你为什么还要破这个杀戒呢？还帮着北国打起仗来，这究竟是为何？我不明白，还望师叔多多赐教。"

"秀英啊，你说的皆是，出家人应忌杀戒，可是这一次例外，常言说，天地君师亲，师徒如父子，我的爱徒突鲁公主跟我在高山学艺六年，我们姐妹

罗通扫北

三人共同传授她本领，结果学艺期满，奉我命下山，回到她国内，没有多久，就被罗通这个小短命鬼、小冤家活活逼死。我的徒儿能这样白白地死了吗？我能善罢甘休吗？我这次下山就是要为死去的徒儿报仇。因此，我才来助北国的。"

"师叔啊，你怎能一气之下就轻易下山呢？出家人禁忌酒色财气，这个"气"字是最难躲的，也不容易抛弃，师叔，你可不能上这个气字的当啊！要听徒儿相劝，你还是归山去吧！因为北国无故侵犯中原，他们这是自讨苦吃。唐王李世民是有道的明君，这你都清楚。有道是，天下者，非一人之天下，有德者居之，无德者失之，得道多助，失道寡助也！唐王李世民乃顺天时民意，师叔，你怎能逆天而行之？这都是我不应该说的话，今天我大胆放肆地说了，还望师叔三思。"

"无量佛，史秀英啊，你倒劝起来我了，李世民施行仁政，确是有道明君。可是，小冤家罗通逼死徒儿，这个仇我一定要报，如果要叫我归山，不管如何，除非我败在疆场，不能为徒儿报仇，我才能归山，否则我怎能归山。"

"师叔，你怎能这样想啊！你更不该这样做。论打，我们打不过你，你神通广大、妙法无边。不过你是知道的，常言说，人外有人，天外有天，能人背后有能人，你要是真的栽了跟头，就更不好归山了。"

"无量佛，混账，你说什么？我但愿唐营有这么个能人，能把我战败，败了我也好回山；没人战败我，我是不走的，因为我受人之托，就必得替人办事。赤壁保康王待我为上宾，敬为上神，是突鲁丞相把我请下山来，我怎好就这样归山呢？史秀英你来的目的我也清楚了，你这是来助唐营的。"

"不，师叔，我怎敢与师叔动手，我来见你的目的，主要是想劝劝你，莫管此事，徒儿我劝你还是归山隐居，修身养性去吧！你如若非管此事，到时候恐怕覆水难收啊！"

"好吧，你的话我听明白了，你是我师姐的徒弟，学了一身的好武艺，现在就撒马过来，与我比试比试。你要是能把我战败了，我宁可回归高山，我愿意这么走，不愿意那么走。"

丑姑娘一听这话，心中可就琢磨了，她说这话是何意呢？莫非她要假意跟我战上几合，然后说"你这个丫头也太厉害了，我战你不过，我去也"。好下台阶？还是——嗯！十有八九是想借坡下驴呀！她绝不能和我动手交战！不管怎么说，我们是一个门上的，宁可向着活的，绝不能向着死的，她的徒弟突鲁公主已经不在人世了，我是她师姐的徒弟，她不会伤害我的。想到这里，史秀英忙说道："师叔，你既然说到这了，徒侄我遵命，恕我斗胆冒犯师长，依我说，咱俩不能动手交战，因为我是你的徒侄，我和你动手打，那不是圣人门前卖字画，佛爷手心打滚吗。可是我生在天朝，长在中原，现在是两国相争，各保其主，你想让我和你战上几合，那我就陪你走上几合，请师叔高抬贵手，手下留情。"说罢，"哗啦"把五股托天烈焰叉掌中一擎，史秀英说了声："师叔，恕徒侄不孝，请你动手吧！"

哪知道，她的这一举动，白莲圣母可生气了，怒道："哈哈，好你个史秀英，你真是艺高人胆大，竟敢在我的面前抖起威风来了，你真要能战胜我，我就宁可隐居归山，不过恐怕你这个小冤家是白来送死。"说罢，白莲圣母一伸手把拂尘插在背后，"锵嘟嘟"亮出宝剑说："你要胜不了我，我看你们如何能救罗通？"

"唰"一剑刺来。

丑姑娘带马闪开头一划说道："师叔，你是我的长辈，这头一剑我不能还手。"

白莲圣母心想：你这是先让我一招啊！气得她二话没说，"唰"又是一剑，斜肩带背砍来。

史秀英赶紧来了个缩颈藏式，身子快要和马背一平了。

这第二剑又躲开了，仍未还手。

就这样一连三剑，都未还手。别说动手，史秀英连兵器都没有。

这一下，白莲圣母被气得脸色由红变白、由白变黄、由黄变紫，是有点害臊了，心说：我是长辈，却先动手，真有点儿不好意思，而且这丫头又让我三招，这不是成心寒碜我吗。

所以她舞起剑来，"唰唰唰"连连刺向史秀英，丑姑娘只好摆动钢叉接架相还，心说：我和你战上几合，抽空你就走吧！哪知道她想错了，白莲圣母根本就不想走。

白莲圣母边打边想：这个丫头果然武艺高强、叉术不凡，怎么办？不把她战败，就无法战败唐将，给我徒弟报仇。这个丑丫头又是本门的、我的徒侄，杀我师姐的徒弟！咳，我的徒弟是北国的公主，已经被罗通杀死了。她虽然是我的徒侄，但她是大唐朝的人，也罢，我何不把她置于死地，也算一命抵一命，我师姐也不会说什么，这是两国相争，各为其主。想到这里，她就把剑招施展开了，丑姑娘一看，白莲圣母不但不借台阶走，反而越杀越勇。

没办法，只好用出真本领和她交战，她的叉法实在勇猛高明。丑姑娘这杆叉施展起来，真是招招叫绝、式式领先。她不但叉法好，而且是多才多艺，十八般兵刃她都精通，要不怎么说她脸丑心不丑呢。她师父红莲圣母特别喜爱她，可以说将所有的绝招都对她是倾囊而授，有的绝招还超过白莲、黄莲圣母。

白莲圣母一看秀英姑娘的叉法巧妙，不由暗暗吃惊，心说：这个丑鬼把我师姐的看家的绝招都学去了，看来若不给她点厉害瞧瞧，她也不知能人背后有能人。

于是，白莲圣母把剑招全都施展出来，这口剑也真厉害，两个人各使绝技，剑叉相撞，杀在一起，真是一寸长一寸强，一寸小一寸巧，各不相让。两个人大战足有四十余个回合，史秀英年轻力壮，越杀越勇，两边观阵的兵丁都看直眼了，一个个都夸赞姑娘叉精骁勇。

特别是史大奈，瞪着眼，张着嘴，都看傻了，心中这个乐呀，心说：哎呀，我的闺女真行啊，六年没见面，人也长大了，这武艺更高了。他只顾高兴，因为张着嘴，舌头在外面凉得都发木了，再往回抽，都抽不回去了，只好用手托着，将其送回嘴里去。

时间一长，白莲圣母的汗就下来了，感觉有点累了。

论功底，白莲圣母比史秀英强得多；论招法，她不比史秀英高，因为红莲圣母是三圣莲的大师姐，这红莲比白莲、黄莲各方面都强得多，而且丑姑娘得到的都是真传绝技，所以说，论招法，白莲圣母不比史秀英高。

主要还是她的年纪不饶人啊，气力抵不过史秀英。

白莲圣母感觉到单凭真杀实砍，一时是胜不了丑鬼的，所以暗地下狠心，我何不如此宰了这个丑鬼算了。

拿足主意，等再打照面时，白莲圣母把宝剑交在左手，右手从万宝囊中取一物，一甩手，"啪"，一个东西奔史秀英的门面打来。

史秀英赶紧闪身，"唰"紧挨着耳边就过去了，大吃一惊叫道："师叔，你怎么用暗器伤我？"

"啊。"白莲圣母的暗器是百发百中的，今日被人闪过了，而且被丑姑娘这一问，顿觉着脸面发烧，心想：这丫头是我们本门儿的，这些暗器她都懂，看来我非用绝招不可了，丑鬼呀丑鬼，你可别怨我心狠手辣。

白莲圣母的暗器可谓一绝呀！白天打飞鸟，夜间打香头，那真百发百中。突鲁公主的飞刀就是她亲手所教，在黄龙岭如果不是公主看中了罗通，罗通是无法过黄龙岭，来到牧羊城的。

公主和罗通海誓山盟以表真心，"啪"，一狠心把暗器都损坏了，可是白莲圣母的暗器可没损坏呀。

白莲圣母拿定主意就把飞刀准备好了，二人再打对面，她劈头就打，秀英姑娘赶紧用叉架开。

两匹战马刚刚错过，就见白莲圣母咬牙切齿地一甩手，"嗖"，一口飞刀就打出去了，就听史秀英"呀"的一声。

第五十三回 接飞刀丑姑娘化险 羞圣母怒摆兜底阵

白莲圣母的飞刀是百发百中，堪称一绝，她们三圣莲专门研究这种暗器。

三圣莲当中，大师姐红莲圣母要比她的俩师妹研究的门路多，而白莲圣母主要研究暗器。

见史秀英的武艺确实学得不错，要想单凭功夫赢她，看来是不太容易，所以才使用了飞刀。

史秀英是她们本门的徒弟，当然都会用这些暗器，而且还会收。

见白莲圣母用暗器打来，丑姑娘一闪身，一伸手，就把飞刀给接住了。

这种飞刀形如柳叶大小，都是用毒药浸泡过的，见血就往里钻，不过三天，就能毒死，不见血就没事。

可是接飞刀可不容易，接不好，会容易把手碰破，就有生命危险，必须让过刀头和刀刃，专接刀柄，史秀英根本不费劲儿就接住了，一连接住三把。

她举着这三把飞刀，对白莲圣母说："师叔，这些暗器的打法和收法，师父都教过我，现在您对我就别用了。当然，我知道您这是让着我，您这是想让我两招儿，我给您借个台阶，您就归山吧。"秀英是催白莲圣母走。

可是，白莲圣母根本没有走的意思，三把飞刀都被丑鬼接住了，而且又听她说了这些话，觉着又是气又是臊，心里暗自埋怨师姐红莲不该把所有的绝招都传授给丑女，今日叫我当众出丑。

死丫头这是成心寒碜我，既然是这样，你就莫怪我心狠手毒，要是不给你点厉害尝尝，你也不知道马王爷还有三只眼。想罢，她对丑女说："秀英，你的心意我明白，你是想让我离开疆场回山，看来你一定是要在疆场立功了。你爹爹又是大唐之将，我在这对你也不好。这样吧，我最后摆一座大阵让你看看，如果你要敢破这座阵法，你就来破，我将让他们把罗通也放在阵内，破了阵，你们也就把罗通救出去了，我就算借这个台阶踩脚就走，从此归山，永不出世。可是咱先把丑话说在前头，如果你要破不了阵，那可就别怪我了。"

史秀英一听就愣了，看来白莲圣母是不想离开这两军阵，她是一点师徒的面子也不看了！那好吧，既然是这样，我也只好奉陪到底了。想罢，她说道："好吧，师叔，我在高山学艺之时，全凭您和恩师的教诲，现在叫我破您摆的大阵，这真是难为徒儿了呀！"

"秀英啊，你也不用客气，现在不能讲面子，也不能论人情，我摆阵叫你破，能破则破，如果你破不了，那——我是不能离开此地的。"

"好吧，恭敬不如从命，现在就请你摆上阵式，让我斗胆看看。"秀英心里有底，因为自己的师父红莲圣母是三圣莲的大师姐，而且师父的阵法多又全面，师父都是手把手地教给自己。她料定白莲圣母摆的阵也出不了师父教给的阵图之中，所以秀英毫不犹豫地答应了。

白莲圣母把眼一眯缝，点了点头，心说：这个丑鬼的胆子也算不小，好。就这样，她拨马回归大队，时间不大，就摆了座阵式，因为这是临时摆的，先让史秀英看看，真要是把大阵摆成了，还需要点时间。她摆完了阵式之后，把手一摆问道："史秀英，你来看看，你能破吗？"

史秀英走马观阵，看完之后，对白莲圣母说："师叔，我若是没看错的话，你摆的是座四门兜底阵。"

"对，是四门兜底阵，不知你能不能破阵？"

"啊，还行吧！"

"什么叫还行吧。你如能破，就说能破，破不了就说破不了，别说含糊话。"

"我在高山跟师父学过十大阵图，这座阵正是十大阵图之一，我学过，摆过，也破过，不过破法是不是和你摆的都一样呢？"

"这就很难说了，也许一样，也许不一样，各人有各人的摆法，各人有各人的破法，而且阵内之变化也不相同，怎么样，三天之后，你能破吗？如果不能破，也不必逞强，我也不能怪你，看在你是我门中之徒弟，你又是我大师姐的爱徒，我可以放你走，只要你不管前敌之事，领你爹爹快快离开这是非之地，远走高飞吧！"

这些话说得是软中带硬，外带损，丑姑娘就气不打一处来，毫不犹豫地答应道："我能破，别说是小小的四门兜底阵，就是再大的阵式也要破，即便是灭顶之灾，也勿用他人怜悯。"

白莲圣母心说：到时定叫你尝尝厉害。想罢，她说道："好，我在三天之内把阵摆好，你第四天前来破阵。如果我摆不好阵，我算输了；如果摆好了阵，第四天头上你不来破阵，那就算你输了，你看怎样？"

"好吧！"秀英说完却想，你这是难为人。四门兜底阵没什么出奇的，恐怕她不能都按着四门兜底的方法去摆，不定里边都添什么新花样呢？看来，这个仗是非打不可了。虽然我是她门中的徒弟，她既然不念师徒之情分，死心塌地地为北国出力，那也只好这样了。

想罢，秀英又对白莲圣母说："咱们四天头上阵前再见！"

白莲圣母一摆手，昂着头，挺着胸，傲气十足地收兵了。

左车轮带领一千众将，这个称仙姑、那个尊圣母地把她接进营中。

丑姑娘史秀英也只好收兵回城，城上观阵的元帅、军师也都迎了上来，特别是史大奈，上前问过："丫头，你在阵前和那女道姑比比画画地说了些什么？"

"爹爹，您先甭问了，等到帅府和元帅一说你就知道了。"等秀英来到帅府，元帅秦琼问道："秀英，看来这一仗你很吃力呀？"

"啊……可也没什么。"秦琼赐给她个座，史秀英不敢坐，因为当着皇上，而且众将都垂手而站，自己怎敢坐下呢？可是皇上和元帅都说她征杀了一天，身体多有劳累，还是坐下暂歇，再议军情。恭敬不如从命，姑娘只好坐在偏座。

丑姑娘把两军阵上的经过说了一遍，特别是说到白莲圣母要摆座四门兜底阵，认为此阵外形是四门兜底，其阵内恐怕要增添新的埋伏。

元帅秦叔宝心想：当年杨林在瓦岗山摆座铜旗阵，阵内变化莫测，我险些命丧此阵之中，要不是宝马呼雷豹救我，我也就完了。今天道姑要摆座四门兜底阵，实际阵内有什么埋伏，多在变化，恐怕绝非一般。想罢，他问道：

"秀英啊，你可答应破阵了吗？"

"二伯父，我怎能不答应呢？宁可被她杀死，也不能让她吓死呀。"

"哎呀，如果你要破不了，那不是干吃亏吗？"急得史大奈插言道。

"那可不一定，等第四天头上，我带领兵将前去破阵，按照兜底阵去破。如果她阵内有什么变化，那就只有见机行事，随机应变了，不过二伯父您得答应我一件事。"

"秀英，有什么事，你就说吧！只要我能做到的，一定去做。"秦琼说。

"二伯父，侄女我斗胆冒昧，等我破阵时，请您把兵权暂交给我，也就是参加破阵兵将调动权，您给我多少兵、多少将前去破阵，在破阵之时，这些兵将都归我调遣。如果她的阵内有别的变化，不管她把兜底阵改成五方阵或是九宫八卦阵，也许是阴阳颠倒，到那时就得见机行事，我们也随时变化，所以说，这些兵将必须要听我调遣。"

光棍一点就透，砂锅一打就漏，听丑姑娘这么一说，秦叔宝就全明了，忙问道："侄女，你破阵打算用多少兵将？"

"兵在精而不在多，将在谋而不在勇，我只要五万兵丁足矣。另外，再在您帐挑一些战将都由我管，有不听管的，违令者必斩，您对他们下令说清楚。再有，您派人把牧羊城守住，您亲自率领人马同我一起进军。"

听到这里，秦叔宝感到其中必有奥妙，忙说："有什么吩咐尽管说吧，别看我是你的伯父，也别管我是营中之帅，为了取胜，你尽管说。"

"是呀，我毫不顾虑地说了，您最好亲带几员战将，直打他们的老窝。"

秦叔宝觉得姑娘说得有理，心中暗自称赞姑娘的韬略，忙问："但不知我是怎样打法？"

"白莲圣母说，要把罗通放在阵内，如果破了阵，她跺脚就走，尘土不沾；如果我破不了阵，看来她要和我大唐决一死战。从这一点看来，我认为她把这个阵看得很重要，我想她一定要把北国所有的精兵强将安排在阵中，至于罗通是否真被放在阵内很难断定。不过，他们的精兵定会放在四门兜底阵中，这样一来，他们的老巢黑龙山必定空虚。虽然山上有三道石关易守难攻，您只要带兵到了黑龙山，先派人上山打探，最好派个能独自进山的，因为山上有老国母和二王，他们是心向咱们的，先行探好了，摸好了底，再打黑龙山，您心中就有数了。"

罗通扫北

秦叔宝情不自禁地一拍大腿说："高哇！"别看姑娘长得丑，心胸可不丑啊！才刚刚来了几天哪，好多好多的事情她都知道了，真是个有心之人哪。想罢，他说道："好，咱们这么办，我只留下侯山、丁海二人，其余全军战将由你调用。"

姑娘说："我早已看过了，老将军之中就叫四伯父程咬金跟着我们，剩下的就把二路元帅罗通带来的这些少公爷都交给我。"

程咬金一听，心说：这姑娘真有意思，她要年轻的小将当然是好啦，可为什么还单挑我这个糟老头子呢？可是元帅都同意了，程咬金也只好点点头说："我总和年轻人在一起，倒也不错，正对我的脾气。"

"二伯父，四天头上，我就率领兵将前去破阵，您带兵去攻他们的黑龙山，最好您从别的城门出去，不要被番营发现，给他们来个神不知鬼不觉，大队人马就突然到了山下。另外，一定要派能将守城保驾，千万不可疏忽大意，这可是件大事。"史秀英说。

秦叔宝连连点头，先把侯山、丁海唤到前面。

侯山、丁海是谁呀？侯山是侯俊吉之子，丁海是丁天庆之子，这两个人的步下功夫胜过马上的。要说穿房越脊、飞檐走壁，他俩那是没比的，所有的少国公都不如他们，他俩的短打、步下功夫高。

当年，侯山的父亲侯俊吉曾盗过鸡冠子刘武周的人头，他能珍珠卷帘，挂房檐，真是轻似狸猫，快如猿猴，看起来真是老猫房上睡，一辈传一辈，老子英雄儿好汉。他们俩长得身材瘦小，十分灵便。

秦琼把他俩叫到面前说："贤侄啊，我想让你们俩到黑龙山辛苦一趟，攻入罗通被扣留的山上。"

"我们想去。"

"可是没敢提。"

"为什么呢？"

"我们毕竟还年轻，也不知道您让不让去，所以没敢提。今天您吩咐下来了，正对我俩的心意。"

"好，你俩换上夜行衣，神不知鬼不觉地进入黑龙山，三天之内把山上的事情打听清楚，回来告诉我们。千万注意，能打听什么算什么，哪怕什么也打探不到，你俩也得要保去保归。"

俩人点点头说:"元帅,您就放心吧!凭我俩这几年练得这些功夫,这件事情一定能办到。"

"你俩什么时候动手?"

"今天晚上。"

侯山、丁海特别高兴,心说:自从扫北以来,小兄弟们都立过功,我们俩因为马上功夫不如别人,到现在还没立过功呢,这一回需要我们探山查看情况,一定要争取立下奇功。

秦叔宝把侯山、丁海打发走了之后,回头和军师徐茂公、尉迟恭以及马、殷、段、刘开唐四将,还有二十七家御总兵,也包括皇上李世民,大家一齐商量。他忙说:"我去攻打黑龙山,谁留下来保驾为好?"

军师徐茂公说:"这好办吧,把敖国公敬德和我留下,其余众将你全带走,再留下两万兵丁守城。"

尉迟恭德知道这个担子可不轻啊,可是他深知军师的韬略。秦琼把城内事安排好了,又把少爷们叫到一起,告诉他们这次破阵要听从史秀英的吩咐,按着她的将令行事,如果有不听她将令者就等于不听我的将令,她有生杀大权,违令者,斩!说完后,秦琼又给姑娘送了五万兵。

这五万兵都是二十五岁往上、三十五岁以下,粗胳膊,宽肩膀,能征善战,又勇又猛,精明强干的精兵。

姑娘把这部分权接过来之后,把各路队伍很快都派好了。手下的这些战将,个个都是摩拳擦掌,恨不能一下子奔赴两军阵前。

这说明丑姑娘训练有方,派兵布阵有条有理,所以这些战将都很佩服,别看人家长得丑,可是真有两下子。

丑姑娘史秀英这几天大部分时间都用在程咬金的身上了。她知道程咬金经得多、见得广,又是大唐有名的福将。这次破阵必须有个明人在阵外指挥,方能内外一齐夹攻,因为她看见白莲圣母摆的四门兜底阵的外形,断定阵内会有很大的变化。就她自己领兵进去破阵,一旦变化很大,则必须和阵外联系。外面这个人也必须是有经验懂阵法的人,所以她选中了程咬金,并把他请到了自己的房中。

程咬金虽然愿意和这些少公爷在一块,可是他还不知道丑姑娘为什么偏偏要他。今天姑娘请他来,他料定准有大事。

一进门，程咬金便问道："侄女呀，有什么事吗？是叫我领兵打仗啊，还是叫我去观敌阵呢？"

"四伯父，都不是。"

"那，你想叫我干什么？"

"我指名道姓地请您老人家，是想请您在阵外帮我指挥破阵。"

"什么？什么？指挥破阵？哎呀侄女，这我可没干过呀。虽说我见过一些阵式，什么一字长蛇、二龙出水阵、五虎群羊阵呀等，还见过当年杨林摆的铜旗阵，但是我可一次没破过呀。现在破白莲圣母的四门兜底阵，叫我当指挥，我能行吗？"

"行，四伯父，您准行。这个重任只有你行，除了您，别人都不行。"

"嘿嘿嘿。秀英啊，你尽夸四伯父。"程咬金笑着说。

"不是夸，您老人家识多见广，虎老雄心在，不但记忆好，又善于观察，所以说这件事非您不可，别人全不占您这几条。"

程咬金暗暗称赞史秀英这个姑娘真是人丑心不丑，真是智勇双全呀。她刚刚进城，怎么观察得这么细呀，把我的特点都掌握了，不错，不错。

正是因为丑姑娘给了程咬金一个很好的印象，所以到后部书中，程咬金专门给史秀英挑了个好夫婿。

程咬金对姑娘说："侄女，我对阵法可是不太明白呀！"

"没关系，我现在就告诉您。"

"现教我怕来不及吧？"

"来得及，来得及，只要您能记住几个主要的变化，您在阵外看我的阵内的旗号，指挥阵外援军从开门、生门、度门往内攻杀就行。凭您的精神和记忆力，等不到破阵的那天，您就都能学会。"

程咬金看姑娘如此信任他，他也增强了信心，心想：这可不是件小事，而是关系这一仗胜败的大事，我必须配合姑娘一战成功。想到这，他忙说："好好好，老了老了，再跟侄女你学点能耐，保证这一仗把北国打个落花流水。阵内由你去破，阵外的事就交给我了。"嗬！他又来精神了。

就这样，姑娘史秀英主要告诉程咬金什么是四门兜底、五方、八卦和十面埋伏几种大阵，并说："按我的分析，白莲圣母的阵很可能变化八卦和十面埋伏阵。您老记住戊己生有己，有己生两仪，两仪生三才，三才生四象，四象生五形，五形生六合，六合生七星，七星生八卦，八卦生九宫，最后是十面埋伏阵。这八卦是按东南西北，西南东北，四面八方，也就是西北乾为天，正北坎为水，东北艮为山，正东震为雷，东南巽为风，正南离为火，西南坤为地，正西兑为泽，这四面八方可用八种颜色的旗帜为号。如果变成十面埋伏，就用十种颜色旗帜为号；如果要是四门兜底阵不变，那就是前青龙，后白虎，左朱雀，右玄武，中央为阵眼。到时候我在阵内随机应变，你在阵外记住旗号，看我发号给你，你就调兵遣将。到破阵时，我先领你进阵仔细观阵，务必记住。"

姑娘把几个略定能变的阵地告诉程咬金，而且一些木块左摆右摆，一一呈样几次。

程咬金这可真下功夫了，时间短，任务重，能不认真地学呀？史秀英抽空再加指点，没有两天工夫，程咬金真的都掌握了要领。

他主动来找姑娘说："侄女，你看我记得对不？"

姑娘听他说一遍，又看他摆了摆，她的心情特别好，连连夸赞道："四伯父，您真行，辛苦您了。"

到了第四天一大早，全军上下用罢了早晨战饭，一切准备妥当，放炮开城，大队人马直奔两军阵前而来。

史秀英手中端着五股托天烈焰叉，压住全军阵角，满怀信心地列开队伍，往两军阵前观瞧。

只见北国大营重整的队伍，一眼望不到边，又扎了许多新营。

这说明这三天之内，他们又调来了许多人马。正在观瞧之时，耳听"叩叩叩"三声炮响惊天动地，"呼啦"，军兵两边一分，空中飘摆着大旗，从这些旗号来看，可以知道北国的国主、元帅和偏、副大将都在这里。

最显眼的有杆八卦旗：乾、坎、艮、震、巽、离、坤、兑。径司惊开，修生尚度，正当中是个阴阳鱼儿。旗角下闪出一支队伍，这支队伍完全是短衣短靠的女兵，为首的正是白莲圣母。

再看白莲圣母，和以前穿戴大不一样，只见她头戴玉佛冠，身穿淡灰色道饱，腰系杏黄色水火绦，背插宝剑，手拿长把马尾拂尘，坐骑一匹八叉梅花鹿。这匹梅花鹿"嗒嗒嗒"稳稳当当地来到阵前，白莲圣母双手合掌念道："无量佛。"

丑姑娘把钢叉横担在掀关头上，两手抱拳高高兴兴地说道："白莲师叔，一向可好？徒儿这厢给您见礼了。"

白莲圣母看了看丑女史秀英，问道："你做好准备了？"

"你叫我准备什么了？"

"哎，前日不是说好了，四天头上你来破阵吗？"

"噢，破阵前，我已经准备好了，我何时破阵？"

"现在你就可破。"

"谁给我领路啊？"

白莲圣母一笑说："我给你领路，你随我来。"白莲圣母在前，要把丑小姐领进大阵。

第五十四回

丑姑娘带兵破大阵
秦元帅夜攻黑龙山

白莲圣母要领丑姑娘史秀英进阵，史秀英说："白莲圣母，没进阵前，我有一事不明，还得打听一下。"

"何事不明，你说吧？"

"你领我进阵，是进去就破呀，还是让我先瞧瞧？"

"哈哈哈，史秀英，那你打算怎么样呢？"

"我听说一般破阵的规矩，先要上马观观阵，看完了再破阵，这就叫观阵不破阵，破阵不观阵，你说是吗？"

"无量佛，好吧，你先跟我进阵来看看。"她说完，急忙下令，要阵内按兵不动，因为观阵不破阵，观阵的时候，不许打人家就这样，她把丑姑娘领进了阵内。

丑小姐上阵，只带鲁国公程咬金一个，程咬金又是高兴又是害怕，高兴的是，这个丑姑娘还瞧得起我，拿我当个长辈，是看我年高有寿，经的广、见识多，有些事情能看得透；害怕的是，关于破阵的玩意儿，我是擀面杖吹火——一窍不通啊！虽然这几天跟秀英学了些阵法，那也只是听她一说一说而已，今日进阵，万一有什么变化，这可够呛啊！可一想，要想破阵，也必须先进去看个明白，心中有底才行。

他一边想，一边催开大肚蝈蝈卷毛兽铁甲枣骝驹，紧跟史秀英就进了大阵。

白莲圣母用马尾拂尘指着说："东南西北四府阵门，一直到大阵中心，所有的兵将都在这里，这就是四门兜底阵。"

史秀英举目往四下观瞧，心说：不错，是人分东西南北四座阵门，各个门下都悬挂大旗，要按前后、左右来说，前青龙、后白虎、左朱雀、右玄武、中央戊己土，此为五行也！看阵形确是四门兜底阵。

恐怕信炮一响，"啪啦"，大阵一变，那可就说不准了，千变万化就在其中，摆阵者指挥全阵，杂而不乱，可是破阵者要是指挥不准，很容易全军覆没呀！

这就是一将无谋，累死全军哪！她看罢多时，暗自点了点头，对程咬金说："四伯父，您瞧见没有？"

"嗯，瞧什么？"

姑娘是有所指的叫程咬金看看，程咬金不知姑娘叫他看什么。

他就听姑娘说："你看前面这杆旗是青龙旗，后面那杆是白虎旗，左为朱雀，右是玄武，中间是戊己土，这就是五行，你可得记住。"

"嗯嗯，我记住了。"

姑娘嘱咐完程咬金，回头对白莲圣母说："白莲圣母，我看明白了，你新摆的和我想得一样，我就出阵调兵。"

"好吧，就请你来破阵。"

史秀英回到本队，指挥自己的队伍，所有的战将按着吩咐，"啪啪啪"，令箭全都传下去了，各自将兵带队都下去了。

史秀英最后对程咬金说："四伯父，阵外就全靠您啦，千万记住那四座门的方位。如果不记阵门方位，恐怕到时候一变，青龙变白虎，朱雀变玄武，那可就坏了，所以您一定要记住，尤其要记住我在阵内的旗号。只要记住这两样，我在阵内见机而行，只要阵眼一瞎，看我的旗号闯阵。"

白莲圣母看史小姐出阵回本队，不由自己也在琢磨，心说：这个丑丫头还真有两下子，她一点也不惊慌失措，好像胸有成竹，不慌不忙，有条不紊地，难道这个丑鬼能看出什么破绽？不过她又一想：这丑姑娘胎毛未退，乳臭未干，能有什么本事。她正在暗自地想着……史秀英把队伍指挥完毕，一握马来到阵前，口称："白莲圣母，请你头前带路，我这就进去破阵。"

"好吧，这次可是破阵啦！"

"是啊，我就是来破阵的。"

"随我来。"说罢,白莲圣母催开梅花鹿头前走了。

史秀英对程咬金说:"四伯父,我嘱咐您的话您可别忘了,一定要按我所说的去做,如果出了差错,可别怪军法无情。"

"哎哎,我记住了,你放心去吧。"程咬金便停在了阵外。

姑娘摆叉催马,带着一部分人马闯进大阵,她刚一进阵,就听见阵内"咚咚咚"三声大炮,真是惊天动地,心里要是没数,就得被吓蒙。

再者阵里和观阵的时候不大一样,观阵时看见四处有兵分得很清楚,可是大炮一响,队伍一变,那就分不清了。姑娘叫程咬金记住前青龙、后白虎、左朱雀、右玄武以及中央戊己土这些阵门的方位,因为只顾看旗帜不行,阵式一变,可能把青龙旗变成白虎,也可能朱雀变玄武,这么一调个儿,就把破阵者闹蒙了。好一座大阵,摆阵必须得有阵眼,在阵中心的也就是中央戊己土,立起高杆,杆上吊着个大斗。斗里有个人,这个人拿着五颜十色的小旗,晚上就举着各种颜色的灯笼。

四座阵门的兵将一换,那就得听鼓声,各阵门有各阵门的鼓点。

秀英破阵也都有暗号,从东门进来的,胳膊上扎着绿色的带子,就是说东方甲乙木就是绿色的,南方丙丁火就扎红色带子,按着五行分五色。

要是晚上破阵,也是按着五色灯笼辨认。再者,凡是进来破阵的兵将,都各有分工,各办各的事。

一进阵,也是猛擂战鼓,先把你守阵门的鼓点搅乱。也就是说,你叫我们辨不清方向,我也叫你们认不出东南西北,所以一进阵,这鼓声就乱了。

当然,自己人听自己的鼓声,再有就是号声、炮声,四面八方战鼓如同爆豆。

号角响彻长空,炮声惊天动地,乱套了。唯有这号角还能分出来,那就是北国的牛角"哞哞"响,其余的响声都乱成一锅粥了。

心中有数的还可以,心中没数的,吓也吓蒙了,自己都认不清东西南北了。这阵里有脏坑、净坑、梅花坑。

史秀英带着所有破阵的兵丁,因为她这次和往常不同,这次是中心开花往四处杀,而不是从四门往里杀。

这样一来,自己兵丁的方向就能分清楚了。中心开花往外杀,各个队分了各自的方向。

头一队是挠钩手，第二队是梅花队，梅花队就是弓箭手开弓放箭，挠钩手紧跟着把脏坑、净坑、梅花坑的浮盖挑去，扫平障碍，露出坑来了，就不能轻易掉下去了。

脏坑里是脏水，净坑里是石灰面子，陷马坑掉下去就上不来，谁那么傻呀，往那里跳。

可是没有发现之前哪，有杆子搪不着，铺席子，再撒上土，根本看不出来。等你马到了，"扑通"一声就掉下去了，死的死，亡的亡，这叫埋伏坑。

挖坑也不是乱挖的呀，那是有规矩的，主将心中有数。

挠钩手按主将吩咐去破，一点也不乱，先有梅花队放箭射住敌兵，挠钩手"啪啪啪"把浮盖都挑开，自己兵将脚下看得清楚了，再想怎么打都随便了，不然就会掉进坑里。

第二步就是打他的阵眼，把眼打瞎了，使阵主辨不清东南西北来。

阵眼就是正当中吊斗上面有个兵，拿着五色旗帜，东边进人就摆东方甲乙木的绿色旗。

阵中各方面都能看见绿旗，一看见绿旗就知道是东边来人了，援助的兵丁都奔东门援助。所以说，你进来的人怎么杀也杀不出去，进也进不来。如果阵眼瞎了，就失去了指挥。

哪边进兵谁也不知道，只有按兵不动，各顾自己的阵地。这样就是单独作战，阵就容易被破，这叫打阵眼。阵眼没了，就成了瞎子。

别看秀英姑娘长得丑，可是她心不丑，很有韬略。进得阵来，大阵一变，东南西北四面番兵一齐杀来，姑娘并不惊慌，仍然按计划沉着应战。先用弓箭手，后用挠钩手；前边弓箭手射住敌兵的冲杀，紧接就是挠钩手，清除埋伏坑，自己人再打仗就不担心了；最后再把阵眼上边的敌兵用箭射下来。

现在的鼓声早已乱了，没法听了，号声也分不清音了，所以只能自顾自，各把各的阵门。

阵中杀声震耳，兵对兵，将对将，战在了一处。

再说秦叔宝把城里的军权交给了军师徐茂公执掌。徐茂公保护着皇上，叫敖国公尉迟恭敬德镇守城池。各个城头上准备好了弩弓箭，并且按照军师徐茂公的吩咐，在城头上支起大锅和干柴。

如果敌人攻城紧迫，就点柴烧水煮小米粥，等敌兵爬上城头时，就给他点小米粥喝，这一招太绝了，大家都夸赞军师有方。

另外就是保护好粮台，防备敌人城外放火箭烧粮。元帅秦琼秦叔宝见敬德和徐茂公所把城内安排得很好，便带一万精兵，并把马脖子上的威武铃摘了，直奔番营。

为了不让敌人发现唐兵攻山，众人都把威武铃去掉，便一点响声皆无，就悄悄出了牧羊城，绕道而行，直奔黑龙山而去。

秦叔宝亲自督队，鸟翅得胜环钩挂着吸水提卢枪，背后斜插着一对熟铜宝锏。这时，他精神抖擞，披挂整齐，好不威风。

元帅的身后还有二十七家的御总兵和马、段、殷、刘四员开国的老将。秦琼一边走着，心中不住地想：不知道我派去的两个人怎么样了？为什么还没回来？进没进山哪？还是出什么事了？大队人马来到了黑龙山下，秦琼命人把山上所有的咽喉要道都给卡住。

黑龙山山势特别高，能工巧匠造出了山路，分前山后山两条路，再没有别的路可走。要是把这两条路卡住，山上的人那是出不来的。这时正是四更天头上，牧羊城外唐兵正破阵呢，秦琼却带兵来端北国的老窝了。

北国的大元帅左车轮已经把精兵强将都派往大阵去了，都得听从白莲圣母的调遣，想在阵中把丑姑娘置于死地，并要和唐营决一死战，到那时定让大唐跪递降书顺表不可。

左车轮也不是没有提防，因为山上有三道石关，易守难攻，山上也安排了兵将把守。可是他万没想到秦叔宝带兵把他们的山给包围起来了。

秦琼把营盘给扎下了，也没见侯山、丁海两个小将回来，对山上的情况不明。他无奈只好强行攻山，正在这时，就听到山上有了动静。

第五十五回　丑姑娘大破兜底阵
二弟兄暗入静心宫

侯山、丁海兄弟二人全凭飞檐走壁之轻功，趁黑夜攀登高山峭壁，又越过城墙，闯过了三道石关，来到黑龙山城内。

这小哥俩不仅能吃苦，而且也有胆量，真是"小马乍行嫌路窄，雏燕展翅恨天低，初生牛犊不怕虎，长出犄角反怕狼"。虽然苦点儿累点儿，他俩真就闯进来了，再看看身上的衣服，划了不少的口子，那是在爬山时被那荆棘、古藤、蒺藜给划破的。虽然哥俩一夜未眠，又困又乏，又渴又饿，但他们却不敢休息。此刻已经是东方发白天换亮了，这城内都是北国人，他俩的衣着也太显眼，怕被人发现，所以两个人嘀咕几句，赶快找个藏身边处，白天好好地歇歇，晚上再出来打探。可是，到哪休息去呀！他俩对这城内又不熟，再看这城内的楼台殿阁很多，一片片都是青堂瓦金，到哪去呀？还是侯山的心眼多，他对丁海说："兄弟，咱们找个大宅门，越大越好藏身去！"

"对！"丁海点头答道。两个人正往前走，见一座黄琉璃瓦的宅院，也不管是什么府什么宅的，干脆就在这里吧！两个人一哈腰，"噌噌噌"，越墙而过，真是快似猿猴，轻似狸猫，真像是棉花落地，一点声响皆无，越过墙头，轻轻落地。两个人跳进院来一看，"呀"的一声，都愣住了，好大的一座宅院，仔细一看，正是座后花园。怎么这么巧，他二人落的地方正是个葡萄架，两人格身一蹲，就钻进葡萄架下。侯山低声叫道："哎，兄弟，你看这是谁家的后花园？肯定是皇亲国戚的府第，说不定或许是皇家的宫院哪？你看，这花园多阔气，景致多么美。"

丁海听这么一说，两个人才仔细观察这座花园，果然是非同一般，特别是大清早观赏这座花园，更显得格外别致，怎见得，有赞为证：

> 花园内，闪二日。月亮门，粉浆涂。
> 影壁墙，松鹤图。人字砖，铺甬路。
> 门两旁，常青树，苍松翠柏几搂粗。
> 路边柳，含烟雾，露珠点点微风拂。
> 左池塘，天然湖，朵朵红莲绿叶浮。
> 鱼儿跳，鸳鸯凫，湖心亭上雕梁柱。
> 右假山，石如虎，叠叠琳琅峰突出。
> 芳草地，绿茵铺，径内摆动君子竹。
> 八角亭，暂歇处，名人挥笔对一幅。

上联写：静心竹径吟诗卷。
下联配：移度苔茵读圣书。

> 芍药园，芳香吐。牡丹亭，花更富。
> 扶桑红，石榴古，刺梅海棠丁香树。
> 夜来香，玫瑰紫，桃红李白色自赋。
> 花妖嫩，絮蕊生，晨霜浮芯似银珠。
> 粉蝶飞，金蜂舞，百鸟齐鸣上下树。
> 彩云阁，廊檐出，紫燕盘旋云间扑。
> 观花楼，对醒目，对仗工整笔力足。
> 谁见仙境或天府，迷人入醉盛景图。

上联写：彩阁窗外一峰秀。
下联配：楼苔阶下万花舞。

这可把俩人看的都入迷了！丁海说："哥哥，别看了，咱得找个好地方藏身哪！又渴又饿，吃点东西吧？"

"这么大的花园，还找不着个藏身的地方，你看，假山石窟窿里行吧？"

"不行，那地方可能有人赏花观景，干脆咱就在这儿吧，葡萄架挺密，藏在这儿不易被人发现，还挺凉爽。"

"好！哪也不去了，就在这儿将就吧！"

两个人就在葡萄架下拿出炒米、牛肉干和水葫芦，一人吃了点东西。吃完，俩人背靠背就睡着了，单等黑了以后再说。

说了半天这是什么地方呀？

真是无巧不成书，这正是北国老国母的静心宫。原来这座黑龙山是赤壁保康王老国母的别墅。老国母的皇宫是在牧羊城，因为一起战争，左车轮就出了馊主意，把牧羊城让出来，引唐兵进牧羊城，而后兵围牧羊城，想困住大唐。康王按左车轮的意思都迁到黑龙山，并命人重新把黑龙山修整修整，最后就把老国母安排在这座静心宫。

现在呀，这个宫内只有老国母和二王，也就是赤壁保灵王，他们娘俩住在这座宫内。实际上是把他们娘俩孤立软禁起来啦！因为赤壁保康王处于万般无奈的情况下才把突鲁公主许给罗通，结果罗通把公主给逼死了。老国母听说这件事之后，气得她大病了一场，她恨罗通不该这样无情，我诚心诚意地把孙女许给你，你怎么给宰啦。可是，她也不同意再和大唐因此起战争，再打仗，应当找唐王李世民问个明白。左车轮要以武力解决，在和康王商量后，两个人干脆把老国母孤立起来了，并叫二王给老国母做伴，虽说是叫二王照顾老国母，但实际上是不让他们娘俩参与国事。

老国母的性子还挺急，想弄清楚又弄不清楚，也看出康王和左车轮是成心孤立她，所以她一气之下病倒了。

这下可把赤壁保灵王吓坏了，左右不离母亲，每日侍奉在身旁，只顾侍奉老人，也就不管他哥哥之事。过了几天，老国母的病见好些，保灵王就劝母亲说："娘啊，你不应该和我哥哥生这么大的气，事到如今，能管便管，实在管不了，也就别管了，任他自己办吧！何必生这么大的气呀？偌大年纪，还是身体要紧哪！""咳！我是生罗通的气，他不该把我的好孙女给逼死了，最生气的就是你哥哥不听话，专门听左车轮挑弄是非，借我孙女之死这个茬，又和大唐打起仗来，还请了个什么白莲圣母。我还听说他把罗通也押起来了，但又打听不出可靠的信儿来，他们这是成心瞒着咱娘俩呀！我怎么能不生气！坏事都坏在他们的身上了。"

"娘呀，你都这么大年纪了，就别再操这份心了，他们瞒着咱更好，耳不听心不烦，眼不见心不乱，你就别操这心啦！""是啊，我这么大岁数了，还能活几天，说句不吉利的话，如果大唐朝把咱们北国给灭了，也不就是个死吗？我还怕什么！"

虽然二王劝说老母亲，但他自己的心里也放不下这件事，到底是怎么回事？他一定得弄清楚罗通为什么逼死公主，究竟怨谁。如果怨罗通，也应该和唐王说明白；如果不怨罗通，那就更不应为此引起两国战争。所以他细心打听，虽然有些人瞒着二王，但终究还是打听出一些消息，听说公主确实是自刎的，是不是罗通逼死的还没有弄明白，再就是听说罗通被押在山上，又听说押在白莲圣母摆的大阵里，究竟押在哪儿，还是没有打听出来。特别是听说被押着的还有秦怀玉。

二王对这个事觉得很吃惊，如果秦怀玉、罗通都被押，看来这个仗是非打不可了。我得抓紧弄明白这些事的真相，尽量能使事情缓和缓和。就这样，二王平时在宫内侍奉母亲，早晚便出去打听消息，所以这座宫中就只有他们娘俩。

罗通到底在哪？是真在山上押着呢！

自从罗通和秦怀玉被留在黑龙山，赤壁保康王就把罗通和秦怀玉押在一起。他和左车轮暗定下一计，明面上说是把罗通押在大阵中。

白莲圣母又很自信，认为大唐朝根本破不了她摆的这座阵，罗通放不放在阵内没关系，只是这么说而已！康王和左车轮确实另有打算，想用罗通和秦怀玉做人质，最后实在胜不了大唐，就用他俩来逼大唐投降，不降就杀了他俩，所以派专人好好看着罗通和秦怀玉。

派谁看着罗通呢？左车轮选中了单天常和周衡这两个人。他知道单天常和罗家有仇，把罗通交给单天常保险跑不了，他也担心单天常报私仇杀了罗通，但是还有自己的亲信周衡，二人可以相互监督着。他还是不大放心，最后明告诉单天常了，你一定看好罗通，不能出事，也不能报仇杀了罗通，如有半点差错，军法无情。

单天常听说叫他看着罗通，心里别提有多高兴了，心想：姓罗的，我和你罗家有仇，恨不能把你罗家斩尽杀绝，这回落到我的手里，不把你置于死地，也叫你知道我单天常的厉害，报仇的日子到了。可是，没找到机会，他也不敢动。左车轮带领众将打仗去了，他可得机会了。这一天，吃完了晚饭，他带着兵器和几个知近的弟兄，直奔押罗通的土牢房来了。来到后山一个土牢前，他命人打开牢门，又派带来的弟兄，在牢外看守牢门，不准别人进来。他自己扶着宝剑柄走进土牢，只见两个人都在这儿押着呢！

罗通突然听见牢房门一响，大摇大摆地走进一个人来。他仔细一看，大吃一惊，心说：这不是单天常吗？他怎么跑这里来啦，罗通的记忆力好，眼睛又尖，别看是晚上，一眼就认出他来了。

单天常也看出罗通认出了自己，他把灯笼往墙上一挂，手扶剑走到面前，凳子一拽，就坐下了，问："罗通，你还认识我吗？"

"认识！"

"认识就好，你没想到你能落到这个地步吧？"

"哼，自古打仗，胜败乃是军家常事，落到敌手，是生是死，任凭于他！大丈夫生在三光之下，生而何欢，死而何惧呢。我虽然没想到落到现在这个地步，可是我知道应该怎么活着，也知道应该怎么死。单天常，可惜你这个堂堂七尺男儿汉，威威武武的大丈夫，你为了活命，究竟屈膝于什么人，你为谁尽忠，你自己都不知道。作为一个人，你应该怎样活着，你都不知道。今天大概是忙中偷闲吧？跑这儿来看看我，哈哈哈……这还不错，你还没忘记你是中原生、中原长的中原人，来看我这个中原人，说明你还有这么一点儿羞耻心。"

单天常一听这话，敏锐地察觉到他这里话里有话，忙说："罗通，我这是叫你们逼的，君不正臣投外国，父不正子奔他乡，你们把人逼到如此地步，还谈什么'羞耻'二字，你以为这样一说，我就能听信你的话了？"

"不，我不打算这样做，我也做不到，你都忘记你是中原人了，和你说这个，你也无动于衷。"

单天常被气得"噌"的一下站起身来，把眼一瞪说："罗通，说别的都没有用，你现在是被扣之将，你的小命就在我的手里捏着，我叫你活，你就活，我叫你死，你就得死，你信吗？"

罗通哈哈一笑，说道："单天常，你别吹了，说得倒轻松，我的命在你手里捏着？哼哼，我不信，你要有胆量就把我杀了，别看我困在这里，也比你的小命儿值钱，我说你不敢，你手里的三尺宝剑不是杀人的吗？来，你把你

罗爷的人头砍下来，你敢吗？哼！左车轮是叫你看管我，别让我跑了，你敢动我一根汗毛，你都吃不消对吗？"

"呸。"气得单天常唾了罗通一口说，"姓罗的，你别想的那么轻松，我说叫你死，就凭我的一句话，你信吗？"

"我不信。"因为罗通是想把他的火给激起来，一剑杀死我倒好，省得他们拿我当诱饵，大唐知道我在此被困，一定派人来救我，这样只能使唐营上人家的当，中人家的计，不如我一死，免得唐营吃亏，我也就无牵挂了。所以他想激起单天常的火，好让单天常快把他杀了。

"姓罗的，你想得倒挺好，想叫我一剑杀死你，你死个痛快，告诉你姓罗的，没那么便宜，生杀权现在是在我手里，可是我不杀你，我叫你死不了，让你活受罪。"

"你是小人见识，大丈夫办事应当是胡萝卜就烧酒——嘎嘣脆。"

"叫你痛痛快快地死，那是便宜你，别忘了，我跟你有杀父之仇。"

秦怀玉实在听不下去了，气得他叫道："单天常，你不要再提你父亲和老罗家的仇恨了，你就说你投降了北国，认贼作父，为了活命找条生路，讨上一碗饭，对付活着，宁可膝盖受屈，给人家磕头哀求人家，赖衣求食，勉强活着罢了，就别说什么仇、什么恨啦！你既不是奇男子，也不是大丈夫，你是个匹夫，以后再别提你爹的名字了，为什么呢？你别给你爹爹丢人了。"

"娃秦的，何出此言？"单天常怒问。

秦怀玉说："别人不知道，咱们三人当中，我们俩要比你知道得多的多。想当初，贾柳楼滴血淋盆，人所共知，我五叔赤发灵官单通单雄信，手中金鼎枣阳槊，有万夫不当之勇，瓦岗山上称为五虎上将，谁人不知，谁人不晓？那时候我四叔程咬金是大魔国的皇上，我父亲为兵马元帅，你爹爹是五虎上将。提起单雄信当年八里二贤庄的时候，人称他为单二员外，结交普天下所有的英雄豪杰，把脚一跺，可以说四角乱颤，没有不知道的。"

"想当年，我父不得志的时候，曾经当锏卖马，在山西潞州天堂县八里二贤庄认识你父亲之后，成为生死弟兄，相识了绿林朋友，他们是虽未同生、情愿同死的兄弟啊，情同手足一般。我老叔罗成放着少王爷不当，偏偏投靠大魔国的众家弟兄，就是为了推倒大隋朝杨广。"秦怀玉又说道，"他们走得正，行得端，后来瓦岗散将，你父亲保了王世充。王世充把妹妹配给你爹爹，也就是你的生身之母。后来大唐推倒隋朝，唐王李世民领兵去取洛阳，取洛阳的目的就是收服你爹爹，因为他老人家是五虎上将之一。王世充不肯投降大唐，你爹爹要与大唐决一死战，可是大唐迟迟不打，原因就是想要说服你父，可是你父有个解不开的疙瘩，说什么也解不开这个扣。"

什么扣呢？秦怀玉就从头至尾地说起来了。秦怀玉所讲的，正是单家和大唐以及罗家不解之仇的原因。

原来唐高宗李渊李叔德没当上皇上的时候，保着大隋朝，他携带家眷回太原。杨广这小子不是东西，杀父夺权，鸩兄图嫂，欺娘奸妹，什么坏事都干。这小子看中了李渊的妻子窦氏，也就是夏明王窦建德的妹妹，窦氏长得很美，杨广改扮响马，在临潼山劫杀李渊。

"眼看李渊全家都不能活了，正在这时我爹秦叔宝正押解差赶到，把杨广杀败了，李渊问我爹秦叔宝的姓名，他老人家不说，李渊追着还问，我爹边跑边说，你别问了，你记住秦琼就行了。结果，李渊光听见这个琼字，再者秦叔宝伸出大手摇晃，意思是别问了，而李渊错认为秦叔宝姓琼名五，所以后来修了个琼五将军庙。等秦琼走了，李渊想走，说来也巧，这时正赶上你伯父单雄仁到外边做买卖，从山弯里出来，李渊错认为还是响马，拉弓放箭。单雄仁根本没有提防，一箭正中咽喉，单雄仁带来的伙计，一看大员外死了，想问问怎么回事，结果李渊他走了，只好把单雄仁的尸体送回二贤庄。从此单雄信和李家结下了杀兄之仇。那时讲究父兄之仇不共戴天。后来李渊做了皇上，你爹单雄信心中不服。瓦岗散将之后，他保了王世充，就想把大唐推倒，大唐来取他的洛阳，他是非打不可呀。那时罗成和单雄信在一起住在三贤馆，这个三贤馆就是王世充为秦叔宝、程咬金和罗成修的，后来秦琼和程咬金被徐茂公请走了，当时罗成并没跟着去，单雄信三番五次地试罗成，罗成只好顺嘴说不投唐，其实内心早想投唐了，罗成一投唐，单雄信都要气死了，本来唐朝能人最多，实难取胜，罗成又跑了，单雄信无奈被逼自刎身亡。这些都是我爹秦叔宝亲眼得见的。"秦怀玉把这些事情说完了，又问单天常道："唐朝对你父做到了仁至义尽，你父最后是自己抹脖子死了，也不是别人杀的他，你为什么把这个仇恨记在大唐账上，恨在老罗家身上。罗成锁五龙与你毫无干涉，你现在凭什么要杀罗通？"说到这儿，就听见外边有人说："好，讲得好。"

第五十六回 明大义单天常悔悟 救罗通周衡献良策

单天常听秦怀玉讲这些经过，讲得有头有尾，他的这些话都是从他爹爹那儿听来的，也听程咬金讲过，这些恩恩怨怨怎么好记在大唐身上。

再者说，前辈的事情你怎么会记到今日，就算记恨大唐李姓，也恨不到老罗家身上啊！秦怀玉接着说："不管你记恨谁也好，咱们都是中原人哪，现在是两国开兵打仗之时，咱们应当同心协力，为自己的国家出力才对。你为什么投了北国，反过来打自己人哪？

"你也是中原人，中原生中原长，不但不报中原水土之恩，反而帮他们打自己人，你把祖宗都忘了，这能说你是忠？是孝？你的所为，你的前辈人是做不出来的，老人死了埋在地下，却因为你的所作所为挣下的是骂呀！那骨头棒子都乱蹦啊！你爹爹是位英雄，轮到你这儿，你却身投外国，不忠不孝。

"再说你的不仁不义。我们这些人都是贾柳楼磕头弟兄之后，可以说是父一辈、子一辈的交情，而你只为一点点的恩恩怨怨，不顾国家大事，你算什么英雄。将来你的儿子长大成人之后，他们会恨你、会骂你的呀，你说你算什么人呢？

"单天常，你要听我良言相劝，现在回头还不晚，不要瞪着眼往泥坑里跳，到那时候怨天天不语，叫地地不灵，落个不忠、不孝、不仁、不义，你都对不起你死去的爹爹呀！他虽保了王世充，倒也是中原人哪，可你呢，保了外国算咋回事？"秦怀玉还想往下说哪，此时单天常的脸都涨得发紫了，像紫茄子似的。

罗通扫北

本来是花花脸儿，臊得一红一白的，浑身是口也难以分诉，毕竟他知道的事情都没有秦怀玉知道得多，想辩驳都没法辩驳，只能说是爹爹死在唐将之手，大爷死在大唐之手。他正想着说些什么，忽听身中后有脚步声音，并且带着笑声说："哈哈哈，好，讲得好。"

单天常回过头一看："啊！"当时是目瞪口呆，来的是周衡。周衡和单天常同时奉了赤壁保康王之旨、大元帅左车轮之令，共同负责看守罗通和秦怀玉。

今夜单天常私自来到土牢，现在被人堵上了，这多不好哇，只好转过脸来说："啊，是周将军哪？"

"是啊，单将军，我还不知道你这些底细，这回我可都清楚了，原来你也是中原的根哪？"

"周将军，我本来就是中原人，你怎么说不知道呢？"

"是呀，过去我不知道你的底细，这回我全明白了。"

"周将军，你听明白更好，咱们也不错，有事我也不瞒你，你是大元帅左车轮比较亲近的朋友，也是赤壁保康王信得过的将军。说实话，我就想杀了罗通，好为我爹爹报仇雪恨，今夜我私自来到土牢，也没和你说一声，你不会怪我吧！"

"这话说到哪里去了，派咱们俩看着他们，你来干什么，还用告诉我呀。这不，我也来了吗？""唉，周将军，你来这里……"

"我是到这里来察看的，没叫他们声嚷，我才听你们说了这么多的话。单将军，这位秦怀玉所说的那些话，我看句句属实，跟我过去所听的、所知的真还一点都不差。此时此刻，不知单将军你是怎么想的呀？"

"啊，不不不，周将军你千万要听他的话，他们那样说是想激我，可我、我一定在北国为康王效力。""单将军，你说这话是真的？""真的，真的。""这么说单将军，你真的不顾你的祖宗啦？真心实意地为北国效力，愿意当这叛国之贼？"

"啊，这、这，周将军，你怎么这样说呀？"

"你先别问我，我现在问的是你。"

"哪能这么讲呀，常言说，'君不正，臣投外国；父不慈，子奔他乡'，我这不是为了报仇吗？"

"单将军，我想多说两句话，你先别问我。我说你呀，也该回头啦！现在你已经是马到悬崖该勒马了，再不勒马，恐怕是过了这个村，可没有那个店了，你再想回头来为本国效力，那就没有这个机会了。单将军，此时可正是个紧要关头啊！"

"呵，周将军，你——""单将军，现在你不要嚷，我告诉你，手下人都被我支走了，我的心腹之人在门口看着哪，你就是嚷也没有人管，不管你喊什么，也没人理你，我和你把实话都说了吧！如果你能点头，咱们俩一块回国吧，救了秦、罗二位，杀他个痛快，立了功，赎咱们几年来的罪过。""周将军，你、你——""你还不知道我是怎么回事吧？""怎么不知，你、你是左元帅最要好的朋友。你对北国最忠诚，你曾经脸上刺字，到中原下过战书，你怎么能说出这样的话来，难道你想害我？"

"哎哟，单将军，你这是说的哪里话呀？看来真是画龙画虎难画骨，知人知面不知心哪。你不知道我姓周的是怎么回事吧？我也是有苦难言哪！今天也是时候了，我也该把实话说出来了，当着二路元帅罗公子和秦先锋，别把我周衡当作北国之将，我也是在中原的根哪！"

这一下闹得个罗通、秦怀玉丈二的帽子摸不着顶了，这是怎么回事，乱七八糟的？"周将军，你是中原人？"

"对。提起这话来，小孩没娘——话就长啦。咱们长话短说，听我对你们讲。"

原来，这个周衡的爷爷就在北平王罗义的帐下听令，后来他爷爷去世了，他爹爹就子承父业，仍然在罗义手下听用，是罗义最信得过的差人。后来他爹和武奎结下了冤仇，武家兄弟要加害他爹，此事被北平王罗义知道了，可是他爹惹不起武家兄弟们，因为那时的武奎、武亮是隋杨广、杨林派到北平府的亲信。

罗义知道武奎、武亮是靠山王杨林安在北平府的两根钉子，是专门监视自己的，后来秦琼秦叔宝到北平府的时候，也和武家兄弟夺印比武，一时不能把他们怎么样，国家也是如此，老王爷知道保护不了他们，只好打发周家远离他乡，暂避一时。

到哪去呢？那时北平王罗王爷和北国瓦口关的主帅红海相好，也是打出来的朋友，北国红海被罗义打得服服帖帖，可是罗义总是制伏、不治死，什么钩镰枪大破北国红海的连环马呀、什么人牛阵啦，曾多次打败红海，但从来没有赶尽杀绝，对红海很讲义气。

所以，红海特别感激罗义，后来他们不但和好不打了，而且还交上了朋友，双方互相援助，因为当时正是混战时期，北国内部的东西突厥互相对立。罗义有时也帮红海，所以罗义把周家送到红海那里去。红海当然欢迎了。

周家到了北国，红海给安排了个差事，还算挺好，那时候的周衡还在他娘的怀抱中！他们到了北国后一直没有回中原，那时中原也很乱，什么十八家反王、三十六路烟尘、七十二处盗寇呀，打了个乱七八糟。后来大唐平定四海，反王归顺，唐高祖李渊也做了皇上。

周衡是在北国长大成人的，他父亲在临终的时候把孩子叫到身边，给他说明这一切，没有北平王罗老爷，咱这一家早都没了，将来有机会千万回奔中原，如见到罗老爷或者他的后人，一定要报答他对咱们的救命之恩哪，他母亲生前也常嘱咐这件事。父母死后他学会一身武艺，一直在番军营里，被赤壁保康王重用，特别是两国打仗，左车轮为元帅，他在左车轮的帐下，因为他有意回中原，所以和左车轮相当亲近，总是顺他的心办事，左车轮拿他当自己的好朋友，什么事也不瞒着他。

左车轮为了出口气，叫中原看看北国有能人，就派人面上刺字到中原去大唐下战书，要羞臊大唐，谁不怕死谁去。

赤壁保康王传旨问谁去？周衡就自告奋勇，去下战书，实为回中原看看。而且左车轮也保举周衡，认为周衡是北国最大的忠臣，让他去准没错，他绝不会破坏咱们的好事。就这样，周衡忍痛在自己脸上刺字，一心想回中原。

万没想到赤壁保康王和左车轮办事太绝，在临行前就把周衡的家眷给扣起来，并下令道：如果你一旦不回来，或者有对北国不利的行为，你们全家就甭想活了，真的出什么事，或者你要死在中原，你的全家老小都受皇封，并许了愿。这样一来，周衡再想回中原，一时是不可能的了。

可是他想就此机会，回到中原先看看，都说李世民是位有道的明君，我看看他到底怎么样？真要这样，我只要能保住性命就好，回来之后，我再做内应。结果，李世民还果真是位明君，脸上刺字不怪他，怪的是左车轮，恨的是赤壁保康王，而且又把他安排到金亭泽馆，好吃、好喝、好照顾。程咬金还跟周衡学了好多北国话，什么"问得闷""丫步""步尔遁丫步"都是跟他学的。临走的时候，程咬金还把他送出老远。周衡对程咬金只说了几句话：

"程老千岁，你回去吧！你放心，到了北国，只要有用我之处，我一定拔刀相助。"

回来之后，全家的性命算保住了，虽然说人回来了，可是周衡的心真想着中原。要不程咬金回京搬兵的时候，他和左车轮左说右讲地想尽办法，最后还是把程咬金放走了。要不是周衡从中帮忙，程咬金他过不去番营。周衡也是有心人哪，虽然心向中原，可是处处留神怕露了马脚。

今天他也是特意来看看，明着是看守秦、罗二人，实际是在保护他二人，有机会就把自己的事说给他们听，叫他俩作为引见之人，水流千里归大海，树要落叶归根，我该回中原啦！万没曾想单天常今晚到这来，刚才那些话他都听见了，秦怀玉说的和自己知道的一样。于是，周衡心想：我应该借这个机会再劝劝单天常，同时把我的身世对他们说明白，单天常如能听劝更好，如果还是不听劝，我的身世对他也不起作用，那就别怪我了，只好另外想法。所以，周衡这会儿才把话都说了出来。

周衡把这些事讲完之后，对单天常说："我把实话跟你都说了，你也是这么回事，我也是这么回事，所不同的是，你还记恨着自己的国。什么时候啦，是该为国出力的时候啦，你的事再大也是小事，国家的事再小也是大事呀。一旦国家灭亡，你想想，你活着还有什么意思呢？北国真的给大唐灭了，恐怕你我都是站不住脚，想吃北国这碗太平饭，就不可能的；要是可能，你想没想，会有人骂我们是卖国贼，竟成了千古之罪人，遗臭万年。况且，秦公子适才所说的那些话都是事实，这是人所共知的呀，因为你爹爹也是中原有名之英雄人物，不说名扬四海，也可以说是名声远震哪！山西潞州天堂县八里二贤庄的单二员外谁不知道，因为他出了名，他的一生、一切事，好的、坏的、对的、错的，都能引起人们的关注啊！李渊射死你大爷，确实是误伤，他不是有意的，这件事有当事人，秦叔宝秦元帅他可以做证，你爹爹为报兄仇，多次伤害唐王李世民，可是二主唐王都不怪，一心想收服于他。可是你爹爹就是不听，最后自刎身亡。

"这怎么怨老罗家呢？当年罗成擒拿你爹爹，也不想置他于死地，而是想劝他和众兄弟一起保大唐，不保大唐，也别再闯营杀人啦。如果罗成不捉拿他，别人又捉不了他，只好任他闯营随便杀人，那得有多少兵将死在他的手下呀。这些事可以说是人人皆知的，怎么你就偏偏认死理，听别人的传说呀！

再者说，不管有意也好，误伤也罢，你和李姓是私仇。现在北国侵犯中原，烧杀掠夺，抢男霸女，这可是国仇哪。如今，我们给敌人出力，中原人不骂我们吗？单将军，我说得多了点，我看，别犯傻啦，到了悬崖勒马的时候了，快回头吧！"

单天常倒退了好几步，像是泄了气的皮球一下子坐在破椅子上，一时回答不上话来。

周衡所说的话是罗通和秦怀玉预料不到的，罗通说："哎呀，原来周将军也是中原人，恕我有眼无珠。"

"罗公子不必客气。"他回头又对单天常说，"单将军，刚才说的对不对？你还有想不通的你就说出来，如果能把我说服，我情愿被擒，不但你杀他们俩，连我也一块杀，谁让我弄错了，你拿我们仨去为北国尽忠；如果你没有想不通的，也没有相当的理由讲，你说你怎么办吧？"

这时候单天常的心是十五只水桶打水——七上八下，坐也坐不稳，站也站不住。在这破土牢里，他就转开磨了，暗自叫着自己的名字：单天常啊单天常，你是错啦，你是中原人，怎么都不如周衡，人家比你高的不是一点半点，他有报国之心，难道你真的就这样下去，给爹爹丢人现眼，往祖宗脸上抹黑！难道真的错了，你父之仇怎么都和你知道的不一样啊？难道他们都说假话吗？你知道的就是真的吗？

可是你经过的事你都知道哇，他们对你苦口相劝，几次不杀你，罗通不也曾把你拿住不肯杀吗？还把你收留下。程咬金说了那么多的好话，可是你听了苏麟、苏凤的话刺杀罗通，可是罗通还不肯杀你，程咬金把你保下来了，最后你还是跑了。他想到这里，自己的良心受到了谴责。

单天常的自我矛盾心情被罗通看出来了，于是罗通叫道："单哥哥，你不要再犹豫了，周将军说得有理呀！单哥哥！只要你不记恨小弟，咱们就把过去的事情一笔勾销，等回朝之后，一切都有我来担当，绝不再追究你也就是了。再者，我父唐王李世民是位有道的明君，绝不能把一时想错一步做错的事情加害于你的，不但我给你提保，就连我二伯父秦叔宝、我四伯父程咬金和贾柳楼那些老前辈们，都能给你担保，你就别再多疑多虑了！"

单天常听到这儿，一下子扑到罗通的面前，眼光对眼光，双手扶住罗通问道："罗贤弟，你真的不怪我？"

"天常哥哥，我不是告诉过你，当初咱们刚见面时，我就说过，我罗通虽然人小，但绝不悔改前言，也不会骗你。"

"是呀，咱们活着就活个光明磊落，死也死个正大光明，咱们是父一辈、子一辈的交情，我们绝不能为了活命欺骗于你，你就放心吧。你如不信，我们敢对天盟誓。"秦怀玉插言道。

说罢，罗通、秦怀玉不约而同地对天盟了誓，那时候的武将最信这个，不管迷信不迷信，什么死在乱刀之下、什么马踏如泥等，这是武将最忌讳的。

"二位兄弟这么说，千错万错都是为兄我之错也！只要你们不记恨我，哪怕是回国之后皇上处死我，也算我自作自受。周将军，你是我的指路人哪。"

"单将军啊，我早就知道你是中原人，可是我不知道你有这么些解不开的事，现在都说明白了，别的事儿先别说了，时间可不等人哪。趁着左车轮保着康王和众人摆阵去了，咱俩得想法把这二位救出来，咱们也该回国了。"

"是啊，大哥，你放心吧，不过怎么个救法？"

"你说哪？"

"我看这么办，你们两个屈尊贵身，先在土牢里等，咱俩假装没事，回去安排好自己的近人，定好时间，再来救他俩。不过，你我二人嘴一定要严，千万不可走漏风声，如有三心二意，我单天常要对天盟誓。"

单天常也是怕罗通、秦怀玉和这位周将军信不过，前有车后有辙，前边不是跑过一回吗，所以他也对天盟了誓。

"单哥哥，你不必盟誓，我们相信你也就是了。"

"好吧，你们二人先在这委屈委屈，我们走了。"两个人退了出来，照样锁上牢门，派人看着，俩人回到寝帐之中一起商量怎么办，如何搭救这俩人。俩人心想：只凭咱俩人，或者有几个心腹人把他们放出来也杀不出去呀！更何况还有三道石关挡着哪，这三道石关都有兵将把守着，一无金牌、二无令箭的，绝对杀不出去。单天常说："就凭我胯下马、掌中槊，准能闯出去，你保着他俩。"

"不！"周衡说，"我看咱们这么、这么办，里应外合准能成功。"

第五十七回

丢酒菜老国母信神
吹法气震住保灵王

周衡想到二王，也就是赤壁保灵王，还有老国母都在山上。现在守山有权的是谁呢，就是铁雷八宝。因为铁雷八宝吐了血，左车轮让他养伤，并镇守这座黑龙山，这小子心狠心黑，守山他是很有办法。铁雷八宝告诉周衡，对二王要多注意，不许二王接近罗通，更不能让他和罗通说上话。"像我单天常和二王是说不上话的，就是能说上话，二王也不一定信。如果你要是能说好了，当然更好，一旦说不好，二王要把你抓起来，就剩我自己，罗通和秦怀玉也救不了，杀也杀不出去，那可怎么办哪？"单天常说。

"你说的确实有理，如果不这样做，就凭咱们俩不行！现在，要是唐营能来攻山，那就好办了。我们出马打一阵给唐营送个信，把此事说明，也能好一些呀！"想来想去，最后周衡说，"先找二王试试看。"

"你到哪里去找二王，去静心宫吗？再想想还有没有更好的办法，一说，就得叫二王相信咱们。"天常说。

"是呀，我也是在想这件事，因为二王知道我和左车轮最好，突然和他说这个事，他能否会相信呢？会不会引起他的疑心呢？我倒是还有个好办法，可是不容易办到啊！"周衡说。

"什么好办法？"天常问。

"咱能想法把铁雷八宝给逮住，把他绑上去见二王，再把他软禁，然后对二王和老国母说，到那时二王就一定会相信咱们了，也许能和咱们一起救罗通和秦怀玉，达到两国和好、保住北国安全之目的。况且二王知道铁雷八宝最坏，可是铁雷八宝现在在黑龙山上是大权在握，也不好抓他呀！从长计议，时间又太紧，真没办法，只好先找二王谈谈看吧。"

"哎，周大哥，你看这样行不，咱把铁雷八宝请来，用酒把他灌醉，然后再抓他，你看如何？"

"行是行，就怕这小子不来呀，因为全山的军务都在他一人身上，他又很认真，怕是请不动他。人家现在有权有势，准不给这个面子。如果要真能把他请来，准能把他灌醉，也准能逮住他。"周衡说。

"这么说，咱就试试看，事不宜迟，现在我就去请他，请不来再说。"单天常说。

"好，就这么办，请不来他，咱就真找找二王去。到那时，我就随机应变了。"周衡说。

这两个人正琢磨着怎样活捉铁雷八宝呢。就在这时，土牢的看守慌慌张张地跑来禀报说："二王到土牢找罗通去了。"周衡一听大吃一惊，恐怕罗通出危险，他俩急忙奔向土牢。

怎么回事呢？前边说过侯山和丁海已经上山了，藏在后花园的葡萄底下，白天不敢露面。等到晚上，两个人从葡萄架下悄悄地出来，二人拉开距离弯下腰，边走边看。看来这个院子不是一般人住的，至少也是皇亲近人住的。院内楼台殿阁，花园又这样阔气，非同一般。

两个人正在想法探听消息，猛然瞧见，从花园那过来两个人，原来是两个小丫鬟：一个丫鬟在前边打着灯笼，另一个丫鬟在后边跟着，手里端着个托盘。她俩一边走，还一边说："哟，看今天晚上啊，老国母可高兴啦。"

"可不是嘛！""这么多天啦，老国母总是面带怒色，一点不乐，所以她的病不见好。你看这两天，有点笑模样啦，她的病也见轻了。你说，老国母的脾气有多好啊，可是，什么事都不顺她的心。"

"那还用说呀，如果康王也像灵王似的，那不就好了吗！"

"哎，小心点，可千万别让大王爷听见了哪，要是让他听见了，咱们还能有命吗？"

"咱俩在这说话，谁能听得见哪。"

侯山和丁海一对脸，"噗嗤"差点笑出声来。俩人心说：没人听见？这不，我们俩都听见了吗？

听这话音呀，可能正好是老国母的寝宫，这回算咱俩走运，找的还正是地方！可是，怎样才能见着国母啊？有国母，可能也有二王。别着急，慢慢地想办法。

这俩丫鬟一边走，一边说，一边笑，侯山就看见丫鬟的托盘里放着吃的，闻着香味扑鼻，真有点馋人哪！他心说：我们俩从牧羊城出来整整一天一宿啦，白天在葡萄架下虽然吃了点炒米和牛肉干，总不如热热乎乎的炒菜香啊！哎，我得想法把这吃的弄到手。想罢，他就在丫鬟的后边悄悄地跟着。

两个丫鬟做梦也想不到有人跟着啊！拿托盘的丫鬟觉着左手有点发酸，转转个，用一只手托着盘底，另一声手抠住托盘的边儿，两人仍然是边说边走。这样一来，可就给侯山造成机会了。

侯山一看，这个机会太好了，她这是成心送给我吃呀！干脆我就别客气了。他略微一擦身，看见盘子里放着两菜盘一壶酒，心说：不管这是给谁准备的，让咱先尝尝吧！我也不能独吞哪，给你留下一盘菜吧！侯山一边想着一边伸手，轻轻用左手拿菜，用右手拎酒壶，连一点响动都没有，顺顺当当地就拿过来了。丫鬟的精力全用在俩人说话上了，再者，她也没提防有人偷啊。侯山很高兴，拿着一壶酒和一盘菜，俩人蹲在一块，嘴对嘴长流水地就喝上了。

这两个丫鬟是奉了老国母之命，准备两个菜拿壶酒来和二王喝两盅。她们俩进门之后，一个把灯笼放下，另一个端托盘的进屋把托盘一放，"啊！"，丫鬟心里就一愣，心说：两盘菜怎么剩一盘啦？一壶酒也不见啦？她正在发愣呢，打灯笼的丫鬟就问："哟，怎么就端来一盘菜呀？"

"啊，可不，那盘还没炒好呢。这不，酒壶也没拿来呀？"

俩丫鬟一问一答配合得还挺好，回头对老国母说："国母，那盘还没好，你老等一会，我再去端去！"

"好，你们不嫌累就再跑一趟吧，谁让你们不多等一会儿，一块端来呢？"国母并没责怪地说。

俩丫鬟一个提灯笼，一个拿着托盘就出来了，一边走一边说："哎，我明明看着是两盘菜、一壶酒放盘里，没错呀，怎么剩下一盘了，那壶酒也没了，大师傅和咱闹着玩儿，不能啊！我看着放在盘里头的呀！"俩人到厨房一问厨师，厨师说："确实给你们放好两盘菜、一壶酒，你们才走的，怎么能少呢？"

"啊！真的？难道出鬼了。"

"不管怎么样，再炒一盘吧。"大师傅又炒了一个菜，拿过一壶酒说："这回看准了哇，都放在托盘里啦。"

这回俩丫鬟顾不得再说话，急急忙忙地往回走。又走到花园门这儿，端托盘的丫鬟就觉着身后"唰唰唰唰"的直响，"啊！"什么声音？本来丢了一盘菜和一壶酒，这心里就有点害怕，再听这身后有响动，就觉得这身上发毛。

原来侯山用一块细铁丝儿，一头接上块纸，另一头挂在丫鬟的罗裙上，人走得快，这张纸擦地的声音就快，"咧咧"，人走得慢，擦地的声音也就慢些。这可把这个丫鬟吓坏了，她赶紧跟打灯笼的那个丫鬟说："春桃姐，不好，你看我身后有人吧。"

都是女孩子家，能不胆小吗？打灯笼的丫鬟慌慌张张地在前头边走边回头看了看说："尽胡说，哪有人哪？"

"不对呀？我怎么觉着有人跟着我呀！"

"有人？快跑！"

两个人吓得真就小跑起来了，可是，她俩跑得快，这纸响的声音也快。

端托盘的丫鬟越害怕，不住地问："春桃姐，你快看着我身后有人没？怎么咱走得越快，这声音跟得越紧，你快点看看！"

打灯笼的丫鬟也听"哗啦啦"的声音，回头再看，还是没人，心里就直纳闷儿，这是什么动静啊？她壮着胆子，停下脚步，提着灯笼转到这个丫鬟的身后看看，说："呀，你裙子挂的是啥东西？"

"啊！挂上东西啦？"端托盘的丫鬟扭头一看，说，"哎哟，可吓死我了，在哪挂上块破纸呀！吓得我腿肚子都软了。"

"可不是吗，叫你吓唬的，把我也吓得够呛。快，把它摘下来吧。"

端托盘的丫鬟把托盘放在一块青石上，弯下身子去摘挂的东西，把纸摘下来往旁边一扔，说："去你的吧，叫你吓死我了。"

"春桃姐，不对呀，怎么还接着铁丝呀？咱也没到别处去，怎么接上铁丝啦？"

"那可备不住，不一定在哪挂的呢？"

"怎么这么巧了，连铁丝带纸一块挂上啦。"

春桃听着也有道理，但又说不清楚，总觉着头发根儿直哆嗦，只能说：

"别瞎猜啦，怪害怕的。"说着话，另一个丫鬟就去端托盘，"啊！"这回可把她俩吓坏了。怎么啦？原来是刚炒好的那盘菜又不见了，青石上放着一个空盘子和那个空酒壶。俩丫鬟被吓得惊叫一声："哎呀，有鬼！"说完后，她俩不顾一切撒腿就跑来到老国母的房中，吓得脸色都变了，口里还喊着："有鬼！"老国母听说有鬼，也吓得一哆嗦。二王也愣了，忙问："什么？有鬼？鬼在哪？"俩丫鬟就把刚才的经过说了一遍。二王可不信这个，什么鬼不鬼的，带着手下人来到花园就问："在什么地方？"俩丫鬟哆哆嗦嗦地说："就、就、就在这儿。"二王一看四周围什么也没有，就是青石上放着个空菜盘和酒壶。他断定这不是鬼，分明是有人，不知是什么人饿急了，为什么不到厨房去偷，单单偷丫鬟的，这不成心要笑人吗？想罢，他问了一声："哎，是谁呀？是哪位英雄？你快出来吧？"二王连问了几声，也没有人回答，又带着众人把花园搜了一遍，他没发现什么，然后又回到老国母的房中。老国母也挺害怕，忙问二王："怎么回事呀？"

"母亲，你不要害怕，不知是什么人饿了，偷吃了菜和酒。"

"哪能啊？山上的人没有缺吃少喝的，这一定是什么神呀、怪呀，什么精灵啊！千万不要嚷了，多准备点祭品，好好祭奠祭奠，上上供就是了。"老国母说。

二王只好"哼哼哈哈"地答应着就算完了，没往心里去，因为这山上全是兵没有民，山寨又把守得甚严，哪能有鬼神啊。小毛贼更不敢到这里来呀！这山上他们也上不来呀！所以，他没把这当回事，和母亲说了会儿话，就回自己的寝房了。

二王回到自己的寝房，有人把门推开，他到里屋将防身宝剑挂在床头，然后让手下人回去休息，自己到外屋把门闩上了。

这时，屋里只剩下他一个人了，他拿起书来想要看看书，打开这本书看了两眼，看不下去，又拿起一本，也是不爱看，心里愁肠纷乱，忧虑不安。于是他站起身来，在地上转了几圈。这时天近二更，他觉着昏昏沉沉似乎有点困意，"噗"一口气把灯熄灭，也没脱衣服，就躺在床上，可是辗转反侧，未能入睡，脑海里光琢磨今天晚上出现的事。突然间听见后窗户"呼嗒呼嗒"地直动弹，二王翻身下床，"锵啷啷"抽出三尺宝剑冲窗外喊了声："什么人？"再看窗户扇不动了，停了一会儿，也没听见什么动静。他刚想上前用剑挑起扇往外看看究竟是怎么回事，这时又听门环子"当啷、当啷"地响了几声。二王心想：今天晚上这是怎么啦，丫鬟丢酒、丢菜，现在我的屋中不是窗户动弹，就是门环响，难道真是鬼？他手提宝剑来到外屋，将身子站稳，侧耳静听，单等有人进屋，就一剑刺死他。

他正在全神贯注地听动静呢，就觉着后脖颈上凉喳喳的，他大吃一惊，回头一看，只见一个黑影手持单刀压在自己的脖颈上，二王脑袋瓜子"嗡"的一声，差点没昏过去。他壮了壮胆子问道："你、你、你是人，还是鬼？"

这位一听二王的问话，倒把他提醒了，"嘿嘿嘿嘿"发出吓人的笑声。

二王从来没听见这种笑声，深更半夜的，再加上他琢磨丫鬟丢酒、丢菜的怪事，本来就有点害怕，一听到这种笑声，吓得他一屁股坐在地上，就有点昏了。

来人见他吓坏了，急忙把他抱进屋中，放在床上，然后点着灯。

二王醒过来后顺灯光往桌上一看，"啊！"又吓呆了，八仙桌上坐着个尖嘴猴腮、瘦小干枯的人，咧着嘴，冲他直笑，穿一身短衣短靠的夜行衣，背后插着单刀。二王站起身来一摸宝剑没了，刚想要喊来人。桌上这位真是手脚灵便，没等二王喊出声来，伸手就把二王的嘴给堵上了，掐着二王的脖子说："二王千岁别害怕，我是来保护你的。"

二王心说：有这么保护的吗？照这样保护非保护死不可。于是，二王急忙问道："你、你、你、你到底是什么人？"

"二王千岁，明人不做暗事，我实话告诉你，我是大唐朝赫赫有名的夜游神侯山是也！要提起我爹，名气更大，他老人家是贾柳楼三十六友之一，名叫侯俊吉，你知道吧？"

提起侯俊吉来，不但二王知道，可以说东辽、党项和突厥无人不知，无人不晓，真是威名远震哪！二王心想：我们黑龙山把守严禁，燕雀难过，他闯过三道石关没被发现，说明他的武艺高强，他是怎样进我的卧室的呢？他究竟想干什么呢？来刺杀我？为什么又不伤害我，还说保护我，看来确实无害我之意，要害我，刚才我就完啦。想罢，他忙说："侯将军，你松手放开我，咱们有话好商量。你到我们山上来干什么？你是怎样来到我的卧室的？"

侯山见二王不大惊慌了，这才松开手说："好，咱们君子一言，绝不反悔，我放开你，料你也跑不了，你喊破嗓子也没有人。你痛痛快快地告诉我，你们把罗通和秦怀玉押在哪里？我找遍全山，连个影儿也没找着，累得我又渴又饿。今晚总算还不错，你们给我送来酒和菜，我已吃饱喝足了，就跟你一块来到你的寝室，我随着你挤进来了。"

二王才明白，丫鬟丢的酒、菜是被他吃了，可是他怎么进到我室内来的。他说跟我一起来的，我怎么没发现呢？看来他的轻功很好，他问罗通押在哪，肯定是为了罗通而来，既是来救罗通绝不能一个人啊。想罢，他叹了口气说："侯将军，我实言相告，我现在处境实在困难，哥哥康王对我早有戒意，两国的战事对我封锁得很严密，罗通的下落我是一字不知，信也在你，不信也由你。"我再斗胆问一句："你救罗通，带来多少兵将？"

"不用带人，就我一个足够了。"侯山瞪着眼睛说。赤壁保灵王一摆手说："刚才你明明在屋里，那外边的门环响，窗扇也'呼嗒'，那又是何人？"

侯山一笑说："你还挺机灵。那是我用的法术，你如不信，咱就试验试验，再叫你开开眼界。只要我吹上一口法气，这窗户'呼嗒'门环还得一响。"说着用力吹一口气，再看那窗户又"呼嗒呼嗒"直响。

这可把二王看得都出神了，侯山说："二王，来，你再看门上的功夫。"说完，二人来到外屋说声："二王你注意看着，我要吹啦。"说完，侯山又用力吹了一口气，就听外边的门环，"当嘟、当嘟"直响，把个二王看得是目瞪口呆。

"二王啊，要不是念你对我们中原不错，我一口气，就能把你的脑袋吹化了。"

二王被闹得也半信半疑了，不信吧，他真把窗户吹动弹了；要是信了，这不是神了吗？这到底是怎么回事呀？原来是侯山、丁海他们两个人配合的。

他们俩早就跟着二王了，连老国母说是饭菜和酒是被神灵吃了，还准备多买祭品，祭奠家庄上上供。两个人憋不住要笑，可是又不敢笑，心说：吃这一回就行了，下次就不等了。侯山对丁海说："哎，一会儿，咱俩跟着二王，要这么、这么办，只要把二王吓住，咱们的事就好办了，叫他替咱打探消息。"

"好，就这么办。"丁海说。

两个人合计好了就跟二王来到他的寝室。等二王把手下人打发走的这个空，侯山就进到外屋，隐蔽好了。

丁海早在窗外准备好了把窗户纸用小拇指，沾点唾沫润湿，抠了个苍蝇大少的小窟窿，他一眼闭、一眼睁，来了个木匠单调线，往里一看，看得清清楚楚，呵，原来这是二王的书房加寝室。哎呀，太漂亮啦，怎见得，有赞为证：

> 墙壁雪样白，地用毡子盖。
> 书案靠东墙，藏书露在外。
> 文房四宝摆，方枕压一块。
> 周鼎高笔筒，商舜做砚台。
> 黑漆太师椅，左右两旁摆。
> 两边紫檀床，闪缎好铺盖。
> 孔圣臣幅画，七十二贤才。
> 相衬五言诗，笔风传神彩。
> 经论千古用，豪情荡襟怀。
> 旦夕凌云志，方展八斗才。

丁海越看越觉得这室内雅致大方又豪华，真是富贵莫如帝王家。当他看二王躺在床上以后，他在外边先推动窗户，而后又跑到前门拨打门环，所以这才把二王吓了一跳。等侯山在屋里说吹法气了，丁海听侯山说声"吹啦"，于是他又推窗户扇又晃荡门环。

他俩这一折腾，还真把二王给镇住了，不管他信不信这法术，可是他确实认为大唐有能人，人家是马上步下都有高人啊，再和大唐打下去，我北国非灭了不可呀。二王眼珠一转，我何不如此、如此这样办。

第五十八回

带罗通国母要亲审
绑二王反绑铁八宝

侯山一通吹嘘，还真把二王给镇住了。二王心说：大唐朝真有能人，北国是惹不起呀！人家就派这么一个小孩独自上山，都进了我的屋了，我还不知道呢。他们要想杀我，我都不知道是怎么死的，看来北国完了。

侯山看见二王这副模样，就猜透了他的心思，便和颜悦色地说："二王千岁，不要多虑，我今日上山是奉元帅秦叔宝之命来拜见二王、保护二王的。"

"啊……你来保护我。"

"是呀，实不相瞒，你们北国马上就要完了，是秋后的蚂蚱——没几天蹦跶了。以前战事你们节节败退，这些你全知道，现在你们又请来白莲圣母摆下一座大阵，妄想把大唐战败。其实呢，这都是白日做梦，我大唐有的是能人，白莲圣母摆的这座阵马上就会被破，你这座黑龙山也保不住了。如果单凭赤壁保康王的所作所为，就算吃他的肉、喝他的血，也难解我大唐心中之恨，他这是罪有应得。可是我们的皇上是有道的明君，我们的元帅是仁义之帅，谁不知道秦琼秦叔宝，他老人家马跳黄河两岸，锏打半边天，赛专诸似孟尝，专诸最孝母，孟尝最爱交朋友，他们说话是算数的。不用说别的，就拿二王你来说吧，黄龙岭恩放你，你和国母上香，也不伤害你，你们进牧羊城祭祖，大唐营以礼相待，这都是真事吧？"

"对对对，是有这么回事。"

"我们皇上和元帅一直认为你和老国母是好人，不愿两国打仗，挑起战争的只是你哥哥康王和左车轮几个少数人，所以在这北国将要国破家亡的关键时刻，我们元帅派我来见二王，看看你们怎么样。如果你愿意北国不亡，人种不灭，保住你和老国母有家眷甚至为你哥哥减轻点罪过的话，我劝二王赶紧交出罗通，献山归顺，两国和好。看在你们的面子上，等捉住你哥哥时，可免他死罪，反正左车轮这小子是活不了啦！如果二王不肯听我们的，我也得把话和你说清楚，这就叫话不说不透，砂锅不打不漏，说清楚了，让你也听明白了，至于怎么办，可就全在你自己了。我们可是打山的打山，破阵的破阵，等我们元帅带大队人马一到，用重兵围困，调炮攻山，像你们这小小的黑龙山，只不过是蝼蚁之邦、弹丸之地，不堪一击。到那时，阵也破了，山也没了，左车轮也死了，你哥哥康王的死活难保，连你和老国母的性命也很难说，你再想如何、如何，那可就正月十五拜年——晚了半个月了！"侯山说了很多很多，二王开始还能和他对答，后来就光听他讲了，自己把头一低，心中暗想：人家这话可都是真的呀！虽然是真的我也不能献山投降啊！那不得落个卖国的骂名吗？如果不听他相劝，到头来恐怕也是落个国破家亡的下场。等唐营兵马打上山来，别说我那八十多岁的老母亲，就连北国的人种恐怕也得给灭绝了啊！二王翻来覆去地就琢磨开了。"二王千岁，我这可是奉我们元帅之命把话说明白，也是对你的保护，至于听不听由你，怎么办也请你说句痛快话，明天我们来打山，我还得回去禀报元帅呢！"侯山又说。

"侯将军，我难哪，说句良心话，我对大唐君臣和众将的所作所为是口服心服。要依我之见，早就该两国停战和好。没想到皇兄他不听母亲的教诲，也不念手足之情，听信那些狐群狗党之谗言，以致如今我北国落到这个残局。可是，我如要背着哥哥把唐兵引上山来，岂不落个卖国贼的骂名？"二王眼含热泪地说。

"二王千岁，这有何难，你把这一切责任都推在老国母身上，你先和她老人家商量一下。只要你好好地和国母说清楚，她会同意你的做法。"

"好，我明天就和皇娘说明一切，和她老人家商量怎么办？不过，罗通押在何处，我的确不知。现在这山上主要由铁雷八宝掌权，他把山寨守得很紧，你可要多加小心。""二千岁，你就放心吧，只要你和大唐一心，铁雷八宝不在话下。明天你就去和国母商量，而后想办法找到罗通，看他被押在什么地方。咱们一言为定，明天晚上咱们还在这见面，我要听你的准信。"

"好，那你住在哪里？一旦有事儿，我好去找你。"

侯山心想：你别和我来这套，你小子要知道我在哪住，你好派人去抓我呀？再者说，告诉你我在葡萄架下藏着，那多丢人哪。想罢，他说道："你就别问我住在哪了，我有时与天地同眠，有时到处为家，也许住在你的卧室了，也许住在国母的宫殿，这都不一定的，我能看见你，你可看不见我。"侯山这话的意思是暗示二王，如果你不真心的话，小心我姓侯的就在你身旁。

他这么一说还真管事，二王心想：我得小心点，不一定啥时候他就冒出来。二王冲侯山施了个中原礼，双手抱拳说："侯将军明天见。"

"等会儿，还有件事必须和你说明白，你是真心还是假意，我随时都能算出来，绝不是吓唬你，你的脑袋虽然是安在你的脖子上，但它是属于我的，先借给你两天用用，你什么时候变心，我就什么时候把它取下来。好啦，我走了。"

二王赶紧闪开门口，一哈腰，伸出一只胳膊谦让地说："侯将军请。"他的意思是从门这儿走。

"不，我非走窗户不可，我走了，明天见，你听见没有？"侯山说。

二王心说，这侯山是什么毛病啊？我耳朵也不聋啊，他怎么和我再见起来没完了？

其实，外面的丁海也很着急，忙压低声说："我听见了，早就给你准备好了，你倒是吹气呀？"

侯山忽然想起来了，对呀，我还没吹气呢，接着说道："二王，请看我的法气。""嗖"的一声，上半节窗户"嘎巴"就开了。侯山丹田一提气，脚尖一抬地，一纵身，"喳"的一声就蹿出房外。

二王没注意窗户是怎么开的，也没看准侯山是怎么走的，光看见一道黑影不见了，可把他吓坏了！他从来没见过样的好功夫，不由暗自赞道："大唐尽是这样的能人，我北国哪能不败呀！"

又想起侯山临走时说的那些话，我再生歹意，他要取我的人头，不费吹灰之力，个人死是小事，但不能看国破家亡不管哪！他如坐针毡，稍微平静了片刻。此时，天已大亮，他梳洗已毕，来到静心宫给国母皇娘请安问好。

"灵儿，家礼不可常施，看坐献茶。"老国母把手一摆说。

"皇娘啊！昨晚休息得可好？"

"好哇。"

"半夜没出事吧？"

"没有吧！"

"现在呢？"

"咳，我儿这是怎么了，说话颠三倒四的。"老国母一看儿子的脸色不对，忙问，"灵儿，你不舒服？"

"啊……不，儿我挺好。"

"怎么昨天高高兴兴，今日为何面带愁容，不知有何为难之事？"

"没，没有什么。"

二王往两边一看耳目众多，冲侍女们一摆手，用人们也都习惯了，就都退了下去。

于是二王把昨日之事说了一遍。老国母听罢低头不语，暗自埋怨大儿子不听教诲，到头来国破家亡，生灵涂炭，怎对得起老康王在天之灵。

想起几次和大唐君臣长叙，李世民确是有道明君，将士可谓仁义之师，可是我那孙女自刎而死，还是罗通所害，我何不把他带来问个清楚。如若大唐确是人面兽心，我就给他们先下手为强，先杀了罗、秦二人，死了也够本。

于是，她叫灵王去把罗通带来，要亲自审问。可是，灵王却谎说不知。

老国母生气地说："咱黑龙山上的地形你还不熟悉吗？到处搜找一遍，我要你把罗通找来，让我亲自审问。"

二王也有点担心会不会对罗通有危险，忙问："娘啊，你把罗通带来，你想把他怎样？"

"我看他诚实不诚实，如果不诚实，咱就先杀他们两个，然后再死了也值。"

二王真是担心，要是找着罗通，万一说不好，皇母一怒，杀了罗通。侯山在暗地保护罗通，到那时非得杀乱套不可呀！但阜娘的话又不敢不听。

可是，到哪里去找罗通啊？只好按皇娘说的办法四处寻找。

他拎上防身宝剑，找了好多地方也没找见罗通，最后来到了土牢，再看土牢十步一岗，八步一哨，戒备森严，出入的人们都有暗号。二王见此情景，心想罗通可能就押在这里，来到跟前问道："此处什么人把守？"

"回禀二王，这里是周衡和单天常两位将军管辖之地。"一个番兵回答。

"叫周衡、单天常出来回话。"

"禀二王，他俩不在。"

"干什么去了？"

"不知道。"

"混账东西，竟敢私离戍地。土牢里押的是谁？"

"押的是罗通和秦怀玉两个唐蛮。"

"这样的要犯押在这里，周衡竟敢不在，一旦出了事，那还了得，我要查牢，领我进去。"

"二王千岁，你先稍等片刻，有人叫周衡将军去了，等他来了，你再进去。要不然，我可吃罪不起呀！"

"他要怪你，有我承担。"

"是呀二王千岁，有你可就没我了。"

"这是什么话，什么有我没你了！"二王怒道。

"二王千岁，这是周将军告诉我们的，没有他的话，谁也不能随便进土牢见罗通。"

"难道本王不如周衡？"二王怒道。

"不，不是那么回事，他是这么回事，他是这个、这个……是不是啊。"

"什么乱七八糟的。"

"镪啷"，二王把宝剑拽拉出半匣，这下可把看守的番兵吓坏了。番兵心说：他是国王的兄弟二王，杀我这样的小兵，还算个事吗？死了都没地方申冤去。干脆你愿意进去就进去吧！番兵无奈只好急忙打开牢门。

二王瞪了瞪看守，迈步走进土牢，土牢内一股潮气，冷不丁把二王呛了一下，到里边一看，罗通和秦怀玉都是五花大绑、身靠墙根。

罗通和秦怀玉听见有脚步声，顺眼瞟了一下，见是二王来了，不由心里一惊，心说：他怎么来啦？难道他也要杀我们？他俩没说话，只好把头一低，故装没看见。

二王有一肚子话，可是在这儿不能说，只是看了他们俩两眼，有话等一会儿再说，忙命两个看守道："把他俩给我扶起来，我要把他们带走，国母太后要亲自审问。"

"扑通"一声，看守吓得就瘫在地上赶紧梆梆地磕起头，并苦苦地哀求道："二王千岁，你进来看看还不行吗？怎么还要带走？你带走了，我们更吃罪不起呀，千万别带走吧，你要带走了，我们就完啦！有啥话就在这里说，不行吗？"

"不行！这是老国母的口谕，谁敢违抗？"

这时周衡和单天常都上来了。

原来二王一来，就有人给周衡送信去了，周衡和单天常正在研究怎样救罗通呢？听说二王到土牢了，他俩怕罗通有危险，急急忙忙赶到土牢。他俩见二王要把罗通带走，不知是为什么，心想：我们正想找你，没想到在这碰上了。

干脆我先激激他的火，看他有什么反应，而后再拿主意。想罢，周衡叫道："二王千岁，不知为何亲到土牢来带罗通，有何贵干？"

"周衡、单天常，听说没有你们的命令，谁也不让进土牢，连本王我也在内，有这事吗？"二王问道。

"啊，二王千岁，你先别着急，是有这话。"周衡回道。

"谁给你们这么大的权力，竟敢藐视本王？本王今奉老国母的口谕，要带罗通到静心宫，她要亲自审问。难道老国母的口谕，你们也敢不听吗？"二王怒问。

"二王千岁，这个事你说了不算，现在镇山总管铁雷八宝有令，不许你和国母与大唐人见面，别说带走罗通，实话告诉你吧，你和老国母都被软禁起来了。铁雷八宝对我们说过，这是大王和左车轮的命令，说你们母子私通大唐，有卖国之心，所以不让你接近罗通和秦怀玉。"周衡和单天常笑着说道。

二王气得两眼通红，用手点指破口骂："周衡啊单天常，你们这帮狐群狗党，你们鼓吹我大哥侵犯中原，你脸上刺字去大唐下战表可见你的野心之大，到现在我们北国只剩弹丸之地。今天我豁出去，先杀了你们再说。铁雷八宝来了也是同样下场，我把你们全部赶尽杀绝。"

周衡和单天常见二王气得这个样子，顿时感到好笑，这个激将法还真管用了。此时，周衡道："二王千岁，你别生气呀！这是铁雷八宝的命令。你把罗通带走，我们怎么向铁雷八宝交代呀？想带罗通也行，但是得有铁雷八宝的命令，现在他是大权在握，不听则杀呀！"

"好个周衡、单天常，你们要造反啊？本王的话不听，连老国母的话也敢不听呀，一口一个铁雷八宝，他算什么东西，他的官职再高、权力再大也是大臣。难道他敢以下犯上不成？去！你们把铁雷八宝给我找来。"二王怒道。

就听牢门外说道："不用找，我来了。"来的正是铁雷八宝。

他是一天巡两次山，两趟来土牢检查，里边说的话，他全听见了。他阴

罗通扫北

阳怪气地说:"二王千岁,你的话我都听见了,你要带罗通,明着是审问,实际上是想投唐,我没冤屈你吧?你几次和大唐打交道,为什么李世民对你那么好啊?可想而知,你是想勾结大唐,谋害你皇兄,要夺皇位呀!这次你要带罗通,完全说明你的心思了,没到皇宫抓你去,就是看着大王的面子,你既然送上门来了可别怪我不客气,来呀!周衡、单天常把二王给我绑了,押进土牢。"

"是。"

二王被气得咬牙切齿,"锵嘟嘟"抽出宝剑,骂道:"铁雷八宝,你个畜生,竟敢以下犯上,血口喷人!"话罢,他一剑就冲铁雷八宝而去。

铁雷八宝闪开这剑,哈哈一笑说:"这是大狼主康王的旨意,不要怪我。周衡,把他绑了。"

周衡特意找来一条牛筋拧的皮绳子,圈了大套说道:"千岁,受点委屈吧,你是君我是臣,用不着我绑你,你自己钻进去吧!"

二王这个气呀,这个时候了还讲什么君臣,刚要摆剑刺周衡,就见周衡突然一转身,就把牛筋绳子的套套在铁雷八宝的脖子上。单说这个快、这个准就甭提了,可能周衡套马套惯了,这套是越勒越紧哪!

这个举动是人们所预料不到的,人们都愣住了,铁雷八宝也傻眼了,骂道:"周衡,你疯啦。"

"没有,我很清醒!"

"你怎么套上我了?"

"不套你套谁呀,套的就是你。"

铁雷八宝知道不好,急忙想抽宝剑,一摸肋下,光剩剑鞘了,宝剑早被单天常拿去了。

单天常也算是眼疾手快,把铁雷八宝的宝剑夺过来之后,抬起左腿冲铁雷八宝屁股上就是一脚。

周衡也真会见机行事,看单天常在后边踹,他使劲在前面猛地一拽。

后边一踹,前边一拽,铁雷八宝再想站是不行了,"噔噔噔噔"往前跟跄几步,"扑通",来个狗啃屎,就倒在地上了。

周衡和单天常两个人一齐动手,左一道,右一道,一边绑着还一边说:"我叫你以下犯上,我叫你跑。"他俩把他绑了个结结实实,往二王面前一扔,并对灵王说出一番话来,要大闹黑龙山。

第五十九回

小罗通诉说实情话
老太后愿降接唐兵

　　土牢内英雄活捉铁雷八宝，周衡和单天常跪在二王面前，口尊千岁道："刚才小人以下犯上，真是罪该万死，现在我们把铁雷八宝绑上了，千岁就处置我们吧！如果您念我们抓住铁雷八宝抓得对，我们就算将功补过吧！请千岁就饶恕我俩，我们一向赞成千岁的为人，我们是在铁雷八宝的威逼之下才做出对您不忠之事，怎样处置，您就看着办吧？"

　　这下把个又聪明又伶俐的二王给闹糊涂了，他心说：这两个人究竟是哪头的呀？这可真是人心莫测呀！不管怎样，我得先把罗通带走是大事，想罢一笑说："周将军、单将军，今天你们算帮了我的大忙了，我认为我方才是完了，想不到还有你们这样的大好人。既然如此，你俩先在土牢看着铁雷八宝和秦怀玉，我把罗通带走，等国母审完此案，再给送回来。"

　　周衡和单天常一听这话都愣住了，二人对了一下目光，心里都在犯合计，虽然说二王对大唐不错，可俗话说，人心隔肚皮做事两不知，真要把罗通带走，见了老国母，一句话说错了，那是凶多吉少啊！假如少保殿下有个好歹，我们怎向唐王和秦元帅交代呀？不行，我得想法保护罗通。周衡想到这里，赶紧给二王深施一礼，说道："二王千岁，你要带罗通去见国母也行，可是我担心罗通这个小娃娃艺高人胆大，不但马上有万夫不当之勇，而且他步下高来高去的功夫也是无人能比呀！如今，他被绑上咱们黑龙山，是他自愿被绑，为了尊重唐王的尊严才服绑的。如若不然，想抓住罗通那万万不可能啊！今天去见国母，要谈好还好，谈不好，罗通他可是翻脸不认人哪！一旦惊了国母的大驾，恐怕千岁你也危险，我看还是我陪你一起带罗通，同见国母千岁，也好保护你们的大驾呀！万一有个什么不测，我来对付他。你也别觉着你们谈话不方便，我是一心忠于二王的。"

单天常在一旁一听，心中暗暗称赞说：好一个足智多谋的周衡。

二王见周衡也真是实心实意的，只好三人同去静心宫来见国母皇娘，留下单天常在土牢里看管铁雷八宝。

二王领着罗通和周衡到了静心宫，给国母见罢了礼，口尊皇娘："儿把罗通带来了。"

这时罗通跪在老国母的面前说道："罪人罗通拜见国母老千岁。"

老国母见罗通这个样子，气恨交加，满腔是泪，声音颤抖地叫道："罗通啊罗通，念你是将门之子、忠臣之后代，才貌双全，年轻有为，我才把孙女许配给你，现在你要和我说实话，我那孙女到底是怎么死的？你倘若有半句谎话，我就是豁出我这条老命也要给我孙女报仇。如果你说的要在理，别看我这大把年纪，我可不是糊涂人。"

老太太这几句话说得罗通阵阵痛心，不由得眼圈就红了。他想起老人家在牧羊城时，是那样疼爱自己，再要不说实话，就更对不起她老人家了。

罗通眼含热泪说道："国母老千岁，我对你说实话，都怨我年轻无知性如烈火，因突鲁公主杀死了我的弟弟罗仁，洞房之夜，我说了几句难听的话，我说，'像你这样的女人，我不敢和你成亲，一旦夫妻争吵起来，你也会动刀杀我'。常言说，明枪易躲，暗箭难防。我本打算说几句话磨炼磨炼她的性子，再加上突鲁花也来到洞房，逼着公主给罗仁偿命。没想到她是个烈性子女子，心胸又狭窄，承受不了这些，一怒之下，就拔剑自刎身亡了。公主虽然不是我杀死了，确实是我气死的，千错万错都是我之过错，到现在我后悔也晚了，来到北国，任凭一死，愿在你老人家面前，把事情说清，当面请罪，任凭你老人家发落，我死而无怨。这些是我的肺腑之言，并没有半句谎话，可惜公主死于剑下，如果她还健在，我就是一步一个头也得把她接回唐营，现在说什么也没有用了，只求得祖母奶奶的宽容、明断。"

现在，罗通说的话确实是发自内心。常言道，男儿有泪不轻弹，只因不到伤心处，今罗通是真哭了，想起公主处处对他的帮助太大了，力杀四门时的帮忙，捉拿苏定方，退出黄龙岭，特别是为他，公主损坏各种暗器，这些都是公主的一片真心。他现在受到良心上的责备，所以说，他是一边说，一边哭，后来就已经不成声了。

再看老国母也哭得像泪人一样，她一边听罗通说一边在琢磨，听他说的都是实话，小两口吵架是常有的事，哪能这样烈性，不让说个不字，特别是罗通那声发自肺腑的祖母奶奶，叫得个老国母心肝、五脏乱颤。于是，老国母便伸手抱住罗通说道："我的好孩子啊……真是有钱难买这后悔药啊！快快起来，你跪着奶奶心疼啊！"

周衡见此情此景，乐得他心里开了花，暗自称赞罗通真是大才大智，真乃天国的栋梁之将。刚才他的心都提到嗓子眼儿来了，现在把心放下了。

老国母叫灵王快把铁雷八宝找来，老身做主说合。

二王说明土牢之事，已把铁雷八宝押在土牢。老国母十分感谢周衡和单天常，便说："既然如此，周衡你就掌管这全山的兵权准备迎接大唐人马，从此两国和好停战，再派人把秦怀玉放出土牢来见我，把铁雷八宝暂押起来，但不准伤害于他。"说到这儿，老国母回头看了周衡，意思是看他同不同意投唐？

周衡是个聪明人，见大功告成，连忙把和单天常的经过说给老国母。老国母一听，吃了一惊，看来我这屋内都是大唐人了，北国竟养了些奸细呀？她是越想越害怕。

二王见大家都把话说开了，他要去按皇娘的吩咐安排投唐的准备，刚要动身，就听院内"哎呀、咕咚"一声，好像倒下一人，大伙急忙出来一看，正是突鲁丞相。

突鲁丞相是怎样来到这儿了，他也是奉赤壁保康王之命，暗地监视二王和国母的一切行动，刚才老国母和罗通说的话他都听见了，他想去找铁雷八宝送信，没想到在槐树后出来两个人把他绊倒，"哎呀、咕咚"摔倒在地。

等屋里人出来看是丞相，罗通首先上前，拖起丞相回到宫内。他昏迷过去了，这时屋内人人低头不语，默默无声，非常肃静。过了一会儿，突鲁丞相长叹一声："儿啊，你死得冤啊……"

"老人家莫要悲痛，人死不能复生，我罗通敬养你老人家一辈子，将来披麻戴孝送终，绝无谎言，请老人家高抬贵手饶恕我的罪过吧！"罗通跪倒在地说。

屋内众人，连老国母也来劝丞相。突鲁丞相一看这个场面，也只好如此了，叫道："罗通，免礼平身。"

听到他这一句话，大家才放心了。

二王问道："老丞相，你是怎样到此的，又为何摔倒啊？"

丞相无奈把监视二王的实话说了一遍："我想去找铁雷八宝，不料想，从树后出来两个人，把我一下绊倒在地。"

二王一听，才恍然大悟，这两个人可是侯山吧？想罢，他对国母说："皇娘，外边这两个人，可能是会吹法气的侯山。"

"既然是大唐的将军，何必在外边，快请他们进来。"国母说。

二王赶忙到门外喊道："是不是侯山将军在院内，国母皇娘有请，快来拜见哪！"

院内这两个人正是他们俩。这小哥俩可够辛苦的了，昨天晚上离开二王，两个人一合计，恐怕白天行动不方便，二人当夜又来到老国母的院内，想等到第二天看看二王和国母怎么办？于是，他俩就找了个僻静之处，稍微休息一下。天刚亮，两个人就隐藏好了，暗中观察着动静。

见二王一个人来给国母请安，他娘俩所说的话以及后来带着罗通见国母的对话，他俩都听见了。二人一合计，为了叫屋里更好地研究投唐之事，所以没有打搅他们，只好在院内放哨看着人。

突然，发现国母的窗下有个人，仔细一看，认识，是突鲁丞相，两个人都加倍地小心，注意看着突鲁丞相，究竟想干什么？不一会儿，看他慌慌张张地往外跑，俩人认定他准是要去找人，所以他俩从树后突然拥出来，把突鲁丞相绊倒在地，又藏在树后。

现在，听二王叫侯将军会见国母，俩人只好从树后出来大摇大摆地来见国母。

这二位的神气劲可足了，仰着脸，挺着胸脯，迈着四方步，一步三摇地往屋里走。

他俩本来都长得瘦小枯干，个头又矮，别看他俩高来高去，身子挺灵便，如今他俩这招架子反倒露原形了，怎么看怎么像猴子。

俩人一进屋，大伙差点没笑出声来，罗通也有点憋不住了，但又不敢笑。侯山、丁海用眼瞟了一下罗通，也不说话，来到老国母跟前，报着字号说：

"我们乃大唐之将侯山、丁海，参拜国母老娘娘，千岁千岁千千岁。"

说罢，俩人向老国母深施一礼。

老国母看看他俩的长相，再看看这二位的派头，真是哭笑不得，便问道："昨天晚上，偷酒、偷菜的就是你们二位吗？"

"然也！"

罗通一听，这个气呀，心说：还然也哪？又听老国母问道："夜探灵王府会吹法气的也是你们俩？"

"正是某家。"

罗通一听，也得了，心说：他会吹法气？吹什么法气？看来，他俩不一定出什么洋相了。恐怕他俩在国母面前言多语失，所以罗通急忙说了声："二位哥哥，不可放肆。"

"我知道，你放心吧，老国母这么大年纪能和咱小孩子一样吗？就是有个一句半句的说错了，她老人家也不会怪的。要和我们一般见识，那她就算白活了。你说是吧，老国母？"

问得国母还真不能怪他，怪他就白活了！她只好"嗯"一声，点了点头说："是呀，你们随便说话就是了，看来你大唐尽是能人、奇人啊！听我儿灵王说过，你小小年纪竟是法力无边，会吹法气，老身我也很佩服。"

"什么法力呀？糊弄人玩吧，其实我们这次上山主要是要求见国母和二王千岁，请您老做主，咱们两国和好，黎民百姓不受涂炭，也好保住赤壁保康王和娘娘千岁。你既然把大局定了，就赶快做迎接我们元帅的准备吧！明天我们唐营的大队人马就到了。"

"我把山上大权交给我儿灵王，由他去安排山上之事吧！"国母说。

罗通见侯山和国母说完话，这才上前问侯山、丁海何时来到山上？侯山就把怎样爬山、怎样见着二王说了一遍，罗通也把山上的经过说给他俩，此时满屋的人都是高高兴兴。赤壁保灵王叫老国母休息，便带着这些人去做迎接大唐的准备，秦怀玉也被放了出来，单天常也和大家一起忙活起来。

果然第二天，大元帅秦叔宝带领大队人马来到山下，在把大营安好后就准备攻山。此时，侯山来到营中交令，拜见元帅秦琼，说明了山上发生的一切变化，并说："山上现在都准备好，就差请你上山了。"秦叔宝非常高兴，带领众将起队上山。

再看山上，石关大开换上大唐的旗号，净水泼街，黄土垫道，锣鼓齐鸣，鞭炮炸响，牛角号"哞哞"直响，前面是鼓乐队，后边是全山将士披挂整齐，列开两队，当中闪出赤壁保灵王和周衡、单天常、罗通、秦怀玉，最后是九曲歪把黄罗伞，伞下是北国老太后，八十多岁老娘娘亲自接下山来，老国母的身旁是突鲁丞相。

大元帅秦叔宝甩蹬下马和赤壁保灵王见面，真是亲亲热热地携手挽腕一同来见国母。秦元帅给老国母敬完礼，命大队人马上山，这就是兵合一处、将为一家，大家欢天喜地，各述前情，高山上沸腾起来了。

黑龙山上这一折腾，又是鞭又是炮，又是鼓又是号，吹吹打打挺热闹，早就惊动四兜底阵的报事儿郎。现在阵中打得也挺热闹，兵对兵，将对将，白莲圣母按阵在摆布人马，丑姑娘史秀英按着破阵的方法指挥众三军，人喊马嘶，阵鼓大作，号角齐鸣，都杀乱套了。赤壁保康王和左车轮都在阵内，虽然康王没直接参战，他也是手托豹尾鞭，勒住战马，在那观着阵势呢。突然有探马来报说："报！报！报！禀报大康主可不好啦！"

"何事如此惊慌！"康王怒问。"咱们的黑龙山失守，被唐兵占领啦！"急得康王差点没从马上掉下来。老巢被人端了，这还了得，顾不上问长问短，拨马就往回跑。

跟着康王保驾的战将不知道是怎么回事呢？一看康王拨马出阵了，所以也都跟着出来了。可是也真凑巧，康王出阵的时候被突鲁花看见，她杀出一条血路紧追康王。

赤壁保康王来到黑龙山下一看："呀！"山上换了大唐的旗号，再看石关上全都是大唐的兵，他急得连喊几声："我的山！我的山！我的山丢了！不但山丢了，我那山上的人，也全完啦……"他又仰面朝天地喊："皇娘啊二弟，都怨孤王无能坑害了你们哪！"康王气得暴叫如雷，奔山上冲来。

早有探马报给大元帅秦叔宝，说话间从阵中来了一哨人马，为首者正是赤壁保康王。元帅秦琼和二王说："既然是康王到了，咱们一同迎接令兄吧！"

二王这时候腰板也硬了，大唐兵已经占领了全山，哥哥不愿意也得愿意，不但他们下山，老国母也是不放心大儿子，她带着突鲁丞相也下山了。康王正想往山上攻哪，一看石关大开，认为准是唐将来迎战了，他也做好打仗的准备，再看出来的是秦叔宝和灵王。当时他的心中就是一愣，是二弟！二王提马上前说道:"皇兄,你看大唐的秦元帅来迎接你了,你快下马上山吧。"气得康王眼冒火,大叫灵王:"这是怎么回事?"

"哥哥呀,你只顾阵中打仗,顾阵不顾家,哪知秦元帅带兵攻打黑龙山,铁雷八宝被擒,无法守山,皇娘主张放出罗通降大唐,可是秦元帅不忘旧亲,两国联姻,情分还在,虽然人死了可是对我们如同好友一般,所以山上一个兵卒都没伤着,一片瓦也没碰破,哥哥请看,皇娘也来了。"康王抬头一看,果然见皇娘安然无恙,再回头看看大阵之中杀声震耳,火光冲天,北国将士焦头烂额,四处奔跑,大阵完啦。"我的江山去矣!""锵嘟嘟"伸手亮出三尺宝剑,他想要自刎。

哪知道少保罗通枪急马快,催马到跟前,"啪"一枪把康王的宝剑磕飞。

二王赶紧上前把康王抱住说:"皇兄,你别犯傻了!"

秦叔宝说道:"快,把康王请上山去。"

众将一起拥上,康王想死都死不了啦,像众星捧月似的,众将一齐,前前后后保护赤壁康王,别让他自杀了啊,刚走到半山腰,有人来报元帅:"从牧羊城大阵方向来人了。"

秦元帅和众将往山下一看,果然行奔来一匹战马,马上端坐一人,正是突鲁花。

突鲁花怎么跑这儿啦?自从史秀英给她治好了伤,傻姑娘特别感谢史秀英,她的伤虽然好了些,但还需要调养,可是她待不住啊。这天正是破阵之日,老少众将各办各的事,她谁也找不着啦,特别是那些少国公,一个也不见了,找铁牛,铁牛不在,找齐天胜,齐天胜不在。她心里特别扭,还自言自语地直骂道:"这帮小子都上哪去啦?全钻耗子窟窿憋死了?"最后一打听,说是他们打仗去了,这下可把傻姑娘急坏了,二话没说,卜马抢锤就奔北门而来,到城门下叫门军开门,门军不敢随便开城门呀,没有守城将爷尉迟公的命令,谁敢私自开呀。

傻姑娘一看不给她开门,伸手就把大锤抢起来了:"开门,再不开门我就砸死你们!"吓得门军们直说好话:"哎哟,姑奶奶,先别砸,先别砸,我去禀报给守城的敖国公爷去!"

尉迟敬德正在城楼上安排防守之事,听说突鲁花在门洞里吵吵嚷嚷的,不知出了什么事,赶忙来到城门口。

突鲁花见面就问敬德说："哎，我说黑老头，他们都打仗去啦，为什么不告诉我呀？"

敬德知道傻姑娘的脾气，不能和她动硬的，只好一笑说："姑娘，你的身体还没养好，哪能再惊动你呢！"

"不行，别光说好听的，我伤好了。我得上阵打那个什么母去，她用暗器伤了我，我非报这个仇不可。"

敬德知道傻姑娘上来这个犟劲，谁说也不服，外边破阵也正用人，干脆就让她去吧！想罢，敬德对她说："姑娘，你一定要去也行，你必须到城外找到程咬金老千岁，一切要听他的安排，行吗？"

"行，那个老花铃棒挺好玩，我去找他！"尉迟公一听又不敢笑，忙命门军打开城门，让突鲁花出去。

傻姑娘见城外那么多北国兵。可是这么多的番兵怎么都聚一块啦？手中还举着各色的旗帜，队伍的中心那么乱，又是鼓又是炮还有牛角号，哎呀，准是打上了。再一看，单独有一队唐兵在另一个地方扎往阵脚，为首的正是老花铃棒。诶，这是怎么回事，我先找老花铃棒去。

傻姑娘不知道这是摆阵和破阵，催马奔程咬金这儿来了。

现在的程咬金啊，连眼珠都不敢乱转，聚精会神地盯着阵内的变化。程咬金看见阵中心的吊头上没人了，旗帜也不摆了，可把他乐坏了，情不自禁地喊道："好，阵眼瞎啦！"

再看阵内大唐队伍中高举黑旗连连摆动，程咬金更乐了，这是秀英姑娘给我的暗号，黑旗说明坎为水，北阵门是开门，命我带队人马从北门杀进；一眨眼，又见秀英的红旗连连摆动，又打开一道阵，红旗乃南门，离为火，于是再派一路人马从南门杀人。这回程咬金可忙了，赶快命殷林领二阵人马绕到北面往阵内冲杀，正想再派二路人马的时候，突鲁花就赶到了。突鲁花看见程咬金就喊："哎，老花铃棒"。程咬金被气得直咧嘴，因为她是个傻姑娘，不能和她一般见识，只好"哼"了声说："姑娘，你怎么也来啦？"

"我怎么就不能来？我要找那个什么母报仇呢，刚才那个黑老头给我开城，叫我来找你，让我听你的话，你说吧，你让我干啥去？只要能找着那个什么母就行。"

程咬金一听就明白了，这是大老黑知道我在这儿，就把她打发到我这儿来了，好，来得正好。想罢，他对姑娘说："姑娘，现在是破阵，白莲圣母她也在阵内呢，你就进去帮史秀英破阵吧，可有一样……"

傻姑娘一听就烦了，心说：怎么这么多样？刚才那黑老头说给我一样，现在你又一样，都什么样，快说吧？

"姑娘，这回不是光打仗，是破阵。阵内的埋伏很多，必须按指定的地方去打，不能乱打。如果乱跑乱打，要中了埋伏，掉进梅花坑里，那是非死不可，所以说，我让李奇和你一块去破阵。"

"行，行，行，李奇我认识，我俩一块去，反正得找个人看管我。"

程咬金传令叫李奇和突鲁花带一队人马，从南阵门杀入。

突鲁花和李奇杀入大阵，这回她就撒开欢儿了，双锤一枪，番兵番将接着的死、碰着的亡，就像砸烂南瓜似的，打得北国兵将鬼哭狼嚎。正打得兴起哪，傻姑娘猛抬头，看见赤壁保康王往外跑，心想：哎哟，你别跑啊，你是头，你跑了还行吗？我得追上去抓活的。就这样，她也追出阵外。

等到黑龙山下一看，秦叔宝、灵王、自己的养父突鲁丞相还有老国母奶奶都在这那，她一下子就愣住了，心中暗想：这是怎么回事呢？怎么你们都跑这里来啦？

突鲁丞相一见养女突鲁花来了，心中特别高兴，现在这个傻姑娘是他唯一的亲人啊，他叫了声："儿啊，我们都归顺大唐了，两国和好了。"

平常老国母也很喜欢位姑娘这诚实劲儿，现在看见她来了，连忙喊道："孩子，快过来叫奶奶看看！"

突鲁花急忙下马，跑到老国母跟前，一头扎在国母怀里叫道："老祖母。"给老祖母见完礼后，她猛抬头看见了罗通，"噌"的一下子站起来，大喊道："小白脸罗通，好小子，我可找着你了，这回我非宰了你不可。"说着伸手就去抓罗通。

第六十回

康王降顺两国和好
俊罗通娶个丑媳妇

左车轮正在阵内参战，听说黑龙山失守，不由一阵心惊，老窝都被抄了，这仗还打个什么劲呀。他带着一些兵将败出大阵，直奔黑龙山。

罗通一看，是左车轮来了，不由得咬牙切齿，恨不能一枪置他于死地。想罢，他上前抱拳首先请令说："元帅，末将讨令，要会战左车轮。"

秦琼点头答应，叫秦怀玉、侯山和丁海一同参战。

这四员小将就像鱼儿得水、困鸟出笼、生龙活虎般，下山迎敌。他们都恨透了左车轮，这小子是两国战争的罪魁祸首，非得一枪打死他，方解这胸中仇恨，这真是仇人见面分外眼红。几个人没啥说的，见面就杀上了。

左车轮已经在阵中杀了一天了，累得他盔歪甲斜、带宽袍松、筋疲力尽了，真好像送生奶奶抱兔子——没有孩子样了，累得他气喘吁吁、汗流浃背，想要夺回黑龙山，岂不是痴心妄想。

四员小将齐战左车轮，把他都杀懵了，尤其是罗通这条枪，真是又快、又猛、又狠、又准哪！没战几个回合，就用了罗家的绝招——一点锁喉枪，"扑棱"大枪一抖，直扎面门。

左车轮摆斧往外用架，罗通立即把枪撒回，等左车轮的大斧走空了，罗通的大枪又到了，这小子急忙来了个缩颈出头，又躲过一枪，左车轮被吓得出了一身冷汗。

他万没有想到，在二马镫鞴相磨之时，罗通的右脚离鞍，一偏腿，左脚镫在马的三叉骨上，扭身回手一枪，直扎软肋，这叫回马枪。

左车轮再想躲、闪、磕、架，都来不及了，只得亮出挨扎的架势，一闭眼、一咬牙，光等着接扎了，就听"噗"的一声，正中软肋。

罗通用的劲儿也猛了点儿，这一枪从左肋扎进去，枪尖都从右肋内出来了。

只见他双膀一较劲儿，愣把左车轮给挑起来多高，又用力往外一甩，"咕咚"一声，死尸掉落尘埃。罗通还觉着不解气，照他的咽喉复又一枪，这回算彻底解恨了。

左车轮手下的兵将一看大元帅都死了，咱们还战个什么劲呀？散了吧！"哗——"队伍就乱了。

二王看左车轮已死，心中暗骂道：这就是你的下场，真是罪有应得呀！他和周衡赶紧下山收复众兵将。

这时的白莲圣母早就泄气了，她一看康王走了，元帅跑了，这仗还怎么打呀，叹了口气，说："咳！真是宁扶井杆，不扶井绳啊！"她又念道："无量佛。"于是，白莲圣母一摆拂尘，骑着八叉梅花鹿，也离开了大阵，扬长而去。她这一走，北国的兵将就成了没娘的孩子，死的死，亡的亡，伤的伤，降的降，又喊爹，又叫娘，乱成一锅粥了。

尉迟恭和程咬金带兵从外往里杀，丑姑娘史秀英领着众家少国公们从里往外杀，只杀得番兵番将，东奔西跑，抱头鼠窜，死尸遍地，血流成河呀，真惨啊！这时，赤壁保灵王和周衡带领众将来到大阵，收复了兵将，打扫战场，直到日落西山，才算平静下来。

元帅秦叔宝请老国母、康王和突鲁丞相等人回到牧羊城，在城外扎下大营，并把元帅左车轮的人头挂在百尺高杆之上。

这时候的康王真像霜打的茄子——蔫了，头不抬，眼不睁，一句话也没有了，弯着腰，低着头，老和尚丢经——没咒念了。灵王还一个劲地劝说："王兄，你也别怕了，唐王李世民，是位有道明君，他不会发落我们的。"

唐王李世民确实是位仁义之君，他把老国母、灵王、康王以及突鲁丞相都请到银安殿上，互相见礼，都很尊重。接着，唐王说："你们虽然打了败仗，我也绝不会加害于你们，两国今后依然是唇齿友好之邦。"

康王和灵王只能跪下求饶啊！他俩哀求道："千错万错都是我们之过错，主要过错就在左车轮的身上，我们现在就写降书与顺表，年年进贡，岁岁称

罗通扫北

臣，今后绝不犯边。"

"只要你们情愿和好，我大唐也绝不会侵犯你们的疆土。"唐王也说。

康王情愿为这次战争赔款，因为两国一打起仗来，不论是胜败双方，都各有伤亡，且又耗费了大批的钱粮，这笔款一定要赔，并且为大唐阵亡的战士修坟立碑。

唐王李世民在牧羊城外也给突鲁公主修坟立碑，以示纪念。他又问突鲁花是愿意留在北国，还是愿意跟随回到中原？

突鲁花说："我两下都要，现在先留在北国，因为我妹妹突鲁公主已经死了，我得侍奉养父。等他老人家入土以后，我再到中原去玩玩。"

众人一听傻姑娘的说话，都憋不住地笑，哪有这么说话的呀，可说的又都是实话。

突鲁丞相听了傻姑娘的话，又是难过又是高兴，难过的是女儿突鲁公主已死；高兴的是我这傻姑娘还有一片孝心。

正在这时，忽见北国的周衡给二主唐王李世民跪下奏道："唐王万岁，多亏您当初不斩恩放，我本来祖居中原，这次愿随营一起回归我的故土，可是单天常他已不辞而别，今留下书信一封，不知他的去向。"说罢，周衡将单天常留下的书信献上。李世民只见上写：

> 二伯父秦叔宝，四伯父程咬金拜上，我只顾报私仇，而忘了国恨，已铸成大错，幸亏秦怀玉、罗通、周衡之指点，我才如梦方醒。黑龙山我尽一微薄之力，以补偿忘国之错，报答两位伯父爱我之情义。我家与李姓有世仇，不保大唐乃家父之遗嘱，因此，侄儿不愿报国，甘愿尽孝，待来日再报二位伯父恩德。
>
> 侄儿单天常顿首

唐王看罢，并未生气，只是叹道："人各有志，任他去吧。"命人给周衡记大功一次，随军还朝。

他又对康王道："突鲁花乃为孝女，对我们两国和好，立下了功劳，朕本想将其带回中原，既然她愿在丞相身边尽孝，也就不勉强了。不过朕已决定，封她为忠孝义女，我大唐月拨俸禄，年赐国银，她几时愿来中原，任她随便。"

这突鲁花一听，可乐了，心说：这皇上老头真好啊！这时，程铁牛在一旁风趣道："突鲁花，这回你算抖起来了。"

"去你的吧！"突鲁花斥道。

康王连连点头说："谨遵圣命。"

把北国诸事安排完毕，挑选良辰吉日，大唐人马班师还朝，这真是：鞭敲金蹬响，齐奏凯歌还。

在回京之时，罗仁和梅氏夫人之棺椁也随军带回长安。

西京的幼主殿下李治听说父皇御驾亲征得胜还朝，带领文武群臣，接出十里长亭。长安城内是净水泼街，黄土垫道，买卖铺户，悬灯结彩，迎接二主唐王凯旋。

数日之后，二主唐王升殿，奖功罚过，苏定方投靠外国，谋害罗通力杀西门，把他交给老罗家，好给死去的罗义、罗成父子报仇雪恨。

有功之臣都封官晋级，扫北的小将们都封为世袭的国公和御总兵，现在是每人头上七品官。也就是说，现在先给你七品官职之俸禄，等将来你老子死了，你再子继父业。

丑姑娘和周衡的功劳最大，当然也是加封官职，追封罗仁为越国公少国公，月赐俸禄，年拨银。

唯有少保罗通，虽然身为二路元帅，扫北有功，因为他抗旨不遵，逼死突鲁公主，险误了两国大事，故此以功补过，不封官职，把越国公之继受权，追封给罗仁了，不但不封罗通的官职，而且永不准他再娶妻室，这是成心压压罗通的傲气。

罗通此次扫北，白忙活了一阵子，什么也没捞着，仍是个白丁，连媳妇也不让他娶了，让他打一辈子光棍，升官不升官倒是个小事，这一辈子不让他娶媳妇，可是个大事。罗通倒是不在乎，因为他还年轻，可是秦氏老夫人和庄氏夫人受不了啦！不让儿子娶妻，连孙子都耽误了，这不成心让罗家绝后吗？不管怎么样，还是先办丧事吧，用苏定方的人头给罗义和罗成祭灵，把罗仁的棺椁也安葬完毕。

办丧事的这一天，各府公爷都来悼念，秦老夫人和庄氏单独把程咬金给留下了，想求程咬金向皇上求求情，再给罗通娶个媳妇。

因为她们婆媳知道程咬金爱管这事，保个媒、拉个线的，这他是内行，所以庄氏才说道："四哥呀，你和你老兄弟，八拜为交，共结金兰之好，我有些话不能对别人说，我就得和你说呀！你得想办法在万岁面前奏上一本，能不能把不准罗通娶媳妇的圣旨给撤了，我们罗家只剩下这一条根，怎能不让他娶妻呀！"

"哎呀，弟妹，这个事可不大好办哪，你们是不知道啊，那突鲁公主长得是多么俊哪！武艺又高强，人家可是实心实意地嫁给罗通啊。要没有人家帮忙，罗通怎能力杀四门哪，早就阵亡了，人家对他可有救命之恩哪！可是，罗通就记恨这杀弟之仇，入了洞房，硬把突鲁公主给逼死了。"

"那可是二主唐王亲自主婚，是北国的老国母皇娘给做的主啊！是我给保的媒，这倒不算啥，要不是他把公主逼死，两国哪能又打起来了？这一仗打得更厉害呀，人吃马喂，要耗费多少钱粮，皇上不杀他就算开恩了，不让他娶媳妇，那是万岁太生气了。"

"咳，生气是生气，可是也得想一想，我们罗家是千顷地一根苗啊！求求皇上不看活的，也得看看死的呀？不看小的，也该看看老的呀？你老兄弟为国捐躯，我儿罗仁小小年纪也战死沙场，只剩下罗通自己了。他不娶妻，罗家可就绝了后了，有道是不孝有三，无后为大，如果罗家真的断了后——四哥哥，就连你也包括在内，咱们怎能对得起这死去的公爷和罗成啊！"说到这，庄氏哭得泣不成声，就说不下去了。

这程咬金是个心慈面软之人，就是看不了这个，他怎能不同情弟妹，可这个忙还真不太好帮。突然，他想起一件事来，说道："只要你们婆娘两个能答应，我就敢找皇上说去。"

"什么事呀？四哥。"

"这次扫北，最后一次多亏史秀英姑娘，这姑娘是红莲圣母之高徒，武艺超群，破兜底阵全靠她了，没有她，咱们这次胜不了北国，我们君臣也就无有回国之日了。她来唐营虽然很晚，可是她的功劳最大，皇上加封了她，同时把他爹爹史大奈的官职也提升了。她现在尚未婚配，你们婆媳要是愿意的话，我就去见皇上求求情，不过可有一点，就是这姑娘长得太丑。"

"丑，丑能丑到哪去？"庄氏说。

"行啊，人常说，丑妻近地家中宝，红粉佳人惹祸端，她丑点儿又怕什么呀！"秦老夫人也插言道。

"你们是不知道啊，反正长得够难看的。"

这婆媳二人满口愿意，就让程咬金去说媒。

"你们得和罗通商量商量，这可不是件小事呀？"

"哟，不用，不用，这个主我们做了，长得俊的、有能耐的让他给逼死了，这回给他娶个丑的更好，不乐意也得乐意，这回我们婆娘就说了算了。"

"那好吧，你们能做这个主，我就过去找皇上求这个情。"说完，程咬金离开罗府，便讨旨来见皇上。

唐王李世民一听程咬金来求见，必定是我忘掉什么大事没处理，程王兄找到这儿了，如果他忘掉了什么事，程咬金马上就会告诉他。皇上很喜欢他，所以把他宣到偏殿。两人一见面，皇上就问："程王兄啊，这次回京，我可是忘掉什么大事没做？"

"不是，不是，你做得很周到，我们没想到的，你都想到了，臣有一件事得求万岁恩准。"

"程王兄，你有何事，快说。"

"万岁，我没说之前，你得先答应别怪我！"

"朕不怪你，快说吧。"

"你可别生气。"

"好，朕不生气，也不怪你，你就快讲吧！"

"好，万岁呀！"他就把庄金锭求他之事向皇上都说了。李世民听后，紧锁双眉道："你让我把圣旨收回吗？"

"不不，我想是这样，您气的是罗通逼死了突鲁公主，不过人已经死了，真的一辈子不让他娶妻，您能对得起为您而死的罗成吗？臣看史秀英长得特丑，俊的被他逼死，这回给他娶个丑的，这也是对他的惩罚，您看如何呀？"

"哎呀，这史秀英长得也太丑了，见着她，都得吓一跳，这个……"

"这你就甭管了，只要你答应了，这个媒由我去保。"

皇上一琢磨，心说：也对，你逼死个俊的，这回给你娶个最丑的。想罢，他说道："好吧，程王兄，这个事朕就交给你了。"

程咬金马上就去找罗通，把这些事一说，罗通开始就是一怔，啊！史秀英长得这么丑。他后来又一琢磨，心说：别看人家容貌丑，可人家的心不丑，武艺不丑啊！哎，罗通还真乐意了。

程咬金禀明皇上，皇上应允，挑良辰吉日，让他们拜堂完婚。这部书便到此全部结束，这正是：

北国无故犯中原，挑起战争刀兵悬。

战表下到西京城，激恼唐王亲征边。

中了北国诱军计，君臣皆困牧羊城。

里无粮草外无援，咬金闯营把兵搬。

罗通挂帅去扫北，平灭北国奏凯旋。